OLIMPIA

HIJA DE NEOPTÓLEMO

Mª PILAR GARCÍA ARROYO

Serendipia

Edita:
Serendipia Editorial, S.L.
https://serendipiaeditorial.com/
contacto@serendipiaeditorial.com

Una edición de:
Serendipia Editorial

Diseño y maquetación:
Las Ideas del Ático

Producción e impresión:
Las Ideas del Ático

ISBN:
978-84-19793-86-7

Depósito legal:
CR 1105-2024

Primera edición: enero de 2025
Segunda edición: mayo de 2025

Impreso en España

ÍNDICE

CUARTA PARTE: ALEJANDRO

QUINTA PARTE: TROA

SEXTA PARTE: HERMÍONE

SÉPTIMA PARTE: FILA

OCTAVA PARTE: DIONISOS

NOVENA PARTE: PAUSANIAS

DÉCIMA PARTE: ÁLEX

UNDÉCIMA PARTE: NICESÍPOLIS

PRÓLOGO

Pidna (Macedonia), 316 a. C.

De Olimpia, hija de Neoptólemo, a Peán, hijo de Aristocles.

Mi estimado y querido amigo, solo en ti puedo confiar para que hagas llegar a mis hijas el relato que acompaña esta breve carta. En estos días de encierro y soledad, he dedicado la mayor parte del tiempo a sacar de mi memoria los momentos que han marcado mi existencia. Mil errores he cometido y muchos los he pagado con creces, también he vivido días de intensa felicidad y horas tan dolorosas que pensé que moriría de pena. Sin duda, mi vida no ha sido fácil, pero me siento orgullosa de haberla vivido.

Puede que estos sean mis últimos días, o puede que, como el ave Fénix, una nueva mujer surja de este palacio que me tiene prisionera. Si acabo aquí, me gustaría gritarle al mundo que Olimpia, la molosa, ha vivido intensamente y que asume la responsabilidad de todo lo que hizo.

Cada uno de nosotros somos el resultado de nuestras decisiones, de los actos que llevamos a cabo y de los que no tuvimos oportunidad o valor para realizar. A pesar de ello, a veces siento que mi vida ha estado controlada por circunstancias ajenas a mi voluntad, como si una fuerza intensa y desconocida me arrastrara hacia un destino decidido antes de que yo naciera.

Peán, como amigo e historiador, te ruego que hagas lo que yo nunca me atreví a hacer: descubrir ese pasado que marcó toda mi existencia. Si lo consigues antes de mi fallecimiento, házmelo saber. Si tus pesquisas se prolongaran más allá de mi vida, te dejo a ti la decisión de comunicárselo a mis hijas o al mundo.

Sinceramente agradecida. Olimpia de Macedonia.

PRIMERA PARTE:

POLÍXENA

1

El oráculo

Dodona (Épiro), 374 a. C.

El perezoso sol otoñal de *apellaios*[1], al que le costaba ya mucho madrugar, se reflejaba tímidamente en el monte Tomaros inundando de un dulce tono anaranjado la ciudad que tenía a sus pies, Dodona, sede del oráculo más antiguo de toda la Hélade. El monte era como Zeus, el dios del santuario, a la vez vigilante y protector, pues mientras no perdía detalle de todo lo que ocurría bajo su sombra, también se encargaba de que solo accedieran al valle los vientos más favorables para que los cultivos y pastos crecieran puntuales y vigorosos, alimentando a humanos y ganado.

Mientras el astro demoraba su aparición, los ciudadanos de Dodona ya habían desayunado y muchos de ellos se encontraban desperdigados en pequeños grupos a lo largo de la Vía Sacra. Ya estaban organizados muchos de los puestos de artesanos, comerciantes y vendedores de todo tipo de amuletos y ofrendas que pretendían sacar en ese día las ganancias que les permitieran sobrevivir, al menos, hasta el fin del invierno. Tampoco habían faltado a la cita los embaucadores, hechiceros y sacerdotes ambulantes buscando aumentar sus sospechosos lucros a costa de los numerosos crédulos, supersticiosos y desesperados, muy habituales en los eventos religiosos destacados.

1.- Aproximadamente, nuestro noviembre.

Dos delegaciones habían llegado a Dodona en los días previos con objetivos diferentes y nada complementarios: una, masculina; la otra, femenina.

Desde la capital molosa, Pasarón, el rey Alcetas había enviado una comitiva encabezada por sus dos hijos, Neoptólemo y Aribas. Su misión consistía en consultar al oráculo sobre el futuro político de una confederación de las más importantes tribus del Épiro, la antigua región del noreste de la Grecia. Si el oráculo era favorable, las tribus se unirían bajo el mando de la dinastía Eácida, de la tribu de los molosos.

El príncipe Neoptólemo, un joven arrogante y muy seguro de sí mismo, quiso aprovechar la visita al santuario para participar en la Naia, una competición con pruebas atléticas, hípicas y artísticas en honor de Zeus Naios, patrón del lugar. El moloso, que tenía tanto de fanfarrón como de buen luchador, había conseguido ganar una hermosa corona de roble y un trípode como campeón de lucha en la modalidad de pancracio. Con la osadía propia de la juventud, Neoptólemo consideró que este triunfo no era sino la prueba palpable de su capacidad de mando y su prometedor futuro como rey de Molosia y, por ende, de todo Épiro.

Mucho más pacífica y con menos pretensiones, la delegación femenina procedía de tres *polis de* Beocia: Tebas, Tespias y Coronea. Una joven de cada ciudad, elegida entre las hijas de los nobles más influyentes, había viajado desde Tebas, la ciudad más importante. Custodiadas por una antipática sacerdotisa mayor, Praxágora, las tres habían sido consagradas a la diosa Artemisa, la diosa virgen, con el encargo de llevar hasta el santuario de Zeus en Dodona un trípode de bronce que los beocios debían entregar para expiar la ofensa cometida contra el oráculo en un tiempo tan oscuro y remoto que nadie recordaba exactamente cuándo y cómo sucedió.

El destino quiso que las cuatro mujeres, con sus trípodes cubiertos por mantos, llegaran a Dodona en el mismo momento en que Neoptólemo vencía a su oponente y el improvisado estadio gritaba entusiasmado el nombre del joven príncipe.

Así fue como Hécuba escuchó por primera vez un nombre que nunca iba a poder olvidar.

Dos días más tarde, los dos grupos se cruzaron. En el momento en el que las cuatro sacerdotisas beocias salían del santuario de Zeus, con su misión cumplida, la comitiva epirota iniciaba su recorrido por la Vía Sacra.

Como si el sol sintiera celos de esos humanos, decidió emerger por detrás de las copas de los árboles que le tapaban, iluminando con tal fulgor el frío amanecer, que todas las cabezas, salvo una, se elevaron para mirar al dios Helios saludando.

—¿Te pasa algo, Hécuba? —preguntó Métope, la sacerdotisa más joven, que miraba entusiasmada al cielo. También era la más alegre y la más ingenua, siempre pensaba lo mejor de las personas y no entraba en su cabeza que alguien pudiera querer dañar a otro—. Estás rara desde anoche.

—Solo estoy cansada, creo que me sentó mal el vino que tomamos —respondió Hécuba, que se paró a escuchar la conversación entre un vendedor de exvotos y una pareja, claramente ateniense, pues su griego dulce y culto sonaba muy diferente del rudo dialecto dorio que se hablaba en esa tierra. Mientras el comerciante, muy desganado, intentaba vender al matrimonio una paloma de cerámica, el mercader del puesto contiguo, más joven y con ganas de impresionar a las jóvenes, levantó una pieza de su repertorio y gritó:

—¡Mire esta figura, señora! No tiene que envidiar a las que puede encontrar en la misma Atenas. ¿Ha visto la delicadeza del velo cubriendo el rostro de la joven? —su entusiasmo y su estridente voz acabó haciendo que todos miraran la pequeña escultura que llevaba en la mano y que, a pesar de la buena publicidad del hombre, no dejaba de ser sino una burda imitación de las finas cerámicas áticas o corintias.

Métope, una pulgada más alta que Hécuba, se inclinó hacia su amiga tebana:

—Es horrible —le susurró al oído, mientras se reía con pueril inocencia—. Pero ¿has visto qué guapo es el vendedor? No deja de mirarnos.

—Normal que nos mire —contestó Hécuba, muy seria—. Los hombres no tienen ningún pudor. Mejor es no responder a sus miradas, acaban confundiendo un vistazo con una insinuación.

Dicho esto, agarró el brazo de su amiga y la arrastró lejos del vendedor y la mercancía tan ruda y zafia como su mirada. Hécuba no quería alejarse mucho de la sacerdotisa mayor y su otra compañera, Calíope, que estaban comprando unos puestos más adelante. Llevando de la mano a Métope, trató de alcanzarlas, pero sus pretensiones quedaron paralizadas cuando unos soldados apartaron sin miramientos a los transeúntes que caminaban por la vía.

Las dos jóvenes acabaron pegadas al mostrador de una mujer completamente vestida de negro, que las escrutó en silencio, con una mirada de un gris tan turbio como ella. Hécuba sintió que se apoderaba de ella un frío intenso y una arcada estuvo a punto de hacerla vomitar allí mismo. La mujer, ignorando el desfile de músicos que pasaban delante de ellas, se acercó a la muchacha tebana y le cogió la mano. En contra de lo que cabía pensar, la mano de la vendedora era muy suave y cálida. El calor reconfortó a la joven, pero, a la vez, sintió como si la estuviera despojando de toda la ropa y hubiera leído su mente y su alma. No tuvo miedo, solo una gran curiosidad por saber quién era la que así la escrutaba. La desconocida se llevó el dedo índice a los labios y luego, con el mismo dedo, señaló la mesa donde estaba su escasa mercancía: plantas secas y tarros de distintos tamaños con aceites y ungüentos. Hécuba supuso que era una de esas vendedoras ambulantes de remedios contra todo tipo de males, aunque presentía que los conocimientos de esa extraña mujer iban más allá de lo que la polvorienta mesa mostraba.

Los gritos de alegría de Métope, que vivía el momento completamente ajena a su amiga y la mujer de negro, consiguieron sacarla de sus pensamientos. Frente a ellas, la comitiva molosa desfilaba solemne.

Al frente del grupo, Anquises, el general más veterano del reino y portador de la lámina de bronce con la consulta inscrita; a continuación, los dos príncipes, Aribas a la izquierda y Neoptólemo a la derecha; por último, nueve nobles, representantes de las nueve tribus más importantes del pueblo epirota.

Métope se volvió hacia su amiga, que estaba más blanca que el vestido que ambas llevaban:

—Son los jóvenes de anoche, los que vimos después del teatro. ¿Te acuerdas? Hécuba asintió con la cabeza mientras veía acercarse a los dos molosos.

—Son los hijos del rey Alcetas —les señaló la mujer de negro. Era la primera vez que la oían hablar. Su voz sonaba rasgada, lejana, pero profundamente cálida.

—¿Están casados? —preguntó Hécuba, ante la mirada asombrada de su amiga.

—El mayor, Neoptólemo, sí. El otro es demasiado joven —respondió la vendedora.

—¡Pues anoche no nos quitaban los ojos de encima! —protestó Métope, pero con una sonrisa tan tierna que no pareciera que ese hecho la hubiera ofendido.

Hécuba lanzó una mirada de reproche a su compañera que hizo que la otra callara en el acto.

Ambas podrían ser castigadas si la sacerdotisa mayor se enteraba. Además, Hécuba estaba prometida con un noble tebano, un hombre casi veinte años mayor que ella que había quedado recientemente viudo. Métope sabía que la tebana sentía repulsa por su futuro esposo, pero era una joven respetuosa con sus mayores y se había resignado a aceptar la voluntad de su padre. «Me casaré con ese viejo cuando lleguemos a Tebas», le dijo la noche anterior a su amiga: «Me encerraré con él en una de las casas más bonitas de Tebas. Esa será mi cárcel. Por eso era tan importante para mí hacer este viaje. Siento que nunca más voy a volver a ser libre, Métope.» Las tristes palabras de Hécuba resonaban en la cabeza de la infantil muchacha, que ni la noche anterior fue capaz de ver las ansias de libertad de su amiga, ni ahora comprendía el pesar que se había instalado en los ojos de la tebana.

Delante de ellas pasaron, esta vez sin apenas mirarlas, los dos hermanos. Ambos iban muy estirados, los dos lucían orgullosos sus costosas ropas tejidas en fina lana, lo que contrastaba con los burdos mantos y quitones de la mayoría de los habitantes de la zona. Los dos miraban al frente con determinación y esperanza, felices de formar parte de esa comitiva y orgullosos del encargo recibido de su padre.

Sin embargo, solo había que detenerse un momento para ver que sus miradas eran muy diferentes. Mientras que los ojos verdes de Neoptólemo miraban con fuerza, llenos de seguridad en sí mismo y en su misión, la mirada miel de Aribas se percibía confusa. A ratos, parecía esquiva, como si el dueño creyera que no era digno de estar ahí; pero cuando estimaba que no le observaban, su mirada era rabiosa, como si, en realidad, pensara que eran los demás los que no merecían estar a su lado.

En el camino que llevaba hasta el santuario de Zeus, Neoptólemo no dejó de sonreír, a pesar de la importancia y seriedad de la misión encomendada. Consciente de su belleza, de su fuerza física y de su indudable atractivo, no quiso dejar de regalar a visitantes y lugareños su mejor aspecto, su porte real. Para que todos ellos pudieran contemplar el vigoroso cuerpo que había ganado dos días antes la corona de roble que llevaba puesta, no quiso colocarse encima la capa de lana que tapara sus músculos. Quería que los hombres le envidiaran y que las mujeres lo desearan. Neoptólemo era tan guapo como vanidoso.

Llevaba justo a su lado al hombre que más lo envidiaba: su hermano menor.

Por una parte, Aribas admiraba a Neoptólemo, once años mayor que él. Había nacido con tanta antelación que solo una desgracia impediría que fuera el próximo monarca. Era mayor, más guapo, mejor luchador y muy ambicioso. Además, era muy simpático, gran conversador y resultaba divertido e ingenioso.

Pero, cuando estaban a solas en el palacio, Neoptólemo se desprendía la máscara de oro que, similar a la que portaban los reyes micénicos cuando se enterraban, solo servía para tapar la podredumbre que había debajo. Cuando el verdadero rostro de su hermano mayor aparecía, Aribas se sentía terriblemente decepcionado. No porque fuera capaz de mentir a todo el mundo, ni porque su único objetivo en la vida fuera alimentar su enorme ego, sino porque carecía de inteligencia para ser un rey realmente excepcional, para llevar a cabo una misión que fuera más allá de mantener el reino en el punto al que su padre había conseguido ya llevarlo.

Aribas pensaba que, si su hermano fuera consciente de su propio poder, sería capaz de alcanzar cualquier cosa que se propusiera. Pero Neoptólemo era corto de miras y poco previsor. Actuaba movido por impulsos que nacían con fuerza, pero morían inmediatamente. Era como un perrito con mucha hambre al que se le ponía delante un plato enorme de comida suculenta, capaz de comer hasta morir reventado sin dosificar el alimento.

Justo cuando habían rebasado a las dos amigas beocias, Neoptólemo miró a su hermano y le dedicó una de esas enormes sonrisas de condescendencia que tanto irritaban al menor, aunque conseguía disimular su humillación haciéndose aún más pequeño:

—¿Qué te pasa, hermano? ¿Impresionado? ¿Nervioso?

—Me preocupa lo que el oráculo pueda decir, padre tiene grandes esperanzas puestas en este pacto —respondió Aribas, sombrío.

Neoptólemo se agachó para hablar quedamente a su hermano:

—¿De verdad crees que padre va a dejar que sea un oráculo el que decida? ¿Para qué crees que son ese enorme escudo de bronce que llevamos como ofrenda y todo el oro que ha regalado al templo? —dijo mientras guiñaba el ojo a dos jóvenes que vendían palomas para sacrificar al dios. Las dos le devolvieron la mirada con una enorme sonrisa.

Aribas, sin embargo, no encontró motivos para estar tan dichoso. Las impías palabras del mayor no le sorprendieron, aunque pensó que su hermano no debería decir esas cosas en público. No solo porque los dioses pudieran enfadarse sino, principalmente, porque a los gobernantes no les interesaba que se pudiera dudar del poder divino. Ellos no podían dejar nunca de pensar y actuar como líderes, como parte de la élite que se encargaba de dirigir al pueblo inculto y peor preparado. Suspiró, una vez más, decepcionado con la falta de perspectiva de su hermano y enfadado por ocupar un segundo puesto que no le correspondía.

Cuando la comitiva hubo pasado, la multitud volvió a ocupar la Vía y retornó a sus compras y menesteres. Métope y Hécuba se apresuraron a reunirse con Praxágora, que las miraba con cara de reproche por haberse separado. A su lado, Calíope imitaba la expresión severa de la sacerdotisa mayor en ese afán de la joven por aparentar ser más importante de lo que realmente era.

—¿Habéis visto al príncipe Neoptólemo? —susurró Métope en cuento estuvo fuera del alcance de la estricta Praxágora—. ¿Por qué tenemos que casarnos nosotras con viejos y no con un hombre como ese?

—¡Métope! —le regañó Calíope.

Hécuba no dijo nada. Su pensamiento se fue muy lejos, a la noche anterior. Aunque era capaz de escuchar a las dos compañeras hablando de las bondades del matrimonio y de las ventajas de casarse con un hombre mayor, su cerebro no podía procesar lo que estaba oyendo. Le daba igual si Métope estaba siendo demasiado atrevida o que Calíope tratara de fingir que se sentía dichosa por poder casarse y tener hijos. No le importó saber que la esposa de Neoptólemo se llamaba Deidamía y que tenían ya una hija. Le daba igual cómo se había enterado Calíope de ese dato, no quería saberlo. Solo quería que las dos se callaran y la dejaran pensar con calma.

Pero las dos seguían hablando sin parar, ajenas al ánimo de Hécuba. La tebana se llenó de un dolor intenso, de una rabia profunda que no sabía cómo había llegado, de una ira tan tremenda que, de haberse podido mover, habría golpeado a las dos amigas hasta hacerlas callar a la fuerza.

Hécuba sintió dentro de sí tanta rabia que el aire fresco no era capaz de alcanzar sus pulmones. Notaba que se ahogaba en su propia furia, luchaba desesperada por respirar, pero cuanto más lo intentaba, más se llenaba de ira y se colapsaba su pecho. Ofuscada y confusa, abría la boca como si quisiera comerse el aire, en lugar de inhalarlo. Pero el aire no podía entrar en ella porque su lugar lo ocupaban el miedo y el odio.

Las amigas seguían charlando con su cháchara intrascendente que tanto daño le hacía. Cada palabra que pronunciaban suponía aire que le robaban, y Hécuba necesitaba urgentemente que se callaran para que sus pulmones se llenaran del vital elemento. El pecho le dolía como si le hubieran golpeado; la boca del estómago estaba rígida, impidiendo al diafragma bajar, hinchar su tórax con el preciado aire. Cada bocanada era más dolorosa y fatigosa que la anterior. Notó cómo la sangre se atoraba en su garganta, cómo la cara se le ponía roja del esfuerzo por respirar, cómo las sienes le palpitaban en un intento desesperado por que la sangre fluyera al cerebro y la dejara pensar. Pues no podía pensar, solo escuchaba a las dos beocias hablando sin parar, comiéndose su aire, robándole la vida, dejándola asfixiarse a su lado sin que ninguna percibiera el dolor y la angustia que la llenaban.

Cuando Hécuba pensó que iba a morir ahogada, presintió dos pupilas grises que la observaban. La mujer la escrutaba fijamente, como si quisiera obligarla a devolverle la mirada. Cuando los dos pares de ojos se cruzaron, Hécuba notó cómo, por fin, el aire había encontrado el camino a sus pulmones. Tomó una gran bocanada y se dejó llenar por el etéreo elemento. La vendedora misteriosa inclinó la cabeza y sonrió. Luego, volvió a indicarle su mesa. Aliviada, Hécuba supo que ahí se encontraba la solución a su problema.

Mientras las jóvenes seguían discutiendo como si sus próximos esponsales dependieran de ellas, la comitiva llegó al final de la Vía Sacra, donde el tosco camino de piedra y tierra se ensanchaba para dar paso a la entrada del recinto sagrado delimitado por un muro de escasa altura. Incluso el joven Aribas, al que los dioses también le habían privado de la estatura colosal de su hermano, era capaz de ver por encima un pequeño templo, sin columnas y, sobre todo, el roble sagrado, la voz del Dios Supremo.

Todos los miembros de la comitiva tuvieron que levantar la vista para poder ver el final de la copa del árbol. Sus enormes ramas aún estaban cargadas de hojas que ya empezaban a tornarse amarillas. La fresca brisa de la mañana otoñal las agitaba produciendo un siseo constante, un murmullo sacro que se percibía, a la par, como acogedor y sobrecogedor. Las palomas divinas, eternos huéspedes del árbol, acompañaban el sonido de las ramas con su zureo constante. Alrededor del tronco, siete calderos de bronce se alzaban sobre siete trípodes dorados rematados en garras de felino. Unas delgadas cadenas del mismo material pendían de las ramas inferiores portando en sus extremos astrágalos de carneros.

El *selos*, el sacerdote principal del lugar, les esperaba de pie junto al árbol. La cabeza tocada, el rostro sereno y las manos extendidas hacia los reales consultantes. Anquises, con la misma solemnidad, se adelantó para entregarle la lámina de bronce con la pregunta:

—¿Triunfará la formación del *koinon*[2] moloso? —la profunda voz del sacerdote retumbó en el santuario estremeciendo a toda la delegación.

Ante la sorpresa de todos, la respuesta de Zeus no se hizo esperar: un viento helado procedente de la cima del cercano Tomaros agitó con fuerza el enorme árbol. Más de cien palomas emprendieron el vuelo a la vez, amplificando con su agitado aleteo la sacudida de hojas, ramas y cadenas que actuaban como metálicos látigos golpeando con violencia los calderos. El aire se hizo pesado, denso, acompañando la explosión de sonidos vibrantes, agudos y desorganizados que rodeaba a los hombres, haciéndolos sentir zarandeados y aterrorizados,

---

2.- Confederación

pues parecía que el cielo fuera a abrirse en un trueno estremecedor y la tierra fuera a fracturarse tras el terremoto más desgarrador.

Después de unos minutos interminables de estruendo, el viento comenzó a calmarse y, muy lentamente, el retumbo se fue convirtiendo en una melódica vibración, en un zumbido tranquilizador que no cesó ni cuando las palomas retornaron tan sincronizadas como cuando emprendieron el vuelo.

El monte se había manifestado, el roble se había comunicado, las divinas aves habían vaticinado con sus vuelos y las vasijas que no callaban, se habían hecho escuchar.

—Zeus ha hablado —anunció con su voz cavernosa y solemne el *selos*.

—Y, bien, ¿cuál es la respuesta del oráculo? —preguntó con impaciencia mal disimulada el mayor de los Eácidas.

—El *koinon* moloso triunfará —respondió una voz femenina procedente de la esquina sureste del recinto.

Todas las miradas se dirigieron hacia esa zona. A la izquierda de la entrada principal, en el ángulo de unión de los dos muros más altos, se encontraba sentada sobre un trípode la *peleáde*, la sacerdotisa del templo. Cubierta completamente por un manto negro y un velo del mismo color tapando su rostro, la figura de la pequeña mujer, aparentemente muy frágil, contrastaba con la fortaleza y la seguridad de su voz.

Los doce hombres suspiraron tras haber estado conteniendo la respiración sin haberlo percibido. Aribas se sintió muy aliviado, pues temía la reacción de su padre de haber sido la respuesta negativa. Neoptólemo sonreía satisfecho, muy feliz, pensado en la gran bienvenida que les daría el rey cuando retornaran a Pasarón con la buena nueva. La formación de una liga con Alcetas al frente del pueblo moloso sería la culminación de un largo y peligroso proceso y el inicio del encumbramiento definitivo de la dinastía real Eácida.

Tan absorto estaba Neoptólemo en su prometedor futuro que no percibió el alboroto causado por las palomas que levantaron de nuevo el vuelo sin motivo aparente, pues esta vez no había habido ningún elemento perturbador. La voz de la sacerdotisa lo devolvió al presente:

—De la semilla del sacrilegio nocturno nacerá un león imbatible. El mayor rey que el mundo haya conocido.

El sacerdote miró desconcertado a su compañera. No era habitual que ella hablase tras haber hecho el vaticinio.

—¿Qué ocurre? ¿Qué es lo que quieres decir? —preguntó incrédulo.

Ella comenzó a levantarse del trípode mientras repetía el mensaje con airada voz. El brusco movimiento provocó el deslizamiento del manto y del velo, lo que dejó su blanco cabello al descubierto y un rostro envejecido, pero lleno de fuerza y determinación.

—De la estirpe del impío vencedor de la corona de roble nacerá el conquistador del mundo —gritaba con fuerza la anciana. Giró el cuerpo hacia la comitiva con determinación, enfrentándose directamente a los príncipes, aunque solo a uno de ellos miraba—. Pero tú no vivirás para verlo, Neoptólemo.

2

Última noche en Pasarón

Pasarón (Épiro), 357 a. C.

Dos enormes ojos verdes, abiertos contra su voluntad, reflejan la luz de la única lucerna que queda encendida en el Palacio Real del Pasarón, la capital del reino moloso.

Políxena no puede dormir. La calma que la rodea le produce mayor desazón que el ajetreo de todo el día. Tumbada en su cama, su mente se hace consciente de unos sonidos que, a fuerza de ser conocidos, acabaron siendo inaudibles. Ya nadie percibe el crujido de las viejas vigas de cedro del techo que llevan demasiados años aguantando el peso de una estructura arcaica que siempre necesita reparación; ni el crepitar del fuego del salón principal, que nunca se apaga por si el rey necesitara acudir urgentemente; ni el suave deslizar de las gotas que se forman en el muro norte, donde la humedad se concentra y no llega a secarse ni en los días más tórridos del verano.

Políxena se ha acostumbrado a dormirse acompañada por los lejanos y monótonos pasos de los guardias haciendo su ronda, comprobando que toda la familia se encuentra segura y descansando. Sonríe levemente cuando escucha el suave chasquido de lamento de la baldosa del pasillo sur al ser pisada, esa que lleva levantada años, de las que todos se han quejado alguna vez porque se han tropezado con ella, pero que vuelve al olvido un instante después del aviso, pues siempre hay asuntos más importantes que resolver.

La joven piensa que todos deben estar muy cansados, pues esta noche no se escucha abrirse ninguna puerta. Nadie se mueve de su cuarto o todos están ya en el dormitorio en el que quieren pasar la noche. Durante un buen rato se concentra en escuchar si algún gozne avisa de la criada que, a escondidas, va a buscar la cama del amante o de si su hermano, un glotón incurable, se acerca a la despensa para buscar un pastelillo de miel. Pero esta noche nadie busca nada. O es que ya lo han encontrado todo.

Políxena se pregunta si estarán en la cama, como ella, mirando un techo desgastado y frío. Si la echarán de menos cuando parta mañana. Si ella añorará el palacio donde ha crecido, pero donde apenas se ha sentido alguna vez querida. Un enorme edificio tan frío, vacío y desgastado como su propia familia.

La muchacha, enfadada con el dios Morfeo que esta noche no quiere acudir en su ayuda, se gira en la cama tantas veces que acaba sacando las sábanas y, lo que es peor, deshaciendo el recogido con el que protege su pelo durante la noche. Resopla enfadada y se incorpora bruscamente para tratar de volver a colocar los mechones que se han escapado. Aunque la primavera está muy avanzada, la humedad y el frío de la estancia la hacen sacudirse en un prolongado escalofrío que la hace sentir aún más irritada.

—¿Por qué nunca hace calor en este maldito lugar? —murmura mientras se pelea con los bucles díscolos.

Ese gesto le hace acordarse de su madre fallecida. Los ojos se le llenan de lágrimas cuando la imagen de una mujer rubia, perfectamente peinada siempre, tiraba sin compasión de sus rizos oscuros tratando de estirarlos en una eterna pelea en la que el cabello siempre acababa ganando y Deidamía recriminando a la niña por ser rebelde desde la cabeza a los pies, como si ella pudiera controlar el color o la forma de sus cabellos.

Es el dolor. Es la rabia que nunca desaparece. Es el deseo intenso de irse de allí y no volver jamás.

—Mañana —se dice a sí misma mientras acaba deshaciendo, con furia, el lazo que sujetaba toda la melena. El pelo se suelta como una cascada por su espalda y ella lo agita con las dos manos, con fuerza.

Los movimientos de Políxena no pasan desapercibidos en el cuarto contiguo en el que, también insomne, trata de descansar su criada personal, Hermíone. Justo en el momento en el que la joven está liberando su cabello de los inútiles lazos que lo aprisionaban, la mujer entra por la puerta, con una taza en la mano.

—¡Mi niña! ¿Qué le ha pasado a vuestro pelo? —le dice. Y deja la taza sobre un enorme baúl que hay colocado junto a la puerta. Uno de los tres en los que ha recogido su vida hasta ese momento, quince años embalados en tres tristes estructuras de madera.

Políxena llora ahora con tanta fuerza que Hermíone se sienta en la cama y deja que la muchacha se abrace a su cuerpo y suelte sus lágrimas sobre el pecho. Acostumbrada a los arrebatos de la joven, permite que se vaya calmando mientras acaricia el pelo y empieza a recogerlo en una larga trenza.

—Os he traído una infusión —susurra cuando la llantina empieza a ceder y el cabello vuelve a estar domado y recogido—. Tomadla antes de que se enfríe más.

Políxena, más tranquila, alarga las manos para coger el vaso que Hermíone le ofrece. Le gusta el contacto con la cerámica tibia, dejar que el calor del recipiente se transmita a su piel y, poco a poco, a su alma. Incluso antes de dar el primer sorbo, la calidez de la mujer y de la bebida consiguen rebajar su tensión.

—No quiero dormir sola esta noche —musita, dando sorbos pequeños al líquido—. ¿Puedes quedarte?

Hermíone asiente con la cabeza. Sonríe.

—Pronto vais a ser una mujer casada, mi niña. No habrá hueco para mí en esa cama.

Las pupilas verdes, que comienzan a contraerse por el efecto de la infusión de adormidera, intentan inútilmente abrirse. Políxena quiere protestar, decirle a la sirvienta que siempre habrá un hueco para ella en su hogar, pero el sueño comienza a atraparla, su cuerpo pierde fuerza, el miedo se marcha.

—¿Crees que voy a ser feliz en Macedonia, Hermíone? —susurra adormilada. Se deja caer en la cama e indica con la mano que la mujer se tumbe a su lado.

—Depende de lo que necesitéis para ser feliz —contesta, siempre práctica, la criada.

—Voy a ser reina —murmura.

—Si eso es lo que os hace feliz.

—No solo eso —susurra desinhibida por la droga—. Lo que más deseo es amar y ser amada. Quiero ser capaz de enamorarme de Filipo y que él me ame con la misma pasión. Mi gran sueño es ser para Filipo la compañera perfecta que el gran Pericles encontró en Aspasia. Me encantaría que el nuestro sea un matrimonio de iguales, de amantes cómplices. Necesito ser parte de su mundo, que me cuente sus batallas, las intrigas de palacio, sus miedos, sus ilusiones. Ser una reina de verdad, no solo la mujer del rey de Macedonia.

Las últimas palabras son tan sigilosas que Hermíone no habría podido escucharlas de no haber estado tumbada a su lado. Las dos suspiran. La más joven, ilusionada por el futuro que se le presenta; la mayor, escéptica.

Hermíone no cree que Filipo ni ningún hombre vaya a ser capaz de dejar que el sueño de su joven e ilusa señora se cumpla. Políxena no quiere aceptar que el destino de una mujer no es acompañar a su hombre, sino tan solo seguirlo.

Cuando escucha la respiración tranquila de la muchacha, se incorpora y apura de un trago la infusión que sobra. Luego, vuelve a tumbarse en la cama y deja que la calma también la alcance a ella.

Y así, abrazadas, duermen el resto de la noche. Su última noche en Pasarón.

3

Los Misterios de los Grandes Dioses

Samotracia, 357 a. C.

La gran noche ha llegado. La vieja vida de Políxena en Pasarón ha finalizado. No hay camino de retorno. El futuro acaba de comenzar.

La joven se encuentra de pie en un enorme escalón de piedra que rodea un gran círculo en cuyo centro se encuentra el sacerdote principal. En la espesa y misteriosa oscuridad, apenas rota por algunas antorchas dispersas, la joven difícilmente puede ver, pues su rostro está cubierto por un velo tan blanco como el resto de sus vestiduras y la de los otros cincuenta participantes, dispuestos en distintas alturas en una gran rueda de expectativas y miedos.

Todos los asistentes portan en su mano un pequeño bol cónico de cerámica negra que les ha sido entregado previamente. Con la otra mano, Políxena sujeta a una sudorosa Hermíone que se aferra a la joven buscando la tranquilidad que, hasta ese momento, siempre ha sido ella la encargada de proporcionar. La mujer trata de mantenerse firme, mientras siente cómo sus labios se mueven descontroladamente buscando aire y ahogando un grito que no está autorizado a salir. Ambas permanecen expectantes en el tercer escalón, por encima de otros peregrinos que han llegado un poco antes.

Políxena les observa, aunque apenas puede percibirlos bien. La mayoría está tan quieta y rígida como ellas mismas. Le gustaría ser capaz de escuchar sus corazones, de percibir si los latidos de los demás van tan rápidos y descontrolados como los suyos, agitados por la incertidumbre. Políxena no tiene miedo, el nerviosismo solo se debe a la curiosidad, a esa necesidad imperiosa que siempre siente de que todo ocurra rápido, a la velocidad a la que se mueven sus pensamientos. La molosa es demasiado joven para haber aprendido a disfrutar de la espera, a aceptar el curso natural de todos los acontecimientos.

A su lado, Hermíone sí tiene miedo. No le gustan los cambios, le desagrada el desconocimiento, ella es feliz en una tranquila rutina. Natural de Tebas, sabe que en su ciudad se celebraban unos rituales similares a los de Samotracia, es perfecta conocedora de que jamás un asistente se quejó de la experiencia o se arrepintió de haber acudido a los Misterios. Pero no se acaba de fiar. Hay muchos motivos por los que las personas no dicen en voz alta lo que realmente piensan, desde el respetuoso temor a los dioses, que podrían sentirse insultados por no haber disfrutado de la experiencia, hasta el habitual miedo a los humanos, muy dados al escarnio y al insulto hacia aquel que disiente del decir y el pensar de la mayoría.

Detrás de las mujeres, en el escalón inmediatamente superior, se sitúan los *epoptai*, aquellos que ya han participado previamente en el ritual, los que ya han visto y vivido. No son pocos los que deciden embarcarse de nuevo para repetir, aumentada, la vivencia. Pero jamás la segunda ocasión es idéntica a la primera vez. Se cuenta que la experiencia aún es más sublime, más profunda, pues se ha perdido el temor a lo desconocido y la calma consiguiente predispone al intelecto y el alma para sentir el contacto pleno con los dioses, el conocimiento extremo, la visión en un grado máximo.

En el último peldaño, rodeando al grupo, se escucha el suave movimiento de control de los sacerdotes y sacerdotisas que vigilan a los peregrinos. Al igual que los recién llegados, van vestidos completamente de blanco. Pero se les distingue claramente porque no llevan velado el rostro. La mayoría son hombres maduros, muy serenos, con largas barbas canosas cuidadosamente peinadas. Las pocas mujeres son también mayores y, en contra de lo que suele ser habitual, llevan las largas melenas blancas sin ningún adorno que sujete los cabellos. Hombres y mujeres por igual transmiten paz con su mirada. No sonríen, pero su rostro no es triste. Tanto los rostros, tranquilos, como los movimientos, suaves, transmiten sensación de dulce cuidado, como esas madres que vigilan, mientras tejen, a sus hijos, y son capaces de contar los hilos mientras no pierden detalle de los juegos infantiles. Esas mujeres tan sabias como intuitivas que son expertas en percibir y adelantarse al más mínimo incidente, solo por una pequeña alteración de la voz infantil o por un sutil cambio en la sombra o el movimiento.

La presencia de esas figuras cuidadosas proporciona seguridad a Políxena, mientras que Hermíone los percibe como amenazantes, como unos carceleros que les rodean para evitar que escapen. Ambas suspiran a la vez. Políxena de emoción contenida, Hermíone de puro miedo. La más joven aprieta la mano de su criada para transmitirle la ilusión que ella siente. No lo consigue.

La potente voz del sacerdote principal les hace estremecerse:

—*Optaumi ptouaumi, ancharich. Iso charptoumi. Anocha abithrou acharabaubau barathian ateb douananou. Iakoubi tauraberomi antabi taubi.*[3]

3.- No sabemos nada acerca del ritual de iniciación que tenía lugar en Samotracia y que

Las palabras sagradas en el antiguo y extinto idioma natal de la isla les resultan hipnóticas, ambas contienen la respiración mientras aprietan sus manos con tanta fuerza que los dedos se tornan lívidos. Detrás de ellas, los sacerdotes repiten como un eco: *Iakoubi tauraberomi antabi taubi.*

Una sacerdotisa responde desde la distancia:

—*Aza, phorbarima mirphar. Zaura, ptauzou, chdtharparachthizou. Zaith atiau iabau katantoumi bathara chthibi anoch.*

El coro repite de nuevo: *Iakoubi tauraberomi antabi taubi.*

Luego, silencio. Solo se oye el rumor del arroyo corriendo al este y las olas del mar, en la distancia, al norte. Ligeros roces de los trajes de los presentes al moverse levemente, algún suspiro y una incipiente tos que consigue ser ahogada.

Muy débilmente comienza a oírse una flauta doble. El sonido proviene de todas partes y de ningún lugar, pero se extiende como una débil niebla que cubre el corazón de todos los presentes llenándolos de esperanza y anhelo. Se vuelve a oír la voz del sacerdote central:

—¡Oh, Grandes Dioses cuyos nombres no se deben pronunciar! *Ousirentechtha*, os conjuro, soberanos dioses, no desoigáis mis palabras, habladme claramente en todo. Escuchad a estos siervos que han venido a vuestro sagrado hogar para rogaros por su alma inmortal.

Su voz se eleva más para exhortar a los peregrinos:

—¡Repetid conmigo! Nacimiento primero de mi nacimiento, primero de mi principio.

Y un coro tímido responde:

—Nacimiento primero de mi nacimiento, primero de mi principio.

---

era denominado Misterios. De hecho, la connotación de secretismo que tiene la palabra misterio proviene de la obligación de silencio que era imperativa en este tipo de rituales. Ante la falta de textos, las frases y oraciones que aquí se ponen son inventadas y adaptadas de los denominados Textos de Magia de Papiros Griegos.

Políxena apenas escucha la voz de Hermíone, que sigue sobrecogida. Ella se siente dichosa, partícipe de un momento mágico.

—Espíritu del espíritu que está en mí, el entregado por la divinidad para la mezcla de las mezclas que hay en mí.

La respuesta del coro ahora es más vibrante, más segura. El aire nocturno se siente cargado de energía. Políxena nota cómo se enrojecen sus mejillas y sus ojos se llenan de lágrimas de emoción. Cada frase que pronuncia el sacerdote se convierte en una respuesta más y más fuerte, uniendo a todos los iniciados en un círculo sagrado de petición y deseo.

—Formado por un brazo honorable y una mano derecha inmortal en un mundo oscuro y radiante, privado de alma y dotado de ella. Transferidme al nacimiento inmortal y con ello a mi naturaleza sustancial; de manera que yo contemple el origen inmortal con espíritu inmortal; para que nazca con espíritu nuevo y sople en mí el sagrado espíritu.

—Para que nazca con espíritu nuevo y sople en mí el sagrado espíritu —chilla Políxena mientras dos grandes lágrimas, que ni ella percibe, se deslizan por su rostro.

—Pues yo soy el hijo *psychon demou procho proa*, yo soy *macharph mou própsychon proe* —la voz del sacerdote es como un torrente de fuerza que les impulsa a levantar los brazos al cielo, implorando el favor a esos Grandes Dioses invisibles que no tardarán en manifestarse ante cada uno de ellos.

La música sube de volumen, a las flautas dobles se unen los acordes de las cítaras y el rítmico golpeteo de los tímpanos que invitan a los participantes a moverse acompasados en sus lugares. El movimiento es muy tenue, muy tímido al principio. Políxena sigue cogiendo, con fuerza, la mano de Hermíone. La más joven balancea su cuerpo con calma, sin moverse del lugar, se deja llevar por la música externa y otra, interna, que cada vez resuena con más fuerza en su cabeza, en su pecho. La sirvienta imita, torpemente, el fluctuar de la molosa, aunque ella no escucha nada en su interior. Sus oídos están concentrados en el roce de las vestimentas de los sacerdotes y sacerdotisas que se encuentran en la hilera superior. Los escucha moverse, bajar despacio los escalones y mezclarse entre los asistentes. A través del velo, Hermíone consigue ver que cada uno de ellos lleva en la mano una gran jarra. Una mujer se acerca a ellas y susurra que preparen sus cuencos. Recitando en voz quedan unas palabras ininteligibles, vierte en los pequeños recipientes negros un líquido muy oscuro, casi negro. Hermíone y Políxena sujetan con ambas manos el vaso esperando expectantes la orden de poder tomarlo.

Cuando todos los peregrinos están servidos y tienen sus cuencos preparados, el sacerdote central levanta una gran copa y va girando su cuerpo para mostrar la ofrenda a los cuatro puntos cardinales. Luego, se dirige a uno de los laterales y repite en voz alta "*Iakoubi tauraberomi antabi taubi*" mientras derrama el contenido dentro del pozo ritual dedicado a los dioses del inframundo. Tras ello, con los brazos en alto, exclama:

—¡Oh, Grandes Dioses cuyos nombres no se deben pronunciar! ¡Recibid la ofrenda de estos implorantes y concededles la visión sagrada que les transforme en seres renovados! ¡Bebed el sagrado vino y participad de la divina presencia!

Son las palabras que estaban esperando. Algunos con ávida rapidez y otros con respetuosa calma, todos los oyentes se retiran el velo, acercan el vaso a sus bocas y dan el primer sorbo de la bebida sagrada. Políxena se lleva rápidamente el vaso a los labios y percibe por el olfato que es un vino potente, no parece estar diluido en agua, como es la costumbre. El primer trago le quema las entrañas y le deja un fuerte regusto a hierbas y especias en la boca. No le gusta el sabor, pero no tarda en apurar la copa y dejar que la bebida le caliente todo el cuerpo. Mira a Hermíone, que permanece mirando al infinito con la copa en los labios. La molosa acaricia tiernamente el brazo de su sirvienta y le anima con los verdes ojos a que se la tome. La criada obedece confusa mientras hace un gesto de sorpresa al notar el fuerte sabor de la bebida. Experta en hierbas, trata de reconocer los ingredientes en su paladar, pero el intenso vino mata todos los matices más suaves. Cuando ambas han acabado su dosis, vuelven a cogerse de la mano esperando el siguiente paso.

La música, que no ha parado de sonar, va subiendo su ritmo y volumen. Hermíone, que nota el calor del vino en todo su cuerpo, mira a su señora preocupada cuando ella comienza a sentir náuseas y que el aire sube a su boca obligándola a contener extraños eructos que se mezclan con bostezos irreprimibles. Teme vomitar en un lugar tan sagrado y mira a la joven con malestar entre el miedo de perder el control y la preocupación de que la muchacha esté pasándolo mal.

No es el caso. Políxena, aunque un poco mareada, se siente dichosa. Oscila sobre sus pies mientras sonríe mirando a la luna, que acaba de aparecer tras una nube. Percibe un agradable cosquilleo por todo su cuerpo que se ha vuelto ligero, capaz de elevarse como si fuera una pluma mecida por el viento. En las piernas, leves espasmos, que no son incómodos, sino que la invitan a balancearse, a ondular, a fundirse con el vaivén del universo.

—Todo es perfecto, Hermíone. Suelta la ansiedad. Libérate del miedo. Yo estoy muy bien, tú estás muy bien. La vida es hermosa, este lugar es precioso. Todos somos afortunados. Los dioses vendrán a vernos. Al fin, voy a ser feliz. Todo es perfecto, Hermíone. Deja que la perfección te inunde, no te resistas —susurra, casi cantando, mientras no deja de mirar la luna que está ahí solo para ella.

La paz que transmite la princesa es contagiosa. Hermíone se deja llevar por su balanceo e imita el movimiento, fundiéndose las dos en una oscilación marcada por el ritmo de la música. Por primera vez, la sonrisa acude a los labios de la tebana.

—¿Has visto qué hermosa está la luna, Hermíone? Nunca la vi tan brillante como esta noche.

—Su brillo sabe a miel, señora. Nunca había saboreado la luna. Todo es perfecto, Políxena.

Una sacerdotisa, danzando mientras toca la flauta, se acerca a ellas y, con la mano, las invita a seguirla. Ellas obedecen sin temor y salen del círculo de piedras para adentrarse en un estrecho sendero apenas iluminado por la antorcha que porta la mujer en la mano derecha. A los lados, la oscuridad es completa. El camino desciende en una suave pendiente que, sin embargo, ambas perciben como la más empinada de las veredas. Parece que fueran a bajar hasta el mismísimo Hades.

De pronto, la senda se ensancha y, enfrente, se alza un imponente edificio, alto y sobrecogedor. Tapa por completo la luna y la visión del cielo, pero la parte superior está completamente iluminada por cientos de temblorosas antorchas. Políxena tiene que entornar sus ojos para no sentirse deslumbrada, el destello daña sus pupilas dilatadas. Hermíone susurra al oído de su ama:

—¡Qué hermoso templo, señora! Su luz huele a jazmín. Todo es perfecto.

Sutilmente, la sacerdotisa las invita a cubrirse de nuevo el rostro y las dirige hacia la puerta de la izquierda, por donde previamente van entrando las mujeres, mientras que los hombres son conducidos a la derecha.

Dentro, para el alivio de Políxena, la penumbra vuelve a reinar, aunque se puede contemplar la majestuosa sala. La princesa mira a su alrededor con curiosidad y solo puede ver una docena de mujeres, todas veladas, tan perdidas y asombradas como ella. Con la mirada borrosa, busca a los demás asistentes y comprueba que los hombres se encuentran en una sala paralela, un par de codos[4] por encima de donde están ellas, y separados por una hilera de altísimas columnas. Sus ojos, buscando el final de estas, acaban llegando al techo en el que miles de rostros la observan con curiosidad. Sus frías miradas marmóreas le provocan un escalofrío que le recorre desde la nuca hasta las piernas. Tiene que hacer un gran esfuerzo para mantenerse de pie y busca la mano de Hermíone, que también mira el techo con estupor, aunque ya no siente miedo, solo una inmensa curiosidad y sorpresa, pues nada se parece a lo que había visto, escuchado o vivido antes. Nada es igual, ni siquiera ella.

Sus escrutinios se detienen cuando la música vuelve a elevar su tono en una melodía alegre y muy festiva que invita a bailar. Seis sacerdotisas se dirigen al centro de la sala y se unen de las manos en un corro danzante animando con sus ojos alegres y dulces palabras al resto de las féminas. Cada una de las asistentes se va uniendo al círculo cuando sus pies ya están preparados hasta formar un gran círculo en el que todas giran felices alrededor de un altar invisible o, quizá, de la propia divinidad.

Políxena comprende que su cuerpo ya no le pertenece, que es una entidad independiente que busca el ritmo y la comunión con el resto de los iniciados. Lo percibe como lleno de una energía expansiva que sale de su ser para unirse con la de las otras mujeres, la de los hombres, el agua, la tierra, el aire, la música, el sonido y todo el universo. Se siente una con el corro, con los otros iniciados y también con la divinidad. No hay ni personas, ni animales, ni mujeres, ni hombres, ni buenos, ni malos, ni humanos, ni dioses. Todos son ella y ella es todos. Todos son perfectos. La felicidad es perfecta y ella le pertenece.

4.- El *pechys* o codo equivale a, aproximadamente, 48 centímetros.

Las manos permanecen unidas a las de sus compañeras de festejo. A su izquierda, Hermíone, completamente entregada al baile, con la mirada ausente, pero dichosa. A su derecha, una sacerdotisa muy bella, con la sonrisa tan perfecta que Políxena la confunde con la diosa Afrodita.

Mientras danzan, la plenitud les inunda sin dejar lugar al miedo y la inseguridad. Políxena siente que su vida le pertenece por primera vez desde que nació y la fuerza que la inunda se transforma en una danza más alegre y frenética. Los pies parecen no rozar el suelo, su cuerpo se eleva hacia la divinidad con la que se siente en dichosa fusión. No hay pasado que pueda hacerle daño, no hay futuro al que temer. Solo es ella y esa sensación inefable de estar completa, de orgullosa pertenencia a la raza humana, al universo. Toda su vida se llena de pleno sentido.

Hermíone se siente libre por primera vez en mucho tiempo. No importa todo el sufrimiento, la ausencia, el miedo, el dolor. Deja que la música se apodere de ella, la penetre hasta el último rincón de su cuerpo y la libere de los fuertes lazos que la vida y ella misma han ido tejiendo en los últimos años. Es una con la música, una con el aire, con el tiempo, con los dioses. La dicha es tan grande e intensa que ha desplazado todo el miedo, la suspicacia, el rencor, la soledad. Ama a Políxena más que nunca en su vida, pero de una forma tan profunda e intensa que siente que va a explotar de amor. Toda su vida tiene sentido pleno.

Tras un tiempo incalculable de baile frenético, la música va disminuyendo en velocidad y volumen. El giro del corro también se va frenando, aunque los pies siguen moviéndose, por inercia, sin pensarlo. La voz del sacerdote resuena como un trueno en una noche calma:

—*Iakoubi tauraberomi antabi taubi.* ¡Benditos aquellos que han visto, pues ellos no permanecerán en la oscuridad cuando sus cuerpos yazcan bajo la tierra!

Las sacerdotisas detienen el baile y, muy despacio, las manos se separan. Hombres y mujeres se apartan y buscan un rincón donde parar a descansar y a reflexionar sobre lo acontecido. Algunos se tumban en el suelo, otros se reclinan sobre los sillones que en algún momento se han colocado, aunque nadie lo había percibido. Muchos salen en busca de aire fresco y deambulan alrededor del templo, por los caminos, en el bosque sagrado, o por dondequiera que sus cuerpos, privados del mando del cerebro, los lleven. Hermíone también sale y, en contra de su costumbre, abandona a su señora para perderse en la oscuridad de la noche.

Políxena se queda danzando sola en el centro de la sala. No puede detenerse, siente la necesidad de mantener la felicidad, de atraparla en su cuerpo y dejar que se extienda por cada uno de sus órganos. La nota acariciar su piel, adentrarse en sus ojos, jugar con su estómago y pellizcar su vientre. Una orden que no sabe de dónde nace, le dice que la esconda en su pecho, que la proteja allí. Así siempre tendrá un lugar donde ir a buscarla si la tristeza volviera a llegar a su vida. Después de ocultarla, sonríe dichosa y sigue moviéndose por la sala, agradeciendo en silencio a todos los presentes el haber compartido con ella esas horas de supremo gozo.

Mientras se pasea, presiente que unos ojos la están siguiendo. Mira hacia el techo. Mil extrañas caras la siguen mirando, pero sabe que no son esos seres de mármol los que la vigilan. Se gira muy despacio hasta que su vista se para en los ojos más hermosos que jamás vio. El azul le recuerda al del mar que la llevó hasta la isla. Un azul profundo y misterioso, lleno de promesas de aventura y de peligros. Un azul que la atrapa y la conmueve. Siente la apremiante necesidad de sumergirse, para siempre, en esos ojos.

Poseída por la urgencia, se dirige hacia el dueño de la mirada, pero él está en la otra parte de la sala, en la zona más alta de los hombres, y no puede llegar hasta allí. Sin necesidad de hablarse, ambos saben que tienen que encontrarse y, casi a la vez, se dirigen a sus respectivas puertas para salir al porche común.

Tan serenos como excitados, ambos se miran sin hablarse. El azul intenso fijo en el verde profundo. El verde anhelante clavado en el azul marino.

El hombre da dos pasos. Ella uno. Él toma las manos de ella.

—¿Eres el dios que estaba esperando? —murmura Políxena arrebatada.

4

La boda

Samotracia, 357 a. C.

Una enorme bañera de bronce ocupa casi la mitad de la sala. Políxena, rodeada del agua tibia y perfumada, mira a su alrededor y sonríe. Desde la noche de los Misterios todo le parece mucho más bello. Incluso esa coqueta mansión alquilada por su tío, mucho más pequeña que el palacio de Pasarón, le parece un lugar maravilloso, cálido y acogedor. Desde el borde de la tina, unas gotas resbalan juguetonas hasta el pavimento de mármol blanco y se agrupan en el suelo, sonriendo como las máscaras del teatro. Políxena les devuelve la sonrisa, ella también se siente dichosa.

La pared del fondo está cubierta por un modesto tapiz. No tiene la grandeza de los del palacio y las imágenes son toscas y un poco infantiles, pero sus colores alegres, mostrando el nacimiento de Afrodita, le resultan simpáticos. Los hilos parecen haber sido escogidos a propósito para traerle gratos recuerdos. El fondo anaranjado se asemeja a un cabello rizado y suave de acariciar; el rojo del sol en el horizonte, una barba espesa y cuidada en la que los dedos se pierden para ser rozados por unos labios carnosos, muy sensuales, mucho más que los de la diosa de la tela que tiene la cabeza desproporcionada, casi del tamaño de los senos que muestra sin ninguna vergüenza. Políxena, que se ha quedado sola un momento, lleva la mano a uno de sus pezones y lo acaricia. Vuelve a sonreír. El recuerdo de unos dedos cálidos rozándolos altera su respiración. La sensación, muy vívida, de los labios expertos besándolos, la excita tanto que a punto está de llevar la mano libre a su sexo imitando el gesto de Afrodita, aunque con una intención muy diferente a la de la diosa que solo busca, pudorosamente, ocultarlo. La entrada de Hermíone interrumpe el recuerdo y frena el deseo.

La tebana llega con una larga vasija de enormes asas que acaba con las fantasías juveniles de golpe. Políxena no quiere llorar, ni sentirse triste. Sabe que tiene que casarse, que nunca volverá a ver al dueño de los ojos azules, quien ahora también es el amo de sus pensamientos. Pero ella va a formar parte de la familia real macedonia y, sea como sea el esposo que le han asignado, su mente rebelde se autoconvence de que ha vivido un encuentro tan extraordinario que lo recordará incluso cuando sea vieja, dentro de veinte o treinta años. En su juvenil arrogancia, considera que ha experimentado en una sola noche lo que muchas mujeres no son capaces de imaginar ni en sus mejores sueños. Ese pensamiento la reconforta.

—Muy pensativa andáis —comenta Hermíone a la vez que levanta la vasija para derramar el agua sobre los cabellos de Políxena.

—¡Por Hera! ¡Está muy caliente! —exclama la joven—. ¿Dónde has tenido esa agua? Esta mañana, cuando la recogimos del arroyo, estaba fresca.

—Si os hubiera vertido agua fría, os habríais quejado mucho más, señora —ríe la tebana, y repite el gesto, vaciando sobre la oscura melena el recipiente, que luego deposita con mucho cuidado en el suelo—. Si algo le pasara al *lutróforo* de vuestra madre, seguro que vuestra hermana sería capaz de llegar desde Pasarón para matarme.

—¡Y de la forma más cruel que se le ocurra! —añade Políxena, sumergiendo la cabeza en la bañera. Siempre le gustó hacerlo, ya desde que era pequeña. Luego, sale del agua agitando la melena y mojando, irremediablemente, a Hermíone, que tampoco se cansa nunca de regañarle por hacerlo, aunque lo echaría de menos si no lo hiciera—. Por cierto, no me has dicho cómo has conseguido que la estirada de Troa nos deje traer algo de mi madre. Considera que todo es suyo, como si yo no tuviera derecho a nada.

—Troa no me dio permiso —dice Hermíone, secándose la cara—. Nunca se lo pedí, no iba a darle el placer de negaros lo que os corresponde. Ella lo utilizó cuando se casó. Y, antes de ella, Deidamía, que siempre contaba orgullosa que fue un regalo de vuestra abuela paterna, que lo recibió, a su vez, de la abuela de vuestro padre. Da buena suerte utilizar un objeto tan antiguo. Han debido ser buenos y prósperos matrimonios cuando no ha acabado en la tumba de ninguna mujer soltera.

—¿Tú crees que es tan viejo? —pregunta Políxena mirando fijamente el alto vaso de un color blanco con dibujos muy sencillos en negro.

—Aspecto tiene. Ahora son más elegantes, con grandes asas decoradas en negro, tapas rematadas con flores y figuras de los dioses dibujados por todos los lados —comenta la sirvienta mientras coge un ungüentario mucho más pequeño y vierte en su mano unas gotas de oloroso aceite de lavanda—. Pero es el *lutróforo* de vuestra familia, de los Eácidas, con el que varias generaciones han recogido el agua para purificarse antes de la boda. A vuestro padre le habría encantado veros usarlo.

Hermíone se sienta en un taburete cerca de la bañera. Políxena se inclina hacia atrás para que la mujer reparta el aceite por su cabello. Siempre lo hace con mucha calma, dejando que el óleo impregne los cabellos, deslizando los dedos entre los mechones para que quede bien repartido. Como de costumbre, coge luego un peine y con mucha paciencia, comienza a peinar a la joven.

—¿Has robado el *lutróforo*? —pregunta Políxena divertida.

—No he dicho tal cosa. Solo que no se lo he pedido a Troa —Hermíone se interrumpe para volver a echar unas gotas de aceite en su mano. Hoy quiere que el pelo de su señora brille como nunca. Políxena, impaciente, golpea el agua reclamando una explicación. Las gotas salpican a Hermíone, quien sigue tranquila con su quehacer peinando con mucho cuidado a la muchacha. Cuando considera que está perfecto, decide que es el momento de aclarar el misterio—. Se lo dije a vuestro tío, Aribas, y él me dio permiso. Al fin y al cabo, perteneció también a su madre. Ya podéis salir del agua, os vais a quedar arrugada como una pasa.

Políxena se hace la remolona. Le encanta quedarse en el agua hasta que se queda tan fría que los labios se le ponen del color de las granadas maduras.

—Aribas te ha dado permiso, aunque sabe que, si se entera Troa, se podrían escuchar las voces desde Macedonia —comenta divertida sin decidirse a salir de la enorme bañera—. A veces, tengo la sensación de que mi tío te teme, Hermíone. Siempre te hace caso, como si tuvieras algún tipo de poder sobre él.

—¡No consentirían los dioses que una humilde mujer como yo tuviera poder sobre un rey! —exclama la tebana—. ¡Señora! Tenéis que salir ya, nos espera un día muy largo.

—Un poquito más, Hermíone. ¡Se está tan bien en el agua! Solo de pensar en todo lo que tenemos que hacer hoy, me entra la pereza.

—¿Pereza? Es la primera vez que oigo a una novia hablar de pereza el día de su boda.

—Si fuera posible irme de Pasarón sin tener que casarme, lo haría, no me casaría.

—Si fuera posible que una mujer hiciera su voluntad, el mundo volvería al caos primigenio.

—Tú no te has casado —replica Políxena.

—Y casi nunca hago lo que deseo. Soy una simple criada.

—¿Y qué te gustaría hacer si fueras dueña de tu destino?

—¡Sacaros del agua y poneros el vestido de novia que tanto nos ha costado bordar!

—Está bien, ¡ya salgo! —Políxena se levanta con fuerza del agua y sale de la bañera. Hermíone la espera con un enorme lienzo de lino para envolverla, pero la joven, juguetona como pocas veces, en lugar de dejarse secar, se abraza a la tebana riendo con fuerza.

La mujer, sorprendida, también se echa a reír. Le gusta ver a su señora tan alegre. Desde que participaron en los Misterios, parece más jovial que nunca. Aunque, a ratos, se queda callada y pensativa mirando el mar desde la ventana del dormitorio. A veces, suspira. Hermíone le ha preguntado varias veces dónde se metió esa noche, pero no consigue sacarle una respuesta coherente. Probablemente, no sea capaz de acordarse.

Ella misma estuvo vagando alrededor del templo un buen rato sin ser consciente de lo que hacía hasta que Aribas la agarró por los hombros y le dijo que no encontraba a Políxena. Lo cierto es que, a pesar de las reticencias que tenía y el miedo que sintió, Hermíone se alegra de haber participado en la experiencia. Desde esa noche, se siente diferente. Más segura, más calmada, menos perturbable, como si una fuerza inexplicable se hubiera instalado en su corazón y le dijera constantemente que su vida podría estar llena de peligros, pero ella siempre tendrá paciencia para verlos como una oportunidad, fuerza para hacerles frente, sabiduría para resolverlos y la compañía eterna de los Grandes Dioses. Como si de su mente se hubiera caído un velo que le impedía ver con alegría su futuro, entendió de pronto que el problema residía únicamente en su forma de percibir lo que le pasaba. Supo con intensa seguridad que había estado equivocada, que el miedo y la venganza solo habían conseguido reportarle dolor, soledad y más miedo, y eso la había mantenido segura, pero aislada, sola. Decidió abrirse al mundo, dejar que la vida la inundase, como cuando era joven y pensaba que la vida solo podía serle favorable, como cuando era como Políxena, una muchacha llena de energía e ilusiones.

Mientras Hermíone piensa en estas cosas, la joven se ha secado completamente. Envuelta en el lino, se acerca despacio a la cama donde la sirvienta ha extendido el vestido de novia. Aunque lo ha visto mil veces, pues ella misma ha bordado gran parte, lo mira como si fuera la primera vez. Delante de la seda azul con estrellas y lunas bordadas en hilo de oro, se hace consciente de que esa noche será una mujer casada.

—¿Sabes? —musita tristona—. Lo único que lamento es que no esté mi padre. Me gustaría que fuera él quien me entregara a mi esposo.

—Pensad que fue él el que eligió casaros con Filipo. De alguna manera, este enlace es su voluntad.

—Pues, entonces, debió haber vivido para presenciarlo —replica enfadada, como siempre que habla de Neoptólemo. La añoranza se mezcla con la rabia y, aunque por dentro lo que más siente es el dolor sordo de la pérdida irreparable, el enojo es el que gana la batalla y se manifiesta con intensidad.

—Los hombres raramente son dueños de su destino; la voluntad de los dioses acaba ganando. Neoptólemo os quería muchísimo, mi niña.

Políxena aparta con el dorso de su mano las lágrimas y luego toca el vestido. De nuevo, el color azul le trae recuerdos prohibidos. Con los mismos dedos con los que acarició la piel tostada del hombre desconocido, ahora roza uno de los soles dorados que decoran el vestido con el que va a entregarse a otro extraño.

—Me alegra mucho que seas tú la que lleves mi antorcha nupcial —dice obligándose a salir de su ensimismamiento—. Me hace muy feliz que abras el cortejo, Hermíone.

Se gira para refugiarse en la tebana, que la recibe en su pecho. Ambas lloran abrazadas un buen rato. Aunque sea una boda extraña, lejos de su casa, en una ciudad en la que no conocen a nadie, saber que siguen juntas llena a ambas de una dichosa y deseada calma.

—¡Se me olvidaba! —exclama Hermíone—. El novio os ha enviado un regalo. Ha insistido mucho en que os lo pongáis. Supongo que es un detalle por los inconvenientes que el adelanto de la boda os ha supuesto.

Sale de la habitación y, rápidamente, regresa con una corona de mirto en las manos. Políxena se queda como si la propia Medusa la hubiera fulminado con su mirada paralizante. ¿Será posible que Filipo sepa lo que sucedió en el santuario de los Grandes Dioses? ¿Es una broma, una amenaza o una coincidencia? Atónita y ensimismada, se deja poner la corona sobre el velo gris de seda y sus pensamientos vuelven a irse a la noche de los Misterios.

Una y otra vez evoca el momento en el que el desconocido de ojos azules cogió su mano y, sin hablar, la llevó a través del bosque sagrado hasta pararse debajo de un roble próximo a un barranco. Políxena recuerda la imagen iluminada del templo a unos pocos estadios[5] de distancia, aunque a ella le pareció que el paseo había durado varias lunas, que había recorrido cientos de parasangas[6]. Tan lejana a todo el mundo conocido se sentía, tan aislada que en su mundo solo había un ser. El hombre de los ojos de color del mar, ese mismo mar que se oía en la distancia rompiendo contra las rocas de la isla.

5.- Un estadio equivale aproximadamente a 174 metros.

6.- Cada parasanga equivalía a treinta estadios.

—¿No sabes hablar? —le preguntó ella, más ansiosa por conocer la voz que incómoda por el silencio.

—Tu belleza me ha dejado sin palabras —respondió él tras un momento de vacilación.

La voz era joven, cálida, rotunda, pero con un toque suave. Políxena pensó que se trataba de un griego del norte, igual que ella, pero que el acento dórico había sido domado en el sur. La molosa notó, sorprendida, cómo esas escasas palabras aumentaban su temperatura. Le sonaron a sutileza, a susurros que prometían caricias tiernas. Su cuerpo se estremeció de deseo y, sin pensarlo, se quedó mirando fijamente los labios carnosos que sonrieron con picardía, expertos conocedores del juego de la seducción.

—¿Vas a besarme? —preguntó, coqueta. Ella había notado en algunas ocasiones cómo los hombres la miraban. Sabía que, a pesar de ser tan menuda, su cuerpo era proporcionado y sus ojos verdes seducían sin necesidad de que ella se esforzara. Nunca se atrevió a mirar a ningún hombre con anhelo. Habría recibido una reprimenda por ello, Hermíone era muy estricta con su educación. Pero esa noche el deseo era tan potente, la sensación de libertad tan sublime y la necesidad de ser ella tan urgente que, de no haber sido porque quería que fuera él quien diera el paso, se habría lanzado a morder los labios que la miraban burlones.

El hombre subió la mano derecha, en la que aún tenía la de ella, y se la acercó a los labios. El roce de la boca húmeda estremeció a Políxena, que se dejó besar la mano, el brazo, los hombros y el cuello. Cada vez que los labios rozaban su piel, el deseo se multiplicaba por mil. Cuanto más se aproximaba a su cara, más excitada se sentía. Toda ella era placer y deseo, ansias y libertad.

Cuando pensó que iba a llegar a sus labios, el desconocido buscó la mejilla y luego besó los ojos. Políxena notó cómo sus cuerpos se acercaban. La sencilla túnica de lino que se había puesto apenas era una barrera entre los dos. Sin pudor, rodeó el cuello con sus brazos mientras él seguía besando sus ojos, sus sienes, su pelo. Rozó la corona de flores que lo sujetaban.

—¡Las diosas deben oler como tú! —le dijo, mientras quitaba con delicadeza la diadema del pelo haciendo que los negros bucles se derramaran a su alrededor.

—Es mirto —susurró la joven—. Está consagrado a la diosa Afrodita.

—Ahora entiendo el motivo —musitó él, y dejó caer la corona al suelo para poder apartar el cabello y volver a besar el cuello de la muchacha que se moría de ganas de saborear su boca, pero, a la vez, no quería que jamás dejara de rozar su piel con los labios.

—No pares, por favor —musitó. Y, entonces, él la besó.

Fue un beso largo, intenso, pero dulce, húmedo y sereno. Políxena se sintió más arrebatada, incluso de lo que se había sentido dentro del templo, cuando bailando en corro notó cómo se fundía con el universo, con los dioses. Pensó que ese hombre también era un regalo divino.

—Myrtale —pronunció él cuando se separaron. Ella volvió a besarle tan rápido que apenas le dio tiempo a decirlo otra vez—. Myrtale.

Dos rotundos golpes en la puerta acaban con los recuerdos de la muchacha.

—¡Políxena! ¡Hermíone! —se oye la voz de Aribas—. Daos prisa, el carro nos está esperando.

Las dos mujeres se apresuran. Antes de que Políxena abra la puerta, Hermíone se separa para volver a mirarla.

—Estás preciosa, mi niña. Eres la novia más bonita que nunca ha visto esta isla perdida —los ojos llenos de lágrimas, la boca abierta de emoción. Las dos mujeres se abrazan de nuevo. Políxena sale para casarse. «Pero nunca, nunca podré olvidar al primer hombre que amé. Jamás dejaré de agradecer a los Grandes Dioses que me regalaran ese encuentro», se dice mientras abre la puerta y saluda con la cabeza a su tío, que responde al gesto en silencio, admirando la belleza resplandeciente de la joven novia.

Como ya ha advertido Hermíone, el día va a ser largo. En primer lugar, los tres se dirigen al templo de Artemisa. Políxena tiene preparado un mechón de su cabello y algunos juguetes, símbolos de su infancia, que quedará definitivamente acabada tras las nupcias. Una sacerdotisa recoge uno a uno los presentes e invoca a la diosa para aplacarla, pues bien es sabido que Artemisa, la diosa virgen, no es amiga de amores y bodas. La molosa no siente ningún apego a la vieja muñeca de trapo con la que hace años que no juega. Tuvo que buscar mucho hasta que pudo localizarla. Estaba al fondo de un baúl en el que también encontró una pelota de cuero y un pequeño sonajero de terracota que tenía la forma de un delfín. La cola se había fragmentado, por lo que ya no estaban en su interior las pequeñas piedrecitas que sonaban. Hermíone, que estaba con ella, fue la que le contó que era su juguete favorito cuando era una bebé, que la cara se le iluminaba cuando la sirvienta lo sonaba delante de ella y trataba de alcanzarlo con las manos regordetas. La tebana lo contaba tan entusiasmada y nostálgica que Políxena decidió no entregarlo a la diosa. En su lugar, lo guardó a escondidas en el baúl en el que Hermíone llevaba todas sus posesiones.

—¿Qué ha pasado con el sonajero? —preguntó en voz muy baja la criada al ver que su joven señora solo entregaba a la sacerdotisa la muñeca y la pelota.

—Lo he guardado para otra señora. Quiero que algún día lo hagas sonar delante de la cara de mis hijos —susurró

Políxena divertida—. Es un secreto entre nosotras, que no se entere la diosa.

Aunque no puede ver la cara porque el velo de color plata azulada se lo impide, Hermíone no duda que la joven está riendo. Ella, siempre temerosa de los dioses, le ha pedido miles de veces que no los desafíe, pues son vengativos en grado sumo. Aun así, se siente halagada por las palabras de Políxena.

Después llega el momento de entregar a la estirada sacerdotisa un cinturón de hilos dorados trenzados, símbolo de su virginidad. La joven lo sujeta en la mano, apretado contra su cuerpo, sin decidirse a desprenderse de él. Una cosa es ocultar un sonajero y otra mentir descaradamente. Bajo el velo, su rostro se tiñe de rojo. No se arrepiente de su encuentro con el joven de los ojos azules, volvería mil veces a tumbarse bajo un roble con él, a dejar que sus dedos expertos la acariciasen, que su boca saboreara cada rincón de su cuerpo, que su miembro entrase en ella y la hiciera perderse en el placer. Si los Grandes Dioses propiciaron ese encuentro, se dice, es porque así tenía que ser. Seguro que Artemisa no se enfadaba por ese pequeño engaño. De hecho, no estaba mintiendo a la diosa, que en su infinita sabiduría ya sabía lo que había ocurrido, sino a los humanos, ante los que tenía que fingir que seguía siendo virgen, que su marido sería el primero en poseerla.

Tras lo vivido en los Misterios, Políxena está mucho más convencida de que la verdadera religión es la que uno vive dentro de sí, la que permite que el alma contacte con todo lo divino que habita en cada uno de los rincones del Universo, la que hace que el ser humano pueda conocerse en profundidad, quiera ser mejor, desarrollar todas sus capacidades, dejar una huella en el mundo. Desde el mismo instante en que ingirió la bebida sagrada en el santuario de los Grandes Dioses, Políxena fue gozosamente consciente de su singularidad como mujer y, a la vez, de su conexión con todo cuanto la rodeaba.

Gracias a la iluminación de la experiencia mistérica, dentro de su mente se desarrolló con vigor una idea que hacía tiempo algún dios había sembrado: ella tenía un papel importante en la Historia, su nombre sería recordado eternamente.

Este pensamiento la sustenta en su camino hacia el templo de Zeus y Hera donde, por fin, va a conocer a Filipo de Macedonia, el hombre con quien otros han decidido que tiene que compartir el resto de su vida. Una parte de ella se siente tremendamente triste, le habría gustado poder conocer mejor al hombre de los ojos azules. Se siente enamorada, a pesar de solo haber compartido una noche con él. Le recuerda noche y día, se excita cuando piensa en lo que hicieron bajo el roble, se emociona hasta las lágrimas cuando recuerda la despedida. A ratos, se desespera sabiendo que no va a volver a verlo. Entonces, llora y se enfada con los dioses por haberle dejado conocer el amor para arrebatárselo al rato. Luego, cuando la opresión pasa, se consuela pensando que, al menos, ha conocido esa llama maravillosa que devora y alimenta. ¡Cuántas mujeres mueren sin haberlo vivido!

Políxena, que nació princesa, sabe que su obligación como hija de un rey y como mujer griega es casarse con quien sus mayores decidan. Sabe que el amor no tiene nada que ver con el matrimonio. Hasta que conoció al misterioso seductor de Samotracia, ella estaba feliz de poder irse de Pasarón y de que su padre le eligiera como esposo un rey que, además, ni siquiera era viejo. Filipo de Macedonia apenas tiene diez años más que ella. Es joven, próspero, un gran militar y, por lo que se cuenta entre las sirvientas, un hombre atractivo y un gran seductor. Durante meses vivió ilusionada con conocer a ese rey que iba a ser su esposo. Ahora, cuando este encuentro está a punto de suceder, lo único que consigue calmar su ansiedad es pensar que, siendo reina, será más factible ese lugar en la Historia que su instinto le asegura que va a tener. Políxena se aferra a ese futuro que siente que los Grandes Dioses le tienen reservado. Se agarra a esa promesa con la misma fuerza con la que se sujeta al asiento del carruaje que la lleva al templo donde va a sellar los votos de matrimonio.

Baja del carro en silencio. Hermíone se coloca la primera, es la encargada de abrir el cortejo, de anunciar a todos los ciudadanos que el enlace se va a producir. La mujer tiene la voz rota. Está emocionada. Políxena rompe a llorar cuando la escucha implorar a la diosa Hera por la felicidad de la pareja, cuando ruega al dios Zeus que les otorgue un matrimonio lleno de prosperidad, hijos sanos y vigorosos e hijas bonitas y dulces. Aribas acelera el paso para llegar al altar. Es como si tuviera prisa, piensa Políxena, que tiene casi que correr, pues su tamaño es mucho menor que el de su tío y sus piernas no avanzan tan rápido. Además, no consigue ver el camino, el velo y las lágrimas se lo impiden. Baja la cabeza, ofuscada y temerosa, buscando con la mirada evitar las piedras levantadas o mancharse los bajos del vestido con los numerosos, aunque pequeños, charcos embarrados que salpican la vía hasta el templo. Políxena está tan preocupada por no caerse ante los dioses y los espectadores que no es consciente de que Filipo ya la está esperando con una amplia sonrisa y un exagerado nerviosismo que se evidencia en el gesto tenso de las manos y en el balanceo corto y constante de los pies.

Solo cuando los ojos verdes alcanzan a ver los pies del rey de Macedonia, Políxena levanta la vista. El mundo se detiene cuando ve ante ella dos enormes ojos azules que la invitan a acercarse con dulzura y ansiedad mal disimulada.

Únicamente los dioses pueden conocer cuánto le cuesta frenarse a una muchacha impetuosa y ardiente como Políxena. Paralizada por la sorpresa, apenas llega a hacer una leve inclinación de cabeza hacia su futuro esposo en señal de reconocimiento. Dichosa, nota su corazón bombear con tanta fuerza que piensa que tiene que estar escuchándolo todos a su alrededor.

Ahora comprende el motivo del regalo de la corona de mirto. Políxena se lleva la mano a la cabeza y roza con sus dedos las flores blancas, muy olorosas. El perfume la vuelve a transportar a la noche de los Misterios y unas palabras que en ese momento no comprendió: «Los Grandes Dioses nos han bendecido. No habrían dejado que nos encontráramos si no tuvieran un propósito. Volveremos a encontrarnos, Myrtale». Se pregunta si él supo desde el principio quién era o lo adivinó después, cuando ella le dijo que iba a casarse en breve o cuando su tío y Hermíone gritaban su nombre buscándola por todo el santuario.

Su turbación y felicidad es tal que no es consciente apenas del sacrificio de los dos bueyes blancos, un macho y una hembra, que ambos ofrecen a la pareja divina para garantizar la prosperidad de su matrimonio. Políxena sabe que van a ser felices, no puede ser de otra manera. Como Filipo dijo, si los Grandes Dioses habían propiciado su encuentro es porque estaban destinados a ser el uno para el otro. Vuelve a mirar al novio. Él sonríe con todo su cuerpo. Políxena piensa que no hay hombre más guapo en toda la Hélade. Se estremece de pasión mientras escucha a su tío pronunciar la fórmula de su entrega, en la que él se deshace de ella, en la que Políxena se libera, para siempre, del rey moloso y de su hermana:

—Te ofrezco a esta mujer como esposa para la cosecha de hijos legítimos.

Para que el matrimonio sea válido, el novio tiene que consentir. Filipo, pendiente del nerviosismo de la novia, siente que su corazón también se acelera. Tiene cuatro esposas, ya ha dicho en cuatro ocasiones esas mismas palabras, pero nunca había experimentado dicha al decirlas. Sus matrimonios no habían dejado de ser contratos, puro negocio para conseguir acuerdos. Esta vez es diferente. Siente que ama a esa joven. Lo supo desde que, por primera vez, lo miraron esos ojos verdes.

—La acepto —contesta Filipo solemne.

Políxena sonríe dichosa y aliviada bajo su velo mientras escucha a Hermíone, vestida completamente de blanco, comenzar el canto:

«Canciones como estas
unieron en el lecho a Hera olímpica
con Zeus, el dueño del supremo trono.
¡Himen, oh, himeneo!
Y el joven Eros, de doradas alas
tensa las riendas de los caballos
y es testigo de las bodas.
¡Himen, oh, himeneo!»[7]

Un corífero, contratado por su tío ante la falta de familiares cercanos, contesta a Hermíone:

«Seguidnos, amigos alados.
Seguid a la fiesta nupcial,
a los dominios de Zeus
y a su lecho nupcial.
Y tú, dichosa mujer, tiende tu mano,
agárrate a mis alas y danza conmigo.
Yo te levantaré y te llevaré ligera por el aire.»[8]

Así es cómo Políxena se siente, ligera y con ganas de danzar, de saltar, de llegar al lecho conyugal y poder abrazar a Filipo con toda la pasión que experimenta. Mientras, el coro lanza pétalos de flores y palomas al aire e inicia la marcha,

---

7.- Aristófanes, *Los pájaros,* 1731-1765.

8.- Aristófanes, *La paz,* 1333-1359.

danzando al son de cítaras y tambores, de vuelta a la mansión alquilada donde tendrá lugar el banquete nupcial.

Abrazada al pecho masculino, Políxena siente que, por fin, ha encontrado el lugar al que pertenece. Pensaba que era un palacio, o una ciudad, o un reino, pero acaba de descubrir que su sitio siempre estaría dondequiera que estuviera el hombre al que se había unido para toda su vida.

—Soy muy feliz, Filipo —susurra mientras acaricia su pecho desnudo. Sus dedos se deslizan entre el vello pelirrojo y juguetea con el rosado pezón. Cuanto más lo mira, más atractivo le resulta el hombre. Sin rencor ni enfado, agradece a su padre el acuerdo al que llegó. Y a los dioses la generosidad de permitirle conocer el amor correspondido, no imagina dicha más sublime.

—Yo también soy feliz, Myrtale. ¿Te importa que te llame así? Ese nombre me recuerda al olor de tu pelo la noche en que nos conocimos.

—Me encanta que me llames Myrtale. Es como si, al conocerte, hubiera vuelto a nacer, como si mi verdadera vida hubiera comenzado la primera vez que vi tus ojos.

—Desde que nos separamos, no he podido dejar de pensar en ti. ¿Qué hiciste aquella noche? ¿Acaso eres una hechicera?

—Solo soy una mujer feliz.

—Eres mucho más. Ahora eres la Reina de Macedonia.

Políxena se estremece al escuchar esas palabras. Las repite en susurros.

—Reina de Macedonia —susurra una y otra vez.

Mientras, juguetona y atrevida, se incorpora del abrazo y se acerca a besar los ojos de su esposo. Roza con sus pechos la piel del hombre. Con sus dos grandes manos, él vuelve a rodearla por la cintura y los besa con cariñosa lujuria. La joven le parece la mujer más bella y sensual.

Tan perdidos están en el cuerpo del otro que no escuchan los cantos lascivos al otro lado de la puerta:

«¡Himen, oh, himeneo!

¿Qué haremos con la novia, hombres?

¡Recogeremos sus uvas!

¡Himen, oh, himeneo!

Recojamos al novio y llevémosle al triunfo.

Te llevaremos a tu casa y seréis feliz por siempre.

La de él es grande y gorda y su higo es tan dulce.

¡Himen, oh, himeneo!»[9]

9.- Aristófanes, *La paz*, 1333-1359.

SEGUNDA PARTE:

MYRTALE

5

LA MALDICIÓN

Dodona (Épiro), 374 a. C.

Un murmullo de asombro recorrió la Vía Sagrada que llevaba al santuario de Zeus. No era habitual que las palomas levantaran el vuelo dos veces en una sola consulta. Al poco tiempo, salieron los miembros de la comitiva real. Sus caras no estaban serias, pero tampoco alegres. Todos parecían extrañamente turbados.

—¡Ni una sola palabra de lo que ha ocurrido ahí dentro! —amenazó en voz baja Neoptólemo, el hijo del rey Alcetas, cuando el grupo salía del santuario y encontró a decenas de peregrinos expectantes mirándolos con curiosidad.

El rostro del príncipe moloso se puso colorado de rabia. Apretó la mandíbula con tanta fuerza que hasta la musculatura del cuello se puso rígida de la tensión. En la frente se podía ver una gruesa arteria palpitando. La mano derecha buscó con furia la espada y se aferró con tanta fuerza a ella que los nudillos se volvieron blancos. Su rabia era evidente, incluso para las personas que, como Hécuba, se encontraban a gran distancia.

—¿No vamos a comunicar al rey el veredicto del oráculo? —preguntó el representante de la tribu de los caonios, quien nunca se había caracterizado por su inteligencia. Neoptólemo contestó irritado:

—¡Claro que sí! —a punto estuvo de llamar estúpido al caonio. Solo le frenó la mirada de Anquises, el embajador nombrado por su padre.

La tensión era evidente en el grupo y se fue contagiando a los espontáneos reunidos alrededor. Poco a poco, vendedores y compradores dejaron lo que estaban haciendo para mirar a la comitiva. Esperaban una respuesta favorable o desfavorable, pero las caras del grupo les desconcertaban. Anquises miraba a Neoptólemo, pero el príncipe estaba vuelto hacia el santuario, absorto en el roble sagrado, perdido en sus pensamientos. El viejo general decidió intervenir comprendiendo que los murmullos de curiosidad morbosa se estaban propagando más rápido que la peste en Atenas durante la guerra.

—¡El oráculo ha sido favorable a la creación de la Confederación Epirota! —anunció el viejo emisario con voz segura y potente.

La multitud congregada en la Vía profirió gritos de alegría. La algarabía sacó a Neoptólemo de su ensoñación y se giró para mirar al pueblo exultante. Comprendió, tarde, que tendría que haber sido él quien diera la noticia. Esa falta de reflejos le hizo sentirse más enfadado. La vieja profetisa le había dejado aturdido y lento en sus reacciones. Incluso la música alegre de flautas y tamboriles le resultó fuera de lugar, innecesaria y molesta. Miraba a la gente bailar y aplaudir y se sentía insultado. En su mente solo escuchaba unas palabras: «De la estirpe del impío vencedor de la corona de roble nacerá el conquistador del mundo. Pero tú no vivirás para verlo, Neoptólemo.»

Anquises volvió a tomar la iniciativa y se puso en marcha abriéndose paso entre los peregrinos, curiosos, músicos y vendedores que, aprovechando la euforia colectiva, redoblaron sus gritos anunciando sus mercancías. Eran conscientes de que la alegría dispara las ansias por comprar y reduce las ganas de regatear.

La comitiva desanduvo el camino de vuelta hacia el lugar donde se alojaban recorriendo la Vía Sacra con formación desordenada en lugar del cabal protocolo con el que marcharon a la ida. Neoptólemo y Aribas se quedaron los últimos del grupo. Mientras el resto de los hombres iban hablando en parejas o tríos, los dos hermanos caminaban el uno junto al otro en silencio absoluto. Neoptólemo, enfadado. Aribas, reflexivo. Esperaba que fuera el mayor el que comenzara a hablar. Sabía, por experiencia, que si decía algo acabaría encontrándose malas palabras y gestos desagradables que no tenía ganas de recibir en público.

El malestar de Neoptólemo aumentó cuando, trascurrida la primera mitad del camino, comprendió que ir al final de la comitiva le impedía avanzar al paso que deseaba. Le molestaba el ruido de la gente, le angustiaba la marcha lenta de los hombres delante de él, incluso el sol le resultaba insufrible sobre su cabeza. Justo cuando iba a abrirse paso para salir antes de allí, la vio.

Hécuba notó los ojos verdes clavados en su cuerpo y se estremeció de miedo. No había ni rastro de la sonrisa seductora de la noche anterior, ni de la mirada sensual, ni de los gestos atractivos. Aturdida, dio tres pasos hacia atrás buscando aumentar la distancia entre ella, indefensa y vulnerable, y la bestia que asomaba en la mirada del depredador. La sacerdotisa no pudo seguir retrocediendo porque chocó con una mesa. Tras ella, la mujer de negro la miraba con sus ojos grises.

—¿Cuándo os marcháis de Dodona? —le preguntó acercándose mucho a la joven para que nadie más pudiera escucharla. Hécuba se giró para mirarla.

—En tres días —contestó Hécuba. La voz de la mujer le transmitía confianza y ella necesitaba urgentemente alguien en quien apoyarse, en quien confiar.

—Tienes que solucionarlo antes. No puedes irte ni dejar que se vaya sin que la diosa intervenga.

—¿Qué tengo que solucionar? —preguntó, alarmada, la muchacha.

—No hace falta que lo diga. Tú lo sabes —Hécuba miraba a la mujer sin acabar de comprender—. Y yo lo sé. Tiene que pagar por lo que ha hecho, ¿no crees? Búscame mañana, tendré todo preparado.

La joven cada vez se sentía más confundida y asustada. La mirada de Neoptólemo se le había quedado clavada en el alma. Sentía que él la acusaba de algo, pero no sabía de qué.

—¡Hécuba! —la voz de Praxágora, la sacerdotisa principal, la hizo dar un pequeño salto. Una mano la aferró con fuerza. Su primer impulso fue quitársela de encima y salir corriendo. Entonces vio a la mujer delante de ella—. ¿Estás sorda o tonta? ¿Qué haces ahí parada? Llevo un rato llamándote.

La joven tebana tardó dos días en poder volver sola a la Vía Sacra. No había encontrado manera de quitarse de encima a la inocente Métope y la entrometida Calíope. Solo lo consiguió la mañana antes de partir a Tebas. Inventó la excusa de que iba a comprar regalos para su madrastra y hermanos y, antes de que Métope tuviera tiempo de unirse a ella, salió en busca de la inquietante mujer de negro.

La encontró en el lugar de la primera vez, cerca del vendedor de cerámicas y esculturas de mala calidad. Para su desazón, junto a la mujer, había un viejo desagradable que miraba a Hécuba con ojos lascivos y sonrisa repugnante. La joven dudó en acercarse a la mujer, pero no sabía a quién más podía recurrir. Hécuba se sintió mucho más tranquila cuando la mujer habló con su cálida voz:

—Llevo esperándote dos días. Imagino que no has podido venir antes. La tebana confirmó con la mirada y el gesto.

—No tengo mucho tiempo —susurró Hécuba nerviosa.

Con premura y escasas palabras, la mujer le proporcionó todo lo que necesitaba para llevar adelante el plan: miel, carne de un perro negro, una tablilla de plomo, cera e hilo. También le indicó dónde encontrar la tumba adecuada.

—Tiene que ser la de alguien que ha fallecido antes de su hora y enterrado cerca de un cruce de caminos.

—¿Por qué? —preguntó Hécuba, que escuchaba sumisa a la mujer y guardaba en su bolsa lo que la otra le iba entregando, entre aliviada y asustada. Tenía tanto miedo, sentía tanto dolor, sus ganas de venganza eran tan intensas, que no cuestionó las palabras de la mujer, no dudó que era la única solución. No podía volver a Tebas sin vengar su deshonra.

—Los cruces de los caminos son el ámbito de la Señora de las Amenazas.

—¡Hécate! —susurró la sacerdotisa, temblando. Había oído hablar a su madre de ella, de las temibles consecuencias de ofenderla, pero era la única que podía compensar a una mujer humillada.

Esa misma noche, mientras se dirigía a la fosa llena de rabia y dolor, sabía que la diosa infernal la comprendería y se pondría de su parte, le ayudaría a vengarse del infame príncipe que había abusado de su poder de seducción, de su sonrisa dulce y sus ojos verdes.

Cubierta con un manto tan negro como la nube que tapaba la luna creciente, la muchacha se dirigió con sigilo al lugar donde, a cambio de una moneda de plata, el maloliente acompañante de la hechicera le contó que dos noches antes habían enterrado al joven Perseo. Víctima de un amor no correspondido y de sus muchas deudas de juego, decidió quitarse la vida clavándose en el vientre un viejo puñal oxidado «que le habría matado por la ponzoña si no se hubiera desangrado antes», le contó el repulsivo hombre mientras se reía mostrando una dentadura negra a la que faltaban muchas piezas.

La bella sacerdotisa no quiso contar a sus dos compañeras dónde se dirigía y lo que se había propuesto. Con medias verdades y timidez fingida, alentó en Métope la creencia de que iba a ir al encuentro del príncipe. Pidió a la inocente muchacha que fuese cómplice en su engaño a Calíope, así sería más fácil que la ayudaran a ocultar su escapada ante la sacerdotisa principal, quien no veía con buenos ojos los amores furtivos y, menos aún, las salidas en busca de venganza.

Cuando las dos compañeras de cuarto se durmieron, Hécuba se levantó y salió con sigilo a la noche negra. Le costó orientarse en una ciudad que no conocía y en medio de una terrible oscuridad que solo atenuaba ligeramente la pequeña antorcha que llevaba en la mano derecha, pero que no se atrevió a encender hasta haber salido de la población.

El viejo le había dicho que la tumba estaba a treinta pasos a la derecha del camino que llevaba al monte Tomaros. ¡Todo parecía más fácil en el mercado, cuando se veía la cima! Había memorizado la ruta, sabía que era el tercer desvío a la derecha de la ruta paralela a la Vía Sacra. Pero lo que eran claros y anchos caminos por el día, por la noche le parecían sendas confusas y estrechas. La oscuridad parecía juntar los márgenes como un cirujano acerca los bordes de una herida para coserlos.

Comenzó a andar confusa y sintió que se había pasado cuando se encontró con un arroyo que no había visto por la mañana. Volvió sobre sus pasos hasta dar con el que parecía el camino correcto. Un pequeño rosal silvestre al comienzo le resultó familiar y decidió seguir ese ramal contando con cuidado los pasos, aunque ni siquiera tenía claro si treinta pasos del hombre serían equivalentes a treinta pasos suyos.

La desesperación empezó a apoderarse de ella. Temblaba de miedo, rabia y frío cuando percibió un túmulo de tierra que parecía removida recientemente y se dirigió hacia allí corriendo. El viejo le había indicado que cuatro grandes piedras marcaban el lugar. En su precipitada carrera no vio la que marcaba la esquina sur. Acabó con sus huesos en el suelo, llenándose el manto negro y el vestido blanco de un barro rojizo y espeso que se agarró a ellos como el dolor estaba prendido a su corazón. Se levantó entre enfadada y asustada. Los dioses quisieron que la antorcha no se apagara. La llevaba cogida con tanta fuerza que no la soltó ni cuando estaba en el suelo. Le costó levantarse con ella en la mano, pero no podía perderla o dejar que se agotara. Pensar en quedar a oscuras en ese desolado lugar le hizo estremecerse de miedo.

Para aumentar su pesar, las nubes comenzaron a descargar una fina lluvia que caía despacio, pero le calaba el manto que cubría la cabeza hasta que su pelo se empapó y el agua bajó resbalando por la cara fundiéndose con las lágrimas que no dejaban de manar, aunque ella no era consciente.

La rabia era tan intensa, la determinación tan grande, que ni la lluvia ni las lágrimas iban ya a detenerla. No había marcha atrás. Agitada y temblorosa, rogó a Hermes y a Artemisa que su mente se mantuviera lúcida para poder recordar fielmente lo que la misteriosa mujer de negro le repitió varias veces que tenía que hacer.

De pie, frente a la tumba, primero recitó la oración a Hécate que la mujer de negro le había escrito y ella había ido ensayando mentalmente durante todo el trayecto:

—¡Hécate infernal! Diosa temible que hasta a los perros estremece cuando pasa entre los túmulos de los muertos y la oscura sangre.

»¡Oh, Señora! Nutricia de jóvenes, noctívaga infernal, soberana de los mundos. ¡Envuelta en el oscuro manto de la noche tenebrosa! ¡Tú que escuchaste los lamentos de Perséfone cuando estaba siendo secuestrada por el infame Hades!

»¡Salve, Hécate horrenda! Asísteme hasta el fin de la preparación de esta maldición para que tenga la virtud de aplacar mi cólera y reparar el sacrilegio».

Dichas estas palabras, la muchacha se dispuso a realizar un pequeño agujero en los pies de la fosa. Lo hizo con sus propias manos, que ya no temblaban, pues cada vez se sentía más segura acompañada por la divina vengadora. La tierra húmeda y recientemente removida no ofreció resistencia a los dedos delicados y decididos. No era necesario escarbar mucho, un pequeño hoyo sería suficiente para enterrar la tablilla de plomo enrollada y sellada con cera que esa misma tarde había preparado. Rodeándola, un largo hilo de lana negra al que había realizado trescientos sesenta y cinco nudos para que la maldición quedara perfectamente atada. Los dioses del Inframundo estarían felices.

Sin dejar de invocar a Hécate, tapó con sus manos la execrable ofrenda sonriendo satisfecha. Las nubes se apartaron un momento dejando ver una pálida luna creciente que le confirmó que la diosa aceptaba el encargo. Para agradecérselo, depositó sobre la tumba la carne de perro negro y derramó a su lado una jarrita de miel, el alimento preferido de la Portadora de las Antorchas. La venganza comenzaría en breve.

Se dirigió entonces a la diosa Perséfone que, como ella, había sufrido el ultraje de verse unida, contra su voluntad, a un hombre falaz y embustero que la había llevado engañada a un lecho que no le correspondía:

—Señora Perséfone, yo, después de sufrir en mi soledad, me refugio en ti. Sé misericordiosa y hazme justicia.

»Haz que el que ha robado mi honor y mancillado mi virginidad no esté satisfecho en ningún lugar, ni en reposo, ni en movimiento, ni su cuerpo ni su mente.

»Que no sea servido ni por esclavos, ni por sirvientas, ni por menores, ni por adultos y, si emprende algo, que no lo lleve a término.

»Que una maldición caiga sobre su casa. Que ni le llore hijo, ni le ladre perro, ni le cante gallo. Si siembra, que no recoja cosecha, y aunque consiga frutos, que no le produzcan semillas. Que ni la tierra ni el mar le sean propicios y que ni él mismo ni sus allegados tengan venturosa alegría hasta que fallezca».[10]

Apenas si pudo acabar la oración, pues el llanto se apoderó de su garganta dificultando pronunciar unas palabras que le sabían a hiel y a espanto. Sus labios esbozaron una triste sonrisa desconocedores de que la maldición lanzada la dejaba a ella tan atada como al infame al que iba destinada.

Una vez cumplida su misión, completamente empapada por la fina lluvia y agotada por la caminata y las emociones experimentadas, se apresuró a volver al refugio con paso rápido.

Ni una sola vez miró atrás. Solo se detuvo, temblando asustada, cuando el silencio de la noche se rompió, súbitamente, por el ladrido al unísono de cientos de perros, como si todos los animales de la ciudad hubieran escuchado un mismo sonido amenazante.

—La diosa Hécate está recogiendo su ofrenda —se dijo para darse ánimos y poder continuar el camino.

Mojada, pero dolorosamente satisfecha, llegó sigilosamente al dormitorio donde sus compañeras dormían, sorprendentemente, ajenas al alboroto animal. La joven se quitó la ropa empapada y la ocultó bajo la cama. Desnuda, se metió en la

10.- Texto adaptado de una tablilla de maldición hallada en Amorgos (Grecia) y datada en el siglo II a. C.

cama, donde el amanecer la encontró despierta, sin dejar de susurrar las palabras escritas en la tablilla enterrada: «Hago una atadura mágica a Neoptólemo, hijo de Alcetas de Molosia; a Neoptólemo y a todos sus descendientes. Que Hécate subterránea retenga todas sus almas, sus lenguas, pies, manos, entrañas y órganos sexuales. A todos ellos yo los ato con una ligadura mágica, con plomo, cera e hilo, para su reposo, aniquilamiento, infamia y humillación. Que nunca sean felices y que todo les sea contrario».

6

EURÍDICE

Pella (Macedonia), 357 a. C.

Myrtale llora sin consuelo sobre la cama de sus nuevas dependencias, en el palacio de Pella. Se abraza con fuerza a Hermíone que, serena y resignada, como suele ser ella, soporta el aguacero de lágrimas, la tormenta que descarga en forma de bufidos y golpes a los objetos cuya mera presencia ha conseguido ofenderla.

—¿Has visto ese enorme tocador, Hermíone? ¿Cómo se supone que voy a alcanzar los extremos desde este minúsculo taburete? ¿Acaso se creen que soy como esa tal Audata? ¿La iliria gigante?

Hermíone no contesta. Cualquier cosa que dijera solo serviría para aumentar la frustración e indignación de su joven señora. Cierto es que la mesa a la que se refiere Políxena es muy grande para el menudo tamaño de la molosa, pero también lo es que los útiles de belleza que han colocado encima son de una exquisita elegancia y de los mejores materiales: hay tres peines de marfil, varios ungüentarios de vidrios coloreados y, lo más llamativo, un precioso espejo de plata decorada con una bella escena de Afrodita y Eros. Todo en ese tocador está elegido con esmero y buen gusto. Pero Políxena, tozuda y rabiosa, está tan centrada en todo lo que le disgusta que no es capaz de ver el trabajo y el mimo que hay tras cada uno de los objetos elegidos.

—¿Tan pobre se piensan que soy que no iba a traer mis propios peines? ¿Los habrán elegido para mí o tienen un artesano que los fabrica por docenas para tener abastecimiento para todas las esposas reales?

Hermíone no puede evitar reírse ante ese comentario. Políxena no lo percibe, su rabia es tan ciega que resulta ridícula.

Hermíone piensa que no es propio de una mujer casada comportarse como una chiquilla con una pataleta. Era algo que sabía que ocurriría. Durante las tres semanas en el barco, Filipo y Políxena han vivido una fantasía de amor y sexo en la que apenas han salido de su cuarto, pero la llegada a Pella ha supuesto el fin de la luna de miel. Políxena, que no se cansa de decir que Filipo la ha nombrado Reina de Macedonia, tendrá que comportarse como tal. No hay que dejarse engañar, lo que hace a una mujer reina es estar casada con un rey. Por tanto, tendrá que aceptar que van a surgir mil asuntos más urgentes e importantes que estar con ella. Filipo, que sin duda ama a su esposa, es, sobre todo, un gobernante muy ambicioso y ocupado.

Después de llorar un buen rato, Políxena acaba levantando la cabeza de la manta de pura lana. Está más calmada, pero sigue enfadada. Nada está sucediendo cómo ella había imaginado esa misma mañana, antes de bajar del barco. Ella estaba convencida de que iba a estrenar esa cama haciendo el amor, una vez más, con Filipo.

Su ira aumenta cuando levanta la vista y se fija en el muro que preside la sala, justo encima de la cama. Desde allí, su homónima, la princesa Políxena, y su antepasado, el héroe Aquiles, la miran con indiferencia. La molosa, a quien su padre educó para que reconociera una buena obra de arte, no puede menos que apreciar la elegancia de las líneas, la acertada elección de la paleta de colores y la bella proporción de las figuras. Aquiles, con unos ojos tan azules como los de Filipo, mira al frente con su belleza sublime, pero fría. El autor ha captado magistralmente la indiferencia cruel a las desgracias humanas propias del carácter del peleida[11]. A sus pies, con mirada resignada, Políxena, la princesa troyana.

—¿Por qué, entre todas las aventuras de Aquiles, han tenido que elegir el pasaje que más desprecio? —gime la molosa.

—Vamos, señora, dejad ya de llorar. Este palacio es precioso y esa pintura es magistral. Seguro que la intención de vuestra suegra no ha sido ofenderos, sino hacer honor a vuestros ancestros. Lleváis la sangre de Aquiles en vuestras venas.

—¡Pero él forzó a la pobre Políxena a casarse con él en contra de su voluntad!

—Pensaba que os sentíais orgullosa de ser descendiente de un héroe —comenta Hermíone buscando el punto débil de la molosa: el orgullo familiar.

—Eso no es óbice para que no me desagraden algunas de las cosas que hizo. Y la historia de Políxena no me gusta.

—Es la primera vez que escucho que os desagrada. Mil veces me habéis pedido que os narre la historia de esa joven. Vuestro padre eligió ese nombre por la vinculación con su antepasado —miente Hermíone, pues bien sabe ella que la que eligió el nombre fue Deidamía.

—Pues ahora prefiero que todos me llaméis Myrtale, es el nombre que ha elegido Filipo para mí —proclama la muchacha muy ufana.

—Un nombre muy original, sin duda. En honor a una corona de mirto —replica, irónica, Hermíone.

Myrtale no responde. Se queda mirando fijamente a la tebana y luego, sin motivo aparente, sonríe. Algún recuerdo ha conseguido mejorar su mal humor. Hermíone presiente que

---

11.- Aquiles era hijo del mortal Peleo y la diosa Tetis.

hay algo que le oculta y, aunque intuye que tiene que ver con la noche de los Misterios, no ha tenido ocasión de averiguarlo. Decide que tampoco es el momento, no quiere que vuelva a enfadarse.

—Este palacio es precioso, ¿no lo pensáis así, señora? Es enorme y muy luminoso. Además, se nota que sois la favorita del rey, pues dicen que os han alojado en uno de los departamentos más grandes del gineceo, solo superado por el de la madre del rey.

Nada más decir esas palabras, la tebana se arrepiente. Myrtale vuelve a cambiar el semblante. Los ojos se le llenan de lágrimas y, otra vez, estalla rabiosa:

—¡Tú lo has dicho! ¡Del gineceo! ¡Filipo me ha traído y me ha dejado abandonada! ¡Me prometió un banquete nupcial de acuerdo con mi nueva categoría! Y, ¿qué ha hecho? Irse a celebrarlo con sus hombres y no sé cuántos embajadores mientras yo me tengo que quedar encerrada, igual que cuando estábamos en Pasarón. ¡Dice que vendrá a visitarme esta noche!

Hermíone, cansada del viaje y harta de las chiquillerías, corta radicalmente la nueva pataleta:

—Pues entonces, más os vale que os preparéis para cuando venga. Ese hombre ha aplazado reuniones importantes para estar con vos tres semanas recluido en un camarote de un barco. Dejad de comportaros como una niña malcriada y empezad a actuar como una reina —Myrtale, ofendida, abre la boca para contestar a su criada, pero la mujer ya ha salido del dormitorio y se la oye hablar desde la sala contigua—. ¡Vamos! Tenemos todo el equipaje que colocar, deberíais daros un baño y arreglaros ese cabello. Y, antes, tenemos que comer. Yo no sé vos, pero yo estoy muerta de hambre. Los días en el mar apenas he podido probar bocado por el mareo.

—¡No tengo hambre! —grita Myrtale tozuda. No soporta que la ignoren cuando está en una de sus rabietas. Hermíone, que la conoce bien, se asoma por la puerta que comunica ambas habitaciones y, descarada, le dice riendo:

—¡Claro que no tenéis hambre! Vos estáis saciada de amor.

Myrtale, al fin, suelta una gran carcajada y, mucho más relajada, entra también en la sala donde, por primera vez, es capaz de ver cómo la luz del sol se derrama generosa desde la enorme ventana que da al patio principal del gineceo. Justo a su lado, un sillón de madera oscura tallado con el asiento de cuero. Myrtale lo prueba. Es cómodo. Imagina que pasará muchas horas sentada ahí leyendo o bordando. El sol acaricia su piel y el roce le resulta agradable. Toda la sala le resulta luminosa y acogedora.

Junto a la chimenea hay dos butacas más, una frente a la otra, un rincón ideal para las noches de invierno. Ahora que se le ha pasado el enfado, está deseando que llegue Filipo y darle las gracias por haberle reservado un lugar tan bonito. Sabe que aún tiene que llenarlo de todos los detalles que lo transformen en un lugar más personal, en su hogar, en el sitio donde recibirá a su esposo y criará a sus hijos. Sin pensarlo, se lleva la mano al vientre y suspira.

Hermíone vuelve a entrar con una bandeja llena de platos en los que se pueden ver panes, queso, aceitunas y un tazón de caldo humeante. Ahora que ve la comida, Myrtale se da cuenta de que tiene más hambre de la que pensaba.

Antes de acercarse a la mesa donde la sirvienta está colocando las viandas, se aproxima a la ventana y se asoma. Justo enfrente se puede ver una enorme higuera que ocupa casi un tercio de la parte sur del patio. Bajo la frondosa copa, un gato blanco y negro se lame meticulosamente las patas.

Mientras espera leyendo la llegada de su esposo, Myrtale rememora los acontecimientos del día. Se siente cansada, pero mucho más tranquila. Lo cierto es que la llegada a Pella no ha sido como ella esperaba. El día se había despertado espléndido y ambos disfrutaron del amanecer en la cubierta del barco. Luego, en lugar de dirigirse directamente a palacio, Filipo pidió un carruaje discreto que le permitiera enseñar Pella a su nueva esposa.

Estaba muy orgulloso de la ciudad que habían construido entre su abuelo y su padre. Él se veía como el encargado de engalanarla y convertirla en la sucesora de la decadente Atenas, ciudad que para él significaba el pasado, el fracaso de una forma de hacer política que solo llevaba al enfrentamiento y al individualismo. Atenas y su democracia acabarían reconociendo a la modesta Macedonia y a la familia de los Argéadas como los guardianes del verdadero espíritu heleno, del progreso y de la venganza contra el enemigo común, Persia.

Todo esto se le contaba a Myrtale mientras ella miraba boquiabierta el ágora de la ciudad. Una bellísima y enorme plaza porticada repleta de personas buscando protección contra el abrasador sol del verano macedonio.

—¡Por Afrodita, Filipo! ¡Todo es tan grande! —repetía entusiasmada conteniendo a duras penas sus deseos de bajar del vehículo y correr entre los pórticos, visitar cada una de sus tiendas y trabar conversación con mujeres y hombres que paseaban y hablaban en grupos separados; ellas, atareadas, comprando los enseres y las viandas para el hogar; ellos, charlando tranquilamente en grupos reducidos, probablemente hablando de política y preguntándose cuándo regresaría el rey con una nueva esposa.

Orgulloso de su ciudad, señalaba los edificios principales, como el archivo público, una de sus ideas para organizar un Estado moderno y centralizar el poder en la nueva capital.

—¿Qué pasó con la antigua? —pregunta ella, siempre interesada por la política.

—Demasiado alejada del mar, necesitábamos una capital con puerto. Además, esta es más moderna que la vieja Aigai.

—En un lugar de cabras[12], es curioso, no suena tan diferente a Molosia —se mofó Myrtale mientras acariciaba con picardía el brazo de su esposo.

—¿Se parece esta ciudad a Pasarón? —replicó él sabiendo lo mucho que la joven odiaba la ciudad donde había nacido—. ¿Acaso allí tenéis un templo como este? —señaló al edificio dedicado a la Diosa Madre detrás del cual, en la distancia, se podía vislumbrar el palacio real sobre una colina.

Myrtale no se había percatado hasta ese momento de la presencia del edificio y, de nuevo, sintió una admiración tremenda por el constructor de la ciudad, quien había sabido diseñarla con el propósito firme y perfectamente logrado de dejar patente quién tenía el control. El palacio, desde lo alto, vigilaba la ciudad. La ciudad, desde abajo, controlaba al palacio sin perderlo de vista. Ambos coexistían y se necesitaban. Se preguntó si, desde lo alto, se podría ver el mar.

—Mi abuelo, Arquelao, y mi padre fueron los artífices de todo lo que te rodea —explicaba Filipo con orgullo no disimulado—. Convirtieron un pantano insalubre en esta joya que algún día sustituirá a la decadente Atenas como centro del mundo heleno. Tú estarás a mi lado para disfrutar de mi éxito, ya lo verás.

—¿Iremos algún día a Atenas? ¡Me muero por visitar su Acrópolis y poder participar en los Misterios de Eleusis! —exclamó feliz mientras sonreía con la ilusión de una joven enamorada.

—¿Aún tienes ganas de más Misterios? —bromeó él—. Algún día iremos, pero no te perderé de vista, no sea que te escapes como hiciste en Samotracia. Ya sabemos lo fogosa que

---

12.- Aigai significa, literalmente, lugar de cabras.

te vuelven los dioses —lanzó una de esas grandes carcajadas que llevaban su impronta personal—. ¡Mira! Allí, a la izquierda, están los baños públicos.

En la proximidad, el palacio es aún más impresionante que visto desde la ciudad. La fachada sur, la que miraba a Pella, era tan enorme y teatral que la vista se perdía al este y oeste sin poder vislumbrar el fin de la sucesión de dinteles y ventanas. En el centro, una entrada monumental con cuatro lujosas columnas dóricas salía al encuentro del visitante para envolverlo y conducirlo directo a un gran patio donde una colosal estatua de Zeus los recibía desde el centro de una fuente cantarina y refrescante que presidía el jardín rodeado de pórticos con esculturas.

Aunque no podía ver salvo caras de mármol y bronce, Myrtale intuía que sus movimientos estaban siendo observados por seres de carne y hueso. Miraba hacia arriba nerviosa, aunque no consiguió ver a nadie espiando desde las ventanas. Se sentía incómoda por el silencio y la sensación de soledad que esa zona del palacio destilaba. El pensamiento de que solo era el área oficial consiguió tranquilizarla un poco, aunque no lo suficiente para hacer desaparecer la decepción por la falta de un recibimiento para acogerla y homenajearla como su nueva reina.

Después de dejarla un rato admirando el jardín, Filipo cogió su mano para llevarla a la sala de recepción. Nunca antes había hecho esto con ninguna de sus esposas, pero necesitaba que Myrtale viera el lugar donde él trabajaba.

La sala le pareció espectacular. Un gigantesco Heracles recibía a los visitantes desde el mosaico del suelo mientras otros más pequeños realizaban alrededor las labores encomendadas por los dioses para purgar el asesinato de su familia.

—El propio pintor Zeuxis diseñó este mosaico para mi abuelo en honor a nuestro antepasado, Heracles —le contaba

Filipo cada vez más próximo a Myrtale, que notaba el calor del hombre a su lado logrando estremecerla de la emoción. Todo el vello se le erizó y no tardó en notar cómo sus pezones se endurecieron por la proximidad de su esposo hasta hacerle sentir capaz de hacer el amor con él en ese precioso suelo. Estaba tan segura de que él también disfrutaría que, por fin, una sonrisa pícara consiguió hacerse un lugar en el bello y preocupado rostro.

—¿Qué es lo que te parece tan divertido? —preguntó el hombre intrigado.

—Lo que sería capaz de hacer en este suelo si estuviéramos solos —le susurró al oído.

—Cuando estés acomodada, iré a hacerte una visita a tus habitaciones —contestó también él en un murmullo—. Ahora vamos a ver a mi madre, seguro que nos está esperando impaciente.

Efectivamente, Eurídice les estaba aguardando en la antesala de sus dependencias, en el gineceo. Para llegar hasta ella, tuvieron que recorrer otros mil pasillos y cruzar tantos patios y salas que Myrtale se sentía incapaz de orientarse. La zona donde vivían las mujeres estaba separada del resto del palacio y custodiada por un cuerpo de guardia que saludaba al rey mientras despejaba el paso. Myrtale se preguntó si serían sus guardianes o sus carceleros, pero apartó el pensamiento.

Eurídice estaba sentada en un amplio sillón tapizado con colores dorados y púrpuras que realzaban su porte majestuoso. A pesar de tener más de cincuenta años, su rostro evidenciaba ese tipo de belleza que se niega a marchitarse. A Myrtale le atrajeron los ojos, eran tan intensos y azules como los de su hijo. Sorprendentemente, no se levantó ante la presencia del rey. Al contrario, fue el hombre el que se inclinó para besar las manos y la mejilla de su madre, quien le devolvió el gesto con una cariñosa caricia y unos ojos llenos de lágrimas que miraban con curiosidad a su nueva nuera por encima de la espalda de Filipo.

—Madre, os presento a mi esposa, Myrtale —dijo el hijo apartándose orgulloso para lucir a la molosa—. Os ruego que la acojáis con todo el cariño y el respeto con el que me tratáis a mí.

Al escuchar estas palabras, Eurídice se levantó de su asiento para dirigirse a la joven a la que, ante su sorpresa, cogió de las manos y, a continuación, la envolvió en un abrazo lleno de calidez y delicadeza que estremeció a la joven. Si bien Eurídice no era tan alta como su hijo, le sacaba a Myrtale casi una cabeza, por lo que la joven se sintió completamente rodeada por el cuerpo femenino, entre asustada y reconfortada, sin saber cómo comportarse. La timidez la sobrepasó, algo impropio de ella.

—Mucho tiene que quererte este hijo mío para que te presente de esta manera. Eres su quinta esposa y nunca lo había hecho antes —le dijo con una amplia sonrisa, sobre todo en la mirada.

—Espero no decepcionaros, ni a él ni a vos —consiguió articular, por fin, Myrtale, con un hilo de voz.

Tras contarle a la madre algunas novedades del viaje, Filipo se disculpó, pues asuntos de Estado le esperaban, y salió de la sala dejándolas solas. Myrtale experimentó una terrible sensación de abandono, se sabía perdida en ese enorme palacio y dejada en los brazos de una mujer que parecía amable y amistosa, pero no dejaba de ser una completa desconocida para ella. Tras la marcha del esposo, el silencio se adueñó en la sala, Myrtale disimulaba su desazón mirando a su alrededor admirada por el lujo en el que ella también iba a comenzar a vivir. Sin embargo, no se alegraba tanto como había esperado.

—No estés asustada —le tranquilizó Eurídice—. Las cartas que me ha enviado Filipo me dicen que eres una joven muy inteligente. Estoy segura de que vamos a poder llevarnos bien y que, en breve tiempo, vas a sentir que este es tu hogar. Yo tampoco soy macedonia de origen, pero esta tierra se me ha metido tan dentro que no puedo abandonarla. Hace años que apenas recuerdo mi tierra, Lincestis, la tierra del lince. ¡Qué bello animal!

Su voz era alegre y clara, aunque hablaba con un fuerte acento macedonio. A Myrtale le parecía una mujer accesible, transparente. Aunque a su mente también acudieron los horribles rumores que había oído. Eurídice le recordó a Filipo.

—Desde que murió mi padre yo tampoco siento que Molosia sea mi hogar. Estoy segura de que, como decís, aquí voy a ser feliz y pronto sentiré que es mi tierra —Myrtale miraba a Eurídice directamente, fascinada por su mirada, sus gestos y su voz—. Disculpad si he parecido distante o fría, estoy cansada del viaje e intimidada por el lujo y la enormidad del palacio. Creo que no voy a ser capaz de moverme sin perderme.

—Si tu marido, mi hijo, conquista Persia, como se ha propuesto, este palacio te parecerá una choza comparado con los que el rey persa posee —comentó mientras se levantaba y servía una infusión fría—. He mandado preparar para ti uno de los departamentos más amplios de esta zona. Mi hijo avisó con poco tiempo, pero he conseguido que la decoración esté a tiempo. He pedido a mi pintor favorito, Parrasio, que engalane tu dormitorio con los amores de Aquiles y Políxena, sé que es tu nombre —le guiñó un ojo de complicidad. El azul es tan idéntico al de Filipo que Myrtale consiguió calmarse y sonreír.

—Muchas gracias por todas las molestias que os habéis tomado, señora. Efectivamente, Políxena es el nombre que mi padre me puso y la historia de mi antepasado Aquiles y la doncella Políxena es una de mis favoritas, aunque siempre he pensado que era un poco triste. Myrtale es el nombre que me ha concedido vuestro hijo y me siento muy dichosa al usarlo —el dulzor de la infusión y de Eurídice la reconfortaba y la animó a seguir hablando. Sin saber el motivo, esta mujer le inspiraba una gran confianza, aunque su instinto de supervivencia le alertaba de que no fuera demasiado confiada. Si los rumores eran ciertos... —Yo tampoco nací llamándome Eurídice, pero parece que a los Argéadas les gusta cambiar el nombre a sus esposas. ¿Tú cómo prefieres que te llame?

—Myrtale está bien, señora. Es un nombre muy bonito y me trae gratos recuerdos —notó como la sangre afluía a sus mejillas y, al percatarse, la vergüenza le hizo aún ponerse más colorada.

Eurídice, que vio el apuro de la joven, se levantó de la silla y comenzó a moverse de un lado a otro de la sala colocando un cojín aquí y una silla allá, o moviendo el pesado cortinaje de color verde que separaba la antesala de sus habitaciones privadas. Myrtale la observaba hacer y, sin saber por qué motivo, declaró:

—Creo que estoy embarazada.

La mujer paró su trajín para acercarse a la muchacha y abrazarla de nuevo.

—¿Tan pronto? ¡Veo que el viaje os ha cundido! —Myrtale enrojeció de nuevo y se preguntó, un poco angustiada, qué le había llevado a contarle eso a su suegra cuando ni siquiera se lo había mencionado a Hermíone. Pero dicho estaba, no había forma de borrar las palabras. Al pensarlo, descubrió que estaba realmente ilusionada.

—Es muy importante que tengas hijos, y cuanto antes, mejor —prosiguió Eurídice con seguridad—. ¿Sabes que Filipo ya tiene un hijo varón? Arrideo, es el hijo de Filina, una tesalia bastante oscura y vulgar con la que mi hijo se casó en contra de mi criterio. No puedes fiarte de ella, Myrtale.

La joven molosa no sabía qué decir ante estos descubrimientos. Filipo le había comentado que estaba ya casado y ella había aceptado la idea de convivir con otras esposas reales, algo que no era habitual en su tierra y que le parecía una práctica más propia de bárbaros y persas que de griegos. Por supuesto, se había callado su opinión y tragado el orgullo. El hecho de que tuviera un hijo con otra mujer y no se lo hubiera comentado le molestaba como esposa y como reina.

—Si Filipo no te lo había dicho es porque ese niño no le agrada, como no le gusta la madre —comentó rápidamente Eurídice—. Otra de sus esposas, Audata, tiene una niña, Cinane. No representan ningún peligro para ti, Audata es iliria y es una mujer demasiado masculina, carece de tu encanto y tu belleza. Tienes que pensar, Myrtale, que Filipo no las ve nada más que como transacciones diplomáticas. Se ha casado con todas ellas para conseguir aliados y privilegios. Les hace un hijo y se olvida de ellas.

Myrtale se sentía desfallecer, quería correr y llorar, pero su fuerza de voluntad consiguió mantenerla firme en la silla, aferrada al asiento, mientras se acercaba la infusión a los labios para disimular su tristeza y su miedo. En ese momento, Eurídice le pareció una mujer cruel. A veces, no es necesario ser tan dolorosamente sincera.

—No temas, no creo que ese vaya a ser tu futuro. Los ojos de mi hijo tenían un brillo que nunca había visto. Está enamorado de ti, se nota. No hay que ser tan vieja como yo para reconocer el amor en una mirada. Si estás embarazada, mejor que mejor, es fundamental que tengas un varón cuanto antes. Si le aseguras la descendencia, tu poder estará reforzado.

—¿Y si es una niña?

—Pues utilizas esos preciosos ojos verdes y las otras armas que tú sabes que posees y le insistes hasta que te haga un hijo varón. No valen excusas ni enfados, siempre tienes que estar preparada para recibirle en tu lecho. Siempre. Cuantos más hijos tengas, más posibilidades de seguir en el palacio tendrás. Yo tuve tres varones y una hija. Los tres han sido reyes, dos han muerto. Filipo es la fuente de mi poder, si él desaparece, yo no soy nadie.

Myrtale abrió los ojos espantada. Instintivamente, se llevó la mano al vientre y pensó, con pasmo, que su futuro dependía de su capacidad reproductiva. La verdad le parecía tan horrorosa como triste.

—Muchas gracias por vuestros consejos, señora. Los tendré muy presentes. Ahora creo que es mejor que vaya a mis aposentos.

—Claro, querida, ha sido un día muy intenso para ti. Bienvenida a Pella.

Y volvió a besarla con tanta dulzura que Myrtale se preguntó si no estaría cuidadosamente calculada.

A pesar de que Filipo ha prometido a su esposa ir a sus aposentos tras el banquete con los nobles macedonios y varios embajadores tebanos, primero se acerca a visitar a su madre. El rey está ligeramente ebrio, pero no tanto como para no tener una conversación seria con Eurídice. Estima sobremanera la opinión de la mujer y siempre la tiene muy en cuenta. El rey sabe que Eurídice no suele irse temprano a la cama, es demasiado activa como para perder el tiempo durmiendo. Encuentra a la mujer despierta, frente al telar, tejiendo una sobria túnica de lana. Por el tamaño, Filipo sabe que es para él.

—¿No duermes, madre? —le dice, y se sienta frente a ella en el suelo. Es una costumbre que tienen desde que era niño, antes de que lo enviaran a Tebas. Siempre le tranquilizó ver a la mujer trajinando con las pesas, los hilos y la voladera del viejo telar.

—Hace demasiado calor para dormir —responde—. Además, te estaba esperando. ¿Qué tal con tus viejos generales? ¿Muy enfadados porque hayas tardado tanto en volver?

—Alguno se ha quejado, pero poco. En el fondo, les encanta actuar por libre de vez en cuando.

—Estaban preocupados por Pidna. Tras la caída de Anfípolis, lo ideal es recuperar la ciudad que perdimos durante el poco tiempo que reinó tu hermano Pérdicas. ¡Mi pobre muchacho! —suspira la mujer dejando la labor que tenía entre manos—. Todo lo que tenía de buen hijo, le faltaba de buen militar.

—Yo no soy Pérdicas. Recuperaremos Pidna, pero hay que ser cautelosos, Atenas aún no ha superado que les arrebatemos Anfípolis y los tebanos están recelosos. De momento, los tenemos de nuestra parte. Los enemigos, mejor de uno en uno.

—Razón no te falta, hijo —la mujer frota sus manos con energía. Filipo las mira y comprende que lo hace porque le duelen. Su madre ya no es joven, aunque sigue estando cargada de energía.

—¿Qué te ha parecido Myrtale?

—¡Ya sabía yo a lo que venías! —ríe la mujer acariciando el pelo rojo de su hijo—. Muy joven, muy bella, muy enamorada.

—¿Te gusta?

—Es educada, sabe comportarse y haría cualquier cosa por ti. Su aspecto frágil juega a su favor. Aunque creo que es más fuerte de lo que parece —la mujer se para a pensar, a buscar las palabras—. Y más ambiciosa. No se va a conformar con ser una esposa más.

Filipo levanta la mirada. Los dos pares de ojos azules se miran, están calculando.

—No es una esposa más, madre —el rey traga saliva. Le cuesta más decirle algunas cosas a Eurídice que dar órdenes a su ejército—. Quiero nombrarla Reina de Macedonia.

Eurídice no dice nada, pero la forma furiosa de cerrar los puños es más que significativa.

—Ese título no existe. Ninguna mujer ha sido antes Reina de Macedonia. El rey es elegido por la asamblea. La función de una esposa se limita a dar herederos.

Filipo se levanta del suelo. De repente, le incomoda estar por debajo de su madre. Está enfadado, contrariado por lo que ella dice. No está acostumbrado a que se cuestionen sus decisiones.

—Es curioso que seas tú la que dice eso. Tú, que has puesto y quitado reyes en la sombra.

—Yo ni pongo ni quito. Tuve tres hijos y me aseguré de que todos pudierais reinar. Eres, con diferencia, el más apto de los tres. Mantenerte en ese puesto no depende de mí, es cosa tuya.

—Como rey, puedo crear el título que me plazca —insiste, tozudo, Filipo.

—Por supuesto. Igual que estás cambiando el ejército y reorganizando la administración. La cuestión no es esa. Mi pregunta es: ¿crees que nombrar una esposa favorita, una reina, te va a ayudar en tu misión? Si la respuesta es sí, adelante, hazlo.

Filipo la mira con el ceño fruncido. Sabe que la pregunta no espera respuesta, que ella va a seguir con su argumentación:

—Hasta ahora, te has casado con quien convenía a tus intereses. Tienes dos mujeres tesalias, una de cada uno de los bandos enfrentados en aquella tierra; una iliria que te permite algo de paz en el norte; una de Elimea, así te aseguras el suroeste, y, ahora, una molosa que cubre el flanco occidental. ¿Quieres romper ese equilibrio? ¿Y si tu Myrtale no es fértil? O solo te da hijas.

Filipo mira a su madre con furia. Reconoce, con rabia, que tiene razón y no le gusta estar equivocado.

—Se va a sentir muy decepcionada cuando se lo diga —susurra el hombre.

—No se lo digas —Eurídice se encoge de hombros—. Deja que lo espere o, mejor aún, que sienta la necesidad de ganárselo.

—Myrtale no es tonta. Como tú misma has dicho, no va a aceptar fácilmente ser una esposa más —Filipo mira hacia la puerta, tiene ganas de marcharse—. Para mí, no lo es.

—Nadie te dice que la trates como a las otras —insiste Eurídice—. Visítala todas las veces que te apetezca. Si quiere ese puesto especial que crees que se merece, lo primero que tiene que hacer es darte un hijo varón. Tienes nueve lunas para comprobarlo. Mientras, algo se te ocurrirá para calmarla. Si es que no te cansas antes de ella.

—¡No voy a cansarme! —replica enfadado Filipo. La conversación calmada que esperaba se ha convertido en un dolor de cabeza. Incluso se ha disipado la alegría del vino—. ¿Nueve lunas? ¿Está embarazada?

El rey no da tiempo a su madre a contestar. Tampoco ve cómo ella se encoge de hombros preocupada. Filipo ya ha salido por la puerta. Desde su ventana, lo ve entrar en los aposentos de la molosa.

7

El gineceo

Pella (Macedonia), 357 a. C.

Las voces que se escuchan desde el patio obligan a Myrtale a salir, molesta, del agradable sueño que la había atrapado. Se gira buscando el cuerpo masculino, pero no lo encuentra. Filipo se levantó y se marchó, en silencio, poco después del amanecer. Al menos, cumplió su promesa de visitarla esa noche, piensa Myrtale con una sonrisa de placer en los labios. Se tapa la cabeza con la sábana, no quiere salir de esa cama que sigue oliendo a su hombre. Ella desearía poder seguir durmiendo, pero las voces que se escuchan suben de volumen y, además, se han incorporado a ellas el llanto de algunos niños.

Fastidiada, se levanta y se pone una túnica arrugada que hay encima de un baúl. No ha tenido tiempo de abrirlo. Pensar en deshacer el equipaje también le da pereza. Lo único que le apetece es dormir y hacer el amor con Filipo.

De entre todas las voces del patio, destaca una voz terriblemente aguda. Myrtale arruga la frente con desagrado y resopla.

—Espero que esta forma de despertar no sea la habitual —protesta y sale a buscar a Hermíone y un vaso de agua fresca. Nota la boca seca, el estómago revuelto y la cabeza embotada.

—Es casi mediodía, señora —resopla Hermíone, quien trabaja afanosa colocando sus propios enseres en el cuarto que le ha sido asignado, mucho más pequeño y sobrio que el de

Myrtale, pero luminoso y acogedor. Desde esa habitación, se escucha, mucho más, la voz irritante y chillona de una mujer.

Myrtale, despeinada y descalza, se acerca a la ventana. Tiene que cerrar los ojos heridos por el sol. Cuando se acostumbra a la intensidad de la luz, puede ver a la dueña de la voz estridente. Es una mujer muy bella, cubierta apenas por un vestido verde tan ligero que permite ver el cuerpo cuando se coloca a contraluz. En los brazos, desnudos y muy blancos, lleva un bebé que llora desconsolado.

—Parece que las otras esposas del rey están teniendo una animada conversación matutina —ironiza Hermíone.

—¿Debería salir a conocerlas? —pregunta Myrtale.

—Recogeos el pelo antes, señora, una melena suelta es fácil de agarrar. Y poneos unas sandalias —dice, práctica, la tebana—. Por si tenéis que salir corriendo.

Myrtale ríe ante la ocurrencia, aunque hace caso a la sirvienta. Cuando se asoma, lo primero que nota es una bofetada de calor.

—¡Eres una bruja! ¡Cómo todas las tesalias! ¿Por qué iba a querer yo acercarme a ti o a ese bebé chillón? Jamás he tocado a tu hijo —grita la más alta de las dos vestida con una curiosa indumentaria. En lugar del chitón largo habitual, viste uno corto sujeto en el hombro izquierdo por una inusual fíbula que representaba una doble hélice. Además, lleva las sandalias altas atadas casi debajo de la rodilla. El pecho izquierdo está cubierto por una pieza de cuero. Solo le faltan el arco y el carcaj para parecer una Artemisa lista para salir a cazar. Abrazada a ella, una niña de unos dos años llora ocultando la carita en el muslo de la mujer. Myrtale no puede sino sentirse impresionada por la pose de la mujer. Está segura de que es Audata, la iliria.

—Mejor es ser tesalia que ser una bárbara como tú —contesta con su voz chillona la mujer más bella. Myrtale concluye que se trata de Filina, pues no para de mecer en sus brazos al bebé que llora con el mismo timbre agudo y desagradable con el que habla su madre—. Te mueres de envidia porque yo tengo un hijo varón en lugar de una niña salvaje como esa Cinane tuya.

La niña, aún sujeta a la pierna de su madre, se gira para mirar a la mujer que la está insultando. La melena roja y los enormes ojos azules no dejan lugar a dudas de que es hija de Filipo. La niña deja de llorar para lanzar una mirada de odio a la rival de su madre que deja a Myrtale paralizada. Si es capaz de mirar así con esa edad, no quiere ni pensar cómo llegará a ser de mayor. La molosa se siente fascinada por la madre y la hija.

—¿Qué está pasando aquí? —la voz de Eurídice se acerca y el silencio se hace en el patio. Su presencia impone respeto. Altiva y segura, es la imagen misma del orden, del poder. Incluso el gato blanco y negro, cuyo cuerpo estaba alerta mientras discutían las mujeres, se relaja al ver a la anciana y, con tranquilidad, se coloca al sol y comienza su baño diario sin dejar de mirar, entre curioso y alerta, a las contrincantes—. ¿Otra vez discutiendo? ¡Cómo vais así a alentar a Filipo a que venga a visitaros si os comportáis como vulgares prostitutas!

—Filipo ahora tiene bastante con su nuevo juguete —responde Audata altiva mientras mira a la recién casada, que abre los ojos espantada por el sorprendente ataque. ¡Estaba convencida de que no se habían dado cuenta de que estaba allí!

—¡Audata! ¡Bonita forma de presentarte! —reprocha Eurídice hastiada—. A ver, Filina, ¿qué es lo que está pasando? ¿No eres capaz de calmar a ese niño? Deberías dejar que una nodriza se encargue de alimentarlo, parece estar siempre hambriento.

Filina aprieta más al niño contra su cuerpo, como si tuviera que protegerlo de su abuela también. Myrtale ve al pequeño muy colorado y se preocupa. Ella no es experta en bebés, pero si al berrinche se le suma el calor que hace, apretarlo de esa manera no le parece buena idea.

—Es demasiado vieja para tener leche, pero no quiere verlo —vuelve a intervenir Audata que, al parecer, tiene ingenio e insultos para repartir generosamente. Myrtale observa a Filina más detenidamente. Se sorprende al comprobar que, efectivamente, ronda los veinticinco años. Debe ser la esposa de mayor edad y, posiblemente, la más bella. Myrtale mira con envidia su cabello de color canela y un brillo intenso. Ella, que es tan menuda, siente una punzada de celos cuando ve las sensuales curvas. Los pechos, rebosantes de leche, parecen diseñados por el mismísimo Fidias. La molosa se consuela pensando que los suyos pronto estarán así de llenos.

Las dos mujeres quedan en silencio apenas un instante. Filina no tarda en alzar, de nuevo, su desagradable voz:

—Eurídice, le he pedido mil veces a Audata que no deje a Cinane acercarse a mi hijo. La próxima vez que lo haga le voy a propinar tal azote en el culo que no va a poder sentarse en una semana —grita mientras sigue acunando al niño colorado y tan chillón e irritable como la madre.

Mil peleas han tenido Myrtale y su hermana Troa, pero jamás les consintieron elevar el tono de esa manera. Recuerda que su madre siempre hablaba muy quedo, como si se fuera a romper por gritar. Ella era más de atacar con palabras hirientes y no consentía que nadie vociferara. La propia Myrtale recibió alguna bofetada por hacerlo, era otra forma de desafiarla. La molosa se pregunta si Deidamía se habría atrevido a pegar a Audata.

—Si se te ocurre tocar a Cinane, ve ahorrando para una nueva peluca, Filina —responde mientras se acerca, peligrosamente, a la tesalia.

Myrtale mira los brazos de la iliria. No duda de la capacidad para dejar calva a su rival.

—¡Basta ya! —vuelve a interceder Eurídice fulminando a las dos con los ojos azules más fríos y enfadados que nunca. Myrtale piensa que así deben de lucir los de Filipo cuando está verdaderamente enfadado.

—¡No creas que me asustas con tus amenazas masculinas! —insiste Filina desoyendo a la suegra—. Cada vez te pareces más a los hombres. A los cabreros, para ser exacta. No me extraña que nuestro esposo ni se acerque a tu cama. Siempre hueles a sudor y a caballo.

—Seguiré entrenando, pues. Cuanto más masculina parezca, más posibilidades tendré, o eso dicen las malas lenguas —responde Audata apretando tanto los puños que se puede apreciar cómo se marcan en sus brazos unos redondeados músculos que parecen, ciertamente, poco femeninos.

—No sigas por ese camino, Audata —la voz de Eurídice se ha tornado fría y dura como una espada de hierro—. Deberías estar agradecida por tener un esposo que te permite seguir montando a caballo y entrenando con tus armas. No me obligues a decirle que no eres digna de esa confianza.

La iliria baja los ojos. Se nota que le cuesta contener la respuesta, pero acaba por hacer caso a Eurídice. Coge la mano de la pequeña Cinane y se gira, muy digna, hacia la salida del patio. Filina se jacta de lo que considera una victoria propia.

—¡Da recuerdos al mozo de la cuadra! —chilla.

Audata se gira tan brusca y se acerca a Filina con tanta rabia que la tesalia retrocede asustada, tropieza con el gato, que sale corriendo, y a punto está de dejar caer al niño que sigue llorando desconsolado.

—Algún día vas a aparecer muerta y nadie llorará tu muerte —susurra Audata. La voz queda de la iliria suena mucho más agresiva que la estridencia de la tesalia.

Audata coge a la niña y se dirige a la higuera hasta desaparecer tras ella. La marcha de la iliria consigue rebajar un poco la tensión, aunque el calor de la batalla y del sol continúa muy presente. Eurídice sigue enfadada. Parece cansada. Cuando Filipo comenzó sus nupcias ya le advirtió que tener a todas las mujeres en el mismo gineceo iba a ser un problema. Ella le propuso repartirlas por el palacio o, incluso, por la ciudad:

—Si cada una vive en su propio lugar, vamos a evitarnos muchos conflictos —le insistió cuando llegó de Tesalia con dos esposas con las que se había casado, prácticamente, a la vez.

—Va a ser más fácil controlarlas si están todas juntas. Cada una de ellas representa una facción, los intereses de sus familias, de sus clanes, de sus ciudades. Alejarlas del palacio podría ser visto como una ofensa. Y siempre surgirían los celos, las dudas por supuesto favoritismo, las rivalidades se agrandarían. Además, están los hijos que vendrán, quiero que se críen juntos. Es el mismo principio por el que creé la Escuela de Pajes. Los niños que se crían juntos se convierten en un ejército unido, con un propósito común.

—Como quieras —asiente, poco convencida, Eurídice—. Pero las mujeres no son niños. Con ellas no vas a formar un ejército, ¿o sí?

Filipo sonrió al escuchar el razonamiento de su madre y negó con la cabeza.

—Eres un gran estratego, sabes cómo dirigir a los hombres en la paz y en la guerra —Filipo miró a su madre orgulloso—. Pero, ¡por todos los dioses!, no tienes ni idea de cómo funciona la mente femenina.

—¡Madre! —protestó el hombre, que siempre había estado muy ufano de su éxito con las mujeres. Para él, la estrategia era similar a la que utilizaba con los hombres. Decirles lo que querían escuchar para obtener de ellos lo que necesitaba. Si por las buenas no lo conseguía, se recurría a la fuerza. Para algo era el rey—. Seguro que tú sabes cómo tenerlas a todas controladas. Tú, y solo tú, vas a ser mi representante en el gineceo.

—Si pudiera elegir, preferiría ir a asediar ciudades —respondió ella tajante.

Eurídice recuerda estas palabras premonitorias y se siente muy cansada. El calor no ayuda. Ahora, además, su hijo ha dejado claro que sí hay una esposa predilecta. El resto no tardará en darse cuenta del favoritismo y se rebelará.

Filina y Audata son, con diferencia, las dos más problemáticas. La primera, por celosa e insegura; la segunda, por orgullosa y violenta. Menos mal que las otras dos, de momento, no le dan problemas. Fila es apenas una niña, más necesitada de cariño maternal que del amor carnal de un esposo. Y Nicesípolis es un regalo de los dioses. Es una mujer culta, inteligente, muy trabajadora, sencilla y tan absolutamente dulce que es imposible no quererla o envidiarla, según sea el alma del que la conoce.

Eurídice se siente cansada, vieja y vulnerable. Además, tiene calor. Todo ello le hace estar aún más irritable. Para colmo, el llanto del pequeño no para y acaba exasperándola. Con paso decidido, se acerca a Filina, que pasea debajo de la enorme copa de la higuera tratando de calmar, sin éxito, al niño.

—Ese llanto no es normal. Yo he criado a cuatro hijos y ninguno ha llorado jamás de esa manera. ¿Estás segura de que no pasa hambre?

—No voy a dejar que ninguna mujer alimente a mi hijo —solloza Filina mientras acaricia la rubia cabecita del llorón—. El niño no tiene hambre. Llora porque tiene miedo, ha vuelto a despertarle esa pelirroja incontrolable. ¡Tengo leche suficiente para alimentar a una docena de niños!

Eurídice niega, moviendo la cabeza arriba y abajo con desesperación, harta de una discusión que se repite cada poco. Cuando está a punto de arrancar al bebé de la madre, se escucha una voz que, de inmediato, consigue calmarla.

—Si quieres, yo puedo prepararte una infusión para aumentar la leche, o algo para calmar al niño, parece que sufriera de cólicos —la voz pertenece a una mujer que aparece detrás de las columnas del ala sur. Myrtale la mira maravillada. No es tan bella como Filina, pero su porte es tan sereno que le recuerda a una náyade, esas ninfas maravillosas de las aguas dulces. Lleva el pelo recogido en una descuidada coleta que cuelga por encima del hombro derecho. El pelo, de tan rubio que es, parece blanco como la indumentaria que lleva. El sol, que le da de pleno, se refleja en ella. Si no estuviera bien despierta, Myrtale pensaría que es una figura salida de un sueño. Toda ella es luminosa. El encanto se rompe cuando la aguda voz de Filina responde:

—Métete en tus asuntos, Nicesípolis. Prepárate una infusión que te ayude a tener hijos. ¡No eres capaz de quedarte embarazada y vas dando consejos a las demás!

La aludida retrocede y cruza los brazos en actitud defensiva, pero no dice nada. Se limita a mirar, con pena, a la otra tesalia.

—Filina, con esa actitud no haces bien al niño ni a ti misma. Nicesípolis ha sido muy amable, ¡por todos los dioses!

—Nicesípolis es tu favorita. Si por ti fuera, Filipo solo se habría casado con ella —insiste, con su graznido, Filina.

Eurídice suspira. A punto está de contestar lo que realmente piensa. En lugar de eso, se acerca a Nicesípolis y coge las manos delgadas y muy blancas.

—¿Tendrías algo para mí? Apenas he dormido por el calor y estas discusiones diarias van a acabar con mi salud.

Nicesípolis acaricia las manos de su suegra y sonríe mientras mueve la cabeza hacia los lados, asintiendo.

—Ayer mismo preparé una decocción de dátiles tebanos y la he mezclado con hidromiel. Es un perfecto reconstituyente para el agotamiento. ¿Quieres que te lo lleve a tu cuarto o prefieres venir y lo tomamos juntas?

Myrtale mira la escena sin moverse de la puerta de su departamento. Siente una punzada de envidia en el vientre. Le ha gustado Nicesípolis, pero la proximidad con la suegra le resulta molesta. Celosa, tiene la necesidad de decir algo:

—Hermíone, mi sirvienta personal, es tebana. Ella también prepara infusiones para todo tipo de molestias.

—¡Estupendo! —exclama la rubia. Y su voz le suena completamente sincera a Myrtale—. Seguro que puedo aprender mucho de ella. Yo solo soy una principiante. Por cierto, siento haber sido tan maleducada. Yo soy Nicesípolis. Encantada de conocerte, Políxena.

Y dicho esto, con una sonrisa en los labios, se acerca a la molosa y le da un abrazo tan reconfortante que Myrtale se siente avergonzada por haber tenido un pensamiento tan ruin.

—Prefiero que me llaméis Myrtale.

El duro acento del norte, que parecía que se había marchado, vuelve a escucharse desde detrás de la higuera.

—¿Es el nombre que Filipo ha decidido darte? Muy propio de él. Ahora eres de su propiedad. Conmigo también lo intentó, pero me llamo Audata, la iliria, y no voy a consentir que nadie me diga cómo he de llamarme. Bienvenida a esta preciosa jaula, Myr-ta-le —y pronuncia su nombre marcando las sílabas con evidente sarcasmo.

La vuelta de la iliria aumenta la temperatura del aire.

—De hecho, él ya no te llama de ninguna manera, ¿cuánto hace que ni te mira? —vuelve a atacar Filina, que parece que ha conseguido calmar al bebé al que continúa meciendo.

—¡Por Hades y todos los dioses del Inframundo! —chilla Eurídice, muy enfadada—. ¿Qué bicho os ha picado a vosotras dos? ¿Qué forma es esta de recibir a una compañera? Si seguís así, hablaré con Filipo para que os quite a vuestros hijos. A él no le gustará que Cinane sea una mujer irrespetuosa como vosotras, y tampoco querría que su único hijo varón crezca en un nido de víboras.

Filina aprieta al niño contra su pecho, Audata abraza a su pequeña.

El silencio se hace tan espeso como el calor. Cuesta respirar en una atmósfera tan tensa. Myrtale mira a Filina y camina despacio hacia madre e hijo. Mira al chiquitín y, con mucha precaución, sin dejar de observar la reacción de la mujer, acaricia la cabeza del pequeño. A Filina no parece molestarle.

—Este es Arrideo, el único hijo varón de Filipo.

—Es un bebé muy bonito y se parece a Filipo, es tan pelirrojo como él. También ha heredado su mal humor cuando tiene hambre —bromea Myrtale, con mucho cuidado—. ¿Qué edad tiene?

—Tres meses. Sí, es un bebé sano y fuerte. Pero tengo que mantenerlo lejos de todas estas brujas —susurra Filina con la cabeza casi pegada a Myrtale y vigilando que no la escuche Eurídice, quien se aleja hacia el departamento de Nicesípolis—. Se mueren de envidia y podrían intentar hacerle algo. Arrideo será el heredero de Filipo.

Inconscientemente, Myrtale acaricia su vientre y, en su corazón, nace el ardiente deseo de llevar en su interior a un varón. El gesto no pasa desapercibido para Hermíone, que la mira, pero no hace comentario alguno. Antes de entrar en las habitaciones de Nicesípolis, Eurídice se gira y vuelve a tomar la palabra dejando bien claro quién ostenta el poder en el gineceo:

—Ya que los ánimos están más calmados, que cada una vuelva a sus quehaceres. Audata, asegúrate de que Cinane no vuelve a acercarse a Arrideo. Filina, tendrás que aprender a controlar esos ataques de histeria. Nadie quiere dañar a tu bebé, y menos una niña de dos años. También deberías controlar a tu Jasón, es un niño muy nervioso y anda siempre molestando a la servidumbre.

En ese momento, de detrás de la higuera, aparece un niño de unos cinco años completamente desnudo. Lleva la cara manchada de fruta y corre a abrazarse a la pierna de su madre tiñendo de carmín la preciosa túnica verde. Filina aparta al niño de un manotazo y llama a voces a la sirvienta.

—Perdone, señora —se excusa la mujer, apenas una niña, con un acento tan extraño que Myrtale deduce más que entiende. La criada coge al niño de la mano, pero él se aferra con más fuerza al vestido de la madre aumentando el estropicio. Los ojos de Filina miran hacia abajo con desesperación y rabia.

Myrtale conoce muy bien esa mirada. Es idéntica a la de su madre cuando ella trataba de conseguir un poco de atención, pues sabía perfectamente que una caricia o un beso estaban fuera de su alcance. Filina vuelve a gritar a la sirvienta que se lleve al niño y la amenaza con propinarle una paliza por no hacer bien su trabajo. Cuando la joven consigue agarrar las dos manos del pequeño y separarlas del vestido de la madre, Jasón, desesperado, lanza varias paradas al aire hasta que consigue alcanzar a Filina.

—¡Eres el niño más repugnante que existe! ¿Dónde has metido los pies? ¿Has estado jugando con los cerdos? —le dice, asqueada, mientras se sienta en el poyo bajo la higuera para sacudir los bajos de la túnica que se han llenado de polvo y barro. Jasón, viendo a su madre a una altura más accesible, se retuerce en los brazos de la criada hasta que aprovecha un descuido de ella para morderle la muñeca. La joven grita de dolor y la mano se afloja. Jasón vuelve a escaparse y corre con toda su fuerza hacia Filina y Arrideo. Solo le da tiempo a enganchar el pie del pequeño y tirar de él. El bebé vuelve a llorar, asustado. Filina, fuera de sí, propina un sonoro bofetón al mayor de sus hijos. Jasón abre los ojos y la mira fijamente.

No suelta ni una lágrima. Mientras la criada se lo lleva, ahora sin resistencia, una extraña sonrisa luce en la cara sucia.

Myrtale mira al niño y siente un dolor agudo. Comprende la escena. Entiende la sonrisa. ¡Cuántas veces ella hizo lo mismo! ¡Cuántas veces provocó a su madre para que le pegase, la castigase, le chillase! ¡Cuántas veces pensó que era mejor el calor ardiente de un bofetón que la frialdad del desprecio!

Cuando el niño pasa junto a ella, Myrtale acaricia el pelo negro revuelto y sucio. Jasón la mira fijamente. La molosa, sin saber el motivo, le guiña un ojo. El chiquillo, desacostumbrado a muestras de cariño, la mira fijamente y, luego, saca la lengua con descaro. Ella vuelve a sonreír. A él se le iluminan los ojos y no deja de mirarla mientras le sacan del patio.

Myrtale se queda preocupada y triste. Piensa que su presentación en el gineceo no ha podido ser más patética. Se gira para volver a su cuarto y descubre que, tras la higuera donde estaba el niño, hay otra mujer, muy joven, de apenas doce o trece años. La muchacha está jugando con el gato que, tumbado al sol, se deja acariciar la cabeza y la barbilla. Cuando la desconocida trata de acariciarle la panza, el animal se revuelve y, con la fuerte pata trasera, aparta la atrevida mano. La muchacha se queja de dolor y se lleva la mano a la boca. Chupa la herida mientras no deja de mirar a Myrtale.

—¿Te ha hecho daño? —pregunta la molosa, que no soporta el silencio.

—Estoy acostumbrada —contesta la joven con fuerte acento macedonio.

La muchacha se acerca a Myrtale y le enseña las manos llenas de marcas de arañazos. Unos, recientes; otros, ya casi curados.

—¿Por qué sigues jugando con el gato?

La joven se encoge de hombros y sonríe nerviosa. Parece muy tímida.

—Soy Fila.

—Encantada de conocerte, Fila. Yo soy Myrtale.

—Lo sé. Eres muy guapa.

—¡Muchas gracias! Tú también, Fila.

—No, no lo soy. Yo no soy como vosotras. Yo soy fea.

Lo cierto es que la muchacha es poco agraciada, piensa Myrtale. Fila es alta, pero desgarbada. No está gorda, pero tiene esa estructura ósea que le da un aspecto ancho y masculino. La mandíbula, cuadrada y prominente, le hace parecer agresiva, aunque los ojos, pequeños y muy tristes, sugieren lo contrario.

—¿Quién es ese niño?

—¿Jasón? Es el hijo de Filina. Ella era viuda cuando se casó con Filipo. Su marido murió en una revuelta, o una guerra. No sé, no me entero de nada —Fila habla deprisa con un fuerte acento del norte similar al de la criada que llevaba a Jasón.

—Eres macedonia, ¿verdad, Fila?

En lugar de responder, agacha la cabeza avergonzada.

—De Elimea —dice después de un rato.

No mira a Myrtale, vuelve a acariciar al gato, que se ha acomodado en su regazo. Ambos se han perdonado. El gato ha olvidado que ella trata de acariciar zonas prohibidas. Fila no recuerda los arañazos.

—Eso está en la Alta Macedonia, como Eurídice.

Fila sonríe nerviosa.

—¿Hablas macedonio? —pregunta, de pronto, Myrtale.

Fila se sonroja y vuelve a ponerse muy colorada. El gato ronronea en su regazo.

—¿Puedo pedirte un favor? ¿Me enseñas a hablar la lengua de esta tierra? —Myrtale acerca la mano al gato y, con mucho cuidado, le acaricia la cabeza. El animal abre los ojos, tan verdes como los de la molosa, y la mira con pereza.

—¿Para qué quieres hablar como nosotros? El resto de los griegos nos consideran unos paletos —el acento de la joven mantiene la rudeza de las consonantes marcadas y las vocales muy abiertas del norte.

—El resto de los griegos acabarán arrodillándose ante un rey macedonio, ya lo verás —Fila levanta la cabeza y mira, un instante, a Myrtale. La molosa, atrevida, sujeta con cariño la barbilla de la muchacha. Los ojos verdes miran fijamente a Fila. La joven no parece sentirse incómoda. Myrtale prosigue con cariño—. Yo quiero hablar como la gente del lugar donde ahora está mi hogar. ¿Me ayudarás?

—¡Claro! —responde feliz—. Pero yo nunca he enseñado a nadie. No sé cómo hacerlo.

—Es muy sencillo, yo digo algo en griego y tú lo repites en macedonio.

—Parece fácil —comenta.

—Serás una gran maestra.

Fila sonríe ampliamente por primera vez. Incluso el gato parece sorprendido. Se levanta del regazo y se queda mirando, descarado, a la joven. Cuando se oyen unos pasos fuertes en el patio, el animal salta y se esconde tras una gran maceta de la que brota un enorme y oloroso jazmín.

Los pasos son de un soldado muy joven. Entra decidido en el patio, mirando alrededor, hasta que encuentra a las dos muchachas bajo la higuera.

—Permiso, señoras —dice. La voz, que quiere ser adulta e impresionar a las mujeres acaba traicionándole y se vuelve aguda en la última frase. Fila contiene la risa, Myrtale finge que no se ha dado cuenta—. ¿Pueden decirme dónde encontrar a la esposa del rey?

—¿Cuál de ellas? —pregunta Myrtale.

—Myrtale de Molosia —responde el soldado.

—Pues ya la has encontrado. Soy yo.

Sin saber por qué, el joven se pone colorado.

—El rey me ha enviado para deciros que esta noche vais a acompañarle al teatro.

TERCERA PARTE:

EURÍDICE

8

El maldito

Dodona (Épiro), 374 a. C.

La respiración tranquila y acompasada de Aribas solo conseguía alterar aún más los ánimos de Neoptólemo, incapaz de dormir esa noche. Mientras su hermano menor reposaba sin preocupaciones aparentes, el mayor de los príncipes molosos se agitaba en la estrecha cama buscando un sueño que sabía que le iba a rehuir esa jornada. «¡Maldita sacerdotisa! ¡Hija de una loba rabiosa!», susurraba enfadado. Le había seducido con esa boca rosada sonriendo pudorosa durante todo el acto de las ofrendas de sacrificio al dios Zeus y a la diosa Dione. Había llegado desde Tebas para inquietarle y complicarle la vida. Seguro que ella estaba dormida plácidamente burlándose en sueños de su virilidad mientras él se preguntaba cómo podía haberse dejado engañar por la inocencia fingida de una aprendiz de puta.

En su cabeza retumbaban una y otra vez las palabras de la profetisa del oráculo de Dodona: «De la semilla del sacrilegio nocturno nacerá un león imbatible. El mayor rey que el mundo haya conocido. De la estirpe del impío vencedor de la corona de roble nacerá el conquistador del mundo».

Neoptólemo sabía que ese sacrilegio solo podía referirse al encuentro que tuvo con la joven sacerdotisa tebana, una de las tres encargadas de llevar el trípode que los beocios ofrendaban cada año al dios Zeus de Dodona para purificar el asesinato de una de las *peleádes*, las sacerdotisas encargadas del oráculo.

Esas jóvenes tenían que ser vírgenes y Neoptólemo sabía que una de ellas no lo era, pues había yacido con él la noche antes del sacrificio. Lo que se escapaba a su comprensión era cómo la vieja bruja del oráculo había llegado a saberlo. Tal vez, la joven se lo había contado a alguna de sus compañeras o a su superiora.

—No puede ser, no puede ser —musitaba Neoptólemo mientras se levantaba de la cama cansado de dar vueltas sin ningún resultado—. Esa furcia no puede ser tan tonta como para contarlo. Su impiedad está castigada con la muerte.

Al levantarse irritado, su pie descalzo golpeó contra el sencillo tablón de madera que hacía de armazón a la cama. Los dedos se curvaron contra el tosco listón haciéndole lanzar un grito de dolor que despertó a Aribas.

—¿Qué ocurre? —preguntó nervioso buscando, instintivamente, su espada.

—Nada, duérmete, me he dado con la pata de la cama. Vuelve a dormir.

Pero Aribas era de sueño ligero y el susto le había desvelado. Miró a su hermano mayor, aunque apenas podía percibir su sombra en la penumbra del cuarto. La tímida luna en cuarto creciente que se asomaba por el ventanuco no era suficiente para ver el rostro de Neoptólemo, quien seguía sentado en la cama masajeando el pie dolorido y maldiciendo a la sacerdotisa a la que también responsabilizaba de su torpeza al levantarse.

—Llevas unos días muy raro. Esta noche no has hablado ni comido en el banquete, solo mirabas el fondo de la copa —continuó Aribas haciendo caso omiso a la orden de su hermano—. ¿Dónde vas a estas horas?

—Me apetece dar un paseo, no puedo dormir —dijo molesto Neoptólemo—. Tú duérmete y métete en tus asuntos.

—¿Un paseo? No me parece que sean horas de pasear. Mira la luna, unas nubes negras la están cubriendo, no tardará en llover.

—¿Qué te importará a ti? No puedo dormir y punto. Esta cama es pequeña e incómoda, prefiero salir a que me dé el aire. ¿Tan difícil es de comprender?

Aribas, aprovechando que su hermano no podía verle, torció el gesto con enfado. Estaba harto de la forma en que siempre lo trataba. No era solo por ser el mayor, Neoptólemo se creía por encima de todos los que estaban a su alrededor.

—¿Es por lo que dijo el oráculo? —insistió Aribas.

—El oráculo ha dicho que el *koinon* tendrá éxito. Es lo que veníamos a buscar. Ha sido favorable, padre estará contento. ¿Por qué me iba a preocupar eso? —respondió desdeñoso Neoptólemo.

Aribas supo, por el tono irritado de su hermano, que había tocado el punto doloroso. Notó miedo en la voz de Neoptólemo. Era una sensación extraña advertir que el infalible príncipe moloso también era capaz de sentirse inquieto.

—No me refiero a ese oráculo —recalcó Aribas—. Bien sabemos los dos que iba a ser favorable, padre pagó generosamente por ello. Me refiero a lo que dijo esa vieja vidente. ¿Tú sabes a qué sacrilegio se refería?

Neoptólemo comenzó, otra vez, a moverse inquieto en la cama, su hermano estaba consiguiendo que la ira se apoderara de su cuerpo. Notaba cómo su corazón se aceleraba, cómo la sangre le calentaba la cara y se expandía por sus muslos pidiéndole salir de la habitación. Pero Aribas no estaba dispuesto a dejarle escapar y Neoptólemo se sentía lo suficientemente vulnerable como para necesitar un aliado.

—¿Tiene algo que ver con la sacerdotisa con la que coqueteabas la otra noche? —insistió Aribas—. ¿No era una de las entregó el caldero la mañana siguiente poco antes de nuestra consulta?

El silencio se apoderó del pequeño cuarto. La ausencia de respuesta confirmó los presentimientos de Aribas.

Por primera vez en dieciséis años, Neoptólemo pensó que su hermano tenía un potencial oculto. No es que pensara que era tonto, pero tampoco creía que fuera listo. Siempre tan callado y maravillado por las capacidades del mayor, resultaba que ocultaba una inquietante capacidad de observación y deducción. Neoptólemo sintió que lo había estado subestimando, aunque eso no le impidió volver a menospreciarlo.

—¡Qué sabrás tú!

—¿Qué has hecho con ella? —no solo era listo, también era obstinado.

—¡Darle lo que ella estaba deseando! —exclamó Neoptólemo mientras se ponía de pie y, cojeando, se dirigía a la ventana. Su enorme cuerpo tapó la poca luz que entraba, solo su figura se recortaba frente al ventanuco—. ¿Acaso no viste cómo me seguía con la mirada? ¿Cómo me sonreía?

—Te vi acercarte a ella, sé qué estuvisteis hablando. Te has acostado con una sacerdotisa que tenía que permanecer virgen, por lo menos, hasta el día siguiente —afirmaba, más que preguntaba, el joven Aribas, aparentando estar escandalizado, pues en su cabeza raramente entraba desafiar las normas. Al menos, no de una manera que le permitiera ser descubierto.

Neoptólemo dejó de luchar ante la evidencia y volvió a su camastro para sentarse. Su padre solía reprocharle ser muy impulsivo y más de una vez le había advertido que los actos siempre tienen consecuencias y que un día podría encontrarse en un serio aprieto por no pararse a pensar. Parecía que la funesta ocasión había llegado.

—Aribas, ¿qué podemos hacer? —el uso del plural hizo gracia al pequeño. De pronto, el desliz de su hermano había pasado también a ser un problema suyo. Ese pensamiento le resultó, paradójicamente, una gran oportunidad. Su hermano era un hombre de acción, no de reflexión. Le veía capaz de matar a un supuesto enemigo sin pensar, pero si tenía que recapacitar cómo hacerlo, se quedaba bloqueado. Para hacer planes, Aribas era mucho mejor. Lo malo es que su hermano no había querido verlo hasta ahora.

—¿Qué es lo que quieres decir? —preguntó Aribas, despacio, buscando las palabras que convencieran a Neoptólemo de que él podía solucionarlo—. El problema lo tendrá ella, es la que ha incumplido su promesa. Suyo es el sacrilegio, no tuyo. Quizá deberías haber sido más prudente, pero...

—¿Qué puede hacer un hombre cuando una mujer se le ofrece de esa manera? —exclamó Neoptólemo muy ofendido—. Cuando Zeus ordenó a Hefesto crear a la mujer ya sabía que no iban nada más que a traernos inconvenientes a los hombres. Hefesto, siendo cojo y malhecho, no iba a tener problemas y por eso las hizo bellas, mentirosas, entrometidas y embaucadoras. La propia Pandora, la primera, ya creó el caos en la Tierra liberando todos los males.

La disertación mitológica del primogénito no convenció a Aribas. Él vio la escena y, aunque era cierto que la joven miraba y sonreía a Neoptólemo, no lo era menos que su hermano fue quién se acercó a ella y trató de acariciarla varias veces, siempre recibiendo el rechazo de la joven que se apartaba nerviosa y, en alguna ocasión, retiró molesta la mano del moloso.

—Repito, es ella la que tendrá que dar explicaciones a los dioses por haberse entregado a un hombre cuando su sacerdocio se lo prohibía. No es tu problema. ¡Olvídate de ella!

En la oscuridad, Aribas no podía ver la cara de su hermano, aunque suponía que le estaría mirando con cara de desprecio. El pequeño sabía los motivos que inquietaban a Neoptólemo, pero quería forzarle a confesar, a pedir ayuda. Le resultaba muy placentero escucharlo moverse nervioso, sintiéndose débil, necesitado de ese auxilio que él jamás prestaba, pues nunca pensaba en las necesidades de los demás.

—La profetisa dijo que del sacrilegio nacería un león imbatible, el conquistador más grande del mundo —susurró con desgana—. ¿No entiendes que ese va a ser mi hijo? Esa zorra estará embarazada y va a tener un hijo poderoso. ¡Mi hijo! ¿No lo ves? No puedo dejar que se marche, se case con su prometido y críen a mi hijo como un tebano.

—¿Está prometida? ¿Cómo sabes tú eso? —preguntó divertido Aribas dando vueltas para poner más nervioso a su hermano.

—¡Esa no es la cuestión! ¡Eres incluso más tonto de lo que pareces! —volvió el desprecio a la voz de Neoptólemo—. Las conquistas de ese niño serían para engrandecer a Tebas y a una estirpe que no le corresponde. ¡Es nuestra sangre la que merece ese honor!

Aribas, aún tumbado en la cama, sonreía divertido escuchando los pensamientos grandilocuentes y las perspectivas imperiales de su hermano, el mismo hombre que hacía apenas tres días, siempre desdeñoso e impío, había despreciado el poder del oráculo y se jactaba de utilizarlo para los fines políticos de la dinastía Eácida.

—Si tan convencido estás de que el oráculo ha dicho la verdad, no te queda otro remedio que ir a buscar a la joven y convencerla de que nos acompañe a Pasarón. El niño tendrá que nacer en la corte y ser reconocido como legítimo por ti. Habrá de ser un Eácida desde su nacimiento, ¿no es así? Eso o hacer que nazca en otra familia, pero tenerlo controlado para hacer aparecer su verdadera genealogía cuando ya sea un rey poderoso. Todo eso si es cierto lo que ha dicho la profetisa de Dodona.

Aribas calló para dejar a su hermano ir asimilando la información, pues estaba en un estado tal de nerviosismo que no pensaba con claridad. Tan centrado estaba en culpar a la sacerdotisa por haberlo seducido que no veía más allá del problema. Lo escuchaba moverse sentado en la cama hasta que volvió a levantarse y acercarse a la ventana por la que ya no se veía nada, pues las nubes negras habían tapado la escasa luz. Ya había empezado a llover, se escuchaba el golpeteo de un agua mansa sobre las tejas.

—Yo creo que dejar que otro críe a tu hijo —continuó Aribas—, traería más complicaciones. Pues cuando el niño creciera y se convirtiera en un rey poderoso probablemente no querría reconocerte como progenitor, puesto que le abandonaste sabiendo que estaba en camino. La madre negará haber cometido el sacrilegio y el rey preferirá creer a la mujer que estuvo a su lado que a un hombre desconocido que llegue diciendo que es su padre.

De espaldas a él, mirando la lluvia por la ventana, Neoptólemo analizaba lo que su hermano estaba contando y sabía que tenía razón, pero su mente, tan nublada como el cielo, era incapaz de encontrar la forma de convencer a la joven de que marchara con él a Pasarón y temía las complicaciones que iba a acarrearle con su esposa Deidamía.

—Siempre podré aparecer ante mi hijo contándole la profecía. No tardará en extenderse la noticia. Ya sabes que los rumores corriendo son más rápidos que nuestro antepasado Aquiles y más infatigables que el propio Filípides. Mañana, a estas horas, toda Dodona la conocerá y, en dos días, no se hablará de otra cosa en todo el Épiro.

—Sí, tienes razón. Los rumores son rápidos, pero efímeros. Y las palabras que pasan de boca en boca tienen la capacidad de transformarse más que el poderoso Zeus. No sé cuánto tiempo pasará antes de que un niño se convierta en rey, pero será más que suficiente para que nadie recuerde la profecía o esté tan modificada que no haya forma de que tú puedas reclamar derechos sobre esa criatura poderosa.

Enfadado, Neoptólemo comenzó a vestirse. Sin hablar, se colocó el corto chitón que llevaba por la mañana, las sandalias y la capa de lana. Necesitaba salir de ese cuartucho estrecho. Acostumbrado a la acción, estar encerrado dando vueltas le hacía sentirse enjaulado, incapaz de pensar. Aribas se decidió finalmente a salir de la cama y se vistió para acompañarle en el paseo. Él odiaba la lluvia y mojarse, pero era mejor estar cerca de Neoptólemo, guiar sus pensamientos y controlar su impulsividad. Capaz era de meterse en un lío mayor, capaz era de escaparse del lazo que, con tanta paciencia, Aribas estaba anudando a su alrededor.

Sin hacer ruido, los dos molosos salieron a una calle oscura y completamente en silencio. Neoptólemo andaba sin pensar dejándose llevar por sus pies. La lluvia seguía suave, pero el viento la movía de forma que ambos estuvieron muy pronto completamente mojados.

—Escúchame —rompió finalmente Aribas el silencio—. Creo que lo mejor es que mañana consigas hablar con la muchacha. Seguro que ya habrá oído hablar de la profecía. Estará asustada. Si se descubre que ha cometido sacrilegio, le espera la muerte. Tienes que usar ese miedo a tu favor.

—No sé si querrá venir. Está prometida con un poderoso tebano. A ella no le gustará vivir en Pasarón después de conocer los lujos de Tebas.

—No le plantees Tebas o Pasarón. Las opciones son Pasarón o la muerte, ¿no lo ves? —Aribas se colocó delante de su hermano impidiéndole seguir andando, preguntándose cómo no podía verlo tan claro como él—. Igual que fuiste capaz de convencerla para ir al lecho, tendrás que seducirla para llevarla a nuestro palacio. Cuéntale que va a ser madre de un rey poderoso, de un conquistador. Convéncela de que la estás salvando de una muerte segura y ofreciéndole un futuro espléndido.

—Pero ¿qué hago con Deidamía? Sabes que no puedo repudiar a mi esposa. Padre no lo consentiría, se crearía un conflicto. Necesitamos el apoyo de su clan para seguir adelante con el proyecto de confederación. Ahora que ya está todo tan avanzado, si nos enemistamos con su familia perderemos más de la mitad de los apoyos que tanto trabajo ha costado conseguir. Padre me mataría. ¡Y yo no quiero casarme con esa puta tebana! ¡Mira en qué lío me he metido por su culpa!

Neoptólemo comenzó a andar con tanta rabia que Aribas no tuvo más opción que apartarse de su camino y ponerse a su lado de nuevo. Ambos siguieron caminando más de dos estadios en silencio, alejándose del pueblo, sin rumbo fijo, dejándose llevar por un camino que ninguno sabía adónde conduciría.

—No renuncies a Deidamía —habló finalmente Aribas—. Tu mujer es muy ambiciosa e inteligente. Es mejor que forme parte del plan. Cuéntale la profecía, cómo la sacerdotisa te sedujo y que espera un hijo tuyo. Dile que quieres que sea ella la que lo críe. Cuando el niño nazca, se lo quitarás a su madre verdadera y será criado por vosotros como hijo legítimo. Tienes que convencerla de que va a ser la madre de un rey muy poderoso.

—¿Y si ella no me quiere creer? ¿Y si no quiere criar al niño?

—Lo hará. Los rumores sobre el vaticinio del oráculo, como tú mismo has dicho, van a llegar antes a palacio que nosotros. El terreno estará preparado. Sé todo lo sincero que puedas ser, solo miente en aquello que pudiera perjudicarte. Si ella no quiere participar en el engaño, dile que la vas a repudiar. Esa sacerdotisa tebana tiene que ser de buena familia. Es más bella que tu esposa, eso es evidente a los ojos. Juega con los celos de las mujeres.

Sorprendido, Neoptólemo se quedó mirando fijamente a su hermano.

—¿Cómo es que sabes tanto de mujeres? ¿Has estado con alguna? —el desprecio que se deslizaba en las palabras de Neoptólemo hería profundamente a Aribas que, sin embargo, controló la ira naciente.

—No te fíes de todos los rumores. Es muy fácil crear uno y dejar que se extienda. Tampoco te fíes de las apariencias —respondió el más joven sonriendo. Acababa de dejar confundido, de nuevo, a su hermano. Nunca había estado con una mujer, pero ahora Neoptólemo ya dudaba de sus certezas.

—De acuerdo —prosiguió el mayor volviendo al tema que le interesaba—. Haremos lo que tú dices. Mañana buscaremos a la sacerdotisa y nos la llevaremos a Pasarón, aunque sea a la fuerza. Cuando nazca el niño, la mataré. Eso también le gustará a Deidamía, no va a consentir que la madre ronde por los alrededores.

—Eso suena inteligente —dijo Aribas para alabar a su hermano antes de lanzar su última propuesta—. Yo también quiero un favor por mi silencio.

Neoptólemo se giró enfadado, no había contemplado la posibilidad de que su hermano, el pusilánime, le hiciera pagar por su apoyo.

—¿Qué es lo que deseas? —preguntó molesto pensando que siempre quedaba la opción de matar a Aribas también, si fuera necesario.

—Cuando padre muera, tú heredaras el trono. Quiero que, pasados unos años, me asocies al mismo. Con menos poder, pero yo también quiero ser rey un tiempo, antes de que ese hijo tuyo nos deslumbre y aparte a todos con su grandeza. Juntos seremos mejores reyes que cada uno por separado.

La idea de compartir trono con Aribas resultaba repulsiva para Neoptólemo. Que ahora hubiera sido capaz de trazar un plan que podría ser realizable, no le convertía, de repente, en candidato para ascender al trono. Sin embargo, tampoco le interesaba en ese momento a Neoptólemo enemistarse con el pequeño. Era inteligente, lo acababa de demostrar. También era ambicioso. Era mejor tenerlo a su lado que como enemigo.

—Me parece bien, lo prometo —contestó, después de un buen rato, Neoptólemo.

—Me harás rey cuando cumpla veinticinco años, ¿te parece bien?

—Me parece bien. Cuando cumplas veinticinco años, te asociaré a mi trono.

—Y me casaré con Troa, tu hija.

—De acuerdo, serás mi hermano pequeño y mi yerno.

—Y si no cumples tu palabra, una maldición caerá sobre ti y todos tus descendientes.

Si le hubieran hablado de maldiciones tres días antes, se habría reído en la cara del iluso. Pero, después de la capacidad de la *peléade* de adivinar que había cometido sacrilegio, ya no estaba tan seguro de que los dioses no intervinieran en los asuntos humanos. La idea de quedar maldito le produjo un escalofrío. Ya no podía echarse atrás, decidió darse por vencido y aceptar la proposición de Aribas, que iba cargada de tanta inteligencia como maldad. Su hermano le había engañado, le había conseguido llevar al punto exacto donde quería tenerle. La idea le produjo tanta rabia como desconcierto. Se sentía completamente idiota.

—¿Qué contestas, Neoptólemo? —insistió Aribas—. ¿Aceptas la propuesta? ¿Me convertirás en rey?

—Pero el heredero al trono será mi hijo, no los tuyos.

—Por supuesto, ¿cómo iba yo a osar quitarle el trono al rey más grande?

—Hablo en serio.

—Yo también. Seré rey junto a ti, tu hijo será tu heredero.

—¿Prometes que cumplirás tu parte?

—Lo prometo. Y si no cumplo, que una maldición recaiga sobre mí y los míos.

Neoptólemo, completamente empapado, se volvió a su hermano y le tendió la mano.

—Que así sea.

En el preciso instante en que ambos sellaban el acuerdo con un poderoso apretón de manos, todos los perros de la ciudad parecieron ponerse de acuerdo para comenzar a ladrar al unísono, como si todos ellos hubieran escuchado un mismo sonido amenazante. Al atronador escándalo ocasionado por los canes se unieron ruidos de ventanas abriéndose y voces humanas mandando callar a los animales, que ladraban sin parar, con las cabezas giradas hacia el cielo, enfurecidos o asustados.

Aribas notó cómo todo su cuerpo se estremecía de miedo y placer. Pensó que Hermes o Hécate se habían unido a él y obligarían a su hermano a cumplir su palabra. Le habían enviado una señal. Neoptólemo abrió desmesuradamente sus hermosos ojos verdes y giró la cabeza buscando una amenaza que no se hizo visible, aunque el aire se notaba pesado a su alrededor, asfixiante, cargado de humedad por la lluvia y de una extraña energía que le atrapaba y le impedía moverse.

Justo en ese momento, una figura cruzó corriendo el camino emergiendo de la oscuridad. Parecía una mujer joven cubierta por una capa negra que la tapaba desde los cabellos a los pies. Iba mojada. Cruzó corriendo la calle y se metió en un pequeño edificio de piedra en el que antes los molosos no habían reparado. Ella no los vio. Ambos se quedaron tan sorprendidos que ninguno se movió ni la llamaron. Dejaron que se perdiera en la oscuridad sin estar seguros del todo de si habían visto a una mujer o a un fantasma recorriendo la ciudad. El ambiente estaba tan cargado de posibilidades y sombras que la división entre realidad y fantasía parecía haber desaparecido.

9

La memoria de la palabra

Aigai (Macedonia), 356 a. C.

Desde que Eurídice le anunció unos días antes que iban a ir a la antigua capital del reino, Myrtale no había dejado de soñar con el viaje y el momento. Eurídice le había otorgado un papel especial y ella se sintió dichosa. Las palabras de su suegra resonaban una y otra vez en su cabeza:

—Es importante que la gente de Macedonia celebre las victorias de sus generales, igual que tiene que padecer sus derrotas. El pueblo sufrió mucho cuando mi hijo Pérdicas fracasó y falleció junto a cuatro mil soldados. Son cuatro mil familias sufriendo, cuatro mil familias que nunca volverán a estar completas, a ser las mismas. Las victorias de Filipo no les van a devolver a sus muertos, pero alivian la carga. Quiero que vengas conmigo, Myrtale, que las mujeres de los soldados vean a la mujer del general. Que las madres de los fallecidos vean a otra madre que ha perdido a sus hijos.

Sin embargo, la primera decepción llegó cuando supo que Nicesípolis también iba a acompañarlas. Myrtale sonrió y disimuló su malestar. Se dijo a sí misma que el viaje sería más divertido con ella de compañera. Sentía un inmenso cariño por la tesalia, Myrtale no tenía más remedio que reconocer que Nicesípolis la había ayudado a adaptarse al nuevo hogar, a hacer más llevadero el dolor de la ausencia de Filipo, el esposo común.

Recuerda con confuso remordimiento el día que descubrió el gran secreto de la tesalia.

—Tarde o temprano alguien te va a contar que soy una bruja. Que preparo pócimas y ungüentos o, lo que es peor, venenos. Quiero que veas por ti misma el lugar de este palacio donde soy más feliz —le dijo Nicesípolis mientras se apartaba con cuidado para dejarla pasar a un laberinto abarrotado, pero organizado, de botes de especias, frascos cuidadosamente etiquetados con nombres imposibles de pronunciar y decenas de plantas colgadas bocabajo secándose al calor de una bonita chimenea de mármol. Junto a la ventana, una robusta mesa estaba repleta de curiosos vasos, muchos libros enrollados y un papiro repleto de fórmulas y anotaciones escritas con una cuidadosa y preciosa caligrafía, evidentemente femenina.

Myrtale miraba a su alrededor sin pronunciar palabra, admirando la capacidad de trabajo de su amiga y envidiosa de sus capacidades.

—¡Por Afrodita! ¿Todo esto lo has preparado tú? —comentó mientras leía uno de los frascos marcado como mandrágora—. ¿Dónde consigues todas estas plantas? ¿Filipo sabe a qué te dedicas?

—Un viejo egipcio me los proporciona a un precio desmesurado, pero a cambio me guarda el secreto y me consigue también los libros que le pido. ¡Soy tan feliz haciendo mis experimentos! Cuando estoy en esta sala, el mundo desaparece y no me importa no importar a nadie.

—¡A mí me importas! ¡Mucho! —respondió Myrtale mientras paseaba por la sala observando todo con mucha curiosidad—. ¿Qué es lo que estás preparando ahora?

—Aceite perfumado de mejorana —contestó mientras mostraba un recipiente lleno de un líquido verdoso con olor a una hierba que Myrtale no supo identificar, pero que le hizo arrugar la nariz ahogando la náusea.

—¡Uf! Huele muy fuerte ¿Qué lleva? ¿Para qué sirve?

—Estoy probando distintas combinaciones. Lleva mejorana, mirto, serpol, canela, abrótano y berro. Ayuda a la menstruación, evita los sofocos uterinos —explicó entre orgullosa y avergonzada—. Estoy teniendo problemas y creo que por eso no me quedo embarazada.

Siempre que Nicesípolis hablaba de sus deseos de ser madre, Myrtale se sentía confusa, dividida. Por un lado, deseaba ver feliz a su amiga sea, pero por otro, eso suponía compartir a Filipo. Myrtale cambió de tema.

—¿Sabe Eurídice a qué te dedicas?

—Eurídice me permite hacerlo. Ella considera que es una buena actividad y, de vez en cuando, viene en busca de alguna de mis recetas —expuso, animada, Nicesípolis—. Tu Hermíone me ha dado muy buenos consejos. Tienes una inmensa suerte de tenerla a tu lado, Myrtale. Te adora y puedes contar con toda su lealtad.

A la molosa, sin embargo, no le pareció que Hermíone fuera tan leal cuando no le había contado lo del laboratorio de Nicesípolis. Demostraba que era capaz de ocultar información.

Esa misma noche, mientras cenaba, sacó el tema.

—Parece que en este gineceo todo el mundo tiene secretos. Hoy me he sentido muy tonta. Nicesípolis me ha enseñado el lugar donde prepara sus pócimas.

—¿Ya lo habéis visto?

—Ya sé que tú lo conocías.

Hermíone sabía que su señora estaba molesta, pero no tenía intenciones de entrar en el juego de reproches, enfados y llantos que seguían a las suspicacias de Myrtale.

—Nicesípolis me pidió ayuda hace un par de semanas. ¡Es increíble lo que ha sido capaz de crear en ese cuarto!

—Es increíble que no me hayas dicho nada.

—Me pidió que no lo hiciera. Quería ser ella la que os lo mostrara. Os aprecia mucho y quería daros la sorpresa.

Myrtale enmudeció ante esas palabras. Una vez más, se había dejado llevar por su miedo a ser rechazada, a no formar parte de la vida de una persona a la que tenía aprecio. Avergonzada, solo pudo susurrar:

—Eurídice le ha dado permiso.

—Eurídice se hace más fuerte cada vez que conoce y guarda un secreto de una de nosotras.

La vieja capital del reino, que tanto cariño despierta en Eurídice, posee ese aire caduco que los extraños perciben como prestigio. Es la primera vez que la visitan sus nueras, Nicesípolis y Myrtale, y la mujer no pierde detalle de la reacción de las dos jóvenes.

—Aigai parece desorganizada y caótica comparada con Pella —comentó Nicesípolis cuando cruzaron la plaza en el carruaje.

—Está llena de vida y alegría —añadió Myrtale—. ¿Siempre hay tanta gente en la calle, Eurídice?

—Hoy luce el sol y a los habitantes les encanta salir a buscarlo, como a las lagartijas. En invierno, hay muchos días en los que la niebla nunca levanta. El clima aquí es más frío, se nota que está el monte más cerca y el mar más lejos que en Pella. A pesar de todo, el ágora y el mercado siempre están llenos.

Una pronunciada cuesta las lleva hasta el palacio. Como en Pella, la residencia de los monarcas controla la ciudad desde arriba. Carece de la entrada monumental y la fachada es de piedra sencilla, desgastada y con verdina y moho en las partes situadas a la umbría. Dentro del edificio, llegar al gineceo les resultó sencillo, pues el palacio no se doblaba y multiplicaba en salas unidas por eternos pasillos y patios intercalados separando ambientes y estancias.

—¡Qué silencio! —susurra Nicesípolis casi temiendo romper un hechizo.

Cuatro esclavas llegan rápidamente a recoger su equipaje y a indicar a sus respectivas criadas dónde se instalarán. Aparecen y desaparecen tan sigilosamente que las dos jóvenes acaban solas en medio de un coqueto patio, una junto a la otra. En lugar de las peleas, llantos o correteos infantiles tan propios de Pella, lo único que sus oídos perciben es el alegre canto de los pájaros que anidan en las ramas de un imponente ciprés situado en una esquina. Las dos muchachas se dirigen al árbol provocando el silencio de las aves.

—Bienvenidas a Aigai, hijas —Eurídice se dirige a ellas sonriendo—, me alegra ver que el palacio os ha gustado. Cuando os acomodéis, cenaremos en mis dependencias, si os parece bien. Mañana nos espera un día ajetreado. Tenemos que recibir a toda la nobleza de Aigai, cada vez aquí suceden menos cosas y nuestra llegada ha levantado los ánimos. Después de la ofrenda en el templo, habrá un banquete con las mujeres más importantes de la zona. Algunas son tremendamente aburridas, otras unas cotillas, la mayoría incultas y pomposas, se creen más importantes de lo que son. Pero nunca, nunca, debéis despreciar a ninguna. La traición o la ayuda pueden llegar de cualquier lugar del reino.

—¿Una mujer puede traicionar o ayudar al rey? —pregunta Myrtale.

Eurídice se acerca a la joven y le acaricia la melena:

—Nunca subestimes el poder de una mujer —los ojos azules, tan parecidos a los de su hijo, se clavan en la dulce cara de la molosa—. Sobre todo, no infravalores el tuyo.

Las tres quedan pensativas, mimetizadas con el silencio del viejo edificio. Tan calladas, que los pájaros vuelven descarados al árbol a retomar sus alegres trinos y sus cantos de cortejo.

—Hay que ser muy osada para atreverse a pisar el santuario de la diosa de la Buena Fama —exclama Hermíone, indignada, cuando Myrtale le habla sobre las actividades que su suegra tenía planeadas para el día siguiente—. ¡Eurídice! ¡Por todos los dioses! ¡Eurídice! ¡La mujer con peor fama del reino! ¡Que los dioses nos asistan! Nunca pensé que viviría para ver tanta desfachatez.

—¡Hermíone! ¿Cómo puedes hablar así de la madre de mi esposo? —Myrtale mira hacia los lados temiendo que alguien oiga a su sirvienta mientras deambulan por las calles de Aigai.

—¡Tendría que escuchar lo que yo he escuchado! —repone la sirvienta aún escandalizada—. ¡No se atrevería a hacer en Pella lo que osa hacer en Aigai!

—¿Qué es lo que no se atrevería a hacer en Pella? —pregunta Nicesípolis que, silenciosa como siempre era ella, se había acercado a las dos mujeres. Myrtale da un respingo asustada.

—¿Has conseguido encontrar las hierbas que buscabas? —pregunta la molosa cambiando de conversación.

—Sí, por fin lo he conseguido —contesta dichosa—. El viejo egipcio de Pella no me la quería conseguir.

—¿Por qué? —preguntan las otras dos a la vez.

Nicesípolis se echa a reír, aunque parece nerviosa. No para de mirar hacia los lados y hacia atrás.

—¡Cosas de egipcios! Le pedí dauco de Creta, pero se niega a traer productos de esa isla. Según él, no hay nadie más ladrón y timador que un cretense, y no quiere negocios con ellos.

—¿Para qué quieres esa planta? Es muy parecida al hinojo. Al menos, en Tebas, se utiliza para lo mismo —comenta Hermíone mirando también a su alrededor, aunque sin saber lo que tiene que buscar.

—¿Tú la conoces? ¿La venden en Tebas? —interrumpe Nicesípolis—. ¿Es fácil de conseguir?

—¿Fácil? Crece detrás de las piedras a las que les da mucho el sol —responde Hermíone.

—Siento que el egipcio me ha engañado —musita disgustada.

—¡Por el divino Hermes, maestro de todos los ladrones y estafadores! Como todos los egipcios, ese viejo es un mentiroso.

Nicesípolis se queda quieta en mitad de la plaza.

—¿Por qué me habrá dicho que solo viene de Creta?

—Seguro que luego pretendía deciros que os había hecho un gran favor y os la cobraría como si hubiera tenido que ir él mismo a buscarla en barco.

Nicesípolis se siente cada vez más triste y hundida. La tesalia está todo lo enfadada que es capaz de estar. Su cara se torna del color de la amapola y los ojos se le llenan de lágrimas de impotencia.

Viendo la expresión de desolación de su compañera, Myrtale la coge del brazo y juntas se dirigen hacia un pequeño templo situado en el sur del ágora. El sol, que está a punto de caer, ilumina el frontón presidido por una enorme figura de Zeus rodeada de mujeres. Atraídas por la bella sencillez del edificio, caminan alrededor. Una inscripción llama la atención de Nicesípolis: «Eurídice, hija de Sirra, a las Musas aquí levanta esta junto a las mujeres de esta ciudad. Dominada su alma por un deseo intenso, y ayudada por Ellas, consiguió, siendo ya madre de hijos mayores, aprender las letras, que son la memoria de la palabra.»[13]

Las tres mujeres quedan en silencio. Eurídice no deja de sorprenderlas. Dos sacerdotisas salen del templo en ese momento. La de más edad explica a la otra que va a comer con la madre del rey:

—Los años que vivió aquí, cuando sus hijos eran pequeños, fuimos grandes amigas. Ahora mantenemos correspondencia. Es una buena mujer, digan lo que digan de ella. Nunca se ha olvidado de nuestros huérfanos y todos los años envía una buena suma de su dinero para colaborar en su sustento.

—¿De verdad? No lo sabía.

—Eurídice no suele presumir de sus obras. Muchos piensan que es cruel y calculadora, pero tiene un gran corazón. ¿Sabes que una vez...?

Las voces de las mujeres se pierden en la lejanía. Myrtale, Nicesípolis y Hermíone se quedan con las ganas de saber qué es lo que había ocurrido. Se miran con cara de curiosidad hasta que Myrtale lanza una gran carcajada:

—¡Somos unas cotillas!

Y riendo emprenden el retorno al palacio, pues la tarde está cayendo y Eurídice les ha dicho que cenarían juntas.

Mientras suben la cuesta hacia el palacio, Nicesípolis y Hermíone vuelven a sus plantas y recetas. Myrtale las escucha callada, no deja de dar vueltas a la inscripción. El recuerdo de una tarde hace apenas una luna acude a su mente.

—¿Sabéis cómo aprendí yo a leer? —les confesó—. Junto a mi hija, ¡mi pobre Euríone! Yo me sabía algunas historias de Esopo de memoria y ella me ayudó a reconocer las letras y las

---

13.- Plutarco, *Sobre la educación de los hijos,* 18.

palabras escritas. Poco a poco, conseguí descifrar lo que ponía en el libro. ¡Descubrí muchas más historias! Las leí tantas veces que acabé aprendiendo nuevas fábulas. Ahora, para mi desgracia, mis ojos están cansados. Apenas leo las pocas cartas que recibo.

Las últimas palabras sonaban más a reproche que a tristeza. Myrtale se sintió aludida y se puso colorada. Esa misma mañana ella había recibido una carta de Filipo que la había llenado de una gran alegría y expectación, aunque pronto se tornó en confusión y tristeza debido a la brevedad y el tono oficial. Era una fría respuesta a las cuatro apasionadas misivas que ella había escrito previamente. En la última le pedía que reclamara a su tío Aribas que enviara a Pella a su hermano Álex, al que echaba muchísimo de menos. La primera desilusión fue descubrir que la carta no estaba escrita por la mano de su esposo.

Filipo, hijo de Amintas a Olimpia, hija de Neoptólemo. Saludos.

Grato es volver a saber de ti. Si tú estás bien, yo estoy bien. A diferencia del palacio, el campamento militar carece de comodidades y el invierno siempre es duro lejos del hogar, pero parece que el asedio a Pidna está pronto a concluir. No dudamos de la victoria. El ejército macedonio cuenta con grandes hombres y buenos ingenieros. El rey moloso Aribas prometió que el niño Alejandro, vuestro hermano, llegaría a Pella en cuanto cumpliera los siete años, la edad más adecuada de comenzar su instrucción en la Escuela de Pajes. Estoy de acuerdo con él y no tengo motivos para dudar de su palabra.

Te prometo que pronto estaré de vuelta y podremos hablar como antaño.

Myrtale tuvo que leerla tres veces para asumir lo que era evidente: Filipo era mucho más cálido en la cama que en la correspondencia.

No creía que su esposo la hubiera olvidado, pero ahora comprendía que, cuando el ejército se ponía en marcha, Filipo se convertía en rey y general y todo lo demás, incluida ella, pasaba a ser menos importante. Lloró pensando en que ella podía acabar tan ignorada como el resto de las esposas. La desesperación la invadió cuando creyó que podría haber dejado de quererla.

Luego, se calmó diciéndose que le había escrito, aunque fuera a través de un secretario. Pensó aliviada que, en algún momento, mientras decidía estrategias y buscaba soluciones a los problemas del reino, encontró la forma de hacerle llegar que seguía siendo importante para él. Myrtale halló consuelo en este pensamiento. Porque ella, que había sufrido desde su nacimiento el rechazo, solo sabía sobrevivir aferrándose a cualquier muestra de cariño, por muy mísera que fuera.

Los pensamientos sombríos tienen la capacidad de alimentar a otros más tristes. Así, mientras escucha las recetas de Nicesípolis, Myrtale recuerda la rabia que sintió cuando descubrió que Filipo sí escribía a Eurídice y que, además, lo hacía personalmente, porque reconoció la letra de su esposo en la carta que encontró en la cesta de lanas de su suegra.

No era su intención espiar a Eurídice, pero le resultó extraña la forma en la que escondió algo en la canasta cuando Myrtale entró en la sala donde tejían. Ella fingió no haberse dado cuenta y ambas estuvieron cosiendo y contando historias durante el resto de la mañana. A Myrtale le encantaba escuchar las travesuras de Filipo cuando era pequeño:

—Siempre fue el más listo de los tres hermanos. El capricho de los dioses quiso que fuera el último. De haber sido el primero, habría sido rey antes que ellos y mis pobres hijos seguirían vivos. Viéndolos jugar de niños, se podía adivinar cómo serían sus reinados.

—¿De veras?

—Alejandro era impulsivo y caprichoso. Cuando jugaba con otros niños, se enfadaba si no le dejaban mandar y les quitaba los juguetes chillando que era el hijo del rey. El resto temía sus rabietas. Si no le daban lo que pedía, se enfadaba y rompía los juguetes propios y ajenos. Suplía su falta de inteligencia con un afán desmedido por mandar y ser obedecido. Lo que era difícilmente soportable en un niño, acabó siendo mortal en un adulto.

Siempre que hablaba del asesinato de Alejandro, Eurídice suspiraba y luego quedaba un rato en silencio sin pronunciar palabra alguna. Myrtale esperaba mientras la veía tejer en su viejo telar. Solo se escuchaba la voladera pasando entre los hilos y el suave golpeteo de las pesas que colgaban.

—Pérdicas era mucho más tímido que Alejandro. Parecía prudente, aunque realmente era muy miedoso. Casi cobarde. A Filipo le gustaba llegar por detrás en silencio y asustarle. Pérdicas corría detrás de él para pegarle, pero nunca le alcanzaba porque Filipo era más rápido y solía esconderse en lugares que sabía que Pérdicas temía: un armario oscuro, detrás del ciprés o en la cocina. Recuerdo que la cocinera era una vieja tuerta y gruñona que no dudaba en darles con el cucharón si se acercaban. Cuando Alejandro amenazaba con decírselo a su padre, el rey, ella contestaba que este preferiría perder un hijo que a la única cocinera que sabía hacer el guiso de judías con jabalí como a él le gustaba.

—¿Y a ti no te molestaba que una simple cocinera le dijera eso a tus hijos?

—Si un niño no es capaz de escuchar y aguantar la verdad, pobre adulto llegará a ser. La cocinera tenía razón y Alejandro necesitaba que alguien le pusiera en su sitio —contaba con calma Eurídice sin dejar de manejar la voladera y pasar hilos—. ¡Por Zeus y Hera! ¡El guiso era exquisito! Yo tampoco quería perderla.

Myrtale se echó a reír. Le habría gustado probar la comida. Además, desde que estaba embarazada, tenía hambre todo el día.

—Para asustar a Pérdicas, Filipo le contó que la pobre mujer era hija de un cíclope y que era capaz de lanzar maldiciones con su único ojo —siguió contando Eurídice con esa mirada de persona que ha vivido mucho y guarda con cariño los detalles de los mejores momentos de su vida—. Mil veces le dije a Pérdicas que esa historia era mentira. Mil veces Filipo la adornó con nuevos detalles, cada vez más terroríficos. Pérdicas era incapaz de entrar en la cocina y el truhan de Filipo lo sabía. Recuerdo que una vez le regañé por hacer sufrir a su hermano de esa manera. ¿Sabes lo que hizo?

—Mirarte con esos ojos azules que te dejan desarmada —contestó Myrtale.

—¡Exacto! Y me explicó que conseguir que Pérdicas entrara en la cocina, a pesar de su miedo, era parte de un plan que tenía para convertir a su hermano en un valiente general —Eurídice movía la cabeza, alegre—. Yo no sabía si darle una paliza por mentiroso o llenarle de besos por tener tanta imaginación.

—¿Qué hiciste?

—Supongo que reírme.

—Filipo es muy divertido. Yo también me río mucho con él. Espero que su hijo se le parezca —comentó Myrtale, llevándose la mano al vientre.

—No se puede ser divertido sin ser inteligente —añadió Eurídice. Era evidente que estaba orgullosa de su hijo. Detuvo el telar para frotar y estirar el tejido. Sus manos parecían estar tocando el cuerpo del pequeño. Echó un poco el cuerpo hacia atrás para ver cómo iba avanzando la obra y comprobar que no había fallos en el dibujo o nudos que no había visto. Mientras miraba la tela con ojo crítico, seguía pensando en sus hijos cuando eran niños—. ¿Sabes qué era lo mejor de Filipo?

Myrtale no contestó. Esperó, curiosa, a que su suegra continuase.

—Su capacidad de inventar toda una estrategia en un instante.

—¡Pero era mentira!

—Pero luego fue verdad. Una vez que lo había dicho, decidió que era un plan estupendo y lo puso en marcha.

—¿Consiguió que Pérdicas entrara en la cocina?

—¿Lo dudas? —Eurídice paró la voladera para descansar los dedos y se frotó las manos para calmar el dolor—. Pérdicas se convirtió en el favorito de la cocinera. Siempre tenía un dulce de miel guardado para él. ¡No te puedes imaginar lo mucho que lloró mi hijo cuando la mujer murió! Él encargó y pagó la estela con la que se la enterró. En ella decía que había nacido en Sicilia.

—¿Sicilia? ¿Era de esa isla?

Eurídice se echó a reír. Paró de tejer porque la risa no le dejaba deslizar bien la voladera.

—Es la isla donde, según Eurípides, viven los cíclopes —la carcajada de Eurídice era idéntica a la de Filipo—. Pérdicas se hizo amigo de ella, ¡pero nunca dejó de creer en que era hija de un cíclope!

Las dos reían divertidas cuando una criada avisó a Eurídice de que la esposa de Antípatro, el general de Filipo, quería hablar con ella.

—¡Por todos los dioses! ¡Esa mujer es tan aburrida y seria como una tragedia de Sófocles!

Dicho eso, lanzó la lana que le había sobrado al cesto y se marchó de la sala despidiéndose resignada de Myrtale.

La molosa siguió con la mirada el ovillo y entonces recordó que Eurídice había escondido algo justo cuando ella entró. Nerviosa, Myrtale removió los hilos y encontró, al fondo, lo que estaba buscando. Cuando abrió el rollo y vio la letra de Filipo, la sonrisa se borró de su cara:

De Filipo a Eurídice, saludos.

Os escribo de nuevo, madre, para informaros que el asedio está a punto de finalizar. Ya se sabe que ninguna fortaleza es tan inexpugnable que no pueda entrar en ella un mulo cargado de oro. A veces, el trabajo más complicado es elegir a quién enviar el mulo. Pero no faltan en la ciudad de Pidna ciudadanos que no deseen seguir dependiendo de Atenas. Como vos siempre decís, hay que elegir bien quiénes son los enemigos y rogar a los dioses que envíen señales certeras para elegir los amigos con los que compartir la victoria.

Gracias a Ares y Atenea que os tengo a vos para ayudarme a ver esas señales. Agradezco de todo corazón la información sobre los movimientos que se están llevando a cabo en la Alta Macedonia. Me temo que los lincestas, vuestros compatriotas, siguen dolidos por haber perdido una independencia que solo les traía ruina e indefensión. Me llegan rumores de que algunos nobles quieren dejar de pagar tributo y enviar tropas al ejército macedonio. No puedo ni quiero renunciar a las maderas y la pez que los bosques de esa tierra producen.

Por eso, como me aconsejasteis, he enviado al fiel general Macatas para que consiga que las aguas vuelvan a su cauce. Es el tío de mi esposa Fila, ambos de la Alta Macedonia, así espero que los fieles comprendan que no ignoro sus deseos y buena voluntad y los rebeldes entiendan que recibirían el mismo castigo que los enemigos en Pidna: la ruina, el destierro e, incluso, la esclavitud. Le he pedido a Macatas que les recuerde que mi madre nació allí y aún es poseedora de grandes terrenos.

Os pido que sigáis atentas a cambios en los círculos próximos a Filina y Nicesípolis, así como si Myrtale recibe alguna noticia interesante de su tío Aribas.

Me despido, madre, con el deseo de que os encontréis bien. Ruego a los dioses que os proteja muchos años.

Las confusas emociones que los recuerdos hacen aflorar impiden a Myrtale disfrutar de la cena con su suegra y su amiga. Cuando Eurídice pregunta, finge estar cansada por el viaje y el embarazo. La suegra no la cree, pero la entrada de Filipo convulsiona a las tres mujeres que acaban de cenar. La primera que lo ve es Myrtale.

—¡Filipo! —grita. Sin pensarlo, se levanta de la silla y va corriendo para abrazarle.

Filipo se deja abrazar, algo avergonzado por la muestra repentina y pública de cariño. Con delicadeza, aparta a Myrtale y se dirige hacia la silla ocupada por su madre, que le mira con cara de enfado.

—Madre, ¿cómo te encuentras?

—Cansada, pero aliviada ahora que te veo con tan buen aspecto. No me habías dicho que ibas a venir.

—Pidna está a solo unas horas de viaje —contesta Filipo. Aunque su mirada se dirige exclusivamente a Myrtale, que sonríe con los ojos verdes llenos de alegría y deseo.

El hombre se sienta en una silla libre y alarga la mano para coger un poco de queso que se lleva a la boca con ansias. Luego, pide a la esclava que le traiga una copa.

—¿Tienes hambre, hijo? Nosotras ya habíamos acabado, pero puedo quedarme un rato contigo mientras cenas. Hay muchas cosas de las que quiero hablarte.

Casi no ha acabado de hablar Eurídice cuando Myrtale, siempre impaciente e irreflexiva, interviene:

—Yo puedo quedarme con él —los ojos verdes no pueden apartarse de la cara de Filipo, quien sigue comiendo con apetito y la mira con tanta intensidad que es evidente que la necesita más que al pan y las olivas.

—Tú deberías irte a la cama, Myrtale. Es tarde y has dicho que estás cansada. Mañana nos espera un día largo —insiste Eurídice.

—Ya me encuentro muy bien —protesta cabezona.

—¡He dicho que voy a quedarme a solas con mi hijo!

Nicesípolis se echa a llorar y coge la mano de su amiga para sacarla de la sala. La molosa de pie, sin embargo, no se deja arrastrar hacia su cuarto. La voz de Eurídice ha despertado en ella recuerdos muy dolorosos. Se siente otra vez una niña apartada por su madre, ninguneada y abroncada delante de todo el mundo. Pero ahora no es una niña, es la esposa del rey y no piensa consentirlo. No van a echarla de esa manera nunca más, Filipo no lo consentirá. Se vuelve hacia él buscando apoyo. Los ojos azules bajan al plato de pasteles. Coge uno con mucha calma y se lo come en silencio mientras Myrtale, tan rígida como una estatua, sigue esperando.

—Vete a la cama. Ahora iré yo, cuando acabe de hablar con mi madre.

Los ojos verdes se llenan de lágrimas. Myrtale no quiere llorar delante de Eurídice. Se siente tan abochornada que el cuerpo solo le pide acción. Quiere lanzar copas, platos y todo lo que hay sobre la mesa. Nicesípolis le coge la mano con delicadeza, como si fuera capaz de notar sus impulsos violentos. La molosa se la aprieta con tanta fuerza que la tesalia tiene que disimular el dolor. Hermíone pide permiso para entrar.

—Sí, pasa. Llévate a tu señora a la cama. Necesita descansar.

—¡No te atrevas a decirme lo que necesito! —chilla Myrtale apuntando a Eurídice con el dedo—. ¡Sé muy bien lo que necesito!

—Políxena, mi niña, no te enfades. Voy a prepararte un baño para que te relajes.

Hermíone tira de ella mientras Nicesípolis, con cuidado, la empuja hacia la puerta. La rabia de Myrtale sube descontrolada.

—¡Sé muy bien lo que necesito! ¡Necesito ver a mi esposo, hablar con él, pasar un rato a solas! ¡Necesito que se me respete! ¡No puedes tratarme como a una niña!

—No te comportes como tal —contesta, harta, Eurídice, a la que el efecto relajante del vino se le ha pasado.

—¿Por eso nos has mandado a pasear por esta vieja ciudad mientras tú te ibas con la nobleza? ¿Por eso nos espías en nuestro propio hogar?

Esas palabras sacan a Filipo de su inactividad.

—¡Basta ya! ¡No vengo de una guerra para seguir peleando en casa! —se levanta de la silla con tal fuerza que acaba tirándola al suelo. El estruendo paraliza a las mujeres—. Myrtale, vete a tomar ese baño y relájate. En cuanto acabe de hablar con mi madre, iré a tu cuarto.

—¡Puedes ahorrarte el esfuerzo! —sale de la habitación tan rápido que ni Hermíone ni Nicesípolis pueden alcanzarla hasta que ella ya está en la puerta de su alcoba temblando de rabia.

Filipo recoge la silla del suelo y se sienta frente a su madre. Dos pares de ojos azules se miran desafiantes. Es difícil saber cuál de los dos está más enfadado. Filipo echa mano a la jarra de vino y se sirve una generosa copa que apura de un solo trago.

—Lleva agua —dijo molesto—. Me gusta el vino puro.

Eurídice da una palmada. La esclava no tarda en entrar y recibir la orden de llevar vino sin rebajar.

—Tendrá que aprender a contenerse —comenta Eurídice mientras se sirve también una copa de vino puro.

—¿Qué es lo que ha pasado?

—Se sabe favorita y se comporta como una niña caprichosa. Le has otorgado demasiado poder con tu actitud. Un poder que aún no sabe controlar.

—Te pedí que la enseñaras.

—Es lo que intento, pero es rebelde. Tiene que aprender a aceptar, sin cuestionar, las decisiones de los que sabemos más.

—¿Como la decisión de traer a Nicesípolis?

—Son buenas amigas y lo pasan bien juntas. No se puede romper el equilibrio. Licofrón, el nuevo tirano de Feras, está molesto por tu acercamiento a los aleuadas de Larisa. Te casaste con dos mujeres tesalias para equilibrar tu influencia en esa tierra. Filina ya ha tenido un hijo. Nicesípolis espera que algún día te acerques a ella, está deseando quedarse embarazada. Te lo he dicho mil veces, Filipo, necesitas herederos. De momento, solo tienes uno. No sabemos lo que espera Myrtale. Lo más sensato es tener más hijos con las otras mujeres.

—Pensaba que te gustaba Myrtale —responde fastidiado Filipo.

—Me gusta Myrtale, pero es joven, impulsiva y muy imprevisible.

—Nicesípolis es poco mayor que ella.

—Es más calmada.

—Es aburrida.

—¡Si la escuchases alguna vez descubrirías que no tiene nada de aburrida! Es inteligente, capaz, dulce y muy trabajadora. Myrtale ya está embarazada. De momento, no puede darte más hijos. Deberías cumplir con tus obligaciones como rey.

—¿Hacer de semental es una obligación? —responde irónico.

—Si la dinastía Argéada se extingue, el Reino de Macedonia desaparecerá con ella. Lo sabes.

Tras el baño, Myrtale se acuesta más relajada, si puede hablarse de calma cuando la pena y la vergüenza sustituyen a la rabia. Toda ella huele a lavanda, como a Filipo le gusta. Aunque le ha dicho que no quería que fuera a su cuarto, se muere de deseos de poder abrazarlo, pedirle disculpas, llorar en sus brazos y hacer el amor toda la noche. Cuando escucha los pasos masculinos en el pasillo su corazón se acelera de emoción. En el rato que Filipo ha estado con Eurídice, ha ensayado mil discursos de perdón y reconciliación.

Los pasos pasan de largo por su puerta. Incrédula, Myrtale se levanta y abre un poco para asomarse al pasillo. Cuando ve a Filipo entrar en el cuarto de Nicesípolis, el dolor le estalla en el pecho.

10

Eukleia, la Buena Fama

Aigia (Macedonia), 356 a. C.

Myrtale se despierta confusa y triste. Mira a su alrededor. Tarda un rato en comprender que no está en su cuarto en Pella, sino en el Palacio de Aigai. Los ojos hinchados por el llanto se cierran de disgusto cuando un rayo de sol impacta en su cara procedente del estrecho ventanuco que rompe el muro de piedra tosca, apenas decorado con una capa de yeso blanco. Se siente tan vacía y desolada como esa sencilla habitación.

Hermíone entra decidida con rostro serio y concentrado. Hace años que aprendió a disimular su turbación centrándose en actividades prácticas.

—El baño está preparado —se limita a decir.

—No tengo fuerzas para ir a ningún sitio —Myrtale se gira en la cama.

—Esconderse no es una opción para la esposa del rey.

—¿Esposa? ¿Acaso ha pasado aquí la noche el rey? —llora la joven mientras señala la cama vacía y con las sábanas revueltas a causa de la mala noche.

—¿Eso cambia algo? Seguís siendo su esposa, la futura madre de su hijo.

Myrtale se lleva la mano al vientre y nota cómo la ira vuelve a apoderarse de ella. Hermíone la conoce bien. No va a consentir un arrebato infantil.

—Políxena, mi niña —dice con dulzura la mujer utilizando a propósito el nombre antiguo de su señora. Se acerca a la cama, acaricia el pelo enmarañado y toca la mejilla de la joven llorosa—. No puedes dejar que la primera contrariedad te aparte del lugar que te corresponde. Eres la favorita del rey. El pueblo tiene que saberlo. Tiene que verte. ¿Vas a dejar que Nicesípolis vaya sola con Eurídice? ¿De verdad es eso lo que quieres?

Las palabras aguijonean a Myrtale. Aparta las sábanas con furia, se quita el camisón arrugado y, con paso seguro, entra en el agua caliente.

Esta mañana las aves vuelven a cantar alegres escondidas en la copa del soberbio ciprés tan oscuro como los pensamientos de Myrtale. Siguiendo las indicaciones de Eurídice, se ha vestido de blanco para participar en la ceremonia religiosa que presidirá su suegra. Lo que la tarde anterior le parecía una experiencia maravillosa, ahora le provoca pesar y miedo. Hermíone tiene razón: debe ir. Va a colocarse junto a Nicesípolis, aunque la que ayer era la mejor amiga que nunca tuvo, ahora le parece una traidora.

Desde la esquina contraria al ciprés avanza Nicesípolis, también vestida de blanco. Siempre vestida de blanco. Myrtale se esfuerza en mirar a través del velo para ver si va acompañada, pero la tesalia sale sola de su cuarto y se dirige hacia ella. Myrtale no quiere mirarla, el dolor se apodera de ella. Prefiere seguir mirando la puerta de la que ha salido la tesalia. Expectante, nerviosa, piensa que su corazón se escucha más que el trino de los animales. Las náuseas vuelven y sabe que esta vez no se deben solo al embarazo. Aunque Nicesípolis saluda y se pone a su lado, Myrtale no contesta. La puerta no vuelve a abrirse.

Vestidas de blanco, con un largo velo tapándolas casi por completo, Eurídice, Nicesípolis y Myrtale salen del palacio para dirigirse al santuario de la diosa *Eukleia*, la Buena Fama. La molosa no esperaba que media ciudad estuviera congregada tras la enorme puerta y que las recibieran con música y aplausos. Los ojos verdes se llenan de lágrimas de emoción. El aplauso acelera su pulso, los vítores se introducen en su cuerpo llenándola de felicidad. A pesar de que ella solo ocupa un discreto puesto junto a Nicesípolis, justo detrás de Eurídice, recibe la danza de un grupo de niñas y jóvenes como si fuera la única espectadora, como si cada paso hubiera sido concebido y ejecutado para su disfrute personal.

Todo el camino hasta el santuario, las tres mujeres están acompañadas por los músicos y bailarines al frente y por el calor del pueblo colocado a ambos lados de la empinada senda que desciende hasta el templo. Aquí y allá, algunas mujeres lanzan pétalos de flores.

Serias y respetuosas, llegan a la puerta del santuario, donde una docena de hombres y mujeres se unen a ellas en silencio. Myrtale asume que son los magistrados y otros miembros de la nobleza de Aigai. Otras cuatro mujeres, también vestidas de blanco, se sitúan tras las dos esposas reales cuando llegan al altar de la diosa, frente a un sencillo templo dórico que carece de los ornamentos y la sofisticación que los templos de la nueva capital, pero que, en su sencilla tosquedad, representa la esencia misma de la ciudad de Aigai: discreción, robustez y tradición.

Eurídice, tranquila y orgullosa, se adelanta para recibir dos corderos blancos que portan sendas jóvenes. La propia madre del rey se encarga de sacrificar a los animales. Mientras Nicesípolis, horrorizada, baja la vista, Myrtale no puede apartar la mirada de la impecable ejecución.

A pesar de que ya le ha dicho que va a oficiar como sacerdotisa, Myrtale no imaginaba en ningún momento que también actuaría como matarife. Sin embargo, parece la única sorprendida; tanto los nobles como el pueblo, presencian en silencio el sacrificio y no se oyen murmullos de sorpresa o repulsa. Myrtale graba en su memoria los actos y palabras de su suegra, atesora enseñanzas y reflexiona en silencio sobre el papel en la corte de esa extraordinaria hembra.

Cada paso que dan es una nueva sorpresa que la llena de excitación. Nunca imaginó que una mujer pudiera hacer las cosas que su suegra hace. Es libre y atrevida como solo un hombre poderoso puede ser. De frente al templo donde reside la estatua de la diosa pero, sin duda, dirigido más a la gente congregada a su espalda, su voz se escucha potente en la explanada:

—Recibe, ¡oh, diosa!, estas ofrendas en mi nombre, Eurídice, hija de Sirra y esposa de Amintas; en el de toda la ciudad de Aigai, en el del reino de Macedonia y, sobre todo, en el de mi hijo, el general Filipo que hoy me permite anunciar, en su nombre, la caída de la ciudad de Pidna.

El murmullo generalizado y el espontáneo aplauso impide a la mujer continuar. Eurídice calla un momento esperando el silencio:

—La ciudad de Pidna, que tan ominosamente nos fue arrebatada a los macedonios por los atenienses, hoy, gracias a los dioses, mi hijo, el rey Filipo, ha devuelto al pueblo lo que nunca debió dejar de ser suyo. ¡Oh, Señora *Eukleia*, la de la Buena Fama! Como pueblo leal y agradecido os imploramos el retorno feliz de los nuestros, porque nunca olvidamos que la victoria la ejecutan los hombres, pero la deciden los dioses.

La voz de Eurídice, que normalmente es segura, pero fría y autoritaria, se ha transformado al hablar en público. Sin abandonar su acento del norte, ni la peculiar pronunciación macedonia, sube y baja el tono, modula con maestría la intensidad y consigue llegar al alma, emocionar a todos los presentes con un discurso vibrante y lleno de sentimiento. Myrtale no puede ver los rostros de los espectadores, pero está segura de que no son pocos los que, como ella misma, están llorando. El silencio que sigue es incluso más emotivo que el aplauso anterior. Toda la piel del cuerpo de la molosa se eriza.

Tras la ofrenda, Eurídice se queda callada, inmóvil ante el templo, dejando que el pueblo, poco a poco, se vaya relajando. Después, muy solemne, se dirige a la parte sur del santuario donde ya solo puede acceder el grupo más selecto. El resto de los asistentes queda fuera, en silencio, expectante.

En el sector más alejado de la mirada de los curiosos, pero situado de tal forma que queda frente al altar principal, aquel en el que aún se ve la sangre de los corderos, una escultura cubierta por un velo espera salir a la luz. Eurídice, temblorosa de emoción, coge con sus dedos deformados el extremo de la pieza de tela y, al principio, tira de ella muy despacio, como si el lienzo también fuera de piedra y no un liviano tejido de lana. Con el primer tirón solo se ven los dedos de unos pies que asoman bajo un largo peplo. El fino detalle de esos dedos ya muestra que el escultor es diestro con el cincel y sensible en su ejecución. Estimulada por lo que intuye, la mujer da a la tela una fuerte sacudida para obligarla a caer a un lado y dejar al descubierto la imagen de una hermosa dama que, sin duda, es una representación rejuvenecida de ella misma. A los pies, con grandes letras, una inscripción lo corrobora: *a Eukleia, Eurídice, hija de Sirra.*

A pesar de lo que diga Hermíone, Myrtale sí cree que su suegra tiene derecho a apelar a la diosa de la Buena Fama. Ella, la más vilipendiada y muchas veces odiada, se enfrenta a los que la ofenden con una hermosa escultura para que no olviden que no les tiene miedo, que hizo lo que tenía que hacer. Nicesípolis y ella tuvieron la ocasión de escucharlo de sus propios labios. Eurídice, que sabía muy bien elegir los momentos, las invitó a cenar en sus aposentos la noche antes de partir para Aigai.

—Imagino que os habréis preguntado por qué, entre todos los dioses, el templo asociado al palacio de Aigai, que pronto vamos a visitar, está dedicado a *Eukleia*, la Buena Fama —las dos jóvenes se miraron sin responder un poco abochornadas porque ese pensamiento se les había pasado por la cabeza, por supuesto—. No os avergoncéis, bien sé que en muchos sitios la fama que me precede no es, precisamente, buena.

—No voy a negar que he oído rumores, pero supe seguro que eran falsos cuando os conocí —respondió rápida Myrtale apoyada con la misma celeridad por Nicesípolis.

—¿Y qué rumores son esos?

Las dos muchachas callaron. Eurídice sonrió primero para lanzar una tremenda carcajada después:

—¿Acaso pensáis que no los conozco? ¿Qué habéis oído? ¿Que colaboré con el marido de mi hija para intentar asesinar a mi esposo Amintas? ¿Que no lo conseguí y seguí con él hasta que murió de viejo, pero luego maté a mi hijo Alejandro, su sucesor y, al fin, puse como rey a mi amante, Ptolomeo?

Las dos nueras, confusas, asintieron con la cabeza.

—¿Sabéis dónde nacieron esos rumores?

Las dos negaron con la cabeza mientras miraban con curiosidad y recelo a su suegra, que cada vez se oía más enfadada, mientras sus manos se aferraban con fuerza al vientre.

—¡De las podridas entrañas de una mujer celosa porque no consiguió hacer a sus hijos reyes! De una mezquina envidiosa y rencorosa que nunca me perdonó ser la favorita de nuestro esposo. Ella, que era incapaz de complacerlo, de escucharlo, de apoyarle, de aguantar sus borracheras y sus mezquindades, pretendía que sus hijos pasaran sobre los míos solo porque se había casado antes con él, porque ella era una noble macedonia y presumía de la legitimidad de sus dos estúpidas bolas de carne con ojos y un retrasado que solo servían para obedecer órdenes sencillas. ¡Gigea! ¡Que ella y su descendencia se pudran en el Hades! —chilló y, a continuación, cogió la copa de vino rebajado y se la bebió.

Cuando Eurídice retomó la palabra ya no había furia, solo una tremenda tristeza:

—He visto morir en la cama a un viejo y pusilánime rey mientras mis dos hijos, jóvenes y decididos, me eran arrebatados prácticamente en el comienzo de sus vidas. Alejandro, asesinado como un perro por un complot organizado y dirigido por los que parecían sus aliados. Pérdicas al menos pudo morir en una batalla alentada por esos mismos enemigos que viven en este palacio. Ninguno era tan sagaz y buen negociador como Filipo —la mirada se dirigió a las jóvenes—. Si creéis en los dioses y solo os conceden un deseo, pedidles que nunca os dejen sobrevivir a los que salieron de vuestro seno.

—¿Por qué os casasteis con Ptolomeo? ¿No era el marido de vuestra hija? —preguntó Myrtale haciendo que la copa cayera de la mano de Nicesípolis.

El estruendo de la cerámica al impactar contra el suelo distrajo la atención de todas y dio tiempo a Eurídice a pensar. Las tres mujeres permanecieron calladas mientras una esclava recogía el vino derramado y limpiaba el suelo con presteza. En ese tiempo, Eurídice aprovechó para tomarse lentamente otra copa de vino. El color de la bebida se subió al rostro. La mirada se volvió aún más vidriosa dejando patente el estado de embriaguez de la mujer. Cuando comenzó a hablar, las palabras eran lentas, con pronunciación dificultosa, pero llenas de la verdad que el vino aporta.

—No era el marido de mi hija, mi Eurínoe —corrigió—. Era su viudo. Ella murió unos meses antes, pariendo, como tantas de nosotras, y me casé con él porque era la única forma de salvar a Pérdicas y a Filipo. Los que habían asesinado a Alejandro no se iban a detener dejando a otros dos posibles herederos, aunque fueran aún unos niños. Ptolomeo quería el trono para él y yo lo sabía. Pero no tenía legitimidad para ser rey, no era un Argéada. Sin embargo, controlaba gran parte del ejército y tenía de su lado a grandes casas de la Alta Macedonia que, con razón, veían cómo perdían poder y tierras frente a los ataques de bárbaros e ilirios. Era un buen general y negociador y supe que Gigea se había puesto en contacto con él, le ofrecía la posibilidad de ser regente si uno de sus hijos era aclamado como rey por la Asamblea. Eran muy pequeños, eso suponía que él, en la práctica, sería el rey de Macedonia. ¿No era lo más inteligente que yo me adelantara? Por eso me ofrecí como esposa suya. No se atrevería a matar a mis niños si él era su protector y eso le legitimaba ante el pueblo.

—Suena muy inteligente, Eurídice. ¿Qué pasó con Ptolomeo? —Myrtale estaba muy interesada en la historia. Le fascinaba el papel que una mujer, aparentemente frágil, tuvo en el futuro de todo un reino.

—Ptolomeo tenía muchos partidarios en la corte y, sobre todo, contaba con el apoyo de la poderosísima ciudad de Tebas y de Pelópidas, su general. Pelópidas, no se os olvide, tenía como rehén a Filipo. Esa pareja era muy peligrosa y ambiciosa, sobre todo, Ptolomeo, que se creía muy listo. Pero no era más listo que yo. Me deshice de él en cuanto dejó de servirme —contestó con brutal sinceridad mientras alzaba la copa brindando al aire—. Gigea estaba muy enfadada, como os podéis imaginar, así que consiguió que parte de los señores de las ciudades costeras reconocieran a su hijo Pausanias como posible heredero. Fue entonces cuando yo volví a adelantarme a ella.

—¿Cómo? —preguntó Nicesípolis.

—A ver, es fácil, ¿quiénes eran los más perjudicados por el poder que Tebas estaba tomando en el norte?

—Los atenienses —contestó rápida Myrtale—. ¡Por eso la llegada del general Ifícrates!

—¡Exacto! —aplaudió la ebria Eurídice—. Los atenienses no podían tolerar que el poder de Tebas siguiera creciendo. No les interesaba el acuerdo que tenían Ptolomeo y Pelópidas, así que acudí a un viejo amigo de mi padre, Ifícrates, para que salvara a mis hijos de las garras de un regente corrupto.

—¿Y qué le dijiste para que llegara tan rápido? —intervino Nicesípolis un poco perdida con tanto complot e intereses contradictorios. Decididamente, la política y el poder le resultaban bastante menos atractivos que las plantas.

—Querida Nicesípolis, Ifícrates y Atenas estaban deseando intervenir. Yo solo les di una excusa, la que mejor funciona cuando solo eres una mujer. Le recordé la promesa que hizo a mi padre y le supliqué como madre por la vida de dos criaturas —con esas palabras, Eurídice simuló ser más pequeña de lo que era y fingió mecer a un bebé en sus brazos—. El resto fue fácil, Ifícrates vino, nos libró del hijo de Gigea, quien se quedó definitivamente sin apoyo ni posibilidad para los dos que quedaban. Después, se reunió con Pelópidas y, para mantener el equilibro entre las dos ciudades rivales, decidieron que lo mejor era deshacerse de Ptolomeo. Cuando vio su fin inmediato, yo misma le ayudé a suicidarse. Mi hijo Pérdicas fue nombrado rey y yo, por fin, era viuda de nuevo.

A esas alturas de la noche, la idea de que Eurídice colaborara en la muerte de su segundo esposo no le resultaba sorprendente a Myrtale. A pesar de las sombras que había visto en Eurídice, comprendía que tenía que seguir escuchándola y aprendiendo de ella, pues su capacidad de actuar, de conocer las debilidades de los hombres, las intrigas de palacio y las necesidades de las distintas potencias se le presentaban como un libro repleto de conocimientos.

—Ahora, señoras, creo que ha llegado el momento de que nos vayamos a la cama. He bebido más de lo debido y el día ha sido largo y cansado.

El prometido y esperado banquete con las mujeres de Aigia va a acabar convirtiéndose, otra vez, en motivo de decepción y enfado para Myrtale.

Eurídice ha reservado para ella misma el lugar central de una larga mesa en la que Myrtale y Nicesípolis quedan desplazadas a un lateral mientras su suegra está rodeada por maduras señoras, muy felices de compartir tal honor y, por lo que no paran de subrayar, de reunirse con su vieja amiga, Eurídice, con la que han vividos muchos buenos y malos momentos en el pasado.

—En tiempos de Amintas, el rey tenía a sus esposas separadas en distintos palacios —comenta Níobe, la joven situada a la derecha de Myrtale, que se ha presentado como la hija de la mujer más cercana a su suegra—. Eurídice vivía en Aigia y Gigea en Pella. El rey quería evitar que se mataran entre ellas.

—¿Por qué iban a matarse? —pregunta, siempre inocente, Nicesípolis.

—Celos, envidias, esas cosas. Supongo que es difícil compartir marido —contesta Níobe sin ser consciente de que se ha introducido en terreno peligroso.

—No es nuestra misión dudar lo que nuestros padres y esposos deciden —comenta Nicesípolis mirando a Myrtale, que no había querido hablarle en todo el día. La tesalia está preocupada y muy dolida por la actitud de su amiga.

—Se puede compartir el título de esposa real, pero el cariño no se comparte —añade, mordaz, Myrtale.

Los ojos de Nicesípolis se llenan de lágrimas. Níobe comprende, tarde, que existe algún conflicto entre las dos esposas del rey y, llena de curiosidad, decide seguir indagando sobre el tema. Eso supondrá semanas de conversación con sus amigas en Aigai.

—Mi marido también es militar y está con el rey en Pidna. Es duro tener que pasar tanto tiempo sola en casa. Al menos, vosotras os hacéis compañía mutua.

—Sí, las campañas se hacen largas —contesta, lacónica, Myrtale.

—¡Pero tú pronto vas a tener un bebé! —exclama Níobe mirando el vientre, apenas abultado, de la molosa—. Estoy deseando que mi esposo vuelva para tener la oportunidad de ser madre. Los niños llenan de alegría el hogar.

Nicesípolis come en silencio masticando despacio el queso. Mira de reojo a Myrtale, la molosa le devuelve la mirada.

—¿Por qué no han venido las otras esposas? —insiste Níobe—. Yo conocí a Fila, mi madre es familia de la suya. Es una buena chica, aunque tan callada que parece que está siempre triste o enfadada. Siento curiosidad por conocer a la iliria, ¿cómo se llama?

—Audata —responde Myrtale—. ¿A qué se debe ese interés por conocerla?

—Dicen que es muy grande y que viste según la norma de su tierra. ¿Es verdad que es una guerrera? Tiene una hija. ¡Gracias a los dioses que no tuvo un varón! ¿Os imagináis un rey en el trono con sangre iliria? Creo que ningún macedonio lo aceptaría.

—Sería un Argéada, hijo legítimo de Filipo —dice Nicesípolis.

—Bueno, sí, supongo que se consideraría así —prosigue Níobe pensando en voz alta—. Pero estoy segura de que, llegado el momento de elegir al sucesor de Filipo, la Asamblea preferiría elegir un rey con sangre más pura.

Nicesípolis se encuentra cada vez más incómoda por la conversación y ve en los ojos verdes de Myrtale que el enfado está subiendo de temperatura. Prudente, trata de cerrar el tema.

—Filipo es muy joven para estar pensando en su heredero —comienza a decir, pero Myrtale no parece compartir sus ganas de zanjar la cuestión.

—Y, según tú, ¿qué se consideraría sangre más pura?¿Hijo de una mujer macedonia? ¿Hijo de una tesalia? ¿Será mi hijo de sangre pura? ¡Yo soy molosa!

Sin darse cuenta, Myrtale ha subido la voz de forma que todas las mujeres de la sala quedan en silencio y escuchan el final. Eurídice la mira desde el centro de la mesa. Los ojos azules brillan de furia. En su ofuscación, Myrtale no es consciente del enfado de su suegra.

Desde la ventana de la habitación del Palacio de Aigai Myrtale escucha las carcajadas y los aplausos del público que asiste al teatro. Sigue enfadada porque Filipo no la ha dejado acudir en esta ocasión. Más exactamente, Eurídice ha convencido a su hijo para que no la deje ir. Se siente castigada como una chiquilla.

Recuerda la tarde, hace ya más de tres lunas, que se sentó junto a su esposo en el asiento de honor del Teatro de Pella, lo feliz que se sintió cuando escuchó los susurros de admiración al aparecer junto a él. Ahora es Eurídice en el teatro mientras ella se ha tenido que quedar en ese viejo palacio, enfadada y triste, en lugar de estar riéndose por las ocurrencias de Aristófanes y sus ridículos personajes.

Se oye una gran ovación a lo lejos. Por el tiempo que hace que empezó la obra, la molosa supone que no tardará mucho en acabar. El coro pronto invitará a los espectadores a comer y beber en un banquete en el que ella, por estúpida, no va a participar. Myrtale está tan enfadada consigo misma que llora, ya no de tristeza, sino de rabia y vergüenza.

—¡Por todos los dioses! —exclama dando una patada a un pedazo de teja con el que ha tropezado de vuelta a su cama. La ira que se ha acumulado en su pecho acaba encontrando el objeto de descarga en el sucio pedazo de terracota. Myrtale se vuelve y pisa con tanta fuerza el fragmento desprendido que acaba convirtiéndolo en un polvo rojizo que mancha el suelo gris—. ¿Acaso no hay albañiles que mantengan este viejo palacio en condiciones?

Una vez que la rabia ha encontrado la salida, el llanto se convierte en furia, los gemidos en ahogo y las lágrimas, en duras palabras de reproche. Justo cuando se oye el aplauso del auditorio entusiasmado, Myrtale explota:

—¿Cómo va a ir bien una casa si el dueño está siempre ausente? ¿Cómo va a prosperar un reino si el rey no piensa sino en la guerra? —Myrtale imagina a todo el público de pie, aplaudiendo a los actores y, por supuesto, a Filipo, que ha llegado victorioso de Pidna. Ella no está junto a él para recibir el cariño y la efusión del pueblo macedonio, de los ciudadanos de Aigai. Resopla y tiembla de puro dolor y rabia—. ¿Cómo puede un esposo esperar una cálida acogida si se muestra frío a su llegada?

La joven no quiere seguir escuchando aplausos y ovaciones, sus oídos no soportan el alboroto, su corazón rechaza la alegría ajena. Entra en su dormitorio y se sienta en la cama a llorar su pena y soledad.

Lo peor es que siente que está castigada porque se lo merece. Puede intentar mentir a todos los demás, pero no puede engañarse a sí misma. No ha sido lista en su obrar ni en sus palabras. No es propio de una esposa real dejar que los comentarios de una burda paleta la ofendan. Eurídice nunca haría nada así.

Hermíone no tarda en aparecer. Práctica y segura, como siempre, espera a comprobar la reacción de su señora para hablar. Cuando Myrtale se abalanza a ella, llorando, sabe que puede decirle lo que piensa. Ha pasado el momento de la ira, empieza el del arrepentimiento y la necesidad de perdón.

—Políxena, mi niña, no deberíais sofocaros de esta manera. No es bueno para vos ni para el bebé que esperáis.

—¡Por Hera, han sido dos días horribles!

—Precisamente por vuestro afán de emular a Hera estáis así.

La joven levanta la mirada. No entiende lo que Hermíone quiere decirle.

—Hera, la más posesiva y celosa de todas las diosas, no se conforma con ser la esposa del Dios Supremo, además, lo quiere para ella sola.

Myrtale abre la boca indignada por la insinuación de su sirvienta.

—No se queda solo ahí el parecido. Cuando el esposo, el ardiente Zeus, yace con otra hembra, diosa o humana, Hera no castiga a su marido. ¡No! Hera descarga su venganza contra la pobre mujer. ¡Como si ella hubiera tenido la posibilidad de elegir!

—No sé lo que me quieres decir, Hermíone —protesta, molesta, Myrtale.

—Lo sabes muy bien, Políxena.

—Pero Nicesípolis…

—Nicesípolis hizo lo que tenía que hacer —responde, tajante, la tebana—. Es la esposa de Filipo, no por su elección, sino porque así lo ha decidido su familia. Filipo entró en su cuarto y ella lo recibió. No tenían otra opción.

La verdad abruma a la joven, que se sintió llena de pesar por su comportamiento.

—Id a pedirle perdón. Nicesípolis tiene un corazón grande y noble. Le duele veros enfadada y triste. Eurídice quería que fuera al teatro con ellos, pero ella ha fingido encontrarse enferma para no causaros más pesar. Id a pedir disculpas. No os podéis permitir el lujo de perder una amistad así.

La sirvienta ha comunicado a Eurídice que su hijo se ha marchado poco antes del amanecer. Le duele que lo haya hecho sin despedirse, aunque sabe que Filipo tenía que volver a Pidna a reorganizar la zona. En pocos días todos estarán en Pella y podrán charlar con calma de lo que había sucedido en Aigai. Eurídice sabe que su hijo la quiere y que pronto su mente estará en otros asuntos. Es probable, incluso, que no recuerde por qué se enfadó con su madre. En los veintiséis años de vida de Filipo, no han sido pocas las veces en las que han discutido. Como él mismo dijo, se parecen demasiado para no chocar.

—¡Maldito vino! —repite. —¿Por qué me dejaría llevar por el don de Dionisos? ¿Acaso no tengo ya edad para conocer las necesidades de los hombres? ¿Cómo pude estar tan ebria para no ver que él necesita ahora a Myrtale?

La voz de la joven molosa la saca de sus tristes reproches. Despacio, Eurídice se acerca a la pequeña ventana, se queda al lado y, tratando de que no la vean, se asoma para ver con quién habla. Le alegra ver que es Nicesípolis. La madre del rey puede ver a las dos muchachas conversar a la sombra del ciprés. Se alegra de la reconciliación. No sabe en qué momento ha sucedido, pero parece evidente que Myrtale ya no está enfadada con la tesalia.

Eurídice las ve gesticular, pero no puede escuchar las palabras porque el canto de los pájaros se lo impide. La molosa parece triste y tiene los ojos enrojecidos. Nicesípolis se mueve con su delicadeza habitual, acaricia el brazo de su amiga y, cuando Myrtale rompe a llorar, la abraza envolviéndola con su cuerpo hasta que consigue calmarla. En ese momento, dos criadas cruzan el patio con sendos cubos de agua. Hablan a voces y ríen a carcajadas, como suelen hacer los sirvientes cuando no hay una señora que las controle. Callan cuando ven a las dos esposas del rey y se apresuran a salir. La falta de disciplina del servicio molesta a Eurídice, pero el jaleo que arman las mujeres hace que los pájaros vuelen espantados y el patio quede un momento en silencio. La voz de Nicesípolis le llega apagada, pero clara:

—¡Claro que Eurídice también va a perdonarte! Sé que eres su favorita, pero tienes que aprender a ser menos impulsiva. No es fácil para ella.

Los ojos verdes se abren completamente sorprendidos por la afirmación.

—¿No es fácil para ella? ¿Qué no es fácil para ella?

—No ser joven, no ser tan fuerte como solía, no ser ya la única en el corazón y la mente de Filipo. Saber que su tiempo está acabando. ¿Acaso no lo ves? ¿No percibes su dolor? ¿Su miedo?

Las palabras de Nicesípolis estremecen a Eurídice. Siempre supo que era una mujer perspicaz. Vuelve a pensar que Filipo se equivoca pensando que es aburrida y boba.

—¿Dolor? —exclama Myrtale—. ¿Por qué? Filipo la escucha en todo y sigue sus consejos.

—Créeme, Filipo cada vez la escucha menos. Cada victoria le vuelve más seguro. Fíjate en sus ojos, están llenos de determinación. Filipo cree firmemente que tiene una misión y ni su madre ni nadie lo va a apartar de ella.

Eurídice, desde su escondite, asiente. La tesalia ha comprendido perfectamente la situación. Escuchar esa verdad incómoda la hace sentirse triste y vieja, muy cansada. Es agotador fingir siempre. Fingir que eres fuerte, que eres sabia, que siempre tienes la respuesta correcta, que no hay nada ni nadie que pueda contigo. Donde todos los demás ven templanza y saber estar, ella siente el yugo, la obligación constante de ser perfecta. Cuando muchos alaban su fortaleza, ella quiere llorar y dejar que la abracen, permitirse el lujo de ser débil.

No es propio de ella la autocompasión. Se siente agotada tras varios días muy intensos. El viaje desde Pella, la cena con Myrtale y Nicesípolis, las peleas con su nuera, la discusión con el hijo. El recuerdo del final de la noche aumenta el malestar de Eurídice. No entiende cómo Filipo no se ha vuelto loco por Nicesípolis. Sería lo más sensato. En lugar de eso, ha perdido la cabeza por Myrtale. A Eurídice le gusta la molosa, es cierto, pero hay algo en ella que es oscuro, peligroso. Siente que Myrtale es demasiado lista y ambiciosa para ser una esposa sumisa y tranquila.

—Se parece demasiado a mí —susurra la veterana mujer pensando en voz alta. Esta reflexión la irrita sin saber bien cuál es el motivo. Quizá es porque lleva luchando demasiados años como para aceptar ahora una rival más joven y bella. Puede que sienta celos de la posición de la molosa, se dice a sí misma irritada, a ella le habría gustado poder ser la esposa de un rey capaz como Filipo.

Comprende que mucho de lo que ella ha logrado, de lo que ha conseguido a cambio de muchas lágrimas, va a acabar disfrutándolo otra mujer, porque ahora nadie cuestionará a Myrtale cuando acuda al teatro a acompañar a su esposo, cuando viaje con él o cuando reciba a generales y embajadores. Muchos verán lógico que se convierta en sacerdotisa de los principales cultos del reino. Apenas un puñado de los más ancianos recordarán que antes de Eurídice ninguna esposa del rey se había atrevido a dejarse ver en público y había osado opinar. Y, para lograr todo eso, ella tuvo que dejar que pisotearan su dolor, su orgullo y su reputación.

Filipo ha dejado bien claro que es su favorita. Eurídice recuerda la mirada de su hijo cuando volvieron del teatro y ella insistió en que no fuera al cuarto de Myrtale.

—Es mi esposa y me gusta. Me gusta mucho más que ninguna de las otras.

—Nicesípolis…

—¡Vas a volver con el tema! Prefieres a Nicesípolis porque siempre haría lo que tú dijeras. ¿Es eso, madre? ¿Temes que otra mujer sea mejor que tú? ¿Qué consiga que tu nombre sea olvidado?

—¡Eres imposible cuando bebes!

—Pues recuerda que siempre dices que soy el hijo que más se te parece.

Filipo se marchó. La dejó en la puerta de su habitación y continuó por el pasillo con determinación. Solo se giró a mirarla, con los ojos azules desafiándola, cuando abrió, con mucho cuidado, la puerta del cuarto de la molosa.

El rey entró caminando con cautela, en silencio, y se acercó a la cama. Myrtale estaba paralizada, no le esperaba. La mano del hombre se acercó a su rostro. Lo rozó con los dedos, lo acariciaba muy suave, como si no quisiera despertarla, pero, a la vez, deseando que lo hiciera. Primero la frente, apartando un rizo rebelde, luego los ojos y, por fin, la boca. Ella sonrió insegura.

—¿Qué tal el teatro? —preguntó impulsada por la necesidad de decir algo.

—Ya conocía la obra. Fue más divertida contigo al lado —contestó el hombre sin dejar de acariciarla.

—Siento habérmela perdido.

—No vuelvas a hacerlo. No enfades a mi madre —susurró el hombre mientras se acercaba a los labios de ella. El aliento le olía a vino, pero a ella no le importaba. Era feliz.

—¿Me sigues queriendo? —murmuró.

—Te quiero, Myrtale. Te quiero como nunca he querido a nadie. No hagas que me arrepienta.

CUARTA PARTE:

ALEJANDRO

11

El nacimiento

Pasarón (Épiro), 373 a. C.

Neoptólemo no podía dar crédito a lo que la partera le decía. ¡Era imposible! El oráculo no podía equivocarse. Había sido muy claro: «Nacería el mayor rey que el mundo conocería». Había dicho rey. Un hombre. Y esa maldita comadrona insistía en que la sacerdotisa tebana había dado a luz a una niña.

—Quizá el oráculo no se refería a ti —insinuó Deidamía, su esposa, muy disgustada—. Los dioses no son nada claros con sus profecías. Quién sabe si alguien más cometió un sacrilegio y tú, que siempre te crees el más importante, pensabas que la sacerdotisa se dirigía a ti.

El hombre la miró con cara de enfado y se volvió hacia su hermano Aribas, que estaba sentado en un viejo sillón junto al hogar. El menor de los hermanos jugueteaba con la leña que ardía en la chimenea. Estaba embelesado viendo cómo un recio tronco de olivo, al que había empujado hacia la llama, se tornaba primero de un intenso color tan oscuro como la noche en la que ambos salieron a pasear y trazaron un plan tan preciso que pareciera imposible que algo pudiera fallar. Pero los dioses son caprichosos y volvieron a jugar con los humanos que se creen más listos que ellos. Sin disimular una sonrisa de irónico desdén, se entretenía empujando con un oxidado atizador de metal el tronco que iba adquiriendo el intenso rojo de las brasas. La voz de su hermano le llegaba lejana, pues tenía que atravesar los turbulentos y rápidos pensamientos que agitaban la mente del menor, igual que él sacudía el olivo hacia las llamas.

—Díselo tú, Aribas. Tú también lo escuchaste. La sacerdotisa me mencionó.

Aribas se volvió impasible hacia los dos esposos, que cada vez se soportaban menos y discutían más. Introducir un hijo bastardo en una pareja no era la mejor forma de fortalecer la relación. Con desgana, contestó la demanda del mayor:

—Sí, es cierto. Concretamente dijo que no vivirías para verlo, Neoptólemo —Aribas se giró hacia la chimenea y siguió empujando sin piedad al viejo olivo que ardía con fuerza y soltaba chispas cuando el atizador rozaba su lomo llameante.

Por un instante, el aludido sintió ganas de golpear a su hermano hasta hacerle soltar centellas como al leño quemado. El recuerdo de lo sucedido en Dodona y la necesidad que tenía de un cómplice le contuvieron. La memoria de la amenazante voz de la vieja sacerdotisa conseguía siempre que un escalofrío recorriera su espalda y el vello se le erizara.

—Seguro que tiene que ver con la maldición que esa desgraciada me lanzó. Mi vida ha sido un desastre desde entonces —resopló Neoptólemo mientras se acercaba a la chimenea y cogía el atizador que su hermano había dejado.

—Sería más preciso recordar que el que entraste fuiste tú —musitó Aribas irónico, sin dejar de mirar el fuego, al que parecía estar hablando, aunque con volumen suficiente para permitir a Neoptólemo y a Deidamía escuchar la incómoda verdad. Por segunda vez en la noche, el mayor quiso estrellar el atizador contra la cabeza del insolente.

Deidamía miró a su esposo con odio intenso. Nunca había vuelto a ser la misma desde que volvieron de Dodona con la joven tebana. En su egocentrismo, Neoptólemo también culpaba a la muchacha de la actitud y la frialdad de su mujer. Ni por un momento se sintió responsable del dolor que había causado a la estirada Deidamía.

Aunque el suyo, como todos, era un matrimonio convenido, la relación entre ambos había sido sencilla. Deidamía, siempre muy ufana de su estatus y conocedora de la importancia que tenía su familia, se mostraba suficientemente cariñosa y era fácil hablar con ella. Nunca verbalizó el alivio que sintió al saberse comprometida con un hombre joven, muy atractivo y poderoso. Incluso llegó a pensar que le amaba.

Neoptólemo, sin embargo, no era de los que perdían el tiempo y la energía con amores que solo eran reales en la fantasía de Homero y los poetas. Pero realmente le gustaba la mujer que su padre había elegido. Deidamía era culta, alegre sin ser escandalosa, atractiva sin llegar a ser bella, discreta en sus comentarios y con un porte elegante y distante que no acababa de despertar envidas peligrosas, pero sí hacía que los ojos se volvieran a mirarla, lo que llenaba a su esposo de orgullo. Era el señor de una mujer excepcional.

El cutis pálido y el pelo casi blanco de tan rubio ocultaban una mujer sensual y abierta al amor carnal más de lo que el príncipe moloso jamás imaginó. A Neoptólemo le fascinaba y excitaba su melena rubia, larga, suave al tacto y muy brillante, que ella gustaba llevar suelta por la espalda, dejando que cayera como uno de esos velos que cubrían a las diosas, permitiendo que se moviera al ritmo de sus anchas y voluptuosas caderas que se contoneaban con confiada sensualidad femenina.

La aparente frialdad de Deidamía, que no tenía nada de timidez, sino de orgullo, se convertía en calor receptivo cuando la puerta de su dormitorio se cerraba tras Neoptólemo. Ni una sola vez, antes del retorno de Dodona, Deidamía había rechazado a su esposo en la cama. Ni una sola vez había rehusado yacer con él y volverle loco con sus gemidos quedos, con sus tibios roces, con sus besos largos y generosos. Ni una sola vez le había ocultado su pálido cuerpo que se estremecía ante el mínimo contacto de su marido. Ni una sola vez había dejado de devolver, multiplicadas, las torpes caricias recibidas.

Ni una sola vez hasta que llegó la profecía y, con ella, la tebana y su odiosa maldición. Neoptólemo confiaba en que a Deidamía se le acabara pasando el capricho de sentirse ofendida. Con el tiempo, ella también echaría de menos el sexo con él. Sobre todo porque, como mujer, no tenía la opción de yacer con nadie más y sabía que Deidamía deseaba tener más hijos. Incluso antes del incidente en Dodona, la maternidad parecía ser lo más importante en su vida.

Además, era una buena madre. La pequeña Troa se parecía físicamente a ella y ambas estaban muy unidas. Deidamía se ocupó desde el nacimiento de todas las necesidades de su pequeña. No dejó que ninguna nodriza la amamantara, ni que las criadas la lavaran o peinaran, ni que mujer alguna tejiera y bordara los lindos vestidos que ella preparaba para su pequeña. Cada vez que se caía, la niña corría a los brazos de su madre para consolarse. Deidamía, para calmarla, solía cantarle bellas canciones conocidas o inventadas sobre la marcha.

Para el gusto de Neoptólemo, Deidamía era demasiado protectora con la niña y la relación entre ambas era tan estrecha que no había hueco para nadie más. Algunas veces, el hombre llegó a sentir celos de la pequeña. Sabía que Troa adoraba a su madre y que no había ser en la tierra al que Deidamía quisiera más que a su hija. Neoptólemo quedaba fuera de la relación y eso le hería más por orgullo que por necesidad de cariño. «Se lo permito porque es una hembra, si fuera un varón, no le dejaría que lo estropeara con mimos y canciones tiernas», se decía siempre que las veía juntas.

Desde el incidente, como lo denominaba Neoptólemo, la madre se volcó más en el cuidado de la niña y se alejó del esposo infiel y torpe que había provocado que ella tuviera ahora que fingir ser la madre de una criatura que no había crecido en su vientre. Solo el pensamiento de que iba a ser un gran rey le permitía soportarlo a duras penas, aunque lo aceptó más por miedo a ser repudiada que por deseo de ser la falsa madre de un gobernante muy poderoso, pero ajeno a ella. Desde que conoció a la tebana, el único deseo que tuvo fue el de que murieran en el parto. Ella y su pequeño gran bastardo.

—¿Qué vamos a hacer con esa niña? —preguntó Deidamía, insistente, en un tono lleno de desprecio y orgullo—. Me dijiste que yo iba a ser la madre de un varón, de un heredero. Yo no quiero una niña, ya tengo a mi propia hija.

Aribas, cansado ya de jugar con el fuego, aunque disfrutaba agitando otros, se levantó del sillón con desgana y habló con tono enérgico y ligeramente burlón sin llegar a comprender cómo el tedioso matrimonio no veía lo que para él era evidente.

—El oráculo dijo que de la semilla del sacrilegio nacería ese rey. Los dioses son ambiguos en sus mensajes y caprichosos en sus propósitos. ¿Y si la niña que ha nacido es la madre del futuro rey? Al fin y al cabo, dijo que tú no llegarías a verlo, Neoptólemo. Tiene sentido pensar que va a ser tu nieto el que domine el mundo, no tu hijo —sonriendo por su ingenio, se acercó a su hermano y le palmeó la espalda aumentando de esa manera tanto la confusión de Neoptólemo como las ganas de arrojarlo a la chimenea.

En la estancia contigua, la joven tebana amamantaba, sin dejar de llorar, a la diminuta niña que acababa de nacer. Lloraba de felicidad, pues era un bebé sano que llegó al mundo gritando con energía y se agarraba a la teta con tanta fuerza que hacía daño a la madre. Lloraba de pena, pues si se cumplía lo acordado, la niña sería criada como hija de Neoptólemo y Deidamía, una pareja que le resultaba insoportable y carente de escrúpulos. Lloraba de miedo, pues el nacimiento de una hembra había trastocado los planes de todos y temía que quisieran deshacerse de las dos. Lloraba de pura necesidad de llorar y sacar en forma de lágrimas todo el dolor del parto y la felicidad de ver una bebé tan preciosa en sus brazos.

Tendría que utilizar todos sus conocimientos y su astucia para conseguir mantenerse ella misma con vida, la única garantía de que la niña llegara a adulta. Echaba tanto de menos a su madre que el dolor la desgarraba por dentro. Jamás dejaría que a esa niña le faltara una madre de verdad. A pesar de sus estupideces previas, de su miedo y de su insensatez, con voz firme mirando fijamente a la pequeña que se había quedado dormida en sus brazos pronunció el juramento más importante de su vida:

—Juro por el poderoso Zeus y la esposa celestial Hera que, si ellos lo permiten, crecerás como una mujer tan fuerte y poderosa que esta oscura tierra pasará a la Historia por ser el hogar donde naciste. Juro por el incansable Poseidón que no habrá océano ni terremoto que pueda alejarte de mi vera. Juro por Atenea, la más sabia de los dioses, que no habrá argucia ni trampa que no sea capaz de sortear para protegerte. Juro por Ares, el impulsivo, que aprenderé a manejar todas las armas que sean precisas para impedir que nadie te hiera —continuó—. Juro por la caprichosa Afrodita que recurriré a mi cuerpo y venderé mi alma si ello te aleja de males y pesares. Juro por el ladino Hermes que utilizaré la trampa y la mentira si ello te libra del dolor. Juro por el hermoso Apolo y la astuta Artemisa que mis labios cantarán tus dones y de ellos jamás saldrá una flecha que dañe tu alma pura. Juro por el ingenioso Hefesto que aceptaré cuantas burlas y humillaciones sean precisas para evitar que nadie jamás se mofe de ti. Juro por la ígnea Hestia que, incluso en las más adversas condiciones, no te faltará un hogar, un fuego al que recurrir para paliar tu frío. Y juro por Deméter, la madre, que bajaré al mismo Hades a buscarte si humanos o dioses quieren separarnos con tu muerte.

Las lágrimas caían por su rostro con tal intensidad que varias veces tuvo que limpiar la carita de la niña, que seguía dormida como solo un bebé puede dormir, ajeno a la maldad y a las mentiras del mundo al que acababa de llegar.

En ese estado se encontraba cuando entró el príncipe Neoptólemo seguido a pocos pasos de Aribas. Deidamía, altiva, se quedó en la puerta, pero no llegó a poner el pie en la estancia.

—Es una niña, ¿verdad? —dijo Neoptólemo con menos fuerza de lo que había previsto.

La tebana asintió con la cabeza y, en un gesto instintivo, abrazó con más fuerza a la niña que seguía ajena al peligro que su vida corría.

—No era eso lo que acordamos. Se supone que ibas a tener un varón —pronunció, aún molesto, Neoptólemo. La suave respiración de la niña le tenía fascinado. Era un bebé muy pequeño. Con un poco de suerte, moriría en breve. «Los canijos no suelen pasar el primer invierno. Si muere por sí misma, quizá la maldición se detenga», pensó Neoptólemo, que tenía más miedo por su destino que deseos de ser padre o abuelo de un rey cuyas glorias él no iba a llegar a conocer.

—¿Puedo quedármela? Me marcharé de esta tierra, iré a Tebas y la criaré yo. Nadie sabrá nunca quién es el padre —suplicó la antigua sacerdotisa.

Por un momento, pensó que era una buena idea dejarla marchar, que se hiciera cargo de esa niña tan pequeña, que se apartara de su vida. Pero, si se iba lejos, no podía nunca comprobar si había cumplido con la promesa de deshacer la maldición. Solo ella podía desligarle de ese destino cruel al que le había condenado.

—No, no te vas a ir con ella —dijo, finalmente, Neoptólemo. La niña abrió un poquito la boca, pero sus ojos seguían cerrados. Como todos los recién nacidos, tenía la cara hinchada y los párpados tendrían que ir perdiendo esos pesados pliegues que parecían protegerla de la molesta luz de un mundo al que no había pedido llegar—. El oráculo fue muy claro. De esta niña nacerá mi nieto y será un gran rey. Será un Eácida, como yo. La grandeza tiene que corresponder a esta tierra, a esta casa, a mi familia.

—¿Nieto? —preguntó la joven, extrañada. Su mente no había ido tan lejos como la de Aribas, el tío de la pequeña.

—Los dioses son ambiguos en sus mensajes y caprichosos en sus propósitos —dijo Neoptólemo apropiándose de las palabras de Aribas—. Probablemente tu estupidez ha hecho que, en lugar de un varón, nazca una niña.

—¿La va a aceptar vuestra esposa? —susurró la joven dirigiendo la mirada hacia la puerta donde la fría Deidamía seguía en silencio.

—Lleva meses fingiendo que está embarazada, hoy ha nacido su segunda hija. Tú serás la nodriza. Todo sigue como acordamos. Podrás ver crecer a la niña siempre que cumplas lo que prometiste: retirar la maldición que me lanzaste.

—Lo haré cuando esté segura de que la vida de esta niña no corre peligro.

La joven tebana recordó el momento en que le llegó la noticia de la profecía del oráculo. Ella aún estaba en la cama desnuda cuando Métope la despertó con sus exclamaciones. No le había dado tiempo a sacar las ropas mojadas que había metido bajo la cama. Si Calíope las descubría, seguro que sospecharía. Pero, de momento, su entrometida compañera hablaba entusiasmada de una profecía que había hecho la vieja sacerdotisa del oráculo.

Hécuba, encogida bajo las mantas, recordaba con pavor la mirada de esa altiva profetisa que clavó en ella sus ojos casi blancos de pura vejez y luego sonrió con desdén. Esperaba que tuviera la boca desdentada, pero su dentadura estaba completa. Sus dientes parecían más grandes porque la encía había retrocedido con el paso de los años. Agarrados al hueso por estrechas raíces, tenía ese color entre amarillento y marrón que indicaba su avanzada edad. Hécuba no había podido olvidar esa mirada y esa sonrisa.

—¿Qué es lo que dijo la *peléade*? —preguntó, intrigada, Hécuba, sin sacar los brazos de las mantas para que Calíope no viera sus brazos desnudos.

—Que Neoptólemo iba a tener un hijo y que será un rey muy poderoso, pero que él iba a morir antes —contestó Métope presurosa y excitada.

—Es un príncipe, no tiene nada de particular que tenga un hijo rey —murmuró Hécuba, a la que irritaba pensar en Neoptólemo. Se preguntó si esa muerte prematura estaba relacionada con la maldición que ella había lanzado. Si era así, se alegraba de que no fuera a disfrutar del éxito de su hijo.

—Lo más interesante —intervino Calíope con voz misteriosa—, es que el hijo será fruto de un sacrilegio. ¡A saber lo que ha hecho ese prepotente! La noche antes de la entrega del caldero estuvo insinuándose conmigo. Se cree que porque es guapo y príncipe puede tener a las mujeres que desee. Varias veces tuve que apartar sus largas manos. ¡Ni mi condición de sacerdotisa virgen parecía frenar sus deseos!

Hécuba notó cómo la sangre se expandía por su cuerpo llevando calor a su cara. Sentía que la rabia invadía su cuerpo y se apoderaba de su cabeza. No tenía claro si la ira se debía a saber que Neoptólemo había consumado el sacrilegio con ella o a pensar que antes lo había intentado con otra. El desprecio que sentía por el príncipe moloso aumentaba por momentos.

Se alegró de haber sido capaz de consumar la maldición. Se sintió orgullosa de haberlo conseguido, de haber superado su miedo y su asco. Neoptólemo nunca sería feliz. Nunca. Ni él ni sus descendientes.

—¿Y se sabe quién va a ser la madre de ese hijo? Porque si ha sido un sacrilegio, no será su esposa —intervino Métope con sus reflexiones en voz alta—. ¿O se puede cometer sacrilegio con alguien con el que estás casado?

Hécuba cerró los ojos con fuerza y sacó los brazos para llevárselos a la cabeza, la sábana se resbaló por su cuerpo, pero ella no lo percibió. No notó frío en sus pechos desnudos, ni se fijó en la mirada extrañada de Calíope. Ni escuchaba la diatriba de Métope que no dejaba de pensar y hablar sin parar. La mente de Hécuba se centraba en un único pensamiento: ella iba a ser la madre de ese rey poderoso. El malnacido la había dejado embarazada.

En un gesto inconsciente, la joven se llevó la mano al vientre y supo que era verdad. Por eso la mirada de la *peléade*. La anciana lo supo todo desde el principio. Entonces, otra mujer vino a su cabeza: la mujer de negro. Ella sabría cómo resolverlo. Cuanto antes se deshiciera de esa criatura, mejor. Nadie sabría nunca que había estado embarazada. Nadie sabría que había cometido sacrilegio. Nadie la relacionaría con ese estúpido moloso. Volvería a Tebas, se casaría y no volvería a saber nada de ese reino lejano.

—¿Por qué estás desnuda, Hécuba? —preguntó Métope interrumpiendo su molesta cháchara.

La joven volvió a la realidad y miró a sus compañeras, que estaban extrañadas.

—Tenía calor —respondió sin querer dar más explicaciones. Se levantó de la cama y buscó un vestido limpio en el arcón de su equipaje ignorando las palabras de confusión de Métope que insistía en el frío que había hecho la noche anterior en la que no había cesado la lluvia. Calíope la miraba en silencio. Hécuba levantó la vista y sus ojos se cruzaron. La más veterana se acercó a la tebana mientras se vestía:

—¿Te forzó? —le susurró al oído.

—Sí —contestó Hécuba con los ojos llenos de lágrimas. Su mente se paró bruscamente. No se permitió volver al momento en que él la tumbó en el suelo y entró en ella. No quiso recordar el dolor y la vergüenza que sintió. Bloqueó en su cabeza la sensación de sus pechos mordidos, el dolor de los brazos fuertemente agarrados, la angustia de no poder respirar porque un hombre enorme estaba encima, la triste sensación de notar la sangre corriendo por sus muslos doloridos por la presión. Cuando se puso el vestido, no quiso mirar los hematomas y arañazos que cubrían todo su cuerpo. Para ella, todo eso no había ocurrido. No podía permitirse aceptarlo.

—¿Puedo ayudarte? —preguntó Calíope. Hécuba se quedó sorprendida. Una ola de agradecimiento la invadió.

—Tengo que buscar a la mujer de negro del mercado, ella tendrá la solución. No puedo tener a ese niño. Solo quiero volver a casa y seguir con mi vida —susurró Hécuba cada vez más segura de la decisión.

—No puedes hacerlo, querida —musitó Calíope llena de cariño—. Zeus no lo va a consentir. Llevas a un rey poderoso en tu interior.

—¡Pero es hijo de un sacrilegio!

—Zeus así lo ha querido. No puedes oponerte a su voluntad.

—Quiero irme a casa —lloraba Hécuba, impotente.

—Cásate lo antes posible. Si la criatura nace pronto, nadie sabrá que lo concebiste aquí.

—La boda está prevista para dentro de cinco meses, será demasiado tarde —insistió Hécuba—. Si se descubre que no fui virgen a la entrega del caldero, me matarán. No es solo el niño el que va a morir, yo también. ¿Qué harías tú, Calíope? ¿Cómo puedo salvarme sin sacrificar a esta criatura? ¿Tan especial va a ser que yo tengo que dejar de ser quién soy para que él pueda brillar?

Abrazada a su pequeña, la tebana recordaba los escasos días que pasó en Dodona y que, sin embargo, cambiaron su vida para siempre. Con el bebé en brazos, todo el dolor y miedo que sintió allí se fueron apagando. Los ojos verdes de la pequeña la tenían hechizada. Le parecía el bebé más bonito del mundo. Acariciar su piel, oler su dulce perfume, escuchar su calmada respiración y notar su boca succionando sus pezones le parecía tan maravilloso que pensaba que Zeus la había elegido. Aunque no fuera un niño, ella se sentía especial. Su hija iba a ser un ser tan único que nunca nadie olvidaría su nombre. Iba a ser la madre de un conquistador. Iba a ser una mujer tan sublime que los libros hablarían de ella. Hécuba era tan feliz con su niña que apenas dejaba que una única preocupación perturbase su paz de vez en cuando: la maldición incluía a los descendientes de Neoptólemo. Tenía que buscar la forma de anularla y proteger a su pequeña.

Neoptólemo entró en su cuarto. Ella le seguía odiando, pero era el padre de la niña y tenía derechos sobre ella. Tras el príncipe, entró Deidamía. Llevaba el pelo recogido en un apretado moño bajo que cubría con un velo de un horrible color tostado. Era la primera vez que la esposa del rey se acercaba a la niña.

—Me la tengo que llevar.

Hécuba apretó a la niña contra su pecho. La pequeña se revolvió, inquieta.

—Será un momento. Vamos a presentarla como miembro de la familia —intervino Neoptólemo. Hécuba pasó a la niña a los brazos de Deidamía, que la recogió con gesto de asco y orgullo herido. La tebana la miró con miedo, temió que la dejara caer o la asfixiara.

La bebé empezó a llorar en los brazos extraños de la molosa. El matrimonio salió al patio y desde allí se celebró la ceremonia. Hécuba, expectante, pudo escuchar el grito del padre:

—¡Aquí está Políxena, hija de Neoptólemo, de la familia de los Eácidas!

La joven escuchó atónita el nombre de su criatura. Supo que lo había elegido Deidamía, pues solo una mente retorcida como la suya podría haber elegido llamar a la niña como la hija asesinada de la infeliz Hécuba.

—Políxena —susurró la tebana—. Políxena.

12

La carrera

Olimpia (Élide) y Pella (Macedonia), 356 a. C.

La multitud rodea el hipódromo de Olimpia con expectación y un bullicio que no cesará hasta que la carrera hípica comience. En ese momento, los animales se cruzarán ante la vista de cientos de curiosos espectadores llegados de todo el Hélade. Delante de los caballos, caerá un delfín de oro mientras un águila del mismo material ascenderá justo detrás de los seis corceles que compiten en el tercer día de la centésimo sexta Olimpiada.

A Filipo no le molesta el ruido que la multitud produce, no le afectan las burlas de los que le llaman bárbaro, apenas escucha las voces de los vendedores ambulantes ni le incumbe lo que los otros jinetes hablan con sus entrenadores. Él, rey de Macedonia, tenía la opción de participar en los Juegos como dueño de una docena de caballos perfectamente preparados para ganar. Pero no quiere recibir un galardón por algo que no haya realizado personalmente. Igual que el campo de batalla, en el santuario de Olimpia quiere competir, luchar como uno más, ganar con su propio sudor, con su propio esfuerzo, manejando su propio caballo. No le faltaba razón a su padre cuando le puso por nombre Filipo.[14]

14.- Literalmente, el que ama los caballos.

Muy lejos de allí, en Pella, su esposa Myrtale se siente enfadada y molesta por el bullicio que se ha apoderado del gineceo. Carreras incesantes, murmullos, carcajadas, oraciones y mil consejos no pedidos se escuchan a su alrededor provocándole más dolor del que ya siente. Hastiada, cuando el sufrimiento se lo permite, grita a todas que se marchen y la dejen sola con Hermíone y la partera. Eurídice y Nicesípolis esperan en la antecámara preocupadas por su amiga. Ambas temen, aunque ninguna lo ha dicho en voz alta, que el pequeño tamaño de la molosa no favorezca el parto y pueda provocar la muerte de madre e hijo.

El nacimiento se ha demorado más de lo deseado, hace más de una semana que debería haberse producido. Myrtale, con los tobillos muy hinchados y unas marcadas ojeras moradas, intenta pasear por el patio buscando el alivio de sus molestias constantes, sobre todo, de las punzadas en los riñones y en la pelvis. Nota a la criatura encajada, apenas se mueve y ello le produce gran angustia. Prefería cuando las patadas del bebé la despertaban por la noche o le cortaban la respiración durante unos momentos. Eso la hacía sonreír, le daba la seguridad de que sería un varón tan fuerte y descontrolado como su padre.

Filipo, el macedonio, había logrado con gran esfuerzo convencer a los jueces olímpicos para participar en unos juegos vetados a los no griegos. Los que más impedimentos habían planteado eran los atenienses. ¡Siempre los atenienses!

Desnudo sobre su caballo, Filipo sabía que, incluso aunque entrara el último en la meta, ya había obtenido una victoria al poder participar de pleno derecho. Un triunfo obtenido sin batallar, sin armas, utilizando la mejor herramienta que tenía: su capacidad de negociar. Sus habilidades diplomáticas cada vez eran más conocidas y reconocidas en todo el mundo heleno. El rey macedonio tenía el don de la palabra. Su equipo de espías hacía el resto. Pocos jueces se pudieron resistir a su defensa, en perfecto griego, del origen heráclida de la dinastía Argéada. Los que lo hicieron no dudaron ante una bolsa llena de dracmas acuñados con el oro conseguido tras el control de las minas de Anfípolis. Solo dos seguían dudando, pero cambiaron de opinión cuando Filipo les recordó, en privado, algunos turbios secretos que ambos preferían que siguieran siéndolo.

En su laboratorio, Nicesípolis se centraba en buscar un remedio para el retardo en el parto de su amiga Myrtale. Junto a Hermíone, ambas preparaban incansables una cataplasma. «La aristoloquia es la mejor ayuda para los partos», les aconsejó el viejo egipcio una mañana en la que ambas visitaron la ciudad, preocupadas por el mal aspecto de Myrtale.

Cuando las dos mujeres olieron la planta, el olor nauseabundo que desprendía les hizo torcer el gesto, pero la salud de su amiga estaba por encima de precios y malos olores y decidieron comprarla. Costó mucho convencer a Myrtale de que se dejara poner la hedionda mezcla en sus partes pudendas, pero el temor a que el bebé muriera sin haber nacido acabó rompiendo su resistencia.

—Siempre es mejor recurrir a fórmulas comprobadas que a las prácticas de las mujeres espartanas para adelantar el parto —explicaba Nicesípolis—. Dicen que, cuando a una espartana se le retrasa el alumbramiento, el resto de las mujeres van a su casa a hablar mal de ella. Aprovechan el momento para decirle todas las cosas que odian de ella, sus defectos, todo lo que piensan que hace mal. ¡Hasta las quejas del marido con su comportamiento en el lecho! La mujer, disgustadísima, acaba rompiendo aguas y nace la criatura. Sus amigas se sienten contentas porque la han puesto a parir y los hombres porque consideran que un varón que nace en un ambiente tan hostil será un buen soldado.

Myrtale, tumbada en la cama y respirando con dificultad, respondió con una risa débil a las prácticas espartanas y acabó cediendo al uso de la cataplasma e incluso a que Hermíone le pusiera alrededor del cuello un amuleto preparado con hojas de altramuz apestoso, también aconsejado por el egipcio.

—¿Y no hay remedios que huelan mejor para adelantar el parto? —bromeó la embarazada—. La criatura va a salir corriendo cuando me huela.

Cuatro caballos han doblado ya el primer hito de la pista del hipódromo. Filipo sigue su carrera sin preocuparse, de momento. Sabe que aún quedan cinco vueltas y media y es importante dosificar las fuerzas. Se siente seguro, el resto de los jinetes no corren, como él, sobre su propio caballo. Aunque venzan, su nombre no aparecerá en el palmarés de los juegos, sino el de los dueños de las monturas. Esos patronos le parecen unos cobardes sin honor. Por eso los griegos perdieron ante los persas, porque la aristocracia ha perdido la batalla ante la comodidad y el lujo. Él no es solo un rey. Es, ante todo, un soldado, un general capaz de dominar a hombres y bestias con un objetivo común: el engrandecimiento de Macedonia y del mundo griego.

El caballo reconoce su autoridad y le obedece ciegamente y así, poco a poco, le va conduciendo hacia la línea interior de la pista, la más próxima a la espina del hipódromo, la de menor recorrido, pero también la más peligrosa.

El resto de los jinetes buscan la misma línea, se cruzan con maestría, pero arriesgando mucho la vida. En la cuarta vuelta, dos experimentados jinetes van a la cabeza, el tebano y el ateniense. Detrás de ellos, un prudente focidio, el último campeón de los juegos, les observa y mantiene la distancia. Filipo va más rezagado, reduciendo lentamente la separación, pero sin acercarse demasiado, aún. Teme lo que va a ocurrir.

—¡Vamos, Políxena, mi niña! —alienta Hermíone con dulzura—. Ya queda muy poco.

Myrtale está agotada, lleva tantas horas de parto que encuentra que las fuerzas le fallan. Escucha a Hermíone y a la partera como si estuvieran muy lejos de ella, un sonido agudo se ha metido en su cabeza y le impide reconocer claramente la voz de su sirvienta. Las figuras se han vuelto borrosas, las ve envueltas en una niebla densa que la rodea y le produce un frío intenso.

Es la niebla de Pasarón, piensa somnolienta y confundida. Imágenes difusas se le aparecen. Ve a las criadas corriendo por los pasillos del viejo palacio moloso. En la distancia, su padre tiene la cabeza entre las manos. Escucha los gritos de su hermana Troa llamando a una madre que no podía ya responder. Sonriendo en la distancia, Deidamía la mira tan rubia y perfecta como siempre.

—Madre —musita—. Madre.

Hermíone se estremece de puro pánico. Myrtale está dejando de luchar.

—Políxena, mi niña, tienes que seguir empujando. Ya queda muy poco.

—Madre —susurra la joven.

Un sudor frío cubre el cuerpo menudo, hinchado y agotado. La cara aparece congestionada. El rubor comienza a desaparecer, se está volviendo blanca. La mirada verde se pierde en el infinito. No le quedan fuerzas ni para tener miedo.

Asustado, el caballo de Filipo trata de retroceder cuando los animales que van a la cabeza chocan y el joven jinete tebano sale despedido cayendo en la pista. El muchacho rueda rápidamente sobre su cuerpo para salir del camino del caballo que les sigue. Solo lo consigue parcialmente. Filipo llega a escuchar el crujido de la tibia partiéndose, pero va tan rápido que no le da tiempo a escuchar el grito del joven que se arrastra sufriendo hasta el borde del hipódromo, donde un enfurecido dueño sale a su encuentro insultando.

«Un rival menos», piensa Filipo recalculando las posibilidades y atento a que la bestia sin jinete no se le cruce en el camino. Afortunadamente, se ha salido del circuito.

Delante del macedonio quedan aún dos rivales, aunque solo le preocupa el focidio que, aprovechando el momento de confusión tras el choque, se ha puesto a la altura del ateniense y no tardará en sobrepasarlo. Filipo inclina su cuerpo hacia delante. Su animal, que forma una unidad con el jinete, acelera su trote y se acerca a los cuartos traseros del ateniense cuando ambos están muy próximos al hito del oeste. El rey macedonio, hábil con las riendas, impide que el ateniense pueda acercarse a la espina y logra introducir su montura por la zona más interna, girando justo pegado al mojón. Cuando ambos enfilan la quinta vuelta, Filipo ya se encuentra en segunda posición. La euforia dura solo un breve momento. El focidio está muy adelantado.

—¡Empuje, señora, empuje con todas sus fuerzas! Ya se ve la cabeza de la criatura, solo un esfuerzo más —chilla la partera preocupada al notar la debilidad de la joven. Mira a Hermíone en silencio e, inconscientemente, se muerde el labio inferior y mueve la cabeza. La criada siente el frío escalofrío del pánico recorriendo su cuerpo. Cada vez piensan que hay menos posibilidades de salvar a Myrtale. El tiempo se agota.

Hermíone chilla pidiendo a Nicesípolis y Eurídice que entren. Necesitan ayuda. Con los ojos llenos de lágrimas implora a la diosa Hera, la encargada de los partos, que ayude a su niña. Aunque su oración silenciosa va dirigida a Deméter: «Tú que conoces el dolor de perder a una hija, no dejes que muera mi Políxena».

Filipo prefiere que su cabeza acabe aplastada bajo los cascos del caballo que ser el segundo en la competición, pero el maldito focidio casi está llegando al hito del este y él acaba de empezar la sexta vuelta. Eso significa que le lleva casi media vuelta de ventaja. Demasiado para un jinete experimentado. No deja que el miedo le paralice, él también es un experto y ha estado en batallas reales con ese mismo animal. Su caballo está curtido en la lucha y obedece ciegamente a su jinete. Filipo inclina su cuerpo completamente hasta pegarse al cuello del animal, al que sujeta por las riendas y por las crines. Están tan unidos que parecen un solo ser. Un centauro ávido de lucha, de poder, dominado por el afán de vencer, impulsado por la lujuria del triunfo. El deseo ardiente se traslada a las patas del rocín, que corre tanto y tan deprisa que hace levantarse a los espectadores de las gradas sorprendidos por el vuelco que podría tomar la carrera que parecía sentenciada hace solo unos instantes.

No hay tiempo que perder, Myrtale está a punto de dejarse marchar, de abandonar la lucha. La partera grita a las mujeres que la mantengan despierta:

—No dejen que se duerma, señoras. Denle con agua fría, golpeen su cara, hablen con ella —les ordena mientras ella deja su puesto en la parte inferior del cuerpo y se dirige rápidamente a la zona bajo el pecho—. Hermíone, avísame en cuanto la cabeza empiece a salir.

Con pulso experto espera la siguiente contracción del útero de la esposa real y, aprovechando el movimiento del cuerpo, empuja con todas sus fuerzas el vientre de la mujer lanzando al bebé hacia el canal del parto, hacia las manos de Hermíone, que chilla emocionada cuando ve la cabeza saliendo de entre los muslos de su Políxena.

La cabeza del caballo de Filipo consigue doblar el último hito casi oliendo los cuartos traseros del caballo focidio. Así, muy próximos, encaran los dos últimos estadios, la última recta. Filipo se sitúa en la parte exterior de la pista obligando a su competidor a acercarse peligrosamente a la espina que separa los dos brazos de la arena. El adversario gira la cabeza para ver la situación del enemigo y ve a Filipo sonriendo, concentrado, mirando fijamente a la meta.

El público chilla emocionado, ni siquiera en las carreras de carros han disfrutado tanto. El caballo macedonio es una máquina de guerra y su determinación está por encima de dudas y miedos, no parará hasta entrar en la meta, no hay nada que pueda detenerlo. El jinete focidio ha estado meses entrenando a su caballo para una maniobra desesperada. Ambos saben lo que tienen que hacer. Ha llegado el momento.

—¡Ya está aquí! —grita Hermíone—. Políxena, el bebé está saliendo. Empuja una última vez, ya lo tengo en mis manos.

El grito llega al cerebro de la joven entre la niebla y se le escapa una sonrisa, agotada y un poco triste. Otra contracción estremece su pequeño cuerpo dolorido. Myrtale levanta su cabeza y con un grito desgarrador aprieta con las pocas fuerzas que le quedan para lanzar a su bebé al mundo. La partera ayuda, una vez más, y Hermíone recoge en sus manos a una criatura que, para su consternación, está completamente morada y casi moribunda.

Cuando solo queda un estadio para la meta, el jinete ateniense se lanza del caballo. Al aligerarlo de peso, el animal puede correr más raudo. Las reglas dejan claro que el que tiene que entrar en la meta es el caballo. Ganará, aunque lo haga sin jinete.

Filipo maldice a su rival entre dientes. Sabe que la maniobra está destinada también a desviar su atención, pero no lo va a permitir. Sabe mantenerse concentrado, una pequeña distracción en la guerra podría suponer la muerte y, hasta el momento, sigue vivo y nunca ha perdido una batalla. Aferrado al cuello de su propia montura, lo empuja con su cuerpo para ayudarle a avanzar, para dejarle claro que sigue confiando en él y en sus patas expertas.

La inteligente jugada del focidio ha salido casi perfecta. Casi. Más de cien veces ha ensayado el salto desde el caballo y ha aprendido a caer de pie con naturalidad. Entrenó al caballo para seguir corriendo sin él, sin mirar hacia atrás. Pero no contaba con estar tan cerca a la espina y, al lanzarse, aunque cae de pie, se golpea con una de las esculturas que adornan al murete de mampostería que separa las dos pistas. El tridente de Poseidón se le clava en una costilla y le produce un dolor tan agudo que le hace lanzar un alarido que rápidamente ahoga cubriéndose la boca con las manos.

La partera recoge al bebé exhausto y, con cuidadosa diligencia, le introduce el dedo índice en la boca para sacar el líquido amniótico que pudiera estar obstruyendo las vías respiratorias. Luego, lo coloca bocabajo y da dos golpes firmes en la espalda para acabar de limpiar los pulmones que, por fin, se llenan de aire para lanzar un grito de vida.

—¡Es un varón! —proclama Eurídice sonriente mientras acerca la carita a la pálida faz de Myrtale, que lo recibe con un débil beso y una caricia lánguida—. Filipo tiene ahora un heredero, seguro que estará dichoso cuando reciba la noticia.

Al escuchar el grito, el caballo focidio gira la cabeza buscando a su guía. Es el momento que aprovecha el experimentado macedonio para adelantarle. La seguridad del triunfo aviva las ganas del tándem. El caballo corre como jamás lo había hecho y entra en la meta el primero acompañado por los vítores y aplausos de cientos de espectadores emocionados que se han puesto de pie para recibir al vencedor.

Cuando atraviesa la meta, la felicidad y el orgullo que siente son enormes. Escucha su corazón, el pecho que va tan deprisa como el caballo hace tan solo unos instantes. Solo otra persona consigue poner así su corazón: Myrtale. ¡Le habría gustado tanto que ella estuviera en esas gradas! Sonrojada de emoción, aplaudiendo con sus delicadas manos, sonriendo con los ojos verdes llenos de amor. Aunque él no lo diga tantas veces como ella, lo cierto es que la echa mucho de menos. Emocionado, su pensamiento se dirige hacia Pella y se pregunta si ya habrá nacido el niño, porque él no duda que va a ser un varón. Esta certeza lo hace sentirse aún más campeón y, aunque tendrá que repetirlo dos días más tarde cuando le entreguen su corona de olivo, Filipo no espera más y lanza un rugido de triunfo:

—*¡Nike!*[15]

15.- ¡Victoria!

13

AMPHIDROMIA

Pella (Macedonia), 356 a. C.

Myrtale pasea a un lado y otro por su dormitorio mientras observa atenta la cuna donde duerme su bebé. Le gusta mirarlo mientras duerme, observar su pequeño pecho subiendo y bajando con regularidad mientras los carnosos labios, de vez en cuando, simulan seguir mamando. A pesar de su diminuto tamaño, es un niño muy tragón. «Y exigente», piensa la joven acariciando suavemente la mejilla del pequeño. Su llanto se escucha en todo el gineceo cuando tiene hambre.

La madre ha aprovechado el sueño de la criatura para tratar de arreglar su cansado cuerpo. Se mira con preocupación en el espejo de su dormitorio buscando una imagen que ya no va a volver. Se estremece pensando que Filipo la rechazará cuando vea su vientre caído y sus pechos hinchados llenos de azuladas venas. Incluso el hermoso pelo de antaño ha perdido brillo y los rizos se niegan a formar los bucles y tirabuzones en los que Filipo solía enroscar sus dedos cuando estaban en la cama.

Cuando se mira, siente ganas de llorar. Lo cierto es que siente ganas de llorar casi todo el tiempo que no está alimentando o tratando de dormir al pequeño. Nicesípolis y Hermíone le dicen que es normal y le preparan infusiones y caldos reconstituyentes para que recupere la fuerza y el color que se le fueron en el parto. Eurídice le aconseja que deje al bebé al cuidado de una nodriza:

—No es normal que una dama real amamante a sus hijos. Bastante tenemos con la chalada de Filina y su mocoso irritante. No hace ni un mes que parió Lanice, la mujer de Andrónico. Lo he hablado con ella y está dispuesta a criar al niño a la vez que alimenta a su hijo. Es una mujer noble, casada con un importante general, no pienses que al hijo del rey lo va a alimentar cualquier esclava.

Myrtale recuerda ahora las palabras dichas por su suegra una semana antes y contiene las lágrimas con mucho esfuerzo, no quiere estropear el maquillaje que disimula sus ojeras. Aunque le duelen los pechos cuando el niño los agarra con fuerza, se siente tan unida a él que le desgarra por dentro pensar en otra mujer ocupando su lugar. Pero tiene que hacerlo. Sabe que es más difícil quedarse nuevamente embarazada cuando se amamanta a un bebé. Filipo pasa mucho tiempo fuera, no puede perder la oportunidad de concebir de nuevo, aunque siente escalofríos de pensar en volver a parir.

Aparta estos pensamientos cuando escucha un gran alboroto en el patio. Sin ocultar su impaciencia, sale corriendo a la puerta, pero el vestido se le engancha en la cuna del niño y oye, con desesperación, cómo la bella seda de color azafrán se desgarra a la altura del muslo dejando toda la pierna izquierda al descubierto. Suelta una maldición, pero rápidamente busca entre sus ropas una capa para tapar el desaguisado. Todas le parecen poco dignas para recibir a un ganador de los juegos olímpicos, pero las voces cada vez están más cerca y teme que Filipo la encuentre desaliñada. Finalmente se decide por un velo largo muy especial, el azul grisáceo que llevaba el día de su boda y que tanto le recuerda al color de los ojos de su esposo y, ahora, además, los de su hijo. Cuando está sujetando los pliegues del velo con una fíbula de oro que representa un caballo, la puerta se abre.

Y ahí está él, más bello que nunca, con su corona de olivo recogiendo los rojos cabellos y con una sonrisa de triunfador que hace que el corazón de la esposa se acelere. Sin pensarlo, sale corriendo y se lanza a los brazos del marido, que la recibe a carcajadas mientras la levanta sin esfuerzo alguno del suelo para besarla con toda la pasión acumulada en los tres meses que no se han visto.

El beso se ve interrumpido por el ligero carraspeo de Eurídice que recuerda a los esposos que la familia y numerosos testigos esperan en el patio la presentación del hijo del rey. Myrtale, sonrojada, se dirige a la cuna del bebé y lo coge en brazos. El niño se queja con un pequeño gemido mientras abre los ojos despacio sin entender por qué perturban su escaso sueño. El gemido se convierte en llanto cuando lo sacan al patio, lleno de mujeres y hombres, que están situados formando un gran círculo alrededor de una enorme hoguera crepitante.

Myrtale calma al niño antes de entregarlo a Filipo, quien lo coge con el temor a dañarle propio de los hombres inexpertos en el cuidado de un bebé. Lo sujeta con firmeza por la cabeza y las nalgas mientras empieza a girar alrededor de la hoguera. El niño, contra todo pronóstico, no emite ningún sonido y, en un silencio desacostumbrado en él, se deja llevar por las cinco vueltas de rigor hasta que el padre se detiene frente al altar de los dioses del hogar. Allí levanta al pequeño sobre su cabeza y proclama su legitimidad:

—¡Aquí está Alejandro, hijo de Filipo, de la familia de los Argéadas!

Todos los presentes prorrumpen en un aplauso y un grito de júbilo mientras repiten el nombre del recién nacido: ¡Alejandro! ¡Alejandro!

Myrtale llora en silencio, emocionada, mientras recibe al niño de nuevo en sus brazos. Su hijo ya tiene nombre y es un miembro reconocido de la realeza macedonia. La celebración de la *Amphidromia* debía haberse llevado a cabo a los cinco días del nacimiento del bebé, pero la ausencia del padre retrasó la ceremonia. En ese tiempo, multitud de pensamientos negativos se sucedían en su mente contribuyendo a acelerar su desánimo. ¿Y si Filipo no llegaba? ¿Y si no lo reconocía como hijo legítimo? ¿Y si el bebé moría antes? De pie, junto a su enorme marido y con el niño en brazos, más relajado que nunca, todos estos pensamientos le parecían ahora una estupidez. El beso de Filipo le había demostrado que seguía amándola.

Myrtale soporta a duras penas la impaciencia durante todo el día, esperando el momento en que ambos puedan quedarse a solas tras un interminable banquete para celebrar la victoria de Filipo y el nacimiento del nuevo varón.

Ya es muy de noche cuando el soldado de guardia llama a su puerta para anunciar la visita del rey. Un muchacho de casi la misma edad que ella despeja el camino para dejar pasar a un Filipo tambaleante, con el blanco chitón manchado y la sonrisa bobalicona de los beodos y de los necios. La desilusión cubre la cara de la joven molosa, que se había dispuesto especialmente para recibirle.

Tras dormir al niño, pide a Hermíone que le prepare un baño con lavanda y romero y, después, deja que le unte el pelo con dulces aceites para darle el brillo y la suavidad que a él tanto le gustan. Se imagina cubriendo con la melena el cuerpo musculado del hombre y acariciando con las manos olorosas el miembro que tanto había echado de menos.

Aun así, se acerca a recibirle y lo besa nerviosa tratando de disimular el asco que el olor a vino le provoca. Filipo, torpe y lento en sus movimientos, pero mucho más alto y grande que ella, aprovecha su corpulencia para sujetarla con fuerza e introducir la lengua en la boca de la muchacha. Myrtale es incapaz de reprimir las arcadas y las lágrimas. A pesar de ello, piensa con rapidez cómo reconducir la situación y decide atraerlo hacia la cama procurando que no se caiga sobre ella, especialmente cuando el gigante tropieza con el visillo dorado que cuelga del dosel de la cama. Mientras que ella se siente intimidada y angustiada por la torpeza del hombre, a él le resulta divertido y suelta una gran carcajada que despierta a la criatura, dormido en una cuna próxima al lecho conyugal.

Con un beso y un susurro pide a Filipo que la espere mientras ella calma al pequeño que, afortunadamente, no tarda en volver a quedarse tan dormido como su padre. Filipo ronca estrepitosamente atravesado sobre la cama con las piernas colgadas de un lateral, el brazo derecho sobre su vientre y el izquierdo extendido, abrazando al aire. El cuerpo abarca prácticamente todo el espacio disponible y Myrtale lo mira, furiosa, pues siente que no solo no va a quedar satisfecha, ni siquiera va a poder reposar en su propio lecho.

Resopla con fuerza, maldice en susurros por todos los dioses y, completamente decepcionada, se recoge los cabellos en una larga cola y se dispone a quitarle el calzado y la ropa para poder colocarlo en una posición que le permita meterse en la cama junto a él. Primero le quita las sandalias, pero los pies se niegan a ser subidos. La joven lo intenta hasta en cuatro ocasiones, pero es incapaz sin que él colabore. Está tan dormido que no se despertaría ni aunque pasase a su lado el ejército completo del odiado rey persa. La impaciencia y la desazón de la mujer van en aumento. Las lágrimas se deslizan por su maquillado rostro mientras su cabeza busca una solución. Ahoga un grito contra la almohada y decide buscar ayuda reconociendo que ella sola no va a poder quitar al gigante que ha ocupado su cama igual que ocupa puertos y ciudades. En esos momentos, Filipo ya no le parece el hombre encantador que conoció en Samotracia. Le duele tanto el pensamiento que se dobla sobre su cuerpo y se deja caer al suelo. Con la espalda apoyada sobre la cama, llora su frustración.

Cuando la pena se ha convertido en rabia, decide que ya ha soltado demasiadas lágrimas. Filipo sigue roncando y no se ha movido ni un dáctilo. Ella no tiene intenciones de pasar la noche en el suelo, junto a la cama. La ira le da energía para levantarse y dirigirse a la puerta.

El joven soldado monta guardia en silencio, ajeno al pequeño drama que se está viviendo en el interior del dormitorio. Myrtale abre despacio la puerta tratando de evitar que nadie en el palacio la escuche pedir ayuda. Sabe que todo el gineceo está pendiente y celoso de ella en esos momentos y le horroriza pensar que pudieran descubrir en qué condiciones se encuentra el gran Filipo de Macedonia. El soldado es el único que escucha el movimiento y se gira para mirar la salida de su general. En su lugar, es una despeinada y demacrada mujer la que le hace señas para que pase. Tiene órdenes de no abandonar la puerta, pero la cara de emergencia de la esposa real lo alarma y decide seguirla al interior de la habitación:

—Por favor, no digas nada. Necesito que me ayudes con mi esposo —susurra nerviosa—. No es nada grave, pero se ha quedado dormido y no puedo moverlo.

Suena tan patético que Myrtale no puede más que esbozar una sonrisa y encoger los hombros buscando el apoyo del soldado, que la mira entre asombrado y divertido. Intimidado por encontrarse en el dormitorio de la esposa del rey, se dirige rápido hacia la cama y se asegura que su jefe está vivo y no le ocurre nada grave. Los ronquidos no dejan lugar a dudas sobre su estado vital y no se aprecia ninguna herida.

—Ayúdame a subirlo a la cama —ordena Myrtale fingiendo una dignidad que está muy lejos de sentir.

El muchacho, alto y fuerte, no tiene problemas en coger las piernas del rey, subirlas al lecho y colocarlo en una posición más decorosa y cómoda para dormir. Filipo se despierta ligeramente cuando le mueven, murmulla algo que suena similar al nombre de su esposa y trata de acariciar el torso del soldado, sin duda buscando un pecho femenino. Pero el joven es más rápido y consigue zafarse de la carantoña, aunque se pone colorado y evita la mirada de la reina, que se tapa la boca para no reírse.

—¿Necesitáis algo más, señora? —farfulla deseando poder salir de la habitación y zafarse de la embarazosa situación.

—¿Podrías decirme tu nombre, soldado? —pregunta ella entre la risa y el llanto.

—Pausanias, señora, Pausanias de Oréstide.

—¡Oréstide! Ya me parecía que tu acento no era macedonio. Eres del Épiro, como yo —dice con dulzura Myrtale, que no sabe por qué sigue hablando con un simple soldado, pero que tiene tanto miedo a quedarse sola con el rey borracho que prolonga innecesariamente la estancia del joven en sus aposentos—. Pausanias de Oréstide, no es necesario que te diga que no debes contarle a nadie lo que ha sucedido esta noche.

El muchacho niega con la cabeza, mirando al suelo, a los pequeños pies descalzos de la reina, evitando esos ojos verdes que le fascinan y aterrorizan. Duda entre dirigirse a la puerta, que es el lugar donde debería estar, o esperar nuevas órdenes de la mujer.

—¿Necesitáis algo más, señora? Debo volver a mi guardia, si mi superior no me encuentra, podría tener problemas —susurra nervioso.

—Por supuesto, Pausanias. —¡Su nombre suena tan diferente cuando ella lo pronuncia!—. Perdona por haberte entretenido. Me quedo mucho más tranquila sabiendo que esta noche vigilas mi puerta. Muchas gracias por todo.

El joven se dirige a la puerta rápidamente, sin volver la vista atrás, sin querer mirar a la reina que queda sola con sus dos varones dormidos. Todo el cansancio del día se apodera de ella, de golpe. Se tumba en la cama junto al inconsciente esposo. El llanto le llega como terremoto que ha ido dejando pistas que nadie ha querido escuchar. Toda la soledad, la humillación, el dolor físico, la impotencia y la infelicidad se apoderan de su menudo cuerpo y llora mientras golpea, sin demasiada fuerza, el hombro insensible del hombretón.

Poco le dura el alivio, Alejandro se despierta, como él suele, imponiendo su hambre y sus deseos de ser abrazado. Resignada, Myrtale vuelve a bajar de la cama, coge al niño de la cuna y, con él en brazos, se vuelve a la cama, donde se saca un pecho, que esta noche iba a tener otro destino, para amamantar al regordete rubio que se aferra con fuerza vaciándola.

14

La favorita

Pella (Macedonia), 356 a. C.

Myrtale despierta de su duermevela cuando el enorme brazo de Filipo la envuelve en un torpe apretón que ella recibe aún enfadada. Sin querer disimular sus sentimientos, retira la mano de su esposo que ya estaba hurgando bajo su ropa, buscando un calor que se enfrió hace horas. Se gira para mirarle con un discurso preparado durante horas de vigilia mientras él roncaba a su lado. Quiere decirle lo cansada que se siente y la decepción que la invade. Se incorpora un poco para poder mirarle desde arriba, así no parece tan pequeña a su lado, así simula que tiene el control.

Él la mira desde abajo, con sus grandes ojos azules y su sonrisa de triunfador. No acaba de comprender por qué las pupilas verdes están contraídas como las de una gata a punto de lanzarse a la cara de su presa. No dice nada, sabe que es mejor dejar que ella hable, que muestre su juego, que saque sus debilidades. Así sabrá cómo contraatacar.

—Llevo semanas esperando. Estuve a punto de morir y la primera noche que podemos compartir me la paso escuchando tus ronquidos de borracho —escupe finalmente, hablando al aire, sin querer mirarlo a los ojos.

Él sigue en silencio. Necesita saber más. Aunque Myrtale no lo sepa, al atacar solo se desgasta ella. El silencio de él le resulta tan incómodo como insultante. Continúa descargando su ira:

—¡Toda Macedonia habla del rey victorioso! ¡Del campeón de los Juegos Olímpicos! ¡De la elegancia con la que ganaste a ese jinete tramposo y engreído! —el tono se va elevando a medida que su indignación crece. Quiere que le conteste, que le diga algo, que pida disculpas—. ¡Me habría gustado que anoche te hubieran visto tus enemigos! Tirado sobre la cama, con la ropa manchada de vino, babeando incoherencias.

Más silencio. Una sonrisa aparece en la cara de él. Queda poco para que ella explote, suelte lo que duele:

—¿Dónde estaba anoche tu hombría? ¡Semanas esperando compartir el lecho contigo y apareces con ese colgajo! —dice mientras señala despectivamente el miembro de él, que empieza a ponerse erecto al escuchar el deseo insatisfecho de su esposa. ¡Por Zeus! ¡Ya ha descubierto lo que a ella le ha molestado!

Tiene que actuar con cautela. Ni mostrarse demasiado sumiso, que no va con su naturaleza, ni demasiado agresivo, pues podría disminuir el deseo de ella. Dejar que la mujer piense que lleva ventaja, permitir que se sienta vencedora, que crea que ha ganado la batalla. La guerra ya es otra cosa.

—Es cierto que me excedí celebrando el nacimiento de nuestro hijo, Myrtale. ¡Estoy tan orgulloso de ti y del pequeño que has traído al mundo! Por fin siento que tengo un heredero de verdad. Porta la mejor sangre que podría tener —susurra adulador mientras estira, despacio, el brazo, y acaricia el tobillo de la madre.

Ella mueve el pie, aún enfadada, lo aleja de la mano del hombre, pero baja la mirada y tiene que contener el impulso de acariciar los rojos cabellos, de besar los labios carnosos. Él vuelve a acariciar muy suavemente la fina piel que cubre el pie de Myrtale. Esta vez, ella se deja tocar.

—Lo cierto es que prefiero celebrar contigo. Si me dejas, esta mañana la paso aquí, en tus dependencias. ¿Podrás así perdonar los excesos de un padre orgulloso? —incorpora un poco el cuerpo y ahora roza el tobillo con los labios. Myrtale se estremece, nota cómo sus pezones se hinchan, pero necesita seguir haciéndole sufrir un poco.

—¡Un padre ausente! ¡Has tardado más de tres meses en venir a conocerle! —insiste mientras deja que los besos de él se deslicen por sus piernas hasta llegar al muslo.

—Sabes que había motivos de gobierno que me lo impedían. Pero he estado informado todo el tiempo. Un correo iba y venía desde Olimpia para saber cómo transcurría el parto. Pensé que moría de miedo cuando me dijeron que estabas muy débil, que podías morir. Ni en mi peor batalla he sentido tanto pánico —le confiesa. Parece sincero. Ella acaricia sus cabellos mientras él sigue subiendo con sus besos, llegando al ombligo. Rozando con dedos expertos el pubis ansioso.

Myrtale comienza a relajarse mientras se deja tocar. Al lado de Filipo se disipa todo el recelo, la tensión y la fatiga que siente desde antes del parto. Nunca imaginó que tener un bebé pudiera dar tanto miedo. Ahora no quiere pensar en ello, solo dejarse llevar por las manos de su esposo que le baja los tirantes del camisón y comienza a pellizcar sus pezones rezumantes de leche.

—¿Estás amamantando tú a Alejandro? —se detiene de golpe, procurando que no se note en su voz el rechazo que le produce—. Mi madre me habló de una nodriza, la mujer de Andrónico, no recuerdo bien su nombre.

—Lanice —murmura la joven—. Tendré que hablar con ella. El bebé nació tan pequeño y débil que me daba miedo que no tuviera bastante leche. Lanice está amamantando a su propio hijo.

Filipo da por finalizada la conversación, aunque el malestar ya ha vuelto a instaurarse entre el matrimonio. Las caricias se han vuelto más frías y él vuelve a tapar sus senos, no quiere ni pensar en chupar la leche destinada a alimentar a su propio hijo. Aunque quiere frenarlo, nota cómo el enfado va subiendo desde su vientre. No le gusta que le desobedezcan. Myrtale intuye que algo no va bien y duplica sus caricias y besos, aunque no son recibidos como antes. Ella le besa con cariño, contendiendo las lágrimas, buscando darle un placer que le parece esquivo esta mañana.

—¿No te gusta lo que hago, Filipo? —le pregunta coqueta mientras acaricia el pene que ha vuelto a resucitar ante el roce.

No contesta. Se incorpora en la cama y se coloca sentado sobre las caderas de ella, atrapándola con sus muslos fuertes de jinete experimentado. Ella se relaja al verlo imponente sobre ella y sigue acariciando con su pequeña mano el miembro que él le ofrece. Poco a poco va deslizándose sobre el torso de ella hasta situarse a la altura de los pechos. Entonces, sin avisar, introduce el pene en la boca de ella, quien abre los ojos espantada mientras trata de aguantar las arcadas que el brusco movimiento le provoca.

Con los ojos cerrados, se deja hacer fingiendo un placer que no sabe si siente. Pero no quiere que él se marche, no puede permitir que se enfade, que la deje, que no quiera volver a estar con ella: lo necesita. «Si es lo que quiere, es lo que le daré», se autoconvence mientras se obliga a gemir, «es porque me desea, necesita experimentar nuevas cosas conmigo. Mejor que me lo haga a mí a que busque una prostituta».

Estos pensamientos no la dejan gozar y siente que su cuerpo solo es un juguete atrapado bajo un enorme hombre que, entre enfadado por la situación y excitado por los falsos gemidos, continúa con movimientos cada vez más pausados. Afortunadamente, no tarda mucho en acabar.

Consciente de su formidable peso, se aparta de ella y cae, satisfecho, a un lado. Ella se levanta corriendo de la cama y se dirige al baño. Allí vomita todo su asco y su tristeza. Al no encontrar nada mejor, se enjuaga la boca con el agua con rosas que Hermíone había dejado en una jofaina para que se lavara. Vuelve presurosa al lecho para seguir fingiendo que la diversión ha sido compartida.

Filipo no está orgulloso de lo que ha hecho, tampoco se siente culpable. Es un hombre y tiene que satisfacer sus necesidades. ¿De qué le sirve tener cinco esposas si tiene que buscar el placer en putas y jovencitos?

Myrtale vuelve a su lado y se abraza a él. Apoya la cabeza sobre el pecho del hombre, huele su masculinidad, rescata emociones del pasado y piensa en lo mucho que lo ama, en lo bien que se siente a su lado. Disfruta del momento porque sabe que él no tardará en marcharse.

Ya más relajado, Filipo acaricia los cabellos de la joven, introduce los dedos en los bucles e inspira con fuerza el olor al aceite de lavanda con el que Hermíone untó la melena. Ambos simulan no saber que el otro finge. Suspira y sonríe. Sin pensarlo, lanza una sorprendente invitación:

—¿Te gustaría conocer mis dependencias?

Ella se endereza sorprendida y la sonrisa le ilumina la cara. No necesita responder, su mirada lo ha dicho todo.

Tampoco le da tiempo, pues desde su cuna Alejandro llora con fuerza reclamando alimento, mimos y limpieza. Myrtale mira de reojo a Filipo, teme otra reacción brusca cuando el camisón se llena de leche ante la llamada del tragón. Pero el esposo ahora está contento, se acerca a la cuna y juguetea con la manita nerviosa y crispada del bebé que no atiende a juegos en este momento.

—Da de comer a este canijo, va a ser tan pequeño como la madre —dice poniendo en palabras un pensamiento que había callado hasta ese momento—. Deja que vacíe tus pechos por última vez. Aséate y vente a mi estancia, le diré al guardia de la puerta que te lleve luego.

Aunque el tono es amable, es una orden. Lo único que le importa a Myrtale es que él no ha retirado la invitación y se apresura a coger al bebé y llevárselo al pecho, donde se agarra con una fuerza inusual para el pequeño tamaño.

—Alejandro se va a comer el mundo —bromea la madre mientras ve a Filipo salir por la puerta.

Cuando Alejando se duerme, Myrtale encarga a Hermíone que se ocupe de él mientras ella está con Filipo y que se lo lleve a Lanice si llega el momento de alimentarlo. No hay otra opción si quiere seguir contando para Filipo. ¡El amor de los hombres es tan voluble!

Acuciada por el pensamiento y la necesidad de no perderle, se prepara para ir a visitarlo al ala oficial del palacio, hasta ahora inaccesible a ninguna de las esposas. Ese pensamiento le saca una sonrisa de satisfacción. Se siente reina, la consorte oficial.

La noticia vuela por el gineceo. Vestida con un ligero peplo de fino lino egipcio, blanco con ribetes púrpuras, Myrtale sale de su dormitorio bajo las miradas, ocultas en su mayoría, de todas sus rivales y amigas. Solo Nicesípolis sale a su encuentro y la abraza con todo el cariño de un alma pura y carente de envidia:

—¡Nadie podrá dudar que eres la auténtica reina! —le dice al oído mientras roza con sus labios la piel ligeramente rosada de la joven.

Myrtale se emociona ante la sencillez y nobleza de su amiga. No quiere llorar para que el maquillaje no se le estropee.

—De veras siento que no te quedaras embarazada cuando estuvimos en Aigai —susurra. Está sinceramente arrepentida de su comportamiento en la vieja capital, aunque Nicesípolis hace tiempo que parece haberlo olvidado.

Myrtale se sonroja al ver llegar al joven soldado de la noche anterior, que le indica que la acompañará a las dependencias del rey. La molosa guiña un ojo a Nicesípolis y se decide a seguir a su guía, quien marcha dos pasos por delante bastante incómodo por la desconcertante situación. En la formación que recibió en la Escuela de Pajes reales no estaba incluido el tener que escoltar a una esposa del rey al que esa misma noche tuvo que meter en la cama, completamente borracho.

Él va rápido, demasiado para ella, que no puede seguir su ritmo, embelesada como está en admirar las esculturas, los mosaicos, los frescos y las ricas telas que decoran los salones oficiales. Heracles, antepasado mítico de los Argéadas, es el protagonista de la mayoría de las decoraciones con su enorme estatura, su descomunal fuerza y «la ausencia de control y de inteligencia», piensa Myrtale. El soldado no se ha percatado de que ella se ha quedado rezagada, lo que la lleva a correr ligeramente para no perderle el rastro:

—Pausanias, por favor, no puedo ir tan deprisa —le pide ella, alegre, sin rastro de enfado en su voz.

Al escuchar su nombre, el soldado se queda paralizado y se gira para mirar a la mujer de su rey. Ella le sonríe. Él se siente dichoso. Myrtale le percibe como un aliado, alguien en quien confiar. Su instinto femenino le dice que es un hombre honesto y sabe que en ese palacio lo que más se necesita son personas que estén en su bando, pues los enemigos vienen solos y cada vez serán más numerosos. Él no contesta, pero baja el ritmo, sus pasos se ajustan al tamaño de los de ella y, disimulando la sorpresa y alegría que le ha producido que ella se acuerde de su nombre, la lleva hasta las dependencias del rey.

Cuando llegan al despacho de Filipo, Pausanias se aparta para dejar pasar a Myrtale, cuyo porte y seguridad han ido creciendo a medida que iba atravesando patios, pasillos y estancias como si el lujo y la ostentación hubieran atravesado su blanca piel para convertirla en un ser radiante y majestuoso. La fuerza y el magnetismo que emanan son tan evidentes que Filipo, cuando la ve atravesar la puerta, pide a su secretario que se marche y se levanta rápidamente de la mesa que ocupaba para ir a su encuentro, sonriendo y redescubriendo por qué se había enamorado de esa muchacha.

—Si vinieras de parte de Atenas para pedirme mil talentos[16] de pez para construir tus barcos de guerra, te los daría.

—¿Aunque supieras que luego iba a atacarte con esos mismos barcos?

—Luchar contra ti sería muy estimulante —responde él, seductor.

Myrtale se ríe y se gira para admirar el despacho donde él trabaja. Es una estancia sobria, de un militar. Una gran mesa de roble ocupa el espacio junto a la ventana y, sobre ella, pergaminos, libros, plumas y sellos. En la pared contraria, junto a la entrada, una enorme estantería repleta de más rollos.

—Un militar tiene que aprender de los mejores —comenta el hombre—. Tengo mucha correspondencia de Epaminondas y Pelópidas, mis maestros tebanos.

Filipo lleva a Myrtale hacia la sala contigua, la sala de recepción oficial, el lugar donde recibe a embajadores y donde comparte grandes charlas, estrategias y preocupaciones con sus generales más cercanos, los *hetairoi*, la élite de su ejército. La enorme sala, rodeada por columnas corintias, está presidida, en la zona norte, por un enorme, pero sencillo, trono real.

Myrtale se dirige despacio a la silla de madera oscura con el asiento labrado, cómo no, representado una escena de la vida de Heracles. Sin embargo, lo que más llama la atención

16.- Un talento equivale a unos 26 kilogramos.

a la molosa es una gigantesca maqueta que representa la Hélade, toda Grecia, desde Macedonia hasta la costa jónica, en Asia Menor. Myrtale se acerca a contemplar entusiasmada el gigantesco mapa, en el que las pequeñas y grandes ciudades están representadas por pequeños puntos rodeados de montañas, valles, ríos y los gigantescos mares: el Egeo, el Adriático. Admirada, comienza a andar alrededor del modelo y busca las ciudades que conoce: Pasarón, Dodona, Pella, Aigai. Hasta reconoce, muy pequeña, la isla de Samotracia, el lugar donde conoció a Filipo.

El rey, divertido, le deja dar vueltas, reír cuando reconoce un nombre, pronunciar otros con dificultad, tocar con sus pequeñas manos el relieve rugoso que imita el monte Olimpo, allí donde habitan los dioses. Le resulta curiosa la forma de la Calcidia y sus tres pequeños brazos adentrándose en el mar Egeo, justo al otro lado del golfo Termaico, donde se encuentra la capital de Macedonia. Tan cerca y tan lejos. Y, más allá, Anfípolis y Pidna, las ciudades que su marido ha arrebatado a la orgullosa Atenas.

A Myrtale le llaman la atención unas pequeñas figuras que representan soldados y caballos y que están concentrados en distintos puntos del mapa. Filipo le explica que son los puntos en los que hay ejércitos movilizados o está previsto que pronto haya conflictos. Cogiendo una larga vara de madera, le señala un lugar en el centro del mapa:

—Este será el próximo lugar de guerra, Delfos, el santuario y oráculo más famoso del mundo griego —le explica el general.

—¿Es por lo que ha hecho el general Filomeno? —pregunta Myrtale curiosa.

—¡Vaya! Veo que su sacrilegio ha llegado hasta el gineceo de Pella —responde gratamente sorprendido —. ¿Y qué noticias conoces, exactamente?

La mujer mira a su marido con erótica suspicacia y, mientras se muerde el labio, reflexiona sobre lo que ha contado Eurídice y lo que le han narrado sus informantes a Filina, de los que Hermíone consigue enterarse. Tras pensar unos minutos en los que él juguetea con un pequeño soldado, Myrtale responde:

—Han llegado rumores de que la Anfictionía de Delfos ha sancionado al pueblo focidio con quinientos talentos de multa por haber usado para la agricultura los campos del dios Apolo. Los focidios no están de acuerdo con la sanción, consideran que esos terrenos eran suyos antes de que el santuario se los apropiase y, ante la imposibilidad de negociar, el general Filomeno se ha apoderado del lugar sagrado y de todos los tesoros del templo. Dicen que está fundiendo las ofrendas de bronce para hacer armas y las de oro y plata para acuñar monedas con las que pagar a los mercenarios que ha contratado, pues la guerra parece inminente.

El asombro de Filipo es tan obvio que Myrtale estalla en una sonora carcajada y, con dulzura, acaricia la mano del hombre que sigue aferrado al soldadito.

—¿Qué más sabes? —acierta a decir después de un momento de vacilación.

—Los focidios piensan contar con la ayuda de Atenas y de Esparta, que también han sido sancionadas por un sacrilegio de hace algunos años. No se trata de una cuestión religiosa, aunque así lo quieran narrar. Es una cuestión de poder, quien controla la Liga controla el santuario más poderoso de Grecia y todo su tesoro. Tebas, junto con Tesalia, mantienen ahora mismo el control. Esparta quiere recuperar el poder que perdió tras la batalla de Leuctra, aún no ha perdonado a Tebas la derrota. Lo de Atenas es más un sueño de grandeza perdida que nunca volverá.

El pasmo de Filipo va en aumento. En un momento, Myrtale acaba de resumirle la situación política y militar del mundo griego.

—¿Y crees que Esparta y Atenas irán a la guerra junto a Filomeno y sus focidios? —sigue interrogando el hombre, realmente interesado en la opinión de la mujer.

—Quizá Esparta colabore, aunque dudo que mande un ejército espartano, puede que contrate mercenarios. Atenas, desde luego, no irá a esa guerra, de momento. Ya te encargas tú de tenerla ocupada en el norte, en la Calcidia. Están tan preocupados por no perder ese territorio que no van a meterse en una batalla que no les podrá reportar grandes beneficios —contesta con confianza—. Yo también tengo una pregunta, mi general.

—¿Qué quieres saber?

—¿Entrarás en esa guerra? —aunque Filipo es un excelente estratega, la guerra siempre es peligrosa y teme perderle.

Filipo responde con otra pregunta:

—¿Qué harías tú si fueras el rey de Macedonia?

Myrtale fantasea con la posibilidad. Con decisión, coge el puntal de madera que tenía Filipo en la mano y se gira hacia la maqueta antes de comenzar a señalar los puntos clave de su exposición:

—No iría a la guerra, todavía. Macedonia debe primero afianzar su poder en el norte. Los ilirios siguen siendo una amenaza, no dudarían en atacar nuestras fronteras si saben que el grueso del ejército se ha desplazado al centro de la península. Por otra parte, Anfípolis y Pidna solo son el primer paso, necesitamos más polis de la Calcídica para afianzar el poder y limitar el paso de las naves atenienses. Dicen que Potidea está a punto de caer. Con los pasos marítimos bloqueados, Atenas se debilita y es más fácil obtener un buen pacto con ellos, siguen siendo una fuerza naval importante y es bueno tener aliados así. Y luego está Tesalia, con Feras y Larisa continuamente luchando por el poder. Macedonia tiene que aprovechar esas luchas para engrandecerse. Entrar en guerras ajenas nos debilita. Llevar al ejército lejos nos pone en peligro.

Dicho todo esto, le devuelve la madera a Filipo y espera su opinión:

—Estoy completamente de acuerdo contigo. No dejas de sorprenderme, Myrtale. En un momento llegarán mis generales y tendré que explicarles lo que me acabas de contar. Has leído mi pensamiento, ahora toca luchar la batalla interna, la de convencer a personas que están interesadas en que entremos en esa guerra.

—¿Por qué iban a querer tus generales algo que, claramente, perjudica a Macedonia? —pregunta ella confundida.

—Porque, antes que macedonios, muchos son hombres de negocios que tienen sus intereses puestos en otras empresas que les reportan grandes beneficios y, además, me resta autoridad como rey. Son más leales a sus intereses que al trono macedonio. ¿Sabes lo que solía decirme mi madre?

Myrtale niega con la cabeza mientras lo mira con gran interés.

—El reino de Macedonia no se hereda, se gana sentándose en un trono de sangre.

La mujer se queda callada mirando el trono que está detrás de la gran maqueta, rodeado de lujosas sedas de color púrpura y dorado. Analiza la frase lentamente sopesando las dificultades por las que ha tenido que pasar su marido y a las que tendrá que enfrentarse su hijo si un día quiere ser el heredero. Anota mentalmente la necesidad de indagar más en quiénes son los generales leales y de quiénes puede proceder la deserción, la traición.

—Yo también necesitaría tener más apoyo aquí —lanza Myrtale. Es una idea que lleva semanas rondándole.

—¿A qué te refieres?

—Toda la información que obtengo la consigo a través de Eurídice y Filina, que tienen informadores en Macedonia y Tesalia. Pero apenas recibo información de mi tierra, de Épiro. Sé que las negociaciones para formar una Liga Epirota están avanzadas, pero desconozco qué poder otorgaría eso a mi familia y qué implicaciones podría tener para los intereses de Macedonia. Te casaste conmigo para tener acceso al Épiro y crear una alianza con mi tío. Nadie puede dudar de que juntos sois más poderosos contra los ilirios. Pero, sinceramente, creo que la ventaja que yo supongo no se está aprovechando bien porque carezco de contactos influyentes.

Filipo la escucha con atención y piensa que la mujer tiene razón. Ha estado tan centrado en Atenas y la Calcidia que ha descuidado las relaciones con Aribas.

—¿Qué me sugieres? —pregunta sinceramente.

—Trae a mi hermano Álex a Pella, puede ingresar en tu Escuela de Pajes Reales. Tiene la edad ideal, es un muchacho inteligente y puede ser una gran baza a nuestro favor. Con el tiempo, podría ser un gran rey, un aliado leal por el oeste.

—Aribas y tu hermana ya tienen dos hijos.

—Mi padre y mi tío llegaron a un acuerdo. La corona sería para el heredero de mi padre. Es decir, mi hermano. Pero no creo que mi tío vaya a cumplir con su parte del acuerdo. Como tú has dicho, los tronos no se heredan, se conquistan —expone con calma, Myrtale—. Si Álex viene a Pella y se forma contigo, será un gran punto a tu favor en pocos años.

—Me parece una buena sugerencia. ¿Algo más?

—Que no venga solo. Necesito informadores, personas leales a la casa molosa que favorezcan la comunicación con

Pasarón y nos informen de los planes de mi tío. Había pensado que Leónidas, un fiel amigo de mi padre, podría acompañar a Álex en calidad de tutor y protector.

—Lo tienes todo muy meditado —responde confundido Filipo—. Déjame analizarlo con calma.

Myrtale, impaciente por naturaleza, contiene su impulso de presionar al esposo. Se acerca a él, sumisa y cariñosa, para agradecerle que la haya escuchado, pero, antes de que le dé tiempo a hablar de nuevo, un soldado pide permiso para entrar en la sala y anuncia la llegada de Antípatro y Parmenión, los dos generales más antiguos y fieles a Filipo.

Los hombres se quedan sorprendidos al ver a la mujer en la sala. Aunque ambos son casi de la misma edad, su actitud y porte son muy diferentes. Antípatro parece más joven. Aún conserva el cabello negro, perfectamente cortado y peinado, con apenas unos hilos blancos en las sienes, mientras que no han hecho aún su aparición en la barba, corta y bien dibujada, que rodea unos finos labios que se tuercen sin poder disimular el desdén que la mujer le inspira. No le gusta Myrtale y no sabe disimularlo.

Parmenión es solo unos años mayor, pero parece un anciano a su lado. El pelo y la barba, largos, grasientos y descuidados, hace tiempo que dejaron de ser de un rojo intenso para tornarse de un pajizo crespo e indomable. Los ojos, rodeados de profundas arrugas, miran fijamente a la mujer del rey. Él, simplemente, ignora a Myrtale.

Las palabras de Filipo sorprenden a todos:

—Señores, he aquí una gran consejera. Tened cuidado, podría quitaros el puesto —se ríe—. Incluso podría quitármelo a mí y convertirse en la Reina de Macedonia.

Myrtale siente un escalofrío que le recorre todo el cuerpo. Los dos generales, cada vez más extrañados, miran directamente a la mujer que sonríe eufórica.

—¿Os imagináis? Myrtale de Macedonia —el rey está contento y bromea. Pero solo él parece entender que todo es una chanza—. Suena poco rotundo, ¿no os parece?

Filipo lanza una gran carcajada. Le resulta divertida la situación. La perplejidad de los hombres, la ilusión de la mujer. En los ojos verdes se ve una alegría tan inmensa que Filipo siente lástima por ella.

—Habría que buscarte un nombre más firme, ¿no lo creéis así?

Myrtale se queda pensativa. Parmenión sigue confuso. Nunca se ha hablado de designar reina a ninguna de las esposas. No hay precedentes ni motivos para hacerlo. Conoce las implicaciones que un nombramiento así involucraría, la elevación de una reina sobre el resto de las mujeres reales, el reconocimiento tácito de la primacía de sus hijos sobre otros posibles herederos. Apenas conoce a Myrtale, parece una muchacha joven e inexperta en temas políticos y carece de apoyo dentro de la aristocracia macedonia. Al que sí conoce es a Filipo, sabe que es apasionado e impulsivo, por lo que puede que en poco tiempo se arrepienta de esta decisión y sustituya a la molosa por otra reina con más seguidores en la frágil corte de Pella. Lo mejor es dejar que todas las mujeres sean iguales, es decir, simples paridoras de posibles herederos.

Antípatro se siente ofendido, pues él siempre fue partidario de una esposa principal de origen macedonio. De hecho, la idea de desposar a Filipo con la joven Fila fue suya. De momento, sabe que el rey ni siquiera se ha acercado a su lecho.

—Ni siquiera es macedonia de nacimiento. En todo caso, sería Myrtale de Épiro —puntualiza.

—Me siento muy orgullosa de mi nacimiento. La sangre de Aquiles corre por mis venas —replica la joven ofendida.

—¡No podéis negar que es rápida contraatacando! —contesta sin dejar de reírse Filipo—. En el pequeño Alejandro se han unido la sangre de Heracles y la de Aquiles. ¡Por Zeus que no se me ocurre mejor candidato al trono!

Astutamente, Filipo ha cambiado el discurso. Ya no habla de reinas, sino de herederos. Ha notado el recelo de los hombres y la enorme ilusión de su esposa. Ha llegado el momento de acabar con la broma:

—¿Qué nuevas me traéis de Potidea?

—General, Potidea ha caído. Siguiendo vuestras órdenes, se ha procedido a esclavizar a la población y hemos entregado el territorio a los olintios —anuncia, en dialecto macedonio, Antípatro.

Filipo aplaude la noticia. Myrtale decide intervenir.

—¿Has ordenado esclavizar a la población?

Ninguno de los hombres esperaba que ella hubiera entendido al general. Antípatro no ha utilizado el macedonio de una forma casual. Deliberadamente, quería excluir a la mujer de la conversación. Filipo lanza otra de sus carcajadas.

—¡Vaya! Veo que has estado ocupada estudiando.

—Una reina tiene que hablar el idioma de su pueblo —responde ella.

Filipo responde con una rotunda risotada. Se encuentra de buen humor. Su mujer es divertida, sus generales están desconcertados, tiene dos hijos varones y acaban de conquistar Perinto. Todo funciona perfectamente.

—¿No tenías que ir a enviar un mensaje a Pasarón para invitar a Leónidas? —pregunta Filipo a Myrtale.

—Así lo haré, señor —contesta sumisa. Justo antes de partir, acaricia el mapa por última vez, apuntando con el dedo una ciudad que trae muy buenos recuerdos a su esposo. Susurra. Solo Filipo, que está a su lado, ha podido escucharla—. Olimpia.

—¿Qué has dicho? —pregunta él, intrigado.

—Nada, solo una idea. Para que nadie olvide nunca que fuiste campeón en los Juegos, mi nombre podría ser Olimpia. Olimpia de Macedonia.

QUINTA PARTE:

TROA

15

La madre

Pasarón (Épiro), 373 a. C.

Las palabras de Neoptólemo presentando a la niña no dejaban de resonar en la cabeza de Hécuba, la joven tebana.

—¡Aquí está Políxena, hija de Neoptólemo, de la familia de los Eácidas!

Tras el parto, Deidamía decidió que lo mejor era que la inquietante, siempre callada y desafiante Hécuba se quedara junto a su menuda hija en el cuarto donde había pasado todo el embarazo.

A pesar de la sobriedad de este, la tebana se alegró de la decisión. Apenas había una cama estrecha, una mesa oscura, una silla coja, un telar y el pequeño arcón que llevó a Dodona pensando que solo iba a estar unas pocas jornadas fuera de su Tebas natal.

Durante nueve lunas, Hécuba tuvo mucho tiempo de llorar, de pensar y de recordar una vida que ya apenas reconocía como suya. Mientras tejía ropas para ella y su futuro hijo, repasaba con escogida distancia los años que pasó en su casa, en Tebas, la poderosa ciudad beocia.

El suyo fue un hogar próspero, pero carente de alma y calor desde que su madre falleció. «¡Ningún niño debería criarse sin su madre!», murmuraba Hécuba cuando recordaba a la pequeña mujer cuyo rostro cada vez le costaba más visualizar con detalle. Luego, siempre musitaba su nombre: «Perimedes, la *muy astuta*».

Hécuba derrochaba las largas jornadas de su encierro meditando en soledad con una mezcla de tristeza y rabia. Su madre murió cuando ella solo tenía diez años. Demasiado niña para seguir adelante sin madre, demasiado mayor para inventar una imagen ideal de la mujer que la había parido y criado.

Perimedes era tan menuda como lista pero, a pesar de su diminuto porte, el cuerpo de Perimedes emitía tanta energía y poder que se engrandecía inmediatamente. Su presencia llenaba la sala donde estuviera. Su voz, sobria y templada, llamaba a la escucha y, si era necesario, a la obediencia. No era una de esas mujeres que necesitaba gritar para que su esposo o sus hijos hicieran lo que ella decía. Su mirada gris penetraba el aire, se aferraba a la voluntad del oyente y, finalmente, conseguía que se hiciera lo que había de hacerse, es decir, lo que Perimedes había decidido que era lo correcto y necesario.

El padre de Hécuba, Eteocles, sentía una extraña devoción por su pequeña esposa. Muchos pensaban que le tenía miedo. No faltaron los que comentaban que estaba hechizado, pues Perimedes era famosa en la ciudad por sus conocimientos sobre hierbas, ungüentos, drogas y hechicerías diversas. Por mucho que su marido le decía que no era propio de una noble dedicarse a tales menesteres, ella siempre respondía: «No se deben ocultar los dones que los dioses regalan».

Él se lamentaba, consideraba que el hecho de que su esposa fuera considerada una bruja mermaba su autoridad y su buen hacer como terrateniente y guerrero. «¿Crees que tus espléndidas cosechas se deben a que tienes a tu servicio a los mejores labradores? ¿Nunca te has planteado por qué tus cabras paren los cabritos más fuertes? ¿No has sentido jamás en la batalla que las flechas y las espadas parecen huir de ti? ¿De verdad quieres que deje de ser quien soy, Eteocles?».

Hécuba recordaba la cara de su padre. Primero se tornaba blanca. Después, roja. Si sentía orgullo o vergüenza, nunca llegó a decirlo. Tampoco consiguió impedir que Perimedes «hiciera lo que tenía que hacer».

Perimedes era una mujer muy segura. Cada acto, por pequeño que fuera, estaba investido de certeza. Hécuba siempre se sintió segura a su lado. Nada malo podía ocurrir si su madre estaba cerca. Por otra parte, esa misma seguridad de Perimedes la hacía parecer distante y soberbia. No eran pocas las mujeres que iban a pedirle consejo y remedios para sus angustias un día y, al siguiente, la criticaban despiadadamente en el mercado por su arrogancia.

Con Hécuba, sin embargo, era dulce y protectora, mucho más cariñosa y atenta que con sus hijos varones que habían nacido muchos años antes que la muchacha. «Yo siempre pedí a los dioses que me concedieran una hija. Los chicos son brutos por naturaleza y, cuando crecen, se convierten en pretenciosos señores o guerreros despiadados. Apenas tienen tiempo para una madre. Pero una hija es la mejor bendición. El vínculo entre madre e hija es el más sagrado y fuerte».

Cuando Hécuba cumplió los ocho años, Perimedes decidió que era el momento de que la niña se introdujera en el mundo de las plantas. Con paciencia, unos días se dedicaba a enseñarla a leer y otros días la llevaba al campo a reconocer las hierbas que eran sanadoras y a distinguirlas de las tóxicas. «Aunque el veneno siempre está en la dosis», insistía la madre orgullosa de su hija.

Hécuba era rápida aprendiendo y ponía siempre mucho interés, pero sentía que le faltaba algo que su madre tenía, probablemente, ese «regalo de los dioses». Perimedes sabía que a su hija le preocupaba no alcanzar su sabiduría. «No te angusties, deja que el conocimiento entre en ti. Si tu pensamiento está ocupado en lo que te falta, ¿cómo vas a disfrutar de lo que tienes? Si tu alma está llena de angustia y miedo, ¿dónde está el espacio para la calma y la reflexión que son tan necesarias como saber las mezclas? Si tu mente te dice que nunca estarás preparada, dile que tu madre está contigo, que te va a acompañar hasta que sepa que puedes viajar sola, que nunca te va a abandonar».

Mas algún dios, probablemente celoso, no permitió que Perimedes cumpliera su promesa. Ni sus conocimientos, ni su seguridad, ni su firme convicción de que los dioses estaban de su parte consiguieron detener la espada que la atravesó una cálida tarde de verano. Hécuba no lo presenció, pero estaba convencida de que la última mirada gris de su madre fue tan intensa que provocó la locura del asesino. El hombre entró en la ciudad chillando que había sido un error, que los dioses le habían hecho perder el juicio, que él nunca quiso acabar con la mujer a la había adorado desde que era un niño. No dijo por qué la mató antes de clavarse la espada con la que había cometido tal sacrilegio. Su madre y su tío murieron el mismo día.

«¡Ningún niño debería criarse sin su madre!», repetía Hécuba mientras acariciaba el vientre que iba creciendo.

Tras la muerte de Perimedes, Hécuba no pudo seguir estudiando. Por mucho que lloró y rogó a su padre, le arrebataron hasta el último libro. Eteocles mandó limpiar el cuarto donde la fallecida preparaba sus mezclas y ordenó que no quedara ni una hoja, ni un hierbajo, ni un recipiente que pudiera contener venenos ni remedios. La primera reacción de Hécuba fue impedir el paso de las tres esclavas encargadas de la tarea. Su padre, rabioso, la cogió en brazos y la encerró en su cuarto mientras repetía: «Con una bruja en la familia hemos tenido suficiente».

Por mucho que lo intentó, Hécuba jamás perdonó a Eteocles.

El hombre, para evitar más habladurías y porque no sabía vivir sin hembra, no tardó en casarse con otra mujer más joven y estúpida con la que Hécuba nunca tuvo amistad ni aversión. Ambas tejían, bordaban, compraban y dejaban que el tiempo pasara hasta que llegara el momento en que la muchacha tuviera que marchar a un nuevo gineceo.

Cuando Hécuba partió hacia Dodona, la nueva esposa de su padre estaba embarazada. Iba a tener un hermano al que nunca conocería y que jamás sabría que era el tío del rey más poderoso del mundo. No podía echar de menos a un ser al que nunca vería. Ni siquiera era capaz de añorar a aquellos a los que sí había conocido. Los dioses debían de haber bloqueado su capacidad de extrañar el mundo en el que había vivido.

Hécuba lloraba en el silencio de su pequeño cuarto. Sentir al bebé moverse dentro de ella la llenaba de confusión y desesperación. Ese hijo estaba lleno de vida y fuerza, pero ella nunca iba a escuchar de su boca llamarla madre. «Si nunca vas a saber quién soy, ¿qué sentido tendrá mi vida cuando salgas de este vientre?», lloraba amargada.

La tebana no podía olvidar la cara de estúpida ansiedad de Neoptólemo cuando la encontró en el mercado de Dodona. Hécuba y Calíope habían salido a buscar a la misteriosa mujer de negro que la había ayudado a lanzar la maldición. Desde que intuyó que estaba embarazada y que no tardaría en encontrarse con el moloso, la prioridad de la joven fue encontrar a la única mujer que estaba segura de que podía ayudarla. Se había criado creyendo en el poder de las mujeres hechiceras.

Era un día de otoño en que el sol no conseguía calentar a pesar de que no había ni una sola nube que le impidiera hacer su trabajo. Parecía que toda la ciudad se hubiera quedado dormida después del anuncio del oráculo real y los rumores rápidos, pero exiguos, sobre el sacrilegio y el nacimiento de un gran rey. Las novedades en Dodona se apagaban con tanta facilidad como el sonido de los calderos.

¡Llevaban siglos escuchando las palabras de Zeus! ¿Acaso era el último oráculo más importante que todos los que antes se habían allí pronunciado? Los habitantes de Dodona habían aprendido a escuchar, sorprenderse durante un instante, hablar un momento de las novedades y seguir con sus vidas. Sin querer ofender al gran Zeus, que era el que les proporcionaba ganancias, hacía mucho tiempo que habían decidido que, salvo que la *péleade* anunciara el fin del mundo, había que seguir sembrando, cosechando, ordeñando a las cabras, limpiando las casas y cocinando.

El mercado se reducía a cuatro puestos cochambrosos en los que se vendían unas verduras tan pobres y mustias como los campesinos que trataban de que alguien se las llevara para, por fin, poder volver a sus casas y descansar de los días de bullicio y sobresaltos que la ciudad había vivido.

Los vendedores, aburridos al ver que las muchachas no tenían intención de comprar nada, acabaron cogiendo sus mustios bienes y marchándose. La soledad y el miedo se agarraron al corazón de Hécuba y Calíope, que había decidido acompañarla, aunque no creía en la capacidad de resolución de esa misteriosa mujer de negro.

—Ella me dirá cómo quitar la maldición —insistía Hécuba.

—Tienes mayores problemas que esa maldición de la que hablas —repetía Calíope inquieta mirando hacia todos los lados sin saber si temía más que apareciera la mujer o que nunca lo hiciera.

En la distancia, Calíope pudo ver dos figuras que se acercaban decididas. Ninguna era femenina. Agarró con fuerza el brazo de su compañera, que lanzó un quejido de dolor. Los dos hombres se dirigieron directamente a ellas. A pesar de la masculina belleza del príncipe, Hécuba le miró con tanto desprecio que el moloso se paró bruscamente y no consiguió que la voz saliera antes de la de ella:

—¡No os acerquéis!

Neoptólemo no se movió. El príncipe moloso, alto, guapo y fuerte clavaba los ojos verdes en una muchacha sencilla que levantaba con orgullo la cabeza, quizá buscando ganar una altura que no necesitaba.

—El oráculo —comenzó Neoptólemo.

—Sé lo que ha dicho —sentenció la joven.

—¿Crees en la profecía? —dijo el hombre, aún tenso.

—¿Qué habéis pensado hacer? —Hécuba se volvió hacia su compañera. Las dos se cogieron de la mano. Ambas temblaban.

—Tienes que venir conmigo a Pasarón —anunció Neoptólemo—. Con nosotros.

Hécuba se fijó por primera vez en Aribas, quien siempre estaba detrás de su hermano. No le gustó la mirada del menor.

—¿Y qué se supone que voy a hacer yo en Pasarón? —preguntó Hécuba.

Neoptólemo dudó. No pensaba que ella sería tan directa, tan brusca.

—Tener al niño —susurró el príncipe.

—No voy a casarme con vos —escupió.

—No quiero casarme contigo —dijo Neoptólemo. Una ola de rabia invadió a Hécuba. Que no deseara casarse con ese hombre no significaba que no le humillara el rechazo.

Aribas sonrió al comprobar cómo su hermano había herido los sentimientos de la joven.

—No puedo repudiar a mi esposa —trató de enmendar Neoptólemo.

—No pensabais en ella hace unas noches —dijo Hécuba.

—Los dioses son caprichosos en su forma de manifestarse.

—¡Qué suerte poder culpar a los dioses! —susurró Hécuba.

—Ellos así lo han decidido —replicó el hombre—. Hemos de ajustarnos a su voluntad.

—¿Y en qué consiste, exactamente, esa voluntad?

—Vendrás a Pasarón y tendrás al niño. Cuando nazca, diremos a todos que es hijo de mi esposa.

—¡Qué plan más inteligente! —se burló Hécuba—. Nadie dudaría que han intervenido los dioses en su elaboración.

Neoptólemo la miró irritado. No le gustaba el tono sarcástico de la joven. «En cuanto nazca la criatura, encargaré que la maten», pensó el príncipe.

—Y supongo que no tardaré en morir al poco de nacer ese hijo maravilloso que los dioses han tenido a bien concederos —continuó Hécuba como si hubiera leído su pensamiento—. Puesto que estoy condenada de antemano, prefiero que sea pronto y en mi tierra. Contaré a la sacerdotisa que me forzasteis. Si he cometido sacrilegio, no fue por mi voluntad.

—Te matarán de todas maneras —intervino Aribas—. Hiciste la ofrenda a sabiendas de que no cumplías los requisitos.

—Desde el momento que vuestro hermano se fijó en mí, yo estaba condenada.

—Si vienes a Pasarón, te prometemos que vivirás —dijo Aribas. Su hermano mayor le miró molesto. No le gustaba el aire de superioridad que el pequeño estaba adquiriendo.

—¿Acaso no es estar muerta vivir encerrada lejos de mi gente? —la tebana miraba desafiante a Aribas. No le gustaba el joven, sintió una ola de aversión hacia él tan grande que a punto estuvo de vomitar—. Creo que no tenemos nada más que hablar. Moriré si así lo han decidido los dioses. No tengo miedo. Es peor lo que os espera a vos, Neoptólemo.

Los ojos de Hécuba se clavaron en las pupilas verdes del moloso. La voz salió del más escondido rincón de su alma:

—Hago una atadura mágica a Neoptólemo, hijo de Alcetas de Molosia. A Neoptólemo y todos sus descendientes. Que Hécate subterránea retenga a todos estos sus almas, sus lenguas, pies, manos, entrañas y órganos sexuales. A todos estos yo les ato con una ligadura mágica, con plomo, cera e hilo, para el reposo y aniquilamiento y la infamia y la humillación. Que nunca sean felices y que todo les sea contrario.

Cuando pusieron la pequeña cuna al lado de la cama, Hécuba pensó que el sencillo cuarto se había transformado en la sala más lujosa del universo. Ya no necesitaba más en su mundo. Dudó un instante en dejar a la bebé allí, le gustaba tenerla en sus brazos. Todo lo que quería era estar con Políxena. Su Políxena. Su niña.

—¡Madre! —suspiró. Jamás añoró más a Perimedes—. ¡Cómo me gustaría que pudieras contemplar a esta criatura! ¡Es tan perfecta! Tu nieta. ¿La habrías aceptado sabiendo que se concibió en un acto tan miserable?

En su interior, Hécuba sabía que sí. Perimedes era una mujer con un excepcional sentido de la justicia. Si ella hubiera estado viva, la joven habría podido volver a Tebas, tener a su niña allí.

—¡Menudo cobarde está hecho tu padre, Políxena! —la niña dormía en la cuna, ajena a los monólogos y preocupaciones de su madre—. ¡Cobarde y egoísta! ¡Ni siquiera se le ha ocurrido que la maldición que tanto le angustia te afecta a ti también!

Cuando pensaba que había condenado a su hija a un terrible destino, el alma de Hécuba se agitaba. Notaba cómo las costillas se volvían una jaula para su corazón, que latía con tanta fuerza que podía percibirlo en sus sienes. Era como si quisiera escaparse por la boca, huir de un cuerpo que temblaba entero de miedo. Pero la garganta se cerraba con tanta fuerza que ni el corazón podía huir, ni el aire entrar. La misma maldición que había conseguido que ella estuviera aún viva, era la que amenazaba a Políxena.

—Lo arreglaré. Juro por las Dos Diosas que lo arreglaré. Te libraré de un destino que no mereces.

16

HERMANAS

Pella (Macedonia), 355 a. C.

Pausanias espera delante de una enorme puerta de roble, firme, la llegada de Olimpia. Ella pasa apresurada a su lado, aunque no olvida saludarle con una ligera inclinación de cabeza y una sonrisa distraída. Es la cuarta vez que entra en el despacho que se ha acondicionado como sala de recepción para ella. Esta vez ya va completamente vestida para la ocasión. Finalmente, se ha decidido por el vestido blanco ribeteado de púrpura. Previamente se había probado uno de color verde para resaltar sus ojos y otro de color azafrán, el más vistoso y llamativo que tiene, pero que le parecía demasiado festivo. Pausanias piensa que ha aprendido más de moda femenina en las dos últimas semanas que en sus veinte años de vida. Muchos se escandalizarían si supieran que la esposa real y él conversan sobre su atuendo, si es que se puede llamar conversación. Ella habla y él, escucha.

La cabeza de la molosa vuelve a asomar por la puerta y, luego, toda ella se sitúa frente a él.

—¿Llevo bien colocados los pendientes?

Pausanias mira las orejas de la joven con dos largas arracadas de oro de las que penden sendas palomas del mismo metal. Él la mira confuso.

—Fíjate en las palomas, ¿miran las dos al lado que le corresponde o se han girado?

—¿Cuál es ese lado?

Olimpia suspira con impaciencia.

—El pico de la paloma de la oreja izquierda tiene que mirar hacia la izquierda, y la de la derecha, hacia la derecha —recalca con el mismo tono que usa cuando habla con su hijo de ocho meses, el pequeño Alejandro.

Pausanias mira de nuevo las palomas con mucha atención.

—Están correctamente alineadas, señora. Las dos en formación —bromea.

Olimpia lanza una carcajada y vuelve a entrar en la sala para comprobar, una vez más, que todo esté como ella desea. No es solo un despacho, es el escenario donde va a tener lugar su primera audiencia como representante de Filipo.

—¡Por todos los dioses! ¡Esa mesa no está bien colocada! —grita enfadada—. Dije bien claro que la quería junto a la ventana. ¡Quiero que la luz del sol la ilumine! ¡Que se note que la primavera llega antes a Pella que a Pasarón! ¿Tan complicado es de entender? ¿Acaso no hablo bien el griego de esta tierra?

Pausanias se gira un instante para mirar a su señora. No es el momento de recordarle que ha cambiado tantas veces de opinión como de atuendo. Primero quería la mesa al fondo para que su hermana tuviera que cruzar toda la sala y se muriera de envidia pasando delante de la biblioteca que ella había reunido. Después, consideró que era mejor ponerla al principio de la habitación, junto a la puerta de roble, para que Troa apreciara desde su asiento las dimensiones de toda la sala y pudiera ver al completo la pintura de la pared del fondo realizada por el mismísimo Apeles y representado al dios Dionisos sobre un leopardo. Finalmente, había ordenado colocarla junto a la ventana para que el sol entrara e iluminara los mapas y los libros que había situado encima de la mesa: la *Anábasis* de Jenofonte y *La República* de Platón.

—¿Llamo a los sirvientes? —ofrece Pausanias, con calma.

—¡Ya no tenemos tiempo para eso! ¡Juro por Hera que ese inútil de Filípides va a recibir un buen castigo cuando tenga tiempo para ello! —su voz suena irritada, casi histérica. El joven soldado la mira desde su puesto de guardia. El mismo Filipo le ha nombrado guardaespaldas personal de su esposa a la que debía proteger «incluso con tu propia vida». Algo que está dispuesto a hacer sin pensarlo si viera a su señora en peligro. Pero, en ese momento, tal urgencia no existe y su superior le ha ordenado tajantemente que no abandone la puerta.

Olimpia comienza a empujar la robusta mesa que, como era previsible, apenas se mueve una pulgada. Fija su mirada en la espalda musculosa del joven soldado. Nunca olvidará con qué facilidad subió a la cama a Filipo borracho el día que se conocieron. Ella sonríe. Vuelve a cambiar el tono de voz. Casi ronronea cuando se dirige al muchacho.

—Pausanias —susurra—. ¿Puedes ayudarme?

La voz de la mujer le resulta perturbadora. Se debate entre la obediencia militar y el deseo de complacerla. Mira al pasillo que tiene frente a él y no ve a nadie. Rápidamente entra en la sala y arrastra la mesa hasta dejarla en el sitio que Olimpia quiere y vuelve corriendo a su puesto.

—¡Perfecto! —dice la molosa regalándole una sonrisa.

Para poder ver mejor la perspectiva, se acerca a la puerta. Se queda parada justo al lado de Pausanias, casi rozando su hombro. El perfume de lavanda le inunda cuando ella vuelve al interior súbitamente y, tras mirar al estante donde tiene colocados los libros, coge su rollo favorito: *La Ilíada* que perteneció a su padre. Lo deja encima de la mesa, cuidadosamente abierto para que se vea el Canto XIX, ese en el que Aquiles, su antepasado, abandona la cólera.

—Hermíone vino hace un rato y dejó una infusión en la mesita del rincón—comenta prudentemente el muchacho.

Olimpia se detiene en mitad de la sala, luego se acerca y le mira con sus ojos de gata salvaje.

—¿Tanto se me nota? —le dice mientras se encoge de hombros y se aparta de la cara un bucle rebelde.

—Se trata de vuestros hermanos, señora. Todos tenemos ganas de conocer a ese pequeño Álex de quien no dejáis de hablar. Es una reunión familiar —solo lo dice para relajarla, sabe perfectamente que no es una visita de cortesía.

Olimpia también lo sabe, por eso no recibe a Troa como hermana. Eurídice le ha aconsejado y ayudado a preparar una audiencia en la que actuará como representante del rey ausente.

La conversación de los dos jóvenes se interrumpe cuando el mayordomo de palacio llega y anuncia la llegada de Troa, la esposa del rey moloso. Olimpia corre a sentarse en la silla colocada detrás de la mesa, donde previamente ha colocado un enorme cojín para elevarse.

Pausanias, marcial, permite la entrada a una mujer grande y falta de gracia al caminar envuelta en un manto color gris que le recuerda los nubarrones cargados de agua justo antes de una tormenta. El pelo rubio, casi blanco, está recogido en un apretado moño bajo que aumenta la redondez, algo flácida, de la cara. Jamás habría pensado que esa mujer y Olimpia son hermanas.

—¿Dónde está Álex? —pregunta Olimpia, que olvida por completo el discurso que tenía ensayado.

—Se ha quedado dormido por el camino. Ya lo verás, tiempo vas a tener —responde Troa con una voz falsamente melosa.

Descolocada, Olimpia no quiere que se le note la decepción. No puede dejar que su hermana tome la iniciativa y, como siempre en el pasado, le haga sentirse tan insignificante que la rabia se apodere de ella, haciéndole perder el control y la educación. Conteniendo su fastidio, la esposa de Filipo se levanta de la silla y se dirige hacia la recién llegada.

—Te deseo buena salud, Troa —dice mientras se acerca para abrazar y besar a su hermana. Cuando lo hace, el olor a perfume de nardo y jazmín la envuelve y la lleva al palacio de Pasarón. Es el mismo perfume que usaba su madre.

—Igualmente, Políxena. ¿O debo llamarte Olimpia?

—Olimpia es el nombre que mi esposo y rey ha elegido para mí como consorte suya. Te ruego que te dirijas a mí de esa manera —dicho lo cual, se encamina a la silla detrás de la mesa y le indica a su hermana que se acomode en otra preparada para ella.

Troa, acostumbrada a lidiar con una joven rebelde y en condiciones de inferioridad, se siente confundida ante la nueva situación. La silla le resulta incómoda, el palacio ostentoso y, Olimpia, insufriblemente vanidosa. Las dos hermanas se quedan mirándose sin hablar.

—¿Cómo están tus hijos, Troa? Me han llegado noticias de que has tenido dos niños. Eácides y Alcetas, ¿verdad?¿Qué edad tiene Alcetas? ¿Seis meses? Casi de la misma edad que mi Alejandro. Me gustaría conocer a mis sobrinos y que los primos puedan jugar juntos.

—Veo que estás muy bien informada. Pasarón siempre tendrá las puertas abiertas para una princesa molosa y su hijo —responde Troa suavemente.

—No dudes de que haré una visita cuando el tiempo y mis ocupaciones me lo permitan. Quiero que mi hijo Alejandro conozca la tierra donde nací. También me gustaría visitar el Oráculo de Dodona.

—¿Alguna pregunta importante? —dice curiosa Troa mientras su vista se detiene en los libros de la mesa y se dice a sí misma que forman parte de una estudiada y patética puesta en escena.

—Las respuestas de los dioses siempre son interesante, ¿no crees? —contesta sin responder—. Hablando de preguntas, ¿cómo van las cosas por Pasarón? Mis informadores también me han contado que el rey Aribas, nuestro tío, está teniendo algunas dificultades con los ilirios. ¿Vuelven a atacar las fronteras?

—Así es, hermana. Los movimientos militares que hay por toda la Hélade impulsan a esos salvajes a cometer más pillerías de las habituales. Tesalia y Macedonia tienen ejércitos en marcha y los ilirios han pensado que es mejor atacar a nuestro reino. Supongo que lo consideran más desprotegido.

—Molosia nunca se caracterizó por tener un ejército fuerte —concluye Olimpia brutalmente sincera—. ¿Necesitáis la ayuda de Macedonia? Sabéis que el rey Filipo está luchando en Calcidia y que es muy probable que acabe interviniendo en Tesalia. No creo que le interese en estos momentos mandar refuerzos a un territorio tan alejado de los grandes escenarios bélicos.

Troa reprime las ganas de levantarse y darle un bofetón a su hermana como ha hecho cientos de veces cuando era pequeña. Antes de contestar, la recia mujer toma aire y, con una sonrisa, se levanta de la silla y se acerca a una pequeña figura de Aquiles de bronce. Con el dedo índice roza ligeramente el yelmo del héroe, el antepasado de ambas. Olimpia entiende el gesto, su hermana quiere mostrarle las raíces comunes. No va a funcionar.

—Me dicen también mis informadores... —comienza Olimpia.

—Ya que estás tan bien informada —corta tajante la mayor—. ¿Qué crees que puede ofrecer Molosia a Filipo? ¿Qué está el rey macedonio dispuesto a aceptar a cambio de ayuda? No es necesario que mande tropas. Sabemos que en estos momentos necesita sus ejércitos en los frentes que él mismo ha abierto. Pero una ayuda económica que permita contratar mercenarios sería bien recibida. Mis informadores —dice con sorna— hablan de las grandes riquezas que Macedonia ha obtenido con la toma de Anfípolis y sus minas. Si el ejército moloso consigue contener y debilitar a los ilirios, Macedonia también se beneficiaría. Lo último que necesita ahora Filipo es que lo ataquen por la retaguardia y tener que enviar su preciada falange a territorio hostil.

Olimpia sigue sentada en su silla. No quiere levantarse, no quiere parecer más pequeña de lo que se siente. Reconoce la verdad que hay en lo que Troa le ofrece, pero también sabe que Macedonia es mucho más fuerte que Molosia y Filipo le ha pedido que rehúya una negociación entre iguales. «*Que no se le olvide a tu tío que él solo controla a un grupo de pastores y sus cabras. Necesitamos que el Épiro esté tranquilo, que Aribas controle al resto de los clanes para que yo pueda maniobrar en Tesalia. Necesitamos la paz que tu tío puede aportarnos. Pero es importante que no sepa lo mucho que le necesitamos. Confío en que trates con tu hermana como yo lo haría con cualquier reyezuelo con pretensiones*», le había escrito Filipo desde el sitio de Metone.

Es la primera gran misión que su esposo le ha encomendado y no quiere fallar. Sabe lo feliz que haría a Antípatro que la negociación resultara frustrada. Pausanias, sus ojos y oídos cuando ella no puede estar presente, le ha informado de que el noble macedonio recomendó a Filipo no dejar a su esposa dirigir una embajada, aunque fuera entre mujeres, sobre todo porque las hermanas se odiaban. Tras un momento de reflexión, Olimpia vuelve a hablar:

—Desde la reforma de Filipo, el ejército macedonio es el más poderoso. Mi esposo no conoce la derrota y nuestras fronteras están seguras. Los ilirios no se atreverán a penetrar en nuestro territorio. Son oportunistas, prefieren los reinos débiles.

Troa acaricia ahora el talón de Aquiles, el punto más débil del hombre. Mientras, busca opciones que no hieran su orgullo. Olimpia se adelanta:

—Aribas tiene que dejar de inmiscuirse en los asuntos de Living Oréstide. Mis informadores —insiste—, hablan de su intento por conseguir una liga de todos los pueblos epirotas, incluido Oréstide. Este territorio forma ya parte de la Alta Macedonia. Quizá Filipo sea más receptivo a enviar ayuda a Molosia si su rey da su palabra de no seguir minando la unión de Oréstide con Macedonia.

Pausanias, natural de la Oréstide, le ha informado de que algunos nobles de su tierra se sienten tentados a formar parte de la Liga Epirota y alejarse del rey macedonio. Consideran que la Liga es una unión entre iguales mientras su inclusión en el Reino de Macedonia les hace perder independencia, quedar absorbidos por el reino y su ambicioso rey.

Troa se aparta con cautela de la figura y vuelve a sentarse en la silla. Mira fijamente a su hermana antes de aceptar un pacto que le parece suficientemente satisfactorio. Oro y plata para contratar a mercenarios a cambio de renunciar a un acuerdo que, de todas formas, no iba a salir bien parado. En el mejor de los casos, los orestas entrarían en la Liga y presionarían para ocupar altos cargos y minar la autoridad de Aribas y los molosos. En el peor escenario, Filipo podría sentirse ofendido y declarar la guerra a la Oréstide y sus aliados.

—Se lo haré saber al rey Aribas —dice, finalmente, la hermana mayor.

—Estoy segura de que Filipo y él llegarán a un entendimiento justo para los dos pueblos —concluye Olimpia y, sin dar tiempo a más debate, se levanta de la silla y se acerca a su hermana para conducirla hacia la puerta—. Te ruego que aceptes ser la invitada de honor en un banquete que he preparado.

Pausanias escolta a ambas mujeres hacia el salón de banquetes. Olimpia ha elegido la estancia más pequeña, prefiere no levantar suspicacias entre los nobles macedonios usando el gran salón que Filipo utiliza para agasajar a sus generales y a los embajadores que recibe. Por el camino, va mostrando a su hermano con orgullo no disimulado los rincones favoritos. Sobre todo, el gran patio de recepción con la monumental escultura de Heracles, «antepasado de la familia de mi esposo. Por las venas de mi hijo Alejandro corre la sangre de los dos mayores héroes griegos».

Troa la sigue en silencio. La suntuosidad del palacio le resulta humillante y, en su fuero interno, siente gran desprecio y mucha rabia hacia esa minúscula hermana que se mueve, magníficamente enjoyada, entre mármoles, sedas y fuentes monumentales. El rencor se aferra a su estómago como una garrapata a las cabras que pastan en los pelados montes de Molosia. Su odio es tan fuerte que le produce el mismo ardor que la atormenta cuando bebe el vino añejo que encuentra, pues su marido ha mandado a la servidumbre que le oculten los vinos de calidad.

—¿Dónde se ha quedado Álex? —pregunta Olimpia, que se muere de ganas por ver a su pequeño hermano.

—Tu estimada Hermíone se lo ha llevado a sus aposentos a descansar.

—Hace tiempo que le espero. Ya hace dos años que me casé, el acuerdo era que viniera a vivir conmigo.

—Tu esposo estuvo de acuerdo en esperar hasta que cumpliera los siete.

—Los cumplió hace ya varios meses.

—Muchos nobles epirotas no ven con buenos ojos que se venga a vivir a esta corte. Piensan que Filipo lo va a retener como rehén. Nadie mejor que él sabe los que es ser un rehén, por supuesto —comenta, sarcástica, Troa.

—Por supuesto. Lo que caracteriza a las grandes mentes es saber aprovechar todas las oportunidades que surgen, por muy malas que pudieran parecer en un principio. Para mi esposo, estar en Tebas significó convivir con dos genios militares: Epaminondas y Pelópidas. Filipo ha engrandecido y modernizado Macedonia gracias a lo que aprendió cuando estuvo como huésped en Tebas. Te aseguro que Álex no va a ser un prisionero en este palacio. Es mi único hermano y el heredero legítimo al trono de Molosia —recalca la anfitriona. Troa resopla más fuerte de lo que le habría gustado—. Pero para él y para nuestra tierra es una gran oportunidad estar aquí y aprender en la Escuela de Pajes. Será un importante militar y diplomático. Inteligencia y disposición no le faltan.

—La inteligencia es un rasgo característico de nuestra familia —susurra Troa, deseando llegar ya a la sala de banquetes para poder tomarse una merecida copa de vino y comer un poco—. Tú también serás bienvenida a Molosia si las cosas aquí se complican, Políxena.

La aludida se frena en seco y mira a su hermana.

—Soy Olimpia, reina de Macedonia —responde soberbia, y reanuda su camino hacia una impresionante doble puerta de roble y bronce que Pausanias abre. Una docena de mujeres se encuentran ya esperando. La mayor encuentra la oportunidad perfecta de descargar su inquina. Eleva el tono de voz mientras entra en la sala:

—¿La reina de Macedonia? Pensaba que ese título no existía. La información que me ha llegado es que, por el momento, eres la esposa favorita del rey de Macedonia. Tiene cuatro más, ¿no es cierto?—. Troa, siempre experta en herir con las palabras, hace énfasis cuando pronuncia «por el momento».

Dos docenas de mujeres macedonias, sentadas ya en la mesa, dejan sus cuchicheos para girarse a contemplar la entrada de las dos hermanas. Olimpia, con la cara roja de rabia y vergüenza, contiene su respuesta y, con una sonrisa, deja a Troa entrar primero.

Busca con la mirada a Eurídice, que inclina la cabeza en señal de aprobación. Le alegra ver que su joven nuera no responde a la provocación de su hermana. Aunque teme que, si las deja juntas mucho tiempo, acabe provocándose un altercado como el que ya vivieron en Aigai.

Eurídice sabe que la familia directa es uno de los principales desencadenantes de tensiones y enfrentamientos. Por mucho que haya crecido, madurado, vivido mil experiencias buenas u horribles, no hay hermano, padre o madre que no trate de hacerla sentir como cuando era una niña o una joven rebelde, indiscreta, inexperta o, simplemente, boba.

Las desavenencias entre Olimpia y su hermana son bien conocidas por la madre de Filipo. Su nuera le ha contado en múltiples ocasiones cómo se sintió ninguneada por su madre, agredida por su hermana y mal protegida por un padre.

Eurídice se levanta de su silla para recibir a la hermana de su nuera. Ha escuchado el comentario, pero sus andares lentos y su porte sereno solo transmiten aplomo y majestuosidad. Olimpia admira su sempiterna sobriedad y su aparente dulzura. «Las moscas se cazan con miel, no con hiel, querida niña», le dice muchas tardes mientras tejen y hablan de los temas de Estado.

—Bienvenida a Pella, Troa —dice Eurídice con su voz potente cortando de raíz los murmullos y alguna risa ahogada—. Te ruego que te sientes a mi lado, soy una vieja curiosa y me encantan las historias sobre otras gentes. ¿Sabes que hace muchos años visité el oráculo de Dodona? —mientras habla, ha cogido con delicadeza el brazo de Troa y la lleva hacia el asiento a su derecha, dejando que Olimpia se siente a su izquierda.

De esta manera, Eurídice acaba ocupando el puesto central de la mesa, el que correspondía a Olimpia como anfitriona. Aunque algo incómoda por el desplazamiento, la joven molosa comprende los motivos del cambio de su suegra y se dirige a la silla que le han reservado, justo al lado de Filina. «Todo es un juego de apariencias y movimientos sutiles, Olimpia. Nunca ofendas a nadie si ello no te va a hacer avanzar. Aprende de Filipo, solo emprende una guerra cuando le va a suponer más territorios, recursos y reconocimiento. Luchar por luchar es una pérdida de tiempo y energía. Céntrate en tus objetivos, piensa bien lo que deseas e invierte todo tu potencial en ello. La mayoría acabará replegándose a tu plan. Si alguien es un gran obstáculo, inicia la pelea cuando estés segura de poder vencer», le comentó otra de las tardes Eurídice.

La joven atesora en su corazón y su mente esas charlas y momentos de confidencia y aprendizaje. Se siente orgullosa de haber sido capaz de no responder al insulto de Troa.

Olimpia entra en el patio con un plato de buñuelos de miel y sésamo en las manos. Ha tenido que sujetarlo bien firme con las dos porque tiembla tanto que temía que se le acabara cayendo. La voz de los niños jugando bajo la higuera le llega nítida. Hace un enorme esfuerzo por no correr y abrazar al chico que, en ese momento, ríe tan fuerte que apenas es comprensible lo que está diciendo. Algo acerca de un caballo del que se cayó, cree entender la mujer. Olimpia también ríe, contagiada por la voz entrecortada del chiquillo. Es él, pero suena diferente. «Ya no es un bebé», piensa Olimpia. Aun así, su forma de pronunciar las *eses* y la elevación del tono final no ha cambiado. ¡Su acento es tan moloso!

Cuando Olimpia siente que todos en el palacio tienen que estar escuchando su corazón, el pequeño se gira y la ve:

—¡Políxena!

Corre hacia ella con la máxima alegría de la que es capaz un niño dichoso. Olimpia grita como si también tuviera siete años. Los dulces están a punto de caer del plato.

—¡Álex! ¡Mi niño! ¡Mi Álex! —chilla mientras se agacha y deja, rápidamente, los buñuelos en el suelo, lejos del alcance del muchacho, que llega corriendo tan veloz como el gato que, asustado por las voces, ha saltado del rincón en el que dormía y ahora huye.

Olimpia apenas puede sujetar el embiste del niño cuando se abraza a sus piernas. No le importa en absoluto que lleve las manos llenas del barro con el que ha estado jugando debajo de la higuera. Las dos manchas en el vestido blanco son las señales visibles del encuentro entre dos hermanos que se adoran, la marca palpable de que la sigue queriendo.

—¿Quieres conocer a tu sobrino? —se agacha y pone su cabeza a la altura de la de su hermano. Nota cómo no ha tenido que inclinarse tanto como antes. El niño ha crecido, ella sigue siendo igual de menuda que cuando partió de Pasarón.

Álex clava los ojos azules en los verdes de Olimpia y sonríe con toda la cara infantil y llena de ternura.

—¿Mi sobrino? —pregunta, confuso.

Hermíone aparece por la puerta de los aposentos de Olimpia con Alejandro en sus brazos. Como suele suceder, el bebé no está dormido. Tiene unos grandes ojos azules siempre abiertos, como si buscara algo en la distancia. La sirvienta se lo pasa a su madre, que sigue inclinada hacia el hermano para que pueda ver al pequeño. Está tan emocionada que la voz apenas es un susurro.

—Se llama Alejandro, como tú.

Álex acerca la mano sucia a la carita del bebé. Olimpia no le detiene, deja que le acaricie las mejillas y la frente y, súbitamente, la boca desdentada de Alejandro se abre en una sonrisa.

—¡Te ha reconocido, Álex! ¡Le gustas! —afirma, sorprendida, Olimpia. Alejandro es un bebé tan serio que, en varias ocasiones, ha preguntado al médico si le pasaba algo extraño, si padecía algún tipo de enfermedad.

—¡Cómo no le voy a gustar si soy su tío!

La lógica infantil hace reír a las mujeres que, poco a poco, se han ido congregando alrededor de los dos hermanos molosos y el bebé. Hermíone llora tan emocionada como Olimpia. Nicesípolis coge la mano de la criada y, luego, la abraza con tanta dulzura que parece que está envolviendo con seda una de las frágiles flores secadas al calor de la chimenea de su laboratorio. Fila, callada y discreta, se ha sentado bajo la higuera y acaricia al gato, que ha vuelto en silencio y tiene el don de encajar perfectamente sobre las piernas calientes y fuertes de la muchacha. Una voz grave, con acento moloso y tono ebrio, rompe el emotivo silencio compartido:

—Álex, tienes dos sobrinos más, ¿ya no te acuerdas de ellos? —Troa se acerca a sus hermanos con pasos lentos y mirada turbia—. Políxena, ¿no vas a presentarme a mi sobrino Alejandro?

La voz de Troa tiene exactamente la misma tonalidad falsamente cariñosa con la que su madre hablaba a Olimpia cuando estaban en reuniones públicas. Un timbre tan empalagoso como los buñuelos que había preparado para Álex. Pero Olimpia sabe que, en lugar de estar rociados con la pimienta que aumenta la explosión del dulzor en la boca, las palabras de Troa están condimentadas con pura cicuta. La cara de Olimpia se contrae de asco como si hubiera dado un mordisco a un pedazo de pescado en salazón pensando que era un meloso higo seco.

—Te he dicho que me llames Olimpia.

—Álex te ha llamado... —comienza a decir Troa mirando a su alrededor, buscando con cara de incredulidad el apoyo a un ataque injustificado.

—Para ti, soy Olimpia.

—Sí, la autoproclamada reina de Macedonia —con expresión burlona, Troa se acerca a su hermana pequeña y acaricia con el índice la palma de la mano derecha del bebé, que no hace ningún intento de aferrar el dedo de su tía—. Y este es el pequeño Alejandro, el futuro conquistador del mundo.

La mofa dirigida hacia su hijo es mucho más de lo que Olimpia está dispuesta a aceptar y Troa lo sabe. Es muy consciente de que ninguna madre soporta que se burlen de su criatura.

Troa, siempre consciente de su mayor envergadura que le permite mirar desde lo alto a la pequeña Olimpia, se crece aún más cuando percibe que la menor está a punto de estallar, de destrozar su imagen de mujer madura y contenida.

—¿Para eso quieres ir a Dodona? —Troa se gira y busca con la mirada a Hermíone. La tebana está callada, de pie, junto a Álex que, muy nervioso, está agarrado al vestido de la mujer sintiendo que ha hecho algo malo, pero sin saber qué. Su hermana Troa siempre le hace sentir culpable con esa mirada de desdén y el fruncir reprobatorio de los delgados labios que jamás lo han besado—. ¿Quieres ir a Dodona a preguntar a Zeus si tu hijo es el grandioso rey que todos estamos esperando, Políxena?

Incluso la imperturbable Eurídice piensa que Troa está ebria de vino y rencor, que ha traspasado el límite de las leyes de la hospitalidad. La madre de Filipo decide que ha llegado el momento de intervenir, de impedir que Olimpia se haga daño a sí misma. El juego de la hermana mayor es fácil de reconocer: importunar a la pequeña hasta que diga algo tan inapropiado o haga algo tan violento que la que acabe castigada sea la víctima en lugar de la hostigadora, conseguir que Olimpia explote para que luego se fustigue por haber perdido el control.

En el mismo instante que Eurídice da un paso para acabar con la incómoda situación, Olimpia comienza a hablar con voz temblorosa de rabia:

—¡Por todos los dioses, Troa! Siempre me preguntaré qué tenía la leche de madre que tanta maldad metió en tu cuerpo. ¡Eres tan perversa y retorcida como ella!

—Olimpia —dice Eurídice con voz calma. Tan absorta está en lo que va a decir, que no ve el plato de buñuelos que hay en el suelo. La suela de la sandalia revienta los esponjosos dulces en el instante en el que Olimpia chilla.

—¡Doy gracias a Hera por haber impedido que madre nos diera de mamar a Álex y a mí! ¡Hasta la leche de esa higuera es menos tóxica que la de la mujer que te crio!

El grito de Eurídice cuando cae al suelo consigue callar la rabia de Olimpia que, confundida, se gira a mirar a la mujer, dolorida en el suelo, hacia la que corren el resto de las espectadoras.

Eurídice se aferra a su tobillo que comienza a hincharse delante de todas ellas. Nicesípolis se abre paso entre las curiosas y toca con cuidado la articulación inflamada. Eurídice gime de dolor. Olimpia, preocupada, coge la mano de su suegra mientras pide a Hermíone que vaya a buscar a Pausanias para que les ayude a levantar a la mujer herida.

Antes de que la tebana llegue a la puerta, el joven soldado entra por la misma con expresión muy seria. Abre la boca para hablar, pero cuando ve la escena, vuelve al silencio. Mira confuso a la mujer en el suelo, a Olimpia implorando con la mirada, a Nicesípolis explorando con cuidado el tobillo y a la enorme Troa apartada, perdida en sus pensamientos.

Tras el muchacho, entra corriendo Filina, la única mujer que se ha perdido la discusión entre las molosas. Su aguda voz resuena en el patio:

—¡Filipo está gravemente herido!

17

¡A LA MONTAÑA!

Pella (Macedonia), 354 a. C.

Eurídice está sentada en su cama. El pie tiene mejor aspecto que los días anteriores. Ya no está tan inflamado. Los dedos, antes de un morado intenso, casi negro, van tomando la tonalidad verde de la curación.

Olimpia observa a Nicesípolis, sentada a los pies de su suegra, darle un masaje con aceite de azucena. El olor es intenso, pero relajante.

—¿De verdad crees que debemos ir? ¿No parecerá una falta de respeto a Filipo? —pregunta Olimpia.

—Es una oportunidad para que las mujeres del pueblo te conozcan, Olimpia. Igual que Filipo se mezcla con sus soldados y lucha con ellos en el frente, las mujeres de la realeza tenemos que aprovechar las escasas ocasiones en las que podemos convivir con el resto de las macedonias. Jamás nos dejarán dirigir un ejército, no nos dejan acudir a las cacerías, apenas hay festivales de teatro a los que se nos invite. Las festividades religiosas son nuestro momento y las dionisias son especiales porque solo se permite la presencia de mujeres. Te alegrarás de la vivencia, ya lo verás.

—Pero mi esposo está herido —protesta la joven con el corazón dividido.

—Filipo es un guerrero. Como general y rey es consciente de que tiene que dar ejemplo de coraje y aguante. Ha decidido seguir en el frente, continúa en Metone haciendo la guerra. Si él puede hacer su vida, nosotras podemos vivir la nuestra —responde Eurídice con calma—. Nicesípolis y yo nos quedaremos esta noche aquí, tranquilas.

—No puedo dejar de pensar en él —susurra Olimpia—. El dolor que tiene que sentir en el ojo debe de ser tremendo.

—Es un hombre fuerte. Los habitantes de Metone van a pagar por lo que le han hecho. Él ha perdido un ojo, ellos van a perder mucho más, te lo aseguro.

Nicesípolis, suelta con cuidado el pie de Eurídice, que brilla por el aceite.

—¿Vas a ponerme hoy también el emplasto? —pregunta la suegra.

—Sí, si te parece bien —contesta la tesalia.

—Tú eres la experta, querida. Haré lo que tú me mandes.

Olimpia sigue mirando a Nicesípolis trabajar. Con delicadeza, coge el pie hinchado y comienza a extender una especie de barro de color negruzco. Cuando todo el pie está cubierto, vuelve a vendarlo.

—Cada vez lo haces en menos tiempo —comenta Olimpia fascinada por el movimiento rápido de las manos de su amiga mientras transforma el rollo de venda en una envoltura perfecta para el pie, con la tensión justa para que no comprima la circulación, pero suficiente para sujetar la articulación dislocada después de la caída en el patio, diez días antes. La molosa aún se siente un poco responsable.

—¡Olimpia, por fin os encuentro! —chilla Hermíone, que entra por la puerta con prisas—. ¡Daos prisa, señora!

—Hermíone tiene razón. Apresúrate, Olimpia, y no dejes que sentimientos de culpa innecesaria te impidan disfrutar de un ritual maravilloso. ¿Has cogido mi piel de cervatillo y el tirso?

Olimpia y Hermíone asienten a la vez.

—¡Pues venga! ¡Las dos a la montaña! —les apremia—. Mañana nos contaréis todos los detalles. ¡No se os olvide decirme cómo se comporta la insulsa de Nicea como sacerdotisa principal! ¡Por Dionisos! No sé en qué momento la dejaron que cogiera ese puesto. ¡Nunca vi mujer con menos gracia, iniciativa e ingenio!

Olimpia pasea, un poco aturdida, por el monte. No sabe cuánto tiempo ha pasado, pero aún es de noche, las estrellas destacan en el cielo oscuro. Está tan despejado que el frío no tiene obstáculos para llegar, intacto, a la tierra. Va descalza, aunque no recuerda cuándo ni por qué se quitó las sandalias. La hierba está fresca, pero no nota el frío subiendo por su cuerpo. Siente los pies helados, pero de una forma lejana, apagada, como si no fueran parte de su ser. Se agacha para tocarlos, pero la cabeza le da tantas vueltas que tiene que aferrarse con todas sus fuerzas al tirso, el bastón de cañaheja adornado con hojas de vid y rematado por una enorme piña. Ahora comprende por qué era necesario llevarlo.

Al tocarlo, le vienen imágenes confusas de estar sujeta con mucha fuerza a él, bailando frenéticamente. Se lleva la mano a la cabeza y descubre que lleva el pelo suelto, que todas las horquillas han desaparecido y que el lazo que sujetaba su trenza ya no está. La larga melena negra cae formando bucles en su espalda. Aunque también tiene imágenes, como si fueran de un sueño, en el que su pelo se mueve delante y detrás de su cara, mientras agita la cabeza con fuerza, como se mueve el sonajero delante de un bebé.

Apoyada en su tirso, Olimpia comienza a andar despacio. Encuentra sus sandalias a unos pocos pasos. Ha debido de lanzarlas, porque están caídas bocabajo y separadas. Se las coloca muy despacio, los movimientos más simples le parecen dotados de un nuevo significado. Calzarse, andar, moverse por el monte a oscuras forma parte de una experiencia singular de contacto con la naturaleza, como si, de repente, todo lo que la rodea se le presentase como un ser único, dotado de vida propia, de una energía serena y contagiosa que se adhiere a su cuerpo y la invade de dichosa calma y energía tranquila.

Según los pies se van calentando, su cuerpo se encuentra más relajado. Una alegría repentina la llena por completo. Ahora sabe que, como le prometieron, el dios la ha visitado. Siente con fuerza la presencia de Dionisos a su alrededor y dentro de ella. Solo la fuerza y el coraje de un dios trasgresor puede haberle infundido la determinación y la seguridad que experimenta dentro de sí. No tiene miedo a nada ni a nadie. Solo recuerda haberse sentido tan segura y dichosa cuando vivió los Misterios de Samotracia. Olimpia se nota invencible y confiada en su presente y su futuro. Se sabe una mujer especial, única, con un gran poder de atracción y liderazgo. Un pensamiento le llega con fuerza: «Mi nombre será recordado por siempre. Olimpia de Épiro. La mujer más grande que jamás dio esa tierra».

Aliviada porque sus temores han desaparecido, ya no se apoya en el tirso, lo empuña como si fuera un bastón de mando.

Con alegre determinación, se dirige hacia una hoguera que destaca en la oscuridad. El fuego está rodeado de mujeres sentadas en el suelo. Todas callan cuando ella se aproxima. Su pequeña figura se hace grande cuando las llamas proyectan su sombra varios metros. Dos mujeres mayores se apartan para dejarle hueco. Olimpia se sienta entre ellas sin hablar, solo agradece el gesto con un ligero movimiento de cabeza y una sonrisa. Espontáneamente, una muchacha situada a poca distancia comienza a cantar una triste canción sobre una joven enamorada de un hombre de su edad, pero que tiene que casarse con un viejo amigo de su padre. Olimpia no se sabe la letra, pero conoce la canción. La ha escuchado antes, a través de una puerta cerrada para ella.

La melodía, con esa enorme capacidad que tiene la música de hacer viajar al alma, la lleva al palacio de Pasarón. Olimpia vuelve a ser Políxena, la pequeña hija de seis años de un rey triste y apagado. La niña llora pegada a la puerta oscura y tan carcomida que permite escuchar lo que sucede al otro lado, en la sala donde se reúnen las mujeres a tejer, bordar y leer. Frente a un gran telar, su madre está de pie, siempre cerca de la chimenea, quizá porque la frialdad que aloja en su corazón le impide sentir calor. Alguien le ha pedido que cante, pero ella se niega a hacerlo si Políxena está presente. Le dirige una gélida mirada azul y la manda a buscar lana verde. La niña se dirige al montón de lanas y saca una madeja de color oliva, pero su madre no la quiere.

—Ese no es el tono verde que necesito —rechaza tajante Deidamía—. ¿Siempre tengo que decírtelo todo tres veces? ¿Algún día aprenderás a obedecer a la primera? ¡Por Hera y Deméter! ¡Qué paciencia!

La risa de Troa irrita a Políxena. Sabe que va a cantar en cuanto salga de la sala. Que la única forma de escuchar su maravillosa voz es a través de una madera, que es mejor que no entre hasta que no haya acabado si no quiere recibir un tirón de pelos y una bofetada tan dolorosa como humillante. Con el tiempo, aprendió a sentarse pegada a la puerta cerrada y escuchar la bella voz de su madre mientras ella lloraba.

Las lágrimas, que ya conocen el camino, brotan espontáneas mientras oye a la joven cantar. El aplauso de las mujeres le hace volver al presente. Con el dorso de la mano, limpia su cara. Aunque el recuerdo es triste, algo en su interior ha bloqueado el dolor. Olimpia lo busca, pero no lo encuentra. Todo lo contrario, se siente aliviada, fuera de peligro. La seguridad que lleva experimentando desde que se despertó en el bosque sigue fuerte dentro de ella. Se dice a sí misma que aquello ya acabó, que su madre nunca podrá hacerle daño de nuevo. Olimpia es una mujer fuerte, atractiva, inteligente y, sobre todo, muy amada por un hombre poderoso. Un pensamiento la sacude: «Mi poder no reside en que Filipo me ame. Su poder reside en que le amo yo».

—Esa canción solo puede hablar de una mujer rica —comenta la mujer que está sentada a su derecha, sacando a Olimpia de sus pensamientos.

—¿Cómo? —pregunta la molosa, pensando que se dirigía a ella, aunque realmente la mujer está hablando con la compañera sentada a la izquierda de la esposa real.

—¡Oh! Le decía a Eirene que esas penas de amores no correspondidos solo les preocupan a las mujeres ricas. Las pobres tenemos bastante con trabajar y dar de comer a un montón de chiquillos.

—¿Tienes muchos hijos? —pregunta, Olimpia, pensando que la mujer debe de andar cerca de los cuarenta.

—Ocho veces he parido. Me viven cinco. Tres muchachos y dos chicas.

—¡Vaya! Debe de ser duro perder tantos hijos.

—Uno murió a los pocos días de nacer. Ni siquiera me dio tiempo a ponerle nombre. Casi me muero yo también —comenta la mujer, que es obvio que tiene ganas de hablar y siente curiosidad por la nueva compañera—. Otra niña, de nombre Casiopea, como yo, murió de fiebres cuando tenía dos años. ¡Era la niña más buena que se podía tener!

—¡Por Hera! —exclama Olimpia—. No imagino mayor dolor que perder a un hijo, Casiopea.

—Mi hijo mayor, Alejandro, ha muerto en el sitio de Metone —suspira—. ¡Lo que trabajó ese idiota para conseguir el armamento y alistarse en el ejército! Estaba convencido de que el rey le daría luego tierras por haber luchado en una guerra que no era la suya.

—¿No era su guerra? ¿Acaso no es macedonio?

—¡Quia! Las guerras las luchan los pobres, pero los que se llevan las medallas y las ganancias son los ricos.

—El rey repartió tierras a los soldados que lucharon en Anfípolis —comenta Olimpia.

—Sí, sí —interviene la otra mujer. Mira con recelo a la noble, teme que su amiga esté ofendiendo a alguien poderosa—. Mi hijo es ciudadano de Filipos, la ciudad nueva que fundó para que los colonos se asentaran allí. Él tiene sus propias tierras.

—¡Tierras que consiguieron los generales! Las parcelas más ricas y fáciles de cultivar, para que cada vez sean más ricos. En el reparto del botín, además, consiguen esclavos que las trabajen —niega Casiopea, cabezona—. ¿Qué ganan los pobres? Unos pocos dracmas que les hacen creerse afortunados, hasta que se los gastan en putas o en más armas para seguir luchando en nuevas guerras.

—¡Mi Hierón recibió tierras! —insiste la compañera, cada vez más nerviosa por los comentarios de su amiga.

—A tu hijo le darían un terruño con el que, a duras penas, podrá ganar para comer sopa y gachas trabajando lo que le queda de vida —Casiopea se gira hacia Olimpia y la mira con descaro—. Hay gente que solo come carne cuando hay alguna fiesta religiosa. ¡Por eso no me pierdo ninguna!

La mujer suelta una gran carcajada que hace sonreír a Olimpia porque le recuerda a Filipo. Comprende que nunca había estado sentada junto a mujeres tan humildes.

En el corro alrededor del fuego hay movimiento de nuevo. Frente a ella, dos mujeres se mueven para dejar que se sienten otro par que acaban de llegar. La llama impide ver a Olimpia las caras. Una de ellas lleva una túnica corta, se ven las largas y musculosas piernas. La otra viste una túnica larga, de lana fina, como la suya. Comprende que no es la única noble alrededor de esa hoguera. Olimpia se esfuerza por ver la cara de la otra aristócrata del grupo.

—Hablando de fiestas —comenta Casiopea, cada vez más curiosa—. Nunca te he visto en el monte. ¿Es la primera vez que celebras las Dionisiacas?

—Sí, había oído hablar de ellas, pero nunca había podido asistir. ¡Es una experiencia increíble! ¡De veras que se puede sentir el contacto con el dios!

Mientras habla con las mujeres, Olimpia sigue intentando averiguar la identidad de la mujer que, al otro lado del corro, acaricia sensualmente el muslo dorado de la muchacha del chitón corto.

—¡Quia! Este año Dionisos apenas se ha acercado. ¿Tú lo has sentido, Eirene?

—Dionisos se ha ido a dormir cuando ha visto a esa sacerdotisa nueva —responde la compañera lanzando una gran carcajada y, a continuación, mira a Olimpia con recelo—. ¿Quién tuvo la idea de nombrar a esa Nicea ménade principal? En serio, niña, ¡tendrías que haber venido cuando nos dirigía Higinia! ¡Eso sí eran buenas orgías! No había ni una de nosotras que no sintiera al dios poseyéndola.

Olimpia se siente confusa. Ella sí ha sentido la presencia de Dionisos en su interior. Aún sigue notando el poder dentro de ella, ese sentimiento de felicidad y de unión con todo lo que le rodea, de comunión con la naturaleza e, incluso, con esas extrañas mujeres.

—¿Qué pasó con Higinia? ¿Ha muerto? Tengo entendido que el cargo es vitalicio —un golpe de aire agita la llama permitiendo a Olimpia ver la cara de la noble situada enfrente. Los ojos verdes se abren de sorpresa. Fila no la ve a ella, su mirada está concentrada en la cara de la joven a su lado. La menor de las esposas del rey se ve dichosa, feliz. Olimpia nunca la ha visto sonreír de esa manera tan sincera y abierta.

—Sí, murió a principio del invierno —contesta Eirene—. ¡Que Perséfone la cuide por siempre!

Las dos mujeres, a la vez, se giran para escupir fuera del círculo.

—Nicea no sirve como sacerdotisa —insiste Casiopea, más propensa a decir lo que piensa—. Se ha comprado el cargo, como la que se compra un vestido, pero servir, no sirve. Por mucho que su marido sea el famoso Antípatro, ella no sabe dirigir el tíaso. Si yo tuviera oro, lo haría mucho mejor.

—¡*Pos* claro! Tú serías una sacerdotisa *mu* buena, Casiopea —la tal Eirene mira a Olimpia, cada vez más tranquila por su presencia—. Aunque hoy esté *mu* modosita, porque el dios no ha querido venir, Casiopea es la favorita de Dionisos. ¡Tendrías que verla cuando se le agita el cuerpo y se le abren los ojos! Cuando *la* Casiopea comienza su baile, sabemos que el dios está cerca. Pero esta noche, *na* de *na*.

—Nicea no sabe preparar bien la bebida. Higinia me enseñó los ingredientes secretos y cómo hay que mezclarlos. En qué proporción y orden. Los dioses son muy recelosos *pa* sus cosas. Y esta noche el vino no los llevaba.

—¿De verdad? ¡Eso no me lo habías *contao*! —Eirene no acaba de creer a su amiga—. ¿Por qué te lo enseñó a ti?

—Pues porque yo tengo la marca del Dios.

—¿Qué marca? —preguntan Eirene y Olimpia a la vez.

—Pues la señal. Es como una luz que hay alrededor de algunas personas. Eso quiere decir que Dionisos la ha elegido para comunicarse con ella.

—¿Y cómo se puede saber si alguien tiene la marca? —pregunta, muy interesada, Olimpia.

—Eso se sabe y ya está —responde, tajante, Casiopea—. Tú también la tienes, chiquilla.

—¿Yo?

Casiopea se queda mirando fijamente a Olimpia. Las tres callan. Se oye el chisporroteo de la leña ardiendo y, a lo lejos, la voz de una mujer gritando algo al viento que no consigue entenderse. Olimpia se siente confusa por la mirada de Casiopea. No tiene miedo, pero nota como si un cirujano hubiera abierto su vientre y estuviera mirando una por una sus vísceras, analizando sus entrañas, escuchando sus pensamientos, a pesar de no ser capaz de decir ni una palabra.

—No sé quién eres, niña, pero llevas dentro de ti la fuerza de mil mujeres. Solo un dios muy poderoso ha podido darte tanta energía.

Olimpia se estremece al escuchar a Casiopea. No trata de negarlo. Siente que es verdad.

—Algún día seré sacerdotisa de Dionisos —afirma, convencida, Olimpia mirando al fuego. En sus pupilas verdes se ve reflejada la llama confiriendo a su mirada un halo de misterio y determinación que refuerza las palabras de Casiopea—. Entonces, te buscaré, Casiopea. Tú vas a ayudarme a ser la mejor.

—Así será si Dionisos lo quiere —contesta la aludida, que nota la fuerte conexión con la menuda joven que se ha sentado a su lado.

La voz que se escuchaba en la distancia se acerca rompiendo la tensión del momento. Ahora se percibe claramente a una mujer llamando a otra.

—¡Olimpia! ¡Olimpia! —es la voz de Hermíone, que parece desesperada. La molosa resopla fastidiada. Cuando la ve sentada en el suelo, la tebana corre hacia ella—. ¿Qué hacéis aquí sentada, señora, vais a coger frío?

—No tengo frío, Hermíone. El fuego me calienta —responde, resignada, Olimpia.

La tebana mira a su señora sin entender. No comprende qué puede haber hablado la esposa del rey con esas dos rudas.

—No nos has dicho tu nombre, niña —comenta Casiopea, que se siente un poco ofendida por la actitud de la criada, a pesar de estar acostumbrada a ser invisible para las personas pudientes.

—¿Niña? ¡Un respeto a la esposa del rey! —dice indignada Hermíone mientras cubre los hombros de su señora con una manta de lana que lleva en las manos.

Casiopea, tan espontánea como descarada, no parece amedrentarse por las palabras de Hermíone. Mira de nuevo a Olimpia, directamente a los ojos verdes.

—¿Cuál de ellas? Se ha casado muchas veces y nosotras nunca hemos sido invitadas al banquete—. Su carcajada le recuerda, una vez más, a la de Filipo.

—¿Acaso no lo has escuchado? —musita la otra, más tímida—. Es Olimpia, la molosa, la favorita del rey.

—¡Anda mi madre! ¡Pues claro que es la favorita! ¡El rey no es tonto! —exclama Casiopea, que parece incapaz del disimulo. Hermíone se escandaliza al escucharla, pero Olimpia sigue fascinada.

—Mi hijo también se llama Alejandro, como el tuyo, Casiopea. Nunca olvidaré lo que esta noche hemos hablado —dice la molosa mientras se pone de pie apoyando una mano en cada una de las mujeres—. Mandaré buscarte cuando esté preparada, Casiopea, no te asustes.

—Estaré esperando —contesta, tranquila, la mujer.

Hermíone coge del brazo a Olimpia obligándola a marcharse.

Cuando se han alejado unos pasos, escucha la carrera de una mujer. Se gira y ve a Casiopea sonriendo:

—Mi casa es una pequeña en el camino que une la ciudad con el puerto. Muy cerca del santuario del dios Darron. Vuestro emisario tendrá que preguntar por la casa de Orestes el Tuerto —descarada, guiña un ojo a la joven—. Parece que tenemos algo más en común que la marca de Dionisos.

Olimpia no se escandaliza por las palabras irrespetuosas de la mujer. Aún no ha visto a su esposo, no puede imaginarse a Filipo sin uno de sus preciosos ojos azules.

—Orestes el Tuerto. Santuario de Darron —repite Olimpia, sin dejar de andar, casi arrastrada por Hermíone—. ¡No lo olvidaré, Casiopea!

La mujer se queda parada mirando a las dos nobles que se alejan. Ni por un momento, duda de la palabra de la joven y bella esposa del rey.

El retorno a Pella es más silencioso y desorganizado que la subida a la montaña. Casi todas las mujeres bajan cansadas y pensativas. La mayoría, despeinadas y con los vestidos manchados. Todas, sin excepción, decepcionadas por el papel de la nueva sacerdotisa, Nicea. Muchas, felices por la experiencia, aunque solo sea por poder escapar durante un día completo de sus obligaciones habituales como mujeres.

Olimpia marcha en la parte delantera de la comitiva, pocos pasos detrás de Nicea. La molosa no hace nada más que dar vueltas a la idea de sustituirla en el próximo evento, dentro de dos años. No sabe cómo tendrá que hacerlo, pero intuye que el propio Dionisos le indicará el modo. La voz de Fila, un poco jadeante por la marcha y porque ha llegado corriendo hasta ella, la saca de sus pensamientos.

—No se lo vas a decir a nadie, ¿verdad?

—¿Qué es lo que tendría que decir? —pregunta Olimpia sonriendo.

—Tú también estabas alrededor del fuego.

—Sí, rodeada de mujeres maravillosas. Nunca te he visto tan feliz como esta noche, Fila. No te imaginas lo dichosa que eso me hace.

—Eres una verdadera amiga —en un arrebato de pasión, Fila abraza a Olimpia y le da un beso en la mejilla.

—Hoy he tenido una conversación increíble con dos mujeres muy especiales. Y te lo debo a ti, Fila. Tú me enseñaste a hablar y entender el macedonio —responde con calma Olimpia, que aprecia de verdad a la joven—. ¿Quién es la muchacha?

—Se llama Antíope —el nombre evoca en ella la frescura de una joven danzando. No era tan bella como Nicesípolis, pero tenía una mirada limpia, la sonrisa perpetua y un desparpajo natural que la cautivaron al instante. No podía dejar de mirarla mientras bailaba desenfrenada. La muchacha giraba feliz alrededor de la hoguera, con el pelo revuelto, apenas sujeto con una guirnalda de flores silvestres que ella misma había preparado mientras caminaban hacia el monte por la tarde. Llevaba un corto vestido de basta lana con el que mostraba sus largas piernas, musculosas y potentes, acostumbradas a la dura faena del campo. Para Fila, evocaba la fuerza salvaje y sensual de Artemisa, la divina cazadora.

—¿Te gusta de verdad?

—Mucho —responde Fila recordando el momento en el que ella, de naturaleza tímida, se levantó de la manta y se puso a bailar junto a la joven campesina que la miraba fijamente a los ojos sin dejar de moverse al ritmo de timbales y tambores. Aunque Fila apenas los percibía, su corazón latía tan fuerte que pensaba que todos tenían que estar escuchándolo. Vio a la muchacha mover los labios, pero no puedo oír lo que decía hasta que se acercó a ella y musitó, en un tosco macedonio: «Bonitas manos, se nota que no trabajas en el campo». Fila escondió sus manos tras la espalda, abochornada. La joven, sin comprender por qué alguien se avergonzaba de tener unas manos tan delicadas, rodeó con sus vigorosos brazos el cuerpo de la noble y las sacó de su escondite para después llevárselas a los labios con lasciva intención. El cuerpo de Fila respondió con una sacudida que la despertó bruscamente de años de encierro y soledad.

—¿Te gusta más que Nicesípolis? —pregunta Olimpia sin pararse a reflexionar. Fila se queda inmóvil en mitad del camino, apoyada en su tirso, con la boca abierta y la cara roja de vergüenza.

—¿Lo sabías? —balbucea.

—Reconozco la mirada de una mujer enamorada, eso es todo —contesta Olimpia con simple sinceridad.

No quiere decirle, por no aumentar su vergüenza, que todo el mundo lo sabe en el palacio. Quizá la única que no se ha percatado es la propia Nicesípolis, tan absorta en sus plantas y recetas que no tiene tiempo para amoríos y secretos. Al rememorar el laboratorio de la tesalia, Olimpia recuerda unas palabras de Hermíone: «Eurídice se hace más fuerte cada vez que conoce y guarda un secreto de una de nosotras».

Olimpia se promete a sí misma que no utilizará jamás el secreto de Fila para hacerle daño o conseguir medrar en la corte.

Sumergida en el agua con olor a lavanda, Olimpia cuenta a su leal Hermíone las conclusiones a las que ha llegado:

—Donde tú ves labriegos y pastores, yo veo a mujeres que tienen una información y una visión que los que vivimos en palacios no vislumbramos.

—¡Por todos los dioses! ¿De qué os serviría?

—Por ejemplo, para contarle a Filipo que su pueblo no está contento con el reparto de tierras y botín. El rey se siente orgulloso de su ejército, pero las esposas y madres de estos soldados no lo ven así.

—¿Eso iba a hacer cambiar los planes de Filipo? ¿Qué diría el estirado Antípatro si ahora se pusiera a repartir tierras entre los campesinos? ¿O los nobles de la Alta Macedonia, siempre dispuestos a cuestionarle el trono?

—No digo que Filipo vaya a hacer grandes modificaciones, pero seguro que el saberlo le resulta útil —dice Olimpia. Luego, se sumerge entera en el agua para pensar. Cuando sale, sonríe—. En cualquier caso, yo sí podría hacer algo. ¿Te acuerdas de cómo escuchamos a las mujeres de Aigai alabar a Eurídice por hacer donaciones a viudas y huérfanos? Yo tengo mis propias tierras en Molosia. No son las más ricas, pero me procuran buenas rentas. Podría hacer como Eurídice, podría donar a los más desfavorecidos. Así, estas mujeres y sus familias tendrían un vínculo conmigo.

—¿Y eso en qué sentido os sería útil?

—Imagina que nacen más herederos de Filipo. ¿No preferiría el pueblo al hijo de la mujer que les ha favorecido? ¿La que ha demostrado ser generosa con ellos?

—¡Vaya! ¡Sí que pensáis a largo plazo!

—No se queda todo ahí. La conversación con Casiopea y Eirene ha sido muy provechosa. También voy a hacer generosas donaciones para banquetes y festivales religiosos. La ofrenda de una estatua, como hizo Eurídice, o la celebración de las victorias de Filipo, puede ser un momento excelente para que mi nombre quede asociado a grandes festines de carne y lujos que ellos no se pueden permitir.

—Filina no tardará en hacer lo mismo.

—¡Que lo haga! No es ella la que se sienta en el teatro al lado del rey, o la que viaja con Eurídice, ni la que es capaz de hablar con las campesinas. Estoy segura de que mañana en el ágora, mientras compran verduras y telas, las mujeres hablarán de dos cosas.

—¿Cuáles?

—De lo pésima que es Nicea como ménade y de que yo, la esposa del rey, estuve hablando con Casiopea toda la noche. Además, tengo la marca del dios. Voy a ser la próxima sacerdotisa mayor de Dionisos, Hermíone. Ya lo verás.

SEXTA PARTE:

HERMÍONE

18

HERMÍONE

Pasarón (Épiro), 373 a. C.

Hécuba paseaba con la dificultad de una recién parida por la pequeña habitación. No podía permitirse caer en el desánimo, en la desesperación. Un sonido en la puerta hizo que se girara, asustada. Una cabeza asomó logrando que el temblor cediera, que el miedo se escapara por la misma puerta que se acababa de abrir. Una gran sonrisa acudió al rostro de la tebana:

—¡Hermíone!

Deidamía era una mujer tan ambiciosa como inteligente. Aribas se sentía dichoso pensando que tuvo razón al creer que ser la madre de un rey poderoso iba a resultar motivador para la desencantada esposa de Neoptólemo. Pero su cuñado estaba muy equivocado. Ni siquiera conseguía mitigar levemente el dolor de la decepción, pues era más duro estar decepcionada que enfadada.

Que Neoptólemo se acostase con otras mujeres le molestaba porque hería su orgullo, pero pensaba que se debía a la desbordante virilidad de su esposo. Era joven, guapo y dotado de un cuerpo lleno de una pulsión sexual difícil de contener. ¡Incluso la divina Hera tenía que aguantar las necesidades extramaritales del explosivo Zeus!

Pero lo que realmente no podía soportar Deidamía era que Neoptólemo se comportara con debilidad. Desde que llegaron de Dodona, su esposo había dejado de ser un hombre para convertirse en una plañidera. Tenía tanto miedo a que la maldición fuera cierta, a ser desgraciado, a vivir entre angustias y morir agonizando de dolor que el pensamiento lógico se le había detenido. Haría cualquier cosa con tal de que la tebana retirara la maldición. ¡Era ridículo verle! Deidamía sentía tanta vergüenza que le odiaba. Si dependiera de ella, preferiría ser su viuda que su esposa. Habría sido capaz de matarle por necio y egoísta. ¡No era capaz de ver que la maldición también había caído sobre Troa!

Si Deidamía permitió a Hécuba vivir fue más por proteger a su hija que por ansias o deseo de ser una mujer importante en el pequeño reino de Molosia. Nunca, por mucho que ello le reportara beneficios, se sentiría la madre de ningún bastardo. Gran conquistador tendría que ser el futuro rey para conseguir derribar la gruesa muralla que Deidamía había construido alrededor de su persona.

Dejar vivir a la tebana, causa de su humillación y su miedo, no suponía que le fuera a hacer la vida fácil. Fue idea de la esposa del príncipe que la joven no pudiera salir del austero cuarto que le había preparado. También era cosa de Deidamía impedir que hablara con nadie en el palacio. «La única forma de mantener un secreto es asegurarse de que no lo sepa nadie», sentenció cuando Neoptólemo trató de conseguir mejorar la situación de la embarazada.

Solo accedió a dejarla pasear cuando Hécuba amenazó con suicidarse y arrastrar a todos al Hades con ella. Para vigilarla, Deidamía dispuso que una esclava la acompañase en los paseos, que siempre se realizaban antes del amanecer o después del anochecer, cuando no pudieran ser vistas.

La muchacha era una de las criadas de la familia, una joven esclava que la familia había comprado en Tesalia y que, como otras tres esclavas más, respondía al nombre de Hermíone. Deidamía decía que era tradición en su familia poner el mismo nombre a todas las esclavas, así le resultaba fácil recordar el nombre y, además, conseguía diluir la personalidad de las mujeres que quedaban borradas bajo el nombre único.

Hermíone, la tesalia, fue la que más se resistió a perder su esencia. Bella y espontánea, solía decir que había nacido en una familia noble. Nadie la creía, aunque, por otra parte, saltaba a la vista su buena educación, pues sus ademanes eran dulces y delicados y su griego era mucho mejor que el de la mayoría de los molosos, incluidos los dos príncipes.

Aribas estaba encaprichado de ella, de sus profundos y enormes ojos azules, su andar seguro y su desparpajo. Sin embargo, era Neoptólemo el que se la beneficiaba. Ella se dejaba querer, pues así había pasado de las sucias cocinas a formar parte de las criadas de la esposa. Era una de las niñeras de Troa.

Sin embargo, Hermíone temía a la niña tanto como la odiaba. Pensaba que su madre la había malcriado. Para Deidamía, Troa era tan perfecta que la niña se creía con derecho a ser adorada por todos. Donde Deidamía veía madurez, Hermíone encontraba maldad. Era cierto, como decía la madre, que la niña era capaz de una reflexión impropia de su edad. «Se queda callada, mirando, escuchando, contemplando todo con esos ojos fríos. Su pensamiento es tan retorcido que siempre acaba encontrando malas intenciones. Nunca está feliz, todo le molesta. No hay día que no acuse a alguien de haberla herido a propósito. He visto a dos esclavas ser azotadas por sus suspicacias», decía Hermíone moviendo la cabeza, temiendo ser la siguiente.

Ella era solo una esclava y no tenía otra opción que obedecer y callar. Y eso hizo cuando la encomendaron cuidar de la tebana encerrada en un cuarto. No podía hablar con ella, solo acompañarla en paseos tristes y silenciosos.

La joven tebana era bastante callada y siempre parecía estar enfadada o triste, por lo que Hermíone no encontraba motivos para la conversación, aunque la curiosidad le quemaba las entrañas. La lógica le decía que el encierro de esa muchacha estaba relacionado con el enfriamiento de la relación entre Deidamía y Neoptólemo. El príncipe había cambiado mucho desde que volvió de Dodona. Las palabras del oráculo habían llegado hasta el palacio, pero nadie se atrevía a hablar del tema desde el día que el príncipe se encolerizó tanto que él mismo azotó a un esclavo hasta casi matarlo. No se le volvió a ver en palacio. Se comentó que había sido vendido para trabajar en las minas.

Unas semanas más tarde del regreso de la comitiva, comenzaron los rumores sobre el embarazo de Deidamía. Si la profecía era cierta, tendría que nacer un heredero muy poderoso, pero la sacerdotisa del oráculo también había hablado de sacrilegio. «¿Será ese el motivo por el que Deidamía se comporta de una manera tan extraña?», se atrevió a preguntar otra esclava, «nunca ha sido alegre, pero ahora parece amargada. Solo canta cuando su suegra se lo pide y sus canciones son casi un lamento. Si es cierto que está embarazada, el niño que nazca no va a necesitar la palmada en las nalgas para llorar, pues llevará meses haciéndolo». Hermíone rio de la ocurrencia de su compañera, pero no dijo nada. Era mejor no arriesgarse a ser escuchada y castigada.

Hermíone, como todos, se moría de ganas por saber. Pero era hábil y paciente. Sabía que, tarde o temprano, encontraría la grieta en el muro de silencio que se había construido alrededor de la tebana.

La ocasión se presentó una tarde muy lluviosa. Incluso con ese terrible tiempo, la encerrada quiso salir a dar su paseo y Hermíone accedió, no le tenía miedo a la lluvia.

Pronto el aguacero era tan fuerte que ambas, sin decirlo, pensaron que era mejor detenerse a resguardo de esa agua que, fustigada por el viento, les azotaba la cara, los brazos y las piernas sin compasión. El mejor sitio que encontraron fue bajo un insólito acebuche que había conseguido crecer brotando entre dos rocas. El árbol, con el tronco inclinado hacia el camino, extendía sus largas ramas en busca del sol que calentara sus preciados frutos, igual que sus raíces habían aprendido a hundirse en el duro suelo moloso.

Esas mismas ramas impedían que las jóvenes fueran vistas. La tebana se quedó parada, en silencio, mirando al cielo derramarse. Sus pensamientos se fueron hacia la noche en la que, entre el agua y la oscuridad, se encaminó decidida a una tumba que nunca debió visitar.

Hermíone no pudo contener sus ganas de cotillear:

—Este olivo parece que ha brotado a propósito para que los paseantes podamos detenernos. En verano debe dar buena sombra.

La tebana, perdida en sus pesares, se estremeció al escuchar la bella voz de Hermíone. Se había acostumbrado al silencio impuesto. Miró hacia arriba, al árbol, como si acabara de descubrir que existía.

—¡No es un olivo! Es un acebuche —repuso Hécuba, sacudida por viejos recuerdos.

—Se parecen mucho. No soy experta en árboles.

—El acebuche es silvestre, salvaje. Los hombres no han conseguido domarlo para comerse sus olivas, que son duras e insípidas, aunque su aceite ayuda a sanar las encías. Y, sus hojas y flores, quemadas, se convierten en cenizas vegetales

—añadió la tebana, aunque le estremeció el pensamiento de ser incapaz de recordar la fórmula con la que su madre creaba las famosas cenizas.

—Hablas como si admiraras a un árbol tan inútil —repuso la tesalia confundida por la pasión que se había apoderado de su compañera.

—Este árbol inútil acaba de evitar que te empapes. No deberías despreciarlo —dijo Hécuba.

—¿Conoces la fábula del olivo y la caña? —dijo, de pronto, Hermíone.

La tebana negó con la cabeza.

—Si quieres que te la cuente, tendrás que decirme tu nombre —la voz de la tesalia era dulce, pero tan segura y alegre que hizo sonreír a la triste muchacha.

—Hécuba.

Hermíone le cogió las manos y, mirándola directamente a los ojos, comenzó a contar:

—Cuenta el sabio Esopo que una caña y un olivo discutían sobre cuál de los dos era más firme y resistente. El olivo se burlaba de la debilidad de la caña, que se inclinaba fácilmente cuando el viento la rozaba. La caña guardó silencio. Pero, al cabo del rato, comenzó a soplar un fuerte viento. La caña, sacudida, se inclinaba sin problemas y se salvó fácilmente. El olivo, firme, intentó resistir el vendaval, pero acabó quebrado.

—A veces, no tenemos otra opción que permanecer firmes —comentó Hécuba, emocionada. Hermíone seguía sujetando sus manos, y ella se dejaba sostener. ¡Era tan consolador!

—Conozco vuestro secreto —le dijo la bella tesalia muy seria.

—No hay ningún secreto —respondió tajante Hécuba, soltando las manos. Giró todo el cuerpo hacia el camino, apartando la mirada de su compañera. Temblaba de frío y miedo.

—Es evidente que estás embarazada —insistió la otra.

—Es evidente que ambas vamos a ser castigadas si nos descubren hablando. Y tú tienes más que perder, yo no soy una esclava como tú.

—¿Es hijo de Neoptólemo? —continuó Hermíone, ajena a las reticencias de la otra muchacha, que cada vez se sentía más fastidiada y, a la vez, deseosa de compartir sus miedos—. A mí también me utiliza. Ese estúpido engreído se cree más listo de lo que es. Pero yo tengo mucho cuidado para no quedarme embarazada, Deidamía me mataría si se enterase de que espero un bastardo.

—Un bastardo —repitió susurrando Hécuba—. Mi hijo no será un bastardo.

—¿No? ¿Y cómo vas a evitarlo? ¿Neoptólemo va a casarse contigo? —la tebana se echó a llorar. La esclava, comprendiendo que había sido demasiado cruel, se acercó a ella para abrazarla y consolarla pidiendo disculpas por su actitud.

—Van a quitarme al niño —musitó entre hipidos la tebana, agarrada a la otra joven con la misma fuerza con la que el acebuche había hundido sus raíces entre las duras rocas—. Van a quitarme a mi niño y lo criará Deidamía, haciéndolo pasar por suyo.

Y el llanto ya era tan incontrolable que no sabía si el agua que corría por su cara era suya o de la lluvia, que seguía arreciando, descargando sobre ellas toda la furia del cielo, como si el mismo Zeus se hubiera confabulado con las muchachas para que pudieran estar en la calle, visibles para todos, pero ocultas, pues nadie iba a salir a mirarlas con esas condiciones.

—Es mi hijo, pero no me dejarán decírselo jamás. Neoptólemo me ha dado permiso para que sea la nodriza, así podré ver al niño crecer —sigue contando sin que nadie ya la pueda frenar desesperada en su soledad, asustada por la magnitud de su pecado—. Pero el niño nunca me llamará madre.

—¿Deidamía ha consentido? —preguntó incrédula Hermíone que conocía bien a su señora—. ¿Estás segura de que no os mandará matar a ti y al niño cuando nazca?

—Al niño, seguro que no. Neoptólemo la mataría a ella si hiciese algo a la criatura —respondió enigmática la tebana—. Pero yo no creo que sobreviva al parto, la verdad. Neoptólemo me tiene miedo porque até una maldición contra él cuando me hizo lo que me hizo.

—¿Crees de verdad que eso le frenará? —interrumpió la esclava. De pronto, la duda se hizo certeza en su mente—. ¡Es por eso por lo que está tan cambiado! No ha vuelto a ser el mismo desde que llegó de Dodona. ¡El muy cretino tiene miedo! Todos pensábamos que era por el oráculo y ese niño poderoso que iba a nacer…

Los ojos de Hermíone se abrieron. Hécuba bajó la mirada.

—¿Ese niño? ¿Es tu niño?

—Eso cree él. Y mc hizo jurarle que vendría y lo tendría aquí para que pueda ser criado como el rey que va a ser. ¡Me siento atrapada entre una profecía y una maldición!

Hermíone dejaba que la tebana hablara, que dejara salir lo que la atormentaba. No lo hacía solo por curiosidad, sentía de veras el dolor y el miedo de esa muchacha. Mojada bajo el olivo salvaje, Hécuba parecía tan frágil como la caña.

—Yo le tendría más miedo a Neoptólemo y Deidamía que a los dioses —susurró Hermíone.

—¿Qué podrían hacer más? ¿Matarme? —gritó Hécuba—. Si yo muero, no habrá forma de detener la maldición.

—Deshacer una maldición es complicado. Estudiaré cómo puede hacerse. No te preocupes, confía en mí, soy de tierra de brujas, ya sabes —bromeó Hermíone. La seguridad con la que hablaba consiguió calmar la desazón de Hécuba—. Lo más urgente ahora es frenar los impulsos de Deidamía. Da igual a lo que hayas condenado a su marido, a ella no le importará si tiene en su poder a la criatura de la que hablaba la profecía. Si Neoptólemo muriera, lo único que tendría que hacer es casarse con su hermano Aribas. Seguro que él estaría encantado. Apuesto lo que quieras a que conoce el secreto.

La tebana asintió con una triste sonrisa ante la agudeza de la esclava.

—Y creo que fue hasta el inspirador, aunque no puedo estar segura. Por las conversaciones que he escuchado, han debido de llegar a algún tipo de acuerdo los dos hermanos. Aribas obtendrá algún tipo de beneficio a cambio de guardar el secreto de Neoptólemo, intuyo que algo relacionado con heredar el trono. Así que no le interesa matar al niño, pero...

—Otra cosa es matarte a ti. En cuanto nazca el pequeño, no les vas a hacer falta. Es más, te vas a convertir en un estorbo. El único que te puede proteger es Neoptólemo, porque la maldición le ata. Pero eso les da igual a los otros dos.

—¿Qué puedo hacer, Hermíone? —preguntó desesperada, volviendo a llorar con tanto desconsuelo que la otra mujer no sabía cómo pararla.

—Hay que ser más listos que ellos, y tenemos una cosa a nuestro favor —Hécuba escuchaba sus palabras con tanto agradecimiento que a punto estuvo de echarse a los pies de la tesalia—. Ellos se creen que somos tontas. Les pasa a todos los amos. Dan por hecho que, al convertirte en esclavo, pierdes el conocimiento. De momento, estás a salvo. Quieren al niño y que sigas viva. No te preocupes, Hécuba, yo voy a ayudarte. No estás sola.

Hermíone observaba a Políxena dormir. Miró a su amiga pidiendo permiso con la mirada para coger a la pequeña. Hécuba se lo dio con un ligero movimiento de cabeza.

—¡Qué pequeña es!

—Mi madre fue la mujer más menuda que he conocido —comentó la tebana, que ya había hablado a su amiga muchas veces de las capacidades de Perimedes—. Y la más grande. Se parece a su abuela.

—Aunque tiene los ojos verdes como el padre —comentó Hermíone acariciando la mejilla de la niña, que había abierto los ojos—. ¡Vaya la que has liado naciendo niña!

Hécuba se echó a reír. La tesalia tenía la capacidad de convertir cualquier situación, por muy complicada o triste que fuera, en una oportunidad de divertirse, de desafiar al destino, de crear la ilusión de la posibilidad una nueva vida más dichosa.

—Deidamía ha dado permiso para que salgas de este cuarto. Ahora eres la nodriza de su nueva hija, no hay motivos para que sigas encerrada.

Hécuba suspiró aliviada. Estaba cansada del encierro, que se había hecho más difícil según avanzaba el embarazo y el verano. El calor de los últimos días le había resultado insoportable.

—Ha puesto una condición. No quiere que utilices tu verdadero nombre.

—¿Por qué?

—No quiere que nadie te relacione con la sacerdotisa que desapareció de Dodona. Teme que tu familia venga a buscarte.

—¡Después de tantos meses! ¿Quién iba a venir a buscarme? Calíope, mi compañera, quedó encargada de difundir que me había fugado con un peregrino ateniense. Mi padre y hermanos se sentirán tan avergonzados que seguro prefieren que nadie me recuerde.

La niña comienza a llorar en brazos de Hermíone, busca desesperada el pecho de su madre. Hécuba extiende los brazos, coge a la niña y permite que sacie su hambre. Aún le duele cuando se engancha. Sabe que es normal, sus pezones se tienen que acostumbrar a la ferocidad desdentada de la pequeña. Políxena tiene tantas ganas de vivir como ella de verla crecer.

—¿Ha decidido Deidamía cómo voy a llamarme? —pregunta, resignada, la tebana.

—Hermíone.

Los ojos de Hécuba se abrieron tanto de la sorpresa que la tesalia lanzó una carcajada.

19

HERIDAS

Pella y Dión (Macedonia), 354 a. C.

Olimpia contempla a su marido desde la distancia. Contiene las lágrimas para evitar la ira masculina. Sabe que él no quiere compasión. Que su lástima sería recibida con desdén y solo aumentaría el dolor del orgullo maltrecho. No. Prefiere guardar silencio y mirarle sufriendo, aunque el verle así le duela más que el reciente parto.

Filipo, sentado en su cama, vestido aún con el traje militar, hunde la cabeza entre las manos. Solo se mueven sus labios en un susurro monótono e incomprensible lleno de rabia, dolor y turbación.

—Filipo —susurra Olimpia mientras se acerca despacio a él—, eres el mejor general de toda la Hélade y tu pueblo lo sabe.

—¡Me he dejado engañar como un novato por ese bastardo focidio! He perdido muchos hombres y la confianza de los que han sobrevivido. ¿Cómo he podido ser tan tonto?¡Me tendió una trampa! ¡Luchamos en el terreno que él deseaba! ¡He sido un estúpido! Nunca, nunca, nunca más dejaré que el enemigo decida el campo de batalla —su único ojo brilla de odio y determinación.

—Onomarco tenía muchos más hombres que tú… —comienza a decir la mujer.

—¡Un ejército de malditos mercenarios pagados! ¡El mío es un cuerpo de hombres libres que luchan por su tierra! No ha sido cuestión solo de números, ha sido mejor estratega que yo, negarlo es engañarse —dice abatido volviendo a ocultar la cara entre las manos.

Olimpia se acerca despacio y acaricia la roja melena despeinada y llena de polvo del camino. Se agacha hasta poner su cara a la altura del desfigurado rostro de su esposo y aparta las manos callosas para besar la frente y la cicatriz de la maldita flecha que arrebató al hombre su cálida mirada azul.

—No has huido, Filipo. El rey de Macedonia no huye, solo coge fuerzas para atacar donde más duele.

Las palabras actúan como un resorte sobre el cerebro y las piernas del hombretón.

—¡Eso es, Olimpia! ¡Eso es! ¡Esta tarde reuniré a mis generales! —se mueve frenético por el dormitorio, con grandes pasos que le llevan de la cama al sofá y luego a la ventana—. No he huido, solo he dado marcha atrás, como los carneros, estoy cogiendo fuerza para embestir. Voy a destruir a ese bastardo.

La mujer se siente muy aliviada al ver a su esposo recuperar su habitual energía. Le apena pensar que no tardará en volver a la guerra, pero hace tiempo que asume que está casada con un militar y que no podría quererlo si fuera de otra manera. Además, se ha acostumbrado a la vida del gineceo y, sobre todo, a recibir embajadas, tomar decisiones y reunirse con las mujeres de Pella. Como Eurídice suele comentar, es más fácil dirigir el palacio cuando el rey no está cerca.

—¿Por qué no te das un baño y vienes a conocer a la pequeña Cleopatra? —sugiere coqueta Olimpia—. Alejandro también quiere verte, ha crecido mucho. ¡Y habla sin parar! Hace unas semanas, Hermíone ofreció las lenguas de dos corderos a Hermes para que le conceda el don de la elocuencia, como a su padre. Vas a estar muy orgulloso de él, ya lo verás.

Mucho más tranquila, ella se marcha hacia el gineceo. Quiere asegurarse de que las mujeres se comportan y no volverán a alterar a Filipo, entre cuyas virtudes no está incluida la paciencia. Su intuición no le ha fallado. Antes de llegar, ya se oye la aguda e histérica voz de Filina chillando a Nicesípolis:

—¡Tus días en este palacio están contados! No solo eres una bruja que ha intentado envenenar al primogénito del rey, ahora también eres la sobrina del tirano de Feras, el enemigo de Macedonia. No creas que tus vestiditos blancos, tus remilgos al comer y tus aires de casta sacerdotisa engañan a todos. ¡No eres más que una bruja tesalia! Las mujeres como tú son las que nos dan mala fama a todas las de nuestra tierra. Filipo acabará repudiándote y yo me voy a encargar de ello. Hablaré con él esta misma tarde.

Olimpia no puede soportar la estridencia de la tesalia. Le lanza una mirada de desprecio y corta el discurso tajante:

—¡Ni se te pase por la mente importunar al rey!

La siempre elegante Filina abre la boca para replicar, pero la autoridad de Olimpia la hace enmudecer y para también su movimiento, dejándola confusa y bloqueada en mitad del patio. Olimpia se interpone en su caminar y envuelve a su amiga Nicesípolis con un tierno abrazo.

Hace ya varias semanas que la dulce rubia recibe los ataques de Filina y los esquiva con su habitual sonrisa y un silencio prudente, que es su mejor fortaleza. Pero la presencia de Filipo en el palacio le provoca mucha inquietud, pues es cierto que su tío Licofrón ahora es aliado de Onomarco, el general focidio que ha derrotado a su esposo, y este es muy capaz de repudiar a la sobrina en un ataque de ira. Como también es cierto que Filina está emparentada con la casa gobernante de Larisa, imprescindibles aliados de Macedonia en la guerra contra Feras. Sabe que, si una de las dos tiene que dejar el palacio, esa será ella.

—No te va a pasar nada —susurra Olimpia—. No voy a dejar que esa loca chillona se acerque a Filipo.

Eurídice se aproxima también a sus dos nueras. Su porte sigue siendo altivo y orgulloso, como el del hijo, pero su paso, lento y cansado, no acompaña a su mente lúcida y el pensamiento ágil y acertado. Es consciente de que su poder va menguando, como su altura, frente a la energía y la capacidad de organización y mando de la esposa molosa.

—Vosotras no habéis conocido hasta ahora la derrota del rey. Yo he vivido grandes fracasos de mi esposo y dos hijos. Por experiencia, no importunéis a un militar que viene tras haber perdido una batalla. La sangre caliente y el deseo de matar os puede llevar por delante. Como bien dice Olimpia, ni se te ocurra acercarte a mi hijo para contarle tus sandeces, Filina —el tono de la voz cambia cuando se dirige a la bella tesalia que, a pesar de sacarle una cabeza a la anciana, retrocede ante su energía—. Nadie está envenenando a tu hijo. Arrideo es un niño enfermo y tú no quieres que lo vea un buen físico porque sigues empeñada en elucubraciones que no se sustentan.

Filina comienza a llorar en silencio. Su mayor miedo es que Arrideo muera. ¿Qué sería de ella si no fuera la madre de un heredero del rey?

En estos momentos, al niño no parece aquejarle ningún mal, aunque todos saben que es lento pensando. Juega divertido con Alejandro, a la sombra de la frondosa higuera, el lugar más fresco del patio en este bochornoso día veraniego. Cada niño tiene un caballo de madera en la mano y simulan carreras ignorando las peleas continuas entres mujeres. No parecen hermanos. Alejandro es mucho más pequeño que Arrideo, aunque solo tiene un año menos. El hijo de Olimpia, rubio y con el pelo muy rizado, tiene unos ojos idénticos a los de su padre, no solo por el color azul del mar Egeo, sino también por la determinación e inteligencia que reflejan. Sin embargo, ha heredado de su madre la complexión y el cuerpo fibroso y menudo, apenas mide dos pies mientras que Arrideo es muy corpulento y le saca más de una cabeza, aunque las marcadas ojeras que siempre luce, el escaso pelo negro y la piel transparente le dan un aspecto frágil y enfermizo que a nadie se le escapa.

Alejandro es dominante y, a la par, protector con su hermano. A pesar de su corta edad, lo cuida y lo ayuda en sus torpes juegos e incluso verbaliza los pensamientos de Arrideo, que es muy lento expresándose. Los dos niños se giran cuando se oye otra voz infantil chillando junto a la higuera:

—¡Eso es mío! ¡Es mi caballo! Me lo diste ayer, dijiste que me lo regalabas.

—Cinane —contesta pacientemente la voz de Jasón, hermano mayor de Arrideo—, los caballos no son para niñas, ¿no lo entiendes?

—Yo monto mejor a caballo que todos vosotros, soy de sangre iliria. Las niñas ilirias jugamos con lo que queremos —responde orgullosa.

—Pero esto es Macedonia —sigue argumentando el chiquillo—. Y ese caballo es mío.

—Tú ya no tienes edad para jugar —insiste Cinane tozuda, escondiendo el juguete a su espalda y corriendo a meterse detrás de una columna—. ¿Por qué no te vas a la Escuela de Pajes? ¿Dónde está tu amigo Álex? ¿Lo han vuelto a castigar otra vez?

La mención de Álex incomoda a Jasón, que mira a Olimpia y baja la cabeza, avergonzado. Es cierto que el moloso vuelve a estar castigado y él se siente incómodo y culpable por ello. Prometió a la molosa que iba a cuidar de su hermano. «Jasón, tienes que ayudarme —le dijo—. ¿Cuidarás de Álex en la Escuela de Pajes? ¿Lo protegerás cuando los mayores quieran gastarle bromas? ¿Evitarás que se meta en líos?». El niño dijo sí a todo, por supuesto, ¿cómo negar algo a esa mirada verde? Ella le dio un beso que selló su acuerdo para siempre. Pero, para su desolación, prometer era más fácil que cumplir. Álex es imposible de proteger, porque no para de meterse en líos por sus despistes. No escucha a los profesores, no atiende a los entrenadores, ni siquiera es consciente de las trampas que le tienden los otros chavales. Álex siempre está soñando y es imposible despertarlo.

Abochornado por las palabras de Cinane, la ira de Jasón aumenta:

—¡Ya no te lo quiero dejar más! ¡Yo soy un hombre y tú una niña! —exclama harto mientras arrebata el juguete de la mano de la niña.

Olimpia sonríe al escuchar al chiquillo autodenominarse hombre. Siente adoración por ese pequeño hijo olvidado por Filina. Desde que lo conoció, vio en sus ojos la tristeza del que se sabe rechazado.

—¡Devuélvemelo! —chilló Cinane tratando de coger el caballo que Jasón mantenía por encima de su cabeza, muy lejos para que la niña pudiera alcanzarlo. Ella, rabiosa, le mordió en el muslo. Jasón gritó de dolor y bajó la mano con el caballo. La pelirroja, rápida, se lo arrebató y salió corriendo—. ¡Yo soy la hija del rey! Tú no eres hijo de Filipo. Cuando él llegue, me regalará un caballo de verdad, ya lo verás.

Las peleas infantiles se detienen de golpe cuando se oye la potente voz de Filipo al entrar en el jardín:

—¡Claro que sí, Cinane! Yo te regalaré un caballo enorme —coge a la chiquilla en sus brazos, pero ella lo mira espantada y comienza a retorcerse hasta obligar al hombre a dejarla en el suelo. Cuando se ve libre del abrazo, corre al encuentro de su madre, que la acoge en su regazo.

—¡Valiente iliria estás hecha, Cinane! —se burla el rey, enfadado—. Huir, eso es lo que hacen todos los ilirios cuando ven llegar al rey de Macedonia.

Audata mira enojada a su esposo y se gira para volver a sus habitaciones.

—¿Así es cómo se recibe a un rey? —grita Filipo, cada vez más enojado.

Eurídice se acerca con porte orgulloso y lo abraza con cariño. Acaricia, temblorosa por la edad, pero sin pudor, la cara malograda. Después de enterrar a tres hijos, una herida, por muy deformante que sea, es solo una cicatriz, una historia que contar, una nueva batalla ganada a la muerte. Su hijo está vivo y es lo único que la mantiene firme.

Olimpia sale de su apartamento feliz con una rolliza bebé dormida en brazos. La nueva mujer del gineceo.

—Esposo, he aquí vuestra hija —proclama con voz potente.

Filipo, con la torpeza masculina que le caracteriza cuando se trata de criaturas, coge a la chiquilla en brazos y, al igual que hizo cuando nació Alejandro, da las cinco vueltas de rigor antes de devolverla a la madre gritando el nombre de Cleopatra.

La ceremonia ha sido breve, sin las expectativas y el público testigo de la presentación de Alejandro. La chiquilla le recuerda a Cinane, con el pelo rojo enmarañado y carita de enfado que no tarda en transformarse en un estridente llanto desconsolado. Filipo vuelve a sentirse enojado y demasiado cansado para atender los bandazos emocionales de las hembras.

Olimpia, atenta a las reacciones de su esposo, acuna a la niña mientras llama a Alejandro para que salude a su padre, que lo está buscando con la mirada.

El niño se acerca con decisión, arrastrando de la mano a Arrideo, más tímido y a punto de llorar, sin poder dejar de mirar el ojo ausente. Filipo se arrodilla para saludar con cariño a sus muchachos, a los que revuelve el cabello en un intento de ser simpático. Muy lejos de su intención, acaba provocando el llanto del mayor, que se tapa la cara horrorizado, hipando del susto. Alejandro se vuelve a consolarlo y, en un griego aún defectuoso, pero entendible, le pide a su padre que se tape el ojo, pues está asustando a todos:

—¿Te atreves a dar órdenes a un rey? —responde Filipo divertido, lanzando su escandalosa carcajada.

—Hermíone dice que yo seré un rey *impatible* —contesta el niño orgulloso. Olimpia lo mira sorprendida y angustiada, no es el mejor momento para sacar a relucir una derrota. Se muerde el labio y guarda un prudente silencio esperando la reacción de Filipo, cuya cara no ha perdido, afortunadamente, la sonrisa.

—¿*Impatible*? —bromea Filipo sorprendido por el desparpajo del chiquillo.

—Nadie me va a ganar nunca. Hermíone dice que el *odáculo* lo dijo y que lo que dice el *odáculo* siempre es verdad —pronuncia despacio la palabra, que se le resiste—. Ella dice que voy a ser el rey más grande, mucho más que tú.

El hombretón sonríe divertido, él también fue un muchacho decidido. ¡Realmente le agrada ese chiquillo insolente!

—Sin duda, decisión no te falta. Pero antes tendrás que crecer, canijo. No puedes ser el rey más grande si no levantas dos pies del suelo —dice, aún jovial, mientras iza al niño y se lo pone encima de los hombros.

La actividad se vuelve frenética cuando el rey y sus generales retornan al palacio. Banquetes, festivales, embajadas y reuniones se suceden. Olimpia tiene que estar preparada por si, en cualquier momento, el rey decide que quiere su presencia o aparece en su dormitorio.

Ella, como le aconsejó Eurídice, siempre está dispuesta a acogerle en su cuerpo. No es ningún sacrificio, por otra parte, sigue amándole con todas sus fuerzas y el placer que se regalan el uno al otro no puede igualar ninguna experiencia. Ni siquiera el contacto con los dioses le provoca tan intensa y profunda satisfacción.

Después de unas semanas en Pella, Filipo ha decidido que quiere marchar a Dión para festejar a Zeus. Su antepasado, el rey Arquelao, instituyó en la ciudad un festival en honor a Zeus y las Musas. Puesto que el rey ha dispuesto volver a enfrentarse a los focidios de Onomarco, ha decidido primero sacrificar al Dios Supremo y agasajar al pueblo con banquetes y teatro para que olviden la derrota y se sientan confortados y animados ante el combate próximo.

Para Olimpia representa una gran oportunidad acompañar a su esposo a la capital religiosa del reino. Hace ya muchos meses que se resignó a nunca ser nombrada reina de Macedonia. Resultó que aquello solo fue una broma porque le había impresionado, pero no había ninguna intención de hacer un nombramiento oficial. «Macedonia no está para novedades de ese tipo. No es poco lo que nos odian ya los atenienses como para meter mujeres en cargos públicos. Creo que deberías estar muy orgullosa de ser la única esposa que luzco en público. Algún día te llevaré al teatro de Dión, el más importante del reino, y todos podrán contemplar tu belleza y lo feliz que soy a tu lado».

Al menos, la promesa de llevarla a Dión no se ha perdido también en el olvido. La ciudad en sí es muy pequeña, comparada con Pella o Aigai, pero el tamaño se compensa por el verdor y la majestuosa naturaleza que rodea los grandes terrenos dedicados a los dioses, desde el soberbio Santuario de Zeus a los dedicados hasta Dionisos y Deméter. Aunque, sin duda, lo más impresionante era la contemplación del Monte Olimpo, que tiene la ciudad bajo su protección.

Durante los tres días que han durado las fiestas y banquetes militares, Olimpia se ha dedicado a conocer la ciudad y visitar el templo de Dionisos. Allí ha conocido a una veterana sacerdotisa, una mujer tan pequeña como Olimpia. Orgullosa de su cargo y muy habladora, acaba regalando a la molosa una piel de leopardo: «Cuando os la pongáis, señora, notareis con fuerza la presencia del dios. Aunque la mayor parte de las mujeres portan la piel de un ciervo, Dionisos está más conectado con este fiero y astuto animal. ¿No es acaso el más salvaje e imprevisto de los dioses?».

Muy próximo al santuario de Dionisos se encuentra el teatro de la ciudad, un edificio pequeño y algo descuidado, pero está revestido de la majestuosidad de la solemnidad y el lustre que le confieren la antigüedad e importancia de los festivales allí celebrados.

Para una ocasión tan especial, Olimpia luce el más bello vestido púrpura, la diadema de hojas de mirto en oro, unos grandes pendientes con forma de letra omega, regalo de su suegra, y una enorme sonrisa de felicidad y orgullo. Antes de que los actores salgan a representar a *Medea*, todos los espectadores tienen la mirada puesta en ella, que finge no saberlo.

Los murmullos de los espectadores emocionan a Olimpia, como siempre que tiene la oportunidad de asistir al teatro. Aunque desconoce los detalles de la tragedia, es imposible no asociar el nombre de Medea a la de una mala bruja vengativa, destructora de familias y de hombres. Tampoco conoce a los actores, pero le han asegurado que el protagonista, Sátiro, es un célebre actor del que los rumores cuentan que enamora por igual a mujeres y varones, si bien él prefiere a estos últimos.

Da un pequeño salto en el asiento cuando a escena sale la nodriza de Medea, declamando con voz lastimera y llorando. El aire de Dión se llena de la voz vibrante de una mujer triste por el destino de su señora:

—¡Ojalá que el Argo nunca hubiera volado hacia la tierra de Cólquide a través de las Simplégades de color azul oscuro! ¡Ojalá que los pinos nunca hubieran sido talados en las cañadas del monte Pelión y proporcionado remos para las manos de los héroes que a las órdenes de Pelias partieron en busca del Vellocino de Oro! Porque entonces mi señora Medea no habría navegado hasta las torres de Yolco con el corazón herido de amor por Jasón, ni habría persuadido a las hijas de Pelias para que mataran a su padre y, por tanto, ahora no estaría habitando esta tierra de Corinto.[17]

Filipo le acaricia suavemente el brazo y ella se gira para mirarle. «Es solo teatro», susurra el hombre que sonríe divertido al verla tan emocionada, «y esta nodriza es un actor pésimo, ya verás cuando salga Sátiro».

Incluso antes de aparecer, la voz de Medea hace estremecerse a Olimpia. Grita desde detrás del escenario, pero su pena es tan enorme que llena todo el teatro:

—Oh, ¡qué desgraciada soy! ¡Qué miserable en mis penas! ¡Ay de mí, ay de mí! ¡Cómo desearía morir![18]

El lamento es tan agudo y profundo que Olimpia siente que está sola en el teatro, sola ante una Medea angustiada, portadora de todo el sentir femenino. Cuando Sátiro aparece ante el público, una pequeña ovación se oye por todo el recinto. Olimpia sabe que es un hombre, pero su porte, sus gestos y la modulación de la voz consiguen engañarla por completo. Solo ve ante ella a una mujer vestida de negro llorando por su condición de esposa abandonada. Las palabras que pronuncia se clavan en su pecho y le duelen tanto que piensa que ha tenido que vivirlas antes:

—De todas las criaturas que tienen vida y pensamiento, las mujeres somos las más desafortunadas. Primero hemos de

---

17.- Eurípides, *Medea,* 1-6.

18.- Eurípides, *Medea,* 97-99.

comprar un marido y dueño de nuestros cuerpos a un precio desorbitante. ¡Este es el peor de los males! Y de ello depende el resultado de todo nuestro esfuerzo vital. En tomar un buen o un mal esposo. Pues el divorcio desacredita a la mujer y no es posible repudiar al marido. Y cuando una entra en las leyes y prácticas de una casa nueva, hay que ser adivina para saber cómo debe tratar mejor al compañero de lecho. Si después de haber dedicado grandes esfuerzos a estas tareas nuestros maridos viven con nosotras sin aplicarnos el yugo por la fuerza, nuestra vida es envidiable. De lo contrario, es preferible la muerte. Un hombre, cuando se siente molesto al convivir con los suyos, se va a otra parte y así libra su alma del aburrimiento. Nosotras, en cambio, debemos fijar nuestra mirada en una sola persona. Los hombres dicen que vivimos una vida libre de peligros en casa mientras ellos luchan con la lanza. ¡Necios! ¡Qué equivocados están! Preferiría estar tres veces con el escudo en la batalla que dar a luz una sola vez.[19]

Olimpia se pregunta cómo es posible que un hombre haya sido capaz de expresar de manera tan certera los sentimientos de miles de mujeres. Aunque ella es una de las privilegiadas, pues su hombre no le aplica el yugo por la fuerza. Gira ligeramente la cabeza para mirar a Filipo, que está tan emocionado como ella, mirando fijamente a Medea, ¿o él está viendo a Sátiro?

La obra transcurre con rapidez, Jasón le parece a Olimpia un cobarde y egoísta capaz de abandonar a la mujer que lo salvó y a sus dos criaturas a cambio de poder. Siente tal desprecio por él que entiende el pensamiento de Medea, que cada vez está más alterada y concibe el más diabólico plan que una madre podría pensar. Aunque Olimpia no siente ningún pesar por cómo la nueva esposa muere abrasada por el regalo empozoñado de Medea, el horror la alcanza al escuchar morir a los dos pequeños en manos de la mujer que tendría que haberlos protegido.

19.- Eurípides, *Medea,* 230-251.

Desde el momento en que los oye gritar pidiendo clemencia a la madre, la reina macedonia no puede parar de llorar mientras sujeta el vientre en el que, hace apenas unas semanas, aún llevaba a la pequeña Cleopatra, mientras recuerda el tacto de los rubios rizos del pequeño Alejandro. Olimpia sabe que ama a su esposo, pero la emoción que la llena cuando piensa en sus hijos es tan poderosa que se intuye capaz de matar a un dragón como el que Jasón mató con la ayuda de Medea antes de dejar que nadie les haga daño. Piensa en Eurídice y en los hijos perdidos y su alma se llena de congoja por todas las mujeres que no serán enterradas por los que parieron, pues marcharon hacia el Hades antes que ellas.

Todo el público está de pie aplaudiendo a los actores que están en el centro de la escena. Olimpia, aún perdida en sus pensamientos, no es consciente de que el espectáculo ha finalizado y solo se levanta cuando Filipo le da ligeramente en el brazo, con cariño.

—Ya te dije que Sátiro te iba a encantar, ¿no te ha parecido fabuloso?

Olimpia asiente con la cabeza, aún llorosa, mientras se limpia los ojos con un pañuelo de seda que se tiñe de negro al restregar el maquillaje que con tanto esmero puso Hermíone.

—Esta noche voy a dar un banquete en honor de Sátiro. No me esperes levantada, seguro que se nos hará tarde.

La mujer sigue tan emocionada que no acaba de asimilar las palabras del rey, pero las vive como un rechazo. Antes de tener tiempo de decir nada, se acerca el actor, ya sin su peluca femenina, aunque sigue llevando el vestido:

—Es un honor para mí vuestra presencia esta noche, señora. ¿Os ha gustado la obra?

Aunque habla con ella, no aparta la mirada de Filipo, que sonríe como un estúpido ante el descaro del joven actor.

Olimpia nota un calambre que se extiende por toda su espina dorsal. No puede negar que el hombre es guapo, extremadamente guapo, y sus modales afeminados y la dulzura de su voz resultan muy atractivos. Le está clavando una daga con tanta gracia que casi dan ganas de ovacionarle de nuevo.

—Me ha parecido maravillosa.

El joven sigue mirando a Filipo, que le ha cogido una mano y el codo para felicitarle. Entre los dos el coqueteo es ya tan evidente que Olimpia se sonroja, mitad por decoro, mitad por rabia. Es un secreto bien conocido que su esposo tiene amantes masculinos, pero hasta ahora nunca se había atrevido a humillarla de esa manera. Olimpia se obliga a no bajar la cabeza, aunque sabe que el público sigue en sus asientos, mirando al trío, esperando a que el rey salga, expectantes ante los acontecimientos, como si otra función acabara de empezar. El corazón de Olimpia quiere saltar de su pecho al pensar que todas las personas importantes de la ciudad han sido espectadores de tan bochornosa situación.

—Filipo, esposo, estoy muy cansada. Pediré a Pausanias que me acompañe a mis aposentos —consigue decir con un hilo de voz manteniendo a duras penas el orgullo—. Un placer conocerle, Sátiro. Espero disfrutéis de la velada.

Y, con una inclinación de cabeza, avisa a su guardaespaldas y ahora es ella la que sale de la escena. Sin aplausos, sin ovaciones, solo con el murmullo hiriente del cotilleo que se expande. Entró sintiéndose una reina y, sin embargo, sale como una cortesana rechazada.

20

Revelaciones

Pella (Macedonia), 354 a. C.

Hermíone sale del departamento de Olimpia con semblante de preocupación y un profundo cansancio. Sacar cada día su señora del mutismo y la inapetencia le cuesta un gran esfuerzo. La joven apenas come, no habla con nadie y sus labios difícilmente se mueven para sonreír discretamente cuando el pequeño Alejandro aparece con algunas de sus ocurrencias. Ni siquiera parecen animarla los progresos de Cleopatra, que cada día está más rolliza y es el bebé más alegre que Hermíone recuerda. La pequeña sonríe con su boca desdentada y lanza sus puñitos al aire tratando de alcanzar a una madre ausente que solo es capaz de dejar que dos lágrimas tristes, inagotables, resbalen por su cara hasta humedecer el pelo rojizo de la inocente chiquilla.

Se niega a bordar, trabajar la lana o salir a pasear. Aislada en su cuarto, lee una y mil veces las tragedias de Eurípides, ese maldito hurgador del alma femenina que lo único que hace es aumentar su dolor. Olimpia no quiere estar con nadie. Se siente en la obligación de recibir a Eurídice, «porque es la madre de mi esposo», y a Nicesípolis, «porque no habla, solo se queda en silencio a mi lado».

De camino hacia el laboratorio de la amiga tesalia, Hermíone va murmurando: «Se veía venir, esto se veía venir. ¿Acaso los dioses pusieron en el corazón del hombre la pasión que una mujer como mi Políxena necesita? Tanto amor no podía traer nada bueno. ¿Cómo decirle a una niña que se cree mujer que ese amor no podía ser duradero? Si la misma Hera, la diosa más importante, ha sido engañada y humillada mil veces, ¿no lo serán con más motivo las ilusas humanas? Él es un general, un guerrero. Cada día puede ser el último, cada vez que viene tiene una herida nueva, ¿acaso no es normal que busque el placer inmediato después de ver los horrores de la guerra? Pero mi niña no escucha a razones. Ella lo ama, ese es su error, ese es su mal. Ella lo ama más de lo que ningún hombre merece ser amado. ¡Ojalá Apolo le curara de ese mal llamado amor! ¡Ojalá existiera una droga para aliviar esa dolencia!».

Con discreción, golpea la puerta del apartamento de Nicesípolis y pasa cuando cree escuchar una voz dando permiso. La hermosa rubia se acerca para dejarla pasar y la abraza, conmovida, al ver a la sirvienta romper a llorar.

—Vamos, Hermíone, no puedes derrumbarte tú también. Sabes que Olimpia es fuerte, va a salir de ese estado de melancolía, ya lo verás. Tarde o temprano Filipo vendrá buscándola. Él la quiere. Es verdad que lo hace a su manera, como saben querer los hombres. Puede que no sea la forma que necesita una mujer, pero la quiere.

Abrazada aún a Nicesípolis, Hermíone cesa en su llanto. Ella es una mujer práctica y busca soluciones, lleva haciéndolo desde que era muy joven.

—¿Y si mi niña se muere antes? ¿Y si esa melancolía se la lleva? ¿Tú no conocerás de ninguna droga que pueda ayudarla? Seguro que en tus libros hay algún remedio. Búscame algo, por favor, Nicesípolis, te lo suplico. No podría seguir viviendo si algo le pasara a mi niña.

Llevada por su malestar y nerviosismo, la mujer se dirige a las estanterías de Nicesípolis y busca entre los tarros alguna planta milagrosa.

—¿Tú no sabes la receta del *nephentes*? Esa bebida que Helena preparó para Telémaco: «*y en el vino que estaban bebiendo les puso una droga para calmar todo dolor y contienda, y hacer olvidar todos los males. Quienquiera que lo bebiera, no dejaría caer una lágrima sobre sus mejillas en el trascurso del día. Aunque a él acaeciera ver muertos a su padre y su madre, o aunque mataran con la espada a su hermano o a su amado hijo, y sus propios ojos lo vieran. Tan astutas drogas tenía la hija de Zeus, drogas de sanación*».[20]

Nicesípolis sonríe al escuchar recitar con tanta precisión la *Odisea*. Mueve la cabeza mientras se dirige a su estantería y saca un frasquito que tenía oculto detrás de uno mucho mayor marcado como «manzanilla».

—Yo también lo había pensado, pero hemos de actuar con mucho cuidado. Tengo aquí jugo de adormidera —le dice mientras muestra el frasquito—. Si nos equivocamos en la dosis, podría ser fatal. Y, además, tenemos que conseguir que se lo tome. Ya se lo he insinuado varias veces, pero chilla y rompe a llorar cuando se lo propongo. Esa chiquilla está tan enamorada de su dolor como de Filipo —sentencia mientras sacude la cabeza disgustada.

Hermíone coge con cuidado el pequeño tarro que la otra sujeta y comienza a darle vueltas en las manos.

—He leído que también se puede usar quemándolo a modo del incienso. Así no tenemos que obligarla a tomarlo —responde la tebana mostrando que ella también se ha estado informando sobre el tema.

—También lo había pensado, pero mientras duerma con los chiquillos es muy peligroso. Son demasiado pequeños, podría dejarlos dormidos para siempre.

La imagen estremece a Hermíone, que está demasiado sensible.

20.- Homero, *Odisea,* 4.219- 226.

—No quiere infusiones, se niega a beber vino y mira si le echo algo a la leche antes de tomársela. Es lista, piensa que podemos darle algún bebedizo que le haga mejorar. ¡Por Perséfone! ¡Está utilizando la gran inteligencia que posee para dejarse morir de pena! ¿Se puede ser más necia? —grita Hermíone dejando salir la frustración.

Nicesípolis se acerca a ella y vuelve a abrazarla. Acaricia el brazo cansado de la mujer mayor y toma sus manos:

—Solo quiere que Filipo se preocupe. Sabe que está informado —contesta Nicesípolis mientras se desplaza por la estantería leyendo los nombres de los tarros, como si no supiera de memoria el orden en el que están y las posibilidades que tiene—. Pero él está muy ocupado con su guerra y sus ambiciones para pensar en una esposa llorosa y melancólica. Cuando tenga necesidad o ganas de venir, vendrá, y ella se levantará, se vestirá y se maquillará para recibirle entre las piernas como ha hecho hasta ahora. Se muere por estar con él.

Hermíone no está muy convencida y mueve la cabeza, como si agitando los pensamientos los pesares pudieran marcharse, evaporarse como está haciendo la poción que cuelga en un caldero de cobre sobre el fuego de la chimenea. Huele a hierbas y a lluvia, a campo y a río, y eleva hacia el tiro, disipando miedos y pesadillas. El olor la transporta a otra época, a una infancia tranquila y despreocupada, cuando vivía en la poderosa Tebas junto a su madre.

La mujer queda muda frente a la chimenea. Nicesípolis deja que se vaya calmando, que el aroma la relaje. Acerca un cómodo sillón a su compañera y la ayuda a sentarse, cerca del calor, lejos del dolor. La mujer se deja echar para atrás cansada, rendida. Nicesípolis se sienta en un pequeño taburete que suele utilizar para reposar los pies mientras lee. Se reclina hasta apoyar la cabeza en el regazo de la buena sirvienta, que comienza a acariciar y peinar con los dedos los grandes bucles rubios. Ambas disfrutan de la paz que el calor produce.

Nicesípolis no quiere moverse por temor a despertar a Hermíone, que respira suavemente. Pero la tebana no está dormida:

—Mi madre era una gran curandera —interrumpe el silencio—. Una mujer muy sabia, como tú, Nicesípolis. Ella decía que había seres de luz, personas con un halo especial, capaces de sembrar la paz y alegrar el alma de todos a su alrededor. Tú eres uno de esos seres de luz, Nicesípolis. ¡Cuán maravilloso sería el mundo si hubiera más personas así!

Mientras dice estas palabras, comienza a acariciar de nuevo el pelo de la muchacha y desliza sus cansados dedos hacia los ojos cerrados y los labios sonrientes que besan, agradecidos, las yemas.

—¿Cómo consigues mantenerte calmada entre tantos gritos, celos, ambiciones y traiciones? Es como si tus vestidos blancos fueran como esas paredes de cal que rechazan el calor en verano, impidiendo que el sol abrasador destruya el interior perfecto. ¿Son esos poemas que lees la clave de este misterio?

Nicesípolis sigue sin moverse, con los ojos cerrados, dejando que la mujer le acaricie pelo y rostro. No quiere precipitarse al contestar. Se detiene a reflexionar la respuesta antes de decir:

—Sí, Hermíone. Las enseñanzas del poeta Orfeo me dan la fuerza para estar encerrada en este lugar y no acabar tan histérica como Filina, tan desalmada como Audata o tan melancólica como Olimpia.

Muy despacio se incorpora para girar la cabeza y mirar directamente a los ojos de Hermíone, que la mira expectante, ansiosa de conocimiento. ¡Hace tanto que desea que una de ellas le pregunte por su dios!

—¿Podría yo leer esos poemas? ¿Sería capaz de entenderlos? —pregunta tímidamente.

—Eres una mujer muy inteligente, Hermíone. Estoy segura de que eres la más lista de todas nosotras. Más que

Olimpia, cuyo amor la confunde y la pasión le hace caer en los excesos y arrepentimientos. Más que Eurídice, tan práctica en lo concerniente a la política, pero fría y distanciada del alma humana, al que solo se asoma si puede obtener algún provecho. Sí, Hermíone, puedes leer los poemas del gran Orfeo. Pero habrás de tener en cuenta que, bajo la apariencia de cuentos y leyendas, se esconden verdades importantes, no fáciles de entrever. Orfeo se expresa por medio de enigmas que ocultan realidades fundamentales.

Las dos quedan de nuevo en silencio, pensativas, analizando lo que se ha dicho e intuyendo lo que no se quiere contar, lo que da miedo decir.

—Dicen que la próxima luna nueva habrá una reunión en la casa de Glaucotea y Nicómaco, el físico. ¿Tienes pensado acudir?

Nicesípolis asiente con la cabeza sin sorprenderse ya por la facilidad con la que los secretos se extienden por el gineceo.

—¿Podré acudir yo? —Hermíone ya está completamente incorporada en el sillón, con la espalda recta y la mirada expectante. Lleva días pensando en cómo pedírselo a su amiga. Al final, el fuego y el dulce aroma de las hierbas han disipado sus miedos y han propiciado el momento.

—Es un encuentro de iniciados. Va a acudir un gran sacerdote orfeotelesta, Praxíteles de Libetra, lugar donde se encuentra la tumba del Gran Bardo. Él interpretará las escrituras y nos apoyará con sus enseñanzas. Los ritos que practica solo pueden ser presenciados por los ya iniciados —la expresión de tristeza de Hermíone la conmueve y la anima—. Tendrías que formarte e iniciarte para poder acudir. Él mismo podría encargarse de la ceremonia, si es que quieres iniciarte, por supuesto.

Lo que tenía que decirse, ha sido pronunciado. La invitación está en el aire. Hermíone está llena de dudas, repleta de preguntas, colmada de palabras susurradas de las que no logra distinguir cuáles son verdad y cuáles solo una leyenda para alejar a los miedosos. Pero ella no tiene miedo a conocer el secreto de la paz que Nicesípolis transmite. Teme más morir en la ignorancia.

—Sí, quiero iniciarme, Nicesípolis.

La más joven cierra los ojos de emoción y se siente llena de orgullo. Toma aire muy despacio, dejando que las emanaciones que llegan de la chimenea llenen sus pulmones e inunden todo su cuerpo.

—No es una vida fácil, Hermíone. Sé que lo sabes porque me has visto y has oído hablar mucho de nuestros vestidos y de nuestra alimentación. Tendrás que renunciar a muchas de las cosas que has hecho hasta ahora. La vida del devoto de Dionisos es una vida de pureza y justicia. Hay que seguir unas normas muy estrictas y, en este ambiente de palacio, a veces es complicado —mientras habla, sujeta las manos de Hermíone, que la observa como si estuviera hechizada—. Pero la recompensa merece la pena.

La tebana titubea, quiere preguntar muchas cosas, confirmar los rumores, descartar las mentiras.

—Sé que ya no podré comer carne. Y creo que también hay que renunciar a los huevos y las habas. Tampoco realizáis sacrificios cruentos y, en vuestras reuniones, vais vestidos completamente de blanco. Aunque algunos, como tú, vestís siempre con indumentarias de lino blanco, pues tampoco está permitido el uso de lana u otros tejidos que provengan de animales, ¿es así?

Nicesípolis asiente.

—Todo eso es cierto, Hermíone, pero no es lo más importante. Lo fundamental es que conozcas los motivos por los que los seguidores de Dionisos renunciamos a esos alimentos. Todo ello tiene que ver con el nacimiento y la muerte del dios, tal y como nos lo ha transmitido el poeta Orfeo. Él pudo conocer los misterios del Hades cuando descendió allí para buscar a su amada esposa. Ese viaje le permitió conocer las grandes verdades que, con su bella voz y su pluma inquieta, nos han sido reveladas.

A Hermíone le impresiona escuchar a Nicesípolis. Habla como un gran orador, mirando al frente, modulando la voz y haciendo pausas para dejar a su única oyente asimilar la información. Sus palabras transmiten conocimiento y mucha reflexión. Su tono, deseos de ayudar, de compartir su secreto.

—Según Orfeo, Dionisos nació del vientre de Perséfone seducida por su propio padre Zeus. Puesto que era probable que la celosa Hera intentara destruir a la criatura, sus padres enviaron al pequeño a la isla de Creta, donde los Curetes se encargaban de danzar alrededor de él, chocando sus armas y escudos para evitar que la esposa de Zeus escuchara los llantos del pequeño dios. Pero entonces, los Titanes, alertados por la posesiva y vengativa Hera, consiguieron averiguar el escondite. Ellos odiaban a Zeus porque había castrado y sustituido a su padre, el dios Cronos, que era hermano de los vengativos Titanes. Encontraron al niño jugando con un espejo y, sin piedad, lo descuartizaron y echaron su cuerpecito al fuego para luego comérselo.

Hermíone escucha sobrecogida la historia del pequeño Dionisos, que está narrada de manera muy diferente a la que siempre ha oído. Sentada en el sillón, mira a Nicesípolis que, de pie ante ella, tapa la chimenea haciendo que la llama quede oculta. No así su resplandor que alumbra a la muchacha haciéndola parecer, más que nunca, un ser de luz.

—Pero llegó a tiempo Atenea, la más inteligente de todas las diosas, y consiguió rescatar, aún palpitante, el corazón del pequeño —Nicesípolis se detiene para mirar a Hermíone—.

Entregó el corazón a Zeus, quien lo colocó en el vientre de la dulce Sémele que, diez lunas después, dio a luz a un nuevo Dionisos. Por eso le llaman el dios «dos veces nacido».

—¿Y qué pasó con los Titanes? —pregunta Hermíone un poco impaciente conocedora del genio vengativo del padre de los dioses—. ¿Qué castigo recibieron?

—Tras haberse asegurado la protección de su hijo, Zeus lanzó su rayo divino y fulminó a los asesinos, que murieron calcinados. Luego, mezcló las cenizas de los Titanes con la sangre del joven Dionisos, que aún estaba en el suelo, y con ellas creó la raza de los humanos.

—¡Vaya! ¿Entonces somos descendientes de esos maléficos Titanes? —interrumpe de nuevo Hermíone, sorprendida al conocer una historia tan novedosa para ella.

—Sí, Hermíone. El alma humana está formada a partir del crimen horrendo que cometieron los Titanes —se queda callada, mira a Hermíone intensamente y continúa—. Pero lo más importante es que también tiene una mitad de la sangre divina de Dionisos. ¿Sabes lo que esto significa? Que nuestra alma es inmortal y tiene ascendencia divina. Mitad malvada, mitad bondad. Esta alma, eterna e inmutable, se mueve a través de vidas sucesivas buscando la justicia, la bondad y la pureza extrema. Y, cuando sea completamente pura, podrá librarse de este ciclo de reencarnaciones y muertes y habitar, para siempre, *en la región de los piadosos, donde mieses abundantes producen cosecha de toda clase de frutos; donde fluyen ríos de aguas puras y praderas de toda clase están en una primavera continua con flores de mil colores; donde hay conversaciones de filósofos, espectáculos de poetas, coros que danzan, se escucha música y donde se celebran banquetes bien provistos y festines ofrecidos espontáneamente. No existe la pena ni la aflicción y la existencia es dulce. Pues no hay ni invierno duro ni llega el calor del verano, sino que sopla un aire suave unido a los delicados rayos del sol. Allí los iniciados ocupan el lugar preferente y celebran juntos las ceremonias sagradas.*[21]

Agotada por la revelación, Nicesípolis se desplaza unos pasos y el fuego refulge en todo su esplendor dejando a Hermíone cegada por unos instantes. Como si ella misma recibiera el rayo de Zeus y su mente, hasta ese momento sumida en la oscuridad, acabara de descubrir la verdad.

Las dos mujeres quedan de nuevo en silencio. Hermíone, sentada erguida en el sillón, necesita tiempo para asimilar la narración. Nicesípolis, muy despacio, vuelve a sentarse junto a los pies de Hermíone para recibir sus manos cálidas acariciando el cabello.

—Este es el motivo por el que no comemos carne ni usamos pieles, lana o cualquier tejido animal. Cuando una persona muere, su alma puede tomar dos caminos: llegar a la isla de los piadosos o descender al Tártaro, sufrir todo tipo de castigos y penas hasta que los dioses le den permiso para volver a alojarse en un cuerpo humano o animal, dependiendo de su comportamiento en la vida anterior. Dentro de los animales puede haber un alma humana. Por eso renunciamos a su consumo.

Hermíone abre los ojos espantada. Piensa en las miles de veces que ha comido y disfrutado de viandas animales, y su estómago parece incapaz de asimilarlo. El pensamiento le horroriza y sabe que no podrá volver a disfrutar de esos manjares.

—¿Entonces, hay una vida más venturosa y bella que esta que conocemos? —se atreve a preguntar—. ¿Es posible que nuestros errores, nuestras maldades, puedan ser superadas y perdonadas?

21.- Platón, *Axíoco,* 371c-d.

—Sí, Hermíone, llevando una vida pura y siguiendo los ritos que Orfeo nos enseñó es posible salir del ciclo maldito de reencarnaciones y vivir una vida divina, junto a dioses y héroes, acompañados de los compañeros de *tíaso*, el grupo que el bondadoso Dionisos ha estimado ofrecernos.

Hermíone insiste, necesita estar completamente segura.

—¿Da igual lo que antes hayamos hecho? ¿Es posible evitar la condena?

Nicesípolis levanta la cabeza y mira intrigada a la tebana, que está mirando el fuego, hipnotizada, pensativa.

—Sí, Hermíone, da igual lo que hayas hecho hasta ahora. Lo importante es que te inicies, conozcas los ritos y los practiques el resto de tu vida. Entonces, tu alma pura podrá separarse del cuerpo, que no es sino su sepultura, y empezar a vivir una vida realmente plena, eternamente feliz.

—Siempre he querido ser feliz, solo eso —reflexiona Hermíone en voz alta.

Llena de energía, se levanta del sillón para abrazar a Nicesípolis, a la que llena de besos cortos y risas nerviosas. Así, abrazadas y riendo, ambas se dan cuenta de que el fuego ya no es la única luz de la sala, pues el sol, tímidamente, asoma por la ventana.

SÉPTIMA PARTE:

FILA

21

Muñecas

Pasarón (Épiro), 370 a. C.

Hermíone, la tesalia, miraba aburrida a Troa mientras se bañaba. A ella también le gustaría poder estar en el agua, pues el calor ese día era asfixiante. El verano estaba siendo terriblemente largo y demasiado caluroso. La niña jugaba con una muñeca de madera de la que nunca se separaba. Antes de meterla en el agua, había ordenado a la esclava que la desnudara.

—No le mojéis la cabeza o se estropeará el pelo —le dijo Hermíone.

—Madre dice que hay que llevar el pelo limpio —contestó la niña desafiante.

—Vuestra madre tiene razón, pero el pelo de la muñeca es de lana —insistió con paciencia la mujer.

—¿Se pondrá rizado y feo como el de Políxena?

—Vuestra hermana no tiene el pelo feo.

—Toda ella es horrible —escupió Troa, sin mirar a Hermíone—. No te preocupes, Helena, no voy a dejar que te estropees. Eres la muñeca más bonita del mundo y tu pelo es precioso, aunque sea de lana. No eres como esas feas muñecas de trapo de Políxena. ¡Ni siquiera puede meterlas en el agua! Las tres tienen envidia de ti porque eres preciosa. Te vas a casar con un rey. Un rey muy poderoso, no como mi padre.

—¿Por qué decís eso, Troa? Vuestro padre es un buen rey.

—El abuelo Alcetas era mucho mejor.

—¿Quién dice eso? —Hermíone sabía bien que solo podían ser palabras de Deidamía.

—¿A ti que te importa? Solo eres una esclava. Tú lo que tienes que hacer es asegurarte de que el agua no se me quede fría. Madre dice que si vuelvo otra vez con los labios morados te hará azotar por inútil.

Hermíone se levantó molesta del taburete e introdujo la mano en el agua de la bañera. Seguía tibia, pero no iba a tardar en estar fría.

—Acabad el baño de Helena y os sacaré del agua.

—¡No quiero salir! ¡Ve a por agua caliente!

—Vuestra madre no quiere que os quedéis en la bañera sin vigilancia. Aquí no hay agua caliente, tendría que ir a la cocina y tardaría mucho en ir, calentar el agua y volver. Será mejor que salgáis.

—¡Te he dicho que no quiero salir del agua! ¡No sabes preparar el baño!

Hermíone no se atrevió a contestar a la provocación de la niña. Se levantó molesta y comenzó a pasear, dudando entre ir a la cocina o sacar a Troa a la fuerza del agua sabiendo que recibiría patadas y arañazos. Si de ella dependiera, metería la cabeza de la niña bajo el agua y esperaría hasta que dejara de moverse para siempre.

—Si salís de la bañera, aún os queda tiempo de jugar un rato antes de cenar.

—Estoy bien jugando aquí. No quiero ir al patio. Volvería a mancharme y madre no quiere que me acueste sucia. Ve y tráeme agua caliente.

Hermíone se debatía entre desobedecer a la madre o a la hija.

—¡Vale! Voy corriendo a la cocina a pedir que calienten agua y me la traigan —anunció finalmente. Troa sonrío con cara de victoria.

Hermíone tenía que atravesar rápidamente los aposentos de Deidamía, cruzar todo el patio, ir a la cocina rezando por que hubiera alguna criada sin hacer nada, pedir que calentaran el agua y volver corriendo. Tomó aire antes de abrir la puerta. Si se cruzaba con la madre de la niña estaría perdida. «Por favor, que esté en el salón discutiendo con Neoptólemo», susurró.

Abrió la puerta muy despacio. Como había supuesto, el matrimonio estaba peleando. Pero no en el salón, sino en la habitación de Deidamía. Hermíone suspiró resignada. No podía salir, tendría que aguantar el berrinche de la caprichosa niña. Iba a cerrar la puerta tan despacio como la había abierto cuando unas palabras captaron su atención:

—No puedo soportar su presencia más. Tiene que irse —la voz de Deidamía sonaba molesta.

—¿Y la maldición? —dijo Neoptólemo.

—¡Tonterías de viejas supersticiosas y brujas! —contestó la mujer—. ¿Qué te ha pasado hasta ahora? ¡Nada malo!

—¿Y mis dolores de cabeza?

—Si dejaras de pensar en ello, se irían. ¿Cómo no te va a doler si apenas duermes? Lo que tienes que hacer es centrarte en el gobierno del reino. Ahora eres el rey. ¡Por todos los dioses! Deja de comportarte como un cobarde.

—No voy a matar a Hermíone. Hasta el momento, se ha comportado como una buena nodriza. Políxena necesita cuidados y tú no la quieres.

—Tendrá otra sirvienta.

—No será igual que Hermíone.

—O la matas tú o se lo pido a Aribas. Él es más hombre que tú.

—¡Hermíone! ¡Tengo frío! ¿Qué estás haciendo? ¿Vas a traerme el agua? —chilló Troa haciendo que la esclava cerrara rápidamente la puerta antes de que Deidamía descubriera que los había oído.

La tesalia, resignada a recibir patadas, se dirigió a la bañera.

Hermíone, la tebana, estaba viendo jugar a Políxena en el patio con dos muñecas que habían fabricado la mujer y ella, ya que Deidamía se negaba a comprarle una de madera como la de Troa. «Las tuyas son más bonitas, se mueven mejor. Además, tú tienes dos y ella solo una. Y, lo más importante, las has hecho tú, así que eres como su madre». Políxena, con apenas tres años, era fácil de convencer, aunque seguía mirando con envida los juguetes de su hermana.

Hermíone observaba a la pequeña y pensaba que era una niña preciosa, con su cabello negro y esos intensos ojos verdes que había heredado del malnacido de su padre. Era una chiquilla inteligente, muy habladora y con mucha imaginación. En ese momento, charlaba entretenida con una de las muñecas:

—Tienes que ponerte el velo. Si te da el sol, no podrás ir al desfile —ella misma tapaba la cabeza del juguete con un viejo trapo que Hermíone no sabía de dónde había sacado. Luego cogió la otra muñeca, para la que tenía otro trozo de tela preparado, pero la operación se complicó. Políxena agitaba la muñeca. —¡No seas rebelde! ¡Eres muy mala! ¡Tienes que ponerte el velo!

Hermíone sonreía viendo a su pequeña cuando notó una presencia tras ella. Se giró sobresaltada.

—¡Hermíone! ¡Qué susto me has dado!

—Tengo que hablar contigo, es importante.

La tebana la miró intrigada y luego volvió la vista hacia Políxena, siempre tenía miedo de que algo le sucediera. Aún no habían conseguido deshacer la maldición y vivía con la sensación constante de un peligro inminente.

—¿Qué sucede?

—Deidamía quiere deshacerse de ti. Anoche se lo dijo a Neoptólemo. Ya no tiene miedo a la maldición. O eso dijo.

La tebana volvió a mirar a su hija. Sin ella, Políxena estaba perdida. No temía por su vida, sino por la de su pequeña.

—Me escaparé y me llevaré a la niña —dijo resuelta. Llevaba meses tramando el plan. Se llevaría a Políxena a un paseo y nunca volvería. Uno de los soldados que se encargaba de vigilarlas cuando salían la miraba siempre con ojos no disimulados de lascivia. No sería difícil seducirle.

—Acabarían cogiéndote, y lo sabes. No puedes fiarte de ningún hombre, por mucho que ese soldado parezca loco por ti, no dudaría en traicionarte —la tebana la miraba desolada porque tenía razón. La alegre tesalia continuó con su idea—. Tengo otro plan, llevo toda la noche pensando.

Hermíone, la tebana, apenas podía escuchar. Temblaba y sentía unas ganas terribles de llorar.

—Aunque Deidamía dice que no tiene miedo a la maldición, yo sé que miente. Hace unos días estuvo visitando a una mujer de la ciudad. Teleclía, una farsante que llegó hace unas lunas desde Creta, según ella afirma. Tiene fama de hechicera y algunos dicen que es muy buena, aunque otros la acusan de charlatana y comentan que ni siquiera es de la isla de Minos —contó la tesalia con su desparpajo habitual y una admirable capacidad de enterarse de todo—. Deidamía, siguiendo los consejos de esa tal Teleclía, vino cargada de amuletos. Los ha repartido por sus aposentos y la habitación de Troa. Tengo órdenes estrictas de poner siempre a la niña su talismán contra el mal de ojo. Me aseguro bien cuando visto a la pequeña monstrua de que no falte.

La tebana asimilaba las palabras de la tesalia mientras seguía observando a Políxena, que se había puesto a jugar debajo del pino negro que había plantado en el patio y casi lo llenaba por completo. Neoptólemo decía orgulloso que había sido el abuelo de su abuelo el que había traído la semilla desde el Pindo, la extensa montaña que separaba su tierra de Tesalia. Las palabras de Hermíone la sacaron de sus pensamientos:

—Deidamía, diga lo que diga, está obsesionada con tu maldición y sus consecuencias. A ella le da igual si le afecta a Neoptólemo, lo único que le importa es su hija. No te perdona que maldijeras también a los descendientes.

—Yo tampoco me lo perdono —susurró la tebana.

—Tenemos que utilizar su miedo a tu favor, Hermíone.

—¿Cómo?

—Podrías lanzar otra maldición, una que le afecte a ella —insinuó la tesalia.

—¡No! —exclamó rápida la tebana—. No quiero volver a hacerlo. Ahora sé que las maldiciones atan más al que maldice que al maldito. Con los dioses es mejor no jugar, siempre acaban ganando ellos.

—¿Y si fabricamos una muñeca para Troa? Una preciosa muñeca de cera y hierbas que vamos a poner debajo de su camita o en un lugar escondido y oscuro. Bueno, no tan preciosa, tendrá los ojos con espinas clavadas y cuerdas atando las manos y piernas. ¿Las has visto alguna vez?

La tebana, horrorizada, negaba con la cabeza. Era cierto que nunca había visto una de esas muñecas, pero había oído hablar de ellas y le parecían tan peligrosas como una maldición. Estaba tan asustada que dejó hablar a la tesalia:

—Una de esas muñecas con pequeños palitos clavados en las partes del cuerpo que nos interese —continuaba la otra joven, cada vez más emocionada y segura—. La niña enfermará...

—¡Hermíone! ¿Qué culpa tiene Troa? —dijo escandalizada la sirvienta tebana.

—Esa niña es el ser más malvado que conozco. Si con siete años tiene esas intenciones, no quiero imaginar lo que puede llegar a hacer cuando sea adulta.

—No dejar de ser una niña.

Como si supiera que estaban hablando de ella, Troa apareció en el patio. Sus ojos se clavaron en Políxena y luego en las muñecas con las que estaba jugando. La rabia se apoderó de su mirada.

—¡Esas telas son mías! —se abalanzó hacia donde estaba Políxena y arrancó con furia el velo de una muñeca. La menor chilló asustada y cogió la otra muñeca para evitar que también le arrancara el velo. Pero Troa era mucho más grande y, además, estaba rabiosa. No cogió el velo de la muñeca, sino que directamente, agarró el pelo de su hermana con tanta fuerza que la tiró al suelo.

—¡Troa! —chilló Hermíone corriendo hacia las niñas. Cogió del suelo a Políxena y la abrazó con fuerza—. ¡No trates así a Políxena!

—¡Es una ladrona! —contestó Troa girándose desafiante hacia Hermíone—. No es solo fea y enana. ¡Esas telas son mías!

—¡No soy enana! —lloraba Políxena en los brazos de la sirvienta—. ¡No soy enana! ¿Verdad que no, Hermíone?

La tebana llenaba de besos la cara de la niña, que estaba desconsolada.

—Las telas estaban en la basura —gritó enfadada Políxena, segura en los brazos de su sirvienta.

—¡Y a la basura van a volver! —contestó, resuelta, Troa. Y se marchó por donde había venido dejando a su hermana llorando y a Hermíone rabiosa. La tebana se giró hacia su amiga.

—Cuéntame tu plan.

Finalmente, ambas decidieron fabricar una muñeca, pero que careciera de papiros y las instrucciones propias de las verdaderas muñecas de maldición. Eso tranquilizó, solo un poco, a la tebana. Ella no era partidaria de jugar con los dioses, pero lo cierto es que no encontró una solución mejor y vivía con el miedo en el cuerpo de que Deidamía cumpliera su deseo de verla muerta.

—Prométeme que no le vas a dar a Troa nada que pueda matarla —insistía la tebana.

—¡Por todos los dioses! ¿Acaso crees que soy una asesina? —se indignó la tesalia—. Lo único que voy a hacer es darle todos los días un poquito de berza marina. Solo le va a provocar una pequeña diarrea.

A la mente de la tebana acudieron las recetas de su madre. Le pareció increíble cómo recuerdos casi perdidos eran capaces de abrirse paso en la memoria y aparecer cuando uno menos se lo esperaba.

—¿No es muy amarga? Lo notará y se lo dirá a su madre —dijo la mujer, siempre preocupada por algo.

—Troa es muy golosa. Se lo echaré en la leche, le gusta con mucha miel. Así no notará el sabor. Pasados unos días, si veo que es necesario, puedo empezar también a darle una infusión que lleve cardo borriquero. ¡No me mires así! Solo un poquito, para que también vomite.

—¡Hermíone! ¡Eso la podría dejar muy débil! —volvió a escandalizarse la tebana.

—Mejor, así se está quieta y no molesta a Políxena. Y, de paso, también me deja tranquila a mí. A ver si de esta forma conseguimos sacarle la maldad del cuerpo. ¡Por la dulce Perséfone! ¡Nunca conocí una niña con tan aviesas intenciones!

Cuando comenzaron los primeros síntomas del malestar de Troa, Deidamía se alarmó y mandó llamar al médico de la ciudad. El hombre prescribió una dieta y tranquilizó a la madre diciéndole que, probablemente, había comido algo que le había sentado mal. Era un hombre muy estirado y le pareció inoportuno que le llamaran para un simple problema estomacal de una niña malcriada que no paró de quejarse durante el tiempo que duró la exploración. «No sé cuál de las dos es más histérica: la madre o la hija», contó el físico a su esposa cuando ella lo interrogó emocionada porque su esposo hubiera acudido al palacio.

Una semana más tarde, Deidamía insistió en que volviera a ver a la pequeña, cuando a la diarrea se añadieron los vómitos. El hombre acudió al palacio de mala gana. Insistió en que le restringieran los dulces y que durante unos días solo le dieran de comer gachas e infusiones de hierbabuena y eneldo.

Hermíone, la tesalia, aprovechó las infusiones para añadir sus propios ingredientes. Troa se quejó porque estaba muy amarga y no quería tomarla. Incluso débil por los vómitos y la diarrea, seguía siendo una niña caprichosa y maleducada. En varias ocasiones tiró la copa con la infusión y, una de las veces, quemó a Hermíone al lanzarle el contenido cuando aún estaba muy caliente.

Deidamía, preocupada por su hija, permitió a la tesalia que le diera, sin que el médico se enterara, la leche caliente con miel que tanto le gustaba a la pequeña.

—Ese físico parece que quiera matarla de hambre —comentó la madre.

—Yo lo que creo es que esto no es algo que un médico pueda curar. A mí me da que es una cosa de brujería —aprovechó la tesalia para azuzar los miedos de la señora. Después de una semana limpiando vómitos y diarrea, pensó que ya era momento de pasar a la siguiente fase del plan. Si Troa era insoportable estando sana, el malestar no mejoraba su carácter caprichoso y despótico.

Incitada por la tesalia, Deidamía consultó a la hechicera de la ciudad. Teleclía, una escuálida mujer vestida de negro que visitó el cuarto de la pequeña y concluyó, como no podía ser de otra forma si quería mantener su negocio, que Troa estaba bajo el influjo de un hechizo y que había que purificar la casa y el dormitorio donde la pequeña dormía.

—¿Crees que podrá ser a causa de la maldición que esa hija de perra tebana lanzó a mi esposo? —preguntó Deidamía angustiada—. Si le pasa algo a Troa, juro por Hécate que la que la matará seré yo.

Teleclía no quiso hacer caso a las últimas palabras. Amenazar de muerte al rey podría ser visto como una conjura. A ella no le interesaba que su mejor cliente fuera acusada de nada, así que se puso a invocar a dioses y a fumigar la habitación con cánticos incomprensibles e inciensos de intenso olor.

Cuando la hechicera preguntó por los sitios del palacio que la pequeña frecuentaba, Deidamía le indicó el patio y la tesalia añadió que uno de los lugares favoritos de juego era bajo el pino negro, donde la propia Hermíone había colocado esa mañana la muñeca que había preparado junto a la tebana. Era pequeña, del tamaño de una mano, y la habían envuelto en una discreta tela negra. La esclava confiaba en que la hechicera no tardaría en descubrirla, puesto que presumía de tener ojo experto para todo tipo de conjuros y hechicerías.

Sin embargo, Teleclía dio varias vueltas alrededor del árbol cantando e invocando la benevolencia de los dioses sin percatarse de nada en sus raíces. Hermíone, la tesalia, no quería intervenir para que no descubrieran que ella estaba detrás de todo. La tebana se mordía el labio nerviosa esperando que la ridícula hechicera dejara de decir memeces y se fijara en la raíz del tronco. Finalmente, la que resolvió la situación fue Políxena.

Como todo el gineceo, la niña también estaba presenciando la ceremonia de purificación desde el atrio de alrededor. Al principio, las palabras extrañas de la mujer la impresionaron, pero acabó cansada y, como todo niño, pronto otros estímulos llamaron su atención y se puso a mirar una lagartija que tomaba el sol en el tronco del pino. Políxena fue a importunarla descubriendo, entonces, el pequeño paquete negro con la extraña muñeca dentro. Lo cogió con curiosidad y, tras un rato, decidió llevárselo a la tebana para que se lo desenvolviera, pues sus pequeñas manos aún eran torpes en esas tareas.

Teleclía se percató de que algo extraño tenía ese envoltorio y corrió a quitárselo de las manos, mirando a Deidamía para asegurarse de que la señora no se hubiera dado cuenta de quién había descubierto el paquete. Pero la esposa real, que no quitaba ojo a todo lo que sucedía, había visto toda la escena.

La hechicera, a la que se veía muy nerviosa, abrió el paquete. Además de la tela negra, una segunda tela de lino teñido de rojo envolvía la pequeña muñeca. Un grito de asombro salió de sus labios. Alzó la muñeca maldita para que todas la vieran y pronunció, de nuevo, palabras ininteligibles. Deidamía, al ver el objeto, se lanzó a las manos de la mujer y se la arrebató. La muñeca era un trozo de cera en el que se podían ver, perfectamente, astillas clavadas en el vientre. Le tela era de un vestido de Troa. Habían encontrado el motivo por el que la niña enfermaba.

La ira se apoderó de Deidamía cuando vio el infame objeto que había estado martirizando a su hija. A la hechicera no le dio tiempo a decir mucho antes de que la esposa del rey se dirigiera directamente a Hermíone la tebana:

—¿Tienes algo que ver con esta nueva brujería?

La mujer, aunque estaba en un estado de nervios que la tenía sin dormir desde hacía días, contuvo la frialdad y la calma todo lo que pudo. Miraba fijamente a Deidamía, pero no pronunció palabra alguna. Su silencio resultó insoportable para la esposa de Neoptólemo y, en un momento de furia, la abofeteó.

—Dime lo que sepas.

Hermíone siguió desafiando con la mirada a Deidamía. Políxena se acercó a la que creía su madre y a su sirvienta. La niña estaba espantada, horrorizada. Agarró el vestido de Deidamía llorando:

—No pegues a Hermíone, madre —suplicó. Y la niña se agarró a las piernas de la esposa de su padre. Deidamía apartó a la niña bruscamente haciéndola caer al suelo. La tebana no aguantó más la provocación y dijo:

—Hay más muñecas como esa repartidas por lugares que no imagináis. Algunas llevan vuestra ropa, Deidamía. Otras, las de vuestra hija. Solo yo sé cuántas son y dónde están. Solo yo puedo quitar o añadir espinas. O hacerlas desaparecer para siempre. Puede que no todas estén activas. Puede que algunas necesiten mi intervención constante para no activarse. Puede que, si me pasa algo, esas muñecas destapen todo su poder y vos y vuestra hija paguéis las consecuencias. Puede que, si quiere sobrevivir, tendrá que asegurarse de que yo siga viva. Viva y libre. Y si algo le pasara a Políxena sería aún peor.

La esposa de Neoptólemo abrió espantada los ojos. Se giró hacia Teleclía buscando una solución. La mujer estaba desorientada, confundida, negaba con la cabeza. Cuando vio la expresión de la hechicera, Deidamía sintió que la sangre se había detenido dentro de sus venas, que su corazón no podía impulsar el líquido.

—¡Vete de aquí! —gritó a Teleclía. La supuesta cretense aprovechó para salir corriendo temiendo que la ira que había desatado Hermíone acabara recayendo sobre su persona. Mejor era perder una fuente de ingresos que la vida.

Deidamía se sintió tan abochornada que habría mandado azotar allí mismo Hermíone. Todas las mujeres del gineceo habían presenciado la humillación.

—¿No tenéis nada que hacer? ¡Fuera todas de aquí ahora mismo! —gritó histérica. Esclavas y sirvientas que se habían reunido en el patio salieron apresuradas del mismo. Solo quedaron Hermíone y Deidamía, frente a frente, odiándose con todas sus fuerzas.

—Si en dos días Troa no se recupera, te juro por los dioses que voy a matar a Políxena con mis propias manos. Delante de ti, para que la veas agonizar.

—Amenazarme no va a serviros de nada —respondió, desdeñosa, la sirvienta. Le costaba un esfuerzo enorme permanecer impasible, no echarse a llorar de miedo y excitación. Pensó que había llegado el momento de aliviar la situación, de relajar el ambiente. Deidamía se mantenía altiva, pero en sus ojos se veía que realmente creía que la vida de su hija dependía de la voluntad de la tebana. Hermíone ya tenía el poder, el miedo que le generaba el dolor de su hija era patente. Era mejor no presionar más—. Como gesto de buena voluntad, voy a desactivar el poder que esta muñeca conlleva. Troa no tardará en encontrarse perfectamente. Y vos no vais a olvidar que Políxena también es vuestra hija y vais a tratarla con el respeto que se merece.

Con mucho cuidado, sin dejar de mirar a Deidamía, comenzó a murmurar expresiones que se le ocurrían mientras iba quitando, una a una, las espinas. Cuando hubo retirado las siete, mostró la muñeca limpia a Deidamía y, sin decir nada más, se marchó a su cuarto. No podía seguir fingiendo. No quería que la vieran temblando.

Una vez que las amenazas de Deidamía parecían haber quedado bloqueadas, Hermíone, la tebana, pudo respirar más tranquila. Aunque nunca se podía fiar del todo de ella.

—Me preocupa lo que pueda hacer ahora Aribas —contaba mientras se dirigía una mañana al mercado con la tesalia y Políxena. Habían pasado varios días, Troa ya estaba recuperada y Deidamía había dado permiso para que se llevara a la niña de paseo, fuera del palacio—. Nunca le he gustado y disfruta haciendo el mal y provocando a su hermano. Se burla de la maldición. Es el único que realmente no cree.

—Tampoco le perjudica. Todo lo contrario, si realmente funciona, él sería el beneficiado —señaló la tesalia. En ese momento pasaban por debajo del torcido acebuche que les sirvió de refugio la primera vez que hablaron. Como siempre que pasaban por ese punto, la tesalia acariciaba el árbol y sonreía. Hermíone recordaba la historia de la caña y el olivo y se prometía ser flexible para no morir partida.

—Ya he conseguido averiguar el pacto al que llegaron Neoptólemo y Aribas —dijo, de pronto, la tesalia.

La tebana se giró hacia ella sorprendida por las evidentes capacidades de su amiga. Ni siquiera se molestó en preguntarle cómo había conseguido esa información, aunque intuía que muchas noches no dormía sola y que al rey su compañía le resultaba muy placentera.

—Cuéntame, ¿qué ha prometido Neoptólemo a su sibilino hermano?

—Era fácil de imaginar. A cambio de mantener el secreto, Neoptólemo prometió a Aribas que le haría rey cuando cumpliera los veinticinco años —contestó la tesalia—. Quedan casi cinco para eso. Tú no interfieres en los planes de Aribas. Le da igual si vives o mueres. Es más, para él es mejor mantenerte viva, porque atemorizas a los otros dos. Llegado el caso, tú serías la testigo ideal ante un tribunal religioso del sacrilegio que su hermano cometió en Dodona. Neoptólemo quedaría invalidado para ser rey y él se quedaría con todo el poder. Vale, acabarían matándote a ti también por sacrilegio, pero eso a él no le importaría.

—Me tranquiliza saberlo —respondió la otra mujer irónica, encogiéndose de hombros y riendo.

Continuaron un rato el paseo en silencio, viendo a Políxena jugar con sus muñecas, acercarse a las flores de los lados del camino y deteniéndose, de vez en cuando, a observar a las hormigas, escarabajos y cientos de insectos que pululaban aprovechando el calor del verano.

—Tengo que confesarte algo —dijo, de pronto, la Hermíone tesalia—. Políxena va a tener pronto otra hermana o un hermano.

La tebana se giró confundida. Iba a preguntar si Deidamía estaba embarazada, pero la sonrisa de Hermíone y la forma en la que llevó la mano a su vientre le indicaron que el futuro hermano de Políxena tampoco iba a ser hijo de la esposa real.

22

FIEBRES

Pella (Macedonia), 353 a. C.

Olimpia levanta la mirada del tejido que está bordando con desgana cuando ve a Pausanias acercarse despacio. Hoy no lleva la sonrisa que suele iluminar su cara y sus andares carecen del porte y la alegría que les caracterizan. Olimpia intuye que lleva malas noticias. Su corazón se acelera pensando en Filipo marchando sobre Tesalia. Sabe que se dirige hacia un nuevo enfrentamiento contra Onomarco y el ejército focidio. También es consciente de que no va a volver derrotado otra vez, preferiría morir que verse humillado. Además, sus generales y el pueblo no van a consentir seguir bajo las órdenes de un general doblemente fracasado. Filipo se juega la corona y la cabeza en esa batalla.

La aguja con el hilo dorado se detiene en el aire mientras el soldado se acerca. Olimpia quiere preguntar, pero el miedo la amordaza. Pausanias se acerca, mira hacia los lados para asegurarse que nadie puede verles, coge la mano temblorosa de ella y dice:

—Se trata de vuestro hermano, señora.

—¿Álex? —pregunta ella sorprendida mientras se pone de pie sin dejar de aferrarse a la mano de su guardaespaldas—. ¿Qué le ha pasado? Ayer mismo estuvo jugando aquí con los niños. ¿Ha tenido un accidente? ¿Está vivo?

—Sí, está vivo, y confiamos que los físicos puedan curarle. Se encuentra en la enfermería de la Escuela de Pajes. Tiene mucha fiebre, ha perdido el conocimiento.

—Ayer estaba perfectamente —insiste Olimpia—. Estuvo jugando con Alejandro y con Arrideo. Y cantando a la pequeña Cleopatra que no quería dormirse. ¡Tiene una voz tan hermosa! ¿Cuándo empezaron esas fiebres? Ayer solo se quejó de que le dolía la garganta y que le costaba tragar saliva, pero estaba bien. Estuvo jugando con los niños. Quiero verle. Acompáñame a visitarle, Pausanias.

—No sé si los físicos van a dejarla entrar a verle, señora. No quieren que nadie sepa que está en ese estado. No es el único, otros tres muchachos de la Escuela se encuentran con fiebre y dolor. Pero Alejandro está peor, no saben si va a superar esta noche.

Olimpia lanza definitivamente el tejido en la silla asegurándose primero de que la aguja quede en la tela para que el travieso Alejandro no acabe clavándosela, no sería la primera vez. Después, con paso ligero, va en busca de su capa y sale cubriéndose con ella. Le da igual lo que los físicos digan, tiene la intención de ver a su hermano y pedir otra opinión, si hiciera falta. Nicómaco, el médico de Pella, es un gran profesional y Nicesípolis tiene una gran amistad con él.

Pausanias sabe que es imposible detener a su señora cuando ella ha tomado una decisión. Antes de ir a buscarla, también sabía que esa iba a ser su reacción. No se arrepiente de haberlo hecho, incluso si ello le acaba ocasionando algún castigo por saltarse las normas. A sus superiores les debe obediencia y les teme. A Olimpia, sencillamente, la adora. Jamás se perdonaría haber sido responsable de que ella no pudiera despedirse de su hermano si el fatal desenlace se produjera, como todo parece indicar.

El camino hacia el área de la Escuela de Pajes se hace interminable. Avanza todo lo rápido que puede, pero la desidia que la ha acompañado las últimas semanas dificulta el movimiento. Nota el corazón acelerado y los nervios la obligan a parar dos veces para contener las arcadas. El hecho de no haber comido apenas ayuda. Se siente muy débil. Esa sensación, unida al miedo a perder a su hermano pequeño, aumenta el malestar y le provoca un gran remordimiento. Por su cabeza pasan las semanas de abatimiento por la actitud de su esposo en el teatro de Dión y se pregunta cómo ha podido ser tan estúpida como para dejar de hablar, de jugar, de abrazar y querer a todas esas personas a las que ella de verdad importa y que están a su alrededor: Hermíone, sus niños, Nicesípolis, Eurídice, Pausanias y su pequeño Álex. Se promete a sí misma que va a colmar a Álex de besos, de caricias y de regalos cuando se ponga bien. ¡Por Asclepio y Apolo, que se recupere!

La enfermería está situada en un área reservada para los hombres. Primero tiene que cruzar la palestra, el área de entrenamiento y aprendizaje de los jóvenes. Cuando, acompañada de Pausanias, llega a la puerta que da acceso al patio porticado, dos soldados cruzan sus armas para impedirle el paso.

—Soy Olimpia, la esposa del rey, deseo ver a mi hermano Alejandro de Molosia. Pido que se me deje pasar. Id a buscar a uno de vuestros superiores —ordena con decisión mientras se retuerce las manos y en su cabeza busca opciones. Se gira hacia Pausanias con mirada implorante—. Busca a Leónidas, por favor, seguro que él puede conseguir que me dejen entrar.

Leónidas es el tutor de Álex. Llegó de Pasarón acompañando al muchacho y es su principal fuente de información sobre los asuntos de Molosia, su tierra natal. Está muy bien considerado entre los nobles de Macedonia, tanto por su enorme cultura como por sus dotes como diplomático y la reserva con la que lleva a cabo las pesquisas que le solicitan. Si alguien puede darle noticias de su hermano y facilitarle el acceso para verle, es él.

Pausanias parte rápido y Olimpia se queda sola frente a la puerta cerrada y el soldado que la mira entre curioso y desafiante. Muchos son los cotilleos que llegan sobre la esposa favorita del rey Filipo, pero nunca había tenido la oportunidad de verla tan cerca y poder observarla. Mientras que ella lo ignora, él la analiza.

Es una mujer muy bella y no será mucho mayor que él, piensa el joven, solo sus pechos bien formados y las anchas caderas indican que ya es una mujer adulta, aunque carece del porte pesado de las matronas. Es cierto que es muy pequeña, sonríe el joven, pero todos dicen que consigue doblegar a Filipo cuando está a su lado, que el rey pierde parte de su fiereza en su presencia.

También cuentan que antes de partir hacia Tesalia tuvieron una gran pelea, que las voces se oían en todo el palacio. La opinión general era que esa mujer necesitaba una buena paliza para que aprendiera a tener las piernas abiertas y la boca cerrada, que es lo que una buena esposa debe hacer. Pero dicen que Filipo sigue fascinado por ella, y no son pocos los que hablan de brujería, de que lo mantiene hechizado.

El joven soldado, que no puede dejar de estudiarla, observa en la mirada verde de Olimpia la determinación y el orgullo, pero las ojeras también le hablan de preocupación y debilidad. Su porte y la indiferencia con la que lo trata solo consiguen atraerle y anhelar que ella le dirija la palabra, que le dé la oportunidad de negarle el paso, de rechazar sus pretensiones. Olimpia le despierta un intenso deseo de dominarla. Él aún no lo sabe, pero durante los cientos de guardias que le quedan ante esa puerta, no habrá ni una sola en la que no ruegue que ella vuelva a pedirle entrar. Durante años contará a todo el que quiera escucharlo que estuvo horas ante él suplicando poder pasar a ver a su hermano.

Sin embargo, ella no le dedica ni un segundo de su pensamiento. Repasa los acontecimientos del día anterior: Álex estuvo jugando en el patio con los niños, junto a la higuera. Alejandro parloteaba sin parar a su alrededor mientras le pedía que lo subiera en sus hombros para alcanzar las fuertes ramas del árbol, en las que se colgaba riendo, intentando imitar las flexiones que el muchacho había realizado un momento antes. Arrideo los veía jugar con envidia, pero su natural timidez y la mirada de la madre, Filina, le impedían pedir al príncipe moloso que lo subiera a él también. Álex, tierno y atento como pocos varones, captó el deseo del pequeño y acabó izándole también a la rama para deleite del chiquillo, que no paraba de reír y contar entusiasmado que se había subido a la rama más alta de la higuera.

Olimpia se reprocha ahora no haber sabido disfrutar de los juegos. Su orgullo y el dolor por la separación de Filipo la tenían postrada en la silla, bordando cual Penélope, sin avanzar, aburrida y melancólica. No se siente orgullosa de la última vez que estuvieron juntos, esa en la que no dejó de reprocharle la humillación en el teatro.

Él llegó cariñoso, con joyas y un precioso vestido bordado en oro y púrpura. En lugar de agradecérselo, lo tiró al suelo y le dijo que se lo regalase a su puta, a Sátiro. Filipo se burlaba de ella, trataba de acariciarla y besarla y ella, en lugar de saborear los besos anhelados, le reprochaba el olor a vino y sudor. Llegó a decirle que sentía asco cuando él se ponía encima y que estaba mejor cuando partía a la guerra.

Acabaron haciendo el amor, pero más parecía un combate de pancracio que el juego amoroso al que estaban acostumbrados. Ella se resistía, giraba la cabeza cuando él quería besarla y le mordía labios y dedos cuando trataba de acariciarla. Pero su sexo húmedo la delataba y él entendió que el deseo era mutuo. Por eso, la penetró y la hizo chillar sin conseguir que ella gimiera de placer, como a él tanto le excitaba. Se dejó amar porque lo necesitaba. Como mujer joven, anhelaba las caricias de su esposo. Como esposa real, buscaba un nuevo embarazo, más opciones de herederos. ¡Si algo le pasara a Alejandro!

Después del sexo se dedicó a lanzar nuevos reproches y acusaciones.

—No entiendo tu actitud. Nunca has sido la única. Ni siquiera la primera. No sé qué demonio se ha apoderado de ti desde que estuvimos en Dión. Ni siquiera sé por qué volviste a Pella sin avisarme y sin mi consentimiento —le dijo, por fin, Filipo—. Si no tuviera suficiente con convencer a nobles, reclutar soldados y conseguir dinero para financiar la guerra, llego a mi casa a descansar y me encuentro a una plañidera enfadada porque su hombre no puede hacerle todo el caso que elle cree merecer.

—¡Yo también lo he pasado mal esperando que te dignaras a preguntar por mí! —volvió a gritarle. Se levantó y se puso el vestido para impedirle verla desnuda.

—¿Qué querías que preguntara? ¿Si comes o duermes o te has tomado una taza con cicuta? —contestó él con un tono aún más elevado. Sus palabras la hieren tanto como la animan. Sus reproches indican que ha preguntado por ella—. ¡Por Zeus! ¿Quién te has creído que eres? ¿La diosa Afrodita?

—Probablemente preferirías a Apolo —respondió ella con sorna—. ¡Soy la esposa del rey y princesa de Molosia!

Enfadado y hastiado, Filipo acabó levantándose también de la cama y comenzó a vestirse.

—¡Esposa real! ¡Princesa de Molosia! Si eres esposa real es porque yo no te he repudiado —repetía él con tono burlón mientras se reía a grandes carcajadas. Esa risa, antes fresca y divertida, ahora era recibida como un puñal.

Sin poder soportar por más tiempo la humillación, acabó cogiendo de su tocador un pequeño frasquito de perfume de Egipto que él le había traído y se lo lanzó a la cara. El recipiente acabó estrellándose contra el cabecero de la cama, pues Filipo lo esquivó fácilmente mientras seguía riendo y burlándose de ella. Toda la alcoba se llenó de un penetrante perfume a mirra y canela que acabó saturando sus olfatos y mareando a la mujer, que tras lanzar al suelo un cepillo y unas pinzas de depilar, se tiró a la cama rota y humillada de nuevo.

Filipo la miró, en parte enfurecido y en parte, apenado. Realmente, no le gustaba ver a su Myrtale llorando. La recordaba el día en que se conocieron en Samotracia y las dulces noches que habían pasado en el mar. Seguía enamorado de esa joven fiera, pero no podía dejar que ella se enfrentara a él de esa manera, que le recriminara en público lo que tenía derecho a hacer como hombre y esposo.

Bocabajo, con la cara contra la cama, Olimpia lloraba desconsolada dejando que el maquillaje manchara las blancas sábanas que aún olían a sexo y perfume. Solo necesitaba que él la acariciara una vez, que susurrara su nombre. Lo que escuchó fue, por el contrario, el estruendo de la puerta al cerrarse de golpe.

Un par de pasos apresurados la hacen volver al presente y darse cuenta de que, una vez más, sus pensamientos vuelan hacia Filipo en lugar de concentrarse en las personas que la rodean y la necesitan. Pausanias y Leónidas se acercan con caras preocupadas.

Olimpia corre hacia ellos y se abraza a Leónidas, que la recibe con sus brazos antaño musculosos y ahora más acostumbrados al cálamo que a la espada. En su abrazo transmite toda la serenidad de sus lecturas filosóficas y la experiencia que le otorgan sus sesenta años.

—Leónidas —susurra, pero el llanto detiene las palabras. Él la separa con mucho cariño y coge sus manos para darle un punto de apoyo.

—Está muy mal, señora. La fiebre no para de subir, todo su cuerpo es como una llama. Comenzó con dolor de garganta...

—Sí, eso dijo ayer. Le costaba tragar.

—Cuando volvió al cuartel empezó a empeorar. Los físicos estaban ya pendientes de los muchachos, una docena está con dolores, inflamación alrededor de las orejas y fiebres, pero cuatro de ellos, incluido Álex, empezaron con fuertes dolores. Álex tenía los testículos muy inflamados y el dolor era insoportable, se retorcía en la cama hasta que perdió el conocimiento. Yo estaba con él, señora, los físicos me llamaron cuando empezó a agravarse su estado. He pasado con él toda la noche tratando de bajar la fiebre con paños húmedos.

Olimpia mira con ojos suplicantes a Leónidas. No es el momento de ponerse autoritaria y lo sabe. Si intenta imponer su condición de esposa real, acabará chocando con la negativa de los físicos y de los superiores de la Escuela.

Leónidas asiente con la cabeza y, entre la barba blanca, los delgados labios esbozan una ligera sonrisa de esperanza para la joven. Ha conseguido la autorización para que ella pueda pasar. Los soldados se retiran. El joven soldado gira la cabeza para ver a una indiferente Olimpia alejarse. Los pasos felinos de la mujer le provocan una erección que no pasa desapercibida a su compañero. Ambos sonríen.

Olimpia, Leónidas y Pausanias cruzan la palestra, un enorme patio rodeado de un pórtico con altas columnas de mármol donde los jovencísimos escuderos se entrenan en la lucha cuerpo a cuerpo y en el manejo de la espada y de la lanza. Son los hijos de las élites del país y de los territorios circundantes. Muchos de ellos, aunque nunca se les denomine así, son rehenes de Filipo. Es su forma de asegurarse la lealtad de sus padres y familiares. Educados en las artes y costumbres macedonias, con el tiempo, se incorporarán al ejército como oficiales e, incluso, como generales. Así, Filipo va formando seguidores y leales soldados para sus contiendas futuras. Incluso los que lloraron cuando tuvieron que marchar a Pella, ahora se sienten muy orgullosos de pertenecer a la Escuela.

Mientras cruzan el patio, Olimpia observa con curiosidad a grupos de tres o cuatro muchachos entrenando en el patio bajo las órdenes, los gritos y, a veces, las amenazas de sus instructores. Le llama la atención un grupo de cuatro chiquillos que muestran sus aún infantiles cuerpos desnudos mientras tratan de imitar las técnicas de lucha que dos de los mayores les enseñan con la insolencia propia del maestro reciente. Cuando la presencia de la mujer es percibida, los susurros y codazos sustituyen al entrenamiento y toda la actividad en el patio se paraliza ante la llegada de tan insólita visita, pero los veteranos increpan a los muchachos para que no dejen su actividad:

—¡En una batalla de verdad habríais muerto todos! ¡Cada uno a su trabajo!

Los movimientos extraños y los gritos acaban también distrayendo a otro grupo de unos seis o siete jóvenes que caminan alrededor del patio junto a un viejo pedagogo que educa sus mentes. Leónidas la saluda con la cabeza y acelera el paso para evitar más perturbaciones.

La enfermería se encuentra en la esquina sur del patio, en la zona más soleada y cálida para recibir a los muchachos heridos o enfermos. Quince camas están dispuestas en tres hileras de cinco, todas orientadas hacia el sur, para que el sol les llegue. Solo están ocupadas seis camas. Álex se encuentra tumbado en la más próxima a la oficina donde los físicos preparan sus recetas y fármacos. Uno de ellos está de pie en la puerta, ve al grupo llegar, pero permanece en su puesto sin hacer amago de acercarse. Es un hombre alto, casi calvo, con mirada escurridiza y aire de desconfianza. Ha consentido la visita por la deferencia y amistad que siente hacia el buen Leónidas. Y también por el miedo a Filipo, nadie sabe cómo puede reaccionar si su cuñado muere y la esposa favorita se queja.

Olimpia corre hacia la cama donde yace Álex y se lanza a abrazarlo. El cuerpo de su hermano desprende mucho calor y un fuerte olor áspero a cebolla. Una sábana de lino, también húmeda, cubre el cuerpo desnudo, inerte y colorado. La cara del chico está roja y desfigurada por la hinchazón. Tiene los ojos cerrados, la respiración agitada y los labios entreabiertos, exhalando el penetrante aroma a manzana de los cuerpos agotados por las calenturas y el ayuno.

—Álex, hermano, soy yo, Políxena. He venido a verte —musita Olimpia con cariño sin dejar de sujetar la mano caliente del joven y de besar su ardiente frente—. Álex, cariño, tienes que despertarte, no puedes dejarme sola tú también. Álex, por favor, despierta, necesito que sigas a mi lado. No me dejes, Álex, por favor. Por favor, despierta.

El miedo y la desesperación se van apoderando de su voz y de su cuerpo, que se aferra al muchacho con tanta fuerza que los dedos de ella se quedan marcados en blanco en la piel enrojecida. Leónidas acaricia a la joven y hace un gesto a Pausanias para que le ayude a retirar a Olimpia y a sentarla en una austera silla colocada al lado de la cama.

—Señora, tiene que tranquilizarse. Si se altera, los físicos van a obligarla a marcharse —susurra el pedagogo al oído de la reina hasta que ella asiente con la cabeza y se calma, mientras mira de reojo al estirado médico, que no pierde detalle.

Cuando ella está más relajada, Leónidas se aleja y vuelve al instante con un balde de cerámica lleno de agua templada y paños limpios de lino. En el acto, el médico se acerca con cara de desaprobación.

—No es bueno bajarle la fiebre. La fiebre ayuda al cuerpo a curarse —dice con una reticencia que deja claro que es una conversación que ya han mantenido antes. Olimpia le mira tratando de disimular la desconfianza y el mal presagio que le inspira la voz aguda y tétrica. Antes de que nadie diga nada, el físico prosigue, mirando a Leónidas:

—Necesitamos que el calor queme las toxinas y los patógenos que provocan la enfermedad. Si la bajamos, los humores mórbidos no se quemarán a buen ritmo y el chico podría morir —con tono monótono repite una lección que tiene bien aprendida—. Cuando haya eliminado todos los tóxicos, el cuerpo volverá a la homeostasis, a la normalidad. Hay que dejar que la naturaleza actúe.

Antes de que Olimpia, que empieza a removerse nerviosa y crispada en la silla, pueda intervenir causando la irritación del suspicaz médico, Leónidas apela a la sabia voz del genio médico de Cos:

—El propio Hipócrates nos dice, como bien es conocido por ti, Ferécides, que algunas fiebres pueden acabar siendo fatales sin intervención. Enómaco, tu compañero, me lo explicó anoche —Leónicas apela a las discrepancias entre los dos médicos para convencer al más orgulloso de ellos. Si el muchacho muere, Enómaco no desaprovechará la ocasión para culpar al veterano Ferécides, que no cuenta con la estima de Filipo—. Las fiebres pútridas, como parece ser el caso, pueden elevarse sin control y acabar destruyendo no solo los humores mórbidos, sino los propios fluidos y tejidos del paciente.

El mencionado Ferécides no piensa consentir que se cuestione su conocimiento y su autoridad, y menos delante de la esposa de Filipo:

—Igualmente nos dice Hipócrates que cada tipo de fiebre presenta patrones típicos de signos que dependen no solo del origen de la fiebre sino también de la constitución del huésped. Alejandro es un muchacho sano, lleno de energía y con capacidad de lucha. Hemos de dejarle tiempo para que su propio organismo consiga la catarsis, la limpieza de los flujos mórbidos. Si el paroxismo febril se está manteniendo en exceso es por el temperamento frío de este sujeto, que hace que se prolongue el tiempo de la quema de los humores superfluos. El exceso de frío y humedad de esta tierra también tiende a prolongar las putrefacciones. Mi apreciado amigo Leónidas, he pasado en esta Escuela siete inviernos y he visto a muchos muchachos enfermar y salir de ello. Algunos, muy pocos, mueren. Pero, sinceramente, no creo que sea el caso del joven Alejandro.

De toda la discusión, Olimpia apenas ha entendido nada. Se pierde entre humores, temperamentos, naturalezas y paroxismos que no significan nada para ella. Pero cree haber comprendido que su hermano va a vivir. Tampoco es que el llamado Ferécides le inspire mucha confianza, pero llamar al físico de Pella sería considerado como una ofensa y probablemente acabarían echándola de la enfermería. Por todo ello, decide callar y poner su mejor cara de mujer sumisa que acata la sabiduría masculina con respeto. Finalmente, se decide a pedirle un favor al médico:

—Mi hermano ha sudado mucho y su olor no es muy agradable. ¿Podría utilizar el agua tibia que ha traído Leónidas para lavar su cuerpo? Solo quiero que esté cómodo —dice con voz muy dulce—. Pero si vos consideráis que ello podría afectar al curso normal de la fiebre, no lo haré. Decidme lo que es conveniente.

—Claro, señora. Podéis lavar a vuestro hermano. Y humedecer sus labios con agua para evitar que se deshidrate. Voy a traeros un poco de vino seco con miel por si despertara —marcha hacia su oficina dejando a Olimpia frente a Leónidas, que sonríe ante la sagacidad de la mujer.

Suavemente, Olimpia retira la sábana húmeda que cubre a Alejandro y la mirada horrorizada se detiene en los testículos del joven. Ambos aparecen enrojecidos e hinchados, sobre todo el izquierdo, que ha crecido tanto que parece más del tamaño de los cerdos que del de los humanos. Determinada a ser útil, comienza a humedecer los trapos que Leónidas le ha llevado y a lavar despacio el cuerpo vencido de su hermano.

Dos grandes lágrimas recorren el rostro de la mujer porque sus pensamientos la llevan al momento de la muerte de su padre, Neoptólemo, cuando su hermana Troa y ella tuvieron que preparar el cadáver para el duelo. Recuerda la lengua morada que devolvieron con cuidado a la boca, el pañuelo que aferraron a la mandíbula para que no volviera a salirse buscando un aire que ya no iba a volver a entrar después de que él se colgara de una soga atada a la viga más fuerte de su dormitorio. Olimpia agita la cabeza, quiere olvidar la imagen, aunque sabe que será imposible.

—No debió dejarnos solos, Álex —murmura Olimpia mientras se afana en la limpieza del cuerpo del muchacho, que sigue siendo el de un niño—. Padre no tenía derecho a dejarnos en manos de Troa y Aribas.

Paño tras paño va mojando con agua tibia al muchacho y un rayo de esperanza la alcanza cuando ve cómo la piel de éste responde erizándose. Entonces, se apresura en su labor mientras mira de soslayo a la oficina del físico que no la pierde de vista para asegurarse de que no trata de bajar la fiebre dejando los paños colocados en la frente o las axilas, como suelen hacer las mujeres que no entienden ni jamás han leído a Hipócrates.

—De alguna manera, yo también te he dejado solo, ¿verdad, Álex? He estado tan pendiente de Filipo y del reino de

Macedonia que te he dejado aquí, rodeado de extraños, sin saber con seguridad si eres feliz o estás triste.

Piensa, aterrada, que es probable que Álex ni siquiera pueda escucharla. No sabe dónde se encuentra la mente del muchacho.

Parece que la temperatura ha bajado un poco, aunque la respiración sigue rápida. Mirando hacia los lados, Olimpia pellizca el costado de su hermano y se emociona al ver que el chico se agita y la cara se contrae por el dolor. Piensa que eso es un buen síntoma, pero no quiere llamar al médico, sigue sin fiarse de él. Mira hacia el ventanal y ve cómo la luz está cayendo, no tardará en llegar la noche y quizá el hombre se retire a descansar. Es muy probable que sus ayudantes se queden al cuidado de los muchachos enfermos. De hecho, ya están sirviendo la cena a los otros cinco jóvenes que están conscientes, tres de ellos parecen haber sufrido accidentes, pues se les ve vendados en distintas partes del cuerpo. Pausanias dijo que cuatro habían enfermado gravemente, pero en la sala otros dos parecen sufrir el mal de Álex. Prefiere no preguntar lo que ha ocurrido con el otro. Quizá haya mejorado tanto que ha podido volver a la alcoba del cuartel, piensa tratando de darse ánimos.

Uno de los esclavos se acerca a ella y, sin atreverse a mirarla a la cara, le ofrece un cuenco con las gachas ligeras que también ha ofrecido a los enfermos. Olimpia no tiene hambre, pero el gesto le parece tan tierno que no rechaza el alimento y comienza a comer con desgana. Las gachas están sosas e insípidas, pero la comida caliente la reconforta. Lleva muchas semanas comiendo lo justo para no desfallecer y, ahora, comprende lo absurdo de su comportamiento.

—Cuando te recuperes, voy a dar un banquete en tu honor, Álex —comenta más animada—. Se acabaron los días de llantos y penas, de morirme en vida, de lamentar mi mala suerte. Seguro que todos habéis estado muy preocupados por mi estado, porque no quería comer, ni apenas podía dormir, y me costaba moverme. Y todo ello, ¿por qué? Porque mi esposo prefiere acostarse con otros hombres, porque cada vez viene menos a mi lecho, porque le echo tanto de menos que pensaba que era mejor morir que estar sin él. ¡Qué necia he sido! ¿Cómo iba a querer venir a mi cama si me he convertido en un fantasma lloroso? Pero todo eso se acabó, Álex. Porque tú y yo ya hemos sufrido más de lo que nos merecemos. Sin madre, porque tú ni llegaste a conocerla. Sin padre, que prefirió morir a cuidar a sus hijos y sacar adelante su reino. ¡Cobarde! Pero yo no voy a ser tan cobarde como él, Álex, yo voy a criar a mis hijos, voy a convertir a Alejandro en el rey más grande de toda la Hélade.

—¡Y mi pequeña Cleopatra! ¿No he estado yo ignorándola tanto como madre hacía conmigo? Pero eso se acabó, Álex, ella va a ser la niña más querida y amada que pueda existir. Voy a colmar su vida de abrazos y besos y cariños y juegos y canciones y dicha. Pero tú tienes que ayudarme, Álex, porque yo no tengo la voz melodiosa de madre. Tú sí, tú vas a cantarle esas bellas canciones molosas que conoces —continuó—. ¿Sabes lo que vamos a hacer? Vamos a pedir a Troa que nos mande una pareja de cachorros de pastor moloso, porque quiero que mis hijos vean cómo hasta los perros de nuestra tierra son los más grandes, nobles y leales. Quiero que enseñes a Alejandro a ser como tú, que los dos le contemos los orígenes de nuestra familia, de cómo somos descendientes del divino Aquiles, el de los pies ligeros. El héroe que prefirió ser grande a ser inmortal.

Olimpia suspira. Sus pensamientos se mueven rápido, de un recuerdo a un anhelo, de una esperanza al miedo, del deseo al dolor. Continúa hablando a su hermano para detener la confusión que su acelerada mente le provoca:

—Aunque Aquiles muriese consiguió ser inmortal, ¿no crees? Sus hazañas y su recuerdo permanecerán por siempre. Dentro de mil o dos mil años la gente seguirá sabiendo quién fue Aquiles y lo que hizo. Actores seguirán pronunciando sus frases como si jamás hubiera muerto. Se volverá a enamorar de Patroclo, vengará su muerte y condenará a Políxena a ser su esposa eterna. ¿Quién se acordará de mí dentro de mil años? ¡Qué digo mil! ¡De cincuenta! ¿Quién soy yo? Una simple mujer. Si acaso, recordarán que fui la esposa de Filipo, o la madre de Alejandro si ese muchacho llega a adulto y consigue hacer algo memorable. ¡Lo que daría por haber nacido varón!

Mientras habla, acaricia el brazo de su hermano y le toca la frente mil veces para comprobar si la fiebre ha desaparecido. No es así, la desazón se apodera de su cuerpo, solo le consuela seguir hablando:

—¿Cuántas mujeres han pasado a la historia por sus hazañas? ¿Penélope? Lo único que hizo fue esperar a que su hombre llegara de sus aventuras. Cosiendo y esperando. Cosiendo y rechazando pretendientes. Cosiendo y esperando que el hijo creciera para ocupar el papel que el padre ausente había dejado. ¡Y es admirada por hacer nada! ¿Medea? Ayudó a los argonautas a conseguir el vellocino, permitió a Jasón ser rey. Pero ¿por qué se le recuerda? Por bruja, malvada, por haber asesinado cruelmente a sus hijos. Mira a la pobre Aspasia, la esposa de Pericles. Inteligente como pocas, mejor dirigente que su esposo. ¡Y se atreven a llamarla prostituta! ¡Así es cómo se la recordará! Así es cómo son recordadas las mujeres. O brujas o putas. No hay lugar de honor para nosotras. ¡Lo que daría por haber nacido varón!

Olimpia calla cuando oye unos pasos que se acercan. Es el físico, que quiere comprobar el estado del muchacho antes de irse a acostar. Leónidas y Pausanias también se aproximan a la cama para escuchar las novedades. El médico vuelve a tocar la frente de Álex, comprueba la inflamación de la cara y los testículos y pellizca en uno de los pezones. El chico se agita y gruñe, sin llegar a despertarse.

—Es buena señal —concluye—. Parece que la fiebre ha bajado un poco, aunque no sería extraño que vuelva a subir al anochecer, es lo más frecuente. Señora, creo que debería irse a descansar.

—Si no es molestia, me gustaría quedarme —contesta con voz dulce ella—. Mis aposentos están lejos de aquí y, de todas formas, no podría dormir. Si me deja, le estaré siempre agradecida.

Ferécides vuelve a temer la reacción del rey y consiente. Luego sale de la enfermería, no sin antes advertir a los esclavos que le avisen inmediatamente si el estado de uno de los tres jóvenes cambiara. En cuento el hombre sale por la puerta, Olimpia, bruscamente, se levanta de la silla y se aproxima a su escolta:

—Rápido, Pausanias, ve en busca de Nicesípolis. Explícale la situación de Álex y pídele que te prepare algunos de sus remedios. Estoy segura de que es mucho más eficiente que este idiota engreído.

Pausanias sale con paso apresurado. Olimpia se vuelve hacia Leónidas, cuya mirada le dice que aprueba la decisión.

—Ferécides es un buen físico —asegura—. Tiene mucha experiencia y grandes conocimientos.

—No lo será tanto cuando está aquí en lugar de en el frente. Todos sabemos que Filipo se lleva a los mejores físicos y cirujanos a sus batallas. Ahí es donde realmente se demuestra la experiencia —concluye tajante Olimpia.

Leónidas sonríe porque sabe que el análisis de la mujer es acertado, pero no quiere intranquilizarla más. Va a esperar a que llegue Pausanias con los remedios de Nicesípolis. Seguro que a estas alturas ya tiene algo preparado, él mismo mandó unas horas antes a un soldado a informarla de la situación de Álex. Confía en la intuición, el conocimiento y la experiencia de la mujer.

Él sabe que su vida no se limita al palacio, a leer libros y a preparar fórmulas. Aprovecha sus salidas del palacio para acudir a aprender junto a Nicómaco, el físico de Pella, el mismo que le contó a Leónidas las extraordinarias capacidades de Nicesípolis, a la que considera el mejor físico que ha conocido. ¡Lástima que su condición de mujer no le permita ejercer!

Pausanias no tarda mucho en aparecer. Se nota que ha corrido, pues llega jadeante y colorado por el esfuerzo. En las manos, un pequeño paquete contiene el remedio preparado.

—La señora Nicesípolis le envía todo su cariño, señora. Le he contado el estado de Álex y ella ha insistido que hay que bajar la fiebre y la inflamación, sobre todo de los testículos, pues podría quedarse estéril. Me dice que lo bañen con agua tibia y vinagre para bajar la fiebre y que le pongan en los testículos y los oídos la cataplasma de tierra de Cimolos que traigo en este paño —el muchacho alarga la mano y Olimpia recoge el paquete rápidamente guardándolo bajo el manto para que los ayudantes no lo vean, aunque no pierden detalle—. Para que Ferécides no note el olor, me ha recomendado que le digan que le han frotado con aceite de linaza, que también ayuda a refrescar los humores. Me ha dado un frasquito para que lo usen.

Olimpia llama a los ayudantes. Opina que es mejor ponerlos de su parte que tratar de ocultarse. Les recibe con su mejor sonrisa mientras se quita los pendientes de oro:

—Necesitamos vuestra ayuda —les dice mientras pone un pendiente en una mano de cada uno de los chicos, que no tardan en cerrarla y guardar la preciada joya.

Una vez aceptado el soborno, el equipo se pone rápidamente en marcha. Los esclavos llevan agua tibia con vinagre para lavar el cuerpo de Álex y vigilan la puerta mientras Olimpia masajea los miembros entumecidos de su hermano con el oloroso aceite. Por último, coloca las cataplasmas en los testículos y junto a los oídos.

Cuando acaban, Olimpia se siente exhausta y cae en la silla, de nuevo junto al hermano inconsciente, que solo ha respondido con gestos de dolor al colocar la cataplasma y con ligeros escalofríos cuando el agua con vinagre y el fresco aceite han tocado su piel.

La mujer vuelve a negarse a descansar cuando Leónidas se lo propone, con poca insistencia. La deja sola al lado del joven y se retira junto a Pausanias. La noche va a ser larga. Si la fiebre no baja, duda que Álex vuelva a ver la luz del día.

La sala queda en penumbra, solo una lucerna permite ver la cara de Álex. Olimpia no quiere dormirse, pero los párpados le pesan y, de vez en cuando, su cabeza sucumbe. El movimiento brusco la hace despertar y, en cada ocasión, vuelve a comprobar la temperatura de su hermano. Casi de madrugada, parece que la fiebre ha bajado. Las lágrimas se le acumulan en los ojos y siente dolor en el pecho cuando escucha un ligero movimiento. La respiración de Álex se ha vuelto más lenta y el joven se ha agitado. Parece estar soñando.

Olimpia lo sacude y pronuncia su nombre esperanzada. Él abre un poco los ojos, aunque vuelve a cerrarlos rápidamente. Ya de pie y completamente despierta, Olimpia mueve el cuerpo de Álex y lo llama con insistencia. Leónidas y Pausanias se acercan:

—¡Ha abierto los ojos! ¡Lo he visto! ¡Ha abierto los ojos!

Sin creerla del todo, Leónidas se une Olimpia buscando estimular al joven. Igual que hizo Ferécides, pellizca el pezón derecho y Álex emite un gruñido de dolor y abre los ojos, confuso y enfadado. Su hermana se abraza a él riendo de felicidad. El cuerpo de los dos tiembla al unísono, el uno por el frío que siente al haber desaparecido la fiebre; ella, de pura emoción, todo el miedo que ha pasado se desvanece entre temblores.

El ayudante más joven se acerca y susurra algo en el oído de Leónidas. El hombre mira a Olimpia y asiente mientras manda llamar a Ferécides ante el nuevo estado del paciente. Ella no se percata de la situación, sigue entusiasmada, hablando con cariño a Álex mientras le da pequeños sorbos de agua y se prepara para darle a pequeñas cucharadas el vino con miel que el médico le dejó. El muchacho dice que tiene hambre, lo que a ella le parece una magnífica señal.

Leónidas la detiene:

—Ya lo hará uno de los esclavos. Ahora tenéis que volver a vuestros aposentos, señora —Olimpia va a protestar, pero la mirada del pedagogo la detiene—. Se trata de los niños. Tienen fiebre.

—¿Qué niños?

—Todos ellos. Alejandro, Arrideo, Cinane y hasta la pequeña Cleopatra. Creo que debería ir a ver cómo se encuentran. Yo me encargaré de vuestro hermano, parece que el peligro ya ha pasado. Os mantendré informada en todo momento —le promete mientras ella ya se está alejando a toda prisa acompañada de su leal Pausanias.

23

BATALLAS

Pella (Macedonia), 353 a. C.

El retorno desde la Escuela de Pajes se le hace a Olimpia tan duro y triste como la ida. No ha pasado ni un día completo, pero le parece que hace varias lunas que dejó la túnica que estaba bordando sobre una silla. Recuerda que temía que Alejandro se pinchara. La preocupación por el niño le hace acelerar el paso.

Cuando llega al gineceo, el inmenso silencio hiere sus oídos. Las risas, gritos, peleas y juegos de los niños han desaparecido. Solo se oyen rumores de telas vaporosas rozando las columnas levemente y sandalias apenas tocando el suelo en el rápido caminar por el atrio. El patio está vacío. No hay niños. No hay mujeres bordando.

Olimpia se dirige a sus aposentos y sube las escaleras interiores para dirigirse al dormitorio de sus dos hijos. Hermíone está sentada junto a la cama del pequeño Alejandro que está completamente dormido. Olimpia se acerca en silencio a él y toca la frente. Está ligeramente caliente. Acaricia sus mejillas hinchadas y los rizos húmeros, pegados a la frente. Los labios rojos por la fiebre esbozan una pequeña sonrisa. Olimpia aparta la sábana con cuidado. Respira aliviada cuando ve que los testículos del niño tienen su tamaño normal.

—Está bien —musita Hermíone—, tiene poca fiebre. Se ha quedado dormido hace un momento, después de comer. Tienen buen apetito. Me preocupa más Cleopatra, le cuesta respirar.

En un rincón de la sala, la nodriza sujeta a la niña contra su pecho desnudo, tratando infructuosamente de que la bebé mame. Cuando la madre se acerca, la esclava se pone de pie y se la pasa con cuidado, sin dejar de llorar. Olimpia abraza a su niña. La respiración es agitada. Sus pequeños labios, amoratados, se abren buscando un aire que se resiste a entrar y que sale emitiendo un pequeño ronquido y un silbido final.

—Dile a Nicesípolis que venga corriendo —ordena Olimpia mientras deja a la niña en la cama y empieza a desnudarla.

—Estaba esperando a Nicómaco, la hemos mandado llamar. Roguemos a los dioses para que no tarde mucho —dice Hermíone acercándose a Olimpia—. ¿Qué tal se encuentra Álex?

—Parece que lo peor ya pasó. ¿Desde cuándo respira así? ¿Por qué no se me ha avisado antes? —pregunta enfadada, no tanto con las mujeres como con la situación.

—No hace mucho, la última toma la hizo como siempre. Es una niña muy tragona. Luego empezó a llorar y vomitó. Después llegó la fiebre y es cuando la respiración se puso rara.

La conversación se interrumpe cuando se escucha un agudo alarido que procede del patio. Hermíone corre hacia la ventana y se asoma. Parece la voz de Filina, pero la distancia no permite entender lo que dice. Olimpia interroga con la mirada a Hermíone.

—Arrideo tuvo una crisis. Fue el primero que empezó a encontrarse mal, tenía fiebre y la cara muy hinchada. No encontrábamos a Filina, supusimos que estaría con alguno de sus amantes —dice la sirvienta con tono enfadado—. Aun así, el niño seguía jugando con Alejandro, siempre riendo. Ese niño es un bendito con una madre estúpida. Eurídice pidió a Nicesípolis que lo examinara y le diera algo para la fiebre, pero no dio tiempo. De pronto, Arrideo se puso muy, muy colorado y los ojos se le quedaron blancos. Sujetaba un juguete y las manos se le agarrotaron, se aferraba con tanta fuerza que no podíamos quitárselo. Después, se cayó de espaldas y empezó a agitarse como una lagartija cuando el gato juega con ella antes de darle el bocado final. Nicesípolis nos gritó que le pusiéramos de lado y que le sujetáramos la cabeza, el pobre se estaba golpeando contra el suelo. Todo fue muy rápido. Igual que vino, se fue. Pero el niño se quedó perdido, sin hablar. Tenía la mirada vacía, una sonrisa estúpida y el cuerpecito lánguido, sin fuerza ninguna. Lo cogí para llevarlo a la cama y se me escurría como si llevara un muñeco de trapo, los brazos, las piernecitas y la cabeza se caían. ¡Qué pena daba verlo en ese estado, señora! Pensé que se nos moría. Eurídice se ha quedado con él.

Hermíone llora despacio y gira la cabeza para asomarse a la ventana y ver lo que ocurre en el patio.

—Ahora llega Filina, chillando, como siempre. ¡Tengo su voz metida en la cabeza! No la soporto. Me recuerda al de esas odiosas grajillas que se posan en la higuera y me despiertan todas las mañanas. Seguro que estará gritando a Nicesípolis para que no se acerque al heredero. ¡Se atreve a dudar de un alma pura mientras está acostándose con todo el que se deja!

Por la ventana ve a Nicesípolis salir de la estancia de Filina y dirigirse hacia el de Olimpia con paso apresurado. No tarda en llegar a la habitación de los niños y se acerca directamente a Cleopatra, que sigue respirando con dificultad:

—Nicómaco vendrá en cuanto pueda. Parece que hay varios niños y algunos adultos en Pella con el mismo mal —dice preocupada. Luego pone el oído en el pecho de la chiquilla y escucha con atención los estertores y silbidos que bullen en el cuerpecito. Mueve la cabeza con preocupación.

—Nicesípolis, yo me fio completamente de ti. Has salvado a mi hermano. Dime lo que tengo que hacer, no podemos esperar al físico. Tú sabes cómo salvar a mi niña. Haremos todo lo que nos digas —Olimpia se aferra a la mano de su amiga mientras la mira a los ojos. En ella deposita toda su esperanza.

La tesalia nota el rubor subir a su cara. Por un instante, se siente abrumada por la responsabilidad. Después, la mirada se torna decidida y poderosa. Los ojos, de un azul tan claro como el frío cielo de una mañana de octubre, se quedan mirando fijamente hacia arriba y a su izquierda, como si en el techo estuviera escrito el remedio. Las otras mujeres callan, saben que están pensando. Apenas un minuto después, sale corriendo dejando una estela luminosa blanca de anhelo y confianza.

—¡Hermíone! —grita desde las escaleras—. Ve haciendo el sacrificio a Dionisos. Tú sabes cómo hacerlo.

La sirvienta asiente en silencio y va a salir del cuarto cuando Olimpia le habla:

—Al final te iniciaste, ¿verdad? Estaba esperando que me lo contaras —su voz suena triste. Se siente traicionada, rechazada—. Haz lo que te ha pedido Nicesípolis, por favor.

Olimpia queda sola con los dos niños. Coloca una silla entre las dos camitas y acaricia a cada uno con una mano. Los mira con ternura y preocupación. Alejandro sigue dormido, pero es el sueño dulce de la recuperación. Es un niño fuerte y sabe que saldrá adelante. El estado de Cleopatra es mucho peor, el pequeño ronquido es constante, como si la naricita y el pecho estuvieran llenos de mocos. Conoce, como todas, que muchos niños no llegan al año, jamás llegan a caminar. Sabe de mujeres que han perdido cuatro o cinco hijos. Entierran uno tras otro y siguen pariendo con la esperanza de que el siguiente sobreviva. Y es peor entre los campesinos y los pobres de las ciudades a los que no se los llevan las enfermedades, se los lleva el hambre o acaban falleciendo por el frío.

Un escalofrío recorre el cuerpo de Olimpia, que se levanta nerviosa de la silla y coge a la niña en brazos. La pequeña abre los ojitos y comienza a hacer pucheros, pero sin arrancar a llorar. Olimpia acaricia los rojos cabellos, apenas una pelusa que recubre la cabecita, pero que en algunos puntos comienza a rizarse. Cleopatra se parece mucho a Filipo. La madre se siente, una vez más, culpable. No ha dado a esa niña todo el cariño y la atención que se merece.

—Pero ahora todo va a cambiar, Cleopatra, mi amor. Ya no voy a volver a ser la loca egoísta que he sido hasta ahora. ¡Ni siquiera me importó no poder amamantarte! ¡Necia de mí! Pendiente de un hombre, cuando a ese hombre solo le importa su reino y su poder. Se acabó, Alejandro y tú vais a ser el centro de mi propio reino. Yo, solo yo, haré de él un rey que la humanidad no podrá olvidar. Y tú serás también reina, ya lo verás. No permitiré que tu padre te rebaje y te dé en prenda a un postor que no tenga un gran linaje. Ya lo verás, mi alma. Pero ahora tienes que ponerte bien. Nicesípolis te va a curar. ¡Qué gran mujer! Vale más que todos los físicos del reino. Es muy lista, mucho. También tenemos que aprender de ella. Le pediré que me preste algunos de sus libros y voy a pasar más tiempo en ese laboratorio que se ha preparado. Sé que pasa mucho tiempo con Hermíone, que ella también está aprendiendo de fármacos y plantas, de dioses y almas inmortales. Yo no puedo abrazar su religión, ellas sí porque no representan a Filipo, ni reciben embajadas, ni tienen que ir a otros actos religiosos donde hay que sacrificar animales. Yo las escucho y me da envidia su fe en el más allá y, a veces, me da miedo perecer y acabar en el Averno. Pero yo soy la reina de Macedonia. Sin título, pero reina. Y tengo que oficiar y acudir a actos donde la religión de Orfeo no está bien vista.

Filipo me repudiaría, no me dejaría acompañarle ni recibir sus embajadas. ¡Y qué sería de mí sin su apoyo! ¿Lo ves? Ya estoy otra vez pensando en él. En lo que Filipo quiere, Filipo busca, Filipo necesita.

La mujer calla, pesarosa de sus propias palabras y de su pensamiento. Escucha la respiración fatigosa de la niña. Mira la puerta aguardando que Nicesípolis regrese con el remedio. Se le está haciendo eterna la espera. Mientras, el que se despierta es Alejandro:

—¿Mamá? —dice sorprendido al ver a su madre en su habitación—. Tengo hambre.

Olimpia llama a una esclava para que le traiga un tazón de gachas para el niño, que se lanza al cuenco con ansia. La madre sonríe encantada mientras le ve comer, con ganas y sin dejar de hablar. El niño pregunta por Arrideo, adora a su hermano y se asustó mucho cuando lo vio caer. Olimpia le cuenta que está bien, que lo está cuidando su madre y la abuela Eurídice y que pronto van a poder salir a jugar al patio.

—¿Puedo yo ir a jugar? —pregunta el niño, con su carita hinchada, pero sin asomo de fiebre ni de malestar.

Olimpia niega con la cabeza y le pide que se tumbe junto a Cleopatra y le cante, porque la hermana está enferma y necesita mucho cariño. Alejandro obedece con sus enormes ojos azules abiertos y observando a la niña a la que acaricia con ternura mientras acompaña a Olimpia en una nana que trata de relajar más a la madre que a la hija, cuya respiración es cada vez más fatigosa.

Tras lo que parece una eternidad, llegan Hermíone, portando un balde de agua tibia con vinagre, y Nicesípolis, con las manos enrojecidas en las que lleva una bandeja con pequeñas bolitas.

—Son supositorios —explica—. La niña no puede tragar y es muy pequeña para darle el ojimelos de Hipócrates. Los he preparado con tapsia, sésamo y miel. Esperemos que ayuden a sacar toda la putrefacción de los pulmones de la pequeña. Después de mucho pensar, es la mejor opción que se me ha ocurrido. Ruego a Dionisos y a su poeta Orfeo que funcione. Si no es así, espero que me perdones, Olimpia.

—En el último día he oído hablar de Hipócrates más que en mis veinte años. Estoy segura de que, si alguien puede curar a Cleopatra, esa eres tú. Tú y tu dios de la vida eterna. Vamos a ponérselos, cuanto antes empecemos, antes se recuperará.

Las dos mujeres se ponen a la faena, Hermíone se encarga de Alejandro, cuya energía y vitalidad le impiden estar tranquilo incluso cuando está enfermo. Juega con un caballo y una y otra vez pregunta si puede ir a jugar con los otros niños.

—¿Y con Fila? Me puedo ir a jugar con el gato de Fila. Ella no es una niña, ¿puedo jugar con ella?

Olimpia le da permiso y el niño sale corriendo en busca de su amiga, la esposa más joven de su padre. Las tres mujeres se sienten aliviadas, la energía del niño les agota y, en esos momentos, prefieren concentrarse en la respiración de Cleopatra, a la que Olimpia frota con paños empapados en agua y vinagre para bajar la fiebre. La niña ya no abre los ojos ni responde al agua fresca ni a los besos y caricias de su madre, que sigue prometiéndole que la va a convertir en reina y no va a dejar que ningún hombre se interponga entre ellas.

Al rato, se vuelven a oír las pisadas rápidas del niño. Alejandro vuelve resoplando, sus cortas piernecitas suben las escaleras con dificultad:

—Fila no habla. No me contesta. No quiere jugar conmigo. Está dormida.

El corazón de Nicesípolis se acelera cuando escucha al niño y sale corriendo de la habitación temiendo encontrar a su amiga también enferma. Cuando entra en el dormitorio de Fila, el gato lanza un bufido de advertencia. Nicesípolis ignora al animal, que se aparta gruñendo del cuerpo inerte de su joven amiga. Fila tiene la cara completamente hinchada y muy colorada. La cabeza aparece en una posición extraña, muy arqueada hacia atrás, como si el cuello fuera a partirse. Nicesípolis toca su frente. Está ardiendo. Aunque la llama y la sacude, la muchacha no responde, ni siquiera murmura. Respira rápido, pero muy superficialmente. Nicesípolis pellizca su brazo. No hay respuesta.

Enfadada, busca a la sirvienta personal de Fila, pero no la encuentra por ninguna parte. Entre ambas mujeres no había una relación de amistad, ni siquiera de afecto.

Fila era una niña dulce y miedosa. Desde el principio, se sintió desorientada en el palacio y le resultaba difícil entablar conversación con nadie. En Pella, solo el gato la recibió con cariño. Incluso su esposo tardó más de seis meses en buscar su cama. Ella nunca quiso a Filipo, ni siquiera un poco. El hombre le daba miedo y, aunque siempre era rápido en la cama, sus encuentros con él le provocaban tan desagrado que luego necesitaba meterse en la bañera durante horas. Se podía decir que los primeros meses en Pella fueron solo ricos en lágrimas y tristeza. Alguna vez pensó en quitarse la vida, pero no sabía cómo podía hacerlo con la seguridad plena de que el final iba a ser definitivo. No quería sufrir más de lo que ya lo hacía.

Todo cambió cuando llegó Olimpia y la molosa le pidió ser su maestra. Pasaron muchas tardes juntas, hablando y aprendiendo. Como premio extra, Nicesípolis se les unía en muchas ocasiones. La presencia de la tesalia iluminó la vida de Fila. Luego conoció a la joven campesina en las Dionisiacas. Aunque no había podido volver a verla, el recuerdo de la noche con ella alegraba la vida de Fila, que vivía contando los días que faltaban para poder encontrarse con su ruda compañera.

Nicesípolis, muy enfadada, asume que la sierva se ha marchado. Quizá por miedo a la enfermedad. Muchos eran los que huían cuando un mal se apoderaba de una región, una ciudad o, como ahora, de un palacio.

La propia Nicesípolis se dispone a cuidar a Fila. La joven se lo merece, siempre fue atenta y cariñosa con ella. Nicesípolis es consciente de que Fila estaba enamorada de ella. Se notaba en su mirada, en la forma de sonreírle, en el rubor que le subía cuando la tesalia la abrazaba.

—Me habría gustado corresponderte, Fila —musita Nicesípolis mientras limpia el febril cuerpo de la muchacha—. Pero mi sexo necesita a un hombre y mi corazón le ha puesto nombre: Nicómaco. ¡Qué cobarde soy! Te lo cuento ahora que no puedes escucharme y no vas a apenarte —suspira y sigue con su faena.

—¡Seguro que te gustará saber que, por fin, he acariciado tu cuerpo con mis manos! ¡Dionisos permita que algún día pueda contártelo! Te pondrás colorada cuando sepas que he visto tus pequeños pechos desnudos, que he acariciado estos rosados pezones y que he lavado tu oscuro vello púbico. ¿Por qué los dioses juegan con nosotros de esta manera? ¿Por qué queremos a quien no nos puede corresponder?

Si bien el cuerpo se ha refrescado, Fila sigue sin responder. Nicesípolis levanta los párpados. La mirada está vacía. No la reconoce, ni siquiera la ve.

—Lo siento mucho, Fila —solloza Nicesípolis—. Mi intuición me dice que no vas a sobrevivir. Esa perra te ha abandonado dejándote moribunda mientras el gineceo es un caos. ¡Así se pudra en el Tártaro! Consumida por el fuego y castigada cien mil años. Que dé gracias a Hades de que mi religión me prohíbe matar; si no, la buscaría hasta hacerle pagar esta villanía. No hay mayor bajeza que dejar a un ser bueno y puro, como tú, morir sola y abandonada.

Hermíone entra por la puerta buscando a Nicesípolis cuando la oye llorar abrazada al cuerpo moribundo de Fila:

—¡Mi querida niña! Seguramente fuiste muy buena en tu anterior existencia, pues en esta has habitado el cuerpo de una persona pura. Te deseo una pronta reencarnación en un alma limpia y justa que encuentre la verdad en la palabra de Orfeo. Solo así podrás librarte de este ciclo y nos encontraremos en las Praderas del Aqueronte donde podremos vivir eternamente juntas y rodeadas del amor que en esta vida no has podido disfrutar. ¡Nadie más que tú se merecía ser amada! ¡Perdóname por no haberte podido corresponder!

Hermíone se aproxima y aparta a Nicesípolis del pequeño cuerpo desnudo de Fila, que sigue ignorante de lo que a su alrededor sucede.

—¿Cómo está Cleopatra? —pregunta Nicesípolis entre sollozos.

—Un poquito mejor —dice Hermíone—. La fiebre ha bajado y ha empezado a llorar buscando la teta de su nodriza. Ha comido un poco.

—Eso es bueno, Hermíone, muy bueno. Quédate con ella y Olimpia y me vas contando. Yo voy a acompañar a Fila. No encuentro a la perra de su criada.

—Conociéndola, seguro que se ha largado con el carnicero o el que nos trae el pescado. No conoce la fidelidad ni la honra —Hermíone hace el gesto de escupir, pero se contiene por respeto a Nicesípolis y a Fila—. ¿Tan mal está la chiquilla?

—No creo que pase de esta noche. El cuello ya está muy rígido.

Las dos mujeres miran con pena a la más joven de las esposas del rey, a la que él nunca vio como una persona. Solo fue una mujer que se vio obligado a tomar.

Mientras ambas la observan, Fila lanza un alarido desde el fondo de su alma y todo su cuerpo se arquea en una postura imposible que la hace quedar solo apoyada en la cabeza y los talones, los brazos se lanzan a la espalda y los dedos se encogen dejando las manos con aspecto de garra de un animal de presa. Entonces, Fila abre los ojos y en ellos se refleja el terror, como si fuera capaz de ver su propio espectro, como si alguien hubiera abierto la puerta del Averno y estuviera viendo el destino de la humanidad. De nuevo, lanza un grito, más agudo, más terrible. El gato, en el rincón, responde a la llamada de la muchacha con un agudo y largo chillido que se mete en el cuerpo de las dos mujeres como el bisturí de un cirujano.

Hermíone, horrorizada, se tapa los oídos. Tarde. Su mente jamás podrá olvidar el sufrimiento y terror que la joven lanza por su garganta hinchada. Nicesípolis trata de sujetar los brazos y enderezar el cuerpo, pero la fuerza que la muerte confiere a Fila no le permite ayudar a la joven que, poco después, cae a la cama con fuerza, como si un ser poderoso y maligno la hubiera lanzado desde el techo de la pequeña alcoba. Ya no volverá a moverse, ya no sufrirá más.

El funeral de Fila se celebra siete días más tarde, cuando la situación del gineceo está más tranquila y los niños se encuentran casi recuperados. Incluso la pequeña Cleopatra va cogiendo fuerza, aunque le sigue costando respirar y ha perdido su sonrisa desdentada.

Siguiendo la tradición de la familia real macedonia, el cuerpo de Fila ha sido incinerado y sus cenizas depositadas en una urna de madera con incrustaciones de oro. El cementerio de los Argéadas se encuentra en la antigua capital, Aigai, pero las especiales circunstancias impiden que las mujeres se puedan trasladar hasta allí. Eurídice, como madre del esposo, toma la decisión de conservar las cenizas en el palacio hasta que

Filipo pueda acompañar los restos de su joven esposa a la gran tumba que ella misma se está preparando en la vieja ciudad.

El gran general victorioso en el Campo de Azafrán llega a Pella unos días más tarde. Su entrada es triunfal, toda la ciudad se concentra para salir a recibirle y le aclaman como libertador y gran estratega.

No solo ha vencido a su enemigo, el general Onomarco al que ha hecho ahorcar, sino que también se ha convertido en *Tagos* de Tesalia, el gobernador de la región vecina. Macedonia, en la cabeza de su monarca, amplía su área de influencia y las riquezas no tardarán en afluir a la ciudad. Los habitantes de Pella se sienten orgullosos de su rey y de su ejército. Macedonia ya no tiene nada que envidiar a Atenas ni a Esparta ni a Tebas. La nueva Hélade está naciendo.

Olimpia, con un vestido púrpura y una ligera capa color azafrán, espera al rey de pie, junto a la puerta ceremonial del palacio. El pequeño Alejandro, vestido de blanco, la coge de la mano izquierda, pues en su brazo derecho reposa Cleopatra, ahora dormida, aún con un pequeño ronquido que indica que sus pulmones no se han recuperado del todo. Eurídice también espera al hijo, vivo y victorioso. Juguetea, sin percatarse, con los cabellos dorados de Alejandro.

Desde lo alto de la colina donde se encuentra el palacio se puede ver toda la ciudad y cómo se ha formado una enorme doble hilera humana que, desde el puerto, acompaña y aclama al ejército con los generales al frente. Filipo detrás de ellos, en lo alto de su negro caballo, engalanado con armadura dorada y corona de hojas de roble de oro. Su único ojo azul relampaguea de felicidad y orgullo. A lo lejos, en lo alto, puede ver a Olimpia y a su madre. Sonríe dichoso, tiene ganas de abrazar a las dos y compartir unos días con su familia. Espera que sean unos días de paz y tranquilidad. Todos lo necesitan después de la guerra.

Las flautas y tambores que acompañan al ejército y los vítores y ovaciones del pueblo se oyen desde el palacio. Olimpia permanece serena. Ella también se siente triunfante. Ocupar ese puesto de honor le ha costado una pelea con Filina y con Audata. La cuestión se zanjó cuando llegó la orden de Filipo de que solo Olimpia acompañaría a su madre. La misiva no mencionaba a ninguna otra esposa, tampoco a los niños. Ha sido Olimpia la que ha decidido mostrar su faceta de madre ante su esposo y el pueblo.

Según va ascendiendo por la colina, la serenidad de Olimpia se transforma en euforia. La música alegre, las palmas de la gente, el golpeteo de los pies de los soldados contra la tierra, las armas que descargan contra las armaduras brillantes y el resuello de los caballos provocan una vibración en el aire y en el suelo que traslada alegría y deseos de correr, abrazar y gritar al cielo dando gracias a Zeus y a todos los dioses del Olimpo por poder ser partícipe de esa fiesta.

Alejandro mira fascinado a los hombres y monturas que avanzan por el camino. Aplaude con sus pequeñas manitas y salta con entusiasmo. Su curiosidad innata le hace preguntar por todo lo que le llama la atención: «¿Cómo se llama el caballo de padre? ¿Por qué esos hombres van a caballo? ¿Cuándo voy a ser yo el rey?». Olimpia y Eurídice contestan riendo a las ocurrencias del niño. Cuando su padre baja del caballo para acercarse, le piden que calle un momento. Filipo está exultante mientras despide a su ejército, que se divide para rodear el palacio y dirigirse a los cuarteles. Solo los generales entran a celebrar el banquete de la victoria. Pero todos tendrán esta noche y los días siguientes celebraciones y juegos para agradecer el trabajo realizado.

Filipo abraza a su madre y saluda a Olimpia con una dulce mirada. Luego, coge al chiquillo en brazos y se lo enseña a la multitud.

—Este es mi hijo, Alejandro —les grita—. El futuro de Macedonia estará en sus manos. Pero hoy, lo que se ha logrado se lo debemos a vuestros hijos, a vuestros maridos. A todos los hombres libres de esta tierra que han luchado como nuestro antepasado Heracles. ¡Con coraje! ¡Con valor! ¡Macedonia demostrará al mundo entero lo que significa el trabajo, el tesón y la libertad!

La rotunda voz de Filipo se multiplica al chocar con los muros de palacio. El pueblo, entusiasmado, responde con una ovación que llega hasta el puerto. Toda Pella celebra con su rey y los soldados macedonios el poder de su ejército, la exaltación de la victoria, la felicidad de la supervivencia. La conmemoración del triunfo es la celebración de la vida que continúa. Solo el miedo y la muerte son capaces de ensalzar con tal intensidad el gozo de seguir respirando.

Olimpia y Filipo yacen desnudos y satisfechos sobre la cama del dormitorio del rey. Los días de celebración se han prolongado. Todo el palacio huele a fiesta, al incienso de los interminables banquetes, al vino derramado por los hombres borrachos, al sexo de los felices reencuentros tras las semanas de incertidumbres y lucha. Abrazada a su marido, Olimpia se siente tranquila. Nota que ha recuperado la confianza del hombre, que ha despertado el deseo hacia ella. Ya son tres noches seguidas las que duerme con él, recuperando el tiempo perdido, las caricias que no pudieron darse, las sonrisas que ambos se escatimaban. Olimpia está tranquila. No sabe si eso es la felicidad, pero se le parece tanto que se da por satisfecha.

—Me gusta que hayas recapacitado —le susurra Filipo mientras acaricia los oscuros cabellos dispersos sobre el pecho masculino al que la mujer permanece abrazada—. ¿No es mejor cuando podemos hablar sin herirnos?

A Olimpia le disgusta que le hable así. Recapacitar le suena a rendición. No dice nada, solo acaricia con la punta de sus pequeños dedos las cicatrices que surcan el torso de su marido. Lo besa suavemente. Hablar solo estropea el momento. Mejor es sentir, dejarse llevar por la piel.

—¿Tuviste miedo? —pregunta Olimpia después de un buen rato.

—¿Miedo? Soy un general y conozco bien mi ejército. Había estudiado las técnicas del enemigo y no volví a cometer los errores que me llevaron a la primera derrota. En la guerra no te puedes permitir el lujo de tener miedo. El miedo lleva a la huida.

—Me refería a si tuviste miedo a perderme —dice ella mientras levanta la cabeza del pecho y se incorpora para mirarle con sus ojos felinos, sabios y tranquilos.

Filipo la mira sorprendido. Lo cierto es que no se lo había preguntado. Es la primera vez que se lo cuestiona y comprueba, desconcertado, que sí. Que hubo noches en las que le perturbaba el pensamiento de llegar a Pella y no poder estar abrazado a Olimpia. Que solo era miedo lo que parecía ira. Que el enfado que sentía porque ella le privaba de algo que él consideraba suyo solo era una máscara del pánico. Pero no se lo dice. Reconocer el miedo es acoger la posibilidad de la derrota, y él es un general orgulloso.

—Yo he pasado mucho miedo —dice ella, menos soberbia, dispuesta a concederle otra victoria—. Muchísimo miedo a que el mundo que conozco se derrumbara.

—¿Pensabas que podía volver a perder una batalla frente a Onomarco?

—No, jamás dudé de ti como general. Sabía que volverías triunfante —dice Olimpia convencida. Calla que sabía que volvería ganador o no volvería—. Pero, mientras tú luchabas en Tesalia, nosotras hemos luchado aquí nuestra propia guerra.

—¿Guerra?

—Contra la enfermedad y la muerte —susurra la mujer—. Conseguimos ganar casi todas las batallas, pero hemos perdido a Fila.

Filipo se queda callado sin saber lo que decir. De todas sus esposas, Fila es la que menos le importó nunca. Era discreta, callada, tímida y terriblemente aburrida en la cama. Aunque solo se acostó con ella dos o tres veces, la mirada de pánico que la muchacha tenía en la cara le causaba repulsa. Había presenciado violaciones en las que las mujeres estaban menos asustadas que Fila cuando él se le acercaba.

Tampoco tuvo nunca interés en dejarla embarazada. Era la única realmente macedonia y, si tenía un varón, los nobles intentarían imponer la primacía de ese muchacho sobre Alejandro. Olimpia podía perdonarle muchas cosas, pero no que relegase a su hijo. Y él no quería tener más problemas con su esposa molosa. Además, Fila era muy joven, tiempo habría de darle hijos cuando Alejandro fuera algo mayor y pudiera haber comprobado que el potencial que intuía era cierto. Ahora resultaba que la esposa más joven era la primera que había fallecido, y él no podía sentirse triste. Cuando le llegó la noticia, le resultó tan indiferente como si le hubieran dicho que había muerto el gato que siempre había bajo la higuera. No iba a echarla de menos. Solo esperaba que Antípatro y Parmenión no empezaran a presionarle para que se casara con otra macedonia.

—La echo mucho de menos —dice Olimpia—. Fila era mi amiga.

—No sabía que hubiera tan buena relación entre vosotras.

—Hay muchas cosas que desconoces, esposo.

—Supongo que cosas de mujeres —responde el hombre aburrido ya de la conversación.

—También he tenido miedo por mí —prosigue ella sin dejar de acariciar el cuerpo desnudo—. Temía que me repudiaras, que no quisieras volver conmigo. No supe estar a la altura. Ahora he aprendido.

La sinceridad de la mujer descoloca a Filipo y lo deja desarmado. Es más fácil para él entrar en la lucha, aunque sea dialéctica. La sumisión de Olimpia no encaja con la imagen que tiene de ella. Como militar, sabe que tan importante como ganar en el campo es administrar la victoria para que los derrotados no se vuelvan a rearmar, no se sientan tan humillados que la única opción sea reiniciar las hostilidades.

—No creo que otra mujer pueda ocupar tu lugar, Myrtale —confiesa, por fin—. Lo que nos une va más allá del matrimonio. Te necesito tanto que, a veces, te odio.

Olimpia sonríe y se abraza al pecho masculino para ocultar su rostro. Una cara que solo consigue pensar que, al final, tiene razón Eurídice, que las moscas se cazan con miel, no con hiel.

La joven se siente muy contenta, pero no es feliz. Ahora lo sabe. No es felicidad. La pasión que se apoderaba de su cuerpo cuando veía a Filipo se ha transformado en calor y deseo, pero ha perdido ardor. La necesidad de abrazarlo, besarlo y sentirlo cerca ya no es tan imperiosa, y está más basada en supervivencia y poder que en amor desinteresado. Sigue queriéndole, pero ya no sabe si ama al hombre o al rey, al amante o al general. Si para que él la ame y la respete ella tiene que ser menos ella, ¿ha ganado o perdido la batalla?

OCTAVA PARTE:

DIONISOS

24

Aristón de Tesalia

Pasarón (Épiro), 363 a. C.

Hermíone, la esclava tesalia, interrumpió en el cuarto de la nodriza tebana:

—¡Ya lo tenemos! —gritaba entusiasmada—. ¡Tengo la solución! ¡Por fin la hemos encontrado!

La tebana estaba cosiendo junto a la ventana mientras las princesa Políxena leía a su lado. La niña pronto iba a cumplir diez años y le estaba bordando un vestido para celebrarlo. Al escuchar los gritos de su amiga, se asustó y acabó clavándose la aguja. Instintivamente se llevó el dedo a la boca y chupó con fuerza la herida mientras la tesalia, normalmente escandalosa, pero no en ese grado, se acercó a la sirvienta y le cogió las manos obligándola a sacar el dedo de su boca. Una pequeña gota de sangre brotó de la herida y acabó manchando el lino color azafrán. La mujer, contrariada, se soltó y se levantó temblando:

—¿Qué ocurre? ¿Qué es lo que has encontrado? —Hermíone, la tesalia, la miraba feliz. Volvió a abrazarla.

—¡Ha venido! ¡Está en Pasarón!

La tebana cada vez se sentía más desconcertada y un poco molesta. Evidentemente, no eran malas noticias, pero el hecho de haber manchado el vestido la había irritado. Hermíone, la tesalia, era impulsiva y muy temperamental, se exaltaba con facilidad y era incapaz de disimular sus emociones, y eso que se había calmado mucho desde que tuvo a su pequeña Clitemnestra. La tebana pensaba que a la niña no le había quedado más remedio que ser tímida y comedida, pues toda la fuerza se la había quedado la madre.

—¡Por Zeus! —exclamó la tebana—. ¿Quién ha venido y a qué vienen esos gritos? Cualquiera diría que ha llegado el mismo Apolo a deleitarnos con su poesía.

—¡Aristón de Tesalia!

—¿Algún familiar tuyo?

—¡No seas boba! —contestó Hermíone asombrada por el desconocimiento de su amiga—. ¿No has oído hablar de él?

—¿Debería?

—¡Es el mago más famoso de mi tierra! Un maestro en los ritos ocultos y adivinatorios.

La tebana, por fin, comprendió el motivo de excitación de su amiga y empezó a temblar con más fuerza, esta vez de emoción. Políxena, que había dejado de leer, las miraba curiosa. La nodriza la mandó al patio con Clitemnestra, que estaba debajo del enorme pino jugando con el gigantesco pastor moloso. Por su tamaño podía imponer, pero era tan bueno y noble como la chiquilla que lo había amaestrado. Políxena salió reticente, pues sabía que lo que se iba a hablar en el cuarto era más interesante que lo que podía hacer en el patio. Cuando estaba en la puerta, se volvió, con intenciones de protestar.

—¡No me repliques! ¡Que te conozco! —cortó en seco la tebana.

—En el patio hace frío.

—Si juegas y te mueves, entras en calor.

—Pero, Hermíone, tú no quieres que me enfríe, siempre me dices que tenga cuidado.

—Y siempre haces lo que te da la gana —dijo con cara seria la sirvienta—. Nada de lo que no tengas que escuchar, vas a escuchar. Si no sales, Hermíone no me va a contar nada.

—¡No me parece justo! —insistió Políxena.

—Cuanto antes aprendas que el mundo no es justo, mejor para ti. ¡Sal a jugar con Clitemnestra!

Cuando la niña hubo salido, la tebana se volvió hacia su compañera, que seguía emocionada y con evidentes ganas de hablar. La alegría de la tesalia era contagiosa, aunque la prudencia que la caracterizaba asomó:

—¿Crees que esta vez será el definitivo? ¿A cuántos adivinos, magos y hechiceros hemos visitado ya? Aparte de aligerar nuestra bolsa, no hemos conseguido nada. ¿Te acuerdas del que se hacía llamar Cleofonte de Corinto? Luego resultó que ni siquiera había pisado Corinto en su vida. ¡Me aseguró que volvería con un conjuro contra la maldición! ¡Nunca volvió a aparecer!

Hermíone, la tesalia, que seguía emocionada, negó con la cabeza y escupió por la ventana recordando al sinvergüenza que las engañó. A ella le había prometido un hechizo que conseguiría que Creonte, el jefe de las caballerizas, cayera rendido a sus pies. El susodicho se casó tres meses más tarde con la hija del herrero sin que el estafador hubiera vuelto a aparecer con las tablillas que había ofrecido a cambio de tres óbolos.

—La mejor fue esa bruja que decía venir de Creta, la que contrató Deidamía para proteger a Troa. ¿Cómo se llamaba? ¿Te acuerdas tú? —interviene la tebana.

—Teleclía, o algo así.

—¡Esa!

—Salió espantada cuando vio las muñecas y te presentaste solemne a anunciar que había más y que tú tenías todo el poder sobre ellas —reía la tesalia—. Nunca se la volvió a ver por Pasarón. No sé si te tenía más miedo a ti o a Deidamía, que supo que la habían estafado.

—Ya no me creo a nadie que dice tener soluciones para todo. Son unos farsantes —replicó la tebana molesta.

—Esta vez es diferente, ¡te lo juro por Zeus! —proclamó Hermíone cogiendo otra vez las manos de la tebana, que la miraba triste—. Aristón es conocido en todo Tesalia por sus habilidades y su sabiduría. Dicen que ha recibido de los dioses la capacidad de borrar, por medio de sacrificios y conjuros, cualquier falta que una persona o sus antepasados haya cometido. ¡Es el hombre que necesitas!

La tebana se estremeció al escuchar estas palabras. Cierto es que Hermíone se había equivocado muchas veces en el pasado, pero no era menos innegable que siempre lo había hecho con la sincera intención de ayudar. ¡Diez años esperando que alguien acabara con el dolor! Por la forma de comportarse de la tesalia, parecía que esta persona, por fin, había llegado a su vida.

—Pasa, Hermíone, te estaba esperando —la voz de Aristón era profunda, pero muy serena; potente, pero dulce; segura, pero no dominante; educada, pero no altanera. La tebana pensó que era de esas voces que acarician el alma consolándola. Una paz desconocida la llenó. Quizá era el incienso, pensó, pues la sombría sala estaba llena de un denso humo blanco y el olor era muy poderoso, casi mareante. Desde la puerta, no podía ver la figura masculina que la estaba ordenando pasar y eso la inquietaba y la atraía a la vez. Le costó dar el primer paso, el que cruzaba el umbral. Los otros siguieron al primero sin pensar. Quería ver al famoso Aristón.

—¿Por qué Hermíone? ¿Por qué ese nombre? —preguntó el hombre cuando ella llegó delante de él. Su presencia era inquietante. Pensaba que sería un hombre alto y fuerte, similar a Neoptólemo, pero Aristón apenas medía una pulgada más que ella y era un hombre muy delgado, tan extremadamente flaco que hizo recordar a la tebana la historia de Arquéstrato, un famoso mago ateniense del que se decía que solo pesaba un óbolo[22]. Quizá los hombres divinos fueran todos tan enjutos y pequeños, era la primera vez que veía a uno.

—No fui yo quien lo eligió —repuso la tebana— tampoco mis padres. Ellos me llamaron Hécuba. Pero hace diez años que ya nadie me conoce por ese nombre.

—Los nombres siempre significan algo. Hermíone, la hija de Menelao de Esparta y Helena de Troya, la que estaba prometida a su primo Orestes, pero tuvo que casarse, en contra de su voluntad, con Neoptólemo, el hijo de Aquiles.

La tebana se estremeció al escuchar la conocida historia que, contada con la grave voz de Aristón, sonaba a sentencia.

—Precisamente, un Neoptólemo es el motivo por el que he venido —comenzó la tebana.

—Lo sé. Los dioses me lo han advertido. ¿Qué quieres de él?

—Enmendar un error que cometí hace diez años —Aristón la miraba fijamente. Los ojos, pequeños y oscuros, parecían clavarse en el cuerpo de Hermíone—. Lancé una maldición contra él y sus descendientes. He pedido a todos los dioses que me ayuden a pararla, no sé si habrá servido alguna de las oraciones, sacrificios o amuletos que he usado.

—¿Qué te hace creer que no han sido útiles? —el sacerdote se mantenía de pie, muy sereno, mirando a la mujer con ojos amigables.

22.- En la Antigua Grecia, unidad de medida equivalente a la sexta parte de una dracma, o aproximadamente 0,72 gramos.

—Neoptólemo sufre terribles dolores de cabeza desde hace unos años. No parece el mismo. Apenas puede dormir, le cuesta mucho pensar y tomar decisiones.

—¿Estás segura de que es por la maldición?

La cabeza de la tebana se movió de lado a lado, afirmando, con los ojos llenos de lágrimas. Se sentía terriblemente indefensa ante ese hombre.

—Él también piensa lo mismo. Me hizo llamar ayer para consultarme —Aristón dejó que la tebana asimilara sus palabras—. Le dije lo mismo que te voy a decir a ti. Romper una maldición es muy complejo, sobre todo cuando la diosa Hécate anda por medio, no le gusta que se utilice su nombre y su poder sin motivo.

—Lo sé. Era joven y estaba enfadada y asustada. ¡Él abusó de mí! —Hermíone lloraba desconsolada mientras miraba al sacerdote, que permanecía callado, pensativo.

Siempre dejaba largas pausas antes de volver a hablar. Eso daba tiempo a la persona que tenía delante a reflexionar sobre el motivo de su consulta. Muchos se arrepentían, otros lloraban, la mayoría buscaba una forma de romper el silencio. La tebana no hizo nada de esto. Dejó de llorar y se quedó callada mirando al frente fijamente, recordando el motivo por el que invocó a Hécate, el momento en el que su vida dio un giro imprevisto. Arrepentida. La alegría de la venganza no le duró más que la tormenta que estalló esa noche.

—¿Sigues enfadada?

—A veces.

—¿Por qué quieres retirar la maldición?

La mujer fue rápida contestando.

—No quiero que afecte a sus descendientes. Tuve una niña con él. La princesa Políxena es hija mía —Hermíone se asombró de lo que acababa de decir. Salvo su amiga tesalia, solo la familia real conocía esta verdad. Un miedo feroz se apoderó de su cuerpo. Temblaba esperando la respuesta de Aristón, que no parecía sorprendido por la revelación. Era un hombre acostumbrado a escuchar todo tipo de secretos y había aprendido a no dejar que su rostro mostrara sus emociones.

—Tus palabras me indican que no lo has perdonado.

Hermíone no disimulaba su sorpresa. Nunca se lo había planteado. En diez años, la rabia y el desconsuelo que sintió en Dodona habían ido cambiando. El miedo y el rencor fueron dando paso a un dolor sordo y a un malestar constante, causado más por la maldición que por el propio Neoptólemo. Trataba de buscar en su corazón lo que sentía por él y lo cierto es que no lo sabía. Eran demasiados años odiándolo por haberla violado, culpándolo por haberla separado de la vida que conocía, detestando el palacio en el que la había obligado a vivir, aborreciendo la criada en la que la había convertido... y adorando a la hija que la había forzado a tener. Estar con Políxena compensaba con creces las penas que había tenido que vivir. Moriría por ella, y esa niña era hija de Neoptólemo.

Aristón callaba mientras la mujer analizaba sus emociones, en silencio, con la cabeza baja, mirándose los pies, como si la respuesta fuera a brotar por una de las grietas que el suelo tenía. Quería contestar al sacerdote, pero el humo del incienso había embotado sus pensamientos, que se habían vuelto lentos y confusos. Así es cómo debía sentirse Neoptólemo cuando le dolía la cabeza, pensó. Él mismo le confesó que le costaba tomar decisiones. También le pidió que no dijera nada a nadie, pues temía que se produjera una revuelta en el reino si alguien sabía que el rey se estaba volviendo loco o tonto, que su mente era más vieja que su cuerpo.

La primera vez que Neoptólemo le confesó que tenía grandes dolores de cabeza y le costaba discurrir lo hizo muy enfadado. Había estado discutiendo con su hermano Aribas porque quería que le asociara al trono inmediatamente. Pero Neoptólemo, que temía a su hermano, recordaba perfectamente que ese no era el pacto que habían hecho. Habían decidido que no sería hasta el vigesimoquinto aniversario del pequeño y para ese momento quedaban dos años. El joven Aribas, muy observador, se había percatado de que su hermano tenía problemas de concentración y estaba convencido de que era mejor adelantar su subida al trono.

—Tendrás que esperar. No hay nada más que hablar —sentenció Neoptólemo, que ya estaba empezando a notar los primeros síntomas del dolor de cabeza que empezaba siempre por la zona de la nuca hasta extenderse, poco a poco, a todo el cráneo. A veces, era tan horrible que pensaba en la muerte como única solución a su mal.

—¿Ya vuelves al gineceo? —preguntó irónico Aribas cuando su hermano se dirigía a visitar a Políxena—. ¿Vas a dejar que esa criada te siga manipulando?

Neoptólemo disfrutaba mucho de la compañía de la niña y le gustaba pasar largos ratos con ella mientras leían *La Ilíada*. La nodriza solía acompañarlos mientras bordaba.

—¿Manipulándome? Esa es una idea de Deidamía, siempre está con la misma canción. Seguro que has estado hablando con ella.

—¿No te das cuenta de que cada vez tiene más poder sobre ti? ¡Es patético verte pasar la tarde con niñas y criadas! —lanzó Aribas, ofendido por la negativa a convertirle en rey—. ¡Si ni siquiera se dirige a ti con el respeto que te mereces como hombre de la casa, ya no digo como monarca! ¡Eres el rey, por Zeus!

Neoptólemo continuó su camino, enfadado con su hermano, con su esposa y con la situación. Era el soberano, pero parecía tener que estar siempre dando explicaciones a todos sobre lo que hacía o dejaba de hacer. Entró en el patio buscando a voces a Hermíone, que salió de su dormitorio secándose las manos en el vestido.

—Tendréis que esperar, señor, voy a bañar a Políxena...

—¡Quiero ver a la niña ahora mismo! —gritó el hombre más encolerizado por el nuevo contratiempo—. ¿Acaso crees que puedes hacer y deshacer a tu antojo? ¡Solo eres una criada, por Zeus! ¡Y háblame con respeto!

Hermíone escuchó la perorata impasible. Una ligera sonrisa sarcástica se dibujó en el rostro, lo que enfadó más a Neoptólemo.

—¡Deja de reírte de una maldita vez y trae a la niña!

—La niña se ha caído encima de una mierda de caballo cuando intentaba seguir a Deidamía al templo de Artemisa para acudir a una ceremonia con Troa y las mujeres de Pasarón. Como siempre, su madre no la ha dejado participar y la ha echado de malas maneras. Vuestra querida hija mayor, como tiene por costumbre, la ha empujado. Se aprovecha de su edad y corpulencia. Por supuesto, Deidamía no la ha regañado. Lo que están haciendo a esa niña no tiene nombre. ¡Los dioses acabarán impartiendo justicia! —contestó irritada la sirvienta—. Si tanta prisa tenéis por verla, puedo sacarla ahora mismo, pero os aseguro que el olor no es agradable.

—¡Háblame con respeto! —volvió a tronar Neoptólemo—. ¡Las mujeres de esta casa van a acabar volviéndome loco! ¿Cómo no voy a tener estos horribles dolores de cabeza si no me dejáis descansar?

—¿Os duele la cabeza normalmente? —preguntó la tebana cambiando el tono.

—¡Mucho! —contestó el hombre llevándose la mano a los ojos en un gesto que se había convertido, sin que él se hubiera percatado, en un ademán habitual. Hermíone, de pronto, se acordó de que unos días antes le había llamado la atención que el rey siempre se cubría los ojos cuando salía al patio, como si la luz del sol le resultara muy molesta. Se escondía bajo la sombra del gran pino y ahí esperaba que saliera la niña, si es que ella no estaba jugando con Clitemnestra en ese mismo lugar.

Su otra hija, a la que nunca había podido reconocer, no era tan bella como Políxena, pero emanaba una bondad que le llenaba de orgullo. Algunas veces, también invitaba a la pequeña a sus lecturas, pero Deidamía se molestaba profundamente y le recriminaba con esos fríos ojos azules sin decir nada. Temía que acabara haciendo daño a la niña. Su esposa le daba miedo y, con los años, se había vuelto más cruel. A veces, sentía que Troa alentaba sus ansias de venganza.

—¿Se lo habéis consultado al físico? Quizá tenga algún reme...

—¡Por Hades y todos los dioses del infierno! —la interrumpió el rey, cada vez más colérico—. Si lo consulto con un médico, no tardará en saberlo toda la corte. ¡Bastante tengo con la presión de mi hermano!

Hermíone guardó silencio. Aunque no le gustaba Neoptólemo y le molestaba su mal humor, saberle enfermo aumentó su preocupación. Aribas era mucho peor. Si él se convertía en rey, su situación y la de Políxena iba a empeorar. Perdida en estos pensamientos, no se percató de que el malestar del rey iba a acabar volviéndose contra ella.

—¡Tú tienes la culpa de todo, maldita bruja! —escuchó chillar al rey—. Dime, ¿qué puede hacer un estúpido físico ante una maldición?

Hermíone cada vez se sentía más mareada mientras recordaba este momento. Aristón, en silencio, la dejaba pensar. Pasado un tiempo, escuchó la voz grave del sacerdote tesalio, que se dirigía a ella con serena autoridad:

—Tengo que consultar con los dioses. Vuestro caso es complejo. Vuelve en dos días, justo después del atardecer y te contaré lo que debes hacer. Mientras, tendrás que hacer dos sacrificios: uno a Hécate, por haberla molestado con berrinches femeninos; el otro, a Deméter y Perséfone, que conocen bien tu sufrimiento.

Dos días después, Hermíone se encontró con Neoptólemo en la puerta de la casa, a las afueras de la ciudad, donde el tesalio se alojaba y recibía a los consultantes. Cuando el sol desapareció tras una colina próxima, la puerta se abrió y una mujer, completamente tapada con vestido y velo negro, les hizo pasar.

—Neoptólemo, Hécuba, los dioses han hablado —la voz profunda llenó la sala de expectación—. La maldición puede revertirse.

Neoptólemo suspiró aliviado, aunque el dolor de cabeza estaba comenzando a ser insoportable. El humo no ayudaba.

—El dios de las profecías, Apolo, ha sentenciado en nombre de Hécate y Zeus. La diosa de la noche reclama sacrificios y ofrendas excepcionales por haberla importunado. Zeus se siente ofendido por haber cometido sacrilegio en su santuario de Dodona.

Los dos consultantes callaban, de pie uno junto al otro. La mujer, con la cabeza agachada. El rey, con porte seguro y firme, disimulando el miedo que le atenazaba. Neoptólemo se preguntaba si el sacerdote había deducido lo del sacrilegio o el mismo Apolo se lo había comunicado. La presencia de dioses y démones en esa sala era tan poderosa que, a pesar del calor que el espeso humo producía, la piel del rey y la criada se erizaron de un extraño frío.

—Tendréis que ir a Dodona de nuevo, donde todo se inició. La primera noche de luna llena del mes próximo, en la encrucijada más cercana a la tumba donde se realizó la maldición, debéis enterrar un mechón de cabellos de cada uno de vosotros bien envueltos en la tela que luego os entregaré y que lleva escrito el conjuro que Apolo me ha dictado para calmar a la diosa de la noche. Además, cada uno de vosotros llevará una placa de plomo en la que habrá grabada una figurilla sosteniendo en su mano derecha una lámpara y en la izquierda una espada, y sobre su cabeza tres halcones y bajo las piernas un escarabajo; y debajo del escarabajo una serpiente que se muerde la cola. Luego, alrededor de la figura, escribiréis lo siguiente: *Soitherchalban ophrouror erekisithphe, Iabe Zebit, legemas, thmestas, mesmyra, bauanechthen kai lophóto brelax harchentechtha apsoier chalban.*[23]

La voz de Aristón se transformó cuando recitaba el conjuro que ninguno entendía. Hermíone se preguntaba cómo sería capaz de escribir esas palabras si eran de una lengua desconocida para ella.

—No os preocupéis —aclaró Aristón—. Luego os lo daré por escrito, para que sepáis qué poner. Es importante que cada uno escriba en su tablilla de plomo lo que yo os mando. Nadie debe escribir por vosotros. También os voy a dar por escrito la oración que debéis recitar y el incienso que quemaréis junto a la ofrenda.

Los dos asintieron, esperanzados, aunque a Hermíone la cantidad de tareas a realizar la abrumaba. Lo que más le angustiaba era el pensamiento de no poder recordar el lugar de la tumba. Esa inquietud le produjo un pinchazo de preocupación tan agudo que acabó instalado en su vientre sin intención de abandonarla hasta que no estuviera en el lugar.

—Al día siguiente —continuó el sabio—, os dirigiréis al santuario. Allí, ofrendareis a Zeus y Dione dos corderos y dos terneros blancos inmaculados y perfectos. Luego, volveréis a

23.- *Textos de magia en papiros griegos.* Papiro IV, 1999-2001.

consultar al oráculo. La respuesta definitiva solo la tiene el Dios Supremo.

Neoptólemo sudaba cada vez más. Su voz, normalmente alta, titubeó al preguntar:

—¿Se borrará la maldición para siempre? ¿Mis descendientes y yo quedaremos libres de ella?

Aristón miró fijamente al rey. Hermíone también se giró a mirarlo. Las pupilas de Neoptólemo estaban muy dilatadas. Los ojos del rey eran tan verdes como los de la princesa Políxena, pero carecían de su alegría y ternura. La tebana se percató de que le veía borroso, lo que le hizo suponer que sus ojos presentaban el mismo aspecto. Se sentía cada vez más mareada, confusa, perdida en pensamientos caóticos. Escuchó, en la distancia, la afirmación de Aristón:

—La respuesta definitiva solo la tiene el Dios Supremo.

25

LA EMBAJADA ATENIENSE

Pella (Macedonia), 346 a. C.

Cleopatra apenas consigue mantener los ojos abiertos. La monótona lectura de *La Ilíada* le resulta tediosa. Alejandro cada vez pronuncia y declama mejor, pero la niña lucha contra el sueño y tiene que disimular el bostezo que se le escapa. Olimpia detiene la labor, la aguja se queda suspendida en el aire mientras se gira y lanza a la chiquilla una mirada que la hace estirarse sobre la silla y volver a coger el libro que se le había resbalado hacia el regazo. Olimpia sonríe al verla y Cleopatra se relaja, le devuelve la sonrisa y se encoge de hombros mientras abre sus enormes ojos azules. ¡Se parece tanto a Filipo! Tan encantadora y embaucadora como él. Es difícil enfadarse con ella. Olimpia acaricia la roja cabellera mientras le señala con el dedo el verso que está leyendo su hermano:

«Mi madre, Tetis, la diosa de argénteos pies, me asegura que
dos destinos me van llevando al término que es la muerte:
si permanezco aquí, luchando en la ciudad de los troyanos,
se acabó para mí el regreso, pero mi nombre será imperecedero;
en cambio, si llego a mi casa, a mi tierra patria,
mi glorioso renombre estará perdido, pero mi vida será duradera
y el destino de la muerte no llegará pronto sobre mí».[24]

24.- *Ilíada*, IX, 410-417.

De pie, en el centro de la pequeña sala de estudio, Alejandro declama, muy serio, buscando proyectar la voz como le han enseñado Lisímaco y Leónidas, el estricto pedagogo al que no sabe si querer u odiar.

—¡No! —grita el viejo moloso enfadado—. No es *muerrrde*, es muer-te.[25] Tu pronunciación es muy vulgar, se nota que te juntas demasiado con los soldados macedonios.

—¡Soy macedonio! —protesta el niño, indignado, bajando el libro y desafiando con la mirada al profesor. No teme sus porrazos, aunque ya ha recibido muchos golpes de vara y castigos por su soberbia—. Algún día todos los griegos querrán ser macedonios. Esos atenienses, a los que tengo que imitar hablando, vienen a pedir clemencia a mi padre.

—Es una embajada pidiendo un acuerdo de paz, no de clemencia —responde airado el viejo Leónidas, que se siente agotado por la batalla constante frente al desafío infantil.

Olimpia vuelve a dejar su labor e intercede entre los dos púgiles como un juez en los Juegos Olímpicos. Solo le falta la vara con la que se golpea a los infractores y tramposos.

—Alejandro, Leónidas tiene toda la razón. Tu padre jamás osaría tratar al adversario con desdén. Eres el hijo del rey, no puedes hablar como un vulgar soldado o uno de nuestros esclavos. Si avergüenzas a tu padre, no habrá una segunda oportunidad. Él es así. Clemente con los débiles, pero muy exigente con sus elegidos. Tú sabes hacerlo perfectamente. No dejes que tu orgullo nos acabe avergonzando a todos. Si tú fallas, yo pagaré las consecuencias —le explica Olimpia mientras acaricia los brazos del niño y le mira a los intensos ojos azules. Apelar al instinto de protección de Alejandro siempre le funciona. Alejandro abraza a su madre, que le acoge en su

25.- En griego macedonio, muerte se pronunciaba danós (δανός), mientras que, en el dialecto ático clásico, hablado en Atenas, la pronunciación era thánatos (θάνατος).

menudo cuerpo y acaricia los rizos rubios mientras besa la frente, los ojos y toda la hermosa cara del hijo de su alma.

Olimpia ve la expresión de reproche de Leónidas por encima de la cabeza del niño. Ya sabe lo que vendrá a continuación:

—Cuando reciba una herida en la batalla, ¿también vas a ir a abrazarlo, Olimpia? —pregunta burlón Leónidas—. Si quieres que sea respetado, no puede ser visto como un niño mimado.

Las palabras hieren el siempre hinchado orgullo de Alejandro, quien se aparta rápidamente de su madre y se gira, en parte enfadado, en parte para ocultar la cara roja y ardiendo por la vergüenza.

—Tiene razón, madre. Ya no soy un niño. No me comportaré como tal, ni voy a consentir que me trate como un chiquillo. Esta tarde mi padre me reconoce como su heredero permitiéndome asistir a la recepción de la embajada. Esa es mi misión. Por encima de hijo vuestro, soy el hijo de Filipo de Macedonia.

Olimpia recibe las palabras de Alejandro con una mezcla de dolor y orgullo. Sabe que tiene razón. Ser hijo de Olimpia es no ser nadie. Ser hijo de Filipo abre un mundo de posibilidades a Alejandro. Altiva, coge la manita de Cleopatra que, como de costumbre, está callada mirando con los ojos muy abiertos lo que sucede a su alrededor. Madre e hija salen de la sala:

—Vamos a preparar la túnica que esta tarde tu hermano llevará en la recepción —dice a la niña consciente de que los varones la están escuchando—. Como mujeres, Cleopatra, sabemos mucho mejor que ellos lo que es adecuado vestir. Supongo que aceptará ponerse la túnica que le bordé en dorado y púrpura, a no ser que Leónidas considere que es poco espartana para la ocasión.

Filipo se levanta del asiento y se dirige al mapa que tiene a su espalda ocupando gran parte de la sala. El niño se coloca a su lado. Sus curiosos ojos azules observan las ciudades, los puertos, las pequeñas piezas que indican donde están los ejércitos de su padre y los de sus enemigos. Comienza a leer en silencio el nombre de mares y ríos.

—¿Sabes dónde está Olinto? —pregunta Filipo.

Alejandro coge el puntero con seguridad, aunque se tiene que poner de puntillas y alargar su brazo todo lo que este da de sí para señalar un pequeño punto en la parte más alejada del mapa, en uno de los tres salientes de lo que le han enseñado que es la Calcidia.

—¿Te han explicado lo que pasó con esa ciudad y su territorio?

—No quiso firmar un acuerdo contigo y entregar a tus hermanos, que habían intentado quitarte el trono. La asediaste y cayó. Luego arrasaste el territorio y has repartido las tierras entre tus aliados.

Filipo mira con orgullo al niño, que contesta seguro de sí mismo, no hay titubeo en su voz ni vacilación en sus gestos. Filipo ve en su hijo la inteligencia de la madre y ve en él un futuro heredero con mucho potencial.

—Esa es la versión oficial, la que has de conocer y la que los cronistas relatan. Pero ¿sabes una cosa? —Alejandro se gira hacia su padre, su mirada expectante anima a Filipo a seguir hablando—. Detrás de cada batalla, de cada decisión de un verdadero rey, siempre hay muchos motivos ocultos. El auténtico estratega ha de conocer de antemano las consecuencias de sus actos, lo que vendrá después. Si algún día eres rey, tenlo muy en cuenta. Si no sabes lo que va a suceder a continuación, no lo hagas. Espera. Detente a pensar, analiza las derivaciones y piensa si te merece la pena. Si con el paso vas a ganar terreno o perderlo. A veces, no se trata de ganar una batalla. Si pierdes a tus aliados es mejor no conseguir la victoria.

—¿No estás contento de haber vencido en Olinto? —pregunta intrigado el niño.

—¡Claro que estoy contento! Esa victoria lo cambió todo. Si hoy vienen los atenienses pidiendo la paz es porque la caída de Olinto rompió todas sus expectativas. De alguna manera, comienzan a aceptar que Macedonia ya no es un pequeño reino al que se podía ningunear. ¿Sabes que Esquines, al que conocerás esta noche, fue enviado por toda Grecia a conseguir el apoyo de otras polis y crear una alianza contra mi ejército?

Alejandro mueve la cabeza negando, sorprendido. Se pregunta cómo es posible que su padre vaya a recibir a un hombre que quería destruirle. No dice nada, está encantado escuchando a Filipo, aprendiendo del mejor estratega del mundo.

—No mires enfadado. Estas cosas ocurren y es normal. De hecho, me siento orgulloso de evocar tanto respeto que todas las malditas democracias de esta tierra se quieran unir en mi contra. ¿Sabes lo que falló? —deja que el silencio cree expectativas en el niño, modula la tensión, elige los momentos—. Que nadie se fía de nadie. Están todos tan orgullosos de sus tradiciones, de sus singularidades y de su maldito poder, que no son capaces de aliarse contra un enemigo común.

—¿Eso le pasó a Olinto? —el niño aparta la mirada del mapa. Con los ojos muy abiertos, espera la respuesta del padre.

Filipo comienza el gesto de inclinarse para ponerse a la altura del niño, pero el gesto de disgusto en la cara de Alejandro le hace cambiar de opinión. El muchacho tiene razón, no es propio de un rey agacharse ni hacer sentir pequeño a su interlocutor. Si Alejandro quiere estar a su altura, tendrá que crecer.

—Olinto cayó porque fui agotando todas sus posibilidades de ayuda. Primero, venciendo al resto de las ciudades próximas que podrían haber sido sus aliadas. Luego, impidiendo la llegada de ayuda de Atenas, ¿sabes cómo lo hice?

El niño niega con la cabeza mientras sigue mirando atentamente al rey.

—Desviando la atención de los atenienses hacia un peligro más cercano e inminente. ¿Tú sabes dónde está Eubea?

Alejandro se vuelve resuelto al mapa y con el puntero de madera señala una isla muy larga situada enfrente de las costas del Ática y Tesalia.

—Veo que tus profesores te han enseñado bien. ¿Qué está más cerca de Atenas, Eubea o Calcidia?

—Eubea, por supuesto.

—Exacto. Pues es lógico pensar que los atenienses no mandarían ayuda a Olinto si estallase una revuelta en Eubea. Y justo es lo que sucedió. Calias, el tirano de Calcis, buscaba un motivo y una oportunidad para rebelarse contra Atenas y yo se los di. —Filipo vuelve a callar. Sus ojos recorren la sala un momento y se quedan fijos en el mapa, hasta que vuelve a mirar a Alejandro—. No siempre es inteligente alardear de tus aliados y presumir de la ayuda que prestas. En ocasiones, es mejor dejar que todo el mérito se lo lleven, aparentemente, otros. Calias estaba tan lleno de orgullo y ambición como falto de preparación militar. Acabó fracasando frente a los atenienses, pero yo ya había conseguido desviar las tropas que Atenas tenía preparadas para Olinto. Sin la ayuda de los atenienses, Olinto no tardó en caer.

El niño mira sin pestañear a su padre y medita sobre lo que le está contando. Se pregunta si no es una bajeza engañar así y hacer creer a otro gobernante que eres su aliado para aprovecharte de sus derrotas. Decide que luego pedirá a su madre que le explique por qué Filipo actúa de una forma que a él le parece tan miserable e indigna. Su blanca cara se tiñe de rojo de indignación y vergüenza por el comportamiento de su padre. Nota cómo el rubor le delata y la rabia se vuelve hacia sí mismo. ¡Cómo odia esa llamarada que le envuelve sin su permiso! ¡Cómo odia perder el control!

Olimpia coloca los pliegues de la corta túnica de Alejandro con gran cuidado. Cuando acaba, se aleja un poco para ver el aspecto general y se siente emocionada al contemplar al niño tan guapo. En un arrebato de orgullo, se lanza de rodillas frente a su hijo y se aproxima a él para besarle cálida y repetidamente en los rosados labios, mientras susurra:

—No hay príncipe más guapo en todo el Universo. El propio Aquiles tendría envidia de tu belleza y tu inteligencia. Si Helena volviera a nacer, te elegiría a ti en lugar de al arrogante de Paris. ¡Cómo me gustaría poder asistir a esa embajada y verte resplandecer en tu primera misión oficial!

—Tu belleza distraería a los embajadores —dice una voz senil desde la entrada de la habitación.

Olimpia, sorprendida, se levanta del suelo y se dirige ruborizada al encuentro de su suegra, que camina con dificultad apoyada en un bastón. Olimpia coge, con cariño y firmeza, el brazo de la veterana mujer y la ayuda a dirigirse despacio hacia una silla alta donde Eurídice se sienta lanzando un pequeño quejido de dolor ante la punzada que lanzan sus rodillas deformadas por la artrosis. La firmeza de su voz contrasta con la fragilidad de su aspecto:

—Así que esta es tu primera gran noche, querido Alejandro. Puedes estar muy orgulloso de ocupar un puesto junto a tu padre, el mejor rey que Macedonia haya tenido jamás —con la mano, pide al niño que se acerque para poder contemplarlo con su peculiar mirada empañada y húmeda, no exenta de la inteligencia que siempre la caracterizó—. No lo digo solo porque yo sea su madre, pues también fui madre de otros tres reyes y ninguno se le igualó en astucia y coraje. No tuvo tu suerte, Alejandro. No tuvo un padre del que aprender.

—Cuenta con una madre capaz de hacer sombra a mil generales y cien mil consejeros. Aunque no lo diga en voz alta, sabe que es rey gracias a Eurídice —replica Olimpia, que admira a su suegra y no lo oculta.

—Mal haría en decirlo en voz alta. Nuestra función es mantenernos en la sombra, Olimpia. Nuestro sitio es estar detrás, ocultas, nunca a su lado, menos delante.

Sentado en un sillón, junto al rey, Alejandro lucha por no quedarse dormido. La emoción y expectativas de los primeros momentos se han ido convirtiendo en desinterés y aburrimiento. Los grandes oradores atenienses y la envidia del mundo griego le resultan al niño grandilocuentes y terriblemente repetitivos. ¿Para qué mandan a diez personas si todos van a decir lo mismo? Ctesifonte, Aristodermo, Yatrocles, Cimón, Nausicles, Dércilo, Frirón, Filócrates, Esquines y Demóstenes. Madre le ha hecho aprenderse la lista de los embajadores y Leónidas le ha insistido mucho en que los más importantes son los tres últimos. Sobre todo, Demóstenes, pues odia a su padre con todas sus fuerzas y es el que más obstáculos va a poner al acuerdo de paz. Sin embargo, resulta que Demóstenes es el más joven de todos, por lo que será el último en hablar y primero tendrá que aguantar otros nueve discursos llenos de obviedades, como la grandeza de su padre y del Reino de Macedonia, y mentiras evidentes, como que Atenas sigue teniendo riquezas para sufragar un ejército y mantener un poder que hace años que no existe.

Para no dormirse, decide prestar atención a los gestos, las miradas y las palabras de Filipo. Piensa que, si aprende e imita sus movimientos, todos le tomarán más en serio. Alejandro comienza a imitar algunos de los gestos de su padre. La sonrisa, la inclinación de cabeza para escuchar, las caricias en la barba. Sin embargo, la concentración del niño se pierde cuando intuye que alguien está observando sus movimientos. El niño nota cómo, ¡otra vez!, la sangre se concentra en su cara, aumentando la vergüenza. Dos intensos ojos azules le miran de reojo, aunque no parecen burlarse. El hombre le sonríe mostrando unos dientes perfectos mientras mueve, muy discretamente, la cabeza, agitando el cabello blanco que parece recién lavado, no como el de los otros oradores, que lo llevan grasiento y pegado al cráneo. El orador se lleva el dedo a los labios, muy sutilmente, sin que los demás puedan percibirlo. Alejandro entiende que le han descubierto, pero que el ateniense va a guardar el secreto. Y el niño le cree. No sabe por qué, pero la expresión cálida del hombre le hace sentirse seguro. Alejandro le devuelve la sonrisa y, en un gesto estudiado, inclina la cabeza como lo acaba de hacer su padre tras escuchar la frase final de la aburrida intervención de Frirón.

El siguiente en hablar tiene que ser Filócrates, el más interesado en que se firme un acuerdo. Su voz es firme y habla con seguridad, pero a Alejandro las palabras ya le son conocidas: paz entre Atenas y sus aliados y Macedonia y los suyos. No dice nada nuevo. Aburrido, Alejandro imita con discreción los gestos del orador mientras sigue mirando de soslayo al gigante de los ojos sonrientes, que le incita a seguir con el juego.

Cuando el heraldo nombra a Esquines, el cómplice de Alejandro se pone de pie. El hombre es mucho más grande de lo que ya parecía sentado. El niño tiene que elevar la cabeza para poder mirar esos pequeños ojos azules que le saludan con un casi imperceptible guiño, antes de girarse e inclinar la cabeza ante el rey de Macedonia. Alejandro se estira en su silla en un esfuerzo inútil por parecer mayor de lo que es mientras se siente un poco avergonzado porque los pies no le llegan al suelo. Mira fijamente a Esquines, expectante. Sus ansias por conocer lo que va a decir le hacen adelantar el cuerpo.

—Quisiera, estimado Filipo, corroborar las palabras dichas por todos los nobles atenienses que me han precedido, más sabios y veteranos que yo —la voz del hombre llena la sala, Alejandro se estremece al escucharlo. Sabe que había sido actor, y ahora entiende que continúa usando su voz para convencer al público, aunque su audiencia sea limitada y difícil, como sucede en esta ocasión.

Alejandro se siente hipnotizado con los gestos y la voz del ateniense. Sus manos parecen bailar en el aire, suben y bajan con ligereza, mientras nombra, una por una, las ciudades que traicionaron a su abuela Eurídice, guardiana de la corona que correspondía a su tío y acabó siendo de su padre. Tras el estallido de voz cuando pronuncia el odiado nombre de Pausanias, enemigo de su abuela y tíos, el orador vuelve a bajarla y regresa al tono sobrio, que no monótono, para continuar con su argumento:

—En ese momento, vuestra madre envió a buscar a Ifícrates, el general ateniense y, según cuentan los presentes, tras presentaros a vos y vuestro hermano, dos niños aún, dijo: «Amintas, el padre de estos niños, te adoptó como su propio hijo y firmó con los atenienses una alianza. De esta forma, te consideramos nuestro amigo y hermano y os rogamos vuestro apoyo para defender el trono frente al usurpador». Tras oírlo, Ifícrates expulsó a Pausanias de Macedonia y os salvó la dinastía.

Alejandro vuelve la mirada para ver la reacción de su padre, pensando que estas alusiones a malos momentos del reino le harán enfadar. Pero Filipo permanece impasible, asiente con la cabeza y espera ver por dónde va a continuar Esquines, que ahora está mirando muy fijamente a Antípatro, pues el general se remueve en su asiento, visiblemente molesto. Alejandro admira, una vez más, a su padre, capaz de contener sus emociones para no dejar al adversario un punto débil al que atacar. Esquines, con un tono cada vez más duro, continúa su argumentación hablando de Anfípolis y de cómo los atenienses se sentían engañados y traicionados; de Filipo y su hermano, quienes se habían apoderado de la ciudad en contra del tratado que habían firmado previamente.

Si no hubiera sido por la fascinación de la voz y los movimientos de manos de Esquines, Alejandro se habría perdido en sus propios pensamientos. Por mucho que su madre y Leónidas se hayan esmerado en su educación, tantos nombres, tratados y traiciones le suponen demasiado esfuerzo y, sobre todo, aburrimiento. Alejandro desea entrar en combate, luchar cuerpo a cuerpo, pelear junto a su padre. Las batallas dialécticas le parecen tediosas y propias de atenienses cobardes. Cuando el orador se vuelve para interpelar el honor de su padre, Alejandro se endereza del asiento y escucha asombrado cómo duras palabras pueden parecer poesía dichas por ese domador de la voz y el gesto:

—Vuestro padre, Amintas, renunció ante todos los griegos al territorio de Anfípolis, por lo que no es justo que vos lo reivindiquéis. Anfípolis era previamente una ciudad dependiente de Atenas. Por tanto, no solo habéis privado a los anfipolitanos de su ciudad, también a los atenienses de una región, lo que podría ser visto como un acto de guerra contra la propia Atenas.

De nuevo, silencio. Filipo, callado, mira directamente a los ojos de Esquines. El rey macedonio medita sobre las palabras del ateniense y, luego, inclina la cabeza mientras da las gracias y, en contra de lo que esperaba Alejandro, sonríe abiertamente al que ha sido el más duro de los embajadores. Esquines le devuelve la sonrisa y lanza otra a Alejandro antes de volver a su asiento para escuchar al siguiente orador: el temido Demóstenes.

Frente a la corpulencia de Esquines, Demóstenes es un hombre delgado, pequeño, ligeramente inclinado de hombros y con un paso corto e indeciso. El pelo, rapado, tal vez tratando de disimular el claro retroceso en las sienes y en la coronilla. Todo en él irradia una inseguridad que ha tratado de dominar, sin conseguirlo. Alejandro siente, instantáneamente, antipatía por él. Le parece mezquino, capaz de la traición. Ni siquiera el hecho de compartir el pequeño tamaño consigue despertar las simpatías del niño. Piensa que, si tienes la desgracia de haber nacido pequeño, no puedes cometer la estupidez de menguarte ante hombres más grandes. ¡Qué mala suerte para Demóstenes tener que hablar justo después de que Esquines haya llenado la sala con su presencia!

Cuando el ateniense comienza a hablar, la sensación de pequeñez y debilidad aumenta. Su voz es clara, bien modulada, con un acento ático impecable, pero no se proyecta. No hace vibrar el aire, no acaricia el alma de los oyentes. El hombre del discurso maravilloso, según todos cuentan, habla sin pasión, buscando en su cabeza palabras que no llegan. La fiera de la oratoria balbucea un proemio sombrío, mal articulado, que vuelve a centrarse en Anfípolis, pero que suena a burda imitación de lo ya dicho por Demóstenes, que finge disimular su excitación por el fracaso de su sempiterno enemigo en la Asamblea ateniense.

Demóstenes cada vez se ve más nervioso hasta que las palabras ya no acuden ni a su mente, obligándole a enmudecer, sonrojado y sudoroso, ante una audiencia desconcertada que no alcanza a comprender qué ha sucedido con el arrogante abogado que se fue jactando todo el camino hasta Pella de la contundencia de su mensaje ante el bárbaro Filipo.

El propio rey, muy decepcionado, le invita a la calma:

—Tranquilo, amigo, esto no es teatro que haya que dar la réplica. Puedes consultar tus notas, si lo deseas, pues estoy expectante ante tu discurso. Tu fama de gran orador y político han llegado hasta estas, según tú, bárbaras tierras.

Las palabras de Filipo, aunque dichas sin tono burlón, resultan insoportablemente humillantes para Demóstenes que, mira sus papeles tan confuso que solo logra aumentar el bloqueo. Finalmente, renuncia a continuar hablado y vuelve a su asiento pidiendo disculpas.

Rojo de rabia y vergüenza, ve cómo Filipo y sus consejeros se retiran a debatir. La reunión es tan breve que no hay tiempo para que sus compañeros le reprochen la pésima actuación. Esquines se limita a sonreír burlón y mirar al niño que observa con una mezcla de curiosidad infantil y crítica madurez. De pronto, le hace un gesto sutil con la mano, señalando la salida. Alejandro cree que le está invitando a hablar cuando acabe la conferencia.

Cuando los macedonios vuelven, Filipo proclama con voz potente su decisión de firmar con Atenas un acuerdo de paz duradero:

—Entre Atenas y sus aliados y Macedonia y sus aliados, manteniendo cada uno de los firmantes las posiciones y posesiones que en el momento de la firma del acuerdo cada uno tenga. Asimismo, Atenas se beneficiará de un trato de favor especial siempre que fueran necesarios en futuros conflictos que pudieran surgir.

Antes de que Pausanias llegue a buscar al niño para llevarlo de vuelta, Esquines consigue hablar un momento con él:

—Mis saludos, Alejandro.

—Saludos, Esquines —contesta el niño repitiendo el movimiento de cabeza del enorme ateniense—. Buen discurso el vuestro, mi padre seguro que lo tendrá en consideración.

—Muchas gracias, señor. Quisiera pediros un favor especial que solo vos podéis hacerme —susurra misterioso Esquines.

—Si está en mi mano y no compromete a mi padre o el reino, estad seguro de que lo haré.

A Esquines le gusta el muchacho, le parece inteligente y bien educado. Inclina su enorme cuerpo para poder hablarle solo a él y, sin dejar de sonreír, pide:

—Por favor, dígale a Nicesípolis, la esposa de vuestro padre, que prolonguen la reunión de esta noche hasta que yo pueda acercarme a saludar a todos mis compañeros de Pella. Será un gran honor conocerlos y poder charlar con ellos.

Alejandro abre los ojos y los clava fijamente en las pupilas dilatadas del ateniense. Sigue inspirándole confianza. No le trata como a un niño, sino como a alguien digno de guardar un secreto. El muchacho se llena de orgullo.

—Lo haré, os lo prometo.

—Muchas gracias, Alejandro.

El niño no tiene tiempo de añadir nada más, pues Pausanias llega a buscarle para llevarle al gineceo. Como se temía, no le dejan acudir al banquete. Con rabia y vergüenza, comprende que toda su esperada actuación esta noche se limitará a llevar un mensaje secreto a una de las esposas reales.

Mientras se viste, Olimpia sigue dando vueltas a lo que Alejandro le ha contado sobre el encuentro de Esquines y Nicesípolis. Por mucho que esta cita vaya a tener lugar en público, pues él solo ha hablado de acudir a la reunión de los seguidores de Orfeo, le molesta el pensamiento de que el ateniense se haya preocupado por conocer a una esposa de Filipo que no es ella.

—¿Qué querrá saber? —le ha preguntado Olimpia a su amiga cuando ha acompañado al niño a contarle lo que Esquines le había confiado—. Debes tener cuidado con los atenienses, Nicesípolis, puede querer sacarte información sobre los planes de Filipo.

—¡Cómo si yo los conociera! —ha respondido con calma la rubia mirando fijamente a los ojos verdes de la molosa—. Todos sabemos que Esquines sigue las enseñanzas de Orfeo. Se inició junto a su madre y la ayudaba en las tareas. Solo quiere acudir a una de nuestras reuniones. Eso es todo. No veas política donde solo hay fe.

—¡Todo es política! —replicó molesta Olimpia—. ¿Cuándo te vas a enterar de que todo lo que hacemos, aunque sea en privado, forma parte de nuestro papel como esposas reales? ¿Por qué crees que yo soy la sacerdotisa principal de Dionisos? No es solo la experiencia que el dios me da, es el poder que puedo ejercer. Las mujeres más importantes de Pella me seguirán esta noche, y más que por vivir la locura sagrada, es porque eso les permite a sus maridos acercarse a Filipo, a través de ellas, a través de mí. Y lo mismo sucede contigo, no lo dudes.

Nicesípolis mueve la cabeza y mira muy fijamente a su amiga. Habla sin amargura, pero con sinceridad cruda:

—Pues lo dudo, Olimpia, lo dudo mucho. La mayor parte del pueblo no sabe ni quién soy, ni cómo me llamo, ni si sigo viva. Nunca me presentaron a los ciudadanos de Pella, como a ti. Jamás acudo al teatro junto a Filipo, como tú. No soy invitada a las ceremonias religiosas salvo en muy contadas ocasiones, y la última fue hace más de dos años. No tengo hijos con posibilidades de ser reyes, ni hijas con las que Filipo pueda llegar a pactos de Estado con otros reyes o familias poderosas. Ni los tengo, ni es probable que llegue a tenerlos, pues ni Filipo se acuerda de dónde queda mi lecho. No soy nadie, Olimpia. No existo para él ni para el pueblo. Así que, no temas más. Esquines solo viene a conocer a nuestro pequeño grupo de seguidores de Orfeo.

Olimpia mira desconcertada a la mujer. Nunca le había escuchado una queja, un reproche. Aparentemente, es feliz con sus plantas y sus lecturas, vive encerrada en su laboratorio y apenas sale para comprar nuevas drogas y asistir a sus reuniones. Escasamente interviene en la vida del gineceo, salvo para hablar con Olimpia, quien le cuenta todas sus preocupaciones y vuelca en ella sus deseos, sus celos, sus intrigas y, sobre todo, sus frustraciones. La favorita del rey comprende ahora que la relación es muy desequilibrada. Nicesípolis conoce todos sus miedos, sus alegrías, sus pensamientos, pero ella, ¿qué sabe de su amiga? Que le gusta la Medicina, que no puede ejercer; que le gustaría tener una hija, pero Filipo le niega el contacto; y que la doctrina de Orfeo la reconforta y da esperanzas. Aunque comparten espacio, no viven en el mismo mundo. El pensamiento asalta a Olimpia y se le clava en el pecho.

26

DE MUJERES Y DIOSES

Pella (Macedonia), 346 a. C.

Alejandro se sienta en la cama de su madre, resopla enfadado y cruza los brazos con rabia para llamar la atención de Olimpia. Pero ella ni lo mira, está ocupada vistiéndose para los rituales. Nadie cuenta con él esta noche. Su padre no le deja asistir al banquete. Después de haber tenido que escuchar los diez eternos y aburridos discursos de los atenienses, no le permiten acudir a la fiesta, y él sabe que los temas realmente importantes serán abordados durante la cena. Cientos de veces ha escuchado que el calor de la comida y, sobre todo, del vino, aturden las mentes y aflojan las lenguas. El niño no sabe lo que significa, pues apenas ha probado el vino alguna vez y lo único que ha sentido es ganas de dormir. Su lengua seguía igual que siempre, pero piensa que eso solo debe suceder cuando eres adulto o si ingieres mucho más vino que la pequeña copa que a él le han dejado tomar. Mira a su madre, que sigue ignorándole.

Olimpia se prepara para acudir a los rituales dionisiacos que tienen lugar en el monte. Solo pueden acudir mujeres y ninguna cuenta al niño lo que allí sucede. Además de su madre, asistirán Filina y Audata, las otras esposas de su padre. Es en lo único que las tres mujeres parecen ponerse de acuerdo, en subir cada dos años al monte próximo.

Olimpia está molesta porque su leal Hermíone no la acompaña a estos ritos. En su lugar, la criada y Nicesípolis, completamente vestidas de lino blanco, saldrán esta noche para encontrarse con otros comedores de hierbas en una casa en el centro de la ciudad, la del médico Nicómaco, que tiene a Nicesípolis hechizada con sus conocimientos de plantas y su sabiduría tranquila. La molosa se pregunta si serán amantes, pero nunca lo ha preguntado. Hay cosas que es mejor desconocer.

Sigue pensando en Nicesípolis mientras se recoge el pelo en la nuca con un pasador de marfil e incrustaciones de oro, siempre teniendo cuidado de dejar algunos rizos sueltos a los que ha añadido polvo de oro para dotar a su cabello del esplendor que el encuentro con Dionisos merece. Hermíone la ayuda con su peinado, aunque la tensión es patente entre ambas mujeres:

—Tened cuidado con el pasador, Políxena, no sería el primero que pierde en las montañas. Quizá sería mejor que llevara uno de madera en lugar del de marfil, así la pérdida sería menor —comenta Hermíone tratando de relajar el ambiente—. Puedo dejaros uno de los míos, si queréis.

—Siempre encuentro más en la montaña de lo que pierdo, no te preocupes por un pasador, Hermíone, otras pérdidas me resultan más dolorosas —suspira y los ojos se le llenan de lágrimas. Ella las limpia rápidamente embadurnando la mano del negro kohl que antes había en sus ojos. Maldice en voz baja y se limpia enfadada antes de coger el polvo negro y maquillarse de nuevo. Siempre nota mucha tensión antes de comenzar los rituales. Sobre todo, desde que es la sacerdotisa principal y lleva sobre sus hombros todo el peso del encuentro entre las mujeres y el dios de la liberación. Afortunadamente, sabe que regresará fortalecida de la experiencia, Dionisos nunca le ha fallado.

El silencio se instala entre las dos mujeres, como cuando Olimpia se sumerge en el agua del baño. Hermíone sigue allí, pero nada de lo que dice puede ser escuchado, nada de lo que haga puede ser visto por Olimpia. Ahora mismo, el silencio las separa y aísla incluso más que el agua tibia. Aunque se adoran, las diferencias religiosas las distancian. Olimpia siente que Orfeo le ha arrebatado una parte de la persona que más la quiere en el mundo.

—Mañana estaré aquí para recibiros cuando lleguéis de la montaña, Políxena —susurra Hermíone mientras unge el cabello recogido con perfume de mirra y coloca los bucles detrás de las orejas para que pueda lucir los pendientes de oro en forma de serpiente que el rey le regaló tras la caída de Olinto—. Estáis espléndida, mi niña, no hay mujer en esta tierra que no os tenga envidia.

Olimpia sonríe al espejo y acaricia la mano de su sirvienta:

—¿Acaso no soy mejor sacerdotisa que esa estirada de Nicea? Todavía no me ha perdonado que le arrebatara el puesto, y de eso hace ya seis años. Lo cierto es que fue el propio Dionisos el que propició el cambio, ¿no crees? —Hermíone le da la razón con un murmullo. Es algo de lo que han hablado mil veces. Olimpia está convencida de que el dios intervino para ahorrarle problemas y porque sabía que era mejor ménade que la sobria esposa de Antípatro—. No fue mi culpa que ella se quedara embarazada y no pudiera subir al monte ese año, ni los siguientes. ¿Cuántos niños tiene ya? Creo que el que espera ahora ya es el octavo. En cualquier caso, ¿no es un cometido más acorde con la dignidad de una esposa real que con la de un simple general? Antípatro y ella se creen más importantes de lo que son.

Después de acomodar el pelo de su señora, Hermíone se dedica a colocar los broches que sujetan el peplo de su señora, un bello vestido de seda blanca y naranja que la misma Olimpia ha bordado con estilizadas hojas de hiedra de oro.

—No hay mujer en Pella que no esté de acuerdo con ello, señora. Dicen que los rituales han ganado en fuerza y que los encuentros con el dios son mucho más intensos desde que vos dirigís el *tíaso*. Todas coinciden en que el dios os prefiere y regala a vuestra comitiva grandes experiencias, que nunca habían sentido una conexión tan plena con Dionisos. Ninguna quiere tener otra conductora que no seáis vos, Políxena.

—Ninguna salvo las que preferís ir a una sala oscura a cantar y recitar alrededor de vete tú a saber qué juguetes —responde Olimpia, siempre dispuesta a romper una tregua.

Se levanta y aparta a Hermíone, impidiendo que la bese, como es costumbre de la sirvienta antes de retirarse a sus aposentos.

—Será mejor que vayas a vestirte de blanco para esta noche, Hermíone.

La tebana no contesta. Si no fuera por lo mucho que la ama, buscaría la forma de alejarse de ella, piensa con infinita tristeza.

— *¡Eis oros! ¡Eis oros!*[26]

Junto al altar de Dioniso, en el centro de la plaza de Pella, Olimpia, antorcha en mano, grita llamando a su comitiva, al *tíaso* del dios del vino, para que suban a la montaña.

A su lado, Casiopea sonríe feliz. Como le prometió la esposa del rey, mandó en su búsqueda cuando se convirtió en la sacerdotisa principal. La campesina nunca dudó de la palabra de Olimpia, por mucho que las otras mujeres le dijeran que no

26.- ¡A la montaña!

iba a acordarse de alguien tan pobre y ruda como ella. Juntas habían conseguido crear un equipo sólido que había dado fama a las Dionisiacas de Pella y la región de alrededor. Año tras año, cada vez más mujeres acudían al encuentro.

En esta ocasión, se habían presentado casi un centenar de féminas. Todas con velos cubriendo cabellos y vestidos, con una antorcha en la mano derecha y el tirso en la izquierda, responden a su sacerdotisa mientras se ponen en marcha al son de tímpanos y flautas:

—*¡Eis oros! ¡Eis oros!* —gritan todas al unísono emocionadas. La mayoría, porque ya conocen la experiencia sagrada del encuentro con el dios. Las más jóvenes, porque la expectativa es tan grande que el miedo y la ansiedad les hace llorar de inquietud. Todas ellas, porque se sienten, por una noche, liberadas de las cadenas que las aferran al hogar, a los esposos e hijos.

Mientras, en el más absoluto silencio, Hermíone y Nicesípolis salen del palacio para dirigirse a la casa de Nicómaco, situada muy cerca del ágora. Las dos mujeres caminan en silencio seguidas a una prudente distancia por Pausanias, quien ha sido enviado por la reina. Lo que no sabe Olimpia es que Pausanias también asistirá, como iniciado, a la reunión de los órficos de Pella. El joven guardaespaldas lo guarda en secreto para evitar que la mujer se sienta traicionada y lo aparte de su vida. No concibe el mundo sin Olimpia.

Nicómaco les espera en la puerta de su casa, una de las más grandes y elegantes de toda la ciudad. El médico de Pella espera a sus invitados entre las dos columnas corintias que dan acceso al pequeño pórtico que oculta parcialmente una gran puerta de roble. Aunque Nicómaco tiene el semblante serio, la luz de su mirada reconforta y anima a los asistentes a sus reuniones. Todo en él transmite calma. Las manos delicadas que se mueven despacio, pero seguras, con la precisión de un cirujano y la destreza de un escultor. Su sonrisa, sincera, reconfortante, mostrando dientes blancos, pequeños, como si no estuvieran pensados para desgarrar, sino hechos para iluminar el rostro moreno, destacar sobre la barba espesa, oscura aún, si bien no tardará en clarear, como ya le está sucediendo al cabello.

Uno por uno, coge las manos de sus invitados para recibirlos con calidez. Saluda a Hermíone con una sincera y cómplice sonrisa. Ella sigue sintiéndose insegura, como si no mereciera estar entre esos distinguidos y sabios compañeros. Susurra la contraseña que da acceso a la vivienda:

—Mi nombre es Hermíone de Tebas, pero mi estirpe es celestial.

Inclina la cabeza y se pierde entre las columnas del pórtico del hogar de Nicómaco, cuya cara se ilumina cuando recibe a Nicesípolis. La sonrisa del médico es tan amplia que la mujer se siente inundada por la felicidad y nota cómo un ligero rubor se extiende por su rostro. Las manos de ambos se mantienen unidas mientras ella recita la fórmula de entrada:

—Mi nombre es Nicesípolis de Feras, pero mi estirpe es celestial —exclama dichosa y emocionada por la afectuosa recepción.

El hombre suelta la mano de la esposa real, aunque esta vez sí sigue con la mirada la entrada de la mujer en su casa, admirado por su caminar elegante y la dulce inteligencia que emana de la tesalia. El carraspeo de Pausanias le devuelve a la realidad, se avergüenza de haber descuidado la bienvenida de uno de los más recientes miembros de su hermandad.

Pues cada miembro de la pequeña congregación son sus invitados, sus amigos, sus compañeros de experiencia. Juntos compartirán una vida dichosa en el Más Allá. No importa su condición, desde la esposa real hasta la esclava familiar. Hombres y mujeres por igual. Todos juntos en una sala común, invocando a un dios compartido: Dionisos.

El mismo dios al que en esa misma noche invocan las ménades. Un mismo dios, pero ¡tan diferente!

El Dionisos de Olimpia y sus seguidoras es un dios de la transgresión, de la furia. Enloquecido y enloquecedor, perseguido y perseguidor, es la concreción de la vida en el dolor no esperado. Dios sufriente y gozoso. Es un dios montaraz del encuentro en la Naturaleza.

Y allí es donde se dirige el *tíaso* de Pella con la molosa a la cabeza. Cantando y bailando sobriamente mientras están dentro de la ciudad, aunque sus habitantes no se dejan engañar por la tranquilidad del grupo. Cubiertas por sus capas oscuras, resisten con alegría y esperanza el frío viento de la noche invernal. Aún hay nieve en las cunetas de las zonas más umbrías y en las más altas. Las más veteranas saben que el frío pronto se tornará calor y que no les importará ni el hielo, ni la oscuridad, ni el viento del norte agitando sus velos. Apoyadas en el tirso, la alta caña hueca coronada por una piña y adornada con la hiedra del dios, las mujeres caminan con más seguridad.

El Dionisos de Nicesípolis y Hermíone es un dios de la introspección, del desarrollo personal, del sacrificio propio para obtener un gran premio final: una vida feliz y plena en el Más Allá.

Nicómaco conduce a sus invitados a través de un gran patio rodeado de columnas corintias, hacia una pequeña antesala sobriamente decorada con paneles blancos, ocres y rojos. Nicesípolis mira el suelo, ya de sobra conocido, decorado con un elegante mosaico en el que las piedrecitas blancas se alternan con las negras creando un damero equilibrado, relajante, rodeado de una orla de olas marinas, todas iguales, siempre en cresta, nunca amenazantes. Sobre esta cenefa de olas los iniciados se colocan de pie, mirando al centro, esperando la invitación del sacerdote mayor. Nicómaco se mueve, yendo de uno en uno, proclamando su nombre y reiterando la bienvenida a los Misterios de Orfeo. Cuando ha saludado a todos, les recuerda la sagrada promesa de guardar secreto eterno sobre lo que allí van a vivir.

Una vez abandonados los límites de la ciudad, el grupo de Olimpia comienza a cantar más fuerte, más rápido. El ritmo de los tímpanos se acelera, el canto se hace más bullicioso y los pies se despegan del suelo, golpeando al caer, creando música con la danza. Algunas agitan sus tirsos mientras aúllan de felicidad, otras los golpean contra el suelo aumentando la resonancia del grupo. Cada mujer se convierte en un instrumento al servicio del dios.

Sonrientes y expectantes, la comitiva se reúne en un claro del bosque bien oculto entre los abetos, robles y hayas. Olimpia, aún velada, se sitúa en el centro del círculo formado por sus mujeres. Como sacerdotisa, ella porta la cesta sagrada, la cista divina. La deposita en el suelo, junto a la pira de madera preparada para ser encendida con la antorcha que lleva.

El fuego ilumina el monte. El silencio se apodera del grupo. Solo una flauta mantiene su melodía. Es un sonido que desgarra el aire, agudo e inquietante. Llama al dios con un timbre lacerante que se introduce por la piel de todas las participantes haciéndolas estremecerse, preparándolas para la llegada.

Moviéndose en círculos alrededor del fuego, Olimpia hace la libación propiciatoria. Derrama leche con miel para invocar a Dioniso:

«A Dionisos, coronado de hiedra, bramador, comienzo a cantar,

espléndido hijo de Zeus y de la gloriosa Sémele,

al que criaron las ninfas de hermosa cabellera,

tras acogerlo en su seno de manos de su padre soberano,

y con cariño lo cuidaban en los valles de Nisa,

donde crecía por voluntad de su padre en la gruta perfumada

siendo contado entre los inmortales.

Pero cuando las diosas lo hubieron criado, celebrado en muchos himnos,

comenzó a vagar continuamente por las boscosas cuevas,

densamente cubiertas de hiedra y laurel.

Las Ninfas le seguían y él las conducía:

el bosque inmenso se llenaba con su bramido.»[27]

En casa de Nicómaco, dos criados abren las dos grandes puertas de roble decorado con bronce para que los *teletes,* los iniciados, pasen a la gran sala principal. Todos conocen el camino y entran en silencio repartiéndose en un gran círculo alrededor de un bellísimo mosaico. Hermíone mira ensimismada las pequeñas teselas que componen la figura del dios Dionisos sobre una pantera a la que abraza por el cuello. La pose del dios es casi femenina, montado sobre el animal de lado, portando un tirso adornado por un lazo que parece volar al viento. Los pensamientos se detienen cuando Nicómaco proclama el comienzo de la ceremonia:

—Hablaré a quienes es lícito. ¡Cerrad las puertas, profanos! Cantaré para conocedores. ¡Cerrad las puertas, profanos!

27.- *Himnos Homéricos,* XXVI.

Nicesípolis se estremece. Siempre le sucede. El momento de la paz y la alegría comienza.

Toda la sala se inunda del olor a incienso, que invita al alma a soñar. El experto olfato de Nicesípolis percibe la delicada mezcla de lujosa mirra que conduce a la paz; el estoraque sirio, que provoca la sudoración e incita al sueño; el fragante hinojo, consagrado al dios y la poderosa adormidera, que agudiza los sentidos y calma las inquietudes y pesares.

Una joven, la hija menor de Nicómaco, toca la flauta en un rincón, pausada y armoniosa, dulce y alejada, ayudando a la reflexión. En otro rincón, un tímpano marca el ritmo, como el de un corazón dispuesto a dormir, a entrar en el reposo. Los criados apagan las lucernas, la sala va quedando a oscuras, solo dos antorchas permanecen encendidas, las que enmarcan al anfitrión que ejerce como sacerdote.

Todos los iniciados, dispuestos en un amplio círculo y unidos por sus manos, sonríen expectantes. Nicesípolis ha conseguido situarse a la derecha de Nicómaco. Es el único momento en que pueden tocarse sin miedo, la menuda mano de la mujer se aferra al instante a la felicidad efímera que ese roce sin pretensiones le reporta.

La potente voz del médico la saca de sus adúlteras reflexiones para meterla de lleno en el ritual:

—¡Ofrezcamos a las venerables diosas Euménides las ofrendas que ellas merecen! Que las nacidas de la sangre derramada por los testículos de Urano sean las encargadas de vigilar nuestra rectitud en esta vida y castigar nuestros crímenes enviando al Tártaro a aquellos de nosotros que incumplan el juramento de seguir la vida que Dionisos, a través de su poeta Orfeo, nos ha enseñado.

La mujer más veterana del grupo se adelanta unos pasos hasta situarse en el centro, junto al altar que los anfitriones han colocado. Deposita con manos temblorosas una torta reción horneada, llena de bollones, como las que deleitaban al joven Dionisos:

—Recibe nuestra ofrenda, Tisífone, furia vengadora de los crímenes de sangre, e impide que los cometamos.

Nicesípolis suelta la mano de Nicómaco y Hermíone y, recogiendo una jarra de leche situada junto al altar, procede a derramar el líquido blando sobre la torta:

—Recibe nuestra ofrenda, Alecto, la implacable vengadora de los delitos morales e impide que los cometamos.

Sin dejar de mirar el altar, Nicesípolis se retira a su posición y vuelve a coger las manos que tanta seguridad le aportan. Frente a ella, en el otro lado del círculo, Glaucotea, la esposa de Nicómaco, se adelanta y coge otra jarra que contiene agua y miel para derramarla también sobre el bollonato:

—Recibe nuestra ofrenda, Megera, la celosa que castiga los delitos de infidelidad e impide que los cometamos.

Nicesípolis recibe las palabras y la mirada de la mujer como una lanza que se clava en su pecho y siente la necesidad de soltar la mano de Nicómaco que, sin embargo, no permite que lo haga. Los ojos de la tesalia se llenan de todas las lágrimas que no puede permitirse el lujo de soltar y se pregunta, una vez más, si de verdad es merecedora de la vida que Dionisos le promete.

Tras cantar al dios, Olimpia vuelve a inclinarse para sacar de la cista algunos bollos, especialmente horneados para la divinidad, y los lanza al fuego:

—¡Saludos a ti, Dionisos, rico en racimos! Concede que con salud en la estación regresemos, y de estación en estación, hasta que se cumplan muchos años.

Ante un silbido más largo y agudo de la flauta, los tímpanos retoman su resonar, su percusión vibrante que incita a la danza y al frenesí. Las mujeres emiten aullidos y comienza de nuevo el movimiento. En círculos concéntricos, alrededor del fuego, unidas de la mano, cantando en honor al dios:

—¡Muéstrate a mi vista como un toro o un dragón de muchas cabezas o como un león que resopla fuego!

Dos mujeres portan una enorme crátera hermosamente decorada con figuras rojas que muestran al dios sobre una pantera y su corte de ménades corriendo alrededor. La vasija de cerámica, con grandes volutas pintadas de negro, contiene la mezcla del encuentro: el vino de la transgresión prohibido a las mujeres, el agua de la pureza que evitará que el calor suba demasiado deprisa impidiendo a las devotas llegar al éxtasis. Y el ingrediente secreto, el que Casiopea transmitió a su sacerdotisa suprema, Olimpia. El que favorece el encuentro con Dionisos, la liberación del cuerpo para fundir el alma con el bosque que las acoge, con el arroyo que lo cruza, con los animales que lo habitan y con la energía que mana de la tierra misma, la que pisan con fuerza, la que aplastan con su energía para recargarse de la furia, del amor y de la libertad divina.

Cuando todas han bebido de la sagrada mezcla, Olimpia grita con más fuerza:

—¡Oh, Dionisos! ¡Hijo del infalible Zeus y la sublime Sémele! ¡El dos veces nacido! ¡El capaz de vencer a la persecución de la incansable Hera! ¡Entra en este grupo de mujeres y muéstranos el camino! ¡Muéstrate a mi vista como un toro o un dragón de muchas cabezas o como un león que resopla fuego!

Los tristes pensamientos de Nicesípolis se interrumpen cuando por una puerta lateral entra una docena de jóvenes que se dispone rodeando el círculo de iniciados más veteranos. La mayoría lleva en sus manos pequeños crótalos de bronce que hacen tintinear con alegría, pero sin alborotos, llenando la sala de un aire de fiesta infantil, dichosa y sencilla.

Los tres más jóvenes portan los objetos de purificación. Eudemo, el vendedor de plantas, recibe con una ligera sonrisa la criba sagrada y, lentamente, comienza a rodear al grupo, agitándola sobre la cabeza de cada uno de los asistentes. Su esposa se encarga del agua de lustración, recogida en un bello recipiente de oro. La mujer, siguiendo los pasos de su marido, moja una pequeña rama de álamo blanco en el cuenco y se encarga de rociar a sus compañeros. Por último, Nicómaco se encarga de la purificación con el fuego y, antorcha en mano, rodea al grupo con calma pasando la llama purificadora sobre cada una de las cabezas de los iniciados mientras comienza a recitar:

—Vengo de entre puros, puro. He pagado el castigo que corresponde a las acciones impías.

A la que los correligionarios responden:

—He dejado el mal, he encontrado el bien.

Lo repiten una y otra vez mientras los más jóvenes salen de la sala sin dejar de hacer sonar sus crótalos inquietos. Cuando el último ha salido, las voces de todos los asistentes están unidas en una única proclama que va elevándose en tono:

—He dejado el mal, he encontrado el bien.

Un grito desgarrador enmudece a todos:

—*Askei kai taskei* —dice una voz desde el suelo junto al altar de las ofrendas y libaciones —*Askei kai taske* —repite, de rodillas, agachada una mujer, toda cubierta de blanco barro con la cara entre las piernas. Solo se puede ver el largo cabello enfangado y brazos y manos reposando, como sin vida, a ambos lados de su cuerpo.

En el bosque, las mujeres parecen enloquecer ante el grito desgarrador de Olimpia y, todas a la vez, se descalzan y se despojan de sus velos que arrojan al suelo con violencia para liberarse del símbolo de su invisibilidad, el que las oculta al mundo, el que cubre su valor, el papel que como madres y esposas ejercen en silencio. Unas rabiosas, otras con timidez, las mujeres macedonias se colocan sobre los vestidos sueltos la nébride, una piel de cervatillo para recordar el sacrificio del dios. Olimpia, como sacerdotisa, opta por la piel de una pantera que le fue regalada en Dión. Con cuidado, la coloca sobre el hombro izquierdo. La cabeza del animal cae sobre su pecho. Mujer y felino se asemejan y confunden: salvajes, ojos verdes de pupilas dilatadas, melena negra que absorbe y refleja la luz de la luna, la intensidad de la montaña. Olimpia sube la mano y suelta con determinación el pasador de marfil sacudiendo la cabeza para soltar el pelo y para olvidarse de Hermíone y su traición.

La sirvienta tebana se ve arrastrada por el musitar continuo de la mujer cubierta de barro. Hermíone susurra y, como en un sueño placentero, escucha el murmullo de sus compañeros pronunciando las palabras que solo los divinos inmortales entienden: *Askei kai taskei.*

Mientras invoca a los dioses, la mujer del centro va irguiéndose. En su regazo se descubre una serpiente enrollada que, libre de la opresión que el cuerpo de la mujer ejercía, comienza a moverse despacio deslizándose por las rodillas femeninas hasta acariciar con su escamoso vientre el suelo de la sala. Acostumbrada a los humanos, la serpiente se mueve sin miedo entre los pies de los iniciados rozando levemente los tobillos o los dedos de los pies descalzos.

Ni siquiera se estremece cuando los jóvenes vuelven a entrar en la sala. Han dejado los crótalos y los han sustituidos por escudos y espadas. Esta vez, en lugar de situarse en el círculo exterior, se hacen paso entre los más veteranos y se disponen en corro alrededor del altar y de la mujer embarrada.

Y allí, comienzan a ejecutar la danza guerrera saltando y golpeando el escudo con la espada, igual que hacían los Curetes, los sagrados protectores del niño Dionisos que trataban de evitar que la celosa Hera lo encontrara y acabara con su vida. Toda la sala se llena de danza violenta y música estridente que llena a todos los asistentes del poder del ruido, del miedo a la pérdida.

Tras Olimpia, todas las mujeres se liberan de las cintas, pasadores y peinetas que retienen sus cabellos. Llevadas por la música, las melenas se mueven con furia arriba y abajo, hacia la derecha y la izquierda, agitadas ante el frío de la noche que ya no es el enemigo temible. Mientras, apoyadas en los tirsos, los cuerpos se retuercen, se inclinan hacia atrás en curvas que parecen imposibles para el raquis humano. Como si las mujeres fueran a partirse, aunque lejos de dolor o fragilidad, irradian fortaleza y determinación. El dios las sacude y ellas responden agradecidas.

Una muchacha, la más joven del grupo, se acerca tímidamente a Olimpia. La melena rubia suelta, los ojos enrojecidos y las mejillas coloradas por el ímpetu del baile y la emoción de ser la elegida. En sus manos porta un pequeño cabrito, al que aún no han salido los dientes de leche, blanco, diminuto, tan asustado por el ruido y el fuego que no emite sonido. La joven lo deposita ante Olimpia que lo mira con ternura y acaricia la joven testa y el pequeño cuello, que acaba cortando sin titubear en un rápido movimiento de la mano derecha, en la que porta un cuchillo de negra obsidiana. La sangre inmaculada del animal brota con fuerza del cuerpecito que agoniza en los brazos de la mujer con un último estertor silencioso. Olimpia se inclina, lo deposita en el suelo y se arrodilla ante el cadáver reciente para beber del cuello enrojecido del dulce lechazo. Moja las manos en el líquido, aún tibio, y unge la negra melena mientras grita de júbilo, lanzando su aullido al aire, enloqueciendo aún más a sus compañeras. El calor del vino enriquecido le da energía y fuerzas para desgarrar con sus propias manos y dientes el pequeño cuerpo. La cara de Olimpia se llena de rojo y ella sigue gritando, invocando a Dionisos, el de los muchos gozos.

El trueno de la danza armada es tan fuerte que Nicesípolis y Hermíone sienten cómo sus cuerpos, ajenos a ellas, comienza a agitarse y los pies se despegan del suelo. Cogidos de las manos, el círculo de iniciados se mueve, girando alrededor de los que rotan en torno al altar. Un doble círculo de música, danza y comunión con el dios de la liberación del ciclo de muerte y reencarnación.

El retumbar de los timbales y el de las espadas contra los escudos favorece el estado de relajación, de trance. Nicesípolis se deja llevar por la paz y la liberación que el ejercicio le transmite, siente cómo se funde con sus compañeros de *tíaso*, cómo las diferencias desaparecen y todos, unidos por el dios, son un cuerpo único que danza con frenesí. Está tan entregada a la tarea de alabar al dios que no es consciente de que Hermíone libera su mano y un hombre ocupa su lugar. Baila dichosa. Ya no es la esposa ignorada del rey de Macedonia, ni la mujer enamorada que nunca podrá entregar el amor que siente, ni la amiga fuerte que a todos escucha y jamás se queja, ni la madre que nunca tendrá una hija a la que entregar el amor más incondicional y puro. Nicesípolis ya no es Nicesípolis, se ha fundido con el estruendo de la música, con el suelo en el que sus pies golpean sin sentir dolor, con el calor que emiten las llamas de las antorchas, con la penumbra de la sala, con el incienso que perturba sus sentidos, con los compañeros que buscan una respuesta al dolor de este injusto mundo, con Hermíone, Nicómaco, Irene, Glaucotea, Pausanias, Eudemo y con ese gigante de ojos azules que baila a su derecha y la mira con tanta admiración que se siente enrojecer de pura vergüenza y orgullo.

Olimpia, con la boca, la barbilla y el torso manchados de sangre, sigue incitando a sus compañeras a la transgresión, a la liberación. Apoyada en su tirso, se pasea entre los pequeños grupos dispersos que se han formado de mujeres enloquecidas:

—Danzad, danzad, benditas. Dejad que la fuerza de Dionisos os penetre, os haga suyas. Sentid la liberación del dios que nos ha elegido a nosotras, a sus mujeres. ¡Somos las bacantes del dios muerto y resucitado! Las esposas que cuidan, las amigas que se buscan, las madres que se sacrifican por los hijos que luego nos olvidarán. ¡Somos las ménades del niño divino!

Las mujeres aúllan al sentirse alentadas en su agitación. Las más atrevidas se acercan a Olimpia y acarician su rostro machado de sangre, el vestido que ya ha dejado de ser blanco, las manos poderosas de la favorita del dios. Algunas siguen bailando, en corros de tres o cuatro, riendo y cantando, alabando al dios por permitirles estar vivas, sentirse vivas. Otras, se van separando del grupo y quedan aisladas mientras bailan con la mirada perdida, sin poder dejar de moverse, como si un viento celestial las estuviera agitando. Unas pocas han caído ya al suelo y se retuercen sobre la tierra sin sentir en sus cuerpos excitados la fría dureza del invierno macedonio. Ya hay tres o cuatro que se han despojado de sus vestidos o han subido el peplo y juegan con su sexo, que exhiben sin pudor ni miedo, buscando la unión con el dios a través de la agitación y convulsión que el roce de sus manos en sus clítoris les consigue. Durante unos momentos, son las dueñas completas de su cuerpo y experimentan un placer tan intenso que no podría ser conseguido nada más que por un ente divino. Mujeres insatisfechas al que dios llena y posee permitiendo el éxtasis de un orgasmo pleno.

Olimpia pasea entre las mujeres y se asegura de que todas están complacidas, incluso entusiasmadas, que están cerca del dios y que se entregan sin miedo a sus fantasías y deseos. Como sacerdotisa, se siente orgullosa de ser capaz de conducir a todas ellas al más absoluto de los placeres, a la entrega completa al dios. Le complace la emoción de sentirse poderosa al ver las miradas agradecidas de las mujeres de su reino. Cuando comprueba que todas son felices, se acerca al fuego y es su turno de apurar la copa con el vino sagrado que había reservado para ella. Va al encuentro de Dionisos.

Nicesípolis no es consciente de que la música ya ha parado, de que nadie golpea ya el escudo con la espada, de que los bailarines, sonrientes, han ido bajando el ritmo y, uno a uno, se van sentando en el suelo. Exhaustos, felices. Dos manos masculinas, casi al unísono, tiran de ella hacia abajo y la obligan a detener su dulce baile, pues la música sigue sonando en su cabeza y en su corazón. Sorprendida, se deja llevar por las manos y se sienta también en el suelo, sin dejar de escuchar en su mente el monótono son que tanta paz le produce. Sonríe bobalicona a Nicómaco y, luego, se gira y saluda al hombre maduro que le responde con una ligera inclinación de cabeza.

El anfitrión rompe el silencio que se ha apoderado de la sala:

—Antes de comenzar con nuestra lectura de hoy, quisiera dar la bienvenida a Esquines, de Atenas, que ha tenido la gentileza de querer acudir a nuestra humilde reunión de esta noche. Como sabéis, él está en Pella como embajador ateniense y ha venido a Macedonia para negociar en persona con nuestro rey Filipo. Nos sentimos muy orgullosos de su presencia, que ha sido a petición propia. Seguro que un hombre de mundo como él, iniciado en los Misterios desde la infancia, puede aportarnos su luz y sabiduría en esta noche especial. Muchas gracias, Esquines.

Todas las miradas se dirigen al ateniense que, como actor, está acostumbrado a ser el centro de atención y no se siente intimidado por ello. Sus penetrantes ojos azules saludan a cada uno de los asistentes, hasta llegar a Nicesípolis, a la que sonríe antes de hablar:

—Gracias a ti, Nicómaco, por tu amable acogida, y gracias a la reina Nicesípolis por haber facilitado mi presencia esta noche.

Nicesípolis se sobresalta al escuchar cómo la llaman reina, pues bien sabe que no es un título que le corresponda. Pero, sobre todo, se siente impresionada e hipnotizada por la voz del hombre. Profunda, dulce, que acaricia el alma al oírla. Se descubre tan incapaz de dejar de mirarle que ni se acuerda de rectificarle.

Nicómaco llama la atención de la tesalia con un ligero golpe en la rodilla. La mujer se vuelve, sobresaltada, sin entender qué es lo que quiere el médico. Este le señala el libro que ella tiene delante: es la encargada de leer los textos de Orfeo. Nicesípolis se siente turbada y, a la vez, segura.

—Con vuestro permiso, compañeros, voy a pedirle a nuestro invitado que realice esta noche la lectura. Estoy convencida de que todos estamos de acuerdo en que no podemos desaprovechar la ocasión de tener alguien con tanto conocimiento sagrado entre nosotros —un murmullo de aprobación se escucha en la sala. Nicesípolis recoge el libro y se lo pasa al ateniense que lo coge agradecido y, tras recibir la aprobación de Nicómaco, proclama el inicio de su lectura:

—Hablaré a quienes es lícito. ¡Cerrad las puertas, profanos! Cantaré para conocedores. ¡Cerrad las puertas, profanos!

La conocida contraseña adquiere mil matices nuevos cuando la exclama la voz de Esquines. Las palabras de Orfeo, tantas veces leídas, suenan nuevas cuando las declama el embajador. Nicesípolis no es la única que llora con la muerte, tan previsible como conocida, de Eurídice, la amada esposa de Orfeo. El poema es más bello que nunca. El dolor del esposo, el viaje al Inframundo, el despertar del poeta al conocimiento supremo, la enseñanza que transmite con maravillosas rimas y amenazas veladas. Dionisos, dios supremo, revelado a través de los más singulares y profundos versos que esta noche, con acento ateniense, acarician el alma y avivan el compromiso de todos los reunidos en un pequeño rincón del reino de Macedonia.

Cuando Esquines calla, nadie habla. Nadie puede. Nadie quiere romper la tensión compartida que se ha creado. El aire es más espeso, y no es solo por el incienso que sigue quemándose en un rincón de la sala. Mujeres y hombres lloran en silencio.

Finalmente, el que habla es el propio Esquines:

—Como sabéis, hermanos, Orfeo acabó sufriendo la misma muerte que el dios Dionisos. Asesinado por seres celosos de su sabiduría, desgarrado por el odio de los que no comprendían, desmembrado por el miedo a que su saber pudiera extenderse y cambiar el rumbo de la humanidad. ¡Pero aquellos que lo sacrificaron no pudieron matar su legado! Tras sus palabras estaba el propio dios Dionisos, generoso como ninguno, conocedor de que somos descendientes suyos, pues en nuestra sangre corre la suya, la que los Titanes derramaron alentados por la celosa Hera. Y Dionisos quiso revelarnos la forma de escapar al destino sombrío y triste que los dioses del Olimpo nos habían reservado. Sí, hermanos, la humanidad puede escapar del Tártaro. Y puede escapar de esta Tierra. Y puede escapar del ciclo de vida, muerte y reencarnación que no conduce salvo al dolor eterno. ¡Como seguidores de Orfeo sabemos que podemos dejar atrás el dolor de esta existencia! Podemos abandonar este cuerpo, que no es más que un sepulcro para nuestra alma inmortal, y vivir para siempre junto a los dioses y el resto de los compañeros en un eterno banquete de felicidad y justicia. ¡El vino de Dionisos nos alimentará por siempre!

La sala queda en silencio, pues cada uno de los iniciados reflexiona sobre las palabras dichas. No es que el ateniense haya dicho nada nuevo, pero su voz, su dulzura, su convencimiento pleno les llena de fe y esperanza. Hermíone, como en cada reunión, llora en silencio. Llora por el dolor provocado por su joven imprudencia, por el miedo alojado en su pecho, por su incapacidad por salvar al ser que más desea. Nicesípolis, sin embargo, llora de felicidad y, sin pensarlo, las palabras acuden a su boca:

—¿Quién sabe si vivir es lo que llaman haber muerto y vivir es morir? Pues los que estamos vivos enfermamos, padecemos y sufrimos mil males distintos, mientras que los que nosotros denominamos fallecidos ni se ponen enfermos ni mal alguno es capaz de alcanzarlos.

—En efecto, querida compañera —responde Esquines mirándola directamente a los ojos mientras sigue cogiendo su mano—, los humanos hemos sido concebidos por los dioses como seres contrapuestos a ellos en cuatro aspectos fundamentales: infelicidad, sometimiento, vejez y muerte. Solo abandonando la forma humana, nuestra alma alcanzará el descanso de la inmortalidad dichosa, y solo viviendo una vida órfica, podremos escapar del cíclico castigo de vida, muerte y reencarnación. Por eso la importancia de mantener viva la palabra de Orfeo con estas reuniones. Con nuestro ejemplo de vida virtuosa, debemos conseguir que en cada ciudad de esta tierra haya un *tíaso* dispuesto a anunciar que el fin del dolor es posible. ¡Todo el Hélade debe celebrar la resurrección de Dionisos y su victoria sobre la muerte! Y recordad siempre: ¡muchos son los bacos, pocos son los elegidos!

Ante la invocación final, todo el grupo se levanta, sin soltarse las manos, formando un fuerte círculo de fe y dicha:

—¡Muchos son los bacos, pocos son los elegidos! —proclaman finalmente. La música vuelve a llenar la sala.

En el bosque, la música ya ha cesado. Las pocas mujeres que siguen bailando, siguen un ritmo que solo está ya en sus mentes, sin poder dejar de seguirlo, aunque el cansancio les pida lanzarse al suelo, como están el resto de sus compañeras. Olimpia pasea entre ellas, las que bailan, las que duermen, las que se acurrucan llorando, las que ríen desenfrenadas, las que se entregan al sexo solitario y las que lo hacen en parejas gimientes. Son sus mujeres las que ella ha llevado hasta Dionisos, las que luego estarán agradecidas por la experiencia y hablarán de ella como la mejor sacerdotisa que jamás tuvieron, la reina más acertada que Filipo pudiera elegir.

Mientras pasea, Olimpia nota cómo el vino calienta su sangre y su cuerpo. Aunque la temperatura en el exterior es gélida, no siente frío. Susurra cantando y mueve su cuerpo al ritmo de los latidos de su corazón, que se han hecho fuertes y retumban en el oído y el cerebro. Sabe que el dios está llegando y agradece la presencia. Se deja inundar y su cuerpo estalla de felicidad y gozo. Cae de rodillas y sigue bailando en el suelo agradeciendo al dios que lleva dentro la misión que le ha encomendado. Olimpia siente que su cuerpo se funde con la tierra, que ella ya no es solo una mujer menuda y frágil, sino que es dura como ese suelo helado y grande como todo el bosque, todo el reino, toda la Tierra. Es feliz porque se siente poderosa. Es una amiga poderosa, hija poderosa, madre poderosa, esposa poderosa.

Este pensamiento la lleva a Filipo. ¡Cómo ama a ese hombre tuerto cuya mirada azul la atrapó en Samotracia! ¡Ama su cuerpo lleno de heridas, su grandeza torpe, su inteligencia y su arrogancia! Lo ama y lo desea. Quiere sentir su enorme pene entrando en el cuerpo relajado y, sin embargo, dichosamente excitado. Y que Dionisos y Filipo se encuentren dentro de ella, en su vientre ansioso, húmedo y abierto a los dos seres más poderosos de su mundo. Olimpia nota el calor de su sexo, necesita calmar el deseo y se deja llevar por el ansia de ser poseída, hasta que toda ella se retuerce de placer y un profundo y largo orgasmo la hace vibrar, gemir, llorar y reír hasta quedar completamente dormida.

El bosque, ajeno a las necesidades y placeres femeninos, sigue con vida. Una vida que se hace más evidente cuando el sol invernal, aún tímido, va asomando por encima de Pella, por encima del mar lejano. El sol, que apenas calienta, manda a madrigueras, nidos y cuevas a los animales nocturnos y despierta a los que gozan de los rayos y necesitan de su luz para buscar su alimento y continuar el ciclo de la naturaleza.

Olimpia abre los ojos cuando nota que no está sola. No tiene miedo, ni frío, pero se sabe acompañada. Levanta ligeramente la cabeza al sentir un peso, muy ligero, sobre su vientre. Y allí está ella, enroscada en su cuerpo, mirándola fijamente con sus vivos ojos prolongados con elegancia con dos elegantes trazos negros, como si ella también se hubiera maquillado para esa noche. El cuerpo, aún menudo, de un bello color rojizo, presenta cuatro grandes líneas negras. Olimpia levanta la mano del suelo y, con cuidado, la acerca a la cabeza del fascinante ser que se deja tocar, acariciar las frías y húmedas escamas, el escurridizo cuerpo y la pequeña cabeza. Al contacto con la mano femenina, la serpiente comienza a hablar.

Habla sin palabras, pero Olimpia la escucha. Las palabras solo agitan un recuerdo que ella había perdido hasta ese momento y la joven molosa se ve, de nuevo, en el pequeño bosque de Samotracia cuando dos ojos azules la poseyeron, cuando sintió que la divinidad la penetraba. Entonces, Olimpia recuerda lo que nunca debió haber olvidado:

—Alejandro —susurra.

Y las imágenes se hacen más potentes. Se siente taladrada por un poder tan inmenso que le quema las entrañas, pues el semen que la posee no es el de un mortal. Comprende que Filipo solo fue el instrumento de un poder mayor, que los Grandes Dioses la eligieron para que el propio Zeus la fecundara. Olimpia sabe que ha parido al rey más grande que el mundo jamás tendrá.

NOVENA PARTE:

PAUSANIAS

27

Retorno a Dodona

Dodona (Épiro), 363 a. C.

Hermíone y Neoptólemo partieron para Dodona la última mañana del mes *Antesterion*[28]. Esa noche sería la primera luna llena del mes de *Elafebolión*[29] y todo tenía que estar preparado. Decidieron que viajarían los dos solos. Nadie debía saber que el rey partía.

Aribas había querido acompañarlos, pero Neoptólemo le convenció de que era importante que uno de los dos reyes quedara en la capital, por si a él le sucediera algo. Hacía dos años que había sido nombrado corregente, como siempre había deseado. Aunque sus ideas eran brillantes y era muy apoyado por parte de la nobleza, Aribas tenía un aire de confabulación y de dobles intenciones que despertaba el malestar de una facción importante de los nobles que, por otra parte, tampoco confiaban demasiado en Neoptólemo, pues parecía siempre cansado y carente de resolución y dominio. Era demasiado propenso a dilatar las reuniones y las consultas y tardaba mucho tiempo en tomar una decisión.

28.- Octavo mes del calendario ático en la Antigua Grecia que corresponde a finales del mes de febrero y principios de marzo.

29.- Noveno mes del calendario ático en la Antigua Grecia que corresponde a parte de los meses de marzo y abril.

Aribas no discutió con su hermano ni insistió en marchar con él. Prefirió enviar a dos espías de su confianza.

Deidamía se enfadó mucho cuando supo que su marido iba a irse con la mujer que la había estado torturando con su mera presencia durante los últimos diez años. Protestó y le desafió solo por el placer de verle humillado, torturado ante ella. Pero, en realidad, le aliviaba saber que era posible que la maldición pudiera revertirse. Seguía teniendo mucho miedo por su pequeña Troa. Precisamente ese temor era el que le había hecho alejarse de su esposo, a pesar de tener muchas ganas de tener un hijo varón. Si la excursión a Dodona conseguía los resultados esperados, Deidamía volvería a preparar su cuarto y su cuerpo para recibir a su esposo. Soñaba con ser la madre de un rey.

Neoptólemo quería viajar de incógnito, hacerse pasar, junto con Hermíone, por dos peregrinos de los muchos que acudían al santuario. Esta vez, los gritos, las lágrimas y las amenazas de Deidamía no causaron ningún efecto en él. Saber que la maldición estaba próxima a expirar le había dotado de una determinación y una fuerza que hacía tiempo no sentía. Incluso el dolor de cabeza era más soportable. Se sentía esperanzado y dichoso.

La tebana no era buena cabalgando, pensaba Neoptólemo frustrado en su intento por llegar a Dodona antes del mediodía. Los días eran cortos y oscuros y no quería que la noche se les viniera encima por el camino. No le había confesado a nadie que apenas podía percibir algunos bultos deformes cuando la luz era escasa.

—Nunca me pedisteis perdón —dijo, de pronto, la mujer.

—Era joven, era un bravucón. No era consciente del mal que hacía.

—¿Habrías sido consciente si no hubiera tenido consecuencias para vos?

Neoptólemo calló buscando en su interior una respuesta que calmase a la tebana. No dijo nada, pues descubrió que ella tenía razón. Si el oráculo, primero, y la maldición, después, no hubieran alterado su vida, jamás habría vuelto a pensar en la joven sacerdotisa a la que dejó llorando, avergonzada y dolorida en un montón de paja de una granja medio abandonada a las afueras de Dodona. Ella podría haber tenido a la niña y él nunca lo habría sabido. Puede que ella se hubiera visto obligada a recurrir a una de esas viejas comadronas que conocían plantas y métodos para deshacerse de niños no deseados. Probablemente Hermíone habría tenido que elegir entre tener a la niña y llevar una vida mísera o deshacerse de ella y poder casarse con su prometido tebano. Visto así, le parecía egoísta y mezquino su comportamiento. Pero él ya no era aquel joven arrogante e imprudente que pensaba que su belleza y poder eran la llave que abría todas las puertas que él deseaba traspasar.

—¿Es tarde para solicitar tu perdón, Hécuba?

—Si el arrepentimiento es sincero...

—No tenía ningún derecho a hacer lo que te hice.

Hermíone calla y espera que el hombre prosiga.

—Tomé lo que no me pertenecía, y no me refiero solo al cuerpo. También a tu juventud, tus sueños, tu futuro en Tebas. Te obligué a separarte de tu familia, de tus amigos, de la gente que te quería. Sin pararme en el dolor de tu padre, que nunca ha vuelto a saber de su hija. Tú, que eras noble, ahora eres la sirvienta en una casa donde no se te aprecia y en la que tienes que estar luchando siempre por defenderte y, sobre todo, por proteger a tu hija.

Una lágrima se escapó de los ojos de Hermíone, pero era incapaz de decir nada.

—Lo único bueno, si algo he hecho bueno, es haberte dado a esa niña. Sé que la quieres con toda tu alma. No hay madre en el mundo que pueda compararse a ti. Y ni siquiera puedes disfrutar de escuchar esa palabra salir de sus labios.

Las lágrimas ya no dejaban a Hermíone ver el camino. Se sentía insegura en el caballo, perdida en un paisaje que no conocía. Envuelta en la confusión. Se debatía entre el miedo, el resentimiento y la necesidad de perdonar a un hombre que se veía francamente arrepentido.

—Yo también os he hecho daño —dijo, finalmente—. También tendréis que perdonar que lanzara esa maldición sin ser consciente de sus consecuencias. Os odiaba con todas mis fuerzas. Yo también era joven e impulsiva.

—Me lo merecía. Fui yo el que lo inició todo, tú te defendiste. No puedo odiarte por ello.

—Y, sin embargo, lo habéis hecho durante mucho tiempo —susurró la mujer.

—Pero ya no. Ni me acuerdo de cuándo desapareció ese sentimiento. Supongo que al verte cuidar a Políxena de esa manera, comprender tus motivos para hacer lo que hiciste, ver que eres una mujer noble y que has tenido que vivir en un ambiente hostil. No te odio, Hermíone. Ya no.

—¿Incluso aunque no seamos capaces de revertir la maldición?

—Incluso aunque no seamos capaces de conseguirlo. Estamos ya en manos de los dioses.

Los dos callaron un buen rato. Hermíone seguía dando vueltas a lo que sentía por el hombre y no encontraba respuesta. No era capaz de dar un nombre a esa extraña mezcla de recelo y ternura. Neoptólemo había cambiado mucho y sus sentimientos hacia él eran también inconstantes. Su figura le despertaba confianza cuando aparecía en el gineceo buscando a su hija. Era un hombre cariñoso con sus hijas y, a su manera, afectuoso con las dos Hermíones, las madres de las criaturas. Pero la tebana siempre fue consciente de que él tenía su propia familia oficial y eso le provocaba rechazo. Era evidente que el rey temía a Deidamía y Aribas y se sentía confuso con respecto a Troa. No podía amar a esa hija que se parecía tanto a su madre, pero tampoco la trataba mal.

Las tardes de lectura en el salón principal eran reconfortantes y divertidas. Neoptólemo leía, Políxena interrumpía mil veces la lectura y ella bordaba, sonriendo o llamando la atención a la niña por su curiosidad y su impulsividad. Cuando estaba en esa sala, Hermíone sentía que era lo más parecido a la felicidad que podía imaginar. Era como si, de alguna manera, ella fuera la esposa y los tres formaran una familia.

—Yo tampoco sé cuándo os perdoné, pero mi corazón no alberga rencor hacia vos —proclamó, después de un buen rato.

—Gracias, Hécuba —susurró el hombre. Los dos quedaron en silencio. Todo estaba dicho.

Hermíone seguía preocupada por la localización del lugar exacto donde lanzó la maldición, habían pasado muchos años y apenas recordaba algunos detalles difusos y las indicaciones del viejo para llegar a la tumba del joven suicida. Ofuscada en sus pesimistas pensamientos, se sorprendió al ver, de frente, el monte Tomaros, con la cima completamente blanca por las recientes nevadas. A su mente llegaron con facilidad la lluvia incesante, la oscuridad de la noche y la tierra removida bajo la que enterró, sin saberlo, su destino.

—La tumba estaba treinta pasos a la derecha de este camino —señaló temblando.

—¿Estás segura? —preguntó Neoptólemo. Ella asintió con la cabeza y él bajó del caballo con rapidez. Luego, ayudó a la mujer a bajarse. Era la hora de la comida, por lo que no se veía a nadie rondando por la zona. En la distancia, los dos espías de Aribas observaban con atención la escena.

—Este es el cruce, estoy segura.

—Muy bien, esta noche, cuando salga la luna, volveremos aquí a realizar lo que hemos venido a hacer —sentenció Neoptólemo, acostumbrado a ordenar.

Cuando la oscuridad era completa, Neoptólemo y Hermíone, muy nerviosos, se encaminaron andando hacia el lugar previsto. El hombre llevaba en sus manos una pequeña pala y una tela oscura que envolvía dos mechones de pelo, uno negro y otro más claro, y un conjuro, escrito por el hechicero tesalio, que ninguno de los dos había sido capaz de leer, pues estaba escrita con la extraña letra de los egipcios. Neoptólemo, después de analizar el suelo con pasos rápidos sobre la zona, cavó un agujero de más de un pie de profundidad, no quería que ningún perro se llevara la preciada ofrenda a la diosa de la oscuridad escarbando. Le costó hacer el hoyo, la tierra estaba congelada y dura. Cuando el hombre acabó, ambos cubrieron su cabeza con el manto oscuro que llevaban y, de esta guisa, depositaron sobre tierra negra lo que Aristón les había encargado. Sin hablar, Neoptólemo volvió a cubrirlo. Solo cuando la primera parte estaba hecha, Hermíone sacó un pequeño pergamino y comenzó a invocar la parte de la oración que Aristón le había asignado:

—Aquí, Hécate, de ardiente consejo, te invoco en mis cantos mágicos. Aparta a Neoptólemo de Épiro y a sus descendientes de la maldición que los domina, fruto de mi inconsciente juventud. A él he otorgado mi perdón. Por ello, yo, Hécuba, hija de Eteocles de Tebas, solicito tu clemencia. Seme propicia que te invoco y escúchame con benevolencia. Tú, que proteges en la noche el extenso universo y ante la que los démones se sobrecogen de miedo y haces temblar a los dioses inmortales. Diosa que exalta a los hombres, la de los numerosos nombres, engendradora de hermosa descendencia. De ojos de toro, poseedora de cuernos, madre de dioses y de hombres y de la naturaleza. Madre de todas las cosas. Pues tú frecuentas el Olimpo y atraviesas el profundo e ilimitado abismo. Principio y fin eres tú, y sola lo gobiernas todo. Pues de ti surge todo y en ti entera todo llega a su fin. Llevas sobre tus sienes una corona eterna. Sostienes en tus manos un cetro de oro y las cadenas indestructibles e inamovibles del gran Cronos, el que grabó alrededor de tu cetro unos caracteres y te lo dio para que lo lleves, para que permanezca todo firmemente: dominadora, subyugadora, dominadora de la humanidad, dominadora de la fuerza dominante, también gobiernas el Caos. *Arachamara ephthisikere.*»[30]

Cuando Hermíone calló, Neoptólemo tomó la palabra. Recitó, con voz temblorosa, la parte que le correspondía mientras prendía fuego al incienso que Aristón le había proporcionado:

—Salve, diosa, escucha mis advocaciones. Yo, Neoptólemo, hijo de Alcetas de Épiro, quemo en tu honor esta esencia, hija de Zeus. Tiradora de dardos, única, diosa de los puertos que vagas por las montañas, diosa de las encrucijadas. ¡Oh! Infernal y nocturna, diosa del Hades y oscura. Diosa de la oscuridad, silenciosa y combativa. ¡Oh, tú que celebras tus festines en las tumbas! Noche, oscuridad y caos. Pues tú eres la necesidad de la que es imposible escapar y la Moira y la Erinis. Tormento, justicia y destrucción. Tú mantienes a Cerbero encadenado, tú, oscura, con escamas de serpiente, ensortijada con serpientes y de serpientes ceñida; bebedora de sangre, portadora de muerte y destrucción; que te alimentas de corazones, devoradora de

30.- *Textos de magia en papiros griegos*. Papiro IV, 2828-2849.

carne humana y que te comes a los que mueren a destiempo.[31] Tú que haces resonar el dolor; tú, que empujas a la locura, acepta mis ofrendas olorosas y deshazme de la maldición de Hécuba, que me ha otorgado su perdón.

Ambos quedaron en silencio, mirando al incienso que, lentamente, se iba consumiendo. Cuando el último rescoldo se apagó, la pareja, aún con la cabeza cubierta, encaminó sus pasos hacia la pensión donde ambos descansarían hasta el amanecer. La primera parte de su misión estaba cumplida.

Al amanecer, pusieron rumbo hacia el santuario de Zeus y Dione. Hermíone no había regresado a la ciudad desde que lanzó la maldición y partió a Pasarón con la familia real. Neoptólemo no tuvo otro remedio que volver, aun en contra de su voluntad. Tuvo que hacerlo cuando subió al trono, hacía siete años, pues ante Zeus debían jurar su cargo los reyes molosos. Igualmente lo hizo dos años atrás, cuando asoció a Aribas al trono.

Como no quería que nadie conociera su cargo, ambos se situaron pacientemente en la fila de peregrinos que esperaban una consulta. Afortunadamente, eran pocos y, mientras, aprovecharon para comprar los animales que Aristón les había ordenado ofrendar. Se produjo cierto revuelo cuando llevaron ante el sacerdote dos corderos y dos terneros, todos completamente blancos. Aunque un gasto tan excesivo solo podría ser realizado por gentes pudientes, nadie reconoció al rey, que todo el tiempo se mantuvo completamente cubierto con su manto sencillo, de color pardo, que le cubría por completo.

La entrada al santuario les produjo un escalofrío simultáneo. El viejo roble, enorme, imponente, seguía erguido en el patio atrayendo hacia sí todas las miradas. El frío se podía morder. El aire estaba tan congelado que apenas se movía. Las

31.- *Textos de magia en papiros griegos*. Papiro IV, 2850-2871.

ramas, peladas de sus espléndidas hojas sinuosas, semejaban dedos hambrientos, prestos a golpear con sus nudillos los trípodes de bronce que había debajo. Esta vez, las palomas no estaban acurrucadas entre sus ramas desnudas. Neoptólemo se preguntó si el oráculo sería efectivo con el árbol sagrado en ese estado tan exiguo. Miró al rincón donde la sacerdotisa, la *peléade*, estaba sentada la última vez. Se estremeció al ver a la misma mujer. Tan delgada y rugosa como el tronco del roble, tan arisca y seca como sus ramas. Ningún gesto de la vieja sacerdotisa le indicó que le había reconocido. Esa mujer le producía escalofríos y un nudo se agarró a su estómago. Pensó que acabaría vomitando las escasas gachas que había desayunado antes de salir para el santuario.

Hermíone no estaba mucho más tranquila, miraba con aprensión el árbol desnudo y al sacerdote, serio y adusto, que los miraba llegar. Habían decidido que ella llevaría la placa de plomo con la pregunta que el propio Aristón se había encargado de redactar. Ni Neoptólemo ni Hermíone conocían el contenido de la consulta, el tesalio insistió en que no la abrieran hasta que el sacerdote lo hiciera. Hermíone, perdida en sus miedos, no miraba al sacerdote que, finalmente, impaciente, alargó un musculoso brazo y extendió una mano enorme y llena de venas. La mujer, avergonzada, sacó la tablilla y la entregó a esa gigantesca garra que le pareció la mano justiciera del mismísimo Zeus. La voz grave del sacerdote llenó el lugar:

—¿Quedarán Neoptólemo, hijo de Alcetas de Épiro, y todos sus descendientes libres de la maldición lanzada por Hécuba, hija de Eteocles de Tebas?

El sacerdote quedó en silencio, mirando fijamente a la pareja. Acababa de reconocer al rey y su expresión era de asombro. Aunque él no estaba presente en la primera ocasión que Neoptólemo consultó al oráculo, la noticia de la profecía había llegado a sus oídos. Hacía años que nadie había vuelto a hablar de ello, pero nunca se olvidó, pues era muy excepcional que el dios hablase sin haberle dirigido una pregunta previamente.

El tiempo pasaba y el silencio seguía siendo el protagonista. El aire, gélido, no se movía. Las ramas permanecían quietas con sus largos dedos dirigidos hacia el suelo helado. Las cadenas que pendían de ellas seguían colgando, fláccidas, ajenas a la pregunta y el deseo de los consultantes. Todo indicaba que Zeus no quería contestar a esa cuestión o, lo que era peor, que su respuesta era un rotundo e inequívoco *no*.

Neoptólemo notó un pinchazo agudo en su sien derecha. El dolor iba a volver y, con él, la desesperación, ahora más profunda, pues era evidente que la maldición le iba a perseguir lo que le quedaba de vida.

Entonces, cuando su desesperación se transformaba en una amarga resignación, una paloma voló desde el tejado del pequeño templo y se posó en la parte más alta de la desnuda copa del roble. Su aleteo perturbó las ramas adyacentes, que comenzaron a moverse en una ola perezosa que las obligaba a chocarse unas contra otras. El movimiento, sin embargo, se detuvo pronto, sin haber llegado a las ramas más bajas, pues una sola pequeña paloma no puede agitar todas las ramas de un enorme roble.

En la distancia, se escuchó el agudo grito de un ave mayor. Las miradas se dirigieron al cielo y pudo verse, en la distancia, una enorme águila sobrevolando el monte Tomaros. A pesar de la lejanía, la aguda voz de la rapaz asustó a las palomas que estaban posadas sobre el tejado y, todas a la vez, se precipitaron a buscar refugio en las ramas del árbol como si este aún tuviera sus hojas para ocultarlas. La llegada de decenas de palomas estremeció al roble entero, que agitó sus ramas, como queriendo desprenderse de las escandalosas visitantes. Y tras las ramas, se movieron las cadenas, que golpearon con furia en los calderos de bronce organizando tal estruendo que

Hermíone a punto estuvo de taparse los oídos, desconcertada y asustada. El tañido impetuoso agudizó el dolor de cabeza incipiente de Neoptólemo, que pensó que iba a morir allí mismo por expreso deseo de Zeus.

Cuando el silencio se hizo de nuevo en el santuario, el sacerdote dijo con su grave voz:

—Zeus ha hablado.

Todos los presentes se dirigieron a la *peleáde*, que permanecía callada en su rincón. De pie, inmóvil, con la vista perdida en la copa del árbol, en el punto donde se había posado la primera paloma. Dejó que el tiempo trascurriera, que todas las ramas se quedaran tan quietas como al inicio, que el aire, gélido, enfriara las expectativas y los nervios de la pareja consultante. Luego, casi en un susurro, se la escuchó decir:

—Una paloma no inicia la tormenta. El trueno llega cuando el águila chilla. El fin de la tormenta llegará cuando cese el gañido del águila. Solo la luz puede vencer la oscuridad.

28

DESPEDIDAS

Aigai (Macedonia), 345 a. C.

Ahora que están los dos solos, pueden liberar el dolor que sienten, dejar salir las lágrimas que no pueden ser vistas por el público, permitir que sus manos temblorosas acaricien la urna de mármol que contiene los restos de la que ya nunca va a volver a aconsejarles, a sonreírles, a acariciarles.

Aun acostumbrado a la muerte, Filipo siente que se desgarra cuando tiene que despedirse de su madre. Nota cómo la ansiedad se apodera de su cuerpo, la desesperación de saber que jamás va a volver a verla le hace coger con fuerza la mano de Olimpia que está a su lado, llorando en silencio, pendiente de su esposo y añorando a la mujer con la que aprendió a ser una reina sin título. Eurídice, reducida a cenizas en una gran pira funeraria, descansará eternamente en esa tumba a la que tanto tiempo e imaginación dedicó. Su último hogar, el que decidió construir muy cerca del palacio de Aigai, la capital del reino que ella ayudó a consolidar, aunque nadie vaya a recordar su nombre.

Filipo, sin dejar de llorar y gemir, deposita la urna, envuelta en rica lana teñida de púrpura, sobre el asiento de un gran trono, también de mármol, que su madre encargó a uno de los mejores talleres de la ciudad. Será el asiento desde donde les cuide en la eternidad, imitando en su custodia a la diosa Perséfone que el pintor ha puesto en el respaldo, junto a su esposo Hades. Los dos van montados en un carro rojo arrastrado por cuatro caballos, dos blancos y dos castaños, que elevan sus patas delanteras en una rápida carrera para conducir a la difunta al reino del más allá, «aquel del que no hay ni salida ni retorno», piensa desconsolado el único hijo que queda con vida.

—Ella me hizo rey —comenta Filipo finalmente—. Macedonia nunca ha sido más grande y ha sido gracias a esta mujer.

—Lo sé —dice Olimpia mientras acaricia la mano temblorosa de su esposo y, con firmeza, le ayuda a sentarse en un solitario diván de marfil y oro que la reina había preparado para su banquete final—. A mí me enseñó a ser mujer y madre y reina y esposa. Tenemos que aceptar que su ciclo acabó, aunque los que hemos convivido con ella no podremos olvidarla jamás. Me habría gustado que viviera más años, pero el paso del tiempo y los dioses no perdonan. Toca aprender a vivir sin ella. Si tú vas a echarla de menos, imagina el vacío que nos deja en el gineceo.

Filipo se inclina hacia delante para taparse la cara con las dos manos. Olimpia, a pesar de la sorpresa al ver así al hombre que nunca se deja vencer, le deja llorar mientras acaricia su espalda con lentos movimientos de subida y bajada. Se levanta con cuidado y se dirige hacia una de las cajas apiladas junto a la pared oeste de la tumba. Son las viandas y bebidas que acompañan a Eurídice en su viaje final, la ofrenda que dejó preparada a los dioses. Levanta varias tapas de madera hasta que da con lo que estaba buscando, una crátera de vino resinoso y una copa de oro labrado con imágenes de Heracles.

—Bebe —indica a Filipo mientras le ofrece la copa llena—. Seguro que ella lo aprobaría. No querría que su hijo, el rey de Macedonia, se presentara ante el pueblo con su único ojo enrojecido por el llanto y el pulso temblando. Ni siquiera cuando el ataque de apoplejía limitó sus movimientos, dejó que nadie la viera hundida. Murió igual que vivió, con la dignidad intacta.

Filipo no deja que la mujer acabe el discurso, se lanza con ansia a la copa, que bebe casi de un trago. El calor del vino sin mezclar pronto le llena el cuerpo y le hace sentirse más seguro, menos frágil. La desesperación se diluye tras la niebla que ocupa su mente ahora.

—Tendrás que dar las gracias a ese Dionisos tuyo por habernos traído el vino —comenta con una ligera sonrisa, mientras atrae a Olimpia hacia él y apoya la pelirroja cabeza sobre el vientre cálido de la bella esposa, que comienza a jugar con los rizos en los que ya son evidentes algunas canas—. Antes de salir, sírveme otra copa y acompáñame en un brindis final por la mujer más importante de mi vida.

Olimpia recibe la punzada mientras busca otra copa en el arcón, pero no deja que él vea el gesto de fastidio. Se levanta con una sonrisa y sirve dos copas, una para cada uno. Beben sentados juntos, pero cada uno perdido en sus pensamientos y dolores.

—Al menos ha tenido tiempo de vivir mi triunfo —dice Filipo, cada vez más sonriente—. He conseguido doblegar a esos atenienses y firmar una paz muy ventajosa para Macedonia. Mi madre ha podido ver cómo no quedan enemigos al norte ni al oeste, y que el sur se rinde a mi poder. Y esto solo acaba de empezar, pero eso ya no va a poder verlo.

Olimpia se queda en silencio, pensando sobre lo que Filipo acaba de decir, pero la embriaguez le impide concentrarse y el dolor no es buen consejero. Prefiere acariciar el brazo de su esposo mientras él sigue bebiendo con la mirada perdida en la falsa fachada que Eurídice ha mandado construir en su última morada. Una fachada con cuatro medias columnas jónicas, dos ventanas sin vistas y una puerta que no conduce a ninguna parte. O que lleva al más allá, como quería creer su suegra, cada vez más cercana a las creencias órficas de Hermíone y Nicesípolis, aunque nunca llegara a iniciarse.

Este pensamiento le hace acordarse de Esquines y de la embajada ateniense, que tuvo que estar más de tres meses en Pella esperando a que Filipo llegara de la guerra en Tracia contra Cersobleptes, el último rey que se atrevió a desafiarlo. La victoria sobre él le permitió firmar con Atenas un acuerdo muy ventajoso para Macedonia.

—Ahora estamos en paz, por fin —comenta Olimpia, dejando que sus pensamientos se conviertan en sonido sin darse cuenta—. Estoy cansada de la guerra constante.

—Entonces no debiste casarte con un militar —bromea él, mientras extiende el brazo y la envuelve con toda su envergadura—. Te recuerdo que eres más guerrera que yo, ¿no es cierto? Te gusta la lucha tanto como a mí.

—No contigo, Filipo —deja que la bese y la acaricie como cuando estaban recién casados en ese maravilloso viaje—. ¿No sería mejor que salgamos y volvamos al palacio?

Filipo la besa con ternura, con deseo y con la lujuria que el vino ha despertado. Ella se siente feliz al verse deseada y su cuerpo entero despierta a la necesidad de culminar ese apetito. Nota las enormes manos de él buscando debajo del manto negro. Su cuerpo quiere dejarle hacer, pero se frena.

—Vamos al palacio y prometo darte todo lo que desees, Filipo. Pero estamos en la tumba de tu madre, no creo que sea el lugar más oportuno. ¡Escucha! Desde aquí puede oírse el llanto de las plañideras que contraté —él no escucha, sigue acariciando a su esposa, a la que desea como a nadie.

—Si salimos, se romperá el momento —insiste—. Alguien vendrá a pedirme algo, querrán que escuche sus quejas. Seguro que aparece algún idiota para decirme lo mucho que siente que mi madre haya muerto, cuando nunca la han conocido, o puede que hayan hablado mal de ella. Quiero estar solo contigo, Olimpia, solo tú me entiendes y me das la paz que necesito. Tú querías a Eurídice casi tanto como yo. Te amo, Olimpia, te amo más de lo que es inteligente y razonable. No quiero salir. Quiero estar aquí, ahora, solos tú y yo.

Filipo la abraza y la besa con tanta pasión que Olimpia no puede resistirse más. Sabe que él tiene razón, que fuera no van a dejarles, que es el momento. Ella también le susurra que lo ama y se deja levantar la túnica y tumbar en el diván reservado a los dioses. Filipo la vuelve a sorprender. Comienza a acariciar sus muslos, muy despacio, para empezar luego a besarlos. Olimpia nota la boca húmeda y caliente de su esposo recorriendo sus piernas a la vez que los dedos abren su sexo. Su espalda se arquea de placer cuando es la lengua masculina la que lo roza. Filipo la lame con tanta fuerza que ella no puede oponerse, por mucho que una voz en la cabeza le recuerde que ese tipo de relación no es normal entre un hombre y su esposa. La felicidad es casi tan intensa como el placer, que llega en oleadas salvajes que la hacen vibrar y gemir como nunca, temiendo que la puedan escuchar desde fuera. Pero no le importa. Y, cuando parece que ya todo va a acabar, siente la penetración y, mientras besa los labios que saben a ella, su cuerpo vuelve a explotar al sentir el orgasmo de él, el semen caliente entrando en su seno.

Cuando Olimpia despierta, el patio del palacio de Aigai ya está en plena actividad. Esta noche se hará el banquete funerario en honor de Eurídice, el primero de ellos, al tercer día del funeral, como prescribe la ley. Los siguientes tendrán lugar en el palacio de Pella y, con seguridad, serán mucho más concurridos.

Por una parte, echa de menos sus aposentos en la capital, más cómodos y lujosos. Allí se siente en su hogar. Por otra parte, hacía años que no era tan feliz como en estos días en Aigai. Filipo, aunque triste por la pérdida de su madre o, quizá, a causa de ello, está relajado y pendiente de Olimpia. El luto les permite encerrarse en los aposentos de Filipo y comer juntos, hablar de todo lo que se les ocurre y hacer el amor todo lo que les apetece. Despertar al lado de Filipo le resulta un sueño y desearía que nunca se acabe.

Aunque, por supuesto, también ha habido momentos de tensión, pero Olimpia se siente orgullosa de la forma en la que ahora maneja la situación. Cree que ya ha aprendido a callar a tiempo, siguiendo los consejos de Eurídice, que una y otra vez le recordaba que el silencio en la mujer es un adorno. Sin ir más lejos, la noche anterior consiguió cerrar la boca a tiempo para evitar una disputa.

—Me preocupa algo que dijiste en la tumba —comentó Olimpia mientras cenaban—. Dijiste que tu madre había visto tu triunfo, pero que esto no había hecho nada más que empezar. ¿A qué te referías? ¿Vas a continuar la guerra? Pensaba que con la paz de Filócrates y el fin de la Guerra Sagrada por fin ibas a descansar y venir a tu hogar, a disfrutar de lo conseguido. Hace diez años era impensable que el pueblo macedonio fuera admitido en la Anfictionía de Delfos. Hoy, tienes dos votos y todo el mundo sabe que somos la potencia más fuerte de esa liga. Las mujeres de esta tierra se quejan de las continuas batallas y de que sus hombres están siempre fuera.

—Las mujeres de esta tierra no estarían tan tranquilas si no fuera por las guerras que los hombres luchamos por ellas. ¿Acaso estaban mejor cuando los ilirios nos atacaban constantemente? ¿Cuando los tracios nos saqueaban y las violaban? ¿Cuando solo vivíamos de las miserias que el campo nos daba? Muchas de esas mujeres que tanto hablan están mejor ahora, pero está en la naturaleza femenina la cobardía y la queja. Las mujeres de esta tierra tendrían que aprender de mi madre. Nunca escuché a Eurídice quejarse y llorar a los dioses por su mala suerte.

—Tampoco estabas aquí para saber si lo hacía —susurra Olimpia ofendida, aunque él no llega a escucharla y ella muda rápidamente su expresión para que él no se dé cuenta. Prefiere también cambiar de tema y comienza a contar anécdotas de los niños, a Filipo le resultan divertidas, sobre todo las que tienen que ver con Cleopatra, la niña de su corazón.

Olimpia recuerda la escena mientras se asoma al balcón que da al enorme patio principal, mucho mayor del que suele ser su espacio vital, pero carente de la calidez y la intimidad del patio del gineceo de Pella. La molosa suspira pensando en las horas que ha pasado bordando y charlando en ese patio con Eurídice. Va a echar de menos a la anciana, su inteligencia práctica, su serenidad firme y la elegancia para frenar malentendidos y disputas entre el resto de las mujeres. Se pregunta si podrá asumir ella el papel de mediadora y referencia que Eurídice tenía.

Arrideo cruza el patio. Corre con su peculiar forma, con zancadas desiguales, la pequeña cabeza adelantada y agitando los brazos como si fuera una gaviota aprendiendo a volar, torpe e insegura. Como era de esperar, Arrideo acaba tropezando con el aire y cae sobre las grandes losas del patio. El niño, que ya debería estar acostumbrado, se incorpora torpemente y queda sentado en el suelo, mirando alrededor desconcertado, pues es el único que nunca adivina que va a acabar tumbado.

Antes de que comience a llorar, una pequeña figura aparece corriendo y se pone a su lado. Es Cleopatra, que siente adoración por su hermano y jamás consiente que los demás niños se metan con él, lo insulten por su aspecto diferente y lo humillen por su falta de habilidad. Cleopatra se sienta al lado de Arrideo y comienza a cantarle una canción que ha inventado para él. En ella habla de un pequeño jabalí cojo del que todos se burlan porque siempre llega el último en las competiciones. Hasta que un día conoce a una tortuga, que es más lenta que él, pero muy lista, y le enseña respuestas para que lo que digan los demás no le moleste.

—Soy tan cojo como Hefesto y tan torpe como él, aunque bien le teme Hera por su ciencia y su saber —canta la niña con dulzura mientras ayuda a Arrideo a levantarse.

El chiquillo, que es mucho más grande que ella, se apoya en el hombro de la pelirroja cantante y aplaude divertido la siguiente respuesta del jabalí cojo:

—No cazo como Artemisa ni soy fuerte como Heracles, pero todas las ninfas del bosque se turnan para cantarme.

Arrideo nunca pierde la sonrisa de su enorme boca torcida. Trata de cantar el siguiente verso, desentonado, pero feliz:

—No soy bello como Apolo, ni rápido como Aquiles, ni listo como Odiseo, ¿para qué quiero esos dones? ¡Yo soy el gran Arrideo!

Como siempre que acaba la canción, el niño aplaude y levanta los brazos, agita dichoso las manos y repite tres veces: ¡yo soy el gran Arrideo!

Olimpia no se ha dado cuenta de que Filipo también ha presenciado la escena, ni siquiera sabe cuánto tiempo lleva asomado al balcón

—Cada vez es más evidente que el gran Arrideo no podrá ser mi sucesor —comenta el rey.

—Tienes a Alejandro. Todos los dones que a uno le faltan, los dioses se los han concedido al otro —responde orgullosa Olimpia.

—Sí, eso parece. En la Escuela de Pajes los instructores hablan maravillas de él. Es ágil y aprende rápido, aunque es un poco imprudente. Parece que no le teme a nada ni nadie.

—Habrá salido al padre —coquetea Olimpia.

—Lo malo es que se parece a la madre —bromea Filipo.

—¡Ya estamos! Vale que es pequeño para su edad, pero eso no le quita valor ni inteligencia. A pesar de mi estatura, te he dado dos hijos, más que cualquiera de las otras esposas que tienes. Y aún puedo darte más.

—Habrá que seguir probando. ¿Me esperarás esta noche en mi dormitorio después del banquete?

—Tú eres el rey, si así lo ordenas, allí estaré.

Filipo acaricia la cintura de Olimpia y, con descaro, desliza una mano para bajar por el culo de la mujer, quien lo mira sorprendida y halagada antes de lanzar una carcajada de pura alegría. Luego, recuerda que están de luto y se tapa la boca.

Cuando vuelve la vista hacia su esposo, ve que él tiene el semblante serio.

—Lo siento, Filipo, no quería reírme de esa manera —comienza ella a decir.

—No es por la risa, Olimpia. Tengo algo que decirte. Prefiero hacerlo yo antes de que te lleguen rumores que pretendan hacerte daño.

Ella se queda muy seria y sus temores aumentan cuando él le coge las manos con una de las suyas y, con la otra, aparta un mechón de la cara de la molosa:

—Sabes que tú eres mi esposa principal. Creo que estos días te lo he vuelto a demostrar. A pesar de nuestras peleas, de que no siempre estoy de acuerdo con lo que haces o dices. Incluso aunque no me guste lo que siento —Filipo toma aire antes de preguntar—. Sabes que te amo, ¿verdad?

—Me estás asustando, Filipo. ¡Claro que sé que me amas! ¿Qué sucede?

—No amo a ninguna otra de mis esposas, pero tuve que casarme porque la política así lo exige. Un matrimonio es una guerra menos.

Olimpia asiente con los ojos muy abiertos, llorosa sin saber por qué.

—Voy a casarme de nuevo —sentencia Filipo.

Y ella se deja caer.

Llora a los pies de su esposo rogando que no lo haga, que no se case con ninguna otra mujer. Él, poco paciente con las lágrimas femeninas, la manda a sus aposentos para que se calme y le recuerda que la espera después del banquete.

—¿Tú lo sabías, Hermíone? —aborda a la mujer, que da un ligero respingo en el asiento en el que estaba leyendo, pues no esperaba que Olimpia apareciera en su dormitorio.

—¿Qué es lo que tengo que saber, mi niña? —contesta la sirvienta temerosa de la reacción de Olimpia, ya que la conoce lo suficiente como para saber que se avecina tormenta.

—¡Que Filipo se casa de nuevo! —responde la molosa dejando ya salir, sin freno, su indignación, que suele volcarse contra quien menos lo merece.

—Se han oído rumores —Hermíone se levanta del sillón y deja el libro sobre el asiento. Su instinto le dice que lo mejor sería alejarse, pero sabe que Olimpia necesita descargar su furia y que ella es la que mejor puede recibirla. Sabe escucharla sin entrar en confrontaciones, así el fuego se va apagando.

—¿Qué rumores? ¿Por qué todo el mundo lo sabía y yo no me he enterado de nada? ¿Cómo has tenido la poca vergüenza de no avisarme? ¿Acaso no es tu misión protegerme? ¿No eres consciente de que, si yo caigo, te hundes conmigo? ¡Muy cómoda estás en ese sillón relajada mientras mi mundo se tambalea! ¡Apuesto a que estás leyendo algún poema de ese Orfeo! ¡Creyendo en un mundo en el que todos somos iguales y las mujeres no dependemos de lo que nuestro esposo decide ni los criados de lo que manden sus amos!

Hermíone deja que el aguacero caiga sobre ella, que el agua violenta se deslice sobre su piel resbalando como la lluvia lo hace sobre las enceradas capas de los pastores. Respira profundamente mientras espera un momento antes de contestar, dejando que la furia de Olimpia baje un poco en intensidad. Si se le ocurre responder lo que su señora realmente merece, el aguacero se convertirá en un auténtico temporal y ya no habrá quién lo frene. En silencio, agradece a Dionisos y a Orfeo el haberla dotado de una paciencia que antes no tenía, de una sabiduría que la ayuda a evitar conflictos, de una paz que ya no es tan fácil de perturbar como antaño. Ella también recuerda cuando era joven, impulsiva, iracunda y vengativa.

—No he podido contaros nada porque estos días, como vos bien sabéis, habéis estado en los aposentos de vuestro esposo todo el tiempo, lo cual me ha alegrado mucho, pues los escasos momentos que habéis aparecido, se os veía radiante y feliz. Imagino que han sido días muy gratos —Hermíone no añade que todo el palacio ha murmurado sobre las risas, los gemidos y los gritos de placer que los guardias de la puerta y los criados que pasaban cerca han oído salir de esos cuartos.

Olimpia se relaja un poco, hasta se le escapa una pequeña sonrisa. Pero sigue enfadada con Hermíone porque no la ha avisado a tiempo para que el anuncio de Filipo no la atravesara como la flecha que cegó su ojo.

—¿Sabes quién es ella? —pregunta tensa.

—Creo que es la hija de un reyezuelo tracio de la tribu de los getas.

—¿Cómo se llama? ¿Cuántos años tiene? ¿Cuándo va a ser la boda? —dispara la reina sin poder contener su curiosidad.

—A todas esas preguntas, no puedo contestaros. Lo único que he escuchado es que, después de la victoria de Filipo sobre el rey Cersobleptes, los getas se han asustado mucho del poder del ejército macedonio y quieren expresar su buena voluntad ofreciendo a una de los suyos en matrimonio.

—Y supongo que será una mujer joven, nadie ofrece a una vieja para aplacar la furia de un general —apostilla Olimpia irónica.

—Es lo más probable —asiente Hermíone mientras se acerca y coge las manos de Olimpia, que está temblando de pura ira—. Pero vos seguís siendo una mujer joven y tremendamente atractiva. Lleváis tres días encerrada con él, por algo será. ¿De qué tenéis miedo?

—¿Y si le da un nuevo heredero? Si queda embarazada y tiene un varón, el trono de Alejandro podría peligrar.

—Alejandro llevaría al nuevo heredero una ventaja de once años. Por no hablar de la inteligencia de ese chiquillo. Además, quizá, en estos días, vos misma hayáis quedado embarazada, ¿no es posible?

Olimpia sonríe y se ruboriza ligeramente. El recuerdo de esos momentos y los argumentos de Hermíone consiguen relajarla un poco.

—Alejandro va a ser rey, estoy completamente segura —proclama con voz muy seria Hermíone—. Y no va a ser un rey cualquiera, va a ser el rey más grande que el mundo recuerde.

Olimpia recuerda la conversación que tuvo con la serpiente y cómo tiene la seguridad de que su hijo es un ser divino. Aún no se lo ha dicho a nadie.

—La última vez que estuve en el bosque, tuve una revelación —comienza la molosa—. Circe, mi serpiente, me habló.

Olimpia está a punto de callar cuando ve la cara de sorpresa y estupor que pone su sirvienta. Pero, ya que ha empezado, decide continuar:

—Sí, la escuché tan claro como te acabo de escuchar a ti. Me reveló que Alejandro es hijo de un dios, del mismo Zeus.

¿Te acuerdas de Samotracia? Tuvimos una experiencia única, yo sé que los Grandes Dioses entraron y me prepararon para recibir al dios en mi seno. Entonces, en el bosque, conocí a Filipo. En ese momento yo no sabía que era él, pero los dioses me lo presentaron. Hicieron que nos conociéramos, que el amor nos invadiera y...

—¡No me diréis que yacisteis con él! —interrumpe escandalizada la tebana.

—Sí, Hermíone, en el bosque sagrado de Samotracia. Y ahora sé que fueron los Grandes Dioses los que así lo decidieron, para que Zeus pudiera engendrar un niño en mi cuerpo: un rey. Filipo estaba tan poseído como yo. Los Dioses nos eligieron. Él y yo hemos dado vida a un ser excepcional.

Ante la revelación, Hermíone se sienta en el sillón sin percatarse de que el libro estaba encima del asiento. Al notar el bulto, se levanta y, sin ser del todo consciente, retira el libro y lo apoya en su regazo. Las manos le tiemblan. Sus presentimientos alcanzan ahora sentido pleno. Y, como hipnotizada, la mujer también se sincera:

—Un oráculo lo predijo hace años. Entonces no supimos verlo, pero ahora estoy segura de que la sacerdotisa de Dodona se refería a este niño cuando hablaba.

—No sé de qué estás hablando. ¿El oráculo de Dodona dijo algo sobre mi hijo? ¿Por qué nadie me lo ha contado?

—Porque ni siquiera vos habíais nacido.

Olimpia nota cómo el enfado vuelve a llenar su cuerpo. ¡Más secretos! Saberse al margen de lo que los demás conocen le produce una gran indignación. ¡Y Hermíone le ha estado ocultando durante veintiocho años un secreto que le incumbe directamente!

—¿Y qué decía el oráculo, exactamente? —pregunta con ironía la molosa.

—Que, de la estirpe de vuestro padre, Neoptólemo, nacería el conquistador del mundo. Después del oráculo, todo el mundo pensó que el próximo descendiente de vuestro padre sería un varón, pero nacisteis vos. La profecía se fue apagando y ya casi nadie la recordaba cuando nació vuestro hermano, Álex. Mi instinto decía que vuestro hermano no era el rey que el oráculo predijo. Sin embargo, cuando vi a vuestro hijo, a Alejandro, las palabras de Dodona retumbaron con fuerza en mi cabeza. Al verlo crecer, el presentimiento aumentaba.

—Entonces, ¿me crees? ¿Tú también piensas que el niño es divino?

Hermíone se encoge de hombros.

—El oráculo nunca habló de dioses, hablaba de un rey —duda la criada.

—Esta noche se lo diré a Filipo —anuncia dichosa Olimpia.

—No creo que sea lo más oportuno, señora —lanza un jarro de agua fría Hermíone, siempre suspicaz—. Los hombres no tienen nuestra profundidad de miras, la capacidad de ver más allá de lo inmediato. Y los guerreros, menos.

—¡Tú no conoces a Filipo!

Pausanias tarda una eternidad en llegar a por ella. Como era de imaginar, el banquete se ha prolongado. Olimpia vuelve a estar enfadada por la espera. Durante toda la tarde, el miedo, los celos, la inquietud, el enfado y la euforia se han ido turnando en su ánimo. Cuando piensa en la nueva esposa, la ira la atormenta, pero luego recuerda que tiene una gran noticia para Filipo y se siente optimista. Se mira al espejo mil veces para comprobar que el maquillaje sigue en su sitio y el vestido insinúa todo lo que quiere mostrar. A ratos, se encuentra bonita, femenina, irresistible. Se acuerda de lo mucho que la desea Filipo, de cómo su cuerpo reacciona ante él y se excita pensando en una nueva noche de sexo. Pero, al rato, se descubre imaginando a su esposo con una princesa tracia, medio salvaje, más joven que ella. Entonces, los celos la asaltan y maldice haberse casado con un hombre como Filipo, tan atractivo, tan viril, tan asquerosamente polígamo.

—¿Por qué, maldita Hera, me tuviste que hacer mujer como tú? ¡Yo tenía que haber sido el hombre que prolongara la estirpe de Neoptólemo! ¡Yo habría sido un gran rey! —susurra mirando al espejo.

Cuando Pausanias llama a su puerta, Olimpia ha cambiado de opinión veinte veces, al menos. Se ha recogido el pelo en un alto moño del que salen bucles y ha vuelto a soltarlo para que él pueda deslizar los dedos entre los rizos. Se ha puesto y quitado joyas, y ha echado de menos la corona de mirto que él le regaló cuando se casaron. Ha renegado de su condición de ser mujer, se ha sentido orgullosa de serlo. Ha ensayado mil veces cómo le va a contar a Filipo lo que la serpiente le trasmitió, ha decidido seguir el consejo de Hermíone y callarlo. Sigue a Pausanias en silencio, sin haberse decidido aún.

Cuando llegan al dormitorio de Filipo y lo ve en la cama, ella ya sabe que él se ha excedido con el vino. Se siente enfadada porque en ese estado él es menos cariñoso, pero más demandante.

—¿Qué tal la cena, esposo?

—Como siempre. Guerreros y políticos comiendo y bebiendo. Cada día me resulta más pesado, pero hay que dejar que los hombres se relajen, no se les puede tener todo el día guerreando.

—¿Quieres que te dé un masaje? Pareces tenso.

—Ya me lo ha dado una de las bailarinas, o un bailarín, no recuerdo —contesta mientras bosteza dejando que el olor a vino y exceso de comida llene el cuarto. Olimpia retrocede un poco asqueada, muy enfadada.

—¡Vaya! Veo que no me necesitas entonces para mucho.

Él se incorpora y, torpemente, la coge de la mano y la atrae hacia él, pero el aliento le produce tanta repulsa a la mujer que gira la cabeza cuando va a besarla. Filipo, entonces, agarra la cabeza de ella y aprieta sus labios con fuerza contra los de la esposa, que se deja besar para evitar la ira masculina.

—Puedes darme un masaje, si tanto lo deseas —bromea con habla balbuceante—. Se me ocurre una zona de mi cuerpo que está necesitada de tus manos. O mejor, de tu boca.

—No soy una de tus prostitutas, Filipo —contesta Olimpia ofendida.

—Eso es evidente. Ninguna de ellas habría sobrevivido de haberse atrevido a ser tan insolente como tú —lanza una gran carcajada que vuelve a llenar la sala del nauseabundo olor a borrachera y broma zafia.

—Pensaba que yo era especial —responde humillada y cansada—. Si no estás en condiciones, duerme tu borrachera y mañana nos vemos.

La mujer se gira hacia la puerta, airada, con todo el orgullo que le queda. No quiere que él la vea llorar, pero nota como el kohl de los ojos se resbala por su rostro llevando el gusto amargo, a mineral, hasta sus labios.

—Me encanta cuando te pones digna —sigue soltando grandes carcajadas que irritan más a la mujer—. La gran reina se retira ofendida.

Filipo se levanta y su marcha, aunque más torpe que de costumbre, demuestra que está acostumbrado a beber y que unas copas de más no le impiden moverse ni le restan fuerza. Se interpone entre la puerta y Olimpia, que trata de esquivarle, pero topa con un muro de obstinación y fortaleza contra el que no puede luchar.

—Si sales por esa puerta, te mato.

—¿Me estás amenazando? ¿En serio? Mira, lo mismo, como dice Nicesípolis, lo mejor sea estar muerta. Librarse de este cuerpo y volver a nacer en otro lugar, con otra forma. Espero que en la próxima vida me toque ser hombre, así no tendría que aguantar a un esposo como tú.

Filipo, aturdido por el desafío y las palabras de Olimpia, trata de librarse de la confusión riendo de nuevo a carcajadas.

—Espero que mi próxima esposa sea más cariñosa y menos orgullosa que tú. ¡Quiero yacer en mi cama sin tener que escuchar estupideces, reclamaciones y demandas! ¡Me vuelves loco con tus desvaríos, Olimpia! ¡Me aburres y me cansas!

—Pues espero que realmente tu nueva esposa sea tan dócil, sumisa y poco inteligente como deseas —responde Olimpia con rabia—. ¿Me vas a ignorar como a Nicesípolis? ¿Recuerdas acaso el nombre de las otras esposas? ¿Me vas a olvidar como a Fila? La pobre murió retorciéndose de dolor y apenas te acuerdas de ella. Era una niña. ¿Qué edad tiene tu nueva mujer? ¿Doce? ¿Trece? Espero que, por lo menos, sea mayor que Cleopatra.

—No sigas por ese camino, Olimpia, no te conviene —dice Filipo mucho más sereno, como si los efectos del vino se hubieran esfumado de repente.

—Déjame irme, no me apetece pasar la noche contigo —insiste Olimpia tratando de apartar a su esposo de la puerta.

—No se trata de lo que te apetezca a ti. Eres mi esposa y me debes respeto —dice Filipo con la calma del que se siente vencedor—. No arruines la última noche antes de volver a Pella. Sé que te gusta dormir a mi lado.

—Me gusta cuando no estás borracho, no me amenazas y no me fuerzas a hacer lo que no me apetece —responde ella, cortante, mientras lo desafía con la mirada. Aunque luego se arrepienta y lo eche de menos, no miente cuando le dice que quiere marcharse, llorar en soledad, echar de menos al hombre con el que ha dormido las últimas noches y olvidar al que tiene delante ahora, entre la puerta y ella.

—Vas a quedarte —sentencia el esposo—. Vamos a hacer lo que has venido a hacer. Ese maquillaje, las joyas, el pelo arreglado y el vestido transparente están gritando que quieres hace el amor conmigo. ¿Acaso crees que estoy ciego y no veo tus pezones maquillados? —le grita, de nuevo, mientras arranca el broche y deja el pecho femenino al descubierto. Olimpia chilla y trata de taparse, pero las manos de él son más rápidas y fuertes y desgarra el vestido, que acaba tirado por el suelo.

Olimpia ahora está realmente asustada. Pero su mente orgullosa le impide ceder a las pretensiones del hombre y aún se resiste, totalmente convencida de que él no va a atreverse a dañarla, porque sabe que la quiere, se lo ha dicho y demostrado muchas veces en los últimos días.

—De acuerdo, Filipo, me quedaré esta noche contigo —cede finalmente—. Será mejor que nos acostemos y olvidemos lo que ha pasado.

Lo coge de la mano para llevarlo a la cama con la esperanza de que él se duerma. Filipo, a diferencia de Olimpia, sigue pensando en el sexo y ver a la mujer desnuda no disminuye su apetito. La soba sin ningún cuidado, sin poder o querer percibir la incomodidad de ella, que los besos no son compartidos, que las caricias no son correspondidas, que el deseo en la mujer es nulo. Hasta que la desidia de ella le enfada y reclama lo que considera suyo.

—Vamos a follar en condiciones o tendré que llamar a una puta para que haga lo que tú no sabes —grita enfadado el hombre subido encima de ella.

—Puedes llamar a una puta o a un puto, Filipo, yo no quiero hacer el amor contigo esta noche —contesta ella indignada tratando taparse con una sábana.

Pero él, incluso borracho, es más rápido. Aparta la sábana y, cogiéndola con sus dos manazas, le da la vuelta en la cama. Ella intenta zafarse, pero el peso del hombre es muy superior al suyo.

—Ahora no chilles. ¿No querías que llamara a un puto? Pues voy a tener lo que ellos me dan.

Escupe en su mano y Olimpia, aterrada, siente que restriega su mano húmeda contra su ano. Y llega la embestida. El dolor es tan agudo que un grito desgarrador se le escapa mientras nota claramente que ella también se está rompiendo por dentro. Inmovilizada bajo el peso del hombre, no puede dejar de llorar, suplicando que pare, rezando para que la tortura finalice. Cada uno de los movimientos del hombre, tan torpe como rabioso, se clavan en su cuerpo rompiendo tanto la carne como el alma. El alcohol no solo le embrutece, también le hace ser más lento y menos preciso. La embriaguez retrasa el orgasmo masculino y prolonga el sufrimiento femenino. Olimpia ya no llora, ya no ruega a los dioses por el fin de la agresión, solo pide perder el conocimiento, poder escapar de ese cuerpo menudo y maltratado que no consigue calmar el dolor intenso que en cada embestida se hunde en la cama deseando perderse en el blando colchón. De nada sirven los gritos, ni los llantos, ni los ruegos, ni el silencio de la derrota, Filipo no para hasta satisfacer su instinto animal. El fin no llega hasta que él no se vacía dentro de ella y sale, tan rápido como entró, causándole más dolor, más destrozo.

Cuando Filipo se levanta, ella se retuerce, y busca una sábana con la que tapar su cuerpo mortificado, pues no hay tela que pueda aliviar su alma humillada.

Al otro lado de la puerta, tanto los soldados como Pausanias, que espera a su señora, han escuchado los gritos de la mujer, pero ninguno ha tenido el valor de entrar en la sala. Cuando Filipo aparece desnudo y les abre, Pausanias se abalanza a la cama, donde una pequeña Olimpia yace encogida, envuelta en una sábana que ya está llena de sangre.

—Soldado, lleva a mi esposa a su dormitorio y pídele a Hermíone que la adecente —ordena el rey sin mostrar pena ni arrepentimiento.

El joven, con los ojos llenos de horror, envuelve a Olimpia en la tela y la carga sobre sus brazos dejando que ella oculte la cara sobre su pecho. Filipo se ofende al ver la solicitud de Pausanias y la confianza con la que ella se deja llevar.

—Soldado —grita para que Pausanias se detenga. El hombre se vuelve, sin dejar de cargar a la mujer herida. Tiene la cara surcada por las lágrimas y la mirada llena de odio—. Cuando la hayas dejado con Hermíone, abandona el palacio y reúnete con tus compañeros de regimiento. Mañana marchas al frente.

29

Tras la tormenta

Pella (Macedonia), 344 a. C.

El patio del gineceo ha perdido la alegría. Los niños ya han crecido. Ya no corretean unos detrás de otros, ni se pelean, ni se abrazan, ni cantan juntos.

Cinane entrena diariamente con su madre, Audata. Ambas son unas excelentes amazonas y no les gusta mezclarse con el resto de las mujeres de Pella, se niegan a vestir como ellas y suelen llevar su indumentaria guerrera. Cinane, tan alta y grande como la iliria, está a punto de cumplir los quince años. La joven sabe que no tardará en ser prometida, solo espera poder quedarse cerca de su madre y que el esposo elegido pase tanto tiempo fuera como Filipo, así ella podrá seguir cabalgando, entrenando con el arco y la espada y visitando a escondidas al joven con el que entrena, el hijo del amante ilirio de su progenitora y modelo.

Arrideo se ha convertido en un niño enorme, torpe y eternamente feliz, pero incapaz de aprender a manejar un arma, leer un texto de más de cuatro líneas y comprender lo que dice. Siempre sonríe, incluso a la madre que le chilla desesperada ante la evidencia de que nunca será rey. Solo Cleopatra le entiende y, en su aún infantil candor, no tiene inconveniente en interrumpir el bordado o sus lecturas para acompañarle a observar una lagartija que se asoma tímidamente al sol bajo la higuera o a recoger algún polluelo caído de un nido al que el niño trata de socorrer, aunque acabe siendo él mismo el causante de la muerte del animal, pues sus manos regordetas y desmañadas no son las más adecuadas para tratar delicadamente a un ser pequeño. Cleopatra le consuela cuando llora por la muerte de los animalitos y le insiste en que es mejor que no los coja, pero Arrideo olvida los consejos de su amiga tan rápido como olvida su tristeza, que dura lo que tarda en encontrar otra distracción.

Alejandro no tiene tiempo para juegos. Cuando no está estudiando con sus pedagogos, está entrenando en la Escuela de Pajes. Tampoco es que le apetezca jugar con Arrideo o Cleopatra. Desde que vio llegar a su madre envuelta en una sábana ensangrentada está obsesionado con crecer y hacerse fuerte.

Olimpia le ha confesado que es hijo de un dios. Cuando ella se lo dijo, llorando en la cama en la que ha estado tumbada durante semanas, Alejandro supo inmediatamente que ella no mentía, que solo confirmaba sus dudas y sospechas. Hacía tiempo que intuía que no era como los demás. Ahora comprende que es un ser divino y tiene un propósito en la vida: llegar a ser rey, vengarse de su padre. Será un rey tan grande que la Historia olvidará a Filipo de Macedonia. A su lado, el gigante será el pequeño. Nadie lo recordará salvo por ser el padre del gran Alejandro.

Olimpia pasea pensativa y triste entre las columnas del patio porticado. Echa de menos a Eurídice, sus consejos, sus palabras. Se pregunta qué habría dicho su suegra del comportamiento de su hijo, de cómo la forzó e hirió. Supone que le habría recordado que hay que evitar la ira de un hombre. Le aconsejaría que olvidara el rencor y sus ansias de venganza, que asumiera que la mujer es débil por naturaleza y que solo queda asumir los errores y no volver a cometerlos. Está segura de que Eurídice sentiría las condiciones en las que llegó Olimpia, pero también que nunca reconocería que Filipo no tenía derecho a hacerlo, que no se puede herir de esa forma tan cruel a quien te ama.

Se pregunta si no tienen razón todos los que murmuran que se lo tenía merecido, que tarde o temprano iba a pasar por jugar con los sentimientos de Filipo, por creerse mejor que el resto de las mujeres, por haber creído que el amor y la violencia son incompatibles.

Antes de marcharse a Iliria, Filipo pasó por sus habitaciones para despedirse de ella. Olimpia estaba en la cama, ojerosa por la falta de sueño y pálida por la pérdida de sangre. Solo Hermíone y Nicesípolis sabían que había sufrido un aborto. Al dolor físico se había añadido la honda tristeza de saber de la existencia de un hijo que nunca llegaría a nacer. Y delante de ella tenía al padre y asesino. No quería mirarle porque estaba segura de que el odio que sentía sería demasiado obvio. Temía enfurecer al esposo. Su presencia le producía tanto asco como pavor.

—Marcho para la guerra otra vez, Olimpia —le dijo Filipo en un intento de parecer cercano, aunque la voz tensa delataba que solo estaba fingiendo. Por muy borracho que estuviera la noche que la agredió, la memoria le alcanzaba para recordar que algo se había roto y no era únicamente el menudo cuerpo de la molosa.

—Ya he escuchado rumores —respondió ella con un tono más cortante del que quería imprimir a su voz—. Estoy segura de que volveréis victorioso. ¿Qué ha hecho ese tal Pleurato para obligarte a movilizar casi todas tus fuerzas?

Incluso en su estado, Olimpia seguía estando al tanto de lo que sucedía en palacio y en el reino. Filipo no pudo menos que admirar la capacidad de superación de su esposa. «Habría sido un gran guerrero», pensó.

—Ha atacado parte de nuestro territorio, la zona de Lincestis, la tierra donde mi madre nació. Quizá pensó que, con su muerte, los nobles de esas tierras me retirarían el apoyo y se unirían a la causa contra mí. Lejos de ello, me han pedido auxilio y voy a dar una lección a esos malditos ilirios. Esas incursiones tienen que acabar de una vez, no podemos perder energía una y otra vez en el norte. Mis ambiciones están en otras tierras.

«Es evidente que la guerra se le da mejor que el amor», pensó Olimpia.

—¿Y qué tienes en mente? —preguntó ella, en parte por curiosidad, en parte por seguir hablando de un tema que no le lastimaba.

—Como ya te dije, la paz con Atenas es frágil. Dudo que vaya a durar, acabaremos peleando por uno u otro motivo. Ellos no se conformarán con estar bajo la custodia y la amenaza de Macedonia y nosotros estamos en el mejor momento del reino, continuar expandiendo nuestra influencia no es una opción, es una obligación. El Peloponeso acabará bajo nuestro control y la Hélade, por fin, será realmente grande. Quizá así podamos volver a enfrentarnos a Persia y devolverles la humillación y el agravio que cometieron contra todos los que nos sentimos griegos.

—¿De verdad estás pensando en luchar contra Persia?

—Las costas del Egeo son griegas, siempre lo fueron. No es admisible que estén bajo control de sátrapas persas que no respetan nuestras costumbres y nos despojan de las riquezas y el poder que nos corresponde.

—¿Nos corresponde?

—Sí, a todos los griegos. Macedonia será la que devuelva la libertad y prosperidad a toda la Hélade. El sistema de polis ha fracasado porque nadie se fía de nadie y perdemos fuerza, armas y hombres en luchar entre nosotros. Todos los griegos, unidos bajo mi mando, seremos capaces de humillar a quienes nos humillaron y devolverlos al desierto del que no debieron salir. Las costas jonias son griegas, echar al invasor nos devolverá la confianza y la posibilidad de ser el faro de riqueza, cultura y pensamiento que estamos destinados a ser.

Olimpia iba a lanzar una pregunta incisiva, pero el temor a despertar la ira del hombre le obligó a callarse a tiempo. Él se quedó mirando fijamente, esperando la pulla que nunca llegó a salir.

—¿Será una campaña breve? —dijo finalmente Olimpia para romper un silencio incómodo—. Tienes una boda que celebrar, si no recuerdo mal.

No había rabia en su voz, ni desafío. Filipo desconocía si era miedo o tristeza. Tumbada en la cama, frágil y pequeña, parecía perdida, rendida. Como si la furia la hubiera abandonado. Lejos de sentirse aliviado por la rendición de su esposa, Filipo añoraba intensamente la rebeldía y el coraje de Olimpia, confiando en que pronto volvería a ser la de siempre, la guerrera infatigable, la esposa apasionada, la mujer que él adoraba.

—Supongo, llevo un gran ejército. La idea es hacer una campaña rápida, derrotar a los ilirios definitivamente y volver a Macedonia —contestó—. Me casaré con Meda, creo que se llama así, cuando regrese.

Tras ese anuncio, se hizo silencio en el cuarto. Olimpia parecía incómoda, pero no tanto por la boda como por la presencia del hombre en su dormitorio. Lo único que la mujer deseaba era que el ojo escrutador y la figura humillante de su marido desaparecieran. Le daba igual si se iba a Iliria a Atenas o al Hades. Hasta el olor, antaño excitante, le resultaba nauseabundo y le provocaba dolor de cabeza.

—Olimpia —dijo Filipo tras un instante tenso—. Nada va a cambiar con esa boda. Lo sabes, ¿verdad? Solo es un acuerdo con los getas para evitar más problemas. Tú seguirás siendo la esposa principal y Alejandro el heredero al trono. Nadie va a ocupar tu puesto.

Filipo se acercó a la cama donde ella permanecía tumbada y se sentó en el borde para coger la mano de su esposa, pues le dolía verla tan frágil. Ella no se atrevió a rechazar la caricia, aunque el asco se iba apoderando de su cuerpo a la vez que el deseo de llorar, de echarlo a voces y pedirle que nunca volviera. Pero no podía hacerlo, primero porque el miedo era mil veces mayor que la repulsión y, segundo, porque sabía que seguía necesitándole. Si él la repudiaba, tendría que marcharse a Épiro, y prefería estar encerrada con ese esposo agresivo e infiel que con su insoportable hermana y el intratable Aribas.

Sin su permiso, dos enormes lágrimas se escaparon de los ojos de Olimpia. Eran las únicas que había derramado desde que Pausanias la dejó sangrando en el cuarto de Nicesípolis. No había podido llorar, ni siquiera cuando la tesalia curaba sus desgarros con cuidado, ni cuando ella o Hermíone le aplicaban el ungüento para que cerrasen las heridas internas, ni cuando tenía que evacuar lo poco que le obligaban a comer. No podía llorar. El miedo, la humillación y el dolor la tenían secuestrada, bloqueada. Olimpia nunca volvería a ser Políxena, ni Myrtale. No podía sentir amor por el hombre que la había anulado. Solo sentía un inmenso odio y unas ganas hirientes, casi punzantes, de tener la posibilidad de devolverle el dolor que estaba sintiendo.

Filipo acercó su enorme manaza para limpiar las lágrimas de Olimpia. Por un instante, ella pensó que iba a ser golpeada e, instintivamente, se apartó ocultando el rostro en la almohada y encogiendo su cuerpo como hace un perro tras ser apaleado. Ya no pudo evitar más tiempo las lágrimas y soltó todo lo que no había podido llorar en las últimas jornadas. Sin mirar a Filipo, sin poder ni querer hacerlo. Solo notó que él se levantaba y se iba del cuarto. No pudo ver el único ojo volverse hacia ella con lástima. Solo escuchó la voz masculina prometiendo que volvería pronto y le llevaría grandes regalos incautados a los sucios ilirios.

Con esos tristes recuerdos dando vueltas en su cabeza, Olimpia llega al apartamento de Nicesípolis donde, como suponía, también está Hermíone. Las dos están hablando tranquilamente sobre hierbas y drogas. Cuando ve juntas a las dos mujeres, Olimpia siente el pinchazo agudo de los celos. Ambas la han cuidado mucho en los últimos días y se siente agradecida por ello, no solo les debe la vida, también la cordura, pues si no hubiera sido por sus mimos y sus cariños habría acabado cometiendo cualquier insensatez. Hubo momentos en los que deseó tanto la muerte de Filipo que habría cogido un cuchillo y ella misma lo habría asesinado. ¡Como si ello fuera posible!

—¡Ya te has levantado! —exclama Nicesípolis—. ¡Estupendo! Eso significa que te encuentras más fuerte, ¿verdad?

Olimpia asiente y se acerca a mirar el libro que las dos mujeres están consultando, escrito por la mano de Nicesípolis. La pequeña caligrafía de la tesalia está salpicada aquí y allá por bellos dibujos de plantas y animales.

—¿Hay aquí alguna fórmula secreta para devolverme la alegría? —intenta bromear Olimpia, aunque la triste sonrisa la delata.

—El secreto de la alegría está dentro de ti —responde con dulzura Nicesípolis—. Poco a poco las fuerzas volverán y descubrirás que esto no ha sido nada más que un mal sueño. Eres una mujer muy fuerte, Olimpia. Todas hemos orado mucho para que los dioses te cuidasen y te permitiesen salir más valiente de lo que eres.

—¿Tienes en tu biblioteca algún libro sobre maldiciones? —pregunta, de pronto Olimpia, como de forma casual, mientras pasea entre las estanterías y lee los nombres de las plantas encerradas en los grandes tarros de cerámica.

—¿Maldiciones? —repiten al unísono las otras mujeres.

—¿Qué se os está pasando por la mente, mi niña? —dice muy alterada Hermíone—. Hay temas con los que no se puede jugar. Lanzar una maldición es un tema muy serio.

—¿Tú sabrías hacerlos, Hermíone? ¿Y tú, Nicesípolis?

—No, por supuesto que no. La magia no forma parte de mis intereses, Olimpia. Me dedico a estudiar la naturaleza para encontrar formas de sanar a las personas, no para hacerles daño —contesta dulce, pero tajante, Nicesípolis.

—¿A quién queréis atar con una maldición, Políxena? —insiste Hermíone muy preocupada—. Espero que no se os ocurra maldecir a vuestro esposo. Pues no solo os afectaría a vos, y mucho, sino que también es una cuestión de Estado. Además del padre de vuestros hijos, es el rey de Macedonia.

—De momento —recalca la molosa.

—¿Qué beneficios se supone que os traería su desgracia o su muerte? —pregunta temblorosa la sirvienta—. Es bien sabido que la maldición ata tanto o más a quien la lanza que al maldito.

—¿Es bien sabido, Hermíone? —mira desafiante a la criada, haciendo que sus ojos brillen con la intensidad con la que solían hacerlo. El furor consigue despertar al alma herida que habita dentro de ella—. ¡Yo necesito que alguien me resarza! No puedo mirar a ese hombre sin sentir un asco enorme y un deseo aún más grande de que sufra todo lo que estoy sufriendo yo. ¡Y pido a los dioses que me hagan justicia! ¡Que me devuelvan la paz! No estaré tranquila hasta que no le vea agonizar, suplicarme que no le haga daño, como yo le suplicaba cuando me tenía debajo, metiendo esa polla asquerosa en mí, destrozando mi cuerpo y matando a mi hijo. ¡A su propio hijo!

Su voz se eleva cuando menciona al niño muerto, aunque ninguna pudo saber si era un niño o una niña, pues el embrión era muy pequeño para distinguirlo. Hermíone se acerca a Olimpia y la coge de una mano, mientras acaricia la larga cabellera de su señora, que también ha perdido el brillo y la fuerza.

—Los dioses no hacen justicia, señora. No es su función ni están pendientes de nuestras congojas.

—Por eso he de ser yo la que consiga la justicia.

—¿Buscas justicia o venganza, Olimpia? —pregunta Nicesípolis.

—¿Hay alguna diferencia en este caso?

—La venganza genera más venganza, más odio. Como te dice Hermíone, acabará volviéndose contra ti. Y no me refiero a la otra vida en la que tú no crees, me refiero a este lugar, en este momento. Aunque consigas que él sufra, nunca te quitará el sufrimiento que tú has pasado. Aunque se retuerza de dolor, el tuyo no disminuirá. Aunque le quites la vida, no vas a devolvérsela al ser que murió. Vivir pensando en la venganza no te va a hacer ningún bien.

—Eso por no mencionar que él es un hombre poderoso y vos solo una mujer —apostilla la sirvienta.

—Por eso tengo que utilizar armas de mujer. Si intentara clavarle un cuchillo, acabaría matándome él antes. Es un soldado y más fuerte que yo. La única solución que se me ocurre es la maldición. Y si tengo que morir yo también en el intento, que así sea —proclama sin asomo de miedo en su voz.

—¿Y qué sería de vuestros hijos? Las maldiciones no se paran donde los humanos queremos. Cuando los dioses intervienen, su voluntad es la que manda. Si algo le pasara a Filipo, Cleopatra y Alejandro sufrirían las consecuencias. ¿Creéis de veras que van a sobrevivir a su padre? ¡Son dos niños! Los generales de Filipo, que os odian, pronto encontrarían un Argéada que sustituyera a su rey. Aún está vivo Amintas, el sobrino de vuestro esposo, al que el propio rey le quitó el trono. ¿Cuántos macedonios apoyarían a Amintas si muere Filipo o queda incapaz de reinar? Amintas es ahora un adulto, Alejandro solo un niño. ¿A quién elegiría la Asamblea macedonia como soberano? ¿Cuánto tardaría su primo Amintas en matarlo para quitarse de en medio otros candidatos incómodos?

Olimpia calla ante la verdad que el argumento de Hermíone revela.

—Sabes que ella tiene razón, Olimpia —subraya Nicesípolis—. Si quieres que Alejandro llegue a rey, tendrás que esperar a que crezca y sea capaz de sustituir a su padre. De momento, necesitamos a Filipo. Tú, yo y todas las demás mujeres que vivimos en este gineceo. Arrideo no es una opción, las otras son niñas. Si viene un nuevo rey, ¿qué va a ser de nosotras? Es cierto que no tenemos el mejor esposo, yo tampoco puedo perdonar lo que te ha hecho. Pero cualquier otra opción es peor que la que tenemos. Y lo sabes, Olimpia. Lo sabes porque eres la más inteligente de nosotras, la más práctica. No eres la favorita del rey por casualidad.

—Aguanta, mi niña, disimula, deja que él crea que lo has perdonado. La venganza no es una opción —interviene Hermíone.

—Ahora —dice malhumorada Olimpia—. No es una opción ahora. Pero juro por todos los dioses del cielo que me vengaré. Pido a Hécate que…

La frase se queda en el aire cuando se oyen gritos en el patio.

—¡El rey está herido! —se oye chillar.

—¡El rey está herido! —repite la voz aguda de Filina, que corre por el patio buscando, nadie sabe la causa, a su hijo Arrideo, que juega en un rincón con una diminuta lagartija.

Hermíone, Nicesípolis y Olimpia salen apresuradas al patio. La molosa, pálida por el disgusto y el miedo, no es consciente de que va implorando a Dionisos que deje vivir a su marido.

Bajo la higuera, Olimpia conversa con Álex, su hermano. Él la visita siempre que sus obligaciones militares se lo permiten. Es la primera vez que, desde el incidente, ella lo recibe sentada. Álex se siente aliviado al verla serena, tan bella como siempre. Adornada, maquillada y perfumada. Solo la tristeza en sus ojos verdes persiste, aunque ella intenta sonreír y recibe a su hermano cariñosa.

—¡Cada día estás más alto! Siéntate o acabaré mareada de mirar hacia arriba —bromea con tristeza—. ¿Cómo van las cosas en la escuela? ¿Ves mucho a tu sobrino?

—Todos los días. Alejandro es un niño excepcional, rápido aprendiendo —contesta Álex, aunque intuye que ella no le ha hecho llamar para hablar de las cualidades militares del pequeño.

—¿Se sabe algo de la salud del rey? A nosotras solo nos han dicho que una lanza le alcanzó la pierna y fracturó el hueso.

—Ha sido una mala rotura. Los físicos temieron tener que amputar, pero parece que el peligro ha pasado. Tendrá que estar mucho tiempo en reposo hasta que la herida cierre completamente y la fractura consolide. Pero su vida parece fuera de peligro. En unos días lo traerán a Pella para que se recupere. Se va a tener que quedar en la cama unos meses, así sabrá lo que tú has pasado —las últimas palabras están cargadas de odio. Aunque Olimpia nunca ha contado a su hermano lo que pasó en el cuarto de Filipo, sabe que los rumores no han parado y que Álex intuye los motivos que la obligaron a estar postrada durante semanas.

—¿Es cierto que fue Pausanias quien lo salvó? —pregunta Olimpia curiosa, recordando con cariño a su amigo y protector.

—Es cierto. Cubrió al rey con su propio cuerpo y evitó que fuera masacrado.

—¿Está él herido?

—Pausanias está fuera de peligro, no te angusties. Recibió algunas heridas, pero ninguna mortal. Ahora se ha convertido en un héroe y es inseparable de Filipo. Ha sido ascendido a la Guardia Personal del rey. Dicen que el botín capturado ha sido espléndido y a tu amigo le ha correspondido una buena parte. No se puede negar que Pausanias ha ascendido rápido.

Olimpia se queda pensativa y nota el recelo indisimulado de Álex hacia Pausanias. Se pregunta si, como muchos otros, cree que fueron amantes. Negarlo no tiene sentido. Nadie iba a cambiar de opinión y solo el hecho de mencionarlo aumentaría las sospechas. La mujer siempre supo que él estaba, de alguna manera, enamorado de ella. Pero entre ellos jamás hubo nada más que una sincera y noble amistad. Pausanias era consciente del amor de Olimpia por Filipo y de la obsesión del rey por ella. El mínimo acercamiento, la más sutil insinuación, solo habría supuesto la condena a muerte para él y el oprobio para su familia.

—¿Qué es lo que te molesta de Pausanias, Álex? —pregunta Olimpia mientras se inclina hacia delante y acaricia la mano de su hermano.

—Tendría que haber dejado que el rey se desangrara bajo las flechas del enemigo —escupe con odio el príncipe moloso.

—Eso, además de una cobardía, habría sido una estupidez —el joven resopla enfadado y está a punto de decir algo cuando Olimpia le interrumpe cubriendo con el índice de la mano derecha los labios de su hermano—. No digas nada que pudiera ser considerado traición. Hermíone y Nicesípolis me han abierto los ojos y sé que ellas tienen razón. Necesitamos a Filipo vivo, Álex.

—Pero, tú misma me dijiste que te gustaría verlo muerto —susurra sin comprender el joven.

—Una cosa es lo que me gustaría y otra lo que me conviene. Y, por el momento, nos conviene que siga vivo y fuerte, la muerte inmediata no es la mejor venganza. Es más inteligente que nos tomemos nuestro tiempo, hermano. Lo más inmediato ahora es ir ganando poder. Voy a conseguir que te convierta en rey de Molosia, Álex.

Ver a Pausanias en la puerta del dormitorio de Filipo perturba a Olimpia. No le había vuelto a ver desde la noche en la que su marido la hirió. El rey cumplió su promesa y lo alejó de ella, se lo llevó a la guerra. Ahora ya no tiene un soldado permanente a su servicio. En su lugar, jóvenes de la Escuela de Pajes se turnan para hacer guardias ante las puertas del gineceo o para acompañar a las mujeres las ocasiones en las que tienen que salir del palacio. Olimpia reconoce algunas caras, pero ninguno es su amigo. Jamás habla con ellos. Nada le importa lo que les pueda pasar.

Pausanias sonríe sutilmente cuando la ve y ella le devuelve el gesto con una casi imperceptible inclinación de cabeza. Es el mismo, pero se le ve diferente, y no solo es por las heridas que lleva en la cara y en los brazos. Olimpia supone que la guerra cobra impuestos a los que la practican, que matar cambia la mirada para siempre, que el miedo a morir y al dolor se quedan impregnados en la piel de por vida. Pausanias ha cambiado, pero sus ojos le dicen que sigue siendo su incondicional apoyo, que él no le va a fallar.

Se atrevió a escribirle una carta cuando supo que, definitivamente, iba a marcharse con Filipo a luchar en Iliria. Tuvo que pedir a su hermano Álex que se la entregara, pues cualquier intento de acercarse a él habría puesto en marcha habladurías y traiciones.

En la carta, Olimpia pedía a Pausanias que se cuidase:

«Solo en vos puedo confiar. Durante años, habéis sido mi escolta fiel y un gran amigo. Ahora os necesito más que nunca y, ya que no podéis seguir a mi lado, espero que estéis de mi parte. Ayudadme, Pausanias, como siempre habéis hecho. Vuestra noble cuna os permite acercaros a los generales, incluso al mismo rey. Sed mis ojos, mis oídos. Acceded a la información que me está vetada por mi condición de mujer. Esa misma condición que hoy me tiene humillada en una cama».

Cuando entra en la alcoba real, lo primero que le llega es el repugnante olor a enfermedad. Olimpia tiene que disimular las náuseas que le provoca la mezcla de la acidez del sudor, el metal de la sangre y el azufre en la orina. Todo el cuarto huele como si hubieran cocido pescado podrido con salsa de espárragos y vinagre. Antes de saludar a su esposo, no puede evitar apresurarse a la ventana y situarse al lado para que el aire fresco que llega del patio impida que acabe vomitando y empeorando la atmósfera.

Filipo está tumbado en el lecho, con claro gesto de dolor en el rostro. La pierna, entablillada desde el muslo hasta el tobillo, tiene un aspecto terrible. Llena de heridas, amoratada y muy hinchada, hasta el punto de ocupar casi el doble que la otra. Olimpia, algo recuperada, se acerca despacio a su marido. No es solo el olor lo que le repugna de ese hombre, su sola presencia le asquea. Se obliga a disimular y finge una compasión que está muy lejos de sentir.

—¿Te duele mucho? —pregunta desde una prudente distancia. Se alegra de que el dolor de él impida tener que tocarle o sentarse en la cama a su lado.

—Lo peor ya ha pasado —susurra Filipo bajo los efectos del opio—. ¿Sabes que tu amigo Pausanias me salvó la vida? Hice bien en llevarlo conmigo.

Olimpia asiente sin querer volver la cabeza y mirar a Pausanias, porque sabe que se derrumbaría si lo hace. Es un lujo que no puede permitirse.

—¿Cuándo te han dicho los médicos que vas a poder andar?

—Esos agoreros dicen que pasarán meses antes de que pueda moverme —contesta malhumorado Filipo—. Pero no me conocen. En unas semanas estaré listo, ya lo verás. Ahora estoy en casa y aquí tendré los mejores cuidados, ¿no es así?

Olimpia asiente y sigue mirando a Filipo sin poder encontrar en su corazón ni una pizca de todo el amor que sintió una vez por él.

—Los que ya no tienen casa son los que me atacaron, ¿también te lo han dicho? —trata de bromear el hombre, aunque su voz suena apagada.

—¿A qué te refieres?

—He ordenado que se confisquen los territorios de los perdedores y se distribuyan entre colonos y soldados mercenarios. Los ilirios que han quedado vivos serán divididos y obligados a vivir dentro de nuestras fronteras en pequeños grupos, bajo custodia de fieles macedonios. Se separarán familias y clanes, así se les quitará de una vez por todas las ganas de seguir entrando en nuestras tierras y hacernos perder el tiempo —explica orgulloso Filipo, que sigue contando a su esposa las vicisitudes de la guerra, sus operaciones militares y sus ambiciones políticas. Como siempre había hecho, aunque ahora su voz suena lenta y pastosa. Es la primera vez que Olimpia ve a Filipo realmente frágil y se siente feliz de su debilidad.

—Es una medida inteligente, aunque supongo que tiene que ser muy dolorosa para esas familias. Así se lo pensarán bien antes de incordiar al reino de Macedonia —comenta Olimpia distraída, analizando la situación y sopesando sus posibilidades—. Imagino que tu boda vuelve a retrasarse, ¿verdad?

Filipo mira a su esposa, aunque le cuesta verla bien porque su única pupila está contraída y no puede enfocar correctamente.

—¿Sigues preocupada por esa boda? Ya te dije que no cambiaba nada —contesta tajante y un poco enfadado—. Y no, no voy a retrasar más la boda, se celebrará en cuanto la comitiva geta llegue, en unas semanas. Es importante para la estabilidad de la frontera norte que estemos en paz con los pueblos tracios. Los getas pueden ayudarnos contra los ilirios. Esta maldita herida no va a impedir mis planes. El reino no se detiene porque su rey esté convaleciente.

La mujer duda de que, en ese estado, Filipo vaya a poder consumar el matrimonio. Ni le alegra ni le entristece. Le resulta indiferente con quién se acueste su esposo, siempre que ella no sea apartada y Alejandro siga siendo el heredero. De pronto, se le ocurre que es un buen momento para estar cerca de él. Las drogas que utilizan para calmar el dolor le hacen vulnerable.

—¿Deseas que me traslade a tus aposentos mientras no puedas moverte? —pregunta intentando trasladar en su voz una preocupación que no siente.

—No es necesario, Olimpia. Tengo criados que me ayudan cuando lo necesito. Te llamaré cuando tenga ganas de hablar contigo, además, puedes venir siempre que lo desees, no tienes nada más que solicitárselo a Pausanias. Esas drogas que me ponen me dan sueño todo el rato —lanza un enorme bostezo que deja bien claro a Olimpia que ha llegado el momento de retirarse.

Antes de salir del dormitorio, nota un ligero roce en su mano. Pausanias le ha entregado un pequeño pedazo de tela. Ella cierra su puño con fuerza y sigue indiferente hasta que llega a su apartamento. Cuando lo mira, descubre que está escrito con letras de distintos tamaños y trazo desigual.

«He sido informado por su hermano de vuestros planes. Podéis contar con mi influencia actual para apoyar esa causa. No olvidéis nunca que todo lo que hago es por vos, señora».

Pausanias se acerca a la cama del rey, despacio, para comprobar si está descansando. Filipo respira calmado, pero su único ojo permanece abierto.

—Tú que la conoces bien, dime, ¿crees que trama algo? La veo demasiado tranquila, no es propio de ella —dice Filipo.

—Las experiencias nos cambian, Filipo —responde Pausanias mientras acaricia la mano del rey—. Tu esposa ha aprendido la lección.

—Ella me obligó a hacerlo —insiste el rey—. Consigue alterarme hasta hacerme perder la cabeza y los nervios. Lo único que tenía que hacer era estarse quieta y obedecer, pero su orgullo, su maldito orgullo...

—Hablar de ella te incomoda y altera, Filipo —corta Pausanias—. Y necesitas centrar tus fuerzas en recuperarte. Macedonia necesita a su rey.

—Tienes razón, Pausanias, ninguna mujer se merece tantos pensamientos. Ahora, necesito relajarme.

Filipo coge la mano del otro hombre y, sin pudor, la lleva hasta su pene, que no tarda en responder a las caricias del joven soldado.

DÉCIMA PARTE:

ÁLEX

30

El águila

Pasarón (Épiro), 363-362 a. C.

Hermíone y Neoptólemo, mareados por el incienso, miraban atentamente a Aristón mientras recitaba una oración en una lengua desconocida para ellos y estudiaba la colocación de extrañas piedras de colores y tabas de cordero. Antes las había metido en un cubilete hecho con cuerno de toro y las había agitado, sin dejar de rezar e invocar a Zeus y Apolo, dioses de las profecías. Después, las lanzó. Las piedras se acomodaron en silencio sobre una piel de cordero extendida sobre la mesa.

Hermíone observaba toda la ejecución y se sentía calmada. Desde que habían vuelto de Dodona su corazón estaba más tranquilo. No había entendido la profecía, pero algo en su interior le decía que el fin de la maldición era inminente. Haberse reconciliado con Neoptólemo también le daba mucha paz. Deshacerse del rencor le hacía sentirse ligera, alegre y confiada.

Miró al rey, sentado a su derecha. Él, sin embargo, se sentía aún intranquilo. Se movía inquieto en la silla mientras Aristón completaba su extraño ritual. Le molestaba que el oráculo tuviera la costumbre de emitir profecías difíciles de interpretar. Zeus se empeñaba en confundir a los hombres. ¿No era más fácil decir sí o no? Habían tenido que acudir a Aristón para que les explicara qué es lo que tenían que hacer a continuación.

Antes de comenzar a jugar con sus piedras y huesos, había repetido la profecía tres veces. Después de realizar todo el ritual, volvió a decirla con su profunda voz:

—Una paloma no inicia la tormenta. El trueno llega cuando el águila chilla. El fin de la tormenta llegará cuando cese el gañido del águila. Solo la luz puede vencer la oscuridad.

Neoptólemo estuvo a punto de decirle que ya sabían lo que había dicho la *peléade*, que lo que necesitaban era saber qué quería decir Zeus. ¿Se habían librado de la maldición?

—Hermíone es la paloma —dijo, muy serio, Aristón—. Neoptólemo, vos sois el águila. Ella inició la maldición, pero fuisteis vos, Neoptólemo, el que la activasteis con vuestra actitud. Vos sois el que tiene que limpiarla definitivamente. El único que puede hacer que, tras la tormenta, las nubes se abran y dejen salir el sol.

Neoptólemo miró a Hermíone con cara de asombro. Ella sonreía tranquila, pero él seguía sin saber qué tenía que hacer.

—Buscad en vuestro corazón, Neoptólemo —dijo el sabio—. Tenéis que encontrar la luz. Ese deseo profundo que habéis ocultado, que habéis guardado. Tenéis que sacarlo y dejar que nos ilumine a todos.

El rey moloso miraba confuso a las piedras guardadas en el cuerno. Él sabía lo que quería, pero no se había atrevido a buscarlo porque no quería arrastrar a nadie más a la maldición. Ya había tres niñas a las que podía afectar.

—Veo en vuestros ojos que sabéis dónde está la luz. Que habéis apagado el deseo porque os veíais envuelto en la oscuridad. Sacadlo, Neoptólemo.

La voz de Aristón se había vuelto persuasiva, dulce. Le invitaba a abrirse. Neoptólemo dudaba, eran muchos años de miedo y represión.

—Zeus quiere libraros de la carga que os pesa, de la oscuridad que os envuelve, del dolor que os paraliza. Confiad en los dioses, majestad —el incienso y la voz de Aristón comenzaron a calmar la evidente ansiedad de Neoptólemo, que estaba ansioso por liberarse.

—Quiero tener un hijo varón. Un heredero —dijo, seguro.

Hermíone lo miró con curiosidad, Aristón con confianza, como si siempre hubiera sabido cuál era el secreto del rey.

—Sabréis que Zeus os ha perdonado cuando nazca ese niño que tanto deseáis. Será un niño de luz. Un ser puro. Él traerá la paz a vuestros corazones.

Las dos Hermíones miraban a las niñas hablar y bordar en el patio, bajo el enorme pino. Un formidable perro moloso las vigilaba desde la sombra. Aunque compartían padre, eran muy diferentes.

Políxena, la mayor, era habladora y decidida. Los años de peleas con su madre y con su hermana habían forjado un carácter fuerte, una determinación arrolladora y una tendencia peligrosa a destacar. Lo que más odiaba Políxena en el mundo era pasar desapercibida. Su mayor virtud y, a la par, defecto, era devolver multiplicado por mil lo que recibía. Por eso, cada vez era más rebelde con su madre, más agresiva con su hermana Troa y más dulce y cariñosa con la pequeña y tímida Clitemnestra.

Políxena era una cuidadora nata. Comprendía mejor que nadie las necesidades de la menor, era capaz de anticiparse a sus deseos y no permitía que nada ni nadie le hiciera daño. Su afán de protección era tan grande que, en numerosas ocasiones, llegó a regañar a Hermíone, la tesalia, por no cuidar suficiente de la niña: «¿No ves que hace frío para que vaya descalza? ¿Aún no te has enterado de que a Clitemnestra no le gusta la cebolla?».

La tesalia se reía de esas observaciones y le resultaba reconfortante que Políxena tratase así a su hija. «Cuando sea mayor, le voy a pedir a padre que Clitemnestra sea mi esclava personal, así nadie va a hacerle daño. Cuando me case, le concederé la libertad y le pediré que se venga conmigo a la casa de mi esposo. Seguro que mi padre me buscará un buen marido y las dos viviremos entre lujos. Siempre juntas», solía repetir.

Por supuesto, Clitemnestra adoraba a Políxena. Su carácter tímido impedía que le dijera todo lo que la admiraba y quería, pero no hacía falta ser un gran observador para ver la devoción que la menor sentía por la mayor. Cuando quería hacer algo, desde cepillar a su perro hasta comer un dulce que su madre había hecho, primero miraba a Políxena y, hasta que no veía la aprobación de los ojos verdes, no lo hacía.

Era maravilloso verlas juntas. Les encantaba imaginar e inventar historias. A Políxena le gustaban las historias de amor en las que siempre había una joven maltratada que conseguía liberarse gracias a un amado que la rescataba. Clitemnestra aportaba los elementos más fantásticos: un lobo con un ojo verde y otro azul, un caballo blanco con alas verdes, un árbol que comía piedras y, su favorito, un perro que sabía hablar y adivinar el futuro.

Desde que habían vuelto de Dodona, Neoptólemo se centró en recuperar el control del gobierno y pasaba muchas horas entrenando, por lo que tenía menos tiempo para leer junto a Políxena. Aun así, siempre que podía buscaba la forma de estar con las dos niñas, que se habían vuelto inseparables. Como Deidamía no consentía que Clitemnestra estuviera en el salón principal, el rey iba al patio y, bajo el pino, se sentaba a escuchar a Políxena leyendo.

—Neoptólemo ha venido cambiado de Dodona —comentó la tesalia una de las tardes de lectura—. Se le ve esperanzado, lleno de energía. Antes parecía uno de esos enormes toros a los que drogan para llevarlos a sacrificar al altar. Viendo la muerte al frente, pero sin ánimo ni fuerzas para cabecear o intentar retroceder.

—Parece que ha vuelto a dormir con Deidamía —musitó la tebana—. Se ha tomado muy en serio lo de tener un heredero.

Aunque era lo más lógico, le molestaba que Neoptólemo hubiera elegido tener a ese niño talismán con su esposa. Cuando le escuchó pronunciar su deseo, por un momento pensó que ella sería la elegida para albergar en su interior a ese hijo anhelado. Pensándolo con calma, no tenía ningún sentido tener un heredero bastardo. Pero el deseo y el dolor no se calmaban con la lógica.

Deidamía, que durante años le había ignorado y no le había dejado entrar ni en su cuarto ni en su cuerpo, recibió esperanzada la noticia. Ella también anhelaba tener un hijo varón.

La tesalia miraba a su hija escuchar embelesada a Políxena leer las fábulas de Esopo. Las que más le gustaban eran las que hablaban de perros.

—*Un perro de caza atrapó una liebre. Ora la mordía, ora le lamía el morro. Cansada, la liebre le dijo: "Deja de morderme o lamerme, pues no sé si eres amigo o enemigo"*. Esta fábula es apropiada para hombres ambiguos.

—¿Qué es un hombre ambiguo? —preguntó, tímida, Climnestra. No le gustaba interrumpir la lectura de Políxena, por si su amiga se enfadaba y ya no quería seguir leyendo. A ella no le permitían aprender, por ser hija de esclava. Aunque Políxena le prometió que, cuando fuera un poco mayor, ella le enseñaría. La pequeña estaba entusiasmada. Políxena siempre cumplía sus promesas.

—Neoptólemo es un hombre ambiguo —susurró la tesalia para que solo pudiera escucharla su amiga tebana—. Ora te muerde, ora te lame. Ora pasa meses sin mirarte, ora aparece a la hora más imprevista porque no aguanta la soledad.

—Imagino que ahora te visita poco.

—Lo suficiente —susurró, sonriendo, la tesalia.

—¿Qué quieres decir?

—Que lo mismo el niño que buscaba no nace en el tálamo real —la tesalia se llevó la mano al vientre sonriendo orgullosa.

Un escalofrío recorrió el cuerpo de la tebana. Una punzada de celos la dejó paralizada. Después, un miedo profundo se apoderó de su alma.

Lo que Neoptólemo lamió, Deidamía mordió. Cuando se hizo evidente el embarazo de Hermíone, la tesalia, Deidamía montó en cólera. Ya no era solo la humillación que había tenido que aguantar durante años viendo a la pequeña Clitemnestra pasear su condición de bastarda delante de todos. Ni era el dolor de saber que Neoptólemo, el rey triste y abatido, enjugaba sus lágrimas con una vulgar esclava. Tampoco la rabia de ver cómo su cuerpo y sus ganas se habían marchitado mientras la tesalia se veía alegre, siempre riendo, conjurando contra ella al lado de la maldita tebana que arruinó su vida.

Lo que acabó desatando la furia de Deidamía fue el miedo. La esposa real no podía consentir que el hijo tan deseado por su esposo no fuera el que ella esperaba. El niño que iba a acabar con la maldición que pesaba sobre Neoptólemo y sobre su hija Troa.

Nunca se pudo saber si el bebé que esperaba la tesalia era el varón que el oráculo pronunció. Madre, hija y perro fueron asesinados en su cuarto mientras dormían. Tampoco se supo quién lo cometió, aunque una esclava comentó que había visto al rey Aribas por el gineceo. Cuando volvieron a preguntarle dijo que esa noche había tenido pesadillas, probablemente todo había sido un mal sueño, no estaba segura de lo que había visto.

Hermíone preguntó directamente a Neoptólemo. El rey la miró triste y negó con la cabeza. No sabía nada, no pudo prever lo que su esposa, siempre enojada, era capaz de hacer.

—Una mujer maravillosa y una niña inocente han muerto por vuestra lujuria.

—Yo no mandé asesinarlas. De haberlo sabido, las habría enviado a un lugar seguro. Yo quería a esa niña, Hermíone. Sabes que me he encargado de cuidarla, de que nunca le faltara de nada. Siendo hija de esclava, ella misma era una esclava. Y, sin embargo, ha podido jugar, salir a pasear, disfrutar del patio, crecer como si fuera libre. Tú sabes que yo la quería, ¿verdad, Hermíone? —el hombre lloraba y Hermíone volvió a compadecerse de él. Neoptólemo le parecía tan frágil y perdido como un niño de cinco años.

—Tened cuidado a quién amáis, siempre salen heridos —Hermíone se preguntaba si ella era también de esas personas a las que él amaba.

—Nunca perdonaré a Deidamía lo que les hizo. ¡Clitemnestra era una niña tan preciosa, tan dulce! —el rey volvía a llorar desconsolado.

—Parece que en esa pobre criatura sí se ha cumplido la maldición —gimió Hermíone—. Esperemos que Deidamía porte en su podrido vientre a ese niño maravilloso que nos va a librar a todos del mal. Aunque no se puede decir que hayamos empezado bien.

—¿Qué le has dicho a Políxena?

—Que Hermíone, Clitemnestra y Draco han comprado su libertad y se han marchado a Butrinto. Afortunadamente,

Políxena estaba cumpliendo su mes de retiro en el santuario de Artemisa. No ha visto las sábanas y las camas llenas de la sangre de sus amigas. No he tenido fuerza ni valor para decirle la verdad. Está muy enfadada porque se han ido sin despedirse. Y porque se han llevado a Draco. Ella adoraba a ese animal.

—Le conseguiré otro.

—¿Para qué? ¿Para que lo mate Deidamía? Vuestra esposa no puede soportar ver a la niña feliz. Lo mejor que le puede pasar a Políxena es que se mantenga lejos de vos.

Políxena se quedó abatida tras la desaparición de sus amigas. Se abrazaba a Hermíone y juntas lloraban desconsoladas. La joven se encerró más en sus lecturas y había días enteros en los que no quería hablar con nadie. Leía y lloraba. Ni siquiera quería salir a pasear porque la ausencia del perro y su amiga se hacía más patente, más insoportable.

Durante semanas estuvo odiando a la tesalia por haberse llevado a Clitemnestra y Draco sin despedirse de ella. No le parecía justo, lo vivía como una traición, como un nuevo desprecio. En sus interminables diálogos internos, siempre perdonaba a la niña. Pensaba que era muy tímida y no podía haber llevado la contraria a su madre. Ella era la culpable de todo. Quizá lo que había pasado era que tenía envidia de Políxena porque ella era mejor cuidando a Clitemnestra.

El nacimiento del niño cambió la vida de todos. Cuando Hermíone vio a Políxena con el bebé en brazos, supo que el ser de luz que necesitaban había nacido. La niña sujetaba al pequeño mientras mojaba el dedo en el tarro de miel y se lo llevaba a unos labios que se aferraban con fuerza al único alimento que podía recibir. Políxena estaba radiante, era la primera vez que sonreía desde la desaparición de Clitemnestra. Se la veía concentrada en el cuidado del bebé mientras el mundo a su alrededor se hundía. Las criadas corrían, la matrona se afanaba en devolver la vida a la parturienta, Neoptólemo miraba la escena paralizado y Troa chillaba.

—¡Gracias a Zeus y a la divina Hera que nos han librado de la maldad hecha mujer! —susurró Hermíone.

El fallecimiento de su enemiga, que para ella era una bendición y una señal divina, acrecentaron la incertidumbre y el miedo de Neoptólemo.

—Los dioses vuelven a castigarme si, para darme a un hijo, he de perder a la madre.

—Puede que los dioses hayan decidido cobrar sus servicios. La oscura madre a cambio del niño de luz.

Neoptólemo se quedó mirando a Hermíone y no pudo decir nada. Llevaba tantos años cansado que el agotamiento lo dejó mudo.

—Dejemos que el tiempo nos diga si Zeus y Hécate han aceptado vuestro sacrificio. Criemos a ese niño con la seguridad de que es el regalo que estabais esperando. Actuemos como si la deuda estuviera pagada. Vivamos en paz, Neoptólemo.

31

La convalecencia

Pella (Macedonia), 343 a. C.

El silencio es tan tenso y espeso que Meda siente que no puede tomar aire cuando entra en el salón en el que se va a celebrar su banquete nupcial. Piensa horrorizada que va a morir, que se ahoga, que va a ser incapaz de vivir en ese lugar. Quiere salir corriendo, montar en su caballo y volver a su patria. Con su madre, con sus hermanas, con su gente. Su lugar no está allí, en Macedonia, rodeada de mujeres que la observan cómo se mira a la mercancía en un mercado de esclavos. Nunca se ha sentido más espantosa que esa tarde, menos querida.

La mayoría de las mujeres la escrutan y sopesan para evaluar si es una amenaza para su estatus.

Su mayor virtud, y peligro, es su juventud. Olimpia piensa que es mucho más alta que ella. Alta y escuálida, como esos muchachos que crecen rápido y aún no saben cómo mover unos brazos y piernas que se le han hecho grandes mientras dormían o jugaban, sin darles tiempo a aprender a moverlos con coordinación y gracia. La muchacha, sin ser fea, no tiene nada bonito. Ni los brazos largos y desgarbados, demasiado musculosos para ser femeninos. Ni el vientre plano, casi tanto como el pecho. Ni el cabello que, aunque se nota peinado para la ocasión, es triste, fosco, de un color que ni es rubio ni castaño y no destaca sobre una cara larga, angulosa, casi del mismo tono. Realmente, no es una mujer hermosa. Filipo no va a quedar hechizado por ella.

Solo una de todas las mujeres se levanta para saludarla. Es rubia, delgada y con una voz susurrante y acogedora. La mira con una sonrisa en los labios mientras la saluda:

—Bienvenida, Meda —dice la dulce voz—. Soy Nicesípolis de Larisa. No tengas miedo, estás en tu casa, en tu nuevo hogar.

Pero Meda sigue parada en el centro de la sala mientras las mujeres la miran tumbadas en los divanes con la comida dispuesta en pequeñas mesas delante de ellas. Recuerda vagamente que alguien le contó que los griegos comen tumbados. Pero sigue sin saber cuál es el sitio que le corresponde. Ella es la novia, por lo que cree que debe tener uno de los lugares principales. Mira la mesa central, en la que una mujer morena, muy pequeña, aunque muy bella, la mira con unos ojos verdes que parecen querer desnudarla.

—Hoy te corresponde presidir el banquete, Meda —dice la dueña de la verde mirada con una voz que intenta ser amable—. Yo soy Olimpia.

Meda ha oído hablar de ella, aunque nunca pensó que fuera tan menuda. Tiene fama de hechicera. Son muchos los que le han contado que tiene embrujado a Filipo y que él vive para hacer lo que ella quiera. Su madre le había insistido en que bajo ningún concepto se enemistara con Olimpia, pues nadie tenía más poder en palacio que ella. Viéndola allí, tan minúscula, Meda no puede creer que sea tan peligrosa. Pero recuerda que su madre también le decía que el veneno se guarda en frascos pequeños.

El recuerdo de su familia la deja a punto de estallar en llanto. Un dolor intenso y súbito la invade y un pensamiento la ataca: ¡probablemente no vaya a volver a verla! Meda, con los hombros encogidos y el estómago revuelto, se concentra en no salir corriendo. En silencio, ruega al gran Zalmoxis que no la deje caer, que la mantenga fuerte. No quiere llorar, pero no puede respirar, ni moverse, ni hablar. Y los ojos de todas las mujeres siguen fijos en ella.

Nicesípolis se ha colocado junto a la joven y asustada Meda, que tiembla entera. Coge la mano sudorosa y fría de la nueva esposa de Filipo y la acompaña hasta su asiento, entre Olimpia y otra mujer, mayor que las otras dos, que la mira con desprecio y sonríe con suficiencia. A Meda le parece mucho más desagradable que Olimpia. Cuando Nicesípolis va a volver a su mesa, la muchacha susurra en un griego imperfecto:

—No te vayas, por favor.

Nicesípolis no sabe qué hacer. Ella no puede presidir el banquete, pues eso supondría levantar de su asiento a Olimpia o a Filina. Pero la muchacha la mira con tanta desesperación y miedo que no quiere dejarla lejos de ella. Olimpia corta tajante:

—Tu puesto está en esta mesa, Meda. Nicesípolis no es tu niñera. Ni Filina ni yo vamos a hacerte daño. Compórtate como esposa real que eres.

Meda asiente con la cabeza y, obediente, va a colocarse en el sitio que le han indicado. Las lágrimas ya no la obedecen y salen en silencio humillándola aún más, si ello es posible.

Olimpia se siente abochornada también de su comportamiento, pero la vergüenza solo le hace estar rabiosa y mirar desafiante a las demás mujeres. Audata sonríe con desprecio, su seguridad en sí misma es incluso mayor que su corpulencia. Olimpia no tiene ningún control sobre ella y eso aumenta su irritación. Lanice mira para otro lado cuando Olimpia cruza la mirada con ella y decide ponerse a hablar con la mujer de

Antípatro, que con risa falsa responde a una ocurrencia de la esposa de Parmenión, quien también está invitada al banquete.

La molosa recuerda a Eurídice y se pregunta cómo habría actuado ella. Esa mujer siempre parecía tenerlo todo controlado con una capacidad innata para organizar e imponer su criterio sin que pareciera que hubiera una alternativa diferente ni, por supuesto, mejor. Claro que ella contaba con la ventaja de ser la madre del rey, no una de sus numerosas esposas. Olimpia siente que el papel central le corresponde a ella, pues todo el mundo sabe que es la favorita del monarca y la madre del único posible heredero. Pero el juego de Filipo hace que los equilibrios en el gineceo sean inestables y que la lucha, aunque sea encubierta, nunca cese. La llegada de una nueva esposa solo aporta inestabilidad y complicaciones. Olimpia duda de que Meda vaya a quitarle su puesto. Siempre que no tenga hijos varones, por supuesto. Sus pensamientos se interrumpen cuando se escucha una aguda voz:

—Yo soy Filina de Feras, esposa de Filipo y madre de su hijo mayor, Arrideo. Bienvenida a Pella —y luego, en tono más bajo, intenta ser cordial con la nueva—. Yo también estaba asustada el día de mi boda, pero ya verás que Filipo es un buen esposo y que estarás bien entre nosotras. He oído decir que los getas también son polígamos, ¿verdad? Estarás acostumbrada a vivir en un gineceo parecido a este, ¿no es cierto? A propósito, hablas griego, ¿no?

Meda la mira con sus pequeños ojos negros y asiente. Filina da por hecho que eso significa que la entiende y, por tanto, es capaz de comprender el griego y no solo su bárbara lengua. Desde uno de los divanes laterales, una mujer grande se dirige también a la nueva esposa:

—Yo soy Audata —su voz es tan potente como su mirada. No sonríe, pero tampoco parece enfadada. No hay envidia en sus ojos, ni reproche. Solo una remota tristeza que se oculta tras la seguridad de quien se sabe diferente y se piensa mejor—. Nunca vas a olvidar tu tierra, Meda, ni tus costumbres ni a los tuyos. Los vas a echar de menos cada día de tu vida, y no va a haber ni uno solo en el que no cambiarías las lujosas camas y las mullidas alfombras por pisar la hierba verde y espesa que crece en vuestras montañas. Ni una sola noche en la que no pienses en las estrellas que se ven en las tiendas de campaña cuando os movéis por los páramos. No vas a olvidar jamás que no eres griega, tampoco te van a dejar. Pero disfruta de los lujos, de la comida fácil y de la vida cómoda y segura que aquí vas a tener. No tienes escapatoria, no hay posible victoria. Vivirás en Macedonia lo que te resta de vida, pero nunca dejarás de ser tracia.

Olimpia se queda sorprendida cuando, casi de madrugada, un soldado acude a su puerta para decirle que Filipo quiere verla. Tras el susto inicial, se viste rápidamente para ir a los aposentos de su esposo, que la espera ebrio junto a Meda. La joven está apenas cubierta por una sábana, llora en silencio y la mira con cara de espanto. Olimpia se acerca a la muchacha y acaricia su cara mojada y su pelo encrespado:

—¿Estás bien? —pregunta realmente preocupada.

Meda asiente con la cabeza, aunque su mirada y su cuerpo contradicen su gesto.

—No le he hecho daño —proclama ofendido Filipo—. Solo he tomado lo que me corresponde. Pero parece que nadie ha educado a esta chiquilla para ser una buena esposa.

Filipo se acerca a Olimpia, que tiene que concentrarse con todas sus fuerzas para no retroceder cuando el gigante, apoyado en un bastón y apestando a vino, la coge de la cintura y aprieta sin cuidado uno de sus pechos. Con voz pastosa le susurra que la prefiere a ella y la besa con sus ebrios labios en un intento inútil de despertar en la mujer deseo, aunque ella solo ansía salir corriendo y vomitar la cena. Incluso así, sigue simulando ser la esposa atenta, enamorada del hombre que necesita. Con un sutil gesto, indica a Meda que se marche.

La geta, aliviada, se apresura a obedecer. Se pone su vestido rápidamente y sale del dormitorio sin saber muy bien dónde ir, por lo que acaba acurrucada en un rincón de la antecámara llorando su vergüenza mientras escucha los gemidos de placer, unos fingidos, otros reales, que salen del cuarto contiguo.

Tras haberse dejado hacer, Olimpia espera a que Filipo esté completamente dormido para salir de la cama, quiere ir a su apartamento, darse un baño y restregarse hasta que el olor a sudor y vino desaparezca de su cuerpo. Se pregunta dónde quedó el amor que sentía, cómo es posible que toda la pasión que el cuerpo herido le inspiraba se haya convertido en una mezcla infecta de asco y odio. Cuando va a salir de la habitación, él se despierta:

—¿Dónde vas? ¿Acaso te he dado permiso para que te vayas?

—Pensé que ya estabas satisfecho, que no me necesitabas.

—Pues no pienses por mí, Olimpia. Y no huyas de mi cama, quiero amanecer a tu lado. ¿Ya no te gusta despertar y hacer el amor aún somnolientos?

—Ya no somos esos jóvenes, Filipo —responde Olimpia tras un rato de silencio—. Nuestros cuerpos no responden igual que antaño y tú estás todavía convaleciente de tu pierna. Apenas puedes andar y se nota que te duele el intento de doblarla o apoyarte en ella.

—¿No me vas a perdonar? —pregunta él, aún tumbado en la cama, mientras mira al techo. Olimpia no sabe si hay tristeza o desafío en su voz. Lo que sí sabe es que puede pasar de la necesidad a la demanda en un instante, que sus deseos no correspondidos se transforman en violencia sin apenas transición.

—Me hiciste mucho daño, Filipo —contesta ella sin evitar el tema, aunque sin pronunciarlo—. Y no solo en el cuerpo.

—Acércate, sabes que me cuesta levantarme. Y, dime, ¿me tienes miedo? —la voz del hombre es neutra, no parece enfadado, de momento.

—¿Debo tenértelo?

—No voy a hacerte daño, Olimpia. Yo no sé qué me pasó esa noche. A veces me desatas esas reacciones. Eres muy orgullosa y cabezona y, en muchas ocasiones, consigues provocarme tanto que sacas lo peor de mí. No eres una mujer como las demás, no sabes estarte callada, obedecer cuando corresponde. Tus ansias de poder, de control, me hacen quedar mal. Los hombres murmuran que me tienes embrujado, que soy tu esclavo. Yo no puedo parecer débil, nadie obedece a un rey que parece sumiso ante su mujer. Tienes que aprender a controlarte, a quedarte en el sitio que te corresponde. Eres mi favorita, todas lo saben, no pidas más de lo que, en justicia, puedo darte. Y nunca dudes de que te quiero.

—No se hiere a quien se quiere —responde ella sin apenas pensarlo, y se arrepiente según la frase sale de sus labios. Espera tensa la respuesta de Filipo.

—¿Cómo podría compensarte? No me pidas que te nombre reina, porque no puedo hacerlo. Pero cualquier otra cosa que me pidas, te la daré.

Olimpia apenas tarda un parpadeo en responder, muy segura de sí misma. Había estado pensando en cómo plantear un deseo, una demanda que tenía en mente. Mil veces había imaginado cómo abordar el tema que le preocupaba y ahora se presentaba ante ella la mejor oportunidad.

—Haz rey a Álex. Destituye al idiota de mi tío y dale a mi hermano su trono.

Filipo abre la boca, pero no dice nada. La petición le pilla desprevenido. Esperaba un deseo más personal, alguna joya, algún vestido, incluso el viaje a Eleusis que tantas veces ha dicho que quería hacer. Sin embargo, lo que le ha pedido es que su hermano sea rey. No sabe cómo interpretarlo, si es solo un gesto de fraternidad pura movido por el odio que siente por su tío y su hermana, o quiere el poder que ser la hermana de un aliado le proporcionaría. O todo. Filipo sabe que ella es ambiciosa. Ambiciosa e inteligente. Una mezcla peligrosa. Olimpia aprovecha la ventaja que el desconcierto del hombre le brinda:

—Me han llegado noticias de Pasarón de que Aribas está en contacto con los atenienses. Todos temen el poder que estás alcanzando, no sé qué le ha prometido Atenas a mi tío, pero estoy segura de que no nos beneficiaría en absoluto. Álex ha crecido aquí, te admira y te conoce. Nunca te traicionaría, aunque solo sea por la lealtad que siente hacia mí. Cualquier ataque a Macedonia iría en contra de los intereses de nuestro hijo, de su sobrino, Alejandro.

El estadista que habita en Filipo toma el control de la situación. Aunque habría preferido una conversación más íntima, lo que le cuenta Olimpia le parece interesante y nunca pierde la oportunidad de ganar aliados, aunque sea de formas tan extrañas.

—¿Tus fuentes son fiables? —pregunta finalmente.

—Tanto como las tuyas. Estoy segura de que tú también sabes de los manejos entre mi tío y Atenas.

—Algo se rumorea. Y tienes razón, hay que acabar con ello. Me parece una buena propuesta —Filipo se toca la barba con calma mientras reflexiona—. Pero primero tengo que resolver los problemas en Tesalia y recuperarme de la pierna. Te prometo que, en cuanto pueda, Álex será rey de Molosia.

Olimpia sonríe satisfecha y se acerca a Filipo. Tumbado en la cama no parece una amenaza. Tiene la pierna fuera de la sábana, llena de heridas, morada y retorcida. Olimpia sabe que el dolor es intenso y que el opio que los médicos le suministran le debilita, le hacer ser más vulnerable. Hasta siente algo de lástima por él. Le besa en la frente y, luego, ligeramente, en los labios.

—¿Comemos juntos mañana? —pregunta sensual, aunque conoce la respuesta.

—Tengo que despedir a los getas, pero mañana por la noche podrías venir a visitarme de nuevo.

Olimpia no puede creer que, finalmente, no haya sido ella la que ha recibido el aviso de ir al cuarto de Filipo. Por mucho que le resulte repulsivo verle, a pesar del olor insoportable que sale de su cuerpo herido, incluso aunque odie tener que yacer con él y sentirlo cerca le provoca más asco que deseo, Olimpia siente la necesidad de ser siempre la escogida. Librarse esa noche de tener que tocar a un Filipo decrépito no le produce alivio. Está muy enfadada y, como de costumbre, es Hermíone quien tiene que escuchar sus airados lamentos:

—¡Nicesípolis! ¡Ha llamado a Nicesípolis! ¿Cuánto hace que no se acostaba con ella? Dudo hasta de que se acuerde de cómo es. ¿Qué ha hecho ella cuando han venido a buscarla?

—¿Qué podría hacer sino vestirse e ir? —contesta resignada la sirvienta, que teme que estalle la tormenta—. Filipo no es un hombre al que se pueda decir que no. Bien lo sabéis vos.

—¿Y se ha vestido y perfumado mucho?

—No ha tenido tiempo para mucho arreglo —responde Hermíone sin querer entrar en detalles. Piensa que no es necesario contarle a Olimpia que Nicesípolis solo necesita un sencillo vestido blanco para parecer una diosa.

El silencio de Hermíone no evita el enojo de su señora. Cuando la molosa está enfadada, apenas importa lo que los demás hagan. Todo aumenta su ira.

—¿No ha tenido tiempo para mucho arreglo? Es decir, que sí se ha preparado para el encuentro. ¡Maldita tesalia traidora! —grita Olimpia lanzando al suelo la diadema de oro que se había colocado para ir a su cita.

Hermíone se agacha a recogerla sin dejar de mirar a su señora que empieza a descontrolarse y a buscar culpa donde solo puede haber obediencia. Molesta por la actitud de Olimpia, trata de que razone.

—Precisamente el hecho de ser tesalia es lo que hace que Filipo la busque, lo sabéis señora. Hay un enfrentamiento en esas tierras, tanto los nobles de Feras como los de Larisa quieren tomar más poder de lo que Filipo puede dejarles. Tiene un hijo con Filina, de Larisa. Supongo que ha pensado que, si tiene un hijo con Nicesípolis, de la facción rival, será más fácil acabar con las disputas.

—Supones mucho para ser una simple criada —escupe Olimpia quitándose el vestido y dejándolo caer también al suelo para obligar a la mujer a agacharse a recogerlo. Hermíone lo hace con paciencia, sin quejarse. Sufre cuando ve padecer innecesariamente a su señora.

—¿Y si ella se queda embarazada?

—Pues yo me alegraré por Nicesípolis, hace tiempo que desea ser madre. Como amiga suya que os decís, también deberíais regocijaros de su dicha.

Olimpia, desnuda en el centro del dormitorio, se mira en el espejo y se siente desdichada con lo que ve. Ya no es tan joven, ni su piel tan tersa, ni sus miembros tan firmes. Pero, hasta ahora, Filipo siempre la había preferido antes que a ninguna de las otras. En su interior, sabe que Hermíone tiene razón, que los intereses políticos de Filipo suelen estar por encima de sus lealtades conyugales, pero no deja de inquietarle el pensamiento de que, quizás, también esté empezando a darse cuenta de que ella no le corresponde y con ello busque una sustituta. Nicesípolis es culta, guapa, inteligente y dócil. Es tan perfecta que Olimpia siente cómo la rabia crece dentro de ella. El deseo de destruir es tan fuerte que rompe a llorar y se tira a la cama, bocabajo, ocultando su vergüenza en la almohada, que queda marcada por el kohl pensado para iluminar los ojos verdes de la molosa. Solo se calma cuando nota el frío tacto de Circe, que se acurruca junto a ella.

—¿Dónde has estado metida, pequeña? —pregunta Olimpia mientras acaricia la suave piel de la serpiente—. Hace días que no te veía. ¿Has ido a mudar tu piel? Eres la más inteligente de todas nosotras. Debería aprender de ti, debería aprender a cambiar sin aferrarme a lo que se queda atrás, a la piel que ya no sirve.

La serpiente tiene los ojos abiertos y mira a la mujer con esa mezcla animal entre la alerta curiosa y la indiferencia hacia los problemas humanos.

—Vienes y vas a tu voluntad —prosigue Olimpia su monólogo—, sabiendo que te voy a recibir cuando tienes frío o te has cansado de tener que buscar tú misma el alimento. ¿Qué pasaría si un día no quiero dejar que vuelvas? Es la historia de mi vida. Es lo que todos hacen. Llegan, se dejan querer y se van cuando ya no me necesitan.

Hermíone escucha la perorata mientras recoge el cuarto. Resopla cansada, no tanto por el esfuerzo físico, sino por el hastío que le produce la actitud de Olimpia.

—Incluso ese desagradable animal es más inteligente que vos, señora. Aunque no se le pueda catalogar como leal, demuestra astucia. Sabe cuándo arrimarse a vos y cuándo conservar su independencia. Todos deberíamos aprender de ella.

Olimpia se gira a mirar a Hermíone. Ha estado hablando con el reptil sin dejar de ser consciente de que la mujer la estaba escuchando. No está segura de si hablaba a la serpiente, a sí misma o a la tebana.

—¿Y qué te gustaría aprender de Circe?

Hermíone detiene su actividad. Ya ha colocado la diadema en su sitio y lleva el vestido en el antebrazo. Mira las sábanas manchadas y piensa que tiene que mandar que las cambien en cuanto se vayan la mujer y el animal. Mil veces ha pedido a Olimpia que no deje que la serpiente se pasee por la cama, pero ambas parecen hacer caso omiso a sus consejos.

—¿Qué me gustaría aprender de Circe? —repite en voz alta. Sus ojos se quedan clavados en el cuerpo enrollado del animal en el que cada vez son más visibles las cuatro líneas oscuras sobre el cuerpo pardo. Tiene la cabeza levantada y mira a la sirviente con dos pequeños ojos curiosos prolongados por dos largas líneas negras—. A reconocer cuando una tormenta se acerca y esconderme antes de que me estalle encima. A dejar que el agua me resbale por el cuerpo sin que me cale tanto que tarde horas en volver a calentarme. A gustar de la vida solitaria sin sufrir pensando dónde y cómo estarán los seres a los que amo. A afrontar la muerte de los que se van sin miedo ni remordimientos.

—Circe es muy sabia, por tanto —comenta Olimpia, que analiza las palabras de su sirvienta y siente que tienen mucho de reflexión, una parte de queja y otra de reproche velado—. Siempre que llega, los dioses se revelan de una u otra forma. Es mi mensajera personal.

—No permitáis que esas palabras sean escuchadas por unos oídos que no sean los de esa bestia, si es que los tiene, y los míos —murmura Hermíone—. Si alguien tuviera dudas de si sois una hechicera, se le aclararían para siempre.

—No soy yo la que juego con plantas y drogas —se defiende Olimpia.

—No, efectivamente. Sois la que habláis con serpientes y las lleváis a unos rituales a los que acuden la práctica totalidad de las mujeres de la zona.

—Menos tú y Nicesípolis.

Olimpia se gira enfadada. Hermíone sale de la habitación. Está harta de las quejas, las insinuaciones, las ofensas infundadas y los estúpidos celos de su señora.

Hace tanto tiempo que Nicesípolis no visita el dormitorio de Filipo que había olvidado cómo era. En la puerta se encuentra con Pausanias, que la recibe con una sonrisa tranquilizadora. Ella tiembla.

—Será rápido —le dice él—. Está muy drogado, esta tarde ha tenido que tomar más opio porque ayer se excedió en el banquete. El dolor de la pierna es insoportable.

—Gracias —musita Nicesípolis mientras entra en la antecámara. Filipo está tumbado en la cama y es cierto que su pierna tiene muy mal aspecto. Ella se acerca tímida, mirando, casi sin querer, la herida, mientras reconoce en los ojos de él el efecto del opio.

—Nicesípolis —susurra Filipo—. ¡Cuánto tiempo sin estar a solas!

—Lo que vos habéis querido, Filipo. Yo solo estoy aquí para obedecer vuestras órdenes y cumplir vuestros deseos —contesta sumisa—. Esa herida huele mal, ¿qué os están dando para la supuración?

—¡Cómo voy a saberlo yo, por Hades! Me han dicho que eres buena con las plantas y los remedios, ¿qué crees que me han puesto?

Nicesípolis, mucho más segura de sí misma, acerca la nariz a la herida y roza con sus blancos dedos los bordes de la úlcera.

—Creo que es grasa de lana. No parece que esté dando buenos resultados, ¿os duele mucho?

—¡Claro que me duele mucho! Pero no te he llamado aquí para que hagas de médico, de esos ya tengo muchos y estoy harto de ellos.

Nicesípolis asiente y se echa para atrás, confundida y asustada. Filipo siempre le parece un hombre enfadado, dispuesto al ataque. Nunca ha comprendido cómo a Olimpia le podía gustar pasar tiempo con él.

Sus pensamientos se interrumpen cuando Filipo le ordena que se desnude. Ella, incómoda por la situación, lo hace sin poder levantar la vista, incapaz de mirar al hombre que empieza a tocarse los genitales sin ningún pudor. El cuerpo de la mujer le excita, tan blanca, tan bella, aunque demasiado delgada para su gusto.

—No puedo apenas moverme, tendrás que ponerte tú encima, ¿de acuerdo?

Nicesípolis se siente horrorizada ante la petición, pero tiene tanto miedo de su ira que, con mucho cuidado, se pone a horcajadas encima de él y deja que la sobe sin ningún cuidado, le aplaste los pechos y pellizque sus pezones rosados. Cuando ve que él está listo, se mueve para introducir el pene dentro de su cuerpo. Arde al entrar, pues ella no siente ningún deseo. Él no se da cuenta, pendiente solo de sus propias apetencias. Nicesípolis no sabe muy bien qué es lo que tiene qué hacer, pero su instinto le dice que lo mejor es moverse arriba y abajo. Filipo la coge por la cintura y, luego, directamente, agarra sus nalgas para imprimir a la tesalia el movimiento y el ritmo que él necesita.

Como había dicho Pausanias, dura poco. Cuando nota el semen dentro de ella, Nicesípolis se mueve con cuidado y se despega del hombre, que tiene la mirada perdida y la boca babeando, mientras gime tan extraño que ella teme que vaya a darle un ataque de apoplejía. Se sienta a su lado, esperando nuevas órdenes, pero llega una extraña pregunta:

—¿Tú qué pondrías?

Ella le mira sorprendida. No sabe a qué se refiere.

—En la herida, ¿tú qué pondrías para que se cure antes?

—Hollín de incienso, huele mejor y es muy efectivo —responde cautelosa.

—Quiero que me lo pongas.

—Tendría que prepararlo.

—¿Se tarda mucho?

—No mucho, solo necesito incienso y tengo en mis aposentos.

—Está bien, vete y prepáralo. Cuando lo tengas listo, sea la hora que sea, vuelve y me lo echas.

—Parece que la familia va a crecer, Olimpia —le dice Filina, entre enfadada e irónica.

Olimpia la mira con desprecio, hace días que hay rumores en el gineceo de que tanto Meda como Nicesípolis están embarazadas.

—De ser así, esperemos que no nazcan niños tontos, Filina.

Y, sin más palabras, Olimpia continúa su camino hacia el laboratorio de Nicesípolis, donde la encuentra atareada. Supone que preparando algún ungüento o remedio para las heridas de Filipo que, por las veces que le hace llamar, parece haberse hecho más adicto a ella que al opio.

—¿Qué estás preparando ahora?

—Una infusión de poleo —responde Nicesípolis sin atreverse a mirar a Olimpia a los ojos.

—¿Para las náuseas? —pregunta la molosa.

Nicesípolis asiente y sigue con la mirada baja.

—Entonces, ¿es verdad? ¿Estás embarazada?

La tesalia vuelve a afirmar con la cabeza. No quiere enfrentamientos, se encuentra débil y cansada. No puede perder energías con los celos de su amiga. ¿Por qué no puede Olimpia ser feliz con su buena fortuna?

—Yo también —murmura una voz desde la penumbra.

Olimpia se gira hacia el rincón y descubre, sentada en las sombras, a la desgarbada Meda, que tiene mal aspecto.

—No creo que peligre el trono para Alejandro, Olimpia —dice Nicesípolis—. Ni tu papel como esposa favorita.

—Poco tiempo tiene para mí cuando siempre estás tú en su cuarto —reprocha la molosa.

—Sabes bien que no es por mi voluntad, sino la suya

—¡A saber las drogas que le das para que te solicite tanto!

Los ojos de Nicesípolis se llenan de lágrimas al escuchar los ataques injustificados de la que decía ser su amiga. Es cierto que Filipo demanda a la tesalia, pero nada tiene que ver con el deseo o el amor. Después de que la herida mejorase con la ceniza de incienso, el rey comenzó a escuchar sus consejos médicos y a confiar en su criterio.

Con las visitas reiteradas y los remedios funcionando, Filipo empezó a hablar más con Nicesípolis y descubrió en ella sus dotes de médico y su capacidad para saber escuchar. No es que se hicieran amigos, pero Nicesípolis dejó de temerle y disfrutaba de las charlas y las terapias, pues sentía que era su única oportunidad para hacer lo que le gustaba. Le resultaba estimulante probar los aceites que preparaba. Se los daba con friegas suaves, al principio, y luego con fuertes masajes, para que la musculatura se llenara de sangre y se empapara con fuerza de los beneficios de sus plantas. Alimentaba los músculos adelgazados con las recetas mejoradas de los más veteranos médicos y, luego, le movía despacio la pierna, hasta que, poco a poco, la rodilla comenzó a doblarse y el muslo fue ganando tamaño y fuerza.

Aunque la pierna izquierda siempre sería más delgada y débil que la derecha y la cojera no desaparecería por completo, él se sentía contento de poder andar.

El día que volvió de cabalgar estaba tan feliz que se dirigió, directamente, al apartamento de Nicesípolis. La abrazó de pura alegría y la besó con tanta gratitud que ella sintió que su cuerpo, por primera vez, respondía a los deseos del hombre al que había estado cuidando y con el que se había sentido obligada a mantener relaciones.

Muchas veces, cuando estaba en la cama con él, se acordaba de Nicómaco. Cerraba los ojos con fuerza para no ver a Filipo, para no tener que reconocer que era él quién la penetraba, y fantaseaba con los brazos delicados del médico, con sus dedos hábiles, con su sexo prohibido. Pero, ese día, se entregó a Filipo siendo consciente y feliz de que era su esposo el que la poseía.

Un par de semanas más tarde notó los primeros síntomas del embarazo. En su cándido pensamiento pensó que Dionisos la había ayudado y que había sido en ese único encuentro apasionado con Filipo en el que la criatura había sido concebida. Jamás se lo contaría a nadie, decidió. Era su más íntimo secreto.

—Olimpia —dice Nicesípolis saliendo de sus pensamientos—. Yo siempre seré tu amiga, y nunca dejaré de apreciarte. Sé que es tu naturaleza la que te impide celebrar conmigo, con nosotras, la fortuna de ser madres. Sé que tu espíritu vive atormentado, que estás atrapada en un cuerpo que vive con miedo la soledad y el rechazo. Espero que te des cuenta a tiempo de que tú misma puedes acabar provocando aquello que más temes. Hermíone te quiere, yo te quiero, incluso Filipo, a su manera, te quiere. Eres la única que no puede verlo.

—Hace días que me invade una duda —dice, de pronto, Olimpia, con los ojos llenos de ira.

—¿Qué piensas?

—¿Por qué yo, que he pasado muchas más noches que vosotras con Filipo, no me he quedado embarazada desde el nacimiento de Cleopatra?

—¿Dónde quieres ir a parar? —pregunta Nicesípolis preparándose para un ataque.

—Tú eres la experta, ¿no? ¿Conoces alguna planta que pudiera evitar los embarazos? ¿Me has estado echando algo en la comida o en la bebida? —grita acusando a la tesalia, que la mira horrorizada.

Nicesípolis se pone tan nerviosa por la acusación que el frasco del poleo resbala de sus manos y golpea contra la mesa, partiéndose en el acto. El estruendo de la cerámica al romperse hace perder los nervios a la siempre tranquila tesalia:

—¡Por todos los dioses! —grita—. Realmente, Olimpia, das mucha pena. Nunca conocí a nadie con un alma tan atormentada como la tuya. No imagino cuánto puedes estar sufriendo para decir cosas tan horrorosas. Puedes creer lo que quieras. Como te he dicho antes, siempre seré tu amiga.

—¡No necesito tu condescendencia y tu lástima! —escupe, mientras sale buscando la luz del patio, la tibieza de un sol que apenas calienta.

Enfadada y triste se dirige hacia la zona oficial de palacio. Busca a Pausanias, se siente tan sola que ya no aguanta la presión en su pecho. Se dice que todos la abandonan, que el palacio está lleno de traidores, que nadie es realmente generoso, que todos buscan su propio ascenso sin pensar en las consecuencias. Confía en la lealtad del oresta porque sabe que está enamorado de ella. Siempre lo supo y alimentó ese amor imposible. Pero, ahora, todo es diferente, ella ya no quiere a su marido, se ha caído el velo que la tenía ciega. Ahora puede querer a Pausanias, el hombre más generoso que nunca ha conocido, el que haría cualquier cosa por ella, por su bienestar, por hacerla feliz.

Caminando por el palacio, no es consciente de que todas la miran extrañados. No es usual que una mujer recorra las dependencias masculinas, pero los soldados la conocen y le temen, por lo que la dejan hacer. La rabia y la vergüenza no la dejan pensar bien. Solo actúa, se mueve impulsada por el miedo a la soledad, por la imperiosa necesidad de ser querida, de ser imprescindible para alguien. Decidida, llama a la puerta de su amigo. Oye voces dentro y, sin pensarlo, abre la puerta buscando unos brazos que la saquen de su dolor.

Cuando entra en el dormitorio de Pausanias y ve a Filipo desnudo en la cama, el mundo se derrumba.

32

El viejo palacio

Pasarón (Épiro), 343 a. C.

Quince años han pasado desde que Olimpia, entonces Políxena, partió de Pasarón para embarcarse rumbo a su destino: Filipo. Cabalgando delante de la carreta en la que viajan las mujeres, Alejandro es la prueba viviente de esos quince años. Joven, fuerte, de belleza seductora, mirada curiosa y sonrisa ausente.

La idea de viajar con toda la familia ha sido de la propia Olimpia que, trastornada por todos los cambios acaecidos en su vida, sintió un impulso repentino, pero muy vivo, de volver a su tierra natal, a su Molosia. El nombramiento de su hermano Álex como rey le pareció una ocasión perfecta para retornar al viejo palacio y mostrar a sus dos hijos el lugar donde creció, la tierra de los descendientes de Aquiles. Pues no quiere que ni Alejandro ni Cleopatra olviden nunca que ellos, además de Argéadas, son Eácidas. La sangre de Aquiles se mezcla en sus venas con la de Heracles. De esta divina mixtura solo pueden nacer seres excepcionales.

Olimpia mira a su hija Cleopatra que, cansada de ir sentada al lado de su madre, ha convencido a su padre para que la lleve a lomos del caballo. Filipo, siempre abierto a los caprichos de la pelirroja, va encantado charlando con la pequeña.

—¿Ya no te duele la pierna, padre? —pregunta la niña.

—Apenas se resiente cuando va a cambiar el tiempo —miente el rey. Ha pasado casi un año en el palacio, recuperándose de la pierna, y siente que en ese tiempo ha envejecido más que en toda su vida de guerrero. Echa de menos la lucha por la vida, la descarga de energía que siente al pelear, la euforia al conocer la victoria, la felicidad al celebrar junto a los hombres enaltecidos el triunfo, el dolor al conocer el nombre de los que ya no volverán.

Su verdadera familia es su ejército. Durante un eterno año se ha visto en una cama o en su sillón, esperando sin paciencia las noticias que tardaban varias jornadas en llegar. Solo el vino y el opio impedían que la inquietud le matara, que la desazón por no saber qué estaba pasando en el frente lo destruyera.

Pero lo que más le ha molestado en su convalecencia eran las peticiones y exigencias de sus esposas. Filina, con su insufrible voz, incapaz de reconocer que su belleza, marchita, no le atraía en absoluto. Audata y su indómito carácter. Se obligó a yacer con ella para evitar suspicacias y en las tres ocasiones sintió que era tan agotador y frustrante como domar a una vieja yegua. De Meda no soportaba ni su aire frágil ni su eterno olor a marihuana. Dejó de llamarla cuando se confirmó el embarazo.

La mente de Filipo comienza a comparar a las dos restantes. Nicesípolis, inteligente, dulce, sumisa; y Olimpia, bella, salvaje, imprevisible y apasionada. Piensa en lo feliz que sería si consiguiera una mezcla de ambas. Mientras, su cuerpo cansado y dolorido busca la dulzura curativa de la rubia; su espíritu conquistador y su corazón apasionado prefieren las batallas verbales y sexuales con la gata de ojos verdes.

—Cuando volvamos a Pella, aprenderé a montar a caballo, como Cinane —le grita la niña entusiasmada, interrumpiendo su debate interno—. ¿No podemos ir más deprisa? Por favor, padre.

Filipo agarra fuerte a la niña que chilla de emoción y, ante la mirada horrorizada de Olimpia, fustiga al caballo para que pase al trote y, luego, sale del estrecho camino de tierra para lanzarse, a galope, entre las altas hierbas y los escasos árboles que conducen hasta el río Haliacmón. Los gritos de entusiasmo y excitación de la pequeña se extienden por todo el valle.

Aprovechando el momento, Pausanias se acerca al carro. Olimpia lo ha evitado desde que descubrió que su esposo y él eran amantes. El hombre sabe que ella está ofendida y que, con toda seguridad, lo odia con todas sus fuerzas.

—Señora —musita él, aunque ella no lo oye porque se lo impiden el golpeteo de los cascos del caballo, la marcha de los bueyes y las ruedas del carro. Tampoco quiere escucharlo, pero él insiste, subiendo la voz—. Señora, tenemos que hablar.

Ella no se gira a mirarle. Los ojos verdes están clavados en la espalda de su hijo, que cabalga delante.

—Recordad lo que os escribí, todo lo hago por vos, señora. Todo.

Olimpia aparenta no haber escuchado, aunque sus ojos se llenan de lágrimas. Consigue contener la rabia que siente y frenar los reproches, pero nada calma su dolor, la mortificación que le causa la traición. Altanera, se asoma para llamar a su hijo y le pide, acallando el pánico, que la lleve con él hasta el río.

Cuando llegan, padre e hija están sentados bajo un haya observando en silencio la enorme masa de agua que parece haberse derramado suavemente sobre el valle, cubriendo como un espejo que devuelve al cielo su intenso azul y las manchas blancas de las escasas nubes. El sol incide sobre una pequeña isla yerma en el centro del caudal.

—¡Qué río más tranquilo! —exclama Cleopatra.

—Nunca te fíes de un río —responde Filipo—. Donde parece más calmo, la profundidad es mayor y, en cualquier punto, se puede esconder un remolino, una turbulencia que te atrape hasta el fondo. Un poco más arriba, en su nacimiento en el monte Pindo, baja con fuerza y su ruido es atronador. Más abajo, se encaja entre rocas duras. Aunque parece que estas lo sujetan, poco a poco las va lamiendo y desgastando, llevando las arenas que arranca hasta el Egeo, donde forma un hermoso delta, como si el río entregara al mar una ofrenda. Los ríos son como las personas, imprevisibles, inconstantes, salvajes, traidoras.

—Salvajes, traidoras —repite Olimpia, casi sin darse cuenta, mientras se sienta al lado de Cleopatra y acaricia el rojo pelo. La niña se inclina y reposa la cabeza sobre el pecho de la madre, que la abraza y besa repetidamente.

—¡Me quedaría toda la vida aquí! —exclama dichosa la pequeña—. Los cuatro juntos, mirando al río en paz. Me gusta tanto poder estar al aire libre.

—Lo dices porque el tiempo es bueno. El invierno es muy duro a la intemperie —le recuerda, sin reproche, el padre.

Cleopatra, sin levantar la cabeza del cuerpo de su madre, mirando al cielo limpio, comenta:

—También es duro vivir encerrada en un lugar en el que el único árbol que vemos es una vieja higuera que ha tenido que endurecer su tronco para protegerse de las dagas que vuelan en el patio.

Olimpia, sorprendida por las duras y adultas palabras de Cleopatra, aprieta contra su pecho la cabeza de la muchacha, que comienza a llorar suavemente.

—Somos muy afortunadas, Cleopatra, mi niña —le dice Olimpia mientras limpia las lágrimas—. Hubo un tiempo en que yo pensé que habría sido mejor nacer hombre. Me llenaba de cólera ver cómo mi tío alcanzaba un puesto que no le correspondía y sentí mucho miedo cuando me prometieron a un hombre que no conocía. Cada vez que tu padre marcha a la guerra, mi corazón se queda suspendido, esperando noticias, anhelando su vuelta. Habría dado lo que fuera por ser yo la que partiera al frente, la que despachara con embajadores, la que decidiera lo que es justo e injusto. Pues, aunque nos digan que son los dioses los que ordenan, las leyes las hacen los hombres. Todo eso pensaba hasta que nació Alejandro y, luego, llegaste tú. Engendrar y dar vida es el mayor regalo que los dioses pudieron darnos. Por eso ya no envidio a los hombres.

Los cuatro callan. Solo se oye el rumor del río y los pájaros que pululan y van de un árbol a otro, comunicándose entre ellos, ignorando a los humanos.

—¿Y por qué es imposible hacer las dos cosas? ¿Por qué una mujer no puede cabalgar, ir a la guerra y tener hijos? —insiste Cleopatra, que aún no ha abandonado la costumbre infantil de cuestionarse la vida.

—Porque la vida que damos las mujeres y la muerte que traen los hombres son incompatibles, mi niña.

Cuando llegan a Pasarón, Aribas y su familia aún están en palacio, esperando la llegada del nuevo rey. Troa, junto a su esposo, recibe a la comitiva en la sala de audiencias. Sus hijos, Alcetas y Eácides, están sentados con ellos. Sus rostros son sombríos, fríos, fingiendo una dignidad que se les escapa.

—El oráculo ha sido favorable, estimado tío. Es hora de que abandonéis Pasarón —proclama solemne Álex—. Desde hoy, soy el nuevo rey. La Asamblea así lo ha decidido.

—Quieres decir que Filipo de Macedonia así lo ha decidido. Hoy, el reino de Épiro pierde su independencia, me temo. Pasará a ser uno de los estados vasallos de vuestro poderoso cuñado.

—Épiro mantendrá su independencia y apoyado por nuestros aliados, los macedonios, haré de él una región próspera y segura. Ahora ha llegado el momento de que salgáis hacia Atenas. Celebremos que ya no se sustituye a un rey haciéndolo matar.

Troa se levanta y, con paso lento y pesado, se dirige a su sobrino Alejandro. Acaricia el rubio cabello mientras el muchacho permanece impasible, mirando al vacío, como suele hacer cuando no quiere que nadie lea sus emociones.

—¿Tú eres Alejandro? ¿El rey más grande que la historia va a conocer? —se burla Troa.

—Lo soy —responde seguro el muchacho, clavando las pupilas azules en la cara redonda de su tía. Ella retrocede un paso.

—¿Te ha contado Hermíone toda la historia, Políxena?

—Mi nombre es Olimpia —puntualiza la mujer, y se coloca al lado de su hijo, al que roza con la mano el brazo izquierdo. Alejandro está helado, como si se hubiera convertido en dura roca.

—¿Olimpia, te ha contado Hermíone todo lo que ella sabe? —insiste Troa irónica—. ¿Por qué no se ha atrevido a venir? Nuestro tío estaba allí cuando el oráculo habló.

Olimpia, llena de ira, se acerca a Aribas y lo desafía con la mirada. Ya no le tiene miedo, ya no tiembla de rabia y vergüenza cuando lo tiene delante.

—Y bien, tío, ¿qué es lo que dijo la sacerdotisa? ¿Acaso no vaticinó que de la sangre de Neoptólemo nacería el rey más grande? ¿No anunció que iba a haber un nacimiento próximo? Y la que nació en la casa de Neoptólemo fui yo. Ni Troa ni Álex. ¡Nací yo! —chilla enfadada, perdiendo el control de la situación, como si la vuelta a Pasarón supusiera la vuelta a esa infancia dolorosa que le hacía enrabietarse, chillar y comportarse como un ser vulnerable, siempre a la defensiva.

—Olimpia —interviene Filipo acercándose a su mujer y cogiéndola del brazo—, el rey depuesto se marcha ya. Es tiempo de festejar el nombramiento del nuevo monarca. ¡Viva Alejandro, rey de Épiro!

Olimpia da vueltas en su antigua cama, testigo de cientos de noche de lágrimas de rabia y dolor. Se oye a Cleopatra respirar suavemente en la habitación contigua, la que ocupaba Hermíone. Se levanta despacio y, descalza para no molestar, se acerca a ver a su hija. Duerme tranquilamente, ajena al pesar que oprime el pecho de su madre y a la celebración masculina que escucha en la distancia.

Atrapada por el insomnio, Olimpia se viste y sale del cuarto. Sin destino fijo, pasea por el palacio en silencio, solamente acompañada por la tristeza del recuerdo, por miles de preguntas que nunca fueron contestadas. La atmósfera gris y fría del palacio parece restarle luz, robarle la energía. Los gruesos muros retienen todo el dolor de la infancia, la inseguridad de una niña no querida, el miedo de una joven excluida. Ella aprendió a transformar todo el dolor en rabia.

Deambula triste hasta que llega, sin pensar, al cuarto de su madre que, en los últimos años, ha sido el de su hermana Troa. Está en la segunda planta, en la zona más soleada de la casa. Desde el pequeño ventanuco, en los días despejados se pueden ver los pastos y, a lo lejos, las oscuras aguas del lago Pamvotis, donde los vientos provocan unas tormentas tan fuertes e imprevisibles como las que agitaban el alma de la joven.

Deidamía nunca la dejó entrar en su dormitorio mientras vivía. La primera vez que pudo verlo con calma fue la noche que ella murió, cuando nació Álex. Aprovechando la confusión, la pequeña Políxena se coló en la habitación prohibida. Allí encontró una pequeña cama, cubierta por grandes pieles de oso, en la que su madre no volvería a dormir. Dos emociones estallaron en su corazón: alivio y tristeza. Con el tiempo, el primero superó a la pena, pero siempre se preguntó cómo pudo sentir tanto dolor por la pérdida de una madre que nunca ejerció como tal.

Como hizo aquella noche, se sienta en una austera silla frente a una gran mesa de madera labrada que ahora está vacía, pero que siempre estaba llena de cremas, ungüentarios y perfumes. Tampoco está el pequeño espejo decorado con una imagen de Hera triunfante acompañada de un pavo mal ejecutado por un mediocre artista local. Olimpia recuerda vagamente que el objeto era un regalo de su abuela a la que nunca conoció. Incluso aunque fuera una obra vulgar, Deidamía lo conservaba como un tesoro, siempre ufana de sus orígenes familiares. Privarla del contacto con sus abuelos, tíos y primos fue otra forma de castigo que impuso a la pequeña Políxena.

Su madre era una mujer muy austera. Sus ropas eran sencillas y apenas se maquillaba. Llevaba siempre el cabello, muy rubio, recogido en un moño bajo. El rictus permanente en la cara y la ausencia total de sonrisa nublaba los bellos ojos y la delicada piel. Era el ser más gélido que jamás ha conocido.

—Hermíone dice que vos elegisteis mi nombre, madre. ¿Por qué me pusisteis Políxena? —preguntó una vez, siendo niña. Su madre bordaba en el cuarto donde todas las mujeres de la casa se reunían. No recuerda por qué estaban las dos solas, pues era muy inusual.

—Era la hija de Hécuba. Estaba destinada a morir joven.

—¿Queréis que yo muera?

—Me da igual si lo haces.

Olimpia recuerda cómo su padre llegó en ese momento y reprendió a la mujer por su comentario. Deidamía no se inmutó:

—Que no pregunte sandeces —fue su respuesta. Y siguió bordando.

Olimpia no quiere que el recuerdo vuelva a herirla. La habitación aún huele al perfume de su madre, el que su hermana sigue utilizando. Una arcada sacude su menudo cuerpo y ella sale tan corriendo del cuarto que, sin darse cuenta, acaba chocando con el enorme pino que preside el patio del gineceo, testigo mudo de las miles de veces que Troa la castigó, pegó, rompió sus juguetes y la humilló con insultos delante de los criados. Ella se defendía como podía, pero siempre acababa magullada, castigada y con el orgullo sangrando.

Olimpia creció convencida de ser fea y carente de gracia. ¡Era tan diferente a su madre y su hermana! Si ellas eran altas y robustas, Políxena era pequeña y muy delgada, con unas piernas largas y sin carne que decían se parecían a las de las cigüeñas. Si madre e hija tenían el cutis lleno de pecas, rosado y suave, Olimpia era de tez oscura, del color de la aceituna recién prensada. Si Troa y Deidamía eran rubias, con el pelo casi blanco, largo y lacio, suave y muy fino, Olimpia tenía unas greñas morenas, rizadas y fuertes como cuerdas, que tendían a hacerse nudos, sobre todo por la nuca. Solo Hermíone tenía paciencia para desenredarlo, y le decía que las diosas nunca aparecían pintadas con los pelos mustios y sin gracia como los de su hermana. La niña se reía y, alguna vez, irritada, se lo espetó a Troa y devolvió insultos con tirones de las rubias guedejas. Troa lloraba exageradamente y chillaba como si le hubiera clavado cuchillos. Habría sido una buena actriz.

Una de las veces en las que las hermanas se pelearon, Deidamía apareció con unas tijeras. Enganchó a Políxena que, enfrascada en tirar del pelo a su hermana, no la vio venir. La mujer agarró con furia los mechones y se los cortó sin miramiento mientras los tiraba al suelo o se los lanzaba al cuerpo. Cuando se dio por satisfecha, empujó a la niña y le dijo:

—Ahora vete a llorarle a tu criada, a ver si ella puede arreglar el monstruo que eres. ¡Bien se nota la leche que mamaste, desgraciada!

Hermíone no tuvo más remedio que cortar más el pelo para igualarlo. Ella se veía como un niño o, lo que era peor, como esas pobres campesinas a las que rapaban cuando llegaban las plagas de piojos o pulgas. Hermíone trató de ponerle un velo para taparlo, pero la niña se negó. Quería que su padre la viera, que supiera lo que le habían hecho. Pero Neoptólemo no dijo nada. Acarició la cabeza de la niña y se quedó mirando a Hermíone.

—Ha sido vuestra esposa —dijo la criada muy enfadada—. Trata a la niña peor que a los esclavos o a los ladrones.

—Deidamía está delicada, sufre de melancolía y males de nervios. Políxena es una niña muy traviesa y eso irrita a mi esposa, que necesita reposo y silencio. Lo mejor para las dos es que no la dejes que se acerque mucho a su madre.

—Yo la mantengo ocupada y lejos de vuestra esposa. Políxena es una niña. No es rebelde, no es mala. Es una niña sana que solo quiere jugar. Pero su hermana la provoca para que la castiguen. Es tan perversa y retorcida como Deidamía.

—¡Basta ya, Hermíone! —le chilló el hombre, aunque más que enfadado parecía agotado.

—Yo voy a alejar a la niña todo lo que pueda, pero no le voy a impedir que se comporte como lo que es. Si le molesta a su esposa, nos marcharemos. O se tendrá que ir ella. Es vuestra decisión, Neoptólemo.

Políxena miraba a uno y a otro sin entender. Ella solo quería el consuelo de su padre, una caricia, una mirada de apoyo. Pero no la miró en ningún momento, solo hablaba con Hermíone con una honda tristeza. Recordando ese momento, Olimpia ve a su padre como un cobarde. No se imagina a Filipo dejándose tratar así por ninguna mujer, menos por una criada. Cientos de veces ha pensado en preguntar a Hermíone por qué su padre se comportaba así, pero el miedo a la respuesta es mayor que la curiosidad.

Después de esa conversación, hubo unos meses de tregua en el palacio. Hermíone consiguió el permiso para poder sacar a la niña a pasear. Recuerda las caminatas por el monte, la sensación de andar descalza por la hierba y la inmensa libertad que sentía al dejarse caer por las laderas. Olimpia sonríe al recordar. Aún no conocía a Dionisos, pero comprende que ella era una ménade incluso cuando desconocía lo que esa palabra significaba.

El recuerdo de los paseos la lleva a pensar en Clitemnestra, la única amiga de su edad que tuvo en la infancia. Era la hija de una esclava tesalia, otra Hermíone, aunque la madre y la hija no podían ser más diferentes. A Políxena le gustaba la tesalia porque siempre estaba de buen humor y contaba muchas historias divertidas, además de saber todos los secretos del palacio. Era tan cotilla como leal. Su hija, sin embargo, era muy tímida y propensa a llorar. Hablaba siempre con voz susurrante y se sentía tan insignificante que siempre pedía permiso para todo. Se ocultaba tras su madre, tras el árbol, un banco o la propia Políxena cuando veía a Troa aparecer.

Muchas tardes, la tesalia y su hija acompañaban a Hermíone y Políxena en sus paseos por el monte. Y así conocieron a Draco.

Era un animal imprudente y juguetón, una cría de pastor moloso con el hocico chato y húmedo y una enorme lengua con la que se empeñaba en lamer a las muchachas. Se presentó de repente, en el camino hacia Dodona, y se dirigió resuelto al encuentro de las chiquillas.

Clitemnestra perdió toda su timidez, lo acariciaba sin miedo y corría delante de él, divertida, riendo como nunca la habían visto. Las dos mujeres adultas, contagiadas de la felicidad infantil, miraban a las niñas jugar y a Clitemnestra desinhibida, dichosa, con la cara colorada de la carrera y la risa.

Luego se escuchó un ladrido más fuerte, de un animal adulto, y una enorme perra blanca y gris apareció buscando a su hijo. Tras ella, el pastor, enfadado por el tiempo que el cachorro le había hecho perder, amenazando con su bastón al juguetón animal, que se escondió tras Clitemnestra aullando de miedo. Todo parecía indicar que no era la primera vez que el bastón le golpeaba. Hermíone se interpuso entre el hombre y la niña:

—¡Ni se te ocurra golpear al animal! —le gritó.

—¿Y quién eres tú para prohibirme que haga con mi perro lo que me dé la gana?—respondió el hombre, levantando el bastón para golpear también a la mujer, aunque frenó el gesto al ver al soldado que las acompañaba.

—Somos miembros de la familia real —mintió, a medias, Hermíone.

—Pues tendréis que llevaros a ese maldito perro si no queréis que lo mate. Lo habéis echado a perder con vuestras caricias, no me sirve para cuidar el ganado —respondió con descaro el hombre.

Clitemnestra y Políxena se abrazaron al cachorrillo y suplicaron a las mujeres que lo compraran, prometiendo que ellas lo cuidarían. Sorprendentemente, Hermíone les hizo caso y pactó con el pastor una cantidad que el soldado le llevaría a la mañana siguiente. Las cuatro volvieron con el perrillo al palacio y se acordó que viviría con la tesalia y Clitemnestra, temiendo que Deidamía quisiera hacerle daño si se enteraba de que era del agrado de Políxena.

Olimpia recuerda con nostalgia las maravillosas tardes que pasó jugando con su amiga y el animal en el patio de los criados. Mira de reojo la puerta que se abre en el rincón norte, tras el árbol, y un escalofrío la sacude al pensar en la última vez que la cruzó.

Fue una mañana de verano. Se levantó tan alegre que no esperó a que Hermíone le llevara el desayuno, corrió directa hacia el cuarto de su amiga. Pero no había nadie. Ni rastro de Clitemnestra, ni de su madre, ni de Draco. Volvió chillando a preguntar a su Hermíone y ella negó con la cabeza. Todo lo que le dijo es que el marido de la criada había reclamado a su mujer y a su hija y se fueron con el hombre a Butrinto, una ciudad de la costa enfrente de la isla de Córcira[32]:

—Seguro que Clitemnestra y Draco serán muy felices corriendo por la playa y viendo los barcos que van y vienen a la isla.

—¿Y por qué no puedo yo ir con ellos? —lloraba Políxena sentada en el camastro donde su amiga dormía—. ¿Por qué se han ido sin despedirse?

—Para no causaros más dolor, mi niña

—¿Acaso no duele que te dejen sin un adiós? ¿No tenía derecho yo a una última caricia a Draco? Clitemnestra es una egoísta y una desagradecida, nunca habría tenido al perro sin mí. Y ahora se lo lleva para disfrutar de él. Es como todos los del palacio, siempre me dejan sola. ¡Nadie me quiere!

Olimpia aún siente ese dolor, el temor a ser abandonada, al rechazo. Incluso sabiendo que Hermíone nunca dejará de amarla, piensa que Nicesípolis le ha robado parte del cariño que antes no compartía con nadie. Considera que ese pensamiento es mezquino y pueril, pero no puede evitarlo.

32.- Actual Corfú.

A medida que pasa la noche, la angustia va en aumento. Se limpia las lágrimas a manotazos y se dirige al lugar del palacio donde más feliz fue: el despacho personal de su padre, el que usaba como sala de lectura. Aunque está situado fuera del gineceo, solo un pequeño pasillo le separa del patio y su padre siempre tenía la puerta abierta para ella. Una enorme hoja de roble que ahora está cerrada, aunque se abre con un crujido de queja cuando la mujer la empuja. Dentro la oscuridad es completa y la pequeña lucerna que porta Olimpia apenas deja ver el sillón donde su padre se sentaba a leer su manoseada *Odisea.*

Políxena pensaba que su padre envidiaba al héroe que pudo escapar de su pequeña isla y de su esposa durante veinte años.

—¿Te gusta más Odiseo que Aquiles? —preguntó la niña interrumpiendo el pensamiento del hombre, que miraba al paisaje, al horizonte lejano, quizá pensando en huir. Ella sabía que él no era feliz allí. Que ninguno lo era.

—Odiseo era un hombre inteligente y práctico. Resolvía problemas de hombres con gran sagacidad. Gracias a él se acabó la Guerra de Troya —contestó el hombre llevándose la mano a la cabeza. Era probable que volviera a dolerle, se quejaba a menudo de un pinchazo agudo e insoportable que apenas le dejaba pensar—. Aquiles era un semidios, impulsivo, temerario, que buscaba su propia muerte para alcanzar pronto la gloria. Odiseo me calma, Aquiles me da miedo.

—¡Pero es nuestro antepasado!

—Por eso me da más miedo —contestó el hombre, aunque la niña no lo entendió.

Olimpia, veinte años más tarde, comprende los miedos de su padre. Ella también experimenta esos deseos súbitos e incontrolables de alcanzar la fama, de hacer algo que nadie más antes haya hecho. Aunque le cueste el reproche y la incomprensión de los que le rodean. Incluso aunque pudiera perder la vida, teme más a la soledad y a la indiferencia que a la muerte.

Se acerca a un viejo sillón y acaricia el cuero desgastado. Sin pensarlo, se sienta en él, igual que hizo miles de veces tras la muerte de su padre. Al principio, solo era capaz de llorar mientras odiaba y añoraba al hombre. Después, la lectura se convirtió en su refugio.

La joven pasaba largas horas leyendo la manoseada *Ilíada* de Neoptólemo. Ella sí sentía una admiración profunda por el joven Aquiles porque llevaba al límite sus deseos: amaba más que nadie, odiaba más que ninguno, y la venganza era una obligación cuando herían a los suyos.

El amor del héroe por Patroclo encendía a Políxena, quien anhelaba profundamente que alguien la quisiera a ella como el héroe de Ftía amaba al hijo de Menecio. La obsesión por descubrir más sobre la relación de estos jóvenes amantes la llevó a aumentar sus lecturas. Fue así como conoció el teatro.

Hermíone la dejaba hacer, aunque le preocupaba la obsesión de la niña por la lectura y, lo que era peor, por alcanzar un amor que solo en los libros podía existir. Olimpia recuerda cómo la mujer intentaba que su ardiente corazón juvenil entendiera que el amor de los libros y el matrimonio real tienen muy pocos puntos en común. No la creía, no podía creerla, no quería que fuera verdad. La molosa suspira al recordar la última vez, poco antes de embarcarse hacia Samotracia, que pidió a la tebana que le contara la historia de su nombre. Parece que fue ayer. En la sala, aún resuena la contestación de la mujer:

—¿No sois ya mayor para eso? ¿Vais a pedirme cuentos en vuestra noche de bodas?

Políxena se burló de la negativa. Cogió a Álex y ambos se sentaron a los pies de la mujer, que comenzó a narrar mientras acariciaba los rizos del muchacho:

—Políxena, la princesa con quien compartes título y nombre, era hija del rey de Troya, Príamo, y de su segunda esposa, la frigia Hécuba, quien tuvo la fortuna y, a la par, la desgracia, de traer a este infame mundo diecinueve hijos, entre ellos, Héctor, Paris, Heleno, Casandra y el joven y bello Troilo —comenzó Hermíone, esperando la interrupción de Políxena, que no tardó en llegar.

—¿De verdad crees que tener hijos es una desgracia? ¡Yo quiero darle muchos príncipes y princesas a mi esposo!

—Desde el momento en que una mujer siente vida en su interior, comienza el amor más intenso y el temor más profundo. Una madre tiene que aprender a convivir con el eterno miedo a ver sufrir a sus hijos y, sobre todo, a perderlos. Y eso es lo que le pasó a Hécuba, si me dejas continuar con la historia.

—Pero tú no puedes saberlo, Hermíone, nunca tuviste hijos.

—Claro —suspiró la nodriza—. Yo nunca tuve hijos, pero os he criado y querido a vos como si hubierais salido de mi vientre.

—¿Tanto me quieres? —la mirada verde se llenó de lágrimas de emoción.

—Tanto os amo, señora —y esperó dichosa a que la joven se levantara para abrazarla y besarla con toda la prisa de una niña impaciente, con toda la pasión de un ser anhelante de cariño. Cuando los besos se calmaron y Políxena volvió a sentarse, Hermíone continuó el relato—: Los dos hijos menores de Hécuba eran Troilo y Políxena. Estando ambos dando de comer al caballo del infante, apareció el mítico Aquiles, el de los pies ligeros, y quedó prendado de la belleza del efebo. El hijo de Tetis requirió los favores del troyano, pero este se negó y salió huyendo despavorido buscando refugio en el templo de Apolo *Thymbraios*. Si por algo era conocido Aquiles era por su temible ira, que nunca aprendió a contener. Salió tras el muchacho enfadado por el rechazo y, a los pies del altar, lo atravesó con su espada. Políxena vio la escena horrorizada. Ese fue el primer encuentro con el héroe griego. Poco tiempo después, Hécuba perdió dos hijos más a manos de Aquiles, Polidoro y Héctor, el domador de caballos, el guerrero más noble que haya existido. Aquiles, vengativo y cruel, no permitió que los troyanos retirasen el cadáver del joven troyano y, durante doce días, una madre sufriente tuvo que contemplar, desde la muralla, el cuerpo sin vida de su hijo favorito, al que el dios Apolo, apiadado, impidió descomponerse. Políxena consiguió recuperar el cuerpo de su amado hermano a cambio de entregar al jefe de los mirmidones todas sus joyas. Pero, en ese intercambio, no es solo oro lo que la joven acabó perdiendo. Lo peor que podría suceder, sucedió. Aquiles, al verla, se enamoró de ella y, cuando Aquiles se encaprichaba de alguien, esa persona estaba condenada.

—¿Tú crees que él realmente la amaba? —interrumpió, de nuevo, la impaciente princesa— ¡Yo no quiero ser amada de esa manera! Espero que mi esposo no sea así. Quiero que me escuche, que me valore como mujer, que me desee y, a la vez, entienda mis necesidades, mis carencias y mis virtudes.

—Mucho pedís, me temo —susurró la nodriza negando con la cabeza.

—¡Te he oído! Voy a casarme y quiero que mi matrimonio sea feliz.

—Y, según vos, ¿en qué consiste un matrimonio feliz? —preguntó con ironía Hermíone.

—Ya te lo he dicho, quiero amar intensamente y ser amada.

—Tened cuidado con vuestros deseos —las dos volvieron a guardar silencio. Políxena estaba enfadada porque tenía miedo. Miedo a verse atada a un hombre al que despreciara, miedo a ser considerada solo una mercancía, miedo a no encontrar nunca el lugar que sentía que se merecía, atada a un hombre por un pacto del que ella no formó parte.

—Sigue con la historia, por favor —murmuró finalmente.

—Aquiles se enamoró de la joven Políxena y quería casarse con ella. Por supuesto, era un amor no correspondido. ¡Había matado a tres de sus hermanos! Políxena, sin embargo, decidió esconder el odio que sentía y simular sentirse atraída. Supo muy bien utilizar sus armas femeninas y, así, consiguió averiguar el mayor secreto de Aquiles: el punto en el que su madre Tetis lo sujetaba cuando lo sumergió en la laguna Estigia para hacerlo inmortal. La joven dio la información a su hermano Paris que, durante una emboscada, lanzó una flecha al talón de Aquiles causándole la muerte inmediata.

—Esa actitud de Políxena me produce gran confusión —comentó pensativa la muchacha—. ¿Tú crees que es correcto fingir amor para producir daño?

—¿Qué otra opción tenía? Siendo mujer, no podía luchar contra él en el campo de batalla. Las mujeres han de usar armas femeninas.

—Entonces, ¿el engaño, la traición y la venganza son armas femeninas? Yo estoy segura de que también los hombres las utilizan.

—Pero ellos siempre van a disfrazarlas de argumentos lógicos. Cuando un hombre se venga, lo hace por deber, por honor, por responsabilidad. La mujer, simplemente, es vengativa. Es su naturaleza.

—¡Qué difícil es ser mujer! —se quejó Políxena.

—Sobre todo en un mundo dominado por los hombres —concluyó Hermíone—. Al final, ellos tienen la última palabra. Como nuestro Aquiles que, a pesar de estar muerto, tras el saqueo de Troya se apareció en forma de fantasma a sus camaradas y reclamó su parte del botín: la princesa Políxena.

Como el viento no permitía partir, los aqueos comprendieron que el espectro de Aquiles no les dejaría ir hasta que no le dieran lo que pedía. Neoptólemo, el hijo de Aquiles, arrebató a Políxena de los brazos de su madre Hécuba y sacrificó a la muchacha en la tumba del capitán fallecido. Ella se convirtió así, sin desearlo, en la esposa eterna del héroe griego.

El recuerdo del fin de Aquiles despierta otros en la molosa. Pero Olimpia no quiere pensar en la muerte de su padre. No quiere que su sombrío ánimo se oscurezca más al rememorar el momento en que se enteró de que Neoptólemo se había suicidado.

Para espantar esas lúgubres ideas, se levanta del sillón y explora la sala con la escasa luz de la lucerna. Se acerca a la estantería donde el hombre tenía su colección particular de libros. La molosa recuerda cómo ponía en el estante más bajo aquellos que ella estaba autorizada a leer y colocaba en los más altos los tratados de estrategia militar y algunas obras que no consideraba adecuadas para una niña. Le sorprende comprobar que siguen allí, bajo una enorme capa de polvo. Olimpia busca la banqueta en la que se sentaba junto a su padre para poder alcanzar alguno de los ejemplares. La encuentra perdida en un rincón, también cubierta de mugre y polvo. Parece que ese despacho hace mucho que no se usa. Quizá Álex le dé permiso para llevarse algunos de los libros.

Olimpia se sube a la banqueta y se pone de puntillas para alcanzar uno de los rollos. Cada vez siente más curiosidad. Engancha uno al azar y tira de él. Recibe un baño de polvo a la vez que el asiento de la banqueta se parte haciéndole perder el equilibrio. Una docena de papiros la acompañan en la caída.

Cuando Filipo y Álex entran en el despacho, la escuchan reírse a carcajadas, sentada en el suelo, con un ejemplar de Encomio de Helena en la mano derecha, los poemas de Safo en su regazo y los de Arquíloco de Pamos junto al pie izquierdo.

—¿Sabías que padre era aficionado a los poemas eróticos? —pregunta a su hermano sin parar de reír.

Álex la mira sorprendido y se acerca para ayudarla a levantarse. Ella se deja hacer y, cuando está de pie, abraza a su hermano con todas sus fuerzas y el llanto es más intenso que la risa del instante anterior.

Olimpia siente un dolor vivo, agudo y muy presente. Atribulada por la atmósfera rancia y hostil, se arrepiente de haber ido. Pensaba que ver a su hermana salir al exilio le reportaría placer y colmaría su sed de venganza, pero el viejo palacio solo le reporta miedo y tristeza. Echa muchísimo de menos a Hermíone, su seguridad, su amor incondicional, la lealtad absoluta. Su obsesión por Filipo solo le ha servido para alejarse de las personas que realmente la quieren. Piensa en Nicesípolis, en la amistad que le ofreció y en lo dura e injusta que ha sido en los últimos meses con ella.

—Filipo, llévame a Pella —dice cuando consigue calmarse.

Quiere salir de allí, volver a su hogar, su verdadero y único hogar: el corazón de sus amigas.

UNDÉCIMA PARTE:

NICESÍPOLIS

33

LUZ

Pasarón (Épiro), 359 a. C.

Políxena estaba aburrida. Cansada de bordar ese vestido de novia que nunca sabía cuándo iba a tener que usar. Su padre le había dicho que estaba buscando un buen pretendiente para ella. «Un hombre poderoso que aprecie tu inteligencia y tus dotes para escuchar», le dijo. Ella había contestado que no quería irse de Pasarón, que quería vivir siempre con él.

Desde que su madre había muerto y Álex había llegado a su vida, todo parecía luminoso y prometedor. Se sintió un poco culpable pensando que la muerte de Deidamía había sido un gran alivio. Pensó que Hera, la diosa del hogar, podría sentirse ofendida por pensamientos tan negativos hacia la mujer que la había parido. Políxena siempre pensaba lo mismo: «lo único que hizo esa mujer por mí fue parirme». De nuevo, el miedo a ofender a alguna divinidad se apoderó de su joven cuerpo.

Los pensamientos lúgubres se esfumaron cuando Álex se acercó a ella con una lagartija retorciéndose en su mano.

—Álex, cariño, ¡no hagas eso! No está bien que hagas daño a esos pobres animales —los ojos azules del niño se abrieron de pena mientras abría la mano y dejaba caer al reptil, que salió corriendo a esconderse, aunque su cola no lucía tan larga como cuando tomaba el sol en el rincón del patio más alejado del pino. Álex siempre lloraba con mucha lástima en las pocas ocasiones en las que se le reprendía. Políxena dejó el vestido en el asiento y se levantó a consolar al chiquillo, que hundió la cabeza en el pecho de la joven para desahogar su pena. Ella le prometió un pastelito de miel y le cogió de la mano para llevarle a la cocina. Cuando oía hablar de su dulce favorito, Álex se olvidaba de todos los males.

—Os recuerdo que ese niño tiene que convertirse en guerrero —se oyó una voz grave que, a pesar de sus palabras, sonaba alegre—. ¿O va a luchar contra los ilirios lanzando pastelitos?

—¡Padre! —gritó Políxena corriendo a abrazarse al hombre—. ¡Os he echado mucho de menos! ¿Le habéis dado su merecido a esos bárbaros? ¿Dónde habéis estado? ¿Os han herido? ¿Os habéis acordado de mí?

Neoptólemo besó los negros cabellos de su hija, que llevaba sueltos en una larga cascada de rizos que le llegaban casi hasta la cintura. Políxena no quería recogerlos. Incluso en días tan bochornosos como el que estaban viviendo, prefería el calor en la nuca que parecerse en algo a su madre y hermana.

—Políxena, vuestro padre estará cansado. No le atosiguéis con tanta pregunta —regañó, con cariño, la sirvienta que había presenciado la escena con una sonrisa de alivio en el rostro—. Tengo preparada limonada fresca, señor. ¿Os apetece un vaso?

Políxena se soltó del abrazo de su padre y, antes de que pudiera contestar, corrió hacia la cocina para buscar un vaso limpio. Por el camino le decía a su padre que era la mejor limonada que había probado.

—Tiene casi catorce años, pero no pierde la impulsividad de la infancia —comentó, sonriendo, el hombre.

Hermíone le miró seria, sin saber si era un reproche o se alegraba de ello.

—Hasta hace poco no había podido disfrutar plenamente de la dulce inocencia de la infancia. Sentirse segura en su hogar —dijo la mujer levantándose de la silla y acercándose a recoger a Álex, que volvía a estar de cuclillas observando a las lagartijas que tomaban el sol.

—Siempre contó con tu apoyo, Hermíone —susurró el hombre—. ¿Qué tal se ha portado Troa en mi ausencia? ¿Se han peleado mucho?

—Gracias a Zeus, Troa se siente demasiado adulta para venir a incordiar a una niña.

—Políxena ya no es una niña, por eso he tardado más en volver —comentó Neoptólemo—. He estado en Pella, la capital de Macedonia, para ratificar nuestro pacto de ayuda mutua. El rey Pérdicas ha muerto hace poco. He llegado a un acuerdo con Filipo, su hermano y regente del rey Amintas, que es solo un niño.

—¿Vais a casarla con un niño? —preguntó Hermíone, sorprendida, mientras vigilaba que Álex no volviera a molestar a los habitantes del rincón sur del patio.

Neoptólemo lanzó una carcajada al ver la cara de sorpresa de la mujer.

—¡Claro que no! El esposo sería Filipo.

—¿Un regente? Poco me parece para Políxena.

—Es bien sabido que Filipo no va a tardar en quitar el poder a su sobrino.

—¡Un traidor a su propia sangre! —exclamó despectiva la tebana.

—Ningún hombre va a ser suficientemente bueno para ti, Hermíone —dijo el hombre sonriendo—. Nuestra Políxena es muy especial y he visto la mirada de ese hombre. El reino de Macedonia está en una situación muy delicada. Tener un rey de cinco años no aporta seguridad a la nobleza ni miedo al enemigo, que está siempre acechando. El propio Pérdicas murió en un ataque contra los ilirios perdiendo cuatro mil hombres. Filipo ha vivido muchos años como rehén en Tebas, tu ciudad. Ha aprendido del más grande de los generales de nuestro tiempo.

—Epaminondas —musitó Hermíone que, a veces, añoraba la grandeza y la belleza de su *polis* natal.

—Ese Filipo va a ser más ilustre que el maestro, ya lo verás. Lo he visto luchar y es tan inteligente como atrevido. El palacio de Pella es un lugar espléndido. Me ha enseñado todas las dependencias. Llego con la cabeza llena de nuevas ideas tanto militares como de arquitectura. Somos un reino pequeño porque nos comportamos como pequeños. Si acepta mi proposición, ese yerno será el revulsivo económico y social que este reino necesita.

Neoptólemo hablaba atropellado, esperanzado. Era evidente que la alegría y las ganas de vivir habían vuelto a él con fuerza. Ya nunca se quejaba del dolor de cabeza. Hermíone se sentía feliz de verle dichoso.

Políxena llegaba también contenta con el vaso en una mano y una bandeja de pastelitos en la otra. Álex corrió al encuentro de su hermana cuando vio los dulces.

—Si quieres uno, tendrás que pedir permiso al rey, Álex —le dijo la muchacha mientras levantaba el plato para que el niño no pudiera alcanzarlo—. Es muy listo, padre, pero no habla si no se le obliga. Le leo historias a diario para que aprenda las palabras y conozca nuestros orígenes, como vos hacíais conmigo cuando teníais tiempo para leer y os agradaba mi compañía.

Neoptólemo captó la insinuación de Políxena y sonrió. Él también echaba de menos las tardes leyendo junto a la niña y la sirvienta. Aunque recuerda esos momentos con una doble sensación. Por un lado, la paz que sentía y la cercanía a su pequeña, una niña curiosa e inteligente que interrumpía sus lecturas con mil preguntas y extrañas puntualizaciones. Por otro, la tristeza que albergaba su corazón sintiendo que la amenaza constante de la maldición les impedía ser felices, disfrutar de esos instantes.

Desde que había recuperado las fuerzas para comportarse como un auténtico rey ya casi no tenía tiempo para estar con las mujeres. Su lugar estaba en el gobierno organizando la economía del reino, escuchando a la nobleza y las necesidades de su pueblo y luchando al frente de su ejército.

La sutil recriminación de Políxena le hizo sentirse culpable de haberla dejado de lado. En lugar de agradecerle que ella se encargara de cuidar al pequeño Álex, porque su hermana Troa lo odiaba, el padre casi se había olvidado de la soledad que una joven tan enérgica como ella debía sentir en un viejo y oscuro palacio en el que no tenía más compañía que la de su querida sirvienta. Sin darse tiempo a meditarlo mucho, unas palabras acudieron a su boca:

—¿Te apetece venir conmigo mañana al lago Pamvótida? —preguntó Neoptólemo haciendo que la bandeja con pasteles casi se cayera de las manos de Políxena—. Quiero probar un nuevo caballo y me gustaría conocer tu opinión.

Por respuesta, Políxena se abrazó al hombre y dejó que los brazos de él la abarcaran.

Hermíone bordaba mientras veía jugar a Álex, que nuevamente se había ido al rincón de las lagartijas. El niño miraba y las buscaba, pero no había rastro de los animales.

—Si las molestas siempre, se marchan a otro sitio —le dijo Hermíone.

El pequeño comenzó a andar por todo el patio buscando a sus extrañas e involuntarias compañeras de juego. Vio una detrás del pino, pero fue más rápida que él y no consiguió pillarla a tiempo. Se quedó en cuclillas, parado, mirando el rincón y esperando pacientemente que volviera. Por el rabillo del ojo vio que un par de ellas salían por el lado derecho. Corrió a cogerlas, pero volvieron a escaparse. A pesar de su paciencia, el niño comenzaba a sentirse frustrado y miró a Hermíone esperando que ella le ayudara a atrapar a los rápidos animales.

—No me mires así, Álex —dijo sonriendo la mujer, que entendía la necesidad del niño, pero no estaba dispuesta a tocar un bicho.

—Políxena —balbuceó el niño, que sabía que su hermana sí estaría dispuesta a atrapar las lagartijas y jugar con él.

—Tu hermana se ha ido con tu padre. ¡Cabalgando! —exclamó, todavía enfadada. Se había negado rotundamente a que la joven montara en la vieja yegua que su padre había mandado preparar para ella—. Pero ¿para qué van a hacer caso a una simple sirvienta un rey y una princesa? ¿De quién habrá sido la idea? Seguro que ha sido de la loca de tu hermana, Álex. Ella siempre quiere hacer cosas diferentes, lo que nadie hace. Tu padre dice que es ambiciosa. ¿Sabes lo que es? Temeraria. En su afán de destacar, va a acabar despeñada. Y luego dirán que es la maldición. ¡Nos culparán a los dioses y a mí! ¿No podían quedarse quietos ahora que todo está perfecto? A tu padre no le duele la cabeza, tu madre ha dejado de hacernos daño, Troa está ocupada tratando de quedarse embarazada y mangonear a Aribas. Y tu tío, que es el peor, ahora está jugando a ser un general organizando una expedición al norte. Tiene celos de tu padre porque ahora sí es un verdadero rey. Aunque dice que se alegra, Aribas prefería cuando tu padre estaba siempre encerrado en palacio con su eterno dolor de cabeza, incapaz de frenar a su hermano ni de dirigir el reino. La vida parecía haber acabado para él. Pero naciste tú, Álex. Eres un niño de luz. Tú has traído la paz y la felicidad a este cochambroso palacio.

Álex la miraba hablar mirando al infinito. No comprendía nada de lo que decía la sirvienta, ni le importaba. Él solo quería conseguir cazar una lagartija o, si no era posible, que le dieran un pastelito. El mundo era muy sencillo.

—Troa —dijo el pequeño. No se acercó a su hermana mayor, ya había aprendido que ella iba a empujarle y, posiblemente, acabaría en el suelo. Aunque solo tenía tres años, ya había comprendido dónde no era bienvenido.

Hermíone se levantó de un salto cuando escuchó el nombre de su enemiga. La vio cruzar el patio, estirada y sin decir nada, esquivando las zonas más soleadas, pues no quería que su piel luciera oscura, como si fuera una esclava. Hermíone se dirigió al niño y lo cogió en brazos. Álex se dejó llevar a la sombra del pino. Se quedó sentado en las piernas de Hermíone y miraba hacia la puerta por la que su hermana se había ido.

—Caca —dijo señalando. Y luego puso cara de asco, la que ponía Políxena cuando quería decirle que no tocara o comiera algo. Hermíone se echó a reír.

Los excursionistas aparecieron cuando el sol ya había caído, y eso que los días eran largos. Hermíone ya había acostado a Álex y daba paseos, nerviosa, por el patio. No había podido comer ni cenar de la preocupación. Ni se concentraba en el bordado, ni era capaz de leer. Llegó a pensar que tendría que haberse ido con ellos, así podría controlar que padre e hija no hicieran ninguna locura.

Al escuchar los pasos, se giró. Un grito de angustia se le escapó:

—¡Políxena! ¿Qué os ha pasado?

La muchacha llegaba despeinada y sucia, con el chitón roto y un brazo en cabestrillo.

—No es nada grave, ya la ha visto el físico. Solo un hombro descoyuntado.

—¿Solo un hombro descoyuntado? ¿Os parece poco?

Políxena se dejaba quitar las briznas del pelo con paciencia y miraba resignada a la sirvienta.

—Estoy bien, Hermíone —trató de tranquilizarla con una sonrisa—. ¡Ha sido un día maravilloso! Padre me ha explicado muchas cosas del gobierno. Cómo hay que negociar, quiénes son amigos fieles, de quién no te puedes fiar.

—¿Un día maravilloso y volvéis con un brazo roto? —exclamó, enfadada, la tebana—. ¿Qué os ha pasado?

—La yegua me ha tirado. Bueno, no exactamente. O sí. El caso es que he ido al suelo. No soy una buena amazona —dijo Políxena con rostro más serio.

—Ya le había dicho que el animal debe tener bien claro quién manda —intervino Neoptólemo, temiendo la reacción de Hermíone—. Políxena ha dudado y la vieja Tetis ha decidido ponerse al galope.

—Si ya sabía yo que tendría que haber ido. ¡Cabalgando! ¡Por todos los dioses! —exclamó Hermíone mirando desafiante al rey, que pareció empequeñecer ante la ira de la tebana—. ¿Acaso es una bárbara o una espartana? ¿Dónde se ha visto a una mujer decente montando a caballo? Así no va a conseguir que ningún regente o rey la acepte por esposa. ¿Quién iba a querer a una mujer que monta a caballo, lee y declama mejor que ellos y se interesa por la filosofía, el gobierno, la guerra y la política?

—No te preocupes, Hermíone. Te prometo que no voy a volver a montar a caballo. Ha sido horrible. Ese animal me ha cogido manía desde el primer momento.

Neoptólemo se echó a reír. Hermíone le fulminó con la mirada. Él volvió a reír con más fuerza y ganas.

—Tendrías que haber visto su cara cuando la yegua, en lugar de ir por el sendero, la llevaba por debajo de los árboles para que se diera con las ramas.

—¡Padre! —protestó la joven—, ¡no ha sido divertido!

Pero ella también se echó a reír. Hermíone movía la cabeza, sin acabar de entender. La alegría de padre e hija acabó disipando su preocupación y su mal humor.

—Será mejor que os prepare un baño.

—¿De lavanda y romero?

—Claro, de lavanda y romero.

La mujer salió del patio más tranquila. No vio en la oscuridad a Troa mirando a su padre y a su hermana. Si alguna vez no les había odiado lo suficiente, la escena que acababa de ver hizo que la sangre se sublevara en sus venas. Notó la cara ardiendo, los puños agarrotados, el corazón acelerado y los pulmones aplastados por el odio. Tuvo que frenar el grito que deseaba salir por su boca, callar la vergüenza que sentía viendo a los asesinos de su madre disfrutando y riendo en el mismo patio en el que Deidamía tendría que estar bordando e inventando canciones para su futuro nieto.

Cuando las piernas le permitieron moverse, Troa salió a buscar a su esposo.

34

ARTEMISA

Pella (Macedonia), 342 a. C.

—¡Hermíone! ¡Nicesípolis! —grita Olimpia mientras entra como una flecha lanzada por Paris en el apartamento de su amiga tesalia. Pero la imagen que ve la deja paralizada.

Nicesípolis está tumbada en la cama, aunque cuesta reconocerla. La joven y esbelta rubia ha desaparecido. En su lugar, una mujer hinchada, abotargada, ocupa su lugar. Los ojos azules, siempre tan inteligentes y vivos, se pierden aprisionados por unos carrillos rosados, tumefactos, que ocupan toda la cara. Su expresión es triste, cansada, vencida. Respira con dificultad mientras se lleva la mano a un inmenso vientre. Unas manos también congestionadas en las que unos extraños dedos, gordos y torpes, han ocupado el puesto de los antes ágiles y habilidosos.

—Perdona que no me levante, Olimpia —musita, sin abrir del todo los ojos, la embarazada—. Hoy me encuentro muy cansada, he pasado mala noche.

A su lado, Hermíone, mira a su señora con cara de pánico y se lleva el índice a los labios para que la mujer guarde silencio y no diga lo que realmente piensa: que el aspecto de Nicesípolis es terrible y muy preocupante.

—¿Se mueve mucho el bebé? —pregunta, finalmente, Olimpia, mientras se muerde el labio inferior, insistentemente, sin poder disimular la angustia que recorre su cuerpo.

—Sí, está viva. Estoy segura de que va a ser una niña —responde Nicesípolis volviendo a recorrer con sus manos hinchadas el vientre prominente, mientras sonríe con calma—. Solo es que soy muy vieja para estar embarazada.

—¡Tú no eres vieja! Solo eres un año mayor que yo.

—Sí, pero hace doce años que tuviste a Cleopatra. ¿Cuántos años tenías entonces? ¿Diecinueve? —parece que le cuesta respirar. Su habla, siempre pausada y dulce, ahora es fatigosa, renqueante—. ¡Ojalá yo también tenga una niña como tu Cleopatra! ¡Es tan inteligente y dulce!

Olimpia, restablecida de la primera impresión, se acerca al cabecero de su amiga y le coge la mano para comenzar a acariciársela con cariño.

—¿De verdad que no prefieres un niño?

—No, no. Yo quiero una hija, un ser que no tenga que convertirse en soldado, en guerrero. Que nunca se vea en la necesidad de matar a un animal por diversión o a otro ser humano por obligación.

—Ya, por tus creencias —musita Olimpia, que no puede compartir el punto de vista de su amiga, aunque se fuerza a callar su opinión sobre la ingenuidad de una fe que no tiene en cuenta que no todos los hombres son pacíficos y nobles como ellas. Se pregunta dónde estarían ellas si Filipo y todos sus generales fueran órficos y se negaran a luchar y matar. Olimpia decide cambiar de tema. —Hablando de Cleopatra, tengo buenas noticias sobre ella.

Hermíone, que ha estado callada hasta ese momento, levanta la cabeza como un gato cuando escucha un pajarillo y se gira hacia Olimpia.

—¡Ha sangrado por primera vez! Mi niña ya no es tan niña —comenta Olimpia, que se debate entre el orgullo de ver a su hija crecer y entrar en sociedad y el miedo a tener que dejarla partir de su lado—. Ya es una doncella.

—¡Por Hera! —exclama Hermíone—. ¡Cómo pasa el tiempo! Parece que fue ayer cuando la cogí en brazos por primera vez.

—A propósito de Artemisa, ¿has ido a su altar a pedirle por un buen embarazo y parto? —pregunta la molosa.

Hermíone se levanta y se acerca a Olimpia, que desconoce que esa discusión ya la han tenido en los últimos días.

—No voy a sacrificar a un animal a ninguna diosa —responde Nicesípolis molesta—. No voy a matar a un ser solo porque penséis que una diosa quiere vengarse de mí porque ella no quiere ser madre. No creo en esa diosa.

Hermíone se siente horrorizada por las palabras de su amiga, un pánico poderoso y atroz la invade, su corazón se acelera y siente cómo la comida sube a su boca. Mil imágenes espeluznantes acuden a su mente, tiene que sacudir la cabeza para impedir que se impongan y la atormenten, como hacen por las noches.

—¡Nicesípolis! ¡Por todos los dioses! ¡No pronuncies esas palabras! ¿No temes atraer la venganza de la diosa virgen hacia la criatura que llevas en tu vientre? —exclama alarmada la sirvienta.

Nicesípolis cierra los ojos y resopla hastiada de la conversación que ya han tenido demasiadas veces. Una lágrima se escapa, solitaria, sin permiso. Cuando se calma, vuelve a abrir los ojos, aprieta la mano de Olimpia y, con la voz fatigada, le dice:

—Si yo no sobreviviera al parto…

—Nicesípolis, por favor —interrumpe la aludida.

—Si yo no sobreviviera al parto —insiste Nicesípolis—, quiero que te encargues tú de la criatura. Que la cuides, la quieras y la hagas una persona de provecho, como estás haciendo con tus propios hijos. Sé que Hermíone te ayudará, ella ya me lo ha prometido. Pero tú eres la favorita de Filipo, tienes un poder del que carecemos todas las demás. Prométeme que vas a cuidarla, por favor.

Los ojos azules se clavan en los de Olimpia que asiente, sin poder hablar. Las palabras se obstruyen en su garganta y se niegan a salir. No quiere pensar en la posibilidad de perder a Nicesípolis, le resulta demasiado doloroso. Tras la marcha de Eurídice, la de Álex y la de Pausanias, el palacio parece quedarse vacío de buenas personas, de gente que la quiere y la cuida. Ella es demasiado peligrosa para sí misma, necesita de Nicesípolis, de su inteligencia, su calma, su mesura.

—Prométemelo, Olimpia, necesito saber que mi hija va a tener el futuro que se merece. Siempre he deseado ser madre, aunque me decían que había que ser muy precavido deseando, pues los dioses te podrían conceder lo anhelado. Nunca he sido más feliz que notando esta criatura en mi vientre, sé que va a ser una gran persona, pero dudo de que vaya a verla crecer. Tú puedes darle lo que es probable que el destino me niegue. Por favor, prométemelo, Olimpia, necesito oírlo.

Olimpia, llorando desconsoladamente, consigue pronunciar las palabras:

—Te lo prometo, Nicesípolis. Quieran los dioses que tú puedas criar a tu hija porque no habrá en el mundo mejor madre que tú, pues no conozco mejor persona. Pero si los dioses no lo disponen así, te juro por Dionisos que al ser que llevas en tu vientre jamás le va a faltar nada. Ni comida, ni vestido, ni un fuego en el hogar, ni todo el cariño que una madre puede darle. Cuidaré a esa criatura como si hubiera salido de mi propio vientre. Si no lo hago, que los dioses me castiguen con el dolor más inmenso y el terror más duradero.

Nicesípolis, serena y más tranquila al escuchar a su amiga, llora en calma mientras se aferra al vientre, que no para de moverse:

—Ruego a Dionisos que el parto sea pronto, pues lo que más temo es que acabemos muriendo las dos, madre e hija.

Siento que mi cuerpo se debilita, que toda la energía se la lleva ella, pero si no nace pronto…

Hermíone, acaricia los cabellos lacios y deslucidos de la joven:

—Todo va a salir bien, mi niña. Verás como sí, ahora descansa. Tengo que hablar con Olimpia, seguro que me necesita para preparar a Cleopatra —mientras pronuncia esas palabras, coge por el codo a su señora y la saca del triste dormitorio cargado del fuerte olor a incienso y enfermedad.

Fuera, en el patio, la luz del sol las deslumbra, aunque apenas pueden percibir los rayos porque las lágrimas les cubren los ojos. Hermíone se abraza a Olimpia con todas sus fuerzas y rompe en un llanto hondo, muy triste, difícilmente contenido hasta ese momento. La más joven la deja llorar, abrazada a ella, hasta que la tormenta se va calmando, no porque el dolor disminuya, sino porque urge la necesidad de tomar decisiones.

—Sé lo que estás pensando, Hermíone —murmura Olimpia mientras lleva a la criada a uno de los asientos bajo la higuera—. Quieres que hagamos el sacrificio a Artemisa por ella, ¿verdad? No sé si la diosa lo aceptará, pero tenemos que intentarlo.

—Yo misma pagaré la mejor cabra para el sacrificio y llevaré al templo uno de los vestidos que Nicesípolis ha usado durante el embarazo, sé que a la diosa le complacen. Si vamos las tres juntas, Cleopatra, tú y yo, quizá se apiade de esas criaturas —dice Hermíone, mucho más serena.

Hermíone y Olimpia acompañan a la niña al templo de Artemisa, situado en los límites del territorio de Pella, muy cerca del bosque, dominio de la diosa cazadora. Aunque ellas querían un acto privado, la peregrinación de la esposa y la hija del rey no pasa desapercibida en una ciudad deseosa de acontecimientos y chismes. Es casi imposible que los sucesos del palacio no acaben siendo la comidilla de las mujeres en el mercado y de los hombres en el ágora, por mucho que ellos finjan que son sesudas discusiones políticas lo que solo es chismorreo.

La expectativa generada propicia que la ruta de la ciudad al santuario esté salpicada de grupos de personas que quieren ver a la esposa más poderosa y a su hija. Muchos se preguntan si se parecerá al hermano ese joven menudo que acompaña muchas veces a su padre, del que no puede ser más diferente. La sonrisa y franqueza del gigante pelirrojo contrasta con la belleza fría y rubia del muchacho, siempre distante, aunque luego su habla es dulce y escucha con atención a todo el que puede acercarse. Los que han conseguido hablar con él dicen que es un gran oyente además de tener una memoria prodigiosa, pues siempre recuerda lo contado y quién se lo ha dicho.

Las mujeres comentan que Alejandro se parece más a la madre que al padre, no solo por su corta estatura, sino también por su actitud. Aquellas que participan en los rituales de Dionisos la consideran una gran líder, llena de energía y arriesgada en sus decisiones y sus actos. No duda en acercarse a todos los grupos, en alentar a todas las mujeres, cualquiera que sea su condición. Habla con ellas, las anima, escucha sus peticiones y no son pocas las veces en que la solución ha llegado al cabo de unos pocos días. Como la envidia nunca duerme, no faltan los que dicen que los favores que hace son más para engrandecer su imagen que por verdadera solicitud y bondad. Olimpia y Alejandro despiertan admiración y celos a partes iguales.

Cuando las tres mujeres ya llevan un trecho de camino, Alejandro las alcanza impulsado por el deseo de acompañar a su hermana hasta el santuario. Sabe que la niña que es ahora ya no volverá, que la experiencia la va a transformar.

—¡Alejandro! —se vuelve la madre sorprendida cuando oye a la gente murmurar y girar la cabeza para mirar al joven que se acerca—. ¿Qué estás haciendo?

—Acompañar a mi hermana y mi madre —contesta él, remarcando la obviedad mientras mira a una joven que le sonríe sonrojada en el borde del camino.

—¿Te lo ha permitido Leónidas? Este es un acto de mujeres —insiste Olimpia, un poco escandalizada y algo avergonzada.

—No he pedido permiso a Leónidas —responde el muchacho, que sigue muy sonriente saludando a todo el mundo—. ¿Por qué tendría que hacerlo? Cleopatra es mi hermana y quiero estar con ella. ¿Cuándo han dicho los dioses que no puede hacerse? Además, a Leónidas le queda muy poco para seguir siendo mi preceptor. Padre me ha dicho que me ha buscado un maestro más de acuerdo con mis capacidades y la responsabilidad que asumiré en el futuro.

Olimpia se gira hacia su hijo con cara de sorpresa. Le molesta que la hayan ignorado, que Filipo no le haya comunicado su decisión. Cuando se da cuenta de que la gente les observa, vuelve la cabeza al frente y sigue hablando, con sonrisa fingida, cogida de la mano de Cleopatra que está muy nerviosa y no acaba de comprender por qué la ignoran en esos momentos, por qué Alejandro, incluso con su mejor intención, le está robando el protagonismo. Solo hay que ver cómo cada vez más gente se arremolina en el borde del camino y cómo las mujeres la señalan y sonríen. Algunas, incluso avanzan con ellos. Es la tercera vez que ve a la misma morena, a la que le falta un diente, saludarles muy feliz.

—¿Y quién será ese tutor? —pregunta Olimpia, recelosa.

—Aristóteles, un discípulo de Platón —responde entusiasmado Alejandro, que también coge la mano de la niña, aunque aprieta demasiado y ella se queja enfurruñada—. ¡Qué guapa te has puesto para la diosa, hermana! Artemisa va a tener celos de ti cuando te vea con ese chitón corto. ¿Lo has bordado tú?

La interpelada gira la cabeza hacia su hermano, que apenas es un poco más alto que ella, y sonríe asintiendo con la cabeza. Hace meses que su madre y ella llevaban preparando el vestido que llevaría al santuario. Durante unos días seguirá vistiendo de niña, con el chitón corto y, luego, cuando acabe el periodo de entrenamiento, lucirá la túnica larga color azafrán, que también han tejido, bordado y cosido con mucho esmero.

Cuando llegan al templo, los curiosos han aumentado mucho en número y los murmullos apenas dejan que se escuche la flauta y el tamboril que Olimpia ha contratado para la ocasión. La sacerdotisa del templo sale a su encuentro y ambas mujeres se funden en un cordial abrazo. Ifimedea, que así se llama la mujer, ha coincidido con ella en banquetes y festivales. Es hija de Parmenión, uno de los generales de Filipo, pero tuvo la fortuna «de ser entregada a un templo en lugar de a un hombre». Inteligente y chispOsa, suele ser muy risueña y divertida. Le gusta bromear sobre su condición de virgen, sobre todo cuando el vino le suelta la lengua, y dice no envidiar a ninguna mujer casada, ni siquiera a las que tienen un esposo fogoso que alguna vez las complace.

Ella, que nunca va a tener hijas, ve llegar al santuario a las jóvenes mujeres de las casas más importantes de la ciudad y comparte con las muchachas un mes en el que cambiarán para siempre. En el templo dejarán algunos de sus juguetes, un mechón de pelo y, sobre todo, la alegría despreocupada de la infancia. Muchas saben que, cuando salgan como doncellas, no tardarán en buscarles esposo y en casarlas. Y solo así, cuando sean capaces de ser madres, podrán entrar en la sociedad plenamente, encargadas de dar a sus maridos y al reino nuevos ciudadanos, hombres libres que puedan luchar y mujeres que repetirán el ciclo: niña, doncella, esposa y madre.

—Aquí estará bien, Olimpia, no te preocupes, siempre es una gran oportunidad salir de casa una temporada —la madre mira a la sacerdotisa con gesto contrariado—. No quiero decir que contigo esté mal, no me malinterpretes. En el santuario, además de consejos prácticos para su vida de casada, aprenderá a convivir con mujeres distintas y, sobre todo, es una oportunidad de conocer a las muchachas de su generación y clase social. Verás cómo vuelve cambiada y feliz.

—Eso es lo que me temo, que vuelva cambiada —susurra Olimpia emocionada mientras la niña se aferra a su mano con fuerza temblorosa.

—Servir a la diosa siempre es muy gratificante, ya lo verás, querida —dice Ifimedea muy sonriente mientras coge la mano de Cleopatra, que mira a su madre y a su hermano con los ojos muy abiertos y a punto de romper a llorar.

Olimpia acaricia el cabello de su hija, recogido en dos trenzas de un rojo radiante. Ante su gesto, una de las criadas entrega a la madre una piel de cervatillo y, a la joven, un pequeño corderito, completamente blanco, que será la ofrenda que entregará a la diosa. Olimpia coloca el *nebris* sobre los hombros de la chiquilla, que cada vez tiembla más, pues el momento es inevitable.

Ifimedea le sonríe y le tiende la mano. Cleopatra, instruida por su madre, se deja llevar ante el altar por la sacerdotisa, cuya templanza ayuda a calmar un poco a la niña. La voz de la mujer es dulce y segura cuando se dirige a la diosa implorando que reciba a Cleopatra en su santuario, que la acoja como sacerdotisa y la proteja en toda la vida de mujer que ese día comienza. Un coro de niñas, vestidas igual que Cleopatra, acompaña la oración de Ifimedea. La sobriedad del momento solo se ve rota por el largo balido de una cabra. Cleopatra resiste, a duras penas, la tentación de volverse.

Cuando Ifimedea se lo indica, la hija del rey entrega el corderito, que está más tranquilo que ella, incluso se ha quedado dormido en sus brazos. Cleopatra siente lástima y, por un momento, se identifica plenamente con el joven animal. Como él, ella estaba feliz y tranquilo en su infancia y, ahora, ambos van a ser entregados a una diosa salvaje. Cuando Ifimedea corta la yugular de la criatura, un escalofrío recorre el cuerpo de Cleopatra y cierra los ojos impresionada por la nula resistencia que el cordero ha ofrecido. El animal solo emite un pequeño estertor antes de partir para siempre.

—Un momento, Ifimedea.

Sin perder su sonrisa, aunque con evidente tensión, la mujer se vuelve a mirar pensando que Olimpia quiere decir algo a su hija, pero no es con la niña con la que quiere hablar.

—Además de la ofrenda de Cleopatra, traemos otra de Nicesípolis —Olimpia llama a una de las esclavas, que va tirando de una hermosa cabra blanca. Además, Hermíone se adelanta y ofrece a la sacerdotisa un bello vestido de lino blanco. Ifimedea se queda sorprendida, pues nadie le había avisado del doble sacrificio. No es lo habitual, pero sabe que tampoco es apropiado, ni inteligente, llevar la contraria a la mujer de Filipo.

—¿Por qué no ha venido la propia Nicesípolis? ¿Se encuentra bien? —pregunta la sacerdotisa con curiosidad y verdadera preocupación. Conoce a la otra esposa de Filipo y, como todos los que la han tratado, no puede menos que sentir simpatía hacia ella.

—Está teniendo un embarazo muy complicado y pensamos que la diosa puede haberse sentido ofendida por algún motivo o haberse olvidado del cuidado de ella y de su criatura. Lo cierto es que tememos que no sobrevivan al parto —responde

Olimpia con la mirada baja, pues no quiere que sus ojos revelen que Nicesípolis se niega a realizar el sacrificio.

—Sacrificaremos ese animal en su nombre y seguro que la diosa se apacigua. Además, la presencia de Cleopatra ayudará, ¿verdad que sí, querida? —asegura sonriente Ifimedea, antes de coger al animal con maestría, que cede a una de las jóvenes al servicio del santuario.

De espaldas al gentío, mirando al templo donde se guarda la estatua sagrada de Artemisa, Ifimedea levanta las manos y se hace el silencio. Comienza el sacrificio. La sacerdotisa invoca a la diosa:

—*¡Oh, diosa muy venerable! Divinidad de muchos nombres, socorredora en dolores, protectora de los partos. Tú, que con tu dulce mirada apresuras los alumbramientos y ayudas a las jóvenes mortales. Única salvadora de las mujeres, amante de los pequeños, guardiana de la raza. Protirea, la que espera en el umbral, guardiana acogedora, complaciente nutridora, afectuosa con todos. Porque solo tú puedes aliviar el dolor. Ilitía, diosa asistente, que aplacas el dolor en la hora terrible del parto, que mitigas las fatigas del duro trance. Ártemis Ilitía, venerable Protirea, escucha mi plegaria y, puesto que a ello ayudas, concede descendencia y salva a nuestra amada Nicesípolis, dado que por naturaleza eres protectora de todo.*[33]

Tras la oración, recitada con bella voz y sinceridad, Ifimedea esparce unos granos de cebada sobre la cabeza y el cuerpo de la cabra, que cada vez se ve más inquieta, máxime cuando la mujer corta con largas tijeras un mechón de pelo de la testuz y lo lanza al fuego como primera ofrenda.

La tensión aumenta cuando Ifimedea, con la maza que le ha pasado la ayudante, trata de matar al animal. La cabra se resiste, clava las patas traseras en el suelo y levanta la cabeza tratando de atacar a la sacerdotisa, que se echa para

33.- Adaptación de *Himnos órficos*, II, *A Protirea.*

atrás. Alejandro, viendo sufrir a su madre y a Hermíone, se adelanta y ayuda a la joven a sujetar la cabra y la golpea en el lomo para mantenerla firme. Ifimedea, que ha perdido la seguridad que la caracteriza, vuelve a levantar la maza para golpear a la bestia, que cae confundida al suelo, aunque no muere a la primera. Tiene que golpear otras dos veces más hasta que Alejandro, viendo que el animal ya no se resiste, deja de sujetarla. La baba sanguinolenta que sale por la boca mancha el pie de la mujer. No ha dado tiempo a poner debajo el recipiente para recoger la sangre con la que deberían haber regado el altar.

La sacerdotisa levanta la mirada enfadada para exigir que las flautas y los timbales sigan tocando, pues la resistencia del animal les había hecho parar su son. Pero la música suena triste mientras se desuella a la cabra y se la trocea para quemar en el altar la parte que corresponde a la diosa, los muslos envueltos en la grasa. La música suena, pero la tensión es oprimente cuando el aire se llena del olor de la carne y la gordura quemada.

Ifimedea mira con tristeza a sus amigas, Olimpia y Hermíone se abrazan, llorando. Los augurios son negativos, ahora tienen más miedo que nunca por la vida de la dulce Nicesípolis.

Olimpia y Hermíone obligan a Nicesípolis a pasear varias veces al día, según les ha indicado Nicómaco, «tiene que caminar para que deje de engordar y el parto se adelante, si se queda en la cama, vamos a perder a la madre y al hijo», les insiste con los ojos llenos de lágrimas y unas ojeras casi tan grandes como las de la embarazada.

La tesalia, cada vez más débil, se resiste, aunque en su fuero interno sabe que ellas tienen razón, que tiene que andar, pero las náuseas que siente son tan terribles que pensar en moverse ya la hace comenzar a dar arcadas. Eso por no hablar del dolor de estómago, que le impide ponerse recta, como si una cuerda ardiendo le tirara de la garganta y le oprimiera el pecho. A veces, teme que la pequeña vida que crece en su interior se queme con ella. Siente tanto calor que constantemente pide agua fresca, que se bebe con ansia, aunque no consigue calmar su ansiedad ni su sed. Hermíone le prepara baños templados con las hierbas que ella le indica o que la sirvienta lee en sus libros.

—Quiero que te los quedes tú, Hermíone, eres la única que podrás sacarle utilidad. Luego, déjaselos a mi hija para que los estudie. Dile que la quiero, que siempre la querré y que lo que más me duele es no poder compartir con ella todo lo que he aprendido —le dice Nicesípolis algunas veces mientras se deja mimar en la bañera, el único sitio donde se encuentra un poco más relajada.

—¡No digas eso! —protesta la tebana—. Solo consigues atraer la mala suerte. Además, estoy segura de que va a ser un niño, solo un varón ocasiona tantos problemas, incluso antes de nacer.

Nicesípolis sonríe y niega con la cabeza, mientras se acaricia el enorme vientre.

—La mala suerte no existe, Hermíone, nuestros actos tienen consecuencias, eso es todo. Yo quería tener una hija y sé que el dios me lo ha concedido, ahora tengo que pagar el precio. No me duele, lo pago con cariño. Este cuerpo no es sino la sepultura de mi alma. Cuando llegue el momento de desprenderme de él, espero salir más sabia y buena de lo que entré. Si tengo que volver a reencarnarme, espero que sea en alguien que pueda estar próximo a vosotras. A Olimpia, a mi hija y a ti. Porque será una niña, lo sé.

Hablar tanto la fatiga, acaba con la respiración entrecortada. Todo su cuerpo desprende el acre olor de la enfermedad y el suave calor del dolor y la tristeza. Nicesípolis, incluso enferma, no puede dejar de ser un ser de luz, resplandeciente e inspiradora.

—Esperemos, entonces, que sea inteligente y dulce como la madre —responde Hermíone mientras le acaricia el pelo, que ha perdido toda la alegría y el brillo de la salud. Algunos mechones se enredan y se quedan entre los dedos de la sirvienta, que los retira con disimulo, aunque Nicesípolis se da cuenta y calla por no preocupar más a su amiga del alma.

Otras veces es Olimpia la que se encarga de pasear y cuidar a Nicesípolis. Se siente muy atormentada por su comportamiento cuando supo que estaba embarazada, por los celos infundados que sintió cuando Filipo buscaba a la rubia, por las palabras hirientes que utilizaba para hacerla sufrir. Nicesípolis no parece conceder importancia a esos momentos, se queda con las alegrías vividas, con la intimidad compartida con la molosa, con la pasión que ella le transmite, sus ganas de vivir y su fuerza arrolladora.

—No pierdas esa energía, Olimpia, no dejes que la vida te la arrebate. Tú eres fuerza pura, pasión desmedida. Cuando amas, nadie quiere más que tú, pero cuando odias, se vuelve contra ti y te destruye. Aprende a querer a la gente como es, no trates de cambiarlos, de hacerlos como te gustaría.

—No puedo volver a querer a Filipo, Nicesípolis, no después de lo que me hizo —Olimpia cierra los ojos y su mente se traslada al pasado. Comienza a hablar sin pensar, como si las palabras necesitaran salir de su cuerpo, darle forma a su dolor—. ¡Le quería tanto, Nicesípolis! No sé si alguna vez has sentido que amabas tanto a otra persona que parecía que tu cuerpo ya no te respondía. A veces, durante las noches en las que él estaba lejos, me despertaba sintiéndolo cerca, oliendo su piel, notando su volumen en mi cama. Pero, cuando descubría que no estaba, me embargaba la desesperación y apenas podía respirar. Creía que me iba a volver loca de angustia, que la separación se haría insoportable. Pasaban los días, las semanas y los meses y mi cuerpo no se acostumbraba a su ausencia, me dolía la soledad y mil pensamientos insanos se arremolinaban en la cabeza sin dejarme dormir. A veces, las ansias por coger un caballo y salir en su búsqueda eran tan intensas que tenía que pellizcarme las piernas y apretarme los brazos para no hacerlo. Me sentía loca, perdida, me decía a mí misma que no era posible querer tanto, que las mujeres sensatas no se comportaban como yo. Cuando no estaba todo era sufrimiento. Luego llegaba y todo se me borraba de la memoria. Cuando me abrazaba se olvidaba todo el dolor, el miedo, la angustia. Aunque algunas noches, estando a su lado, temía tanto el momento de su partida que tenía que despertarlo con besos y caricias. Entonces él me miraba, sonreía y me hacía el amor como solo él sabe. Sonriendo con ese único ojo capaz de ver mucho más que mil ojos de quinientos hombres normales. ¡Le quería tanto, Nicesípolis!

—Ese amor te hacía pura y fuerte. Sé que no vas a poder quererle igual, que has pasado mucho miedo y ya no te fías de él. No le ames, pero no le odies, porque ese veneno es a ti a quien emponzoña. Él no se entera, vive en otro mundo, uno en el que ninguna mujer entra. Es un guerrero, un rey, un líder de hombres. No puede ser quien tú quieres, pero no es malo, y te quiere. A su manera, pero te quiere. El problema es que sois demasiado iguales. No entendéis la vida con mesura. Es todo o nada, amor u odio, conmigo o contra mí.

Tras haberse abierto a su amiga, Olimpia no puede dejar de pensar, de sentir, de hablar. Se da cuenta de lo fácil que es contar a la tesalia todo lo que su alma soporta. Nicesípolis la escucha, agotada, pero siempre abierta.

—Cuando me violó, pensé que iba a matarme. A veces, lamento que no lo hiciera.

—¡Olimpia! —la rubia trata de incorporarse en la cama, pero su amiga la detiene, coge su mano y la besa con ternura.

—De alguna manera, lo hizo, ¿sabes? Mató a la chiquilla que había en mí. La que creía en el amor y en su capacidad infinita. Dices que no lo odie, pero ¿qué otra cosa puedo hacer? Me ha destruido y yo quiero que él también sufra, porque no se merece ser feliz, no se merece que las cosas le vayan bien mientras siembra a su alrededor dolor y miedo. Me traicionó, Nicesípolis, me ha traicionado miles de veces y siempre se lo perdonaba porque llegaba necesitado de amor, porque pensaba que los horrores que veía en la guerra eran los que le obligaban a buscar el sexo fácil, la diversión rápida. Pero solo me estaba engañando a mí misma, querida. Filipo no lo hace porque mira todos los días a la muerte, lo hace porque se cree mejor. Lo hace porque quiere y porque puede, porque se lo consentimos todos, porque lo adoramos, lo queremos, dejamos que sea nuestro señor. No es su condición de rey la que le permite dañar a los demás y utilizarlos a su gusto, no. Es su condición de ególatra disfrazada de simpatía desbordante, de atenciones falsas, de mentiras bien creadas. Filipo es un embaucador, un mentiroso impenitente, un actor mucho mejor que cualquiera de los que se folla. Filipo es tan inteligente como peligroso, no conozco persona que sepa mejor indagar en el alma humana, que conozca tan bien las debilidades y necesidades del que tiene enfrente, solo que nunca lo hace por amor, compasión o amistad. Siempre, siempre, busca su propio interés. Filipo no ama a nadie, salvo a Filipo. Y su verdadera naturaleza solo se muestra cuando el alcohol le impide ponerse la máscara a tiempo.

Olimpia habla sentada en la silla, mirando al vacío, fuerte, segura, cargada de rabia y resentimiento. Prefiere ese dolor al vacío que el amor le ha dejado, el desgarro que Filipo dejó en su cuerpo fue mucho más profundo de lo que todos vieron. La herida no puede cerrarse, ella no quiere que se cierre. La rabia le da fuerza. Sin amor, siente que no es nadie.

—Me gustaría poder decirte que estás equivocada, amiga —susurra Nicesípolis impresionada por la fiereza y la verdad que desprenden las palabras de Olimpia—. Pero creo que tienes razón. Él no es la persona encantadora que sabe mostrar, aunque tampoco creo que sea un monstruo. Puede que desconozca su capacidad de destruir. Pero incluso cuando pienso que tienes razón, te sigo aconsejando que no lo odies. No dejes que vuelva a ganarte. No dejes que asesine a la Olimpia capaz de amar. No te conviertas en él.

Olimpia mira a la tesalia y ve el cansancio en su mirada y en su cuerpo. Se mortifica por haberla hecho partícipe de todo su horror, por no haber sido capaz de contener el montón de inmundicias que han salido de su boca, por haberle arrojado encima la humillación y el odio que siente. Se levanta de la silla y acaricia con los labios la frente de su amiga, que está húmeda y fría.

Nicesípolis cierra los ojos. Ya no es solo la fatiga que le entra después de hablar un rato, es el dolor de cabeza, que no cesa. Algunas veces, destellos luminosos la ciegan y el dolor se hace insoportable, como si el cerebro le fuera a estallar para poder salir del cráneo que lo comprime. No se lo ha dicho a nadie, ni siquiera a Nicómaco, pero todos intuyen que algo pasa cuando los ojos azules se contraen y la rubia aprieta las manos hinchadas contra ellos, queriéndolos calmar sin conseguirlo. En esos momentos, el pánico se apodera de ella, pues teme morir y que su niña se vaya sin haber nacido. Se dice que tiene que aguantar, ruega a Dionisos que le conceda unos pocos días más, los suficientes para que la criatura salga y respire por sí misma. El sufrimiento es tan grande que no puede ni llorar, solo pedir que la dejen dormir, que dejen que el cuerpo repose para aguantar unos días más, unas horas más: las que esa niña necesita.

35

Bajo la higuera

Pella (Macedonia), 342 a. C.

La luna ha pasado y Cleopatra está preparada para volver a su casa. Olimpia, ojerosa y triste, va a buscarla al santuario. De nuevo, Alejandro la acompaña y, esta vez, también lo hace Arrideo, que es el que más ha echado de menos a la niña, a su compañera de juegos. Los demás no han tenido apenas tiempo para pensar en Cleopatra. Hermíone se queda acompañando a Nicesípolis, siente perderse la ceremonia de la niña real, pero el alumbramiento puede suceder en cualquier momento y la mujer ya apenas tiene fuerzas. Nadie entiende cómo ha podido sobrevivir al último mes.

Cuando Olimpia y los dos muchachos llegan al templo de Artemisa, Ifimedea los está esperando, sonriente como siempre, aunque en sus ojos muestra preocupación y simpatía por la esposa real, pues los rumores de palacio le han llegado.

—Cleopatra ha sido una alumna excepcional, Olimpia, el rey y tú podéis estar muy orgullosos de ella. Todo lo que tiene de inteligente, lo tiene de chisposa y espontánea. Aprende rápido y se adapta a la vida sin problemas. Será una gran mujer —le dice. Parece sincera. Olimpia agradece las palabras y coge las manos de Ifimedea, conteniendo las lágrimas, que estos días no paran de brotar—. Apenas ha llorado, como hacen muchas niñas. No he querido contarle el estado de Nicesípolis, pues su atención debía estar en su aprendizaje, pero ni un solo día ha dejado de invocar a la diosa para la protección de su amiga. Oraba con tanta fuerza y tanto interés que Artemisa ha tenido que escucharla, estoy segura.

Tras estas palabras, los congregados se reúnen en un amplio círculo alrededor del altar y ven salir de la parte posterior del templo a las muchachas que, como Cleopatra, han completado su formación. Todas van vestidas con sus chitones largos color azafrán, el color de la diosa virgen. En formación, cantando alabanzas a la cazadora divina, acaban reuniéndose alrededor del altar y, una vez allí, las flautas y timbales dan comienzo a una melodía alegre y festiva. Bailan en un armónico círculo, elevando los brazos, aplaudiendo con pequeños saltos pudorosos, aunque vigorosos. El ritmo es rápido, vibrante, y hace que las familias y curiosos se emocionen y, con sus cuerpos, acompañen a las jóvenes doncellas que ese día vuelven a casa. Las madres no pueden evitar llorar al ver a sus hijas, antes niñas descontroladas, convertidas en vírgenes pudorosas y obedientes. Muchas madres lloran al saber que no tardarán en verlas partir a las casas de los esposos ya elegidos. La mayoría siente la pena de pensar que esas niñas eran más felices siéndolo, la tristeza de comprobar que el tiempo va demasiado deprisa y nunca da marcha atrás.

Cuando la ceremonia finaliza, cada una de las jóvenes se dirige a su familia y entrega a la madre el chitón corto que llevaban el día que entraron, el símbolo de la infancia finalizada. Arrideo, espontáneo y risueño, como siempre, abraza a su querida Cleopatra que lo recibe con timidez, pues sigue sin acostumbrarse a ser el centro de atención y la actitud de su hermano hace que las miradas se giren hacia ella. Alejandro, más cauto, acaricia los cabellos de la muchacha, que ya no los lleva recogidos en trenzas, sino que ha soltado y adornado con una diadema dorada que resplandece dentro de la pelirroja melena rizada.

—Ya somos adultos los dos, hermana —proclama solemne el joven, cuya voz no acompaña a sus palabras, pues algunas notas agudas se empeñan en salir molestando profundamente al joven.

Cleopatra, a la que le falta su espontaneidad, sonríe y asiente con la cabeza, aunque rápidamente se vuelve hacia la madre y pregunta por Nicesípolis.

—Sigue muy delicada, el bebé aún no ha nacido —responde Olimpia cogiendo la mano de la joven para comenzar el regreso al hogar. Tienen razón los que dicen que la persona que regresa nunca es la misma que partió.

—Es peligroso tener niños —responde la hija, muy seria—. Ifimedea dice que ser madre es el mayor acto de generosidad que un ser humano puede tener. Cuando una mujer decide parir, además de estar regalando una vida al ser que nace, ofrece un nuevo ciudadano al reino, lo que lo hace más grande y fuerte.

—Ifimedea tiene razón —sonríe Olimpia.

—Pero a mí me da miedo tener hijos. Nicesípolis puede morir. ¿Qué vamos a hacer sin ella?

Arrideo y Alejandro marchan delante de las mujeres. No puede haber mayor contraste entre ellos. La marcha de Alejandro es firme, cada paso es igual al anterior y su mirada azul se pierde en la ciudad que tienen delante. Arrideo camina como un niño perdido, unas veces rápido, otras lento, despistado con una florecilla o fijo en una nube que, momentáneamente, tapa el sol. A ratos, se adelanta corriendo con esa carrera insegura que hace temer a todos que va a caer en cualquier momento. Luego, vuelve corriendo de nuevo, con la cara sonriente y una ligera baba que siempre asoma por la comisura de sus labios eternamente felices. Cuando escucha a Cleopatra, su expresión cambia, se pone muy triste.

—Nicesípolis es la mujer más guapa que existe —asegura, de repente.

—Tu madre se enfadará si te escucha decir eso —bromea Olimpia mientras sujeta al joven que está a punto de tropezar con una ramita en el suelo.

—Mi madre no quiere a Nicesípolis —dice Arrideo muy serio—. Y no quiere que tenga un hijo. A mí me gustaría tener otro hermano. Pero mi madre no quiere, se lo ha dicho a Lanice. Por eso le dieron esas hierbas a Meda, para que no tuviera al bebé —Olimpia se gira espantada por lo que acaba de escuchar, pero disimula y sonríe al muchacho—. Y, ahora, Meda está siempre triste y ya no quiere jugar conmigo, ni me deja entrar en sus aposentos. Solo llora y echa de menos a su madre, que vive muy lejos, en las estepas. Meda sabe montar a caballo, ¿sabes? Igual que Cinane y Audata. Yo también sé, pero a todo el mundo le da miedo que lo haga porque piensan que me voy a romper la crisma.

Cleopatra alarga el brazo para coger la mano de su hermano, como siempre ha hecho, pero acaba conteniéndose, recordando las lecciones de Ifimedea. No es bueno que la vean acariciar o tocar a un hombre.

—Tendremos que aprender a montar a caballo nosotras también, madre —dice Cleopatra, pues sigue recordando el viaje a Pasarón y lo mucho que disfrutó compartiendo montura con su padre.

—¡Yo puedo enseñaros! —exclama entusiasmado Arrideo, quien comienza a saltar hasta que una ramita le hace tambalearse y acabar en brazos de Alejandro, que lo sujeta con resignación—. Yo sé montar a caballo y nunca me he caído. Quiero hacerlo, Olimpia, por favor, déjame hacerlo. Me aburro mucho en palacio. Ya nadie juega conmigo desde que Cleopatra se marchó. Antes estaba Jasón, pero también se ha ido, ahora está en Tesalia. Alejandro siempre está en clase o entrenando, él prefiere estar con Hefestión.

El aludido se gira y sonríe. Cierto es que nunca tuvo la paciencia y la vitalidad de Cleopatra para aguantar la torpeza y la indiscreta inocencia de su hermano mayor, por el que siente mucha lástima. Arrideo no es rival como heredero y tampoco teme que Nicesípolis tenga un hijo varón. La diferencia de edad es considerable, su padre ha depositado mucha confianza en él, y, además, tampoco pasa nada porque haya otro Argéada con posibilidades de gobernar por si él muriera sin descendencia o antes de lo previsto. Es un sueño que, últimamente, se repite mucho. Se ve muriendo joven, pero no en el campo de batalla, sino en una cama, en un lugar muy oscuro. Es una pesadilla que no le atormenta, todo lo contrario, le incita a darse prisa, a moverse rápido. Presiente que tiene poco tiempo para alcanzar la gloria a la que se sabe destinado.

Cuando llegan a palacio se encuentran gran alboroto. Filipo ha regresado de Tesalia, donde ha sido nombrado *tagos*, general, y donde había acometido reformas para asegurar la paz definitiva. Ha dividido el territorio en cuatro grandes áreas y al frente de cada una ha puesto a un miembro de la familia Aleuada. Eso ha molestado a los altos cargos de Larisa, los familiares de Nicesípolis. Por eso confía en que ella tenga un hijo.

Pero, cuando llega al palacio, descubre que el estado de Nicesípolis es muy grave y que el nacimiento peligra. En contra de sus hábitos, se acerca a ver a su esposa y el panorama le resulta más desolador que el de un campo tras la batalla. Está preparado para la guerra, pero no para ver moribunda a la mujer cariñosa y eficiente que lo cuidó mientras estuvo convaleciente de su pierna rota.

Olimpia entra con Cleopatra en el dormitorio de Nicesípolis y se encuentran con un Filipo pálido y mudo, con su único ojo lleno de lágrimas, aferrado a la mano debilitada de la tesalia, que le escucha con una sonrisa:

—Tus compatriotas son muy obstinados, Nicesípolis —le cuenta, porque no sabe de qué se habla con una mujer enferma—. Sobre todo, tu familia, a la que me ha costado hacerles entrar en razón. Te voy a llevar a Tesalia cuando nazca el bebé, así lo conocerán y verán cómo tratamos a sus mujeres. Si es un niño, le pondremos Amintas, como mi padre.

—Será una niña —insiste Nicesípolis con voz fatigada.

—Entonces se llamará Tesalónica, en recuerdo a tu tierra.

—La victoria de Tesalia —murmura ella, a la que el nombre le gusta.

Cleopatra se adelanta corriendo hasta el lecho de su amiga, pero se acaba frenando y, en lugar de lanzarse a los brazos de su padre como solía y agarrarse a su cuello, lo besa suavemente en la mejilla.

—¡Vaya! Tenemos una nueva mujer en la familia —exclama el hombre para romper la tensión del momento mientras coge las manos de la joven y alarga los brazos para admirar a su hija vestida de doncella.

—La niña que vendrá por la que ya no está —musita Nicesípolis alargando la mano para acariciar el brazo de Cleopatra que, esta vez, no frena su instinto y abraza y besa a la tesalia con todo el cariño y la energía que tiene. La mujer se siente conmovida y trata de disimular que los destellos punzantes vuelven. A la vez, comienza a notar un dolor intenso y agudo que parte de su bajo vientre y se extiende por toda su enorme barriga, tensándola y atormentándola, y luego se propaga por todo su cuerpo hasta clavarse en la zona lumbar obligándola a apretar los dedos y arquear la espalda.

—¿Ya viene? —pregunta Olimpia al ver el gesto de dolor.

Nicesípolis asiente orgullosa y dichosa de que, finalmente, haya aguantado hasta el momento del parto. Ahora se propone concentrar las escasas energías que le quedan en traer con vida a esa criatura al mundo.

Contra todos los pronósticos, la niña, pues Nicesípolis no se equivocó, ha nacido sana y fuerte. Parece imposible que un bebé tan grande haya podido salir del cuerpo tan agotado de una mujer. Todas en el palacio han felicitado a Nicesípolis por el alumbramiento y la recién nacida, una niña preciosa tan rubia como la madre y tan grande, ansiosa y tragona como el padre. Fue un parto largo y duro en el que todos temieron que la madre acabara muriendo, pero consiguió sobrevivir y recibir a su hija en el pecho, al que se aferró con la misma fuerza y coraje que Nicesípolis había demostrado en los últimos meses.

Hermíone lloró de felicidad junto a Olimpia, que acariciaba al bebé mientras lo sujetaba para presentárselo a Nicómaco, quien había luchado mucho también para que el milagro hubiera sido posible. El físico, pesimista como todos los de su profesión que veían que el pronóstico de la vida siempre era la muerte, insistía en que cuidaran de la madre, que el peligro no había pasado y que no la dejaran hacer esfuerzos y dar de mamar a la criatura. Ella se enfadó cuando Olimpia sostuvo que había buscado una nodriza, pero Hermíone la hizo entrar en razón recordándole que ella misma no habría dejado nunca amamantar a una mujer tan débil.

Nicesípolis se deja cuidar y agradece a todos las muestras de cariño y apoyo que recibe. Se siente inmensamente feliz cuando coge a su pequeña Tesalónica en brazos y le canta las canciones alegres que ha aprendido en todos los años de ver criar a los hijos de otras mujeres.

Cleopatra pasa muchas tardes junto a ella. A las dos les ha gustado siempre sentarse bajo las ramas seguras de la higuera. En verano les da sombra y, cuando hace menos calor, las protege del viento y de las miradas celosas de Filina, cuyos aposentos están justo encima de la copa del enorme árbol.

Tres pequeños gatitos juegan a pelearse entre ellos. El más ágil y atrevido es de color blanco y negro. Las dos mujeres los miran jugar divertidas. El cachorro se aproxima, con marcha decidida y la cola en alto, hasta la silla que ocupa Nicesípolis. La mujer baja la mano libre, pues con la otra sujeta a la pequeña Tesalónica. El gatito acerca el hocico a los largos dedos, que aún siguen hinchados. Cuando Nicesípolis va a tocar la cabeza del curioso, un largo maullido se escucha bajo el árbol. Ninguna se ha dado cuenta de que la madre, escondida entre las ramas más bajas, no ha dejado ni un instante de vigilar a su juguetona prole. El gatito acude presuroso a la llamada de la gata tricolor, que se tumba en el suelo dispuesta a dar de mamar a los tres juguetones y a otros cuatro hermanos que están relajados en un rincón.

—Desde que yo recuerde, siempre ha habido, al menos, un gato blanco y negro en este patio —comenta Cleopatra, que ha dejado de bordar para ver a la gata alimentar a sus crías.

—Me gusta pensar que son descendientes del gato de Fila. Era de esos colores y siempre estaba a su lado. Desde que ella murió, no volví a verlo —contesta Nicesípolis recordando a la pobre niña fallecida en un atroz sufrimiento.

Cleopatra no recuerda a la esposa fallecida de su padre. Era un bebé cuando la mujer murió y pocas veces se hablaba de ella. No quiere pensar en la muerte. Prefiere hablar de la vida, de la alegría de sentirse querida, rodeada de seres llenos de vitalidad como ese pequeño animal que ha dejado de mamar y, siempre vigilado, retorna desafiante y ufano a su pequeña aventura de acercarse a esas dos humanas que lo miran divertidas. Esta vez, su hocico consigue acercarse a los dedos de Cleopatra y los huele curioso. Sin embargo, cuando la joven intenta tocar la cabeza, sale corriendo para volver junto a su madre. Cleopatra y Nicesípolis se ríen.

—Acabará siendo amigo tuyo, ya lo verás. Ese granuja ha elegido a la más guapa del patio.

Cleopatra se sonroja y exclama dichosa:

—No me imagino este patio sin esta higuera y un gato cazando lagartijas o durmiendo al sol.

Nicesípolis asiente feliz en su tranquilidad. Sigue sin sentirse fuerte, pero tener a su niña le proporciona tanto bienestar que no imagina un mundo mejor. Le gusta Cleopatra y desea que sea casada con un hombre que la haga dichosa, que la trate con el respeto que su inteligencia y alegría merecen. Mientras el matrimonio llega, Nicesípolis piensa en el gran ejemplo que Cleopatra puede ser para su hija. No cree que pueda existir una hermana mejor.

La pequeña Tesalónica se revuelve en los brazos de su madre. La rubia la acaricia y se la acerca a la cara para besarla con cariño. La niña abre los ojos, tan azules como los de sus padres, y mira fijamente a la mujer. El pecho de Nicesípolis se llena de un amor tan inmenso que susurra una oración de agradecimiento a Dionisos por permitirla vivir esos momentos. Cleopatra, prudente, desvía la vista hacia su bordado. Quiere dejar que su amiga viva tranquila esos instantes de intimidad con su pequeña.

—¿Te ha gustado estar en el santuario de Artemisa? —pregunta Nicesípolis sin dejar de acariciar a la bebé.

—No lo sé —responde, siempre sincera, Cleopatra—. Me sentía encerrada y estaba preocupada por ti y por mi madre. Siempre temo que vaya a meterse en algún lío con mi padre. Aunque solo me daba tiempo a pensar por las noches, en la cama, porque durante el día no parábamos de hacer actividades: cantar, bordar, aprender a bailar, a contar historias. También nos hablaban mucho de los maridos, de cómo teníamos que comportarnos cuando nos casáramos.

—¿Y qué te ha parecido?

—No sé, es extraño. Nos decían que teníamos que aprender a ser la sombra de nuestros esposos, a escucharlos, a consolarlos en sus derrotas y a compartir sus victorias en silencio, pues ellos suelen celebrarlo con los otros hombres.

—Eso es lo correcto —asiente Nicesípolis—. Nuestro lugar es en la sombra, la luz es para ellos.

—Ya —dice Cleopatra poco convencida.

—Recuerda que los rayos solares acaban apagando la luz propia. ¿No has visto cómo convierte el más puro púrpura de Tiro en un malva sin lustre? Hasta tu preciosa túnica azafrán acabaría ocre si siempre estuviera expuesta a la luz. Créeme, querida, es más fácil relucir en la oscuridad. Nosotras no necesitamos la fama ni las victorias para ser felices. Míranos ahora, ¿se puede ser más dichosa que hablando con una amiga bajo la sombra de un árbol seguro?

Cleopatra se queda pensativa, mirando las grandes hojas verdes de la higuera, el árbol que ha marcado su infancia. Se pregunta si la casa donde acabe viviendo tendrá un árbol tan acogedor como ese y si tendrá amigas como las que viven en Pella.

—Mi madre no parece tan feliz como tú —comenta, finalmente, la joven.

—Porque desea lo que no está en su naturaleza y eso hace que se sienta siempre frustrada. Tu madre es como un cordero que quiere ser lobo. Carece de las fuertes patas, de los desgarradores dientes, de su velocidad y, sobre todo, de la mentalidad del lobo. El problema de Olimpia es que nunca va a ser lobo, pero tampoco feliz siendo cordero.

Cleopatra calla y asiente en silencio.

—Tú también te has dedicado a la Medicina y es una ciencia que no corresponde a las mujeres —Cleopatra baja la mirada a su bordado temiendo haberse sobrepasado.

Nicesípolis le acaricia la roja melena y le sube la barbilla para que la mire a los ojos.

—Un poco de razón no te falta —bromea—. Aunque te equivocas en dos cosas. Primero, yo nunca he intentado sacar mis libros de mi laboratorio, ni he pretendido que nadie me nombre físico o me deje ejercer la Medicina.

Cleopatra asiente con los ojos interesados, esperando que Nicesípolis tome aliento, pues sigue fatigada.

—Y, segundo, no es cierto que las mujeres no puedan dedicarse a las plantas y a la sanación. Lo hemos hecho siempre, cariño, somos las cuidadoras natas de la especie humana. Tú crees que todo el mundo se reduce a lo que ves en este palacio, pero estas paredes, por muy inmensas que parecen, solo son un pequeño fragmento de lo que es el universo. En las aldeas remotas, en los pueblos de montaña o en las ciudades más modestas, no son los grandes médicos los que curan, son mujeres. Mujeres que aprenden y enseñan de generación en generación a recolectar las plantas, cuidarlas, elegirlas, secarlas y mezclarlas para curar a su familia, a sus gentes. Y siempre fue así hasta que llegaron los hipocráticos, esos hombres poderosos que tratan de acaparar lo que es un saber de todos. Ellos siempre tienen miedo de nuestras capacidades y por eso decidieron que solo ellos podían ser verdaderos médicos, porque estudian y pasan horas encontrando explicación a lo que las mujeres llevamos miles de años haciendo. Como nos tienen miedo, decidieron que lo que hacen las hembras no es Medicina, sino hechicería.

Nicesípolis se queda sin aliento y Cleopatra, asustada, le pasa corriendo una copa que llena con agua fresca.

—No deberías hablar tanto, madre va a regañarme si te fatigo.

—Me gusta hablar contigo, querida —se inclina a acariciar la cabecita del bebé que se ha despertado y que abre los pequeños ojos que hipnotizan a la tesalia.

Las dos mujeres quedan en silencio, solo se oye a la chiquitina abriendo y cerrando la boquita y agitando las pequeñas manos en el aire.

—Mi madre solo quiere ser reina —dijo la joven, a la que no se le olvida el tema y se siente en la obligación de apoyar a la mujer que le dio la vida—. Quiere ser reconocida como la madre del heredero, la favorita del rey.

—Ella ya era la reina y no disfrutó de ello porque quería un título que Filipo no le puede dar. Era la reina en el corazón de tu padre y se empeñó en forzarlo.

—¡Fue él el que la forzó a ella! —contesta, indignada, la muchacha.

Nicesípolis calla un momento, confusa. Desconocía que la niña se hubiera enterado de la violación de la madre. Piensa que las mujeres hablan delante de los niños como si estos fueran sordos o tontos cuando, en realidad, lo único que les falta es experiencia en la vida, no inteligencia.

—Todo es más complicado de lo que parece, querida. Tus padres son demasiado iguales para poder convivir sin que la guerra estalle. Nunca he visto a nadie amar como ellos se amaban y, me temo, acabarán odiándose como solo lo hacen los que han amado intensamente. Espero que esas pasiones que no saben controlar no acaben destruyéndolos a los dos.

Los ojos de Cleopatra se llenan de lágrimas, sabe que la tesalia tiene razón, sus padres llevan en su amor la semilla de la autodestrucción. Luego, esos mismos ojos se abren de pánico cuando ve que la pequeña Tesalónica se resbala de los brazos de su madre.

Cleopatra se levanta de un salto y coge al bebé antes de que se estrelle contra el suelo del patio. Ni siquiera es consciente de que está gritando cuando ve los brazos de Nicesípolis colgando fláccidos, justo antes de que las convulsiones se apoderen del frágil cuerpo.

Junto a su padre y su madre, Cleopatra recuerda el momento que le atormenta día y noche, despierta y dormida. No puede dejar de llorar. Los tres, callados, están frente a la entrada de una discreta tumba en Aigai esperando que salga una Hermíone ojerosa, triste como nunca, destrozada en lo más íntimo. Ha perdido a su gran amiga. Como compañera de religión, Hermíone ha sido la encargada de dejar en la boca de la difunta una lámina de oro inscrita con el último tributo que le iba a dirigir, su pasaporte al más allá: «No con las palabras, sino con la vida, lograste la fama de sabiduría, llegando a ser autodidacta de los sagrados juicios. Sabes, pues, Nicesípolis, que al dormirte en mitad de la vida, antes has conseguido escapar al ciclo de penosas calamidades».

EPÍLOGO

Sardes (Lidia) y Salónica (Macedonia), 310 a. C.

Cleopatra llora tan intensamente que siente que va a vaciarse. Nunca pudo olvidar la imagen de Nicesípolis derrumbándose ante su mirada impotente. Fue un instante que marcó toda su vida, el final de su infancia. Tras la muerte de la querida tesalia, la vida en palacio nunca volvió a ser la misma.

Tesalónica se aparta las lágrimas a manotazos para poder leer, por quinta vez, el momento. Ha pasado toda la noche leyendo el primer rollo del libro que recibió la tarde anterior. Con él, solo una breve nota de Peán diciendo que cumplía el encargo que su madre le había pedido unos años antes. Olimpia. Siempre Olimpia. La mujer que la crió, la única a la que pudo llamar madre, la culpable de la insoportable vida que ahora lleva, la que más daño le hizo a ella y a su hermana.

Cleopatra se pregunta si Tesalónica también ha recibido el manuscrito. A miles de estadios, una ola de amor fraternal la envuelve y la consuela. Le gustaría tenerla a su lado para preguntarle qué siente al leer cómo su padre traicionó a su madre, cómo Olimpia sentía celos de Nicesípolis. La ruindad, en muchos momentos, de su comportamiento. La generosidad enorme que la impulsó a cumplir la palabra dada a una tesalia moribunda. La valentía con la que afrontó una maldición que llegó de su propia madre. ¡Hermíone era su abuela! Tendría que haberlo supuesto. Hermíone nunca se comportó como una criada. ¡Era su abuela!

Tesalónica quiere perdonar a Olimpia, necesita superar el dolor y el miedo que su nombre le evoca. Leyendo sus memorias, se acerca a una mujer con la que convivió muchos años, pero de la que desconocía sus pensamientos y emociones más profundas. Era solo un bebé cuando el mundo de Olimpia se derrumbó y, a pesar de eso, la acogió y le dio una infancia llena de amor y serenidad.

La mujer escucha unos pasos que se dirigen a su cuarto. Se apresura a esconder el manuscrito antes de tumbarse en la cama. Una odiosa voz le pregunta qué está haciendo, aunque no le da tiempo a responder. Mientras él yace sobre ella, Tesalónica llora recordando lo leído y deseando que el hombre se marche para seguir conociendo a su madre. Quizá el dolor amaine si puede comprenderla, si puede entender lo que supone vivir bajo una maldición.

Una mano amiga se posa en el hombro de Cleopatra:

—No sigas leyendo, Cleopatra. No sigas leyendo.

—Tengo que conocer el resto de la historia —susurra la mujer enjuagándose las lágrimas—. Quizá así pueda perdonarla.

—No dejes que siga manipulándote. Ya no está. Se fue de tu vida.

—No lo comprendes, no quieres comprenderlo, ella siempre será parte de mi vida.

—Hirió a muchas personas.

—Sufrió mucho. Era un alma atormentada. No imaginaba el daño que mi padre le hizo. Me quería mucho. Necesito conocer toda la historia.